Licántropo oscuro

Christine Feehan

Licántropo oscuro

TITANIA

ARGENTINA — CHILE — COLOMBIA — ESPAÑA
ESTADOS UNIDOS — MÉXICO — PERÚ — URUGUAY — VENEZUELA

Título original: *Dark Lycan*
Editor original: Berkley Books, The Berkley Publishing Group, Penguin Group
(USA) Inc., New York
Traducción: Diego Castillo Morales

1.ª edición Noviembre 2014

ISBN: 978-84-92916-71-9
E-ISBN: 978-84-9944-768-1
Depósito legal: B-20.839-2014

Fotocomposición: Ediciones Urano, S.A.
Impreso por: Romanyà-Valls, S.A. – Verdaguer, 1 – 08786 Capellades (Barcelona)

Impreso en España – *Printed in Spain*

Para Misty Valverde.
Espero que tus viajes hayan sido
seguros y que estés bien y contenta.
Que sueñes y vivas la vida a lo grande.
¡Te echamos de menos en el encuentro FAN!

Agradecimientos

El doctor Christopher Tong escribió la hermosa canción que Fen cantó a su dama, Tatijana. Muchas gracias Chris; la canción es perfecta en todos los sentidos.

Muchas gracias a mi hermana Anita Toste, que siempre responde a mis llamadas y se divierte tanto conmigo escribiendo hechizos mágicos.

Tengo que hacer un saludo especial a C. L. Wilson y a Sheila English, que fueron lo bastante atentos como para incluirme en nuestras sesiones intensivas de escritura. *Molamos* ¿verdad?

Licántropo oscuro no se hubiera podido escribir sin la contribución de Brian Feehan o de Domini Stottsberry. Ambos trabajaron muchas horas ayudándome en todo: tormentas de ideas, investigación y revisiones. No tengo palabras para expresar el agradecimiento y el amor que les tengo. ¡Muchas gracias a todos!

LOS CARPATIANOS

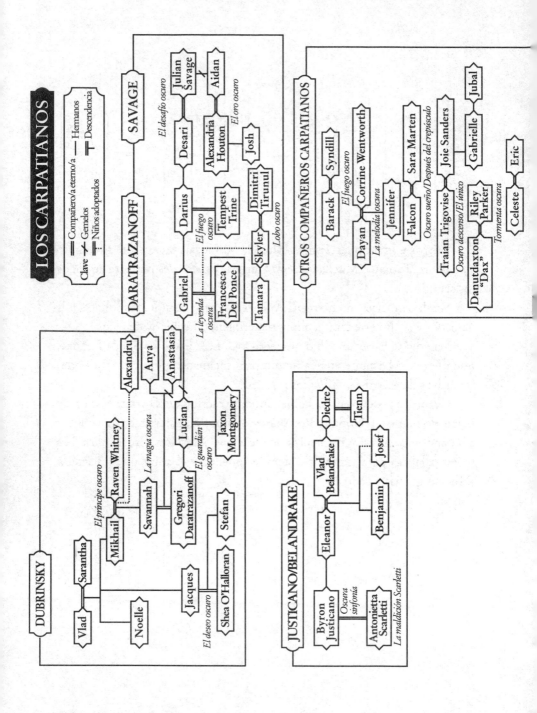

Clave
═══ Compañero/a eterno/a ──── Hermanos
⋎ Gemelos
⊤ Niños adoptados
Descendencia

SAVAGE

DARATRAZANOFF

Julian Savage
El desafío oscuro
Desari
Aidan
Alexandria Houton
El oro oscuro
Darius
Josh
Tempest Trine
El fuego oscuro
Dimitri Tirunul
Lobo oscuro
Gabriel
Francesca Del Ponce
La leyenda oscura
Skyler
Tamara

OTROS COMPAÑEROS CARPATIANOS

Barack
Syndill
Corrine Wentworth
El fuego oscuro
Dayan
La melodía oscura
Jennifer
Falcon
Sara Marten
Oscuro sueño/Después del crepúsculo
Joie Sanders
Traian Trigovise
Oscuro descenso/El único
Gabrielle
Jubal
Danutdaxton "Dax"
Riley Parker
Tormenta oscura
Celeste
Eric

DUBRINSKY

Alexandru
Anya
Anastasia
Raven Whitney
El príncipe oscuro
Mikhail
Savannah
La magia oscura
Gregori Daratrazanoff
Lucian
El guardián oscuro
Jaxon Montgomery
Stefan
Vlad
Sarantha
Noelle
Jacques
El deseo oscuro
Shea O'Halloran

JUSTICANO/BELANDRAKE

Vlad Belandrake
Diedre
Tienn
Eleanor
Josef
Benjamin
Byron Justicano
Oscura sinfonía
Antonietta Scarletti
La maldición Scarletti

10

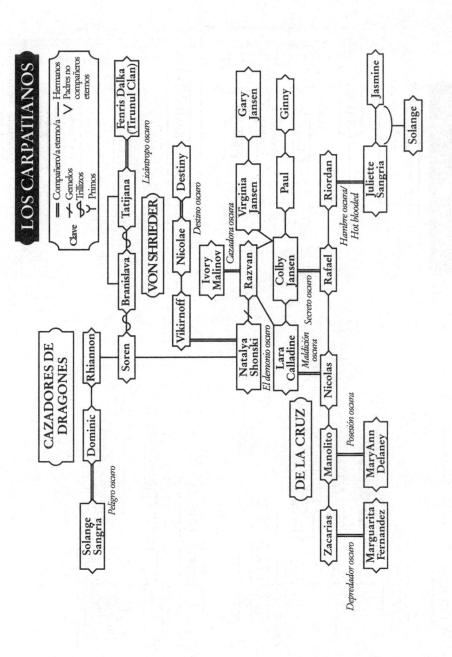

LOS CARPATIANOS

Clave
= Compañero/a eterno/a
— Hermanos
✓ Gemelos
♀ Trillizos
Y Primos
V Padres no compañeros eternos

CAZADORES DE DRAGONES

VON SHRIEDER

DE LA CRUZ

Fenris Dalka (Tirunul Clan)

Licántropo oscuro

Tatijana
Branislava
Soren
Rhiannon
Dominic

Peligro oscuro

Solange Sangria

Destiny
Nicolae

Destino oscuro

Vikirnoff
Ivory Malinov

Cazadora oscura

Gary Jansen
Virginia Jansen
Razvan
Natalya Shonski

El demonio oscuro

Lara Calladine

Maldición oscura

Ginny
Paul
Colby Jansen

Secreto oscuro

Nicolas
Manolito

Posesión oscura

MaryAnn Delaney

Zacarias

Depredador oscuro

Marguarita Fernandez

Rafael
Riordan

Hambre oscura/ Hot blooded

Juliette Sangria

Jasmine

Solange

11

Capítulo *1*

La niebla flotaba entre los árboles. La luna, que aún no estaba llena, tenía un halo amarillo, opaco pero resplandeciente. El anillo rojo que la rodeaba despedía un resplandor siniestro. Ese ciclo de la luna era muy peligroso, y más aún cuando una niebla espesa y pesada cubría el suelo unos centímetros, y serpenteaba por el bosque como si estuviera viva. Una niebla que amortiguaba los sonidos y adormecía los sentidos, lo que era una ventaja para las criaturas sombrías que acechaban a los incautos.

Tatijana Dragonseeker, apellido que pertenecía al antiguo linaje de los cazadores de dragones, despertó bajo tierra rodeada de varias capas de barro oscuro y curativo. Su cuerpo yacía sobre un lecho de tierra rico en nutrientes y minerales. Permaneció quieta un largo rato, presa del pánico, oyendo palpitar su corazón, sintiéndose frágil, demasiado atrapada y expuesta. Tenía calor, mucho calor. Percibió los guardias que estaban en la superficie. La estaban cuidando, decían, y tal vez fuese cierto, pero había estado prisionera durante tanto tiempo, incluso había nacido en cautiverio, que no confiaba en nadie más que en su hermana Branislava, Bronnie, su único consuelo, que dormía plácidamente a su lado.

Sus latidos aumentaron hasta tronar en sus oídos. No soportaba estar atrapada bajo tierra. Tenía que salir de ahí y liberarse. Sentirse libre. ¿Cómo sería eso? No sabía nada del mundo. Había pasado toda la vida en el interior de las cuevas de hielo, sin ver a nadie más que a aquellos que la torturaban e intentaban aterrorizarla. No conocía otra vida, pero eso ahora había cambiado ¿verdad?

¿No parecía acaso que Bronnie y ella habían cambiado una aterradora prisión por una jaula de seda? Si era así, sus guardianes habían cometido el gran error de dejarlas metidas bajo tierra para que se recuperasen. Ella apenas sabía lo que era estar en su verdadero cuerpo. Había pasado siglos transformada en una dragona, y los de esa especie podían moverse a través de la tierra con bastante facilidad.

Bronnie, susurró en la mente de su hermana. *Sé que necesitas dormir. Voy a seguir explorando nuestro nuevo mundo y regresaré con nuevas informaciones al amanecer.* Branislava se mostró inquieta en su mente, y quiso protestar como ocurría cada vez que Tatijana le decía que se iba. *Necesito hacerlo.*

Iré contigo, contestó Bronnie con una voz que sonaba lejana, a pesar de estar en la propia mente de Tatijana.

Tatijana sabía que Branislava se obligaría a levantarse a pesar de no estar totalmente recuperada interiormente, que era lo que ambas necesitaban sanar. Habían estado siempre la una al lado de la otra, y habían pasado juntas las peores situaciones. De hecho, nunca las habían separado, ni siquiera cuando estuvieron atrapadas en el hielo, donde solo podían mirarse. Pero siempre les quedaba la comunicación telepática.

Esta vez no, Bronnie, necesito hacer esto por mí misma.

Le habló en susurros como hacía en aquellas ocasiones en las que se despertaba para explorar el nuevo mundo que las rodeaba, y siempre le aseguraba que tendría mucho cuidado.

Nadie las volvería a encarcelar. Cada amanecer hacía ese sencillo voto. Cada noche que pasaba se iba haciendo más fuerte. Una sensación de poder recorrió su cuerpo, acompañada de una gran confianza en sí misma. Tenía la determinación de que iban a conseguir valerse por ellas mismas, y nunca más iban a volver a estar bajo la autoridad de nadie.

Tatijana no sabía cómo decir a su hermana que no quería vivir bajo las reglas de otra persona. Eran carpatianas. Cazadoras de dragones. Eso significaba algo importante para el príncipe de los carpatianos y todos los demás. Los hombres hacían cola con la esperanza de poder reclamar como compañera a Bronnie, o a ella misma. Pero no podía vivir bajo las reglas de otro. Sencillamente no podía. No quería que nadie volviese a decirle lo que tenía que hacer, aunque fuera por su propio bien. Quería levantarse cuando quisiese, y explorar su nuevo mundo a su manera.

Tatijana estaba decidida a encontrar su propio camino, a aprender a desenvolverse y a cometer sus propios errores. Bronnie era siempre la voz de la razón. La protegía a ella de su naturaleza impulsiva, pero no más que eso. Por mucho que quisiera a Branislava, salir era algo que necesitaba hacer.

Transmitió a su hermana amor, calidez y la promesa de que regresaría al amanecer. Transformar su apariencia en la de una dragona azul era fácil. Era la que había tenido durante siglos, y esa estructura y forma corporal le eran más familiares que su propio cuerpo.

Se enterró más profundamente, y se adentró en la tierra en lugar de salir a la superficie donde sus guardianes podían verla. Ya había excavado un túnel compacto, y pudo avanzar rápidamente a través de él. Había decidido salir varios kilómetros más allá de su lugar de descanso para garantizar la seguridad de Branislava, y evitar que los guardianes supieran que se había levantado temprano. La dragona azul se movía por el túnel como un topo, cavaba cuando era necesario y compactaba la tierra que se colapsaba a medida que se dirigía a toda velocidad hacia su objetivo.

Tatijana emergió en un bosque muy denso. Examinó la superficie que tenía por encima antes de que la dragona azul asomara su cabeza en forma de cuña por la salida oculta. Apareció en medio de una espesa niebla gris. Los árboles parecían espantapájaros gigantes y deformes que se balanceaban suavemente como si fueran monstruos.

Ella había conocido monstruos reales, así que el denso bosque cubierto de un velo gris no la alarmaba en absoluto. La libertad era algo increíble. Sus ojos estaban enormemente sensibles, pero aparte de eso, el mundo le parecía suyo, y gracias a la niebla que cubría el entorno por completo, ni siquiera le picaban.

Entonces volvió a su verdadera forma física ya vestida con ropa moderna. Llevaba unos pantalones de algodón suave que le permitían mucha libertad de movimiento. Y había elegido una blusa que había visto en una mujer del pueblo hacía un par de noches. Había seguido a la mujer para estudiar su estilo de ropa y poder reproducirlo a voluntad. Todo le parecía extraño, pero eso era parte de la emoción del descubrimiento. Quería un aprendizaje táctil, no solo extraer información de la mente de los demás.

Emprendió camino a través del bosque, disfrutando de la niebla que le envolvía las piernas y hacía que se sintiera como si estuviera caminando entre las nubes. Recordó en el último momento añadir zapatos, algo que todavía era muy incómodo para ella. Sentía que la hacían más pesada, y que eran un objeto extraño para su cuerpo.

El viento corría a través de los árboles, sacudía las hojas y arremolinaba la neblina alrededor de sus troncos. La niebla comenzó a levantarse del suelo a medida que avanzaba hacia la única luz que podía ver en el extremo del bosque. Oyó la música que salía del lugar, la seducía y atraía, pero esta vez sabía que no solo iba a escuchar esas bellas notas. Normalmente elegía un lugar diferente cada noche para obtener más información que compartir con su hermana.

Pero ahora, cada vez que salía a la superficie, este sitio la llamaba. Sentía algo tan fuerte que casi parecía una obsesión. Se había resistido durante unos días, pero no había podido contenerse otra noche más. Se acercó al establecimiento. Las ventanas estaban iluminadas con el mismo resplandor amarillo, y eran como dos ojos que la miraban a través de la espesa niebla. Un escalofrío recorrió su espalda, pero siguió caminando hacia ese lugar.

La Taberna del Jabalí Salvaje se encontraba justo al borde del bosque, y estaba rodeada por tres lados por una densa maleza y árboles, que daban suficiente cobertura a cualquiera que necesitara ocultarse rápidamente. Proporcionaba cobijo y camaradería, así como salidas fáciles si algún agente de la ley se aventuraba a llegar por allí. La taberna también ofrecía a los clientes habituales un espacio cómodo junto al fuego, comida caliente y mucho para beber. La gente era ruda, no era un lugar para tímidos, e incluso los agentes de la ley generalmente evitaban el lugar. Nadie hacía preguntas y todos se encargaban de no ser testigos de nada.

Fenris Dalka iba a la taberna casi cada noche, pero ¿por qué se sentía como un idiota sentado en el bar fingiendo tomarse una cerveza como solía hacer? Resopló y mantuvo la mirada fija al frente, pues usaba el espejo para controlar la puerta. Desde su punto de observación podía ver cada esquina de la taberna, así como la entrada. Hacía un tiempo que había localizado el sitio perfecto para sentarse, y ahora si alguien le había quitado el puesto, se ponía frente a esa persona, y la miraba fijamente hasta que se levantaba y le devolvía su lugar.

Fen sabía que intimidaba, y usaba su aspecto rudo y peligroso en beneficio propio. Era bastante alto, pero lo que más impresionaba a la gente eran sus hombros anchos, su pecho robusto, sus brazos musculosos, su barba sin afeitar, y esos penetrantes ojos color azul glaciar con los que atravesaba el alma de aquellos que miraba. Era raro que quisiese hablar, y él lo prefería así. Los clientes lo conocían y sabían que era mejor no meterse con él.

Sonaba una música de fondo y ocasionalmente se oía una risa, pero la mayor parte de los parroquianos hablaba en susurros. Solo el camarero le dirigía la palabra cuando llegaba. Algunos de los presentes levantaban la mano, o asentían con la cabeza, a modo de saludo, pero la mayoría evitaba su mirada. Era casi tan peligroso como parecía ser. Era un hombre sin amigos que estaba siempre detrás de algo, o siendo perseguido, y solamente confiaba en su hermano. Era incluso más despiadado de lo que se rumoreaba.

Tenía el pelo largo y abundante de un tono inequívocamente plateado salpicado de mechones negros, que caía formando ondas por su espalda. Casi siempre lo llevaba sujeto en la nuca con un cordón de cuero para que no se le cayera sobre los ojos. Tenía las manos grandes, y sus nudillos estaban llenos de cicatrices. También las tenía en la cara, una cerca de un ojo, y otra le recorría la mitad de su rostro. Tenía otras muchas cicatrices en el cuerpo. Había pasado siglos defendiéndose, y llevaba cada batalla, y cada victoria, marcada en los huesos.

Escuchaba fácilmente las conversaciones en susurros gracias a su agudo oído, lo que le permitía obtener una enorme cantidad de información. Pero esta noche era diferente. Él no estaba aquí para obtener más información… se sentía atraído… impelido por algo totalmente diferente esta vez.

Estaba incómodo, jugaba con su jarra de cerveza, movía los dedos sobre el asa, la agarraba con fuerza y se tenía que obligar a detenerse para no romper el cristal. No era un hombre que cediera a la voluntad de otro. No confiaba en nada que no pudiera entender, y no comprendía la urgente necesidad que hacía que noche tras noche volviera expectante a ese lugar.

Era una taberna para gente fuera de la ley. Un lugar para encuentros clandestinos. Su hermano y él la habían descubierto la primera vez que había regresado a los Montes Cárpatos. Necesitaban encontrar un lugar seguro donde pudieran pasar un rato juntos y hablar sin que los viera nadie que los conociera. Quería estar totalmente seguro de que su hermano menor fuera a estar a salvo. Nadie podía saber que eran familiar. Nadie debía asociarlos jamás, o en caso contrario estaría arriesgando la vida de su hermano, y eso era algo que no estaba dispuesto a hacer. Habían pasado tantos años que todo el mundo lo había olvidado, o pensaba que ya estaba muerto, y para proteger a su hermano tenía que mantener esa mentira.

Conocía cada rostro de la taberna. La mayoría la frecuentaba desde antes que él. El cliente más reciente era el más sospechoso. Había llegado a la zona solo unas semanas antes. Era fornido y tenía complexión de cazador, o de leñador, pero se vestía de manera más refinada. No era alguien a quien tomarse a la ligera. Sin duda alguna iba armado. Se hacía llamar Zev, y claramente era nuevo en la zona. No había revelado a qué se dedicaba, pero Fen hubiese apostado hasta su último dólar a que estaba persiguiendo a alguien. No parecía ser un agente de la ley, pero era evidente que estaba a la caza de alguien. Esperaba que no se tratase de él, pero en el caso de que lo fuera, no se le escapaban las ocasiones de estudiarlo, su manera de moverse, qué mano usaba mejor, o dónde llevaba las armas.

Zev tenía el cabello más largo de lo habitual, igual que él. Era de color castaño oscuro y muy grueso, como si fuera el pelaje de un animal. Sus ojos grises estaban siempre vigilantes, inquietos y en movimiento, pero el resto de su cuerpo permanecía casi inmóvil. A Fen le llamaba la atención que nadie en el bar lo hubiera desafiado aún.

El viento sopló con más fuerza y corrió entre los árboles juguetón y caprichoso, haciendo que sus ramas crujieran y se rozaran contra los laterales de la taberna. Era una especie de aviso de peligro para aquellos que pudieran leer la información que transmitía el aire. Fen soltó el aliento y miró por la ventana hacia la oscuridad del bosque.

La niebla serpenteaba entre los árboles, y se extendía como si fuera unos dedos codiciosos que se movían sinuosamente, encerrando el bosque en un espeso velo gris. Debía marcharse ahora. Solo quedaban cinco días para la luna llena, lo que le daba dos días para encontrar un lugar seguro donde escapar de la amenaza que se cernía sobre él. Los tres días previos, el de la luna llena, y los tres posteriores, eran los más peligrosos. Aun así no se movió del taburete de la barra, a pesar de que su sentido de autoconservación se lo estaba pidiendo a gritos. Tenía cada vello de su cuerpo erizado en señal de alarma. Parecían antenas que percibían los más mínimos detalles.

Manchó el vaso con unas gotas de sudor frío y volvió a mirar al espejo una vez más. No podía ver toda la gama del espectro de colores, pero cuanto más tenue fuera la luz, más tonos grises distinguía. No conseguía diferenciar entre el amarillo, el verde o el naranja. Todos esos colores le parecían amarillo opaco. Veía el rojo como un marrón grisáceo o negro, pero podía detectar el azul. Su incapacidad para distinguir los colores quedaba de sobra compensada por su agudo oído, su olfato y su vista de largo alcance.

Su aroma le llegó en cuanto ella abrió la puerta. Una mujer. La mujer. ¿Era el cebo para atraparlo? Si era así, había picado. Ese olor tan personal a tierra fresca, a bosque, a miel silvestre, a lugares secretos oscuros y a la noche misma, lo cautivó como ningún perfume caro jamás podría hacerlo. Ella había estado entrando y saliendo de la taberna durante la última semana. Tres visitas, y sin embargo, ya había caído por completo bajo su hechizo.

Lo había capturado sin esfuerzo, sin hacer nada más que entrar en ese lugar. Nunca había visto a una mujer tan hermosa o atractiva. En el momento en que hizo su aparición, literalmente detuvo todas las conversaciones, pero ella no pareció darse cuenta. Y ese era el problema. Era demasiado joven e ingenua, y se veía demasiado inocente como para ir sin compañía a un lugar como ese.

Fen había escuchado los cuchicheos de algunos hombres, y sabía que corría bastantes riesgos estando ahí. Las dos camareras la miraron, conscientes de que en el momento en que había entrado, ellas habían perdido la atención de los hombres. Una vez más, la mujer parecía completamente ajena a este hecho. Caminó con confianza, y parecía no prestar atención a los depredadores que la rodeaban. Sin lugar a dudas eso es lo que eran. La única razón por la que no había sido atacada hasta ese momento era porque él había dejado muy claro que estaba bajo su protección. Cuando un hombre comenzó a acercarse a ella, Fen se levantó. Eso fue todo. Simplemente se puso en pie.

El hombre desistió al instante, y nadie más se atrevió a acercarse, pero era solo cuestión de tiempo. Por lo que había escuchado, tres conspiradores planeaban seguirla cuando saliera de la taberna y él no estuviera cerca para protegerla. Bueno, eso no era del todo justo. Eran dos conspiradores y un amigo que intentaba hacerles entrar en razón. Podría haberles dicho que no apostaran por ese plan, y que era mejor idea escuchar a su amigo, pero no se molestó en hacerlo. Giró los hombros lentamente, abrió y cerró los puños, estiró los dedos y se miró las manos. Podían ser armas mortales. Necesitaba ejercitarlas.

La observó en el espejo. La había visto probar alguna bebida cada vez que había venido, que obviamente había visto consumir a alguien, pero siempre ponía una cara horrible y escupía el licor en el vaso. Luego sacudía la cabeza y se alejaba de la barra hacia la pequeña zona donde podía bailar. Parecía ignorar a los que la rodeaban y se perdía en la música. Estaba seguro de que solo venía a la taberna porque le encantaba la música.

Nunca hablaba, ni siquiera con el camarero, y Fen se preguntaba si podía hablar o no. Tenía la piel blanca como porcelana, como si nunca hubiera visto el sol. Su cabello era hermoso, y le llegaba hasta muy por debajo de la cintura. Era lo suficiente largo como para que pudiera sentarse sobre él, como si nunca se lo hubiera cortado en su vida. Lo llevaba sujeto con un moño trenzado que era tan grueso como la muñeca de Fen. La sedosa cascada de pelo era de un color que no podía definir del todo, pero cuando la luz lo iluminaba directamente parecía cambiar, aunque podría ser por su forma de percibir los colores.

Los ojos de la mujer lo vieron. Él no podía dejar de mirarlos. Mientras ella bailaba, de pronto había levantado las pestañas, y se había encontrado con su mirada en el espejo. El corazón casi se le paró, pero enseguida comenzó a latir con mucha fuerza. Las mujeres no provocaban ese efecto en él. No se le secaba la boca. No le dolía la mandíbula y no se le afilaban los colmillos. Él siempre, siempre, mantenía el control. Y sin embargo… un sonido atronador rugió en sus oídos, respiró hondo y tuvo que recurrir a sus siglos de autodisciplina.

Con el tiempo las emociones se le habían apagado hasta finalmente desaparecer. Lo poco que sentía, lo hacía cuando estaba en la forma de su otro ser, no en esa. A veces se le olvidaba lo que era estar en el cuerpo que tenía ahora. Sin embargo, en esos momentos, cuando la miró a los ojos, se dio cuenta de que no podía apartar la mirada. Lo hipnotizaba. Lo cautivaba. No se fiaba de ella. No confiaba en la reacción tan poco conocida que le había provocado.

Una ráfaga de viento golpeó la taberna con mucha fuerza, y sopló a lo largo del cañón de la chimenea haciendo que se levantaran chispas. Un tronco rodó desde la parrilla de hierro hacia la abertura, donde se detuvo abruptamente. Las llamas saltaron y bailaron, y las grietas de su interior brillaron intensamente. Fen giró la cabeza hacia la ventana. La espesa niebla se estaba extendiendo desde el bosque, y parecía que tenía filamentos grises que iban envolviendo la taberna y atrapaban todo el edificio dentro de una resplandeciente telaraña gigante.

La mujer dejó de bailar, y nuevamente captó su atención. Se había quedado mirando el fuego como si estuviera tan fascinada por las llamas como él estaba con ella. Cuando se acercó a la chimenea, Fen se dio cuenta de que mientras la miraba atentamente en el espejo, no dejaba de fruncir el ceño. Los ojos de la mujer reflejaban las llamas saltarinas, y parecía como si sus pupilas fueran multifaceteadas, como si le hubieran hecho los cortes que se hacen a un diamante. Dio un paso más y quedó demasiado cerca del fuego. La chimenea estaba abierta. Las montañas de brasas brillaban, y las llamas saltaban con avidez. Fen se deslizó del taburete.

De pronto a mujer extendió lentamente la mano hacia las llamas. La trayectoria que llevaba iba a hacer que su palma quedara en medio del fuego. Pero Fen se movió a una velocidad asombrosa, apareció tras ella, la rodeó con el brazo y le cogió la muñeca para alejarle la mano de las llamas antes de que le quemaran su suave piel.

Por un instante ella se puso tensa como si fuera a rechazarlo. Pero él sintió un roce, un toque muy ligero en su mente que lo sorprendió. ¿Quién era ella? ¿Qué es lo que era? Fen levantó sus barreras sin esfuerzo y siguió tocándola suavemente, cuidándose de no manifestarle ningún tipo de amenaza. Ella se relajó y él inhaló su aroma cerca de su hombro. La gruesa trenza de cabello sedoso lo había rozado dejándolo inundado con su fragancia femenina. Arrastró el olor hasta lo más profundo de sus pulmones. Olía a pecado, a sexo. Como el paraíso y como todo lo que nunca tuvo, ni jamás tendría.

—Está caliente. El fuego te quemará —dijo suavemente, asegurándose de que nadie más en la taberna lo pudiera escuchar. Se dio cuenta de que ella era inteligente, pero le había ocurrido algo, y evidentemente había cosas que nunca había experimentado y no sabía cómo eran. ¿Amnesia? ¿Trauma? No había otra explicación. Todo el mundo conocía el fuego, y que ella no lo conociera la hacía más vulnerable. Ella giró la cabeza muy lento para mirarlo por encima del hombro, y frunció el ceño ligeramente con expresión de asombro. Tan de cerca parecía etérea, misteriosa y su piel suave como la seda invitaba a ser tocada. Nunca en su vida se había sentido tan atraído por otro ser—. Te quemarás —le explicó con paciencia—. Podría ser extremadamente doloroso.

Ella continuó mirándolo confundida. Él intentó repetir la advertencia en varios idiomas. Pero ella solo lo miraba. Estaban comenzando a llamar mucho la atención. Cada vez que se movía alguien en la taberna la miraba, pero Fen no quería que nadie pensara que era una presa fácil solo porque desconociera las necesidades más básicas, como el fuego. Finalmente, no le quedó otra opción. Hizo que la mujer bajara el brazo, dio un paso a su alrededor y extendió una mano con la palma hacia abajo hacia las llamas.

Lo observó. Sus ojos se iban abriendo a medida que le fueron apareciendo ampollas en la piel que desprendían un fuerte olor a carne quemada. Entonces ella le agarró el brazo e hizo que retirara la mano del fuego.

—¿Entiendes? —preguntó, mostrándole el daño que se había hecho.

Ella le dio vuelta la mano y la cubrió con su palma sin apenas tocarlo, pero aun así él sintió su energía vibrando a través de la piel. Una sensación de frescor calmó sus ampollas. Después ella se llevó la palma de la mano de Fen hacia la boca, y él se quedó sin aliento, con el aire atrapado en los pulmones. No pudo moverse ni hablar cuando vio que inclinaba la cabeza hacia su mano. Le tocó las ampollas con la lengua, ligeramente, apenas rozándolo, como si fuera una lenta pincelada que hizo que su mano temblara y se le debilitaran las rodillas. Peor aún, su cuerpo reaccionó con una veloz oleada de sangre caliente que se le acumuló en una zona que le hacía exigencias morbosas.

Entonces le soltó la mano lentamente, como si no quisiera hacerlo. Él se inspeccionó la palma de la mano, sintiendo aún ese frescor calmante. Parecía como si le hubiese puesto un gel cicatrizante sobre las ampollas, que ya habían desaparecido por completo. Tampoco le dolía la mano, y ni siquiera estaba roja.

Fen inspiró profundamente. Sabía lo que era esa mujer. Ninguna otra especie podría curar con su saliva tan fácilmente. Tenía que ser carpatiana, una raza de seres que consideraban que su hogar estaba en los Montes Cárpatos. Pocos sabían de su existencia. Frunció el ceño intentando hacer que su cerebro aceptase la idea. A decir verdad, no tenía ningún sentido. Dudaba que una mujer carpatiana fuese a una taberna sola, sobre todo a un lugar tan rudo como el Jabalí Salvaje. No solo debería conocer el fuego, sino que estaría bien instruida en todos los aspectos. Nadie vivía tanto tiempo como los carpatianos sin adquirir una gran cantidad de conocimientos a lo largo del camino. ¿Qué le había pasado? Y ¿por qué no iba acompañada?

Sintió el peso de una mirada y se encontró con los ojos de Zev. Estaba observando a la mujer. Instintivamente Fen giró su cuerpo ligeramente impidiéndole que la viera. Ella observó su cara, se asomó detrás de uno de sus anchos hombros para mirar a Zev, y enseguida volvió a esconderse detrás de Fen.

—No estás segura aquí —le dijo Fen reacio a admitirlo—. Esta gente es peligrosa.

Ella le sonrió. Una sonrisa. El corazón le dio un salto. Se le apretó el estómago y sintió el calor de la sangre que circulaba por sus venas. Tenía los dientes blancos, y los labios carnosos y rojos, un perfecto objeto de fantasías. Inspiró, sabiendo que era un error hacer que su aroma entrara en sus pulmones. Inspiró profundamente para retener su olor, y lo paladeó a pesar de que se le retorcieron las entrañas, hasta que tuvo la certeza de que la volvería a encontrar.

Le levantó la barbilla para que ella pudiera mirarle la boca.

—Zev es un tipo particularmente peligroso —gesticuló las palabras más que pronunciarlas por temor a que él tuviera un oído tan extraordinario como el suyo—. Los otros también lo son, pero no tanto como él ¿Entiendes?

Tatijana asintió con la cabeza. Por supuesto que comprendía, pero estaba más preocupada por el efecto que le había provocado su roce que por su advertencia. Sin duda alguna se sentía atraída por este hombre. Se llamaba Fen. Le pareció que era humano cuando entró en su mente para hacer un ligero contacto, igual que el resto de la gente en la taberna, y sin embargo la desconcertaba. Se había movido a una velocidad cegadora. Una velocidad sobrenatural. ¿Cómo podía ser humano y moverse a la velocidad de un carpatiano? Era más, no había sentido que le precediera energía alguna, y eso era algo que debía haber sentido.

Era mucho más musculoso que la mayor parte de los carpatianos, pero su altura era similar. Tenía los ojos diferentes. Ella había pasado una buena cantidad de tiempo estudiándolo en secreto mientras él estaba sentado en la barra mirando su bebida. No se la bebía, aunque después de un rato el líquido desaparecía. No entendía aún como conseguía hacer tal proeza, pero sabía que ella también quería aprender a hacerlo.

¿Por qué había señalado a Zev, en particular, como peligroso? Parecía ser igual a cualquier otro humano de los que estaban en la taberna.

—¿Por qué Zev?

Ella era experta en la lectura de labios. Había aprendido hacía mucho tiempo. Cuando era una niña y estaba encerrada en el hielo, había visto la crueldad de su padre mientras sacrificaba animales y seres humanos sin distinción. Nadie estaba a salvo. Magos, carpatianos, jaguares, licántropos, ninguna especie se salvaba. Ni siquiera los muertos se libraban de Xavier.

Gesticuló la pregunta a Fen, asegurándose de que ningún sonido se escapara de su boca, por si acaso el hombre fuese carpatiano. Se sentía inexplicablemente atraída por él, y sin duda se había convertido en un interrogante en su mente, por lo que no estaba dispuesta a correr ningún riesgo. No estaba preparada para que ningún hombre la reclamara. Necesitaba tiempo para sí misma. Le habían contado todo acerca de los compañeros, y de cómo un hombre podía hacerse cargo de su vida, incluso sin su consentimiento. Eso no podía sucederle. A ella no. Ahora no. Por primera vez en su existencia estaba disfrutando de la vida. El camino del descubrimiento era emocionante. Se sentía tan llena de vitalidad que no quería que nada ni nadie la privaran de ese sentimiento.

A decir verdad, no estaba del todo segura de poder tener una relación con nadie, que al menos fuera sana. Eso requeriría confianza, y simplemente carecía de ella. Solamente se fiaba de Branislava, su única aliada. Habían estado juntas tanto tiempo que le costaba pensar en permanecer separadas, aunque también sabía que necesitaba desesperadamente estar a solas como en esos momentos. ¿Cómo podía saber quién era y lo que le gustaba si nunca se tomaba tiempo para averiguarlo?

—Solo lo sé —articuló Fen en respuesta y levantó una mano para colocarle un mechón de pelo detrás de la oreja.

Ella se quedó sin aliento. Su tacto le provocó una sensación extraña en todo el cuerpo y eso le resultaba alarmante. Dio un paso atrás incapaz de apartar la mirada de él.

El sonido de un lobo aullando en la distancia hizo que giraran la cara hacia la ventana. Por el rabillo de ojo vio que Zev se volvía hacia el aullido. Fen percibió también el movimiento. Pero ella observó que nadie más había oído el escalofriante sonido.

No se trataba de un lobo aullando a la luna, sino del llamado a la manada para salir de caza. Al menos tres más contestaron, aún más lejos, pero no parecían la manada que había en la zona. Sonaban agresivos e impacientes, como si ya tuvieran una presa a la vista. Más aún, a sus oídos sonaban raros, como si fueran unos lobos extraños.

Su mirada saltó a la cara de Fen. Estaba muy quieto. Inmóvil. Su expresión no había cambiado, pero sintió una diferencia en él. Parecía relajado, pero ella se dio cuenta de que estaba tenso y preparado para luchar.

—Me tengo que ir —le gesticuló con la boca, dio otro paso atrás y volvió su atención hacia ella al instante. Frunció el ceño y miró nuevamente por la ventana—. Te voy a acompañar.

Esta vez lo dijo en voz alta.

Varias cabezas en la taberna se giraron hacia ellos. Dos de los hombres fruncieron el ceño. Eran los mismos que habían estado confabulando entre susurros para seguirla. Era evidente que su amigo no había logrado convencerlos, aunque todavía parecía estar discutiendo con ellos.

Tatijana había esperado que esto sucediera tarde o temprano. Lo único que tenía que hacer era desvanecerse en la niebla y desaparecer. Los hombres nunca sabrían lo que le había ocurrido. Tenía plena confianza en que pasara lo que pasara siempre se podría librar de cualquier ataque.

Sabía que Fen había anunciado su intención de acompañarla para asegurarse de que fuera a estar a salvo de los hombres de la taberna, y tal vez de quien estuviera afuera. Su primer impulso, de autoconservación, exigía que declinara su oferta. Pero estaba esa compulsión que la impelía a querer estar con él sin razón aparente.

Se arriesgó y exploró su mente una segunda vez. Parecía un hombre común… Tal vez era la contradictoria intriga que él representaba, o tal vez simplemente que la atraía como un imán, pero finalmente asintió con la cabeza para comunicarle que dejaría que la acompañara un rato. En cualquier caso, sabía que podía protegerlo si había problemas.

Zev se apartó de la barra, se abrochó el abrigo y salió sin siquiera mirar hacia donde estaban ellos. Como si las palabras de Fen hubieran sido una señal, los tres hombres se apiñaron para cuchichear sus confabulaciones, se levantaron, se pusieron sus abrigos y sombreros, y también salieron de la taberna. Uno de ellos miró con cierto nerviosismo a Fen mientras los otros dos miraban de reojo a Tatijana.

Entonces el corazón de ella sufrió un vuelco. Era evidente que estaba poniendo en peligro a Fen al acceder a que la acompañara. Abrió la boca para decirle que se iría sola, pero él la tomó de la mano y la llevó hacia la puerta. En el momento en que el calor de su mano se cerró en torno a la de ella, su corazón pegó una sacudida y un millón de mariposas revolotearon en su estómago. Su mano era mucho más grande que la suya, y la envolvía por completo. Eso hacía que se sintiera femenina y muy mujer, un concepto totalmente nuevo para ella.

No quería que esa increíble sensación desapareciera. En cualquier caso, estaba segura de que podría proteger a Fen sin que él se diera cuenta de lo que ella era. Si era necesario le podía borrar cualquier mal recuerdo. Ella también necesitaba alimentarse. No era tan difícil convencerse de que tenía muy buenas razones para dejar que Fen caminara con ella por el bosque.

—¿Dónde está tu abrigo? —preguntó Fen.

Un abrigo. Todo el mundo llevaba un abrigo. Los carpatianos regulaban su temperatura. Ella no sentía calor ni frío, y por eso no sentía las llamas, pero los de su especie siempre hacían lo imposible para encajar entre los seres humanos. Esa era una de las principales reglas que regía su sociedad. Nadie podía saber de su existencia. Antes de que Bronnie y ella hubieran sido puestas bajo tierra para sanarse, les habían inculcado fuertemente ese principio. Se había olvidado del abrigo.

Miró hacia los toscos percheros que había en la puerta, donde muchos de los clientes colgaban sus cazadoras y sombreros. De repente apareció entre ellos un largo abrigo con capucha. Rápidamente echó un vistazo al espejo, agradecida de que nadie pareciera haberse dado cuenta. Le indicó la prenda con un pequeño movimiento de la barbilla. Fen no había dado ninguna señal de estar sorprendido. Simplemente cogió el largo abrigo del perchero y lo mantuvo levantado.

Ella vaciló, sin saber qué se suponía que debía hacer. Fen se acercó, hizo que deslizara su brazo por una manga, y le sujetó el abrigo sobre la espalda. Esperó pacientemente a que ella metiera su otro brazo en la otra manga. Después hizo que se diera la vuelta para abrocharle los botones. Mientras deslizaba cada botón en su presilla, ella contuvo la respiración y le miró la cara.

Era guapo. Aunque tenía cicatrices y era muy rudo, y totalmente masculino, le parecía muy guapo. Memorizó su estructura ósea, la forma de su nariz, el corte de su boca y su fuerte mandíbula. Quería recordarlo durante toda la vida, y conservar este momento. Podía no volver a tener un momento, o una sensación así, y esto era algo que necesitaba saborear.

Fen alargó su brazo alrededor de ella y abrió la puerta. Una ráfaga de aire frío se precipitó hacia la taberna. Ella levantó la barbilla para respirar el aire de la noche y hacer que el viento le trajera información. Fen respiró hondo y salió justo por delante de ella manteniendo la posesión de su mano. Su cuerpo bloqueó parcialmente el de ella para protegerla de los elementos mientras echaba una cautelosa mirada a su alrededor.

La niebla gris se arremolinaba y daba vueltas. Impedía que el bosque se viera desde la taberna. Pero los árboles se alzaban misteriosamente por encima de la niebla más densa, todavía ocultos y un poco deformes. Sus copas parecían estar suspendidas en el aire.

—¿Hacia dónde vamos? —preguntó Fen.

Tatijana señaló a su izquierda, hacia el bosque. Los lobos se habían quedado en silencio y esperaba que todavía estuvieran a una gran distancia. Fen tiró de su mano para acercarla a él, y se pusieron en marcha. Ella percibió el olor de Zev, que era un intenso aroma a bosque antiguo, que también se adhería a Fen. Le gustó bastante. Era el aroma que producía en libertad, algo que ella anhelaba más que nada en el mundo.

El olor de la noche también podía percibirse en aquella tentadora fragancia, una oscura y fría medianoche azulada, con estrellas en el cielo y una redonda luna llena. Aquel escurridizo aroma evocaba todo lo que había llegado a amar en el poco tiempo que había transcurrido desde que había sido liberada de su prisión. Más aún, quería estar cerca de Fen solo para inhalarlo, para llevarlo profundamente hasta sus pulmones, y así no poder olvidarlo nunca.

—Dime tu nombre. Soy Fen. Fenris Dalka. —No se detuvo y continuó adentrándose en el bosque con absoluta confianza. Parecía ser un hombre que no tenía miedos. Ella lo observó. Lo estudió cuidadosamente e hizo una exploración más, solo para estar segura de que estaba a salvo con él. Abrió la boca para decírselo, pero no pudo. Algo se lo impidió. Sentía un deseo demasiado fuerte de estar con él. Tal vez todo era nuevo para ella, pero la fuerte atracción que se produce entre un hombre y una mujer era algo que nunca le había sucedido. No se había sentido en absoluto atraída por nadie más en la taberna, ni siquiera la menor chispa. Sacudió la cabeza y le sonrió. Fen esbozó otra sonrisa—. Sabes que el misterio resulta muy intrigante en una mujer ¿verdad? Eso me enamoraría por completo. Sé leer los labios —añadió.

Ella quería que él supiera su nombre.

—Tatijana —gesticuló exagerando cada sílaba para que le resultara más fácil, pero Fen lo captó a la primera.

—Tatijana es un bonito nombre. ¿Vives por aquí cerca?

Ella se encogió de hombros, feliz de estar simplemente caminando a su lado. Su cuerpo expedía un calor inesperado y se permitió a sí misma disfrutar de él. Necesitaba sentir cada momento con él. Sabía que debía soltarle la mano. No lo conocía. Tampoco conocía cuál era el comportamiento adecuado entre un hombre y una mujer, pero aunque solo fuera por ese momento, por primera vez en su vida se sentía normal. Real. No era una carpatiana. No era una cazadora de dragones. No era la hija de un mago. Sencillamente era una mujer disfrutando de la compañía de un hombre.

—Viví aquí hace mucho tiempo —prosiguió Fen—. He vuelto por una temporada, pero debo marcharme otra vez. —Miró a su alrededor las oscuras formas de los árboles que surgían entre la niebla—. Había olvidado lo hermoso que es esto.

Tatijana siguió en silencio pero estaba de acuerdo. Quería bailar de felicidad allí mismo en lo más profundo del bosque. Algo tan sencillo como caminar entre los árboles por la noche la inundaba de alegría, y Fen era un regalo añadido. Asintió con la cabeza sintiéndose un poco tonta por no hablar en voz alta. Tal vez él pensaba que no podía hacerlo. Ni siquiera le importaba si eso significaba que estaba sintiendo lástima por ella, aunque cuando revisó los pensamientos del hombre, no encontró lástima. Encontró… atracción.

—¿Has vivido aquí mucho tiempo? —le preguntó.

Ella lo miró a la cara. No la estaba mirando, a pesar de que su tono había hecho que se sintiera la persona más importante del mundo, y él quería una respuesta. Su vista estaba inquieta, en constante movimiento. Se fijaba en las ramas de los árboles y en el suelo, como si intentara perforar con su vista el pesado velo de niebla.

¿Se había perdido algo? ¿Alguna advertencia? Lanzó una mirada cautelosa a su alrededor, proyectó sus sentidos y observó todo muy atentamente para tratar de detectar una amenaza. Justo delante y ligeramente hacia la izquierda, estaban ocultos entre los árboles los tres hombres que habían salido del bar después de Zev. Ella suspiró. Por supuesto. Sabía que intentarían atraparla. Había permitido ser llevada a un mundo mágico sin amenazas. Pero todo, y todos aquellos que podrían amenazarla le parecían triviales en comparación con Xavier.

Tocó el brazo de Fen.

—Me tengo que ir —dijo gesticulando con la boca—. Ya puedes regresar.

No quería implicarlo. No estaba segura de que fuera un ser humano, pero en el caso de que así fuese, eran tres contra uno. Y aunque parecía corpulento y peligroso, no era justo. Ella podía desvanecerse en la niebla y los hombres nunca la encontrarían, pero Fen tenía que ser protegido, aunque fuera de su propia galantería.

Él se detuvo de golpe.

—Sabes que están ahí ¿verdad?

Tatijana asintió a regañadientes. Estaba traicionándose a sí misma, pero él también lo había hecho. Los tres hombres estaban bastante lejos y era imposible verlos entre la niebla.

—Yo me encargo de ellos. Tienes que salir de aquí.

Ella negó con la cabeza. Había temido que fuera un macho protector. Le dio un pequeño «empujón» para que se marchara. Él le frunció el ceño sacudiendo la cabeza. Tatijana sabía que había cometido un terrible error. Fen era mucho más de lo que parecía, y ese empujón le había dado demasiada información sobre ella misma.

¿Quién era? ¿Un mago? No creía que lo fuera. Había estado prisionera durante siglos por el mago más poderoso del mundo jamás conocido, y Fen no se le parecía físicamente en absoluto, y su cerebro no funcionaba de aquella manera. ¿Un jaguar? Tampoco le parecía que lo fuera. Por lo tanto, solo podía ser o un carpatiano, o un licántropo. Si hubiera sido carpatiano, lo habría detectado por su campo energético. Los licántropos eran la única especie que no producía una energía legible para los demás.

Decidió arriesgarse.

—Puedo defenderme sola perfectamente. Debes marcharte. Esos hombres van detrás de mí, no de ti.

Capítulo 2

Fen se quedó muy quieto. La tierra parecía temblar bajo sus pies y los árboles que los rodeaban se agitaban. Había olvidado por completo cómo era ser carpatiano. Había vivido tanto tiempo como una abominación, como el más perseguido de los licántropos, peor considerado que cualquier lobo depravado y solitario, o que una manada que debe ser cazada y destruida. Su especie no podía ser tolerada en el mundo de los licántropos.

Era un carpatiano y un licántropo a la vez, y esa combinación lo convertía en un paria. Había vivido bajo esa sentencia de muerte durante siglos. No tenía ninguna posibilidad de tener una compañera, y hacía tiempo que había renunciado a ese cuento de hadas. Le ardieron los pulmones, y se dio cuenta que estaba conteniendo el aliento. Ella lo miraba con sus increíbles ojos verdes. Cambiaron de color, pasaron de tener un profundo y fascinante tono esmeralda a un aguamarina multifaceteado.

Ella lo sabía. Para ambos las señales habían estado allí todo el tiempo, pero las habían ignorado, malinterpretado, o simplemente no se las habían creído. Aunque era poco factible, él había estado esperando ese momento toda su vida. Ella existía. Su compañera. La mujer que poseía la otra mitad de su alma. La luz de su oscuridad. Le devolvía los colores y las emociones reales.

Todo lo asaltó de golpe. Sentimientos. Colores vivos. Su cabello era de color rojo dorado, que en la sombra adquiría tonalidades más profundas, o tenía mechas de distinto tono que se entremezclaban. Por un momento se permitió dejarse inundar por las emociones. Quería ir donde estuviese el amor, con esa mujer, ese increíble milagro que estaba de pie frente a él mirándolo con sus grandes ojos abiertos como platos.

Había miedo en su mirada, y si ella hubiese sabido la mitad de lo que ocurría, hubiese huido para salvar su vida. Fen acarició sus mejillas suavemente, y frotó la yema del pulgar sobre su piel suave y satinada. El corazón del hombre tartamudeó y le rugieron truenos en sus oídos.

—Dama mía —le dijo suavemente y con pesar—, daría cualquier cosa por unirte a mí para siempre, pero lo primero debe ser tu seguridad. En ningún lugar debes estar cerca de mí. Tengo una sentencia de muerte, y cualquier persona que me ofrezca cobijo o ayuda será eliminada junto a mí. Si te encuentran y saben quién eres, no van a correr riesgos. También te matarán.

Tatijana lo miró parpadeando. Esa afirmación era lo último que se esperaba. Se había preparado para que la reclamara y le dijera las palabras que sabía que los iban a unir para siempre. Después no podría vivir sin él, ni tendría que perder la preciosa libertad que deseaba por encima de todo.

—¿Por qué quieren matarte? —preguntó con un tono un poco acusador y molesto. Miró hacia donde estaban ocultos los tres hombres entre los árboles para hacerles una emboscada, pero no se iban a arrastrar por la maleza… a menos que reunieran más coraje—. ¿Qué hiciste?

Una suave sonrisa se asomó en el rostro de Fen por el leve tono acusatorio que percibió en su voz.

—No finjas que querías hacer que me declarara. Has hecho todo lo posible para evitar que supiera que eres mi compañera. No creo que hacerme una escena de enfado femenino sea la respuesta más adecuada. Deberías estar saltando de alegría.

—Bueno, no lo estoy. Saltando de alegría, quiero decir, porque seas mi compañero. No puedo tener compañero en estos momentos. Tengo problemas. —La sonrisa cada vez más grande de Fen proporcionó calidez a su mirada, y eso lo hacía más atractivo. Sus ojos eran impresionantes. En la taberna eran de un azul hielo, como el de las cuevas que habían sido su hogar durante tanto tiempo. Le habían atraído esos ojos. Ahora eran todavía de un azul más profundo e intenso, como el de los brillantes zafiros que había visto en el escondite donde Xavier tenía un alijo de joyas y objetos que usaba para su magia. No se sentía culpable en lo más mínimo por estar actuando como una tonta, le era imposible no hacerlo delante de esos ojos.

Tatijana levantó una mano—. Pero tienes que entender algo, Fen. No voy a abandonar a mi compañero, ni a ningún carpatiano con problemas, así que cuéntame ¿por qué estás amenazado de muerte, y por quién?

Él negó con la cabeza.

—Mujer, sí que sabes cómo complicar las cosas, ¿no? —A ella le gustó la idea de que fuera así. Le encantaba pensar que le complicaba la vida. Nunca antes había tenido esa experiencia y se sentía bastante orgullosa de sus habilidades. Su sonrisa se hizo más amplia, pero se dio cuenta de que no había tenido la precaución de proteger su mente de él. Antes de que pudiera reaccionar, él ya estaba en ella, la inundaba con su calor y llenaba cada uno de sus rincones solitarios y desolados. Al fusionarse con su mente hizo que quedaran completamente unidos. Atisbó los recuerdos de Fen, pero los encontró extraños, no eran los de un carpatiano—. Te gusta jugar conmigo —la acusó, pero la alegría de su voz, y la calidez de sus ojos increíblemente azules, desmentían cualquier atisbo de enfado.

Ella nunca había «jugado» con nadie. Tardó un momento en traducir mentalmente esta nueva jerga, pero sí, a ella le estaba gustando bastante «jugar» con él. Le estaba proporcionando varias experiencias estimulantes completamente desconocidas.

—Sí, eso es lo que hago. —Le desapareció la sonrisa del rostro—. Esos tres hombres que están esperando a poder saltar sobre mí, realmente no representan una amenaza para ninguno de los dos, pero tú dices que estás en un serio peligro de muerte, ¿te persigue Zev? ¿Es por eso que me dijiste que era tan peligroso?

Fen suspiró, se metió una mano por debajo de la ropa y la apoyó contra su pecho.

—Vas a insistir hasta que te dé una explicación, ¿verdad? Si alguien descubre que lo sabes, mis enemigos irán por ti.

Tatijana levantó la barbilla.

—No tengo miedo, Fen. Me he enfrentado a monstruos que no puedes ni imaginar —estudió sus facciones duras y las arrugas de su rostro—, a lo mejor tú puedes hacerlo, pero el asunto es que no voy a huir del problema, no lo voy a esconder, solo dime la razón.

—Hace siglos, estaba cazando a un vampiro especialmente salvaje. Nunca había perseguido a uno tan poderoso y brutal. Destruía aldeas enteras y mataba a todo el mundo, pero por alguna razón yo no podía sentir nada, ni su energía, ni nada de lo que habitualmente te guía cuando buscas a un vampiro. A veces, cuando estás tras alguno, lo que les delata es lo que no encontramos. Sin embargo, con este siempre iba un paso por detrás. Podía buscarlo siguiendo la destrucción que dejaba a su paso, pero nunca me pude adelantar a él.

Fen volvió la cabeza hacia los tres hombres que los acechaban. De inmediato Tatijana se dio cuenta de que él los había estado escuchando todo el rato. Los cazadores carpatianos tenían grandes habilidades, y siempre eran conscientes de todo lo que pasaba a su alrededor, incluso cuando parecían estar completamente concentrados en una cosa, o en una persona.

Tatijana se sintió un poco decepcionada al comprobar que, a diferencia de ella, él no tenía centrada toda su atención en ella.

—En serio, esos hombres ahora me están molestando. —Se dirigió hacia ellos, olvidando que tenía a Fen cogido de la mano. Solo logró dar tres pasos antes de que la detuviera en seco. Tatijana se volvió hacia él con el ceño fruncido—. ¿Qué estás haciendo?

—Preguntarme qué estás planeando —le respondió Fen con una ceja levantada.

Tatijana se dio la vuelta para hacerles frente.

—Estoy muy cansada de vosotros —dijo en voz alta—. Si estáis pensando asaltarnos, hacedlo ya. Estoy intentando tener una conversación seria, y Fen tiene dificultades para concentrarse, así que armaos de valor y salid al descubierto para que podamos acabar con vosotros, o si no largaos a casa.

Fen se echó a reír. No esperaba que su tono de voz fuera tan ronco y masculino, como si reverberara a través de su cuerpo, y lanzara pequeñas ondas de corriente eléctrica que chisporroteaban en su torrente sanguíneo.

—No estoy teniendo dificultades para concentrarme —le dijo Fen bajando la voz una octava—. He estado pendiente de cada una de tus palabras.

Ella suspiró delicadamente.

—Se supone que te estás explicando. Cuando tu compañero se niega a reclamarte como mujer, debe tener sus razones.

—Tú no tienes ningunas ganas de ser reclamada —le señaló.

—Eso no es importante.

Fen se dio cuenta de que le estaba sonriendo. Los tres humanos que estaban ocultos detrás de unos arbustos estaban discutiendo sobre lo que debían hacer ahora que había desaparecido el factor sorpresa. Uno de ellos intentaba convencer a los otros dos de que estaban borrachos y que se iban a meter en problemas. Además no iba a dejar que hicieran daño a una mujer.

A Fen no le importaba si iban a atacarlos de una forma o de otra, lo que lo tenía fascinado era esa mujer que lo rechazaba. Por lo general las mujeres carpatianas eran altas y de pelo oscuro, pero Tatijana era más baja en comparación, los reflejos de su cabello eran siempre cambiantes, y tenía unos increíbles ojos de color esmeralda.

Después de siglos de vivir sin colores, ahora los percibía tan vivos, que los diversos tonos marrones prácticamente lo enceguecían. Se sentía tan lleno de alegría que estaba abrumado.

—Quiero una explicación, y creo que como compañera tuya merezco escucharla.

Sonaba a la vez insolente y majestuosa, como si eso fuese posible

—Y por más que te cuente, no vas a volverte sensata y te marcharás ¿verdad?

Ella lo tenía atrapado. El misterio y la intriga que la rodeaba lo atraían casi tanto como su alma que llamaba a la suya. La atracción entre ellos era muy fuerte y no estaba seguro si al final iba a tener fuerzas para verla partir.

—Por supuesto que no, ¿crees que soy una cobarde? —Tatijana sacudió la cabeza como una potranca díscola para señalar a los tres hombres que ahora discutían en voz baja, convencidos de que no podían ser escuchados—. ¿Cómo ellos? Yo soy carpatiana. Puede que no tenga experiencia práctica a la hora de combatir, pero tengo conocimientos sobre todo tipo de enemigos, y de la mejor forma de derrotarlos. Nunca voy a huir de un enfrentamiento, ni voy a aceptar que nadie mande sobre mí.

Ella era… magnífica. La luna estaba casi oculta bajo un manto de neblina, pero su larga trenza parecía desprender chispas.

—¿De dónde has sacado todo lo que sabes? —preguntó Fen.

Ella se encogió de hombros.

—A lo mejor conoces el nombre de mi padre. Era el mago más poderoso que nunca se ha conocido, Xavier. Se hacía pasar por amigo del pueblo carpatiano, pero era un impostor, y los estuvo engañando durante años con la idea de que la alianza entre los magos y los carpatianos era segura. Quería la inmortalidad, pero los carpatianos no le dieron su secreto. Mató al compañero de mi madre y la retuvo prisionera. Solo un mago muy poderoso podía hacer algo así. La obligó a ser la madre de sus hijos. Fuimos trillizos, dos niñas y un niño. Mi hermana Branislava, mi hermano Soren y yo. Nos necesitaba por nuestra sangre.

Fen se quedó tan sorprendido que supo que se le reflejaba en el rostro.

—Estudié hace siglos con ese hombre. Todos lo hicimos. ¿Nadie sabía que era un traidor?

Ella negó con la cabeza.

—Desde que nacimos mi hermana y yo estuvimos en su guarida atrapadas en el hielo para que pudiera alimentarse de nuestra sangre. Siempre estábamos muy débiles. Nuestra madre nos convirtió por completo cuando se dio cuenta de lo que Xavier nos quería hacer, con la esperanza de que pudiéramos encontrar la manera de escaparnos. Pero la mató en el momento que consideró que podíamos proporcionarle la sangre que tanto anhelaba.

Fen había estado siglos lejos de los Montes Cárpatos y su hermano no había tenido tiempo de contarle demasiadas noticias. Saber que un mago tan formidable como Xavier los había traicionado y había realizado actos tan atroces a una carpatiana y a sus hijos le había helado hasta los huesos. Había sido testigo de los engaños de los vampiros, pero le parecía que la traición de Xavier era mucho peor por ser alguien a quien su pueblo había considerado amigo y aliado. Todos confiaban en él.

—¿Cuánto tiempo estuviste cautiva?

Por primera vez la vio vacilar. Le temblaba la mano cuando se quiso apartar un mechón de su cabello. Fen se la cubrió con la suya.

—Mi vida entera, siglos. Nunca salimos de la cueva hasta hace dos años. Desde entonces hemos estado siendo curadas por la Tierra —le confesó Tatijana.

—¿Y el príncipe te permite salir sin que te acompañe nadie, sin la protección de sus cazadores? —preguntó Fen sin ocultar su disgusto.

Tatijana lo negó rápidamente con la cabeza.

—No tiene ni idea de que me he despertado. Ninguno de ellos lo sabe. Mis guardianes se creen que estamos a salvo debajo de la tierra. Necesitaba sentir la libertad —su mirada se encontró con la de Fen—, necesitaba esto.

Él comprendió lo que le estaba intentando transmitir. Ella no se había escabullido por despecho, o porque frívolamente quisiese burlarse de sus guardianes, sino porque realmente necesitaba sentirse libre. En cierto modo los cazadores carpatianos perdían su libertad cuando los abandonaban las emociones y los colores. Después de eso solo tenían un propósito, encontrar a su compañera. Si no lograban hacerlo, con el paso de los años, corrían el riesgo de convertirse en un *nosferatu*, en un no muerto. Lo único que quedaba a los cazadores era cazar y destruir vampiros, y buscar a su compañera.

—Ya te he contado sobre mí, ahora es tu turno.

—Creo que estamos a punto de tener compañía. Dos de tres. El tercero optó por abandonar a sus amigos cuando se dio cuenta de que no podía hablar con ellos por culpa de su estúpida borrachera. Y debo decir que realmente lo intentó.

A Fen le hubiese gustado reírse al ver la expresión en la cara de Tatijana. Parecía estar muy incómoda… pero tenía un aspecto adorable. Nunca pensó que usaría esa palabra, pero ahora sabía lo que significaba.

—Me estás tomando el pelo. —Tatijana levantó una mano en el aire y se volvió para enfrentarse a los dos hombres que salían muy intimidados de detrás de un arbusto—. ¿Realmente son tan estúpidos? ¿Qué les pasa?

—Se llama alcohol. Lo escupiste cuando lo probaste, pero a muchos humanos les gusta y les afecta mucho. Cuanto más beben más desinhibidos se vuelven, y a veces toman decisiones muy estúpidas.

—Ni siquiera tienen coordinación —señaló—. Uno apenas se puede mantener en pie. ¿Realmente se creen que tendrían alguna oportunidad si se enfrentan contra ti? Puedo creer que caigan en el error de atacar a una mujer, pero a ti tienen que haberte visto en la taberna.

—El alcohol deteriora la capacidad para pensar con claridad.

Fen se volvió hacia los dos hombres que venían hacia ellos y se situó un poco por delante de ella.

Tatijana apretó los labios haciendo un gesto amenazador. Fen captó su expresión por el rabillo del ojo. De pronto parecía irritada y decidida. Sintió su explosión de energía, y cómo se movió después a una velocidad vertiginosa.

¡Debes parecer humana!, le advirtió Fen rápidamente y se movió con ella mientras le entraba en la mente su advertencia.

En el último momento, surgió de entre la neblina como humana, dio una voltereta en el aire y lanzó una patada perfecta contra el estómago del hombre más agresivo. Hizo que se doblara en dos, se tambaleara y finalmente se quedara sentado en el suelo mirándola parpadeando.

Fen emitió un suave silbido cuando el segundo hombre se detuvo tambaleándose y se quedó mirando fijamente a su compañero con la mirada confundida.

—Genial —comentó Fen—. Estoy impresionado —dijo tendiendo una mano a Tatijana—. Marchaos a casa, muchachos. Los bosques pueden ser lugares muy peligrosos por la noche.

Tatijana le agarró la mano y se internaron en la espesura. Fen tomó el sendero que los llevaba de vuelta al pueblo. Ella no quería enseñarle su lugar de descanso, pero estaría mucho más segura en el pueblo que en el bosque. Fen echó una última mirada a los dos atacantes, que intentaban ayudarse a ponerse en pie el uno al otro.

Los volvió a rodear la niebla. Tatijana se aclaró la garganta.

—Me estabas contando que perseguías a un vampiro especialmente violento. Por favor, continúa. Me encantaría escuchar tu historia.

Fen le miró la coronilla. No le llegaba ni a los hombros, pero ya era toda una fuerza que tendría que tener en cuenta. No percibió en su voz que lo estuviera apremiando, pero de todos modos ya no podía resistirse a ella. No tenía experiencia en nada relacionado con compañeras, y no sabía si el hechizo que le había echado era de los que cualquier carpatiana lanzaba fácilmente a su compañero.

—El vampiro se llamaba Vitrona, e hiciera lo que hiciera no conseguía adelantarme a él. Nunca lo pude sentir. Ni una vez. Solo seguía la estela de destrucción que dejaba a su paso. Arrasaba pueblos enteros y asesinaba a mucha gente, en su mayoría licántropos. Los estaba exterminando. Más de una vez volvió sobre sus pasos y me cogió por sorpresa, algo que antes nunca hubiese sido posible. He estado siglos cazando vampiros, y en esa época no era ningún principiante.

—He visto a los vampiros y lo crueles que son —reconoció Tatijana—. Xavier se había aliado con uno.

Fen negó con la cabeza.

—Hace siglos, los vampiros no hacían alianzas, y ahora se han convertido en una amenaza aún mayor, pero este, Vitrona, no mataba solo por excitarse, sino también por placer. Parecía que no era solo vampiro, sino también licántropo. Y más que licántropo… un hombre lobo.

Tatijana abrió la boca y se llevó una mano a la garganta.

—Los licántropos pueden estar bajo la luz del sol y no ser detectados por los carpatianos ni los magos. Fueron la única especie que Xavier tuvo dificultades para conseguir porque eran muy difíciles de localizar.

—En aquel entonces los licántropos tenían sus propios pueblos, pero cambiaron de política cuando Vitrona los derrotó y se dedicó a matarlos a todos, hombres, mujeres y niños. Nadie podía detenerlo. —Fen bajó la cabeza. El recuerdo de tantas familias brutalmente asesinadas con las que se encontró se apoderó de él—. Ni siquiera yo.

Por un momento se le hizo un nudo en la garganta debido a la tristeza que había dejado de ser capaz de sentir, hasta que su compañera le devolvió las emociones profundas.

Tatijana apretó los dedos alrededor de los suyos.

—Cuando te pedí que me hablaras sobre el tema no imaginé que ibas a revivir las emociones de ese momento. Por favor, perdóname. No tienes que continuar.

Fen estaba un poco sorprendido por la conexión psíquica que había entre ellos, y que fuera más intensa cada momento que pasaban juntos. Entró en la mente de Tatijana, la rozó ligeramente, y descubrió que estaba angustiada porque pensaba que había hecho que se sintiera mal. Nunca nadie se había puesto triste por él hasta donde podía recordar.

Fen se llevó una mano de Tatijana al pecho, y apretó su palma sobre su corazón mientras seguían caminando hacia el pueblo... y la seguridad. Ahora el bosque estaba cubierto por un velo de niebla que hacía imposible ver los árboles hasta que no estaban justo frente a ellos, pero podía sentirlos a través del vello de su cuerpo y de la energía que irradiaban las plantas.

La guió por el camino sin equivocarse, y ella se adaptó al ritmo de sus pasos para seguir el atajo. Su sistema de alarma había empezado a activarse.

—Me has dado un regalo inconmensurable, dama mía. Caminar contigo me tranquiliza y estimula. El solo hecho de que te interese mi pasado es un milagro que no me esperaba.

Ella lo miró parpadeando con sus largas pestañas y él aprovechó para mirar un instante sus increíbles ojos verdes.

—También me interesa tu futuro, Fen. Por lo que he averiguado sobre los compañeros, uno no está bien si el otro se aleja durante mucho tiempo.

—Entonces voy a seguir con mi historia. Seguí a Vitrona durante un año completo, que fue muy largo, y durante ese tiempo me di cuenta de que otro cazador también estaba tras él. Era un licántropo. Un cazador de élite. Seguía los rastros y mataba a los hombres lobo renegados, aquellos que mataban humanos y a los de su propia especie. Era igual que nosotros, que destruimos a los vampiros que atacan a los humanos. El talento del licántropo era formidable. Le tenía un gran respeto. Había estado un par de veces más cerca de Vitrona que yo, pero siempre se le había escapado.

—¡Qué horrible debió de haber sido para los dos! ¿Por qué era tan diferente ese vampiro?

—Cuando uno caza a los no muertos hay que buscar ciertas señales, pero las de ese vampiro eran imposibles de detectar por los medios habituales. No dejaba rastros de quemaduras a su paso, a menos de que lo hiciera deliberadamente. No había espacios en blanco que indicaran donde estaba escondido. El licántropo, su nombre era Vakasin, al final solo lo localizaba por su olor. Unimos nuestras fuerzas porque sabíamos que así duplicábamos las posibilidades de acabar con el monstruo. Muchas veces nos enfrentamos contra él, y sufrimos terribles heridas que pusieron en riesgo nuestras vidas.

Fen dudó porque temía su reacción; no sabía cómo contarle el resto.

Tatijana se detuvo y se colocó justo frente a él, le bloqueó el camino y le obligó a detenerse.

—Yo te he hablado de Xavier, el criminal más odiado por los carpatianos. Las mujeres perdieron sus bebés, y finalmente no volvieron a poder tener hijos. El gran mago que cometió semejante traición contra los carpatianos fue mi padre. Cualquiera que sea tu secreto no puede ser tan malo. Y fuera y lo que fuera lo que pasó, debes contármelo.

La única persona en la que Fen había confiado lo suficiente como para contarle su secreto había sido su hermano. Acababa de conocer a Tatijana, pero era su compañera y no debía mentirle. Podía entrar y salir de su mente cuando quería, igual que ella, de modo que le era imposible ocultarle nada.

Le resultaba extraño sentirse tan cómodo con ella, como si hubiesen estado juntos desde hacía mucho tiempo, sin embargo la rodeaba un gran misterio, y su magnetismo lo atraía con tanta fuerza como su evidente conexión.

—A menudo necesitaba sangre, y no había nadie más para ofrecérmela aparte de Vakasin. A veces yo le proporcionaba sangre a él cuando en nuestra búsqueda llegábamos a sitios donde no había sustento para ninguno de los dos, o nuestras heridas eran demasiado grandes y teníamos que esperar para que sanasen. En una batalla sufrimos tantas heridas mortales que tuvimos que intercambiar grandes cantidades de sangre para sobrevivir.

Tatijana lo seguía mirando con los ojos abiertos como platos y sin parpadear. Lo tenía cautivado y no podía dejar de mirarla aunque sus siguientes palabras pudiesen hacer que se volviera contra él.

—Vakasin y yo nos convertimos en una abominación, en lo que los licántropos llaman un *sange rau*, que literalmente quiere decir mala sangre. Sangre mezclada. Éramos como Vitrona, licántropos y carpatianos a la vez. No tuvimos ni idea de cómo ocurrió. Probablemente con el tiempo nuestros intercambios de sangre, aunque no se produjera una mezcla, nos transformaron, aunque realmente tampoco lo hicimos. —Confesó su pecado rápidamente para acabar de una vez. Ella no varió su expresión ni se alejó de él. Simplemente lo miraba como si esperara más. Fen se aclaró la garganta—. Tal vez no has entendido lo que he dicho. No soy ni carpatiano ni licántropo, soy ambas cosas. Un ser marginal que no puede ser aceptado por ninguna de las dos especies. Los licántropos tienen escuadrones de élite que si encuentran a alguien como yo lo cazan y lo matan.

Tatijana frunció el ceño.

—¿Por qué iban a hacer eso? Lara es la compañera de Nicolas, y su hermano Manolito es el de MaryAnn. Manolito y MaryAnn son como tú, y nadie los quiere cazar.

Fen negó con la cabeza.

—Eso no puede ser.

—Escuché a Nicolas decirle al príncipe que MaryAnn era licántropa, tal como tú describes, y nadie pareció molestarse por ello.

—Nadie puede saberlo. No pueden. Eso no debe de ser algo de conocimiento público. Mi hermano me lo hubiese dicho. Están en un terrible peligro. Si se enteran, los licántropos les enviarán a unos cazadores. Cazan en grupo, y una vez establecido un objetivo, no se detienen hasta que acaban con él.

Tatijana contuvo el aliento.

—Si los licántropos matan o intentan matar a MaryAnn y a Manolito, sus hermanos comenzarán una guerra. Según tengo entendido, los hermanos De La Cruz están dispuestos a dar la vida los unos por los otros. Lara y Nicolas nos contaron algo cuando vinieron a darnos sangre mientras nos estábamos curando bajo tierra.

—Esto es importante Tatijana, hay que avisarles. Una vez que el consejo dicta una sentencia de muerte, los cazadores de élite pueden pasar siglos, si es necesario, buscándolos para acabar con ellos. Solo éramos dos. Pero

Vakasin fue asesinado por los suyos después de que me ayudara a librar al mundo de Vitrona. Fueron unos salvajes con él a pesar de que no había hecho nada malo. Intentó explicarles que Vitrona se había convertido en vampiro, pero que no representaba lo que nosotros éramos, y no lo escucharon.

—¿Vakasin pudo haberse convertido en un vampiro? —preguntó Tatijana— Eso era lo que temían, ¿verdad?

Fen asintió lentamente con un pequeño suspiro.

—No tuvo tiempo de averiguarlo. Como los carpatianos, los licántropos tienen una vida muy larga. No sé cuáles serían las consecuencias de un cruce entre licántropos y carpatianos. Evidentemente yo me podría haber convertido en vampiro, pues no tenía una compañera, pero estar en el cuerpo de un licántropo me ha ayudado a lo largo de estos años fríos y vacíos. —Titubeó—. Tus capacidades se hacen más fuertes con el tiempo, se transforman, pero cuando esto ocurre, ya no ayuda ser licántropo, y el llamado de la oscuridad aumenta.

Movió la cabeza abrumado por el dolor. Siempre había respetado a Vakasin como hombre y cazador, pero ahora se estaba dando cuenta de todo el afecto que sentía hacia él. De la camaradería que los unía. Del fuerte vínculo que se establecía entre dos hombres que compartían batallas y se cubrían las espaldas. Hasta la aparición de Tatijana había sido incapaz de sentir esas cosas. Pero estaba descubriendo que las emociones podían ser tanto una bendición como una maldición.

—Desde el punto de vista de los licántropos, puedo comprender que condenen a unos seres tan poderosos. Tardamos años en que se hiciera justicia con Vitrona. Durante siglos, y sin la ayuda de nadie, estuvo destruyendo el mundo de los licántropos. Mató a una manada tras otra de forma brutal y maligna.

—Era un vampiro —señaló ella—. No es razonable pensar que cualquier cruce entre un carpatiano y un licántropo fuera a ser lo mismo, como igual de poco lógico es pensar que todos los magos son malos porque Xavier lo era.

—Seguramente un carpatiano sospechará si se encuentra con un mago —le respondió Fen—. Tú sabes que eso ocurrirá. Los licántropos se integraron plenamente en el mundo de los humanos. Se dedican a trabajar al servicio de la ley, y mantienen pequeñas manadas dentro de las ciudades que se dedican a los mismos oficios que los humanos. Se rigen por un gobierno a la sombra, y los que mandan utilizan recursos humanos. Casi todos los cazadores de élite son considerados expertos en la vida salvaje, o especialistas, y viajan por el mundo cazando en secreto a hombres lobo renegados.

—¿Cuántos hay como tú?

Fen dudó. No sabía exactamente cuál era la respuesta, pero le daba miedo la verdad.

—Por lo que sé con certeza, ya no soy solo yo, ahora también está Manolito De La Cruz y su compañera.

Tenía la ligera sospecha de que tal vez su hermano también pudiese haberse pasado a su mundo, pero no lo sabía con seguridad.

—Muy pocos —reflexionó Tatijana—. Eso puede suponer un problema. Si hubiese más, tal vez los licántropos se lo pensarían dos veces antes de decidir matarlos a todos, pero siendo solo tres, os podrían atacar sin que nadie lo supiera.

—¿Tu eres pariente de la tal Lara?

Tatijana asintió.

—Es la hija de Razvan, el hijo de mi hermano Soren, que fue asesinado por Xavier. También tuvo presos a Razvan y a Lara.

—Avisa por medio de Lara a la familia De La Cruz que deben tener mucho cuidado, y que no dejen que nadie sepa de su mezcla de especies.

—¿Pensaste que te iba a dejar solo en esto? —preguntó Tatijana—. ¿Qué clase de compañera sería si te abandonase?

Sintió un impulso inesperado de reír.

—Una compañera que no quiere ser reclamada.

—Eso era antes de saber que tenías problemas. —Sacudió su larga trenza por encima del hombro. Sus ojos brillaban como esmeraldas—. Soy una cazadora de dragones, y los de nuestro linaje nunca huimos.

—Estoy comenzando a comprender lo cierto es eso —reconoció Fen—. Aun así los licántropos han existido desde hace siglos. Se han adaptado y evolucionado con cada nueva generación, y ahora están bien integrados en la sociedad humana. Usan a sus homólogos humanos para que los ayuden en sus investigaciones, y a localizar a aquellos que consideran criminales.

—Como tú.

—Vakasin no dijo a sus asesinos nada de mí, y no conocen mi identidad. Me encontré con unos cazadores de élite que rastreaban a la misma manada de lobos renegados que yo estaba siguiendo, pero desconocían mi verdadera identidad. Quizá Zev lo sospecha, pero no lo sabe. Solo hay un resquicio por el que podrían encontrarme. Durante una semana al mes me pueden identificar. Solo durante el ciclo de la luna llena los licántropos perciben mi energía de manera diferente, y de inmediato saben lo que soy.

Tatijana frunció el ceño y sus delicadas cejas se acercaron entre ellas.

—¿Por qué estás en los Montes Cárpatos? No has vuelto para informar al príncipe de tu dualidad, ni tampoco para jurarle lealtad. Eres un cazador. Cazas vampiros. Los antiguos cazadores no cambian sus métodos.

Fen suspiró. Tatijana parecía una flor frágil, pero tenía una columna vertebral de acero, y era muy inteligente. Podía no saber nada sobre el fuego, pero no había perdido el tiempo durante los siglos que había estado cautiva. Había estudiado con cuidado a cada una de las víctimas de su padre, y había aprendido a interpretarlas y aprovechar sus habilidades y experiencias. Se había fijado en los cazadores y en sus conocimientos de lucha con el fin de aumentar sus posibilidades de escapar. Casi podía sentir su cerebro colocando las piezas del rompecabezas a la velocidad de un rayo.

—¿Sospechas que hay otro de los que llamáis *sange rau*? —le preguntó con mucha astucia—. Lo has estado siguiendo hasta aquí, ¿verdad? Por eso te interpusiste directamente en el camino de ese cazador. El que me señalaste en la taberna por ser muy peligroso.

Fen la cogió de la mano e hizo que se diera la vuelta dejándola de espaldas al pueblo. Tenían que salir del bosque, al menos ella. La capa de niebla había comenzado a agitarse, y se estaban formando rápidos remolinos. Fen se quedó completamente quieto un momento para escuchar atentamente. Tenía todos los sentidos concentrados en la información que le traían los remolinos de niebla.

—Se trata solo de una sospecha, pero sí, creo que Zev está por aquí tras la misma manada de lobos renegados que estaba rastreando cuando me encontré con una extraña marca que me era conocida. Creo que Zev es un licántropo y que es muy letal... sobre todo para alguien como yo.

—Especialmente en la semana del mes en que la luna está llena, ¿verdad?

Fen se dio cuenta de que estaba sonriendo a pesar de la gravedad de la situación. El tono de su compañera era un poco mordaz. También su actitud. Asintió con la cabeza.

—Pues sí, dama mía, así es.

Ella negó con la cabeza.

—Si ese gran lobo malvado viene a por ti, ¿realmente crees que es una buena idea que estés caminando por el bosque en mi compañía?

Fen se rió. Tatijana llevaba un abrigo rojo con una capucha acolchada.

—¿Dónde escuchaste el cuento de la Caperucita roja?

—Teníamos material de lectura, rollos manuscritos, pieles, pergaminos finos. Más tarde libros. Al principio, creía que íbamos a ser como él, y que solo seríamos sus subordinadas. No se dio cuenta de que nuestra madre también nos había dejado un legado antes de que la asesinara. Se aseguró de que fuéramos completamente carpatianas, pero se lo ocultó. Teníamos la capacidad de comunicarnos telepáticamente, y de extraer los recuerdos de las víctimas de Xavier. Cuando se dio cuenta de que no íbamos a ayudarle en su lucha por acabar con nuestra especie, nos mantuvo prácticamente desangradas y débiles para que no tuviéramos la posibilidad de escapar.

—Cometió un error educándoos.

—Sí lo hizo, y aprendimos mucho más de lo que pensaba. Sus hechizos, la capacidad para hacerles frente, a movernos, las fortalezas y debilidades de cada especie. Adquirimos una gran cantidad de conocimientos y esperamos el momento en que fuésemos lo suficientemente fuertes como para atacarlo, o defendernos. Al final pudimos conseguir que se liberara la hija de Razvan. Lara era muy joven y esperábamos irnos con ella para protegerla, pero Xavier utilizó a Razvan para apuñalar a Bronnie, y yo no pude dejarla allí por más que me rogara que me fuera sin ella. Volvimos a estar prisioneras muchos años más, hasta que Lara volvió por nosotras.

El viento cambió de dirección de nuevo, lo que hizo que la niebla girara a su alrededor. Ambos se detuvieron de golpe y se miraron el uno al otro.

Sangre, señaló Fen. *Humana.* Muerte. La manada de lobos renegados estaba en el bosque. *Esta justo delante nuestro, pero me temo que está muerto.*

Fen se comunicó por telepatía, y en el momento en que entró en su mente se sintió completamente inundado de calor. Todos sus huecos vacíos se llenaron de ella. La terrible oscuridad retrocedió y todo se llenó de luz.

Es el tercer hombre que estaba en la taberna, el que se marchó cuando los llamé. Tatijana era lo bastante inteligente como para seguir su ejemplo. Había cierta tristeza en su voz, incluso culpa. *Era el hombre que intentó hacer que sus amigos entraran en razón.*

La manada olía igual que los lobos. Eran unos animales que destrozaban a sus presas para divertirse, no para comérselas. Eso los excitaba, y hacía que sembraran más violencia, simplemente porque se sentían poderosos. Echarían la culpa a los lobos reales, y los cazadores humanos destruirían a manadas inocentes por culpa de que los hombres lobo renegados se divertían matando.

Fen le apretó la mano con fuerza.

Tú no eres responsable de esto.

Hice que salieran, y este hombre se expuso al peligro apartándose de los demás.

A Fen se le retorció el estómago.

Vuela hacia el cielo. Vete de aquí. Yo tengo que volver atrás y encontrar a los otros dos. La manada los olerá y los matarán para divertirse.

Iré contigo.

El tono decidido de la voz de Tatijana hizo que Fen se diera la vuelta para tratar de disuadirla. Podía sentir en su mente que estaba absolutamente convencida. Tal vez si no estuviese disfrutando de su compañía, y de todo lo relacionado con ella, habría sido mucho más firme... y estaba seguro... que eso no le hacía ningún bien.

Ambos se pusieron a correr a una velocidad asombrosa para desandar el camino en dirección a los dos hombres borrachos. Tardaron solo unos minutos. Los encontraron sentados debajo de un árbol compartiendo una botella, y de vez en cuando se ponían a cantar.

Tatijana instintivamente se separó de su lado, se situó a su izquierda, y dejó que Fen se acercara a los dos hombres solo. Él se lo agradeció. Ya era consciente de que la manada estaba de cacería. Los lobos renegados ya habrían oído y olido a los dos hombres. Sabían que no estaban en buena condición física por todo el alcohol que habían consumido, y que serían unas presas fáciles. Tatijana se los podría llevar volando si fuera necesario, pero los dos hombres eran extremadamente vulnerables.

Fen transformó su apariencia, se mezcló con la niebla hasta que estuvo directamente frente de ellos, y lanzó un remolino de niebla por delante para poder surgir de ella de una manera natural. Ambos se miraron a los ojos.

—Fen, ¿qué haces fuera tan tarde? ¿Quieres un trago? —preguntó el que tenía la botella.

—Eres Enre —lo saludó Fen—. ¿Vives muy lejos?

Proyectó la voz directamente hacia los dos hombres, aunque en realidad no tenía ninguna esperanza de que la manada no supiera que Tatijana estaba en el bosque. Fen lo había sabido desde el momento en que el líder de los hombres lobo había aullado para avisar que había encontrado caza, y los demás le habían respondido que estaban cerca y dispuestos. Para ellos él olía a humano.

—Me llamo Gellert —le dijo el otro con voz de borracho, abriendo los ojos y cogiendo la botella de las manos de Enre—. ¿Qué estás haciendo aquí?

—Os voy a llevar a los dos a casa —los animó Fen—, hace demasiado frío para estar fuera toda la noche. Vuestras familias se van a preocupar.

—Mi mujer me echó de casa —contestó Gellert farfullando—. Me dijo que bebo demasiado, —añadió indignado—. Yo no bebo mucho. También me acusó de acostarme con Faye, la camarera.

—Sí que dormiste con Faye —le dijo Enre.

Gellert dio un largo trago a la botella.

—Eso no fue dormir —dijo con picardía.

—Se está quedando en mi casa —reconoció Enre—. Yo no tengo familia.

No parecía estar tan borracho como antes. Se puso de pie dificultosamente, y estiró un brazo hacia Gellert, que aunque se quejó, finalmente dejó que Fen y Enre lo ayudaran a levantarse.

—No deberías haber dejado que tu amigo te convenciera para atacar a la dama —dijo Fen a Enre.

Enre se encogió de hombros.

—Era simplemente una charla. Nunca la habría asaltado. Si realmente hubiese ido hasta el final, le habría dado una bofetada y lo hubiera llevado a casa.

—La pelirroja me quiere —dijo Gellert arrastrando las palabras—. Vuelve noche tras noche, y baila para mí.

—La pelirroja es mi mujer —le contestó Fen—. No es una buena idea decir esas cosas si estoy yo presente.

Gellert lo miró con los ojos rojos y llorosos. Soltó un ruidoso eructo, y el olor flotó hasta Fen como una nube verde.

—Hombre, lo siento. No lo sabía. Venga, Enre. Vámonos a casa.

Un enorme ruido rompió la paz de la noche. Escalofriante. Cerca. Muy cerca. El aullido de un hombre lobo cuando sale de caza. Enre, el más sobrio de los dos, se estremeció y miró a su alrededor con mucha cautela. El alegre y aterrador sonido, que flotó en el viento como si fuera un cuerpo contundente, era diferente al aullido de un lobo normal. Era mucho más inquietante.

—Tenemos que irnos ahora —los urgió Fen, agarró a Gellert y se lo puso a un lado, mientras Enre lo cogía del otro brazo.

—Tatijana, déjanos ahora que todavía puedes hacerlo. Defenderse del ataque de una manada, incluso para alguien como tú, no es fácil.

Ella levantó la barbilla, pero sus ojos observaban la noche. Igual que Fen, sus sentidos captaban más allá de lo que había a su alrededor, y estaba intentado localizar a los individuos que formaban la manda, pero Fen sabía que era imposible.

—No voy a dejarte luchando solo. Estos dos no serán de ninguna ayuda —le contestó señalando a los hombres con un movimiento de la barbilla, pero todavía sin mirarlos.

—¿Alguno de vosotros tiene un arma? —siseó Fen.

Miró a Tatijana. No iban a dejar que salieran de allí sin luchar. Dependiendo del tamaño de la manada, podrían verse en serios problemas.

Un enorme búho sobrevoló por encima de ellos y aterrizó en la rama de un árbol cercano. Dobló las alas un momento y contempló al grupo que tenía justo debajo. Entonces se levantó un montón de niebla alrededor del árbol y apareció un hombre que se dirigió hacia Fen. Era alto, ancho de hombros, tenía los ojos muy penetrantes, inteligentes y de color un azul hielo, igual que él. Su cabellera negra como la noche caía con mucha suavidad por su espalda, y se movía siguiendo cada uno de sus pasos suaves y fluidos.

Fen dio un paso hacia adelante y se agarraron los antebrazos, tal como se saludaban los guerreros desde hacía siglos.

—*Kolasz arwa-arvoval* «puedes morir con honor»—, dijo el alto guerrero para saludarlo—. No quería dejar que libraras esta lucha solo, *ekäm*, «hermano».

—*Kolasz arwa-arvoval*, Dimitri, *ekäm* —contestó Fen—. Te doy la bienvenida a este combate.

Capítulo 3

Lucharemos juntos entonces —afirmó Fen y extendió una mano hacia Tatijana—. Ella es mi compañera, que aún no ha sido reclamada, y está muy contenta con que sea así. Tatijana, mi hermano, Dimitri.

La mirada de Dimitri, fría como un glaciar, la recorrió de arriba abajo.

—Eres una cazadora de dragones.

Tatijana asintió de manera majestuosa. Fen disimuló una sonrisa, a pesar de la gravedad de la situación. Parecía una princesa real.

—¿Alguna vez has luchado contra hombres lobo? —preguntó a Tatijana, casi seguro de su respuesta, pues ya le había contado lo suficiente de su historia como para saber que no tenía experiencia práctica.

Tatijana le puso mala cara.

—Por supuesto que no. He estado toda mi vida encerrada en el hielo, pero puedo ayudar. Solo dime qué tengo que hacer.

—Enmascaran su energía fácilmente. No sentirás el ataque hasta que ya los tengas encima. Se mueven tan rápido como los carpatianos, y no se los puede matar sin una estaca o una bala especial de plata. Hay que rebanarles la cabeza y quemar sus cuerpos.

Ella asintió solemnemente tomándoselo muy en serio.

—Dimitri, recuerda nuestros juegos de guerra. Lucha como si estuvieras luchando contra un *sange rau*.

—No será fácil hacerlo sin las estacas de plata especiales —señaló Dimitri medio en broma.

—Siempre llevo algunas armas conmigo —reconoció Fen—. Hay que salir prevenido cuando los lobos renegados están en las proximidades.

Metió la mano en el bolsillo de su chaqueta y sacó varias estacas muy pequeñas. Eran unas espirales brillantes hechas de plata pura que tenían la forma de un cuerno de unicornio, y valían una fortuna.

—¿Cómo hay que matarlos? —preguntó.

—Debes clavarles la plata hasta el fondo del corazón —le advirtió—. Lo malo es que hay que estar bastante cerca, y pueden morderte y desgarrarte para destrozarte las arterias. Siempre van a intentar destriparte con sus garras. Y te repito, son muy rápidos.

—Volé sobre el bosque y conté trece. Pero puede que sean más, son difíciles de detectar —dijo Dimitri—. No podemos abandonar a los humanos. Los sacaré de aquí por el aire.

—Los hombres lobo renegados matarán a todos los que se encuentren. Son peores que los vampiros, pues cazan en manada —dijo Fen—. Tatijana, tal vez deberías llevarte a los dos humanos volando.

—No te dejaré. Puedo luchar igual que tú. Llevaron a un par de licántropos a las cuevas de hielo. Aprendí sus fortalezas y debilidades, y también he mirado en tu mente. Con lo que me has dicho, sé que puedo hacerlo.

—Están cerca —dijo Fen.

—¿Cómo lo sabes? —Dimitri giró en un círculo—. Yo no los percibo.

—Puedo olerlos. Pon a Enre y a Gellert sentados en el árbol y levanta un escudo protector a su alrededor —le indicó Fen.

Zev, que venía de la taberna, apareció entre la niebla y los matorrales. Parecía tranquilo y seguro, llevaba su largo abrigo abierto y el cabello recogido en la nuca, igual que Dimitri y Fen. Sus ojos de color gris mercurio brillaban como acero puro. Lanzó una mirada al pequeño círculo de combatientes.

—No os podéis quedar aquí.

—No hay ningún lugar seguro —dijo Fen—. Los carpatianos lucharán junto a los licántropos para hacer justicia con esa manada de renegados. —Apuntó con la cabeza hacia su hermano—. Él es Dimitri y ella es Tatijana.

—Soy Zev —se presentó el recién llegado—. Esta manada es asunto mío. He llamado a los cazadores, pero todavía están a veinticuatro horas de aquí.

Dimitri hizo un gesto con la mano hacia los dos borrachos para hacerse cargo de sus mentes, y giró los dedos para rodearlos con un escudo de seguridad. Después los dejó encajados en las ramas más altas de un árbol.

Zev estudió el rostro de Fen.

—Dimitri y Tatijana son carpatianos, pero tú eres licántropo —afirmó con un tono estrictamente neutral.

No había ningún indicio de desconfianza en la voz de Zev, pero Fen sabía que ahora sospechaba de él. ¿Por qué podría un licántropo ser amigo de dos carpatianos? Era imposible no advertir el parecido que había entre Dimitri y Fen. Zev era un investigador de alto nivel, lo que quería decir que había salido de una manada de cazadores de élite para perseguir lobos renegados por su cuenta, pues trabajaba para el oscuro gobierno de los licántropos. Parecía más que seguro de sí mismo.

—¿Tienes alguna idea del tamaño de la manada? —preguntó Fen.

Zev asintió.

—Es grande. La más grande que he conocido nunca. Llevo meses siguiéndola.

—Dimitri contó trece renegados, y eso con una sola pasada.

—Son como cincuenta o setenta. Son las pistas individuales que he identificado, y no estoy seguro de que no haya más. Tienden a dividirse, cada unidad caza por separado y luego se vuelven a reunir.

—Es por eso que han podido infligir tanto daño —dijo Fen.

Zev le dirigió una rápida mirada.

—¿Has estado siguiéndolos?

Fen asintió. No iba a admitir que pensaba que Zev estaba equivocado, o al menos lo estaba parcialmente. Estaba casi seguro de que la manada de renegados mataba a menudo, pero debía estarlos siguiendo un vampiro, que hacía las matanzas mucho más brutales, o tal vez viajaba con ellos como si fuera un licántropo. El vampiro era inteligente. Cubría muy bien sus pistas, asegurándose de culpar a la manada de su trabajo. Por supuesto era solo una conjetura. Fen no tenía ninguna prueba real.

—Me encontré con sus asesinatos hace un par de semanas y los seguí —admitió Fen—. *Dimitri, ya vienen hacia ti por tu izquierda. Son tres. Tatijana, conviértete en niebla o elévate hacia el cielo. Hay dos que van por ti. Se lanzaran desde lados opuestos y son increíblemente rápidos.*

A su alrededor se arremolinaba una niebla espesa y gris. El viento soplaba a través de los árboles, y los lobos renegados estaban ya muy cerca. Eran altos y estaban corriendo hacia ellos apoyados en sus patas traseras. Con cada zancada avanzaban diez metros o más a una velocidad vertiginosa. Los lobos aparecieron por todas partes y se cerraron en un círculo para lanzar su silencioso y sobrecogedor ataque. Sus brillantes ojos rojos recortados entre la niebla lo hacían todo aún peor.

Los tres lobos saltaron hacia Dimitri antes de que pudiera moverse, o disolverse, y le clavaron los dientes profundamente, desgarrándole los músculos hasta llegar a los huesos. Después le clavaron las garras en el vientre para intentar abrírselo.

A Tatijana le dieron un zarpazo desde el hombro hasta la cadera, a pesar de que había intentado convertirse en niebla. Llegaron hasta ella mucho más rápido de lo que jamás hubiese concebido. Fen pasó corriendo entre los que venían hacia él desde cada lado, con tal velocidad e ímpetu que hizo tambalear al que le bloqueaba el camino hacia Tatijana, y le clavó la estaca de plata profundamente en el tórax. El sonido del corazón del renegado era su señal. El hombre lobo cayó, y él continuó su carrera, tumbando a su paso a otros tres que intentaban acorralarlo.

Cuando llegó junto a Tatijana y le arrancó a un hombre lobo de encima, le dio la vuelta y le clavó una estaca de plata con tanta fuerza que por poco lo atraviesa. Tatijana asestó un fuerte puñetazo en la garganta a un segundo hombre lobo que le dirigía los dientes chorreando saliva hacia su cara. Tuvo que emplear la enorme fuerza de los cazadores carpatianos, y cuando el renegado se tambaleó hacia atrás, ella se disolvió en niebla e intentó despegar.

Sus gotas de sangre mezcladas con la niebla guiaron a otro hombre lobo hacia ella, que saltó muy alto y con las garras le enganchó un tobillo que ya se estaba disolviendo, y tiró de ella hacia el suelo. Fen captó el movimiento por el rabillo del ojo mientras otros dos lobos lo atacaban. Sintió la quemadura de los dientes que le abrían la piel, la presión de la mordida, y un enorme desgarro en la pantorrilla y el muslo. Los apartó a empujones, y les golpeó las cabezas entre ellas con una enorme fuerza, y en unos pocos segundos llegó hasta Tatijana.

Pudo ver a Zev de reojo, que se había transformado en un enorme licántropo, mitad hombre, mitad lobo, y daba vueltas en medio de varios hombres lobo, con el cuerpo desgarrado y ensangrentado, pero moviéndose con gracia y precisión. Esquivó un ataque, salió de debajo de uno de ellos para clavarle una estaca de plata en el corazón y se volvió a alejar.

Fen atrapó al hombre lobo que tenía las garras enterradas en el tobillo de Tatijana, le rompió el cuello y con un movimiento suave hizo que ella se pusiera de pie.

Vamos, dijo entre dientes. *Elévate en el aire.*

Un hombre lobo cayó sobre la espalda de Fen, y le hundió los dientes en el cuello. Tatijana se lanzó hacia el cielo a toda velocidad transformada en una dragona azul. Fen adquirió la forma de un licántropo para aprovechar su enorme musculatura y fuerza para quitarse de encima al hombre lobo que le mordía el cuerpo.

De pronto apareció la segunda oleada de renegados. Fen se dio la vuelta hacia la nueva amenaza que cercaba a Dimitri y a Zev, que estaban espalda contra espalda. Se movió rápido usando la doble velocidad que le proporcionaba que por sus venas corriera sangre de carpatiano y de licántropo. Hundió una estaca de plata profundamente en el corazón de un hombre lobo, y apartó otros de su camino cuando vio que emergía de la niebla un renegado enorme.

Fen lo supo al instante. No era un hombre lobo corriente. Se trataba del vampiro que camuflaba su presencia entre la manada de renegados. Pero no, no era solo un vampiro, era mucho más que eso.

—Zev, Dimitri —los alertó con un grito—. Detrás de vosotros. Es un *sange rau.*

Saltó entre los hombres lobo intentado acercarse a su hermano antes de que lo hiciera el recién llegado. Su velocidad explosiva lo puso directamente frente al vampiro. Sus ojos rojos lo miraron fijamente, y el lobo vampiro se abalanzó directamente sobre él. Chocaron con tanta potencia que tembló el suelo, y el impacto fue tan fuerte que le repiquetearon los huesos. Sintió como si hubiese chocado contra un tren de carga. Pero si eso era lo que sentía, su adversario también tenía que hacerlo. Le lanzó un puñetazo contra el tórax con su última estaca bien agarrada para intentar clavársela en el corazón. Matar a un *sange rau* era mucho más difícil que acabar con un licántropo o un vampiro. Tenía mucha experiencia en todo aquello que no funcionaba.

A su alrededor se libraba una batalla en la que Zev y Dimitri luchaban contra los hombres lobo, mientras por encima de ellos la dragona volaba bajo lanzando fuego a los lobos que podía, evitando hacer daño a Fen, a Dimitri o a Zev.

—Sé quién eres —susurró el *sange rau* con la voz grave—. Te conozco.

Fen también lo conocía. Un siglo atrás había estado en una manada, y este licántropo era el macho alfa del grupo. Se llamaba Bardolf. Lo recordaba como particularmente malvado, y que lideraba su manada con puño de acero. Había desaparecido en una cacería, y cuando lo rastrearon descubrieron que se había producido una batalla muy sangrienta entre él y una criatura que Fen estaba seguro que era un no muerto. No los encontraron a ninguno de los dos, ni siquiera sus cuerpos. Ahora Fen sabía lo que había ocurrido. El licántropo había mordido al no muerto, y había bebido suficiente sangre suya como para poder convertirse en vampiro.

—También sé quién eres —dijo Fen, evitando el brazo del lobo vampiro, y se acercó lo suficiente para lanzar un puñetazo contra el pecho de Bardolf con todas sus fuerzas.

Ya no le quedaban estacas de plata. Para matar a Bardolf no solo necesitaría una estaca, sino que había que sacarle el corazón y destruirlo con fuego. Fen sabía cómo matar a una criatura así, había adquirido bastante experiencia por el método de ensayo y error cuando había tenido que dar caza a un *sange rau* varios siglos antes. Sabía que destruir a un monstruo como ese iba a ser algo muy difícil.

Enterró el puño lo más profundo que pudo retorciendo el cuerpo para evitar el hocico lleno de dientes que se abalanzaba sobre su garganta. Los dientes lo arañaron y le rasgaron la carne. Sintió el dolor un instante antes de bloquearlo para continuar introduciendo el puño dentro del no muerto para que sus dedos pudieran agarrar su seco corazón. No podía matar a la bestia, pero sí ralentizarla y dar tiempo a Tatijana para que desde el cielo acabara con un buen número de lobos de la manada.

Bardolf arqueó el cuerpo hacia atrás, y se apartó de Fen con tal fuerza que lo lanzó en dirección opuesta, e hizo que le sacara el puño que tenía enterrado en su pecho. Después, en vez de aprovecharse de su ventaja mientras Fen todavía estaba tambaleándose intentando ponerse de pie, saltó al aire tras la pequeña dragona que lanzaba llamas con gran destreza.

—¡Fen! —gritó Zev—. ¡Toma!

Dimitri y Zev recibieron el ataque de la siguiente ola de hombres lobo mientras Bardolf dirigía sus renegados hacia Fen. Los dos cazadores, el carpatiano y el licántropo, saltaron rápidamente entre Fen y los atacantes que se aproximaban.

Fen había levantado la mano sin siquiera darse cuenta. Una espada de plata venía volando hacia él haciendo espirales. La agarró del brillante mango, saltó al aire como haría un licántropo y casi con un solo movimiento se la clavó limpiamente en su cuerpo, justo en el momento en el que el hombre lobo no muerto alcanzaba la puntiaguda cola de la dragona. El grito de Bardolf sacudió los árboles que estaban debajo de él. El discordante chillido era un verdadero ataque para cualquier oído.

Los hombres lobo comenzaron a emitir una terrible cacofonía de aullidos. La maleza temblaba. Las hojas de los árboles se marchitaron y sus ramas se apartaron del cuerpo del *sange rau* que se golpeó dividido en dos contra el suelo como si fuera una pesada roca. También cayó una lluvia de ácido que quemaba todo lo que se encontraba a su paso.

Fen corrió hacia la cabeza y el tórax, pero un enorme hombre lobo lo interceptó. Entonces blandió la espada mientras otro lobo se abalanzaba sobre su espalda. La espada le atravesó tendones y huesos, y le cortó un brazo. El olor de la sangre y carne quemada hizo que los hombres lobo se volvieran locos, y completamente frenéticos y enardecidos lanzaron un nuevo ataque contra Dimitri y Zev hasta hacer que cayeran al suelo.

¡Tatijana! Vuelve.

A Fen no le quedó más opción que acudir a ayudar a su hermano. Se alejó del cuerpo mutilado del vampiro, saltó sobre el hombre lobo caído y aterrizó en medio de la histérica manada. Agarró al lobo que había abierto el vientre de Dimitri con los colmillos para introducir triunfalmente sus garras en él, y rápidamente le partió el cuello. Lo lanzó contra otro hombre lobo de manera que chocaron entre ellos, y cayeron el uno sobre el otro. Después tuvo que meterse entre los otros, que formaban un verdadero muro, para intentar llegar hasta donde estaban su hermano y Zev.

De pronto apareció Tatijana lanzando largas llamaradas de fuego que primero les oscurecían la piel, después se la chamuscaban y finalmente quedaba convertida en cenizas. Los hombres lobo aullaban de pánico y dolor. Fen aprovechó este asalto desde el cielo para atravesar la masa de lobos, y tiró de su hermano para que se levantara y poder sacarlo de esa frenética refriega. Los agitados lobos estaban salpicados de sangre por todas partes.

Dimitri se tambaleó con la cara desfigurada por el dolor. Se enderezó, y rápidamente desapareció su expresión dolor. Extendió la mano para alcanzar la espada de plata que Fen le lanzó antes de ir a buscar a Zev. Echó un vistazo a las dos mitades del cuerpo de Bardolf, y vio que sus manos y sus piernas ya estaban intentando arrastrase por la tierra para unirlas.

Tatijana, lanza una llamarada al sange rau *que está cortado en dos. Quema esa carcasa antes de que sea demasiado tarde.*

Pero en cuanto se lo dijo, las dos mitades se fusionaron y en un instante desaparecieron en la niebla. Fen le partió el cuello a otro lobo lanzando una maldición en su antiguo idioma. Dimitri seguía arremetiendo contra los enloquecidos hombres lobo. Con una mano se agarraba el estómago, y con la otra les clavaba la espada.

Un agudo llamado desde el cielo hizo que los hombres lobo se retiraran. Se abrieron camino junto a Dimitri, mientras Fen luchaba contra los que estaban intentando acabar con Zev. La manada se esfumó entre la niebla de manera silenciosa en un instante. Solo quedaron aquellos que tenían las estacas de plata clavadas y yacían en el suelo.

Dimitri se dobló en dos, se puso de rodillas y se hundió en la tierra a poca distancia de su hermano. Pero Fen recuperó la espada para terminar de cortar las cabezas de los que estaban caídos, y se volvió hacia su hermano.

Zev estaba medio sentado y le corría continuamente sangre por la cara y el pecho. Fen recuperó su forma completamente humana y se agachó junto a Dimitri. Su hermano estaba mal. Se había llevado la peor parte del ataque cuando la manada salió del bosque para ir contra Fen, mientras él luchaba contra el *sange rau*. Dimitri y Zev habían distraído al resto para que él tuviera la posibilidad de destruir a la mayor amenaza.

Tatijana. Atiende a Zev. Dimitri está agonizando.

Salvaría primero a su hermano, por muy valiente que hubiese sido el licántropo. Había contado a Dimitri que temía que hubiera un depredador de esa magnitud acechando por ese lugar, y ahora él era quien había tenido que pagar el precio simplemente por haber creído las sospechas de su hermano, a pesar de la falta de pruebas.

Tatijana tal vez tuviera aptitudes para la sanación, pero no podía arriesgarse. Era mejor que practicara con el licántropo que con Dimitri.

Aguanta, ekäm, *hermano*, le susurró Fen telepáticamente. Tenía que mantener el vínculo con su hermano todo el tiempo para impedir que la luz abandonara su cuerpo. *Tatijana, te necesito ahora. Escúdanos de la vista de Zev. No debe ver lo que voy a hacer.*

Había mucha pérdida de sangre. Demasiada. Sintió su presencia casi de inmediato. Tatijana. Su propio milagro privado. Le estaba pasando una mano por los hombros mientras se dirigía hacia Zev.

Hay una niebla que se interpone entre el licántropo y tú.

Gracias, dama mía.

Fen, sin dudarlo, sumergió ambas manos en la dentada apertura del estómago de Dimitri para buscar la fuente principal que bombeaba sangre en el cuerpo de su hermano.

Voy a perder la conciencia de mi entorno. Eres mi única protección, Tatijana.

Voy a estar cubriendo tus espaldas.

Como creía en ella no necesitaba una respuesta. No tenía tiempo. No le quedaba más remedio que confiar que fuera a estar alerta en el caso de que volvieran los lobos renegados. Su macho alfa debía estar lamiéndose las heridas, así que tardarían un tiempo antes de que pudieran volver a matar, pero cualquier cosa era posible.

Se despojó de su cuerpo rápidamente y se convirtió en luz sanadora, en un espíritu puro que podía entrar en el cuerpo de su hermano.

Estoy contigo. Mi alma llama a la tuya, susurró.

Entonces viajó por el cuerpo de su hermano y se dirigió a las enormes heridas que tenía en el vientre. Los hombres lobo le habían clavado las garras y lo habían mordido arrancándole grandes trozos de carne. Lo primero que tenía que hacer era reparar el daño de sus arterias y sus venas para que dejara de sangrar. Era como si el estómago de Dimitri solo estuviera lleno de sangre.

Ot ekäm ainajanak hany, jama, «El cuerpo de mi hermano es como un terrón de tierra y está muy próximo a la muerte».

Hacía mucho tiempo que no cantaba el gran canto de sanación, pero no se trataba de una herida pequeña. Si quería lograrlo necesitaba tiempo, paciencia y sangre. Una sangre poderosa.

La luz en Dimitri era muy tenue y se alejaba, por lo que Fen tuvo que redoblar sus esfuerzos. El tiempo pasaba rápido. Encontró los puntos donde los dientes de los lobos habían mordido las zonas vitales de su hermano. Eran tantos que se trataba del caso más grave que había visto en siglos. Dimitri había dado todo lo posible para que él tuviera tiempo de mantener al *sange rau* fuera del alcance de Tatijana.

Resistió la urgencia de apresurarse, y se tomó el tiempo necesario para reparar cada arteria y órgano con gran cuidado. Mientras hacía su tarea continuaba cantando muy suave en su mente.

—Nosotros, el clan de mi hermano, lo rodeamos de cuidado y compasión. Nuestras energías curativas, las palabras antiguas de la magia y las hierbas curativas bendecimos el cuerpo de mi hermano, y lo mantendremos vivo.

Una vez que estuvo seguro de que había hecho tantas intervenciones como podía soportar el cuerpo de Dimitri, se hizo un tajo en la muñeca y presionó la herida en la boca de su hermano, pero este no hizo intento alguno de beberla. A veces, un guerrero tan gravemente herido, después de haberse pasado largos siglos manteniéndose alejado de la oscuridad, prefería morir, pero Dimitri tenía alguien por quien vivir. Le había contado a Fen que tenía una compañera, pero que era demasiado joven como para poder reclamarla. Había sobrevivido a una infancia horrenda. Fen no tenía reparos en usar la información que su hermano le había confiado.

Bebe por tu vida y la de la muchacha que me contaste. La joven Skyler que ha sufrido tanto y merece encontrar la felicidad. No dejes que su felicidad termine aquí, hermano mío. La luz se había ido tan lejos que Fen temió que fuese demasiado tarde. *Eres fuerte, hermano mío. Solo piensa en tu compañera que aún no has reclamado. Tendrá una vida solitaria y triste sin ti. Vuelve.*

La tenue luz se detuvo. Vaciló. Se quedó quieta. Sintió un leve movimiento en la muñeca, y al instante ayudó a su hermano a tragar el líquido de la vida. Aun viendo que aceptaba beber su sangre, Fen sabía que no sería suficiente. Él mismo se sentía bastante débil por la pérdida de sangre. La curación le estaba consumiendo mucha energía. Tenía que alimentarse rápidamente y regresar. Dio a Dimitri toda la sangre que pudo antes de volver a su propio cuerpo.

El hecho de estar en dos lugares a la vez, alimentando a su hermano y sanándolo, ayudándolo a hacer que corriera la sangre por su cuerpo, era una tarea tremenda. Normalmente, ante una herida tan grave, tendría que haber habido muchos carpatianos participando en el ritual de sanación. Pero él debía seguir siendo un licántropo ante Zev. Tatijana podía escudarlos usando la niebla, pero era indispensable que Zev pensara que era un licántropo, y no una mezcla de lobo y de carpatiano.

Se levantó rápidamente, se tambaleó y recuperó equilibrio. Tras asegurarse de que la niebla era lo bastante espesa como para ocultar sus acciones, se dirigió hacia los árboles donde estaban los dos humanos acurrucados en el cobijo que Tatijana les había proporcionado. Antes de usarlos para recuperar la sangre que le había dado a su hermano, drenó de sus organismos a través de los poros todo el alcohol que fuese posible. Como regla general, los carpatianos raramente usaban sangre contaminada, pero se trataba de una emergencia y se bebería lo que fuese.

Les extrajo más sangre de la que necesitaba, pues sabía que Dimitri precisaría recibir más.

Tatijana ¿en cuánto tiempo me podrás ayudar?

Lo puse en un sueño curativo con su permiso, pero no dormirá demasiado tiempo.

Haz que caiga un rayo para que queme los cuerpos. Asegúrate de que arda hasta el último trozo de piel y de pelo. No saques las estacas de plata de sus corazones porque de lo contrario se podrían regenerar. Deja que el fuego queme todo y recuperaremos las estacas después. Cuando hayas acabado, ven a ayudarme. Tengo que encontrar a mi hermano en el otro mundo y guiarlo para que vuelva. Está atrapado entre dos lugares.

Sintió el suspiro de asombro de Tatijana. Ambos sabían que era difícil traer a alguien de vuelta cuando estaba tan cerca de la muerte. Lo único que refrenaba a Dimitri era saber que su compañera aún no reclamada sufriría sin él.

Fen rápidamente volvió junto a su hermano y se arrodilló. Esta vez mezcló saliva con tierra y la colocó sobre sus peores heridas. Inhaló profundamente, y una vez más dejó su cuerpo para convertirse en luz pura.

Retomó el ancestral canto de sanación de su gente. Habló en su lengua nativa empleando un tono de su voz firme, carismático y persuasivo.

—Solo está la mitad del alma de mi hermano. La otra mitad deambula por el inframundo. Mi gran hazaña será la siguiente: viajaré hasta encontrar la otra mitad de mi hermano.

Tatijana se acomodó a su lado.

—Danzamos. Cantamos. —Había extraído de su mente la letra de esa canción mística—. Soñamos extasiados.

—Invoco al ave de mi alma para que abra la puerta del otro mundo —continuó Fen. Sintió el frío de ese otro lugar. Había estado allí más de una vez tras alguna batalla, pero Dimitri había ido más lejos de lo que él jamás había estado—. Montaré sobre el ave de mi espíritu y comenzaremos a movernos. Estamos en camino. —Se puso en acción y empezó a bajar por ese largo árbol hacia la oscuridad y el frío donde podría encontrar a Dimitri y devolverlo al mundo sano—. Siguiendo el tronco del Gran Árbol, entraremos al inframundo. —Su aliento parecía hielo—. Hace mucho frío.

Era peor que frío. Nunca antes se había adentrado tanto en el otro lado del mundo. Oyó lamentos en la oscuridad y dientes que rechinaban. Continuó sin inmutarse de estar en un lugar donde no tenía que estar.

Estaba conectado a Dimitri. Eran hermanos y sus mentes estaban sintonizadas.

—Mi hermano y yo estamos unidos por la mente, el corazón y el alma. El alma de mi hermano me llama. La escucho y le sigo el rastro.

Al aproximarse a esa tenue luz que sabía que pertenecía a Dimitri, algo se acercó a él. Algo oscuro y terrible. Algo familiar. Algo que también llamaba a Dimitri suavemente y con dulzura.

—Me presento, soy el demonio que va a devorar el alma de tu hermano.

Fen conocía esa voz dulce y engañosa demasiado bien. La reconocería en cualquier parte. Fen era el mayor, y Dimitri el menor, pero entre ellos siempre estuvo Demyan, que casi desde el principio había eludido su deber. Había sido un hombre con muy poco honor, y a Fen no le sorprendió que desde joven hubiese elegido el camino de los no muertos. Aun así, le costaba comprender que su propio hermano hubiera decidido renunciar a su alma y convertirse en un no muerto.

Después de que ocurriera eso, Fen había estado constantemente pendiente de Dimitri. A lo largo de los siglos se había dado cuenta de que su hermano era digno de respeto y que nunca había eludido su deber, por difícil que fuese. Se acercó a Dimitri cuando supo que era licántropo y carpatiano a la vez, y fue su hermano quien le proporcionó un santuario donde podía ir cuando necesitara descansar y recuperarse. Por culpa de Fen, Dimitri decidió hermanarse con los lobos salvajes y estableció diversos santuarios para ellos.

Demyan estaba llamando al alma cansada de Dimitri y le prometía descanso. Paz. Ausencia de dolor. Estaba tan ocupado intentando atrapar la luz de Dimitri que no vio que Fen se dirigía a él desde la oscuridad. No sospechó que fuera a viajar tan lejos en busca de su hermano.

Fen sintió que una oleada de rabia se apoderaba de él. Lo enfureció tremendamente pensar que Demyan había esperado todo ese tiempo agazapado en la oscuridad, sin jamás aceptar sus responsabilidades, a que a alguno de sus hermanos le llegara la muerte. Dimitri había luchado con honor durante mucho tiempo en el mundo, y ahora, cuando estaba más vulnerable y su luz se apagaba, su propio hermano pretendía robárselo.

Furioso, cayó desde la oscuridad, justo en el momento en que Demyan intentaba alcanzar la luz parpadeante de su hermano. Dimitri debió haber percibido el peligro, incluso estando al borde de la muerte. Fen entonces agarró a su desgraciado hermano y tiró con fuerza de él. Demyan cayó hacia atrás a pesar de no tener sustancia, y gritó un largo aullido de terror cuando se dio la vuelta y vio a Fen, su hermano mayor, preparado para la lucha.

Nenäm ćoro; o kuly torodak, «Tengo mucha rabia y voy a luchar contra el demonio».

Susurró esas palabras en la mente de Dimitri y en la de Demyan. Estaba entonando el gran cántico de sanación en el idioma de sus antepasados.

O kuly pél engem, «Tiene miedo de mí».

Miró a los ojos de Demyan.

Tienes que temerme. ¿Cómo te atreves a intentar robar el alma de nuestro hermano?

Tatijana, llama al relámpago y dámelo, Susurró Fen en su mente y sintió su reacción inmediata, y la intensa energía que chisporroteó por su cuerpo.

Miró a Demyan a los ojos y repitió el siguiente verso del cántico de sanación.

Lejkkadak o kaŋka salamaval, «Voy atacar su garganta con un relámpago».

Demyan intentó correr, pero ya era demasiado tarde. El rayo bajó por el árbol de la vida hasta Fen y lo lanzó con gran precisión contra Demyan. Por un momento el inframundo se iluminó, y Fen pudo ver otros seres de las sombras que tenían los ojos rojos cargados de codicia, y vigilaban la noche mientras las almas puras de luz pasaban fuera de su alcance. Esperaban, igual que había hecho Demyan, a que llegara alguna que reconociera sus voces y que no estuviera aún en el otro mundo. Es decir, personas a punto de morir pero aún con vida.

Las criaturas se estaban acercando mucho, demasiado, no solo atraídas por la luz menguante de Dimitri, ya que no podían llamarlo, sino por el olor de la sangre de Fen. Tenía heridas abiertas que no se habían curado. No sabía lo serias que eran, y en ese momento tampoco le importaba.

La punta del rayo crepitó por la oscuridad, y Demyan cayó hacia atrás, igual que las otras criaturas hambrientas que habían quedado cegadas por la estremecedora espada de energía eléctrica pura que había iluminado la oscuridad absoluta.

Fen agarró el cuerpo de Demyan, que parecía de papel, entre sus poderosas manos, y con la fuerza de un licántropo y de un carpatiano mantuvo a su hermano herido cara a cara para poder mirarlo a los ojos.

—Destruiré su cuerpo con mis propias manos. —Demyan agitó la cabeza, consciente de las siguientes frases del cántico de sanación, pero no emitió ni un sonido. No tendría piedad. Fen no iba a tener ninguna piedad con él—. Está doblado y se cae a pedazos. —Mientras Fen cantaba las palabras dobló la figura de papel en dos, la cortó en tiras y dejó caer los trozos—. Sal corriendo. —Cuando Fen susurró esas palabras en medio de la oscuridad, Demyan aulló y gimió intentando recuperar los trozos y escaparse antes de que las criaturas que lo rodeaban arremetieran contra él con su hambre voraz. Entonces Fen de nuevo se volvió hacia la luz menguante de Dimitri. Casi había desaparecido su energía vital—. Voy a rescatar el alma de mi hermano —dijo para continuar con el canto de sanación.

Cuando se acercó a la luz de vida de su hermano, y lo rodeó con la suya propia, que era mucho más brillante y fuerte, escuchó una suave voz femenina, que no era la de Tatijana, que estaba susurrando a Dimitri.

No me dejes. Quédate conmigo. Sé que estás cansado. Sé que sientes mucho dolor. Sé que estoy pidiendo demasiado, pero no te vayas sin mí. Dimitri. Mi amor. Mi todo. Quédate.

La suave súplica era tan íntima que Fen se sintió culpable de escucharla. Skyler. La joven compañera de Dimitri estaba luchando por él desde el otro lado del continente. ¿Era tan fuerte como para poder estar con él desde tan lejos? Pocos carpatianos podían alcanzar tal distancia. Era humana.

Una niña en los términos de la sociedad carpatiana. Pero aun así luchaba por su compañero como lo hubiese hecho una carpatiana adulta.

La luz se hizo un poco más fuerte, como si por ella Dimitri fuera capaz de hacer un valiente esfuerzo.

Skyler debió sentir la presencia de Fen, que percibió que de repente se había quedado inmóvil para estudiarlo y evaluarlo. No le parecía que fuera una niña sino una mujer adulta. Una guerrera preparada para entrar en combate si fuera necesario. Era evidente que lo estaba catalogando. ¿Amigo? ¿Enemigo? De hecho, Fen sentía que estaba preparada para luchar, y que su fuerza era tremenda e inesperada.

Lo sacaré de este lugar oscuro. Soy Fenris Dalka, el hermano mayor de Dimitri. No lo voy a dejar en este reino de la oscuridad. He luchado mucho y con todas mis fuerzas para salvarlo. No va a morirse esta noche.

Ella se quedó en silencio un momento, evaluando no solo sus palabras, sino también su energía. Sin duda era una mujer fuerte. A Fen le cayó bien. Era la compañera apropiada para un guerrero que había sobrevivido siglos cazando a los no muertos, y había conseguido mantener la oscuridad a raya.

Gracias, dijo Skyler sencillamente.

Fen sintió que se estaba moviendo dentro de la mente de Dimitri, que se rozaba contra esa luz que palidecía, le hacía caricias y le daba fuerzas. De pronto se esfumó. La distancia era demasiado importante como para que pudiese mantener el contacto durante mucho tiempo.

—Levanto el alma de mi hermano en la copa de mi mano —susurró Fen aferrándose a la vida de Dimitri—. La levanto hacia el ave de mi espíritu. Vamos a seguir el Gran Árbol y regresaremos al mundo de los vivos.

Fen volvió a su propio cuerpo absolutamente agotado. Miró a su alrededor. Había pasado el tiempo y no se había dado cuenta. Estaba temblando. El hielo de aquel lugar, incluso siendo un carpatiano, se le había metido hasta los huesos, y ahí permanecía. Tatijana había mantenido la nube de niebla. Fen oyó la voz de Zev que la llamaba. Sonaba muy fuerte.

—Dame otro minuto. Estamos intentando salvar a Dimitri —dijo Tatijana—. Los lobos renegados no han vuelto. Estoy ayudando a Fen a cerrarle las heridas.

Esperó a que Fen se diera la vuelta y la mirara. Enseguida se arrodilló junto a él, le puso las manos sobre un hombro y se agachó para acercarle la bella curva de su garganta. Fen tenía el corazón apretado. Pero incluso en esas terribles circunstancias, Tatijana mantenía la calma, y se preocupaba por él.

Fen no lo dudó. La acercó hacia él, le pasó la lengua una vez sobre su pulso, que lo llamaba con tanta intensidad, hundió sus colmillos y bebió su sangre. Había usado toda su valiosa energía en su lucha por salvar a Dimitri y traerlo de vuelta del umbral de la muerte. Necesitaba dar a su hermano más sangre, y continuar sanando sus heridas antes de ponerlo de vuelta en su acogedor lecho bajo tierra.

Tatijana le acunó la cabeza mientras bebía, le pasó una mano por el pelo y le masajeó las sienes con los dedos. Su sabor era celestial. Un milagro. Nunca antes había considerado el sabor de la sangre. El aroma de Tatijana entretuvo su lengua y llenó cada una de sus venas como si entrara en avalancha. Sintió que se expandía por su cuerpo y le reclamaba órganos, huesos y tejidos. Todo su ser. Al sentir el flujo de sangre carpatiana antigua, recuperó de golpe su fuerza. Ella pertenecía a un linaje muy fuerte, y le estaba dando sangre libremente. Después se preocupó de cerrar la pequeña herida que le había hecho en la garganta para que cicatrizara totalmente, y así la aguda mirada de Zev jamás podría descubrir su secreto.

—Tú también tienes muchas heridas, Fen —dijo Tatijana arrodillándose a un lado de Dimitri.

Cerró los ojos y puso las manos sobre sus heridas, mientras él se concentraba nuevamente en el vientre abierto de su hermano.

—Igual que tú, dama mía —dijo Fen mirándola intensamente.

—Sané casi por completo cuando estaba en el aire —dijo—. No te preocupes por mí. Mantén vivo a Dimitri.

Fen se agachó sobre él, y mientras hacía que una mano planeara sobre sus heridas abiertas, con la otra muñeca le daba más sangre.

Bebe con toda libertad, hermano. Y después podrás descansar.

Las manos de Tatijana desprendían calor, que decidió esparcir por el cuerpo de Dimitri, mientras Fen concentraba una intensa luz sanadora sobre su vientre. Una vez que su hermano bebió suficiente sangre, Fen se dispuso a poner cataplasmas de tierra mezclada con sangre de licántropo, y su propia saliva, sobre cada una de las heridas.

Mantén a Zev ocupado mientras encuentro un lugar para que mi hermano repose, dijo a Tatijana, y levantó el cuerpo de Dimitri para llevárselo en brazos. Tatijana asintió. Parecía un poco cansada y pálida. No se había alimentado y había entrado en combate; además estaba herida y había hecho un gran esfuerzo para salvar a Zev. *Volveré enseguida a verte, dama mía. Perdóname por no dedicarme a ti primero.*

Me hubieses gustado menos si lo hubieses hecho, contestó ella, y enseguida habló en voz alta.

—Zev, estoy contigo en un minuto. Siento haber tardado tanto.

La niebla se espesaba y se arremolinaba a su alrededor. Fen sintió la mano de femenina Tatijana que salía del renovado velo de neblina.

Pero enseguida despegó hacia el cielo. Había pasado mucho tiempo desde la última vez que había usado sus capacidades carpatianas. Haber pensado y vivido en el cuerpo de licántropo le había permitido mantener a raya la siempre presente oscuridad. Ahora tenía que recurrir a sus habilidades carpatianas. Buscaba un lugar seguro para que su hermano pudiera descansar. Pensaba volver a darle sangre cuando lo necesitara, pero no podía ser un lugar donde se pudieran cobijar otra criatura, como una cueva.

Entonces descubrió un campo lleno de vida, y supo que esa tierra era extraordinaria. Un perro ladró cerca de una casa en ruinas y lo silenció al instante. Allí Fen hizo que la tierra se abriera para acoger a su hermano. Se hundieron profundamente y entretejió una salvaguarda tras otra. Dimitri estaba demasiado vulnerable en el caso de que lo encontrara cualquier enemigo. Descendió flotando con su hermano en los brazos y lo posó cuidadosamente en la fértil tierra. Casi al instante volvió a sentir la presencia de esa alma antigua y joven que pertenecía a la compañera Dimitri. Esperó mientras ella se movía por la mente de su hermano para asegurarse de que todavía estaba vivo, a pesar de haber estado tan cerca de la muerte.

No se va a morir, declaró la joven. *¿Verdad que no, Dimitri?* Cuando Dimitri se movió como si fuese a contestar, ella estaba reparando con leves caricias los orificios y fisuras por donde había penetrado la oscuridad en su mente. *Quédate tranquilo. Voy a venir a verte pronto. Cuando estés recuperado y te sientas fuerte. Descansa por ahora. Conserva mi amor contigo y rodéate de él mientras duermes. Igual que hice yo con el tuyo durante tantas noches de tormento.*

Su voz sonaba sencilla y honesta. Directa. Y con amor. Fen lo había percibido. La joven sentía un gran amor por su hermano. Y la conexión entre Dimitri y Skyler era muy fuerte. A pesar de estar tan lejos ya estaban completamente unidos.

Madre Tierra, te estoy invocando. La voz de Skyler volvió a entrar en su mente a través de la conexión que tenía con Dimitri. *Él es Dimitri, mi compañero. La otra mitad de mi alma. Te pido que hagas un favor a tu hija. Cuídalo en tu seno. Sana cada una de sus heridas. Es un gran guerrero y ha servido a su pueblo. Protégelo de todo el mal mientras lo acoges en tus brazos. Te lo pido con absoluta humildad.*

Fen sintió el leve movimiento de la tierra que los rodeaba. Una tierra más rica emergió desde abajo y formó un lecho para que Dimitri se recostara.

Duerme bien, hermano. Te doy las gracias por tu ayuda esta noche. Sin tu intervención no habría podido detener a Bardolf a tiempo y salvar a Tatijana.

Esperó hasta que la tierra llenó el lugar de descanso de Dimitri, y el campo quedó exactamente como lo había encontrado. Enseguida regresó al lugar donde se había librado la batalla en medio del bosque.

Capítulo 4

Una gran batalla —saludó Zev, que estaba medio tumbado con la espalda apoyada contra un árbol, al ver que Fen se aproximaba entre la niebla que se iba disipando.

—Veo que estás un poco maltrecho —dijo Fen.

Zev estaba lleno de heridas de mordiscos que le habían desgarrado los músculos, y de zarpazos que le habían abierto la piel. Era evidente que estaba soportando un gran dolor, pero se mantenía completamente estoico.

—Deberías mirarte en un espejo —le sugirió Zev enseñando sus blancos dientes.

No se movió, Fen sabía que Zev estaba destrozado. Igual que Dimitri, se había llevado la peor parte del último ataque para poder darle tiempo a salvar a Tatijana del *sange rau*.

—La verdad es que prefiero no hacerlo. Tatijana se ha encargado de las carcasas. Todavía tengo que llevarme a esos dos a sus casas. —Fen señaló con la cabeza hacia Enre y Gellert que seguían escondidos en el árbol—. Tengo que reconocerlo, estoy cansado.

Se sentó en el suelo, le flaqueaban las piernas.

Había dado mucha sangre a Dimitri, y no había atendido sus propias heridas.

—Sabías que estaba aquí ¿verdad? ¿La abominación? Le estabas siguiendo el rastro y por eso llegaste aquí.

Fen se encogió de hombros. No le importaba que llamaran abominación a Bardolf. Los no muertos habían elegido entregar sus almas, pero sabía que si Zev descubría que él también tenía la sangre mezclada, pensaría que también era un *sange rau*. Como Fen respetaba a Zev, la idea le resultaba un poco desconcertante.

—Lo sospechaba. Me crucé con la manada de renegados y pensé que sería bueno controlar los daños que estaban provocando, y atraparlos uno a uno si era posible. Pero cuando vi la forma en que llevaban a cabo sus matanzas, me pareció que era demasiado brutal, incluso para una manada de ese calibre.

—No lo sabía —admitió Zev. Parecía enfadado consigo mismo—. Debí haberlo sospechado. Te escuché llamarlo por un nombre.

—Mi manada fue destruida por los *sange rau* hace años, y me fui con una manada vecina —explicó Fen—. Bardolf era el macho alfa. Era... brutal con los licántropos más jóvenes. No me llevaba bien con él, y sabía que no podría quedarme con ellos mucho tiempo.

Zev parecía interesado.

—Me lo puedo imaginar. Tú eres un macho alfa puro. Cualquiera pensaría que tienes una manada propia.

Había una mezcla de humor y especulación en su voz.

—Unos meses después de que destruyeran a mi manada, la de Bardolf fue atacada por el mismo *sange rau* que había matado a la mayor parte de los míos. El demonio sembró el caos y mataba a cualquier criatura que se le cruzara. Primero se ocupaba de los niños y las mujeres, y después seguía matando a los hombres. La pareja y los hijos de Bardolf fueron asesinados en el primer ataque. Enloqueció y se fue de caza solo mientras los demás incinerábamos a los muertos. Al principio nadie se dio cuenta de que había desaparecido. Encontramos su rastro en una cueva que se internaba profundamente en la montaña.

Fen apoyó la cabeza contra el tronco del árbol y cerró los ojos al sentir que Tatijana se arrodillaba a su lado. En vez del hedor a sangre y a muerte de la batalla, ella olía a bosque, a lluvia fresca y a miel. Siempre la acompañaba ese aroma que tanto lo seducía. Tatijana le pasó las manos por la cara y al instante sintió una reconfortante calma. Le miró su hermoso rostro. Tenía la piel tersa y las pestañas largas como plumas. Ella le sonrió y se encendieron sus brillantes ojos color esmeralda.

—Necesitas sanarte, Fen —le dijo suavemente.

—Y tú también, dama mía —le contestó mientras le tocaba con los dedos la herida que tenía en un hombro.

El viento sopló entre los árboles, y una lluvia de hojas y un remolino de niebla se levantaron entre Zev y Fen. Necesitaba ocultar su cálida y brillante boca mientras ponía su saliva cicatrizante sobre la herida de Tatijana.

—No es nada — dijo Tatijana bastante fuerte para que la oyera Zev—. Déjame ver tus heridas. Son mucho peores. Yo voy a tener que volver a meterme bajo tierra pronto, y cualquier herida se me curará rápidamente.

Fen no podía evitar sentirse orgulloso de ella. No se había perdido ninguna de las señales. Por lo que Zev sabía, Fen era un licántropo. Tatijana había hecho todo lo posible para mantener su secreto. Se agachó hacia sus heridas y ocultó parcialmente sus acciones a Zev con su propio cuerpo, pero Fen no estaba demasiado preocupado. Los carpatianos eran conocidos por sus habilidades sanadoras.

Le pasó su lengua sobre la herida, y el cuerpo de Fen se tensó y reaccionó inesperadamente. Ella tenía los ojos cerrados y le parecía tan sensual que lo dejaba sin aliento. Nunca pensaba en términos de sensualidad, eso era algo nuevo para él, pero le impactó darse cuenta de lo intensa que era la reacción que ella le provocaba.

A mí también.

Su voz era muy suave y acariciaba las paredes de su mente casi con tanta sensualidad como su lengua. Ella no intentaba esconder su asombro ni el intenso deseo que sentía por él.

—Decías que seguiste a Bardolf hasta una cueva en las montañas —dijo Zev de pronto.

Fen no pudo evitarlo. Tocó suavemente la cara de Tatijana con los dedos. Ella sonrió pero no abandonó su tarea. Cogió un poco de tierra donde Zev no podía ver lo que estaban haciendo, la mezcló con saliva, y la introdujo en las peores mordeduras y heridas.

—Los que quedaban de su manada vinieron conmigo para buscarlo y ayudarlo. No éramos muchos, y teníamos algunos heridos, por lo que no podíamos ir tan rápido como queríamos. No nos atrevíamos a dejarlos solos mientras el *sange rau* estuviera merodeando, y ninguno de nosotros quería arriesgarse como Bardolf, que había salido a enfrentase a él en solitario. No podía dejarlos y adelantarme. Sabía que ninguno de ellos tenía las capacidades suficientes como para enfrentarse a un monstruo tan enorme. Eso proporcionó a Bardolf bastante ventaja sobre nosotros.

Fen estaba cansado. Mucho más de lo que lo había estado desde hacía largo tiempo. Tener que luchar en el otro mundo sin su cuerpo, usando solo su mente y su espíritu, lo había dejado extenuado. Tatijana parecía darse cuenta de ello, y sus manos se movían sobre él con seguridad para aliviarle parte de su tensión. Zev cambió de posición y emitió un suave gruñido. Fen imaginaba que Tatijana había hecho los mismos rituales de sanación al licántropo.

Los mismos no, negó Tatijana y le echó su aliento caliente al arrodillarse para retirarle el pelo de la cara y curarle un desgarro especialmente feo.

El cuerpo de Fen se tensó de manera inesperada.

No, los mismos no, dama mía, le dijo llenándole la mente con su calor, pues era lo único que podía hacer sin traicionarse a sí mismo.

Miró a Zev sin poder evitarlo por miedo a exponer a Tatijana a más peligros. Estaba cansado y era muy fácil cometer equivocaciones.

Zev tenía los ojos cerrados. Su cara estaba surcada por numerosas arrugas, y parecía tan cansado como Fen.

Fen se rió suavemente.

—Estamos completamente en forma. No me apetece mucho bailar de nuevo con esa pandilla, al menos esta noche no. Aparte de asegurarnos de que nuestros dos amigos borrachos lleguen bien a su casa, en el bosque está el cuerpo de la persona que mataron los lobos renegados. Tatijana y yo lo encontramos de camino al pueblo. Eso fue lo que nos hizo regresar.

Zev se movió como si fuera a levantarse, pero Tatijana se dio la vuelta y levantó una mano para impedírselo. El licántropo gruñó y se dio por vencido.

—No sé cuál es la velocidad de recuperación de los licántropos —dijo Tatijana—, pero no es tan rápida. Si no quieres que se te vuelvan a abrir las heridas, descansa unos minutos. Déjame que me ocupe de Fen primero y no te atrevas a moverte.

Zev se rió.

—¿Todos los carpatianos son tan mandones como tú?

Tatijana sonrió levemente con los ojos brillantes.

—Solo las mujeres. Tenemos que serlo. Nuestros hombres son muy difíciles, ya sabes. No nos queda otra opción.

Volvió sus ojos color esmeralda hacia Fen. Cuando se reía parecía que brillaban como gemas. A Fen le parecía que estaba más bella que nunca.

—Si vuestros hombres no os tratan bien es porque no tienen nada en el cerebro —dijo Zev—. Eres una mujer hermosa, Tatijana, y eres una salvaje luchando. No te amedrentaste ni un segundo.

Fen sintió que se quedaba inmóvil. Se asomó por detrás de Tatijana para mirar a Zev. Era evidente que el hombre no estaba flirteando, sino simplemente manifestando una realidad. Eso hizo que se relajara, cuando hacía cosa de segundos ya se había preparado para atacar.

Tatijana le dio un pequeño codazo.

—Pon atención, lobezno.

Zev lanzó una risotada.

—Es un muy buen lobo. Luchas como los cazadores de élite.

Era una pregunta muy inquisitiva expresada de manera casual.

Fen se obligó a sonreír y exhibió su dentadura blanca y fuerte. Había vivido como un licántropo tanto tiempo que ahora era como su segunda naturaleza. No iba a cometer ningún error, a menos que Tatijana se viese en peligro. Pensaba como un licántropo. Zev era astuto, inteligente y fiero, además de ser un luchador muy dotado. Se había acercado a ellos para decirles que se marcharan, y si lo hubiesen hecho, habría luchado contra la manada completa él solo.

—He vivido bastante y aunque no pertenezco a ninguna manada, suelo cazar más que la mayoría —reconoció Fen con cuidado—. Cuando comencé a sospechar que Bardolf estaba liderando esta manada de lobos renegados, pasé mucho tiempo persiguiéndolos, e intentaba cazarlos uno a uno. —Lanzó una sonrisa a Zev—. Se han vengado de mí un par de veces, y me han dejado destrozado.

Zev lo estudió con sus ojos sagaces y con demasiada experiencia.

—Lo dudo. Pero has combatido en muchas batallas. Eres tan hábil como yo, tal vez más, y eso ya es mucho.

No le había podido ocultar toda la información que le hubiese gustado. Zev pertenecía a la élite de los cazadores, y a ella accedían muy pocos. Nacían mucho más veloces, fuertes e inteligentes que el resto de los licántropos. También se regeneraban a mayor velocidad. Cuando una manada descubría que un niño, o una niña, tenía esos atributos, era enviado a una escuela especial para ser educado.

—No debías ser demasiado mayor cuando destruyeron a tu manada —se aventuró a decir Zev.

Tatijana se sentó sobre los talones.

—Ya está caballeros. Ambos vais a seguir con vida, pero os sugiero que la próxima vez os mováis un poco más rápido. No sé si os habéis dado cuenta, pero yo apenas tengo mordiscos —les dijo lanzándoles una mirada traviesa a los dos.

Te las sanaste tú misma, dama mía, y eso no es justo, la provocó Fen de forma privada.

Los licántropos se miraron el uno al otro y se rieron. La tensión entre ellos pareció evaporarse con la observación de Tatijana.

—Termina de contarme la historia de Bardolf y la cueva —le señaló de nuevo Zen—. Si de verdad piensas que es el macho alfa de esta manada, necesito saberlo todo sobre él.

—Encontramos muchísima sangre. Las señales indicaban que había habido un gran fuego, y se había librado una batalla terrible. No había cuerpos, pero sabíamos que Bardolf se había encontrado con el *sange rau*. Todos pensamos que lo había matado, pero no encontramos su cadáver.

Se produjo un breve silencio y Zev agitó la cabeza.

—Los otros pensaron que había muerto. Pero tú sabías que seguía vivo —dijo como si fuera una afirmación.

—Bardolf sí que murió ese día, tanto si apareció su cuerpo o no. Intercambió sangre con el *sange rau*, y de alguna manera se convirtió en lo mismo que su contrincante. No estaba seguro, pero mientras más estudiaba el lugar de la batalla, más extraño me parecía todo. Era una especie de escenificación. Las marcas del incendio, las plantas moribundas, la sangre por todas partes, pero no había ningún cuerpo. Había algo que no cuadraba.

Muy lentamente Fen comenzó a sentir que recuperaba fuerzas. La poderosa sangre de Tatijana y su magia sanadora estaban haciendo milagros. Enseguida su sangre de licántropo comenzaría a contribuir en su curación.

—¿Dónde te estás quedando, Zev? —preguntó Tatijana—. Te llevo si quieres. ¿Has montado en una dragona alguna vez?

—La verdad es que no —admitió Zev—. He frecuentado a algunos carpatianos a lo largo de los años, pero solo para cazar y nunca me había ocurrido que alguno de ellos fuera tan educado como para ofrecerme llevarme a casa. —Esbozó una sonrisa cansada—. Por supuesto que no eran en absoluto tan hermosos como tú, y además habría tenido que objetar si alguien insinuaba que no podía volver a casa por mis propios medios.

—Claro —dijo Tatijana—. Pero yo no voy a negarme a la posibilidad de ir acompañada.

Eres increíble, dijo Fen. *Zev tiene mucho orgullo.*

Está muy herido. Incluso con su sangre y la mía tardará días en recuperarse.

Sonaron sus alarmas.

¿Sabe que le diste sangre?

Siglos atrás los licántropos no sabían qué producía la mezcla licántropos y carpatianos. O dicho de otra manera, de licántropos y vampiros. Era evidente que los licántropos no distinguían entre ambas especies. Las veían a las dos como una poderosa amenaza. Eran tan pocos los cruces que se habían producido que el consejo no estaba seguro, pero podían sospecharlo. Tenían acceso a laboratorios donde estudiaban e investigaban. Era muy probable que creyeran que en este siglo se iba a producir una mezcla de sangre.

Tuve mucho cuidado. Tatijana lo tranquilizó. *Descansa hasta que vuelva. Y ten cuidado. No te duermas en el puesto de trabajo.*

A Fen le dio risa. Era una mujer muy lista. Él le había explicado el peligro en el que se encontraba, y ella iba a poder decirle el lugar exacto en el que Zev se quedaba. Además había bebido sangre de Zev, y le había dado la suya propia. De ese modo podría monitorizarlo desde la distancia.

—¿Cómo hacéis para empuñar la plata? —preguntó Tatijana con curiosidad—. ¿No os hace daño como a los lobos renegados?

—Nos hemos acostumbrado a llevar guantes —contestó Zev—. O nos cubrimos las manos y los brazos con sellador. Luego se quita fácilmente. Yo prefiero los guantes, y por lo visto Fen también.

Hizo un gesto hacia las manos protegidas de Fen.

Fen había vivido tanto tiempo como licántropo que llevar guantes era como una segunda naturaleza, y estaba agradecido de habérselos puesto cuando fueron amenazados por la manada.

—¿Te sientes lo bastante fuerte como para sostenerte solo? —preguntó Tatijana a Zev.

Fen le hizo un gesto con la cara. Eso iba a herir el ego de Zev. ¿Un cazador de manadas de renegados? ¿Un dotado guerrero? Casi gruñe en voz alta, y ella no se atrevió a mirar a Zev a la cara.

—Creo que me las puedo arreglar. ¿Y qué hay de ti, Fen? ¿Estarás seguro aquí hasta que ella vuelva?

Fen echó un vistazo al campo de batalla. Había varias estacas tiradas entre las cenizas de las carcasas quemadas de los cuerpos de los renegados caídos. Tenía bastante energía para hacer que llegaran hasta él una vez que se fueran. Levantó una ceja.

—Me puedes dejar esa espada de plata. Me gusta.

—La hice yo mismo —dijo Zev—. Me es muy útil en situaciones difíciles.

—¿Qué otras armas has hecho? —preguntó Fen con curiosidad.

Zev luchaba en una manada de cazadores de élite. Había sido elegido entre los demás cazadores para ser explorador. Iba por delante de la manada, e investigaba rumores y contrastaba evidencias antes de llamar a sus compañeros para hacer limpieza de lobos renegados. Era un trabajo que lo exponía constantemente al peligro. Las manadas de lobos renegados podían tener solo tres miembros, pero algunas veces llegaban a ser hasta treinta. El solo hecho de que estuviera vivo era un testimonio de sus habilidades.

—Tengo que enseñártelas. ¿No has considerado que te entrenen? —le preguntó Zev.

Fen se encogió de hombros.

—La verdad es que no. Desde que destruyeron a mi manada, hace ya mucho tiempo, he estado solo. Soy un librepensador. Seguir a un macho alfa me sería muy difícil.

Hasta ahí todo era cierto. Pero también que la manada se iba volver contra él con la primera luna llena.

—Te recibiré en mi manada cuando quieras —dijo Zev—. Las manadas de cazadores de élite somos diferentes. Cada uno de nosotros es un librepensador. Tenemos que serlo. Nuestro macho alfa en realidad es todo el consejo, más que algún individuo de la manada, aunque generalmente el explorador tiene bastante influencia. Imagino que a ti te va más la vida de un explorador. —Sonrió de pronto y todo el cansancio y el dolor marcados en su cara se disiparon durante un momento—. Piensa en todos los juguetes chulos que tendrías.

—Me interesa ver esos juguetes —admitió Fen.

Estaba un poco envidioso. La espada le iba a ser muy útil. Tenía que estudiarla, y ver la mejor manera de forjarse una como esa. La plata era un elemento natural… de la tierra… por lo que no le sería difícil fabricar una espada como esa. Ya sabía hacer las estacas, pero no era posible construir un arma tan fina sin saber cómo se fabricaba. Lo cierto es que ansiaba tener esa extraordinaria espada.

—Ven a mi habitación en la taberna.

—Sabes que estás en lo más profundo del país carpatiano —apuntó Fen—. Todo el mundo en el pueblo es amigo del príncipe. Está cerca, y sus cazadores probablemente están al corriente de tu presencia. Te van a estar vigilando continuamente. Y aquí no hay manera de mantener escondida a una manada de renegados.

Zev asintió.

—No van a poder detectar lo que soy, aunque tal vez lo sospechen. Son muy astutos.

—¡Hola! ¿Os habéis olvidado de mí? —preguntó Tatijana—. Por supuesto que el príncipe va a saber que estáis aquí. Estoy decidida a delataros a los dos ahora mismo. No nos tomamos bien que las manadas de lobos renegados y los vampiros maten a nadie, ya sean licántropos o carpatianos. ¿Pensabais que iba a ser una niña buena y me iba a olvidar de informar de lo que ha ocurrido?

—Bueno, era lo que esperábamos —contestó Fen de buen humor.

—Luchaste tan bien —añadió Zev—. Por un minuto olvidé que eras carpatiana, y pensaba que eras una licántropa.

—Ja, ja, ja, Zev —respondió Tatijana —. Como si los licántropos pudieran volar tan bien como los carpatianos. ¿Quién os salvó hoy el trasero? Fui yo.

—No la provoques, Zev —dijo Fen con un pequeño gruñido—. Ya es lo bastante descarada como para que ahora piense que tiene que ponerse a defender a toda la especie carpatiana.

Zev le lanzó una mirada de complicidad.

—Llévame entonces en mi primer viaje en dragón —le dijo a Tatijana—. Te dejo que te encargues de los cadáveres y los carpatianos esta noche, Fen. Ven a verme y te enseñaré esas armas. Puede que incluso tenga una o dos de sobra.

Su sonrisa se esfumó cuando levantó la cabeza y olfateó el bosque.

Fen hizo lo mismo. El olor de la sangre, la muerte y la carne quemada impregnaba toda la zona. También estaba presente el que dejaban los lobos renegados cuando luchaban. Pero en el caso de que se estuvieran acercando de nuevo, se habían asegurado de esconder su olor. A Zev le preocupaba dejar a Fen solo en ese lugar.

—¿Cuánto tiempo tardará Bardolf en regenerarse? —preguntó Zev—. La verdad es que nunca me he enfrentado a un *sange rau*. Nunca se ha cruzado ninguno en mi camino —reconoció.

—Más tiempo del que le gustaría.

El tiempo suficiente como para que Fen se marchase a su refugio. Pero lo iba a hacer solo, y ni Zev ni Tatijana necesitaban conocer esa información.

Hombre lobo tonto. Crees que me vas a proteger de ese vampirillo o lo que sea. Aprendo rápido. No voy a dejar que libres este combate solo.

Su voz tenía un tono cada vez más sensual y afectuoso, pero esa nota grave le destrozó el corazón. Se suponía que él era un guerrero grande y malo, pero ella, con unas pocas palabras, conseguía reducirlo al nivel de una babosa. No era un buen presagio.

Tatijana echó la cabeza hacia atrás y lanzó una carcajada.

—Sois muy graciosos. Voy a recoger las estacas de plata para dárselas a Fen. ¿Quieres prestarle tu espada de plata mientras él espera aquí solo, como si fuera un chivo expiatorio en medio del bosque, a que regresen los lobos?

Eso estuvo bien. Zev no quería en absoluto separarse de su espada, pero ella se lo hizo casi imposible. Si insistía en llevársela resultaría muy ruin por su parte habiendo un hombre herido que tenía que esperar solo y vulnerable.

Zev agitó la cabeza.

—La quiero de vuelta, Fen —dijo entregando la espada a Tatijana.

—Me aseguraré de devolvértela —prometió Fen—. Dijiste que tu manada estará aquí ayudándonos en veinticuatro horas.

Tal vez sería Tatijana la que tuviera que devolver la espada. A Fen le quedaba otro día antes de entrar en su semana de gran peligro. Zev reconocería que tenía la sangre mestiza. Y cuando llegara la luna llena, todos los licántropos de la zona sentirían su presencia, e intentarían matarlo. Una vez que apareciera la manada de cazadores de élite de Zev, Fen iba a verse ante un serio peligro. La manada de renegados pasaría a segundo plano, y él se convertiría en su misión principal.

—Me sorprende que la plata sea lo bastante fuerte como para cortar huesos.

La sonrisa se Zev era claramente lobuna, y era evidente que tenía algunos secretos relacionados con sus armas. Fen necesitaba esos secretos. Miró a Tatijana y ella asintió.

—Vamos, Zev, antes de que se haga tarde. Sé que a ti no te pasa nada, pero yo sí que tengo que estar al tanto de la hora —le recordó amablemente Tatijana—. Voy a transformarme, y después tendrás que subirte a mi ala y montarte sobre mi espalda. —Echó un vistazo a su alrededor—. Necesito un poco de espacio.

No esperó. Se transformaba muy rápidamente en una dragona azul, y estaba tan acostumbrada a su cuerpo, tanto mental como físicamente, que Fen se dio cuenta enseguida de que se sentía mucho más cómoda en ese estado que en el suyo propio.

En cuanto a dragones se refería podía parecer pequeña, pero ahí en el bosque, tan cerca de ellos, parecía enorme y hermosa. Sus escamas eran de un azul iridiscente y brillaban en la niebla. A lo largo de la cresta de su espalda había pinchos que llegaban hasta su larga cola, que terminaba en forma de arpón letal. Sus ojos eran grandes y de color verde esmeralda, tallados como si fueran relucientes diamantes multifaceteados.

—Magnífico —dijo Zev—. Tatijana, eso es increíble. —Miró a Fen—. ¿Has visto lo rápido que lo ha hecho? Pensé que tardaría al menos unos minutos en convertirse en una dragona.

Zev intentó levantarse agarrándose al tronco para apoyarse.

Fen vio hasta qué punto estaba herido. Habían atacado varias partes de su cuerpo y le habían arrancado grandes trozos de carne. Tenía la cara descompuesta de dolor, y le caían gotas de sudor desde la frente. No emitió ningún sonido y aguantaba estoicamente, pero su piel tenía un tono grisáceo.

—Espera —le ordenó Fen empleando su tono de voz más imperioso.

Era un tono bajo y suave como terciopelo que usaban los machos alfa de manera un poco engañosa, cuando sabían que sus órdenes no se iban a cumplir. Al levantarse tuvo que bloquear el enorme dolor que se apoderó de su cuerpo al moverse.

Su respeto por Zev crecía cada minuto que pasaba junto a él. Había conocido muchos licántropos duros, hombres fuertes que sabían cómo librar difíciles combates, pero estaba claro que Zev era de otra categoría. Los licántropos no podían bloquear el dolor como hacían los carpatianos. Lo soportaban y seguían adelante. Los realmente grandes, como Zev, continuaban luchando incluso cuando los demás ya habrían desfallecido.

Fen se acercó a ellos y pasó una mano por el cuerpo de la dragona haciéndole una gran caricia.

—Eres un hombre con suerte, Zev —observó.

—Un privilegio —asintió—. Nunca pensé que estaría tan cerca de una dragona. Hace tiempo que desaparecieron de nuestro mundo.

No protestó cuando Fen lo agarró por la espalda para ayudarlo. Eso quería decir que estaba muy malherido. Tatijana extendió un ala hacia Zev, y Fen lo ayudó a llegar a ella.

No puede llegar hasta tu ala, le dijo Fen usando su vínculo telepático. Comenzaba a preocuparse por la situación de Zev. *¿Tan mal estaba?*

Había estado tan preocupado por las horrendas heridas de Dimitri, que no había considerado que Zev también se había llevado la peor parte del ataque. Lo sabía, pero Tatijana no le había dicho realmente lo terribles que eran las heridas de Zev. Había estado demasiado preocupada por proteger el secreto de Fen, y por atender sus heridas.

No tenía los intestinos colgando como Dimitri, dijo Tatijana. *Pero estaba grave. Un hombre más débil ya estaría inconsciente.*

Si uso mis habilidades de carpatiano para subirlo a tu espalda sabrá inmediatamente que soy más que un licántropo.

Tatijana emitió un pequeño sonido en su mente, un resoplido muy femenino de enfado.

Solo tenías que preguntar.

Fen se dio cuenta de que estaba sonriendo. Tal vez había querido molestarla un poco a propósito. Le gustaba su temperamento fogoso. Cada vez que se exaltaba, sentía su arrebato explotando en su mente como si fueran estrellas fugaces en una noche cálida de verano. Sus pequeñas reacciones explosivas contra él lo reconfortaban. Lo rodeaban y se apoderaban de él. Se hundían hasta sus huesos. Hasta su sangre. Ella era suya.

Ya quisieras.

Le hizo un pequeño y delicado respingo, pero su tono risueño tenía un matiz cada vez más afectuoso. Él se sintió rodeado de su calor. Ella parecía derramarse en su mente, y rellenaba cada espacio oscuro y vacío con luz, su risa y su increíble sensualidad natural.

¿Por qué tu dragona es azul si eres tan ardiente?

¿Nunca has visto una llama azul?, preguntó Tatijana. *Cuando era pequeña veía las llamas azules bailando en las cavernas secretas de Xavier. No las podía tocar, o sentir, porque siempre estaban lejos y yo estaba atrapada en el hielo, pero eran hermosas.*

Y por eso le habían intrigado tanto las llamas de la chimenea de la taberna.

La dragona azul miró a Zev con preocupación, y Tatijana proyectó su propia voz a través de la gran bestia.

—Si me lo permites, Zev, puedo hacer que flotes hasta mi espalda. Será más fácil para los dos.

—Gracias, claro que no me importa si es más fácil para ti. Ya me estás haciendo un gran favor.

Miró la larga cola. Escalarla le iba a ser muy difícil con todas las heridas que tenía. Estaba demasiado débil por la pérdida de sangre.

Le di sangre, pero no lo bastante como para que se diera cuenta. Mientras se la daba pasaba de estar consciente a inconsciente, hasta que bebió lo suficiente.

Podría besarte, pero no quiero herir su orgullo, dijo Fen.

Hay razones mucho mejores para besarse, Fenris Dalka. Tal vez puedas pensar en una o dos en mi ausencia.

Tatijana hizo que Zev flotara hasta su espalda, y esperó a que estuviera cómodamente sentado.

Y a propósito, hombre lobo… La voz de Tatijana se había vuelto oscura. Sensual. La dragona azul giró la cabeza en forma de cuña hasta que sus ojos multifacetados de color esmeralda estuvieron al mismo nivel que los suyos. El corazón de Fen sufrió un vuelco, y todos los músculos de su cuerpo se pusieron tensos. *Aún no sabes lo ardiente que puedo ser.*

Fen casi se atraganta. Observó a la dragona maniobrar su largo cuerpo entre los árboles hasta que la niebla los tragó. Se tambaleó un momento, y tuvo que apoyarse en un árbol hasta que el mundo dejó de dar vueltas. Mantenía el dolor a raya, aunque eso también le costaba un gran esfuerzo. Además, no sabía si Tatijana volvería a entrar en su mente.

Tenía que ocuparse de los cadáveres, y encontrar un cuerpo caliente que le diera suficiente sangre como para alimentarlo y sanarlo. Había que llevar también alimento para Dimitri. Su hermano iba a tardar en recuperarse debido a la gravedad de sus heridas.

Fen siempre se había comportado como un licántropo, pensaba y actuaba como ellos. Eso lo había ayudado a mantenerse alejado de la oscuridad hasta hacía un siglo aproximadamente, cuando su sangre mestiza había comenzado a hacer que le atrajera el lado oscuro. Ahora tenía que volver a ser un carpatiano, al menos hasta que la noche concluyera. Iba a salir de caza, con o sin heridas. Era lo que hacían los cazadores carpatianos.

Cuando se elevó en el aire, dejó una larga estela de vapor que atravesaba la niebla más densa.

¿Qué crees que estás haciendo?

El tono de voz de Tatijana era engañosamente comedido.

No iba a hacerle caso.

Dama mía, tengo tareas que llevar a cabo esta noche. Igual que tú. Asegúrate de que tu príncipe esté al tanto de lo que está pasando en su territorio.

A Tatijana le hizo gracia, y Fen percibió en la mente su reacción como si fueran chispas de fuegos artificiales.

Nuestro príncipe, Fenris. Puedes cambiar tu nombre por el que te guste, y puede que tu sangre sea diferente, pero naciste carpatiano y siempre lo vas a ser. Tal vez dejaste tu país cuando regía otro príncipe, pero has regresado y le debes tu lealtad a Mikhail, igual que todos nosotros.

Tenía razón. Había estado solo tanto tiempo que se le olvidaba que existía una sociedad entera intentando reconstruirse. Hacía mucho que se había resignado a vivir en absoluta soledad. Nunca había sabido nada de Mikhail, o de su lugarteniente, Gregori, hasta que Dimitri lo puso al día y le informó de lo que había ocurrido en los Montes Cárpatos durante los últimos siglos.

Así es, dama mía.

Espérame. No voy a tardar más que unos pocos minutos.

Tatijana era tenaz y se preocupaba por él. Le calentaba el corazón, y lo hacía sentir vivo y entusiasmado, lo cual era una muy mala combinación.

Tatijana, mi trabajo es muy peligroso. No puedo atender lo que tengo que hacer, y además preocuparme de que no te hagan daño.

Nuevamente lo sorprendió. No era una mujer petulante. No se había molestado por que la hubiera mantenido apartada durante el combate, y aun así lo había ayudado y seguía haciéndolo. Tatijana envió a su mente una suave caricia.

No conoces a tu compañera. Absorbo el conocimiento de cualquier criatura una vez que establezco contacto con ella. Enemigos y amigos. Es un hábito que adquirí en mi infancia cuando no tenía más vida que la intelectual.

Voy a cazar lobos renegados, y también al sange rau, *esta noche. Bardolf no se lo espera y va a estar débil intentando recuperarse.*

Y por eso tu compañera te va a prestar una gran ayuda durante la cacería, contestó ella muy complaciente. *Soy una Dragonseeker, una cazadora de dragones. Ningún vampiro se puede esconder de mí, y eso es el* sange rau *en esencia. Puede transformarse en lobo, pero aun así sabré reconocerlo. Cometí un error esta noche. Sentí su presencia y me lancé a protegerte a ti. Lo hubiese chamuscado, pero estabas demasiado cerca. Tú eras su objetivo, Fen.*

Había escuchado a lo largo de los siglos que los cazadores de dragones podían atrapar vampiros de una manera que nadie más podía hacer. Eran el único linaje en la historia de los carpatianos en el que nunca ningún miembro de la familia había cambiado de bando. Tatijana era una Dragonseeker. Más aún, había sido perfeccionada en los fuegos del infierno o, para ser precisos, en el hielo glacial del mundo del mago. No podía ignorar lo que ella dijese.

Fen se había cruzado con la estela de destrucción de la manada de lobos renegados y había comenzado a sospechar que un monstruo, mezcla de lobo y vampiro, viajaba con ellos, o al menos los acompañaba muy de cerca, pero no lo tuvo claro hasta que Bardolf intentó matarlo. Si Tatijana decía que había sabido de inmediato que se trataba de un vampiro, y no de un hombre lobo, creía que era cierto. Era difícil contar una mentira a tu compañero cuando a menudo compartían la misma mente.

Tatijana se rió de manera suave y cálida.

Así que ahora finalmente estás pensando que te podría ser útil en tu cacería ¿verdad?

La mayor dificultad que él encontraba era dejarla partir. Ya estaba profundamente afianzada en su mente. Él siempre había estado solo en un mundo oscuro cargado de violencia, y ahora, en una sola tarde en su compañía, había traído a su vida risas, emociones y compañerismo. Ni siquiera se había dado cuenta de que extrañaba tales cosas. Apenas recordaba haberlas tenido nunca. Estaba sometido a una sentencia de muerte, y no era más que cuestión de tiempo, ya fuera en este siglo o en el siguiente, tarde o temprano iba a ocurrir. Lo iban a cazar para acabar con él.

No podía dar a Tatijana lo más básico que compartían los compañeros: la sangre de la vida. La suya ya no era carpatiana pura. Nunca se la habría dado a Dimitri si hubiese tenido otra alternativa. Y además habían compartido tanta sangre a lo largo de los siglos, que su hermano también estaba en camino de convertirse en un mestizo.

No eres tú quien decide eso, Fen, le recordó ella. *No soy una niña como la compañera de Dimitri. Tengo siglos de vida y nadie va a volver a tomar decisiones por mí nunca más. Si yo te elijo a ti, voy a compartir contigo todo lo que comparten los compañeros, incluido el intercambio de sangre. Soy una mujer. Una guerrera que se ha hecho a sí misma. Soy un buen recurso para ti en la caza, y me niego a que me relegues al rol de una niña que deja que tomen decisiones por ella.* No era un desafío, estaba sencillamente siendo implacable. Tatijana no era una mujer que se dejara dominar y Fen se dio cuenta de que la admiraba aún más por ese motivo. Era una buena pareja para él, lo cual hacía más difícil protegerla de lo que era él, y de sí misma. Tatijana dio un resoplido cargado de desdén. *Si decido que me reclames, compartiré tu sangre plenamente consciente. No se trata solamente de una decisión tuya, Fen. Es una decisión compartida. Mi compañero tiene que ser mi socio, no mi guardián.*

Nuevamente tenía razón. Él era carpatiano y licántropo. Si la reclamaba y compartía su vida con ella, no habría medias tintas.

Lo entiendo, Tatijana, contestó.

¿Qué más podía decir cuando ella tenía argumentos que no le podía refutar?

Ella era su milagro, y quería protegerla con una red de seguridad para asegurarse de que siempre estuviese a salvo.

¿Has considerado que puede que yo te considere un milagro a ti? ¿Y que también quiero asegurarme de que vas a estar a salvo todo el tiempo? ¿Por qué tenía que ser solo una prerrogativa tuya?

Por debajo de él vio al hombre que había sido asesinado por la manada de renegados. Su cuerpo estaba destrozado hasta el punto de resultar irreconocible. Si lo encontraban en ese estado podía significar una amenaza para todos los lobos verdaderos de la zona. Se produciría un clamor pidiendo justicia, y miles de cazadores saldrían a los bosques y las montañas para acabar con las peligrosas manadas. Mientras tanto, los hombres lobo renegados se podrían trasladar a nuevos territorios, o comenzar a matar a la gente del pueblo.

No saben que están en territorio carpatiano ¿verdad?

Imagino que no. Ni siquiera Bardolf lo sabría. Si fue él quien envió a la manada en esta dirección, con toda seguridad no lo sabía. Es un licántropo, no es carpatiano, y seguramente desconozca la existencia de esta cultura, o que la residencia del príncipe se encuentra en este lugar.

Fen bajó hasta el suelo del bosque. El cuerpo estaba exactamente en el mismo lugar donde él y Tatijana se lo habían encontrado, pero algo en él atrajo su atención. Lo rodeó cautelosamente. Necesitaba conservar sus fuerzas en el caso de que consiguiera seguir a Bardolf hasta su guarida. Incluso en la condición en que se encontraba, el vampiro podía ser letal. Después de encontrarse con Fen y reconocer lo que era, Bardolf se marcharía del lugar lo antes posible. Ahora era el momento óptimo para destruirlo.

¿Qué pasa? Que la voz de Tatijana sonara preocupada lo reconfortaba, pues más que nunca le daba a entender que ya no estaba solo. Tal vez no quisiese que la reclamara, pero aun así le pertenecía. *Concéntrate en lo que estás haciendo o te van a matar, hombre lobo. Nunca sabremos qué tal nos va como compañeros si sigues intentando jugar a convertirte en héroe.*

¿Intentando? Le lanzó una masculina sonrisa de suficiencia. Las ramas por encima de sus cabezas se estaban golpeando unas contra otras por el viento. Pero no había viento. El aire se había quedado quieto, pero el golpeteo persistía de manera constante, firme y muy rítmico. *Esta noche yo fui el héroe, dama mía. Evidentemente no estabas prestando atención, por lo que ahora me toca repetirlo.*

Se quedó en silencio para que Tatijana oyera el sonido que producían las ramas.

Ya veo. Crees que tienes que impresionarme. Escuchó el ritmo. *Ese sonido era el que Xavier usaba para atrapar a sus víctimas. Es muy sutil e hipnótico. Quien sea que lo está empleando ha sido formado por los magos. No es algo natural.*

¿Qué está pasando aquí? Una manada de lobos renegados ha entrado en territorio carpatiano acompañados de Bardolf, que es una mezcla de lobo y vampiro. ¿Y ahora otro enemigo? No tiene sentido.

Tal vez sí lo tenga, Fen, reflexionó Tatijana. *La compañera del príncipe, Raven, tiene un hijo. Su hija Savannah tiene gemelas. Ella es la compañera del lugarteniente del príncipe. Estos niños serán muy poderosos cuando crezcan. ¿Sería demasiado aventurado pensar que los enemigos de los carpatianos están cada vez más cerca?*

Fen rodeó el cuerpo destrozado. Los hombres lobo por poco lo habían descuartizado en su primer ataque. Las manadas de renegados disfrutaban torturando y matando a las víctimas, e incluso se las comían mientras todavía estaban vivas. A los cazadores de élite, igual que a los guerreros carpatianos, no les quedaba más remedio que destruirlos. Habían dejado el cuerpo para que sirviera de cebo. No era una táctica extraña. Los humanos, por regla general, salían a buscar a sus seres queridos cuando desaparecían.

Fen se preocupó de no mirar hacia las ramas que repiqueteaban. El ataque podía venir de cualquier dirección. ¿Era posible que Bardolf tuviese vampiros de menor categoría bajo su control? Era algo que se había vuelto muy popular entre los vampiros. Tomaban a vampiros recientemente convertidos para usarlos como peones, y a veces construían así un ejército formidable.

No he visto pruebas de que haya vampiros por aquí, dijo Fen a Tatijana. *Pero dile esta noche al príncipe que puede que haya problemas.*

Tatijana suspiró.

Si le comunico al príncipe lo que está pasando, en vez de esperar a que ellos lo averigüen sabrán que he salido sola. Dijo con bastante pesadumbre. *El golpeteo se hace más rápido. Tienes que tener cuidado, Fen, y bloquear el sonido. Cuando cambia el ritmo, su efecto hipnótico se activa.*

No lo siento en absoluto.

Era más carpatiano que licántropo. Aquello que funcionaba contra otras especies no lo hacía en él, y por eso los licántropos habían proscrito a los de su especie.

Por favor ten cuidado. No te pongas gallito. Ya voy en camino.

Percibió en su voz que estaba mucho más nerviosa. Tenía más experiencia en las trampas de los magos que él, y evidentemente estaba preocupada.

Capítulo 5

Tatijana se acercó con mucha cautela a la casa construida en la ladera de la montaña. La estaban vigilando. Sentía las miradas que se cernían sobre ella, y cuando analizó el lugar haciendo que sus sentidos se expandieran, supo que no era la única que se encontraba en el exterior de la casa del príncipe. No tenía ni idea del protocolo, ni de cómo debía acercarse a él, o incluso si era accesible. Lo había conocido brevemente, pero tanto ella como Branislava se encontraban tan débiles y heridas que apenas sabían lo que estaba sucediendo.

Se detuvo a unos cien metros antes de llegar al gran porche que rodeaba la casa. Tenía suficiente espacio para defenderse si fuera necesario. Separó los brazos del cuerpo para mostrar que venía en paz, y esperó mientras la observaba el lugarteniente y protector de Mikhail Dubrinsky.

—Tatijana del clan de los Dragonseeker —dijo Gregori Daratrazanoff, que había aparecido de la nada. Tenía un aspecto imponente con sus hombros anchos y sus brillantes ojos plateados—. ¿A qué debemos este honor? No tenía idea de que te hubieses levantado.

No había censura en su tono de voz, pero sabía que no le agradaba que saliese sin compañía. Creía firmemente que las mujeres debían ser protegidas en todo momento. Eso es lo que había averiguado sobre él antes de meterse bajo tierra a recuperarse. Era un hombre excelente para proteger al príncipe, pero no era el guardián de ella.

—Me he encontrado con algo que creo que es importante que conozcáis, si es que no lo sabéis ya. De hecho, tenía la esperanza de encontrarme contigo para no molestar al príncipe, así que agradezco que estuvieras cerca. Hay una manada de lobos renegados cazando en la zona, que responden a un macho alfa llamado Bardolf. Es un mestizo que tiene sangre de lobo y de vampiro, y es muy difícil de matar. Los licántropos se refieren a esta mezcla como *sange rau*.

—Mala sangre —tradujo Gregori.

Tatijana asintió. Era consciente de que el tiempo pasaba. Fen estaba solo y herido. No quería dejarlo mucho rato así.

—No basta con arrancarle el corazón del cuerpo, sino que hay que clavarle una estaca de plata, y después hay que quemar su cuerpo y también su corazón. Puede regenerarse muy rápidamente. Es posible, aunque no lo sé, que esté viajando con otros vampiros menores, aparte de la manada de hombres lobo renegados. —Tatijana se dio la vuelta para marcharse, pero enseguida se volvió a dirigir a él—. Un licántropo, que es cazador de élite, llamado Zev se está alojando en la pensión de la taberna. Luchó contra ellos esta noche y está muy malherido. Hice todo lo posible por curarle las heridas. No me quedó más opción que darle sangre, aunque no permití que se diera cuenta. MaryAnn y Manolito De La Cruz pueden estar en peligro.

Tuvo un momento de duda. No sabía qué era lo que los carpatianos pensaban de los que tenían sangre mezclada de licántropo y carpatiano. Por lo que sabía lo consideraban un tabú igual que los licántropos. Se lo había contado su prima Lara mientras le daba sangre durante su convalecencia. Pero eso no significaba que se supiera públicamente que MaryAnn y Manolito fueran licántropos y carpatianos a la vez.

—¿Por qué están en peligro? —preguntó Gregori.

Ella se encogió de hombros.

—Solo sé que es así. Confío en que les vas a avisar que estén atentos.

Tatijana se dio de nuevo la vuelta y comenzó a alejarse aguantando la respiración por miedo a que la detuviera. Pero por poco se tropieza con él mientras intentaba oír si sus pasos iban tras ella. Se tuvo que detener de golpe, y casi rebota contra su pecho. Gregori se había movido de manera asombrosamente rápida y silenciosa, y le había bloqueado el camino.

—¿Cómo conseguiste esta información?

La voz de Gregori continuaba siendo agradable, formal incluso, pero se daba cuenta de que estaba acostumbrado a intimidar a aquellos a los que interpelaba, y que esperaba una respuesta. La recorrió con sus penetrantes e inteligentes ojos, que se detuvieron en las manchas de sangre que había olvidado limpiar tras haber estado curando a Zev y a Fen.

—Tropecé con la manada de renegados. Mataron a un hombre que venía de la taberna donde yo había estado. Encontramos su cuerpo en el bosque cuando regresaba.

Gregori no le apartaba la mirada de la cara.

—Tal como ves, hemos mejorado la seguridad en torno al príncipe, pero es más que nada porque tuve una intuición, y por el hecho de que el hijo de Raven y Mikhail ha sobrevivido a sus dos primeros años. No porque creyera que se fuera a producir una amenaza real contra el príncipe y su familia. Es muy difícil detectar a los licántropos.

—Estos no son licántropos —reiteró Tatijana—. Se los considera una manada de lobos renegados, y los cazadores licántropos de élite están obligados a exterminarlos. Sería un gran error confundirlos.

De pronto Gregori arqueó una ceja.

—Imagino que así es. ¿Por qué hablas de «nosotros»? ¿Quién iba contigo cuando te encontraste con el cadáver?

—No es relevante. —Al no estar segura de la reacción de los carpatianos ante el mestizaje de licántropos y carpatianos, debía proteger a Fen a toda costa. No quería que Gregori se convirtiera en un enemigo, pues Fen era su compañero—. Te he contado lo que sé porque creo que como protector del príncipe deberías estar al tanto de lo que ocurre con esta manada de renegados. Me sigue costando acostumbrarme a estar con gente. Debo marcharme.

Eso era cierto. Temió que intentara detenerla, pero sabía que en ese caso se defendería. El síndrome de «lucha o huida» estaba muy enraizado en ella. No podía volver a estar prisionera. Gregori, con sus impactantes hombros, la expresión implacable y sus ojos brillantes estaba cortándole el paso y no mostraba ninguna señal de que se fuera a apartar.

—Eres una carpatiana, Tatijana. —Su tono se había vuelto suave—. ¿Por qué crees que te podría hacer daño? He jurado que voy a protegerte. No tienes que temer de mí.

—Es que me temo a mí misma y a mi reacción ante ciertas situaciones —respondió con honestidad—. Debo sentirme libre. No quiero, ni puedo, tener guardianes que vigilen cada movimiento que haga. Siento parecer difícil, pero tengo que hacerme cargo de mi propia vida.

—Pero aun así te encontraste con una manada de renegados —dijo señalando sus heridas—. Estuviste en combate y te podrían haber matado. Nosotros valoramos a nuestras mujeres. Las protegemos con amor y con respeto. Junto con los niños, sois nuestro mayor tesoro.

Tatijana percibió que su voz era sincera. Dio un paso atrás e intentó calmar los salvajes latidos de su corazón. Tal vez no la estaba amenazando. Le había dado noticias preocupantes y ella venía de estar en combate. No estaba acostumbrada a que nadie más que Branislava se preocupara de su bienestar.

—Voy por ahí sola para poder aprender lo que necesito saber, y a veces me tropiezo con cosas que no debiera. Tendré más cuidado —dijo intentando aplacarlo, aunque fuese un poco.

—Tatijana ¿en serio crees que debo dejarte marchar así? ¿Sangrando después de haber estado en combate, y sin nadie que te acompañe a tu lugar de descanso donde podrás restablecerte por completo?

—Eso es lo que yo he elegido. Es lo que deseo. Tú tienes libertad para ir por tu propio camino. ¿Por qué no puedo tenerla yo?

Una extraña urgencia se estaba apoderando de ella. Fen estaba solo y herido. No solo lo perseguía la manada de renegados, sino que un lobo vampiro, llamado *sange rau,* se había unido a la cacería. Sentía que llevaba demasiado tiempo lejos de él.

Gregori inclinó la cabeza. No le gustaba que no apartara la mirada de su cara. Veía demasiado.

—Tienes razón. Pero eres uno de nuestros grandes tesoros, Tatijana. Sería negligente por mi parte si no te ayudara. Deja que te cure.

De ninguna manera iba a dejar que la tocara. Era demasiado poderoso. Podría entrar en su mente y descubrir a Fen. No esperó a que hiciera ningún movimiento. Ya estaba cansada de discutir. Era una Dragonseeker. Conocía cada hechizo que hubiera concebido cualquier mago. De manera que se disolvió, se elevó hacia las nubes y dejó deliberadamente tras ella una estela de vapor translúcida. En el momento en que dejó esa falsa huella, llamó a los elementos para que la ayudasen.

Esa leve corriente de vapor apenas perceptible se alejó del hogar del príncipe y se dirigió a la espesura del bosque que cubría las montañas. Después ella se dio la vuelta sin dejar la menor huella, ni siquiera la más mínima molécula que pudiera hacer que un cazador como Gregori la persiguiera.

Por un momento había considerado pedirle ayuda, por si acaso, pero al no saber cómo percibirían los carpatianos a los que tuvieran la sangre mestiza, decidió no poner a Fen en riesgo.

Aunque acabase de salir de las cuevas de hielo, a lo largo de los siglos más de un cazador carpatiano había sido capturado por Xavier, y torturado antes de ser ejecutado. A los carpatianos varones les causaba gran aflicción ver a las gemelas encerradas en su prisión de hielo. Pero esos cazadores habían podido compartir voluntariamente sus conocimientos con ellas dos, con la esperanza de que finalmente pudiesen usarlos para escapar.

No dejó ni el menor rastro tras su partida. Ningún olor. Nada que Gregori pudiese seguir. Es más, sabía que no iba a dejar solo al príncipe durante mucho más tiempo después de conocer las noticias que ella le había traído. Los licántropos eran elusivos. Podían estar a tu lado, y no ser consciente de ello. La idea de que hubiese una manada de renegados tan cerca del príncipe y su hijo debía resultarles desconcertante.

Tatijana siguió el camino contrario al de su falsa pista y se adentró en el bosque. Serpenteó entre los árboles y se mantuvo muy cerca del suelo para poder ver cualquier rastro del paso de la manada. Los lobos eran muy hábiles a la hora de pasar por un lugar dejando muy pocas huellas, pero en dos ocasiones vio gotas de sangre y hierbas pisoteadas. La manada había pasado por ahí rápidamente cuando se alejaba del lugar de la batalla.

Aun así había algo que le parecía raro. Era como una nota discordante, algo no nombrado, ni visto, que la ponía nerviosa y hacía saltar sus alarmas.

¿Fen? ¿Estás a salvo? Estoy muy cerca pero hay algo que no está bien.

Tatijana, este no es un lugar para ti. Déjame desactivar esta trampa antes de que vengas a mi lado. Si me meto en problemas, estarás cerca para ayudarme.

Si hubiese estado en un cuerpo que tuviese dientes, los habría hecho rechinar de frustración. No sabía mucho de los hombres, y menos aún de los compañeros. Pero ¿por qué pensaba que ella se preocupaba menos por él que Fen por ella? La atracción entre ambos era muy fuerte, y mientras más tiempo pasaba en su mente, más conocía que era honorable e íntegro. Le parecía imposible dejar que librara la batalla solo.

Se mantuvo en silencio para no distraerlo mientras avanzaba entre los árboles con cautela. Fen se agachó hacia el cadáver, y le borró las huellas del ataque de la manada. Era importante que la gente local pensara que había muerto accidentalmente, y que no era responsable ninguna criatura salvaje. Parecía totalmente absorto en su trabajo.

El repiqueteo de las ramas era constante, y el sonido se introducía en toda criatura viva en kilómetros a la redonda. Tatijana se estremeció al oírlo. No estaba en un cuerpo físico, pero aun así, el ritmo le alteraba los nervios y amenazaba con hacer que se obsesionara con él. Le costaba pensar con claridad. Sentía la mente pesada y confusa. Había visto que ese truco había funcionado con un sinnúmero de víctimas en la cueva de los horrores de Xavier.

Entró en la mente de Fen, aterrorizada por lo que pudiera estar ocurriéndole. Pero la encontró en calma. Clara. Estaba al tanto de lo que lo rodeaba, y de cada mínimo detalle. Los efectos hipnóticos no funcionaban en los patrones de su cerebro. Había algo que producía su mezcla de sangre de carpatiano y licántropo, que hacía que repeliera las notas. Rebotaban en él y se alejaban.

Quédate en mi mente, le advirtió Fen muy suave haciéndole una cálida caricia en el cerebro. *Estás a salvo conmigo.*

Xavier había mutado deliberadamente a muchas especies, pero sus resultados siempre habían sido grotescos y horripilantes… seres que se alimentaban de carne humana, o que no tenían mente, y que nunca fueron más que marionetas violentas. Pero nunca consideró cruzar a un licántropo con un carpatiano.

Tatijana se permitió sumergirse en la mente de Fen, sorprendida de que la invitara a entrar en todos sus recuerdos. Ella seguía protegiéndose, y mantenía la mayor parte de su pasado a resguardo de él. Sin embargo, Fen estaba totalmente abierto a ella y no le escondía nada. Además, hacía que se sintiera reconfortada y protegida, y no como imaginó que se iba a sentir, con claustrofobia, e incluso prisionera.

Oyó el suave susurro de una pisada porque él también lo había hecho. Un murmullo acompañaba el ritmo de las ramas. Su corazón sufrió un vuelco y comenzó a palpitar salvajemente.

Es un hechizo para detenerte. Si lo completa, no te podrás mover. Controlará cada uno de tus movimientos.

El hechizo está ligado al ritmo, dama mía, le recordó Fen suavemente. *Tampoco siento sus efectos. Quiero saber quién, o qué, está detrás de estos ataques.*

Se trata de un mago. Reconozco el trabajo de uno de los protegidos favoritos de Xavier. Era mucho más joven, pero era un auténtico psicópata. Xavier estaba muy orgulloso de él y de su naturaleza sádica. Se llama Drummel. Es muy perverso y muy, muy peligroso.

¿Puedes contrarrestar sus hechizos sin que te descubran?

Tatijana inspiró profundamente y dejó que Fen la arropara con su seguridad. Le asombraba su calma. Tenía los nervios de acero. No se giró para encarar la amenaza ni ofreció el menor indicio de que lo estuvieran acechando. La manera en que manejaba el cuerpo del hombre muerto era suave y reverente. No temblaba. Nada hacía sospechar que estuviera al corriente del peligro que se cernía directamente sobre él.

El cántico aumentó, más rítmico que nunca, y se acompasaba con los golpes cada vez más fuertes de las ramas. Un paso. Dos. Un ligero crujido y después solo se oyó el sonido de las notas hipnóticas. Tatijana intentó bloquear sus oídos y protegerse dentro de la mente de Fen.

Súbitamente Fen pasó a la acción, dio un brusco giro y se mantuvo a ras de suelo transformado en licántropo, mitad hombre y mitad lobo, y tremendamente fuerte. Dio a Drummel un gran golpe que hizo que cayera de espaldas, y en un instante ya estaba encima de él. Tatijana nunca hubiera imaginado que alguien se pudiera mover tan rápido. Enseguida le asestó un puñetazo tan fuerte que le sacó todo el aire de los pulmones y lo dejó jadeando.

Fen apretó con fuerza la garganta de su agresor para cortarle el suministro de aire hasta que le ardieron los pulmones y le saltaron los ojos de sus órbitas. La criatura levantó los labios intentando rugir a pesar de estar ahogándose. Tenía los dientes puntiagudos y manchados de marrón.

Fen lo sacudió sin dejar de agarrarlo.

—Te veo, Bardolf —susurró entre dientes—. Sabías que este ser poseído no tenía ninguna posibilidad de capturarme con su hechizo. ¿Para qué sacrificar a un peón valioso?

Está ensombrecido. ¿Sabe Bardolf dividirse e implantar una sombra suya en otro ser?, preguntó Tatijana. *Son muy pocos los magos que saben hacer eso. Es muy difícil y aterrador. Las sombras son absolutamente letales, Fen, y pueden meterse dentro de cualquiera que se les acerque. Ten mucho cuidado.*

A Fen no le hacía falta que le dijeran que Drummel estaba ensombrecido. Podía ver a Bardolf mirándolo a través de los ojos del cuerpo del hombre que tenía bajo su control. Había encontrado la manera de poseer a un mago tan hábil y poderoso como Drummel. ¿Qué decía eso de Bardolf?

Drummel movió los labios varias veces intentando formar palabras.

—Llamaré a mi manada y seguiremos nuestro camino, Fenris Dalka.

Era una demostración de poder que consiguiera hablar a través de otra persona. Todos los instintos de Fen se pusieron en guardia. Expandió sus sentidos y analizó la zona que lo rodeaba. Era casi imposible detectar a los licántropos cuando querían mantenerse escondidos. A los hombres lobo les costaba más porque no podían contener su energía y sus ganas de matar, pero aun así eran muy hábiles escondiéndose de los cazadores.

Mantente alerta, Tatijana. Hay más de lo que se ve a primera vista.

—¿Por qué me dices eso, Bardolf? ¿Por qué no coges a tu manada y te vas sin más? —le preguntó Fen.

—Quiero que me des tu palabra de que ya no nos seguirás cazando.

Le colgaban largos hilos de baba desde la boca hasta la barbilla.

No tenía sentido. Fen era un cazador. Un carpatiano. Bardolf había reconocido que era una mezcla de licántropo y carpatiano. Eso significaba que debía saber que él había sido antes que nada un carpatiano, un antiguo cazador de vampiros. Era su deber, y además un tema de honor, cazar a los no muertos. Bardolf era uno de ellos sin lugar a dudas. Puede que tuviera mezcla de hombre lobo, pero era ante todo un vampiro y debía ser destruido.

—Ese es mi deber. He jurado a mi gente que haría justicia con aquellos que han entregado sus almas a cambio de la excitación que les provoca la adrenalina cuando matan —contestó sin aflojarle la garganta. No iba a dejar que la sombra de Bardolf escapara, e intentase introducirse en él—. Creo que ya sabes todo eso.

Estaré vigilando la sombra. Si intenta entrar en ti, puedo repelerla, le aseguró Tatijana. *No pasé siglos en la guarida de Xavier para no haberme aprendido todos sus hechizos. Bardolf tiene que haber aprendido de Drummel. Realmente era muy bueno, pero yo soy mejor.*

No estaba alardeando. Tatijana tenía miedo de lo que estaba sucediendo. Sabía lo peligroso que era el mago y que ahora, con la sombra de Bardolf dentro de él, lo era el doble. Tenía confianza en sí misma, pero no quería que Fen se fiara demasiado.

No te preocupes, dama mía, la reconfortó. *Lo que está diciendo no son más que bobadas. Sabe que los voy a cazar. Me he dado cuenta de que esto no es más que una táctica para ganar tiempo.*

Fen respiró hondo, y potenciando sus sentidos de licántropo agudizó el oído y el olfato, pero no apartó la mirada de Drummel.

—Te ofrezco un trato.

—La justicia no hace tratos, Bardolf. He sido nombrado para hacer justicia contigo.

Drummel escupió y lanzó un gruñido. Sus ojos rojos giraron salvajemente cargados de odio y maldad, pero Bardolf hizo un gran esfuerzo para recuperarlo. Eso enfureció más a Fen. Los vampiros no eran famosos por su capacidad para controlarse. ¿Por qué estaba Bardolf haciendo ese esfuerzo?

Fen, te lo estoy diciendo, si Bardolf era un licántropo antes de convertirse en vampiro, no puede haber colocado una sombra de sí mismo dentro de un mago de la talla de Drummel. Solo un antiguo carpatiano podría hacerlo. Incluso un vampiro podría haberse encontrado con un mago dispuesto a entregar su alma a cambio de la inmortalidad, pero ¿cómo sabría hacer esas cosas un licántropo?, preguntó Tatijana.

Si tenía razón, teniendo en cuenta que era la hija del mago más poderoso de la historia, Bardolf no podía haber colocado una sombra dentro de Drummel. Fen no esperó a lo que Bardolf podía decirle a continuación. No había manera de razonar con locos, y no veía razón por la que esperar un ataque cuando sabía que iba a llegar en cualquier momento. Dio un golpe fuerte y rápido que rompió el cuello de Drummel.

Los ojos del mago se abrieron de par en par, Bardolf lo miraba sorprendido y horrorizado. El cuerpo sufrió convulsiones y un sudor venenoso salió de sus poros, de sus pestañas y de su boca.

Cuidado, por detrás, le avisó Tatijana saliendo de su refugio para lanzarse al campo de batalla en su ayuda. *El fragmento de la sombra de Bardolf va a buscar otro huésped.*

Fen se giró, más preocupado de lo que no podía ver ni oír que del pequeño fragmento de la sombra de Bardolf.

Mantenlo alejado de mí, le ordenó, ahora seguro de ella y de que le cubriría las espaldas. *Y mantente escondida. No te muestres pase lo que pase*, le advirtió.

No estaban solos y Fen lo sabía.

El cadáver se movió. Tosió. Pero Fen no se molestó en mirarlo. Ese era el cometido de Tatijana y ya sabía que estaba susurrando un antiguo hechizo dirigido al diminuto fragmento de sombra, que era absolutamente letal. A él le tocaba encontrar a la amenaza invisible. Se apartó del cadáver donde la sombra de Bardolf buscaba un nuevo huésped.

El suelo estaba lleno pequeños insectos que pululaban sobre la vegetación en descomposición. Fen dio un gran salto en el momento en que unas criaturas mitad hombre y mitad lobo salieron de los árboles en todas las direcciones. Justo debajo de donde había estado, el suelo explotó y se formó un enorme géiser que lanzaba tierra contaminada a gran altura. Por detrás surgió una gran figura que tenía los brazos de lobo extendidos, y las puntas de sus garras cubiertas de veneno. Enseguida atacó a Fen.

Este cambió de dirección, se volvió hacia el recién llegado a una velocidad cegadora y se lanzó contra él con tanta fuerza que ambos cayeron al suelo. En el puño llevaba una estaca de plata. Era el vampiro lobo con el que Bardolf había intercambiado sangre, aunque supuestamente había acabado con él. Bardolf le había salvado la vida a cambio de ser el siervo de un amo asesino.

Fen le insertó la estaca de plata en el pecho para que se clavara profundamente en el corazón del vampiro. Apenas lo reconoció; se trataba de un carpatiano solo unos años menor que él con el que solía jugar cuando eran niños. Sus padres lo llamaron Abel. Era un niño con una personalidad alegre que siempre sonreía. Nunca hubiese pensado que Abel decidiese convertirse en vampiro. De hecho, sintió un pinchazo de dolor al enterrarle la estaca en su pecho y retorcérsela profundamente.

Se le estaba derramando la sangre del vampiro sobre el puño, la muñeca y el brazo, y le quemaba hasta los huesos como si fuera ácido. Los ojos de Abel se abrieron como platos, pero Fen no se apartó como esperaba. No solo era un vampiro, también era un hombre lobo. Lanzó su largo hocico hacia Fen y le enterró los dientes afilados como cuchillas entre su cuello y el hombro, y le atravesaron la piel hasta tocar los huesos y le desgarraron un gran trozo de carne.

Por el cuerpo de Fen chorreaba un montón de sangre, y el vampiro se abalanzó hacia ese antiguo manjar para devorar toda la que pudiera.

Cayeron al suelo pero enseguida Fen se lo sacó de encima. El olor de su rica sangre carpatiana provocó un ataque de histeria colectiva. Los hombres lobo aullaron y corrieron hacia él. Pero en el instante en que se le abalanzaron, consiguió disolverse. Después de desaparecer de pronto, se pudo ver uno de sus brazos, cuya mano empuñaba una estaca de plata que clavó en el corazón del hombre lobo más cercano. Se dio mucha prisa por salir lo antes posible de entre la muchedumbre, pero un reguero de sangre color rojo rubí delataba su rumbo.

Se sobrepuso al dolor poniéndolo en una dimensión diferente mientras intentaba detener el flujo de sangre. Tatijana apareció a su lado al instante, era simplemente una imagen translúcida, pero sus manos adquirieron consistencia física para poder pasarlas por encima de sus heridas. El sonido de su cántico de sanación llenó la mente de Fen. Por un momento el frío glaciar de sus lesiones ardió como fuego. Tatijana había conseguido detener la hemorragia cauterizando la zona.

No puedes estar aquí. Es demasiado peligroso. Si te ve, va a ir por ti para capturarme a mí.

Puedo dispersar a los hombres lobo y cazarlos desde el cielo.

No tenía tiempo para discutir con ella.

Mantente atenta a sus trucos y vuela alto. Los licántropos pueden saltar distancias enormes.

Las ramas de los árboles temblaron. Los troncos se abrieron en dos con un terrible estrépito, anunciando que se avecinaba una gran amenaza. Tatijana se lanzó al cielo y recuperó el cuerpo de su dragona azul. Respondió al eco del estrépito con su propio rugido amenazante.

Abel siguió el rastro de sangre roja y alcanzó a Fen en el momento en que Tatijana despegaba. El no muerto saltó tras ella, pero Fen lo bloqueó con su cuerpo. El vampiro chocó contra él y ambos aterrizaron de pie en medio de la manada.

—Cogedlo, mis lobos hambrientos —ordenó Abel de manera compulsiva—. No dejéis que escape. Este es mi regalo para vosotros. Toda la sangre caliente, rica y fresca, que fluye por sus venas.

Los hombres lobo lo rodearon mientras aullaban. Fen se movió en círculo manteniendo la mirada fija en el *sange rau,* pero con los sentidos puestos en el inminente ataque de los lobos. Los gruñidos se volvieron más fuertes, lo que indicaba que la manada ya estaba preparada para atacar. Abel sonrió con aire de superioridad enseñando sus dientes rotos y manchados de negro que salían de sus encías hundidas. Se arrancó de un tirón la estaca de plata del corazón, y la lanzó al suelo a los pies de Fen.

—He venido a unirme a esta fiesta —anunció una voz.

Un cazador carpatiano salió de entre los árboles y se plantó de lleno en medio de los frenéticos hombres lobo para alejarlos de Fen. Sus ojos plateados brillaban mientras se movía ágilmente entre ellos. Les rompía el cuello y la espalda, y lanzaba los cuerpos a un lado.

Lo siento. Él es Gregori Daratrazanoff, lugarteniente del príncipe y principal protector de los carpatianos. Debe haberme seguido hasta aquí. No voy a poder achicharrar a los hombres lobo desde el cielo sin quemar vivo a Gregori.

Por muy veloz que fuese Gregori, los lobos lo eran más cuando estaban a la búsqueda de sangre nueva, caliente y viva. Se arremolinaron tantos a su alrededor que lo derribaron y quedó enterrado bajo sus frenéticos cuerpos.

Fen maldijo para sí mismo, pues no le quedaba más remedio que compartir con el cazador sus conocimientos sobre todo lo relacionado con los renegados y los mestizos de vampiro y lobo, a través del canal telepático común que empleaban los carpatianos. Sabía que se estaba arriesgando y que el carpatiano podría recabar una tremenda cantidad de información sobre él en cosa de segundos. Eran tan pocas las ocasiones en las que había usado ese vínculo común, que no estaba seguro de haberle transmitido lo que sabía sobre la velocidad y la fuerza de los lobos renegados, o del inmenso poder que tenían los *sange rau*. Mientras le transmitía toda esa información, Fen saltó hacia la refriega para apartar a los hombres lobo que estaban encima del guardián del príncipe.

Cuando Gregori intentó levantarse, Abel golpeó a Fen con mucha fuerza y muy rápido desde atrás e hizo que se tambaleara. Este apeló a su sangre de licántropo, se giró en el aire mientras caía y se transformó a la velocidad del rayo. Sus garras de licántropo agarraron a Abel por el cuello, lo lanzaron al suelo y se le calvaron profundamente. De ese modo quedó anclado a su cuerpo, a pesar de que enseguida le comenzó a crecer el hocico para hacer espacio para su enorme dentadura.

Rodaron por el suelo, y Fen hizo que se alejaran de la masa retorcida de hombres lobo para que sus dientes pudieran seguir destrozando la garganta de Abel.

¡Gregori, sal de ahí!, le advirtió mientras mordía al *sange rau* con su fuerza de licántropo.

Su hocico chorreaba una sangre negra que bajaba por su cuello y su pecho quemándolo como si fuera ácido. El aire olía a carne quemada.

Abel aulló de horror y miedo al ver que Fen lo tenía muy bien agarrado, sin importarle que el no muerto le estuviera desgarrando el pecho para intentar llegar hasta su corazón. Tenía que aguantar hasta que el no muerto estuviera tan aterrorizado que llamara a sus esbirros. Era la única manera de salvar a Gregori de la sanguinaria y voraz manada.

Fen enterró su garra en el pecho de Abel para buscar su ennegrecido y marchito corazón, sin dejar de arrancar a mordiscos trozos de carne podrida del lobo vampiro.

—Hay que matar a este. Dejad al otro. ¡Venid todos a matarlo! —gritó Abel.

Su voz sonó tan aguda que hirió los sensibles oídos de los hombres lobo. Mientras obedecían de mala gana la orden de su líder, armaron un terrible estrépito de aullidos y gritos. Fen vio por el rabillo del ojo a Gregori en el suelo, que todavía luchaba contra un gran hombre lobo que no quería apartarse de la rica sangre del carpatiano.

Por encima de él, la dragona azul planeaba haciendo un círculo sobre el dosel del bosque, pero enseguida descendió y lanzó una contundente llamarada que atrapó a varios de los lobos renegados. Tatijana tuvo cuidado de mantenerla alejada de Gregori. El alto hombre lobo que lo estaba destrozando saltó de pronto sin ni siquiera girar la cabeza, y con las garras se agarró al vientre de la dragona azul y quedó colgando aferrado a él con sus uñas curvas.

Ella contraatacó rizando su larga cola llena de pinchos. Con un barrido le asestó un tremendo golpe, y le clavó los pinchos mientras sus grandes alas hacían que se elevara por encima de los árboles. La fuerza del impacto hizo que el lobo renegado se soltara, pero vaciló un momento arañando desesperadamente su vientre para agarrarse mejor. La cola entonces lo golpeó una segunda vez, y con un chillido estridente cayó de vuelta a la tierra.

La dragona perdía sangre por la herida que le había hecho, pero bajó en picado tras el hombre lobo que se precipitaba hacia el suelo, e intentaba enderezarse para aterrizar de pie. El hombre lobo miró hacia arriba justo en el momento en que la cabeza en forma de cuña de la dragona lanzaba una llamarada hacia él, proyectando todo su dolor y rabia. Antes de que golpeara contra el suelo ya estaba envuelto en llamas. Pero consiguió saltar y ponerse en pie con las piernas evidentemente rotas, y aun así corrió aullando hacia los que quedaban de la manada. Pero mientras más agitaba el fuego, las llamas rojas y naranjas rugían con mayor intensidad y se hacían más grandes.

En el instante en el que el hombre lobo saltó para dar un zarpazo a la dragona azul, Gregori consiguió ponerse en pie a pesar de estar sangrado por docenas de sitios. Con un movimiento de su brazo estableció una barrera entre Fen y los hombres lobo, que impedía que se acercaran al cazador mientras luchaba contra ese ser que era una mezcla de vampiro y lobo. Algunos de los lobos renegados volvieron hacia Gregori, mientras otros atacaban el escudo para acudir en ayuda de su amo.

El cuerpo del borracho se sacudió y se movió a pocos centímetros de Gregori. El fragmento de la sombra de Bardolf estaba intentando encontrar un huésped vivo para socorrer a su amo.

¡Detrás de ti!, le advirtió Tatijana.

Cuando la dragona azul se dio la vuelta y se ladeó para descender cayeron grandes gotas de sangre del cielo. Gregori giró la cabeza y vio que la abominación de carne muerta estaba enterrando las uñas en el suelo para atraer el cadáver a su lado.

Lo puedo quemar, pero debes salir de ahí, le avisó Tatijana.

Gregori hizo un valiente esfuerzo para apartarse de la línea de fuego, y avanzó a trompicones hacia la manada, que seguía intentado romper la barrera que había levantado para separarlos. Fen y el *sange rau* estaban rodando sobre el suelo que no dejaba de temblar, pero ninguno de los dos quería soltar al otro. Cuando Tatijana se acercó, la tierra se movió intensamente, y dio una sacudida que hizo que Gregori cayera al suelo.

El suelo siguió temblando, y bajo la superficie algo hizo que se levantara. Apareció una gran grieta y muchos árboles se partieron en dos.

Tatijana vio desde el cielo que la gigantesca grieta tenía forma de zigzag. Era una zanja abismal que se iba abriendo a toda velocidad hacia donde Fen y el vampiro lobo continuaban luchando ferozmente.

¡Fen!

Tatijana le gritó sollozando su nombre en la mente como advertencia.

Y enseguida lanzó una llamarada hacia el cadáver que se sacudía y enterraba sus garras en el suelo para acercarse a Gregori. Siguió cayendo en picado. Había cerrado las alas para lanzarse como una piedra hacia la zanja cada vez más ancha, justo en el instante en el que se estaba tragando a Fen y al *sange rau*. Gregori avanzó hacia ellos, pero en ese momento los hombres lobo consiguieron romper el escudo que les impedía ayudar a su amo. Pero su intento para llegar hasta el jefe de su manada había sido tan apresurado, que cayeron por la parte estrecha de la grieta.

Fen también cayó por la hendidura y sus dos hombros se rozaron contra sus paredes hechas de tierra, raíces y roca. Seguía aferrado a Abel y mantenía las garras profundamente clavadas en su pecho. Estaba decidido a agarrarle el corazón, aunque tuviera que arrancarle el cuello y la garganta. Ninguno de los dos podía disolverse en vapor, pues se lo impedía el hecho de estar enganchados el uno al otro.

Tatijana pasó como un rayo junto a Gregori con las alas todavía plegadas contra su cuerpo, y se lanzó en picado hacia Fen. Al aproximarse a los dos combatientes estiró el cuello todo lo que pudo y su gigante cabeza en forma de cuña se encontró con la de Abel. Cuando lanzó una llamarada, prestó mucha atención en concentrarla solamente sobre el cráneo del vampiro, a pesar de que seguían cayendo.

Fen no pudo evitar admirar lo hábil que había sido. Tatijana seguía volando en picado a bastante velocidad. Había sentido la explosión del calor, pero no lo había llegado a tocar ni una sola llama. Abel chilló emitiendo un sonido horrible. El olor era aún peor. La tierra comenzó a cerrarse por debajo de ellos soltando terroríficos quejidos y chirridos. El planeta completo parecía estremecerse.

Suéltalo, le ordenó Tatijana. *¡Ahora! O lo sueltas o los tres vamos a morir.*

Le faltaba tan poco. Tenía los dedos alrededor del corazón marchito del *sange rau*, pero no podía arrancárselo.

Abel es demasiado poderoso para dejarlo vivo. Solamente tengo que agarrarlo un poco mejor...

Tatijana usó su cabeza triangular para soltar al vampiro lobo de las manos de Fen, y Abel siguió cayendo. El viento avivaba las llamas que le envolvían la cabeza por completo. Pero ella enrolló su largo cuello alrededor de Fen, y lo agarró para que no continuara cayendo. Él se sujetó a sus pinchos y se impulsó para montarse sobre el lomo. Entonces las alas de la dragona se movieron y frenaron la caída.

Fen miró hacia arriba y vio que Gregori, que tenía el cuerpo destrozado, y lleno de heridas y sangre, también caía a toda velocidad. Levantó una mano.

¡Gregori!

Con la misma mano le atrapó la muñeca, y Gregori se aferró a él. Fen tuvo que tirar con fuerza para subirlo a la dragona. Gruñía de dolor, pero el cazador lo había agarrado firmemente mientras la dragona azul hacía el enorme esfuerzo de hacer que escaparan de la grieta que se cerraba. Las paredes de la hendidura le rozaron las alas, y le arrancaron un trozo de piel. Tatijana chilló de dolor, pero continuó ascendiendo.

Todos los hombres lobo que se cruzó a su paso, la mayoría colgando de las paredes de tierra de la gran fisura, intentaron darle zarpazos o mordiscos, tanto para impedir que se elevara, como para salvarse con él. Intentaban escalar las paredes de tierra antes de que la grieta terminara de cerrarse. Por debajo de ellos el abismo se iba cerrando sobre ellos a gran velocidad.

Cuando Tatijana salió al aire por encima del agujero que se había hecho en el suelo, por poco se desploma. Aterrizó jadeando de manera muy torpe justo en el instante en el que ambos lados de la grieta se unieron de golpe produciendo un terrible chirrido. La dragona azul se tambaleó hacia adelante para mantener a salvo a sus pasajeros, y dejó un gran reguero de sangre. Se estremeció, tropezó con algo y cayó al suelo. Su cabeza en forma de cuña se dio un fuerte golpe, y se arrastró hacia adelante impulsada por su cuerpo como si estuviera arando la tierra.

¡Tatijana! Un grito de mujer irrumpió en la mente de Fen a través del vínculo que tenía con su compañera. Desgarro. Miedo. Conmoción. *¿Está muerta? Voy ahora mismo.*

Fen supo al instante que era Branislava, la hermana de Tatijana.

No vengas. Puedo atenderla y protegerla. Gregori está aquí también. Mejor que no estéis las dos aquí. Confía en que lo voy a hacer bien.

Fen saltó del lomo de la dragona, y aterrizó de pie dándose un gran golpe debido a la altura. Miró el cuerpo de la dragona y se estremeció al ver tanta sangre, y las numerosas heridas que le había hecho Abel con sus zarpazos, arañazos y mordiscos.

Branislava estuvo un rato en su mente buscando cuanta información pudiera encontrar sobre él antes de presentarse a sí misma bruscamente.

Si permites que le pase algo no dejaré de perseguirte hasta que consiga acabar contigo.

Lo acepto.

Fen cortó la comunicación que estaban manteniendo y se dirigió rápidamente hacia el cuerpo de la dragona. Al llegar a su cabeza la cogió entre sus brazos para que sus enormes ojos lo miraran.

—Transfórmate Tatijana. Hazlo ahora mismo. Aunque no me vuelvas a hacer caso en toda tu vida, por favor hazlo esta vez. Transfórmate por mí ahora.

Puso todo su ser en esa orden. Todo el miedo que sentía por ella. Su rabia por haber permitido que la hirieran. Su amor cada vez más intenso. Su respeto. Su necesidad de que viviese y se quedara a su lado.

Gregori también saltó de su lomo y aterrizó pesadamente, apenas capaz de mantenerse en pie. Avanzó tambaleándose alrededor del gran cuerpo de la dragona hasta llegar a su cabeza.

Los enormes ojos de esta parpadearon y enseguida se cerraron, pero Fen sintió que su cuerpo había temblado al intentar obedecerle. Entró en su mente. Perdía rápidamente la conciencia.

Ven a mí, sívamet... amor mío. Entrégate a mí. Yo te mantendré a salvo.

Se produjo un momento de incertidumbre, como si ella no confiara lo bastante en él como para entregarse por completo a sus manos. Fen esperó a que se decidiera aunque no tenían mucho tiempo, y el corazón le latía con tanta fuerza que le resonaba como un trueno. Pero ella de pronto cedió y Fen sintió que ponía la esencia de su espíritu a su cuidado.

Al instante desapareció la dragona azul, y recibió en sus brazos el cuerpo de Tatijana. No esperó. Se hizo un tajo en la muñeca, se lo puso sobre su boca y se sentó en el suelo aferrándola entre sus brazos. Gregori se arrodilló a su lado y en un segundo salió de su cuerpo malherido y se convirtió en luz pura. En cuanto entró en el cuerpo de Tatijana comenzó a trabajar febrilmente para detener la hemorragia. No paró ni un momento, ni siquiera cuando dos cazadores más aterrizaron en picado del cielo para ayudarlos.

Jacques Dubrinsky, hermano del príncipe y Falcon Amiras, un antiguo cazador, miraron alrededor del campo de batalla. Algunos hombres lobo comenzaban a moverse, y varios cuerpos ya estaban regenerándose.

—Dinos que se hace para matarlos —dijo Jacques—. No hay nada como llegar tarde a una fiesta.

—Estacas de plata. Hay que clavarlas por completo en sus corazones, y después hay que rebanarles la cabeza. Por último, hay que quemar los cuerpos con las estacas dentro —dijo Fen.

Estaba cansado. Exhausto. Mantenía su atención en Tatijana, que estaba acurrucada entre sus brazos mientras la alimentaba con la sangre que le devolvería la vida. Estaba muy agradecido de la actuación de Gregori, que aunque estuviese destrozado había decidido generosamente ponerse a curar a Tatijana antes de ocuparse de sus propias heridas.

Falcon se puso al lado de Fen.

—Gregori y tú también necesitáis que os curen —señaló ofreciéndole la muñeca—. Te la ofrezco libremente —añadió siguiendo la tradición de los carpatianos. Fen dudó. Había pasado mucho tiempo sin confiar en nadie más que en Dimitri—. Lo necesitas —le dijo Falcon—. Es para ella. ¿Te acuerdas de mí? Eras un par de años mayor. Me ayudaste a perfeccionar mis técnicas de lucha.

Fen inclinó la cabeza. Acomodó nuevamente a Tatijana en sus brazos y la apoyó contra su pecho mientras continuaba dándole tanta sangre como podía. El flujo era lento, pues Fen tenía que hacer que tragara. Agachó la cabeza hacia la muñeca que Falcon le ofrecía. La sangre antigua le proporcionó mucha fuerza, a pesar de sus horrendas heridas.

Sintió que Tatijana estaba mejorando gracias a que Gregori había reparado meticulosamente su vientre y sus costados. Tenía los brazos llenos de mordiscos y de todo tipo de heridas. El cuerpo de Gregori también estaba herido y maltrecho, pero se tomó el tiempo que le hizo falta, asegurándose de que no se le fuera a escapar nada.

Cuando regresó a su propio cuerpo tambaleándose por el agotamiento, Jacques le pasó un brazo alrededor de la espalda y le ofreció sangre con el otro.

—Por lo visto ha sido una batalla de mil demonios —dijo—. En toda mi vida nunca me había cruzado con una manada de lobos renegados.

Fen cerró educadamente las pequeñas heridas que se había hecho Falcon en la muñeca.

—Es una manada muy grande. Van con ellos dos vampiros lobo a los que los licántropos llaman *sange rau*.

Los tres carpatianos intercambiaron miradas y enseguida volvieron su atención hacia Fen, que cambió la postura de Tatijana en sus brazos.

—Estos vampiros son un cruce de licántropo y vampiro. Yo conocía a Bardolf. Era un licántropo alfa. Eso fue hace muchos años. Un vampiro con la sangre mezclada había devastado las manadas destruyéndolas por completo, y yo me uní a su caza. Las pruebas indicaban que Bardolf lo había matado. Pero en vez de eso, debieron haber unido sus fuerzas. Los he estado siguiendo hasta aquí.

—¿Quién está cuidando del príncipe si estáis los dos aquí? —preguntó Gregori a Falcon y a Jacques—. Os envió a buscarme ¿verdad?

Fen disimuló una sonrisa al percibir el evidente enfado que transmitía la voz de Gregori.

—Por lo menos no ha venido él en persona —señaló Jacques—. Es la primera vez que no lo hace. Debe ser que su hijo lo ha ablandado —sonrió mirando a Gregori desde arriba.

—Tú sí que estás mal. No puedo dejarte ir a casa en este estado. Savannah me cortaría la cabeza. Déjame ver qué puedo hacer mientras Falcon se dedica a...

Esperó deliberadamente.

—Fen. Fenris Dalka —contestó Fen y miró a Falcon con ojos de acero—. Es imperativo que todo el mundo piense que soy un licántropo. Sus cazadores de élite están en camino. Un hombre llamado Zev se está alojando en la posada. Es el explorador que envían en avanzadilla antes de que lleguen los cazadores. Para eso tienes que ser el mejor de la élite. Creedme, lo he visto en acción y es mejor de lo que puedo describir. Están acabando con los asesinos que pertenecieron a su propia especie, de la misma manera que nosotros cazamos a los nuestros.

—¿Por qué quieres que piensen que eres un licántropo en vez de un carpatiano? —le preguntó Gregori ignorando el hecho de que Jacques no había esperado a que le diera permiso para que le curara las heridas.

Fen se encogió de hombros.

—Los licántropos no toleran el mestizaje con los carpatianos. Creen que una vez que se hacen vampiros son demasiado destructivos y difíciles de matar. No tengo ni idea qué es lo que los carpatianos piensan al respecto.

Gregori lo miró frunciendo el ceño.

—Nunca había visto, o conocido, esa clase de cruces hasta que Mary

Ann y Manolito De La Cruz nos hicieron saber que ella era licántropa y que su sangre se había mezclado en vez de anularse entre ellas. ¿Hay alguna razón por la cual deberíamos tener problemas con los mestizajes de licántropos y carpatianos? Siempre nos hemos llevado bien con los licántropos, y viceversa. Los carpatianos y los vampiros no son lo mismo, y ellos lo saben.

—Los vampiros maestros son extremadamente difíciles de matar —dijo Fen. Ya comenzaba a sentir cómo el influjo de la sangre de Falcon, y la sanación que le había hecho el carpatiano le aportaban energía. Pero estaba realmente agotado. Tenía que ir a meterse bajo tierra, y necesitaba que Tatijana lo hiciera también—. En el caso del cruce de un vampiro y un lobo es cien veces más difícil. La destrucción que provocan con sus matanzas también es cien veces mayor. Pero son muy escasos, y son muy pocos los cazadores que saben cómo matarlos.

—Pero tú sí sabes cómo hacerlo —afirmó Gregori.

Fen suspiró.

—Saberlo no es siempre suficiente, como eres muy consciente, cazador.

—Gregori. —Jacques interrumpió suavemente—. Los tres debéis ir a meteros bajo tierra. Tal vez la conversación podría continuar en casa de mi hermano en otro momento.

Gregori asintió con la cabeza.

—Perdóname, Fenris, pero debes llevarte a Tatijana, que evidentemente es tu compañera, para que os metáis bajo tierra.

—Os doy las gracias por venir a ayudarnos. No sabía de la existencia de Abel a pesar de haberlo rastreado hasta este lugar. Apenas sospechaba que Bardolf estuviera involucrado con la manada de renegados cuando me crucé en su camino y me dispuse a seguirlos. Además —dijo frunciendo el ceño—, la manada es mucho más grande de lo que pensamos.

Gregori se levantó lentamente. Su cuerpo se negaba a funcionar correctamente tras el salvaje ataque de los lobos renegados.

—Por favor ven a casa de Mikhail en cuanto te levantes para darnos más información. Estaremos muy agradecidos de que lo hagas.

Fen suspiró. Como era su deber, si se presentaba ante el príncipe debía jurarle fidelidad, pero tenía que pensar como licántropo. Ser un licántropo. Y el ciclo de la luna llena ya estaba comenzando. Si se cruzaba en esos momentos con Zev o con sus cazadores de élite, lo matarían rápidamente y harían preguntas después. Su vida se había vuelto demasiado complicada.

Los carpatianos estaban en silencio esperando su decisión. Finalmente asintió con la cabeza y se lanzó al aire con Tatijana en los brazos. Se aseguró de que nadie lo estuviese siguiendo antes de girar hacia el lugar donde había dejado a su hermano. Abrió la tierra que estaba por encima de Dimitri custodiándolo, y se acomodó ahí mismo acompañado de Tatijana. Por encima de ellos la tierra se cerró y los dejó completamente cubiertos. Un montón de hojas y restos de vegetación se posaron suavemente y de manera completamente natural sobre su lugar de descanso, y taparon la zona como si nunca hubiese sido alterada.

Capítulo 6

Fen se levantó después de haber pasado los últimos tres atardeceres bajo tierra sin salir. Todavía estaba adolorido, maltrecho y magullado, pero aun así dejó a Tatijana y a Dimitri para ir a buscar sustento para ellos. Cada vez que se había despertado se había comunicado con Branislava para decirle que no se preocupara porque Tatijana se estaba recuperando bien, y que volvería a verla en cuanto estuviese completamente curada.

Era muy consciente de que esa tercera noche estaba en el momento más peligroso. Cualquier licántropo podría darse cuenta de que realmente no era uno de ellos. Tuvo mucho cuidado de mantenerse siempre escondido. Como regla general, durante esos periodos se quedaba bajo tierra y evitaba cualquier posible enfrentamiento, pero ahora no podía permitirse ese lujo, y sabía que el grupo de licántropos de élite a estas alturas ya estaría con Zev.

Le sorprendió un poco darse cuenta de que a pesar de todos los siglos que habían pasado, todavía sentía los Montes Cárpatos como su hogar. En vez de establecerse en algún lugar concreto había viajado por todo el mundo, y por eso nunca había encontrado otro sitio al que llamar su hogar. La tierra era de una calidad extraordinaria. Había olvidado la sensación de los ricos minerales que contenía su arcilla. De todos modos…

Estaba preocupado por Dimitri. Su vientre no estaba cicatrizando tan bien como le hubiera gustado. Avanzó por el bosque escondido entre la niebla hasta llegar cerca de una pequeña granja que asomaba sobre la ciénaga. La parte de atrás de la casa llegaba hasta una zona pantanosa, pero se veía cuidada y limpia. En el campo más alejado del agua había montones de heno apilados. Unos caballos agitaron sus cabezas nerviosos y dieron patadas cuando pasó cerca de ellos. Su olor a licántropo los había asustado.

El granjero salió de la casa y miró hacia el corral donde los caballos comenzaban a dar coces y a galopar en círculos como si estuviera acechando una manada de lobos. El hombre entró en la casa, salió con una escopeta y observó a sus nerviosos animales. Fen se mantuvo en la niebla que iba girando por el campo entre los montones de heno de manera que parecían torres incorpóreas apoyadas sobre nubes.

El granjero bajó del porche y miró con cautela a su alrededor. Los caballos no dejaban de estar tensos. Fen se movió más lentamente y dejó que el viento lo elevara por encima del corral. No podía ser que los caballos estuviesen así solo por su olor. Tenía que haber algo más acechando a los animales, o al granjero. No se trataba de una manada de lobos que estuviera acosando a los caballos porque la habría visto.

Fen mantuvo la mirada en el granjero mientras avanzaba cautelosamente entre la densa niebla que lo rodeaba. Algo oscuro, retorcido y feo se movió en el suelo. Había reptado desde el pantano y se había arrastrado por el campo en dirección a los caballos, pero al oler al granjero se había girado hacia él.

Vio a esa asquerosa criatura acurrucada al lado de una roca preparada para atacar al granjero que se acercaba. Entonces tuvo que transformarse rápidamente. En cuanto salió de la niebla se acercó al dueño de la granja.

—Cuidado, señor, atrás —gritó con voz de alarma.

Sorprendido, el hombre hizo lo que Fen le indicaba, pero la retorcida criatura le consiguió clavar los colmillos en una bota. Se contoneó y gruñó siseando de impaciencia. Era el pequeño fragmento de la sombra de Bardolf que seguía sin encontrar un huésped al que obligar a hacer el mal. Los animales le servían como sustento, pero nunca se debían usar para lo que Bardolf pretendía hacer.

—¿Qué es eso? —preguntó el hombre sacudiéndose la bota e intentado soltar el animal con la escopeta.

—Una criatura mortífera —contestó Fen muy sincero—. Un ser relacionado con un vampiro.

Sabía que casi todos los que vivían en el pueblo eran supersticiosos y creían en los vampiros, por más que al resto del mundo le pareciera algo absurdo, porque habían tenido encuentros con ellos. Sabían que el mal existía y hacían lo posible para protegerse de él. El granjero hizo la señal de la cruz y golpeó a la serpenteante criatura con la escopeta.

Fen la apartó del hombre con una patada, sacó un cuchillo de plata y apuñaló a la repelente criatura que era una mezcla de anguila y serpiente. Esta chilló y se retorció soltando un montón de sangre negra. Pero alcanzó a escapar de ella el elusivo fragmento de la sombra de Bardolf, que saltó hacia el granjero decido a mantenerse con vida y regresar con su amo.

Fen sacó el cuchillo de la criatura, lo lanzó contra la sombra, y su afilada hoja le hizo un corte limpio y la dejó clavada al suelo. Entonces apareció en ella un gran ojo que los miraba con odio y maldad..., una combinación de Bardolf y Abel. El ojo era maléfico y miraba en vertical en vez de en horizontal. Pero el cuchillo de plata se había clavado exactamente en el centro del ojo, y de su pupila había comenzado a brotar un montón sangre negra que estaba formando un charco oscuro en el suelo.

El ojo se contoneó y retorció para poder escapar, y chilló de manera aún más aguda y horrible. Fen colocó al granjero detrás de él para protegerlo, mientras los dos vampiros luchaban concentrando fuerzas para liberar a la sombra. Después se convulsionó, y una nube de humo negro explotó en la pupila y su luz comenzó a desvanecerse a medida que la sombra iba perdiendo la vida. Con un último y apagado grito languideció y quedó completamente oscura.

El granjero salió de detrás de Fen y escupió en medio del charco de sangre negra antes de girarse hacia el cazador. Después le hizo una torpe reverencia.

—Gracias. Me has salvado. Nunca había tenido el honor de conocer a uno de nuestros guardianes. —Sonrió y sus ojos se iluminaron—. Escuchamos rumores, ya sabes, pero nos podemos pasar la vida sin saber realmente si son ciertos o no.

—Por tu propia seguridad —señaló Fen—, debes alejarte un poco. Tengo que incinerar esto rápidamente. No querrás que la sangre de un vampiro infecte tus campos.

Fen esperó hasta que el hombre estuvo a una distancia prudencial y miró hacia el cielo para atraer a unas agitadas nubes oscuras. Unos truenos rugieron amenazadoramente y varios rayos zigzaguearon crepitando y se expandieron por el cielo. El brillante resplandor de luz que produjeron los dejó cegados. Fen sintió que el suelo se cargaba de la misma energía que también fluía por su cuerpo. Entonces extendió un brazo hacia la sangre negra, la criatura repugnante y el ojo malévolo. Un rayo saltó desde el suelo al cielo y volvió a caer. La fetidez por poco los ahoga. Pero enseguida se levantaron unas espirales de humo que se disiparon en el aire y dejaron un aroma limpio y fresco. La criatura, el ojo y el charco de sangre quedaron completamente incinerados como si nunca hubiesen existido.

Fen se volvió hacia el asombrado granjero. El hombre estaba con la boca ligeramente abierta y curvada formando una media sonrisa. Evidentemente estaba sobrecogido e impresionado. Esbozó una rápida sonrisa.

—Sé que tendré que llevarme a la tumba este secreto, pero te agradezco la experiencia.

Bardolf y Abel habían visto al granjero. Podían decidir atacarlo y acabar con él solo para vengarse de Fen. Como mínimo enviarían a algunos miembros de su manada para acabar con su ganado y su familia. Incluso en los Montes Cárpatos eran pocos los humanos que aún sabían de la existencia de los carpatianos.

—Estos vampiros son extremadamente peligrosos. Van con una manada de hombres lobo renegados que ellos mismos controlan. Tu familia y tú estaréis entre sus objetivos. ¿Hay alguna posibilidad de trasladar a tu familia a un lugar seguro, y que tal vez un vecino guarde tu ganado?

El granjero parecía asustado, pero agitó la cabeza.

—Puedo mandar a mi esposa y a mis hijos a casa de su madre, pero de la granja tengo que ocuparme yo mismo. Si pierdo el ganado, o me marcho, lo perderemos todo. —Abrió los brazos—. Esto es todo lo que tenemos. Un hombre se tiene que hacer cargo de su familia.

Fen suspiró. Entendía lo que el granjero le había explicado, pero no se iba a poder hacer cargo de su familia si terminaban todos muertos.

—Haz que salgan de aquí esta misma noche. Que vayan con poco equipaje. Diles que no podrán volver hasta que no les avises. Perdóname, pero para protegerte de la mejor manera posible, tengo que extraerte sangre y darte una pequeña cantidad de la mía. Así podrás contactar conmigo en caso de emergencia. Incluso si estoy muy lejos, podré enviarte ayuda. La decisión es tuya.

Si el granjero se negaba, Fen tendría que dejar que se quedara solo. No tendría más opción que borrar de su memoria su visita, lo cual lo haría diez veces más vulnerable.

El hombre le hizo una segunda reverencia, esta vez más pronunciada.

—Será un honor —hizo una pausa—. ¿Duele?

Fen negó con la cabeza.

—No sentirás nada en absoluto.

El granjero se acercó y con la escopeta aún entre las manos le expuso la garganta. Por precaución Fen bajó el arma. Entró en la mente del hombre. Costin Eliade había crecido en una granja igual que su padre. Era un buen hombre que había trabajado duro, y estaba completamente dedicado a su mujer y su familia. Estaba asustado pero lo disimulaba bien, y estaba decidido a hacer lo que fuese con tal de proteger a su familia y a su granja.

Fen le sacó sangre con mucho cuidado y respeto. Bebió lo bastante como para alimentarse, y después calmó la ansiedad del hombre evitando que se diera cuenta de que le había dado una pequeña cantidad de su propia sangre. Cada vez que llamara a Costin sabría dónde se encontraba y lo que estaría pensando o haciendo. Sabría al instante si lo traicionaban… o si se veía en problemas. Puso una gran barrera en su mente, una alerta que haría que se quedara solo para siempre si contaba a alguien cualquier información sobre el incidente, incluida su esposa.

Las intenciones de Costin eran admirables y parecía un hombre muy honesto. Fen no detectó ni un asomo de doblez en su mente. Estaba dispuesto a guardar los secretos de los carpatianos. Se aseguró de que antes de marcharse no quedaran pruebas en el hombre, o en sus ropas, de que habían intercambiado sangre, sin embargo tuvo que sujetarlo para ayudarlo a caminar. Tal vez había tomado un poco más de sangre de lo necesario, pero también tenía que alimentar a Tatijana y a Dimitri.

—Que tu familia se vaya de aquí esta noche. Enviaré ayuda para que vigilen la granja día y noche hasta que localicemos y destruyamos a la manada de lobos renegados y a los vampiros. En cuanto lo hayamos logrado, te lo haremos saber —aseguró Fen al granjero.

El viento del norte trajo una niebla espesa, y de pronto apareció Gregori con sus hombros anchos y sus resplandecientes ojos plateados. Su aguda mirada fue del granjero al suelo ennegrecido, y después se dirigió a Fen. Arqueó una ceja.

Fen consiguió evitar una sonrisa justo a tiempo. Evidentemente Gregori sospechaba de él. Era un forastero, y con él habían llegado dos *sange rau* y una manada de lobos renegados. Y él no quería ese tipo de enemigos cerca del príncipe. Por muy graves que fuesen sus heridas jamás confiaría a nadie la seguridad del príncipe.

Claramente estaba investigando la mente del granjero. Encontró los datos que necesitaba, y vio cómo Fen había destruido el fragmento de mal que Bardolf y Abel habían usado para obtener información. Era mucho más fácil y educado averiguar lo que había pasado en la mente del granjero. No cuestionaba a Fen, ni lo recriminaba, por romper una regla esencial al haber dejado recuerdos de los carpatianos en la mente de Costin Eliade.

Extendió una mano hacia el granjero.

—Soy Gregori. Entiendo que vas a necesitar un poco de ayuda para proteger tu granja.

Costin asintió.

—Así es. Enviaron a un pariente y él lo mató —hizo un gesto hacia Fen.

—Necesitará protección durante el día también —dijo Fen—. Las manadas de renegados pueden salir durante el día. Suelen atacar al anochecer o al amanecer, pero en este caso el macho alfa hará que vengan en el momento del día en que nuestra gente no lo pueda proteger.

—Tenemos a algunas personas que lo pueden ayudar —aseguró Gregori.

No pueden, bajo ninguna circunstancia, estar aquí si aparece el sange rau. *La combinación de vampiro y lobo es más poderosa de lo que nadie pueda imaginar y matarlos es extremadamente difícil.*

Fen le transmitió la información a través del canal telepático común de los carpatianos.

Gregori ni lo miró ni dio señales de que estuvieran comunicándose.

Estoy seguro de que vendrás después del atardecer a proporcionarnos la información que necesitamos para poder destruir a estos vampiros de sangre mestiza.

—Estaré muy agradecido si podéis enviar a alguien —reconoció Costin.

—Por la noche estarás protegido por dos de los nuestros, pero el auténtico peligro es durante el día —dijo Fen—. Si te hace falta comunícate conmigo. Hazlo a través de la mente, incluso si tienes que usar tu miedo. Yo te escucharé.

Gregori volvió sus fulminantes ojos plateados hacia Fen.

¿Puedes andar bajo el sol?

El tono de alarma de su voz era patente, y no es que intentara ocultarlo en absoluto.

Fen apenas inclinó la cabeza.

Cuando es necesario. Pero no es fácil.

No iba a dar más información hasta que Gregori compartiera más datos con él. Se dio la vuelta para marcharse.

—¿Vuelves conmigo? —preguntó Gregori en voz alta.

Fen negó con la cabeza.

—Tengo que atender a mi hermano. No está tan bien como me gustaría. En el primer combate, Zev y él lucharon contra los renegados para dejar que me enfrentara al *sange rau*. Le abrieron el vientre, y sus heridas son muy graves.

Enseguida sintió la empatía de Gregori en cuanto comenzó a caminar a su lado.

—¿Necesitas a un sanador?

—Aún no lo sé. Deja que lo examine. Si necesito tu ayuda, te llamaré. Fen era reacio a revelar a nadie el lugar de descanso de Dimitri y de Tatijana.

Gregori asintió.

—Le diré a Mikhail que te espere, a no ser, por supuesto, que me llames pidiéndome ayuda.

Fen estudió la cara de Gregori. Estaba pálido, y tenía el semblante surcado por arrugas profundas. Todavía no estaba restablecido después del enfrentamiento, pero había ido en persona a asegurarse de que el príncipe estuviera a salvo. Cada vez lo respetaba más.

—Gracias. Si Dimitri necesita de tus conocimientos, te llamaré. Iré a hablar con el príncipe lo antes que pueda.

Si hacía falta que lo ayudara a sanar a su hermano, por precaución trasladaría a Dimitri a otro lugar. Pero Gregori se daría cuenta de que su sangre era distinta. ¿Cómo podría no hacerlo si tendría que entrar en su cuerpo para sanarlo? Su hermano estaba demasiado vulnerable, y ahora que los cazadores de élite se acercaban, si es que ya no habían llegado, tanto él como Dimitri estaban en gran peligro. Y Fen prefería no asumir riesgos con la vida de su hermano.

Como si le estuviera leyendo la mente, Gregori le tocó el brazo para que disminuyera el paso.

—Hay seis forasteros en el pueblo. Todos ellos están con el hombre al que llamaste Zev. Están hospedándose en la pensión de la taberna. Parecen bastante... duros.

Fen asintió.

—Es mejor dejarlos tranquilos. No puedo estar cerca de ellos durante los tres próximos atardeceres.

Gregori frunció el ceño.

—Eso tiene que ver con tu sangre carpatiana mezclada con su sangre licántropa —dijo de manera interrogativa más que como una afirmación.

Fen se encogió de hombros.

—Cuando llegaste a la batalla ¿estabas seguro de que yo era carpatiano?

—No —admitió Gregori.

Fen sabía que era muy probable que esa fuese la razón por la que Gregori seguía sospechando de él.

—Lo mismo pasa con los licántropos. Hasta la semana de la luna llena no pueden detectarme, pero durante esa fase saben exactamente lo que soy. Al cruce de vampiro y lobo lo llaman *sange rau*, y no distinguen entre un monstruo como este y yo.

—¿Los forasteros que han venido a nuestro pueblo?

—Son la élite de los licántropos. Son sus mejores cazadores, los más veloces y dotados. Zev es su verdadero macho alfa. Tienen un líder, pero todos lo siguen a él. Fueron llamados para cazar y destruir a la manada de renegados, igual como nosotros enviamos a nuestros cazadores a matar a los vampiros. Zev sabe que hay un *sange rau* en la manada. Pero aún no sabe que hay otro más.

—Les hará falta saberlo para poder cazarlos —señaló Gregori.

Fen asintió.

—Yo no puedo transmitírselo, al menos durante los próximos atardeceres. Tienes que encontrar otra manera de comunicárselo.

Volvió la cara hacia el bosque sintiéndose cada vez más inquieto.

—Tengo que ir con mi hermano.

Gregori se apartó y levantó una mano.

—Me ocuparé de que este granjero lleve a su familia a un lugar seguro.

—Gracias.

Fen inclinó la cabeza y después se lanzó hacia el cielo. Se transformó en el aire, y le salieron plumas de búho, garras y un pico curvado. Planeó en círculo sobre la granja y sus alrededores, para asegurarse de que no hubiera más amenazas cerca antes de volar de vuelta hacia el bosque.

Nuevamente fue cuidadoso y se aseguró de que nadie lo siguiera antes de descender. Se tuvo que volver a transformar cuando abrió el suelo. Tatijana estaba recostada sobre la fértil tierra, con la cara pálida y la piel casi translúcida. Parecía una princesa de hielo inaprensible y hermosa. Tenía el cabello muy largo y grueso, y seguía recogido en una intrincada trenza interminable. Las cintas entretejidas a lo largo de su pelo añadían un toque dramático.

La tomó en sus brazos y revisó su cuerpo atentamente para asegurarse de que sus heridas sanaban bien. La dragona había sufrido grandes desgarros en el vientre, igual que Dimitri, pero gracias a estar dentro de ella, Tatijana había quedado en gran parte protegida. Dimitri no había llevado el cuerpo revestido con la piel y las escamas de un dragón. Los hombres lobo sabían cómo desgarrar la zona más blanda del vientre, y le habían hecho bastante daño, pero ella se iba a recuperar.

Fen la despertó con una sola palabra, y le apretó la boca contra el pecho. Ella gimió suavemente y sus pestañas aletearon antes de despertarse por completo. Entonces le miró sus ojos multifaceteados de color esmeralda y le sonrió.

—Por fin. Comenzaba a pensar que ibas a estar durmiendo el resto de tu vida.

Ella le sonrió y se relajó entre sus brazos.

—De ninguna manera.

Tatijana le rozó el pecho con una de sus mejillas y él sintió que unos pequeños dardos de fuego atravesaron a toda velocidad su torrente sanguíneo.

Todo su cuerpo reaccionó ante ese pequeño movimiento. Mientras le apartaba un mechón de pelo de la cara, pensó que era un milagro poder sentir emociones tan profundas. Era una experiencia inesperada, nueva y estimulante. Todo en ella era estimulante.

—Aparte de ser una mujer guerrera y valiente, eres realmente guapa, Tatijana Dragonseeker —le susurró—. Es un honor ser tu compañero, tanto si te reclamo como si no lo hago.

—Debo decir, señor, que estoy comenzando a sentir lo mismo, lo cual para mí es una sorpresa —reconoció.

La sinceridad que percibió en su voz, y en su tono bajo y sensual, estimuló la ardiente explosión de sangre que se acumulaba perversamente en su entrepierna. Estaba disfrutando de su reciente capacidad de sentir esa oleada de sentimientos, tanto físicos como emocionales, tan estimulantes. Supo al instante que ambas cosas estaban inexorablemente unidas. Incluso la sangre de licántropo que se había mezclado con la suya, que en principio era carpatiana, no había impedido que encontrara a la otra mitad de su alma. Nunca podría haber ninguna otra mujer. Jamás había sentido un deseo tan urgente. Había aprendido sobre el sexo, lo que era normal después de tantos siglos, pero nunca había comprendido la excitación. El placer. El deseo urgente.

Pasó la mano sobre su cabello.

—Bebe mi sangre, dama mía. Necesito que estés con todas tus fuerzas cuando te levantes. Dimitri está tremendamente mal, y me temo que le vamos a hacer falta los dos si es que puede salvarse.

Ella lo miró a los ojos… y en su mente. No le escondía nada. Tatijana le acarició la frente para suavizar el surco de preocupación que se marcaba en su ceño.

—¿No pediste al sanador que te ayudara?

—Soy un curandero tan dotado como Gregori. Lo de Dimitri va más allá de nuestras capacidades. Eso lo sé. Se mantiene, pero se está yendo centímetro a centímetro hacia el otro lado. Gregori está seriamente herido, pero aun así se levanta para cumplir con su trabajo de guardián del príncipe. Su trabajo es demasiado importante como para arriesgar su vida innecesariamente. Ni su talento y ni el mío van a salvar a Dimitri. Necesita que la Madre Tierra intervenga por él.

Se salvará si es posible.

Tatijana le susurró esas palabras en la mente mientras le hundía profundamente los dientes en el pecho. Sintió un enorme deseo, completamente fuera de control, de estar con ella. Cerró los ojos y respiró hondo mientras su rica sangre llenaba las venas de Tatijana y atravesaba su cuerpo para dirigirse hacia todos sus órganos heridos, ayudándola a acelerar el proceso de curación.

Fen había alimentado a cientos de carpatianos heridos en combate. Había dado su sangre a un amigo licántropo de confianza que luchó a su lado una y otra vez hasta derrotar a un enemigo común. Había tomado sangre de humanos, de hombres y mujeres, y de los de su propia especie, tanto carpatianos como licántropos. Pero hasta ese momento nunca había habido un componente sexual. Inspiró y exhaló. Oyó su corazón que latía con fuerza y el rugido atronador. Entonces se dio cuenta de que le crecía el miembro, que se alargaba y endurecía cargado de deseo como jamás había sentido.

Era la primera vez que recordara que se sentía realmente vivo en toda su vida. Completamente vivo. Retumbaron en su mente las frases del ritual por el cual debía reclamar a su compañera. Las llevaba impresas desde mucho antes de nacer. Escuchó las palabras rituales para establecer el vínculo, el canto profético que los uniría para siempre, pero no quiso decírselas. Nunca tomaría una decisión como esa hasta saber fehacientemente que ella no iba a correr ningún riesgo por convertirse en lo mismo que era él. Incluso el pequeño intercambio de sangre que acababan de realizar le daba un poco de miedo. No sabía cuánta sangre hacía falta para que el receptor se convirtiera en alguien como él.

Tatijana dio un último lametazo muy sensual, abrió los ojos otra vez y le sonrió.

—Sería un honor convertirme en alguien como tú. Deja de preocuparte tanto. —Su expresión cambió y se volvió solemne cuando se sentó—. Salvemos a tu hermano. No querría perder a mi hermana jamás.

—Ella no quiere perderte. Cuando hayamos concluido, debes ir a verla para que se asegure de que sigues viva. —Fen no pudo evitarlo—. Voy a besarte otra vez. Si necesitas un motivo, creo que no te va a parecer razonable, simplemente no puedo evitarlo.

—Bien, si es así, debes hacerlo.

La besó intensamente cogiéndola entre los brazos y doblando la cabeza hacia ella. Tenía los labios cálidos y suaves. Pasó la lengua por encima de la unión entre ambos y ella lo invitó a entrar. Enseguida se derramó en ella como si fuese oro líquido.

La boca de Tatijana era como miel cálida. Un diamante resplandeciente. Un cielo cubierto de brillantes zafiros y un paraíso absoluto. No tenía ningún sentido, no era un hombre poético, pero el mundo a su alrededor estalló y se convirtió en un increíble despliegue de las cavernas naturales más bellas que jamás hubiese visto, con las paredes llenas de gemas incrustadas que brillaban ante sus ojos. ¿Cómo lo hacía? Parecía tan sencillo. Todo lo que ella debía hacer era abrir la boca y dejar que la besara.

Levantó la cabeza de mala gana y la movió un tanto perplejo. Si la mirada de Tatijana era sincera, también tenía que estar sintiendo lo mismo. No había entrado en su mente porque sentía demasiado deseo hacia ella, y las palabras del ritual estaban retumbando en su cabeza por lo que temió no poder detenerse, pero su deber en ese momento era salvar a su hermano. Le había gustado besarla, pero necesitaba pasar muchas noches interminables con ella para hacerle justicia.

Ella le tomó una mano y se puso de pie.

—Podemos salvarlo, Fen. Juntos.

Fen asintió, y flotaron justo por encima de donde habían descansado. Nuevamente abrieron la tierra para ver cómo se encontraba Dimitri. Estaba inmóvil, como si hubiera muerto. Tenía la piel casi completamente blanca. Parecía que hacía mucho tiempo que se había ido de este mundo. Fen sintió que el corazón se le venía abajo, y se dio cuenta de que por primera vez en su vida estaba postergando lo inevitable.

—Tiene una compañera, Fen —le recordó Tatijana—. Siempre hay esperanza. Por muy extraordinario que parezca, lo que no puedes hacer por ti mismo a veces lo consigues hacer por tu compañero.

—O ¿por un milagro?

Apenas podía emitir palabras; el nudo que tenía en la garganta amenazaba con ahogarlo.

—Especialmente por un milagro. ¿Acaso no es un verdadero milagro el solo hecho de encontrar a tu compañero? —Tatijana le sonrió—. Al menos así es como me lo explicó Lara, y ella lo sabe bien. Es la hija de mi sobrino y es muy sabia. Debes llamar a su compañera.

—Es muy joven. Está lejos. Parece que en otro país. A una gran distancia.

—Y aun así vino cuando la necesitaste. Entra en su mente y sigue el camino que te lleve a ella. Responderá a tu llamada. Debe ser muy fuerte si puede salvar una distancia tan grande como la que has mencionado.

Tatijana se arrodilló a un lado de Dimitri y esperó.

Fen se desplomó lentamente sobre sus rodillas al otro lado. Se puso ambas manos en las caderas e intentó restablecer la fuerte conexión telepática que tenía con Dimitri desde que nació.

Guerrero. Hermano y amigo, agárrate con fuerza a mí. Hazlo por tu gente y, sobre todo, por tu amada compañera.

Le habló de manera formal empleando su antiguo idioma, confiando en el pasado carpatiano, así como en los recuerdos actuales tan cuidadosamente impresos en ellos. El nudo de su garganta se le había puesto tan duro que estaba a punto de hacer que se atragantara.

Sintió un mínimo parpadeo y lo aprovechó para deslizarse en la mente de Dimitri. Encontró oscuridad y frío, como si se hubiese apagado una luz tras otra dejando solo sombras de memoria. Pero eso le bastaba para intentarlo. Rápidamente encontró lo que más necesitaba. Era la luz más brillante entre las que estaban a punto de apagarse. La señal luminosa todavía parpadeaba, a pesar de que estaba mucho más tenue de lo que Fen hubiera esperado, pero más brillante de lo que creía posible. Siguió el camino que le señalaba durante un tiempo interminable. Era como un cometa que iluminaba la oscuridad y él tenía que atravesar ese frío espacio para llegar a él. Nunca había viajado una distancia tan grande telepáticamente.

Es una Dragonseeker, le susurró Tatijana en la mente, y fue como una ráfaga de aire cálido y paz en medio del terrible y sorprendente frío. *Esa niña humana es la hija de Razvan. ¿Cómo puede ser tan poderosa siendo humana? Me impresiona.*

Fen percibió lo impactada y sorprendida que estaba Tatijana, y agradeció que le reforzara la mente mientras atravesaba el espacio. Encontró a la joven de golpe. Pasó en un segundo de estar en una caverna congelada, a entrar en un mundo cálido y mágico.

Pequeña. Compañera de Dimitri. Te necesito urgentemente.

Fen hizo lo posible para entrar con calma en la mente de la compañera de su hermano para no asustarla. Siempre era algo incómodo darte cuenta de que alguien tenía acceso a cada uno de tus pensamientos, palabras y acciones… a menos que ese hombre, o mujer, fuese tu otra mitad.

Lo sorprendió. No, era más que una simple sorpresa, le produjo un profundo impacto. Incluso hizo que se sintiera humilde. La joven no dudó.

Dime. Se está alejando y no puedo salvarlo yo solo. Sé que estás muy lejos, pero debes ayudarme a que se quede en este mundo.

Tatijana suspiró muy suave en su mente. Estaba asombrada.

Es una chica… increíble. Muy fuerte.

Su actitud ahora era de respeto absoluto. Percibía la fuerza de la niña mujer más intensamente que Fen. Compartían el mismo linaje.

Puedo acceder a él por mi propio canal. Guarda tu energía para sanarlo.

Lo dijo como una orden, con la misma confianza que tenía Tatijana en sí misma. Y eso que solo tenía diecinueve años, y en esos momentos era humana. Fen estaba completamente impresionado con ella. *Necesito verlo a través de tus ojos.*

Esta vez al menos había parecido más una súplica que una orden. Comprendía incluso el concepto de poseer el cuerpo de otro lo bastante como para compartir la vista, el oído u otros sentidos. Era un don que tampoco se usaba muy a menudo. Había que tener una confianza y una fe absoluta en alguien como para permitir que poseyera tu cuerpo físico.

Tengo mucho que aprender de ti, hermanita, dijo Fen mostrándole su asombro y abriéndose más a ella. *Tienes unas capacidades extraordinarias, y estás muy bien preparada para ser una mujer tan joven.*

Fen atisbó levemente a su familia entre sus recuerdos. Había un joven extraño de pelo negro y pinchos azules muy salvajes en la cabeza. La joven salió de su mente de golpe y percibió que se conectaba con la de Dimitri. Tatijana también estaba conectada con ellos a través de Fen, y ambos oyeron el grito ahogado que soltó alarmada.

Amado mío. Corazón mío. Sé que estás cansado. Perdóname. No puedo dejarte partir. Para mí no existe nadie más. Hazlo por mí. Por los dos, amor mío.

Fen miró a Tatijana. Skyler no había visto las horribles heridas de Dimitri y aun así era perfectamente consciente de a qué se estaban enfrentando. Percibió su intenso amor. El más suave de los susurros íntimos que solo los verdaderos compañeros podían hacerse entre ellos. Temía que la sobrecogedora imagen de sus heridas pudiera hacer flaquear su confianza.

Aun así, Dimitri respondió mejor a esa pequeña confesión y al flujo de amor puro que le llenó la mente, que a nada de lo que su hermano había intentado hacer hasta ese momento. Fen sintió que se esfumaba una pequeña porción de oscuridad y frío.

Por favor.

Esta vez Skyler había encontrado el camino para entrar en su mente sin ningún tipo de ayuda, y al hacerlo casi en un instante encontró la conexión que tenía con Tatijana... y también se dio cuenta de que había entrado en la mente de Fen.

Te saludo como pariente, aunque soy algo más que una tía, se identificó Tatijana. *Soy la compañera de Fen.*

Todavía sin reclamar, igual que yo, contestó Skyler. *Gracias por tu ayuda.*

Fen sintió que a Tatijana le había incomodado un poco que Skyler descubriera que no había sido reclamada cuando tenía a su compañero justo a su lado, pero no se lo había dicho con un tono acusatorio. De hecho, percibió que le servía para identificarse con Tatijana, y para sentirse más relajada.

Todo eso lo reconfortaba profundamente. Miró a Tatijana, que estaba al otro lado de Dimitri arrodillada sobre la tierra e imponiendo las manos sobre sus horrendas heridas. Ella le esbozó una sonrisa para darle confianza. Enseguida él también le impuso las suyas.

Mira sus heridas.

Lentamente y con bastante recelo permitió que Skyler «viera» a través de sus ojos, y centró la visión en las heridas de Dimitri. Ella comprendió lo que ocurría al instante. El dolor que debía sentir iba mucho más allá de lo que ningún cuerpo físico podía tolerar, ya fuese de humano, de licántropo o de carpatiano. Ahora no había manera de negar la situación con la que se tenía que enfrentar.

Skyler no titubeó en absoluto.

Estoy en la biblioteca de la universidad donde estudio. Necesito que mi amigo venga a estar conmigo. Cuando terminemos con esto ya no podré sostener mi propio cuerpo. Dame un segundo para que llame a Josef. Afortunadamente vino a verme esta tarde; ni siquiera sabía que estaba en la ciudad.

Se produjo una pausa momentánea.

Vendrá a acompañarme ahora mismo.

Después se unió a Tatijana y Fen, e inspiró profundamente.

Invocamos al poder de la Tierra… la que nos ha creado a todos.

Respondieron Tatijana y Fen, quien se había aprendido el ritual gracias a su compañera.

Escucha nuestra llamada, Madre.

Te suplicamos que nos des una visión clara, y la capacidad de ver aquello que no quiere ser visto.

Guíanos, Madre, toma nuestras manos, hazlas tuyas.

Úsalas como herramientas para reparar lo que esté roto y desgarrado. Guíanos, Madre. Proporciona descanso y curación a un alma torturada.

La voz de Skyler estuvo a punto de quebrarse, pero volvió a inspirar profundamente y continuó:

Acéptalo para que sea hijo tuyo, Madre. Cura todas sus heridas. Guíalo, Madre.

Entonces vaciló y Fen por primera vez la oyó llorar. Percibió su terrible pena cada vez más profunda a pesar de que intentaba contenerse desesperadamente. Le costaba imaginar que estaba sola en la biblioteca de su universidad, sin estar realmente sola. Tenía que estar rodeada de otros estudiantes humanos. No podría mostrar a nadie sus emociones, ni que se estaba quedando sin fuerza. A pesar de que la distancia era casi insalvable, ella seguía insistiendo.

Nosotros tres, tus hijas y tu hijo, invocamos al poder superior. Úsanos como transmisores. Mira a través de nuestros ojos.

Mira dentro de nuestras almas. Úsanos como herramientas. Cuídalo, todopoderosa. Aliméntalo como harías con tu propio hijo, te lo ofrecemos como presente y te solicitamos humildemente tus servicios. Quedará a tu servicio, igual que nosotros, y podrá volver a luchar. Guíanos con tu sabiduría.

La tierra comenzó a moverse por sí misma a su alrededor. Era una arcilla tan rica que era oscura como el ébano. Fen observó que estaba llena de minerales que brillaban como gemas. Antes de poder identificar alguna de sus propiedades, se levantó y se derramó sobre Dimitri cubriéndolo por completo.

Las manos de Fen comenzaron a moverse por su cuenta. Casi pega un salto de la impresión. No lo estaba poseyendo nada. Sabía bien lo que era estar poseído. Skyler no había tomado el control de sus cuerpos, sino que la propia arcilla les estaba guiando los dedos por donde fuera necesario.

La tierra comenzó a agitarse y estallaron en el suelo unos brotes muy pequeños. Fen estaba completamente fascinado. Se preguntaba si Skyler había conseguido estimular esa arcilla que se agitaba con la energía de Tatijana y de él, así como con la que podría estar aportando ella misma desde la distancia. No podía distraer a ninguna de las mujeres haciendo preguntas, por lo que dejó que toda la energía de su cuerpo fluyera hacia el cuerpo de su hermano concentrándose en el arte de la sanación.

Fen observó que por todas partes surgieron pequeños brotes que se dirigieron al cuerpo de su hermano, y se metieron entre sus heridas y arterias para proporcionarle la tan necesaria nutrición. Siguió cayendo más tierra dentro y alrededor del cuerpo de Dimitri.

Dadle sangre. Uno a uno. Toda la que le podáis dar, les indicó Skyler.

Tenía todo el derecho de estar colapsada hacía ya un buen rato, pero su voz se mantenía firme y no cesaba el cálido flujo de energía. El movimiento de la muñeca de Tatijana sobre la boca de Dimitri le llamó la atención.

Amado. Toma este presente que te ofrece libre y generosamente mi tía. Es una sangre fuerte y antigua del linaje de los cazadores de dragones. Escúchame Dimitri. Haz esto por mí.

A Fen no le sorprendió que Dimitri consiguiera mover la boca en la muñeca de Tatijana, pero tuvo que ayudar a su hermano a beber el sustento de la vida. Alrededor de ellos la tierra continuaba moviéndose y agitándose. Los brotes y las venas que se retorcían por el cuerpo de su hermano se asomaban para alcanzar los nutrientes antiguos y puros que contenía la sangre de los del linaje de Tatijana, y los llevaban a los pasivos órganos de Dimitri.

Fen contaba los minutos lentamente. Temía que en su esfuerzo para salvar a Dimitri, Skyler se olvidase de que estaban muy vulnerables en el bosque, por lo que no podían ser drenados hasta el punto de quedar débiles. Pero era un temor injustificado. Para ser una niña humana, entendía perfectamente las necesidades, costumbres y peligros de la vida carpatiana.

Es suficiente, amor mío. Descansa antes de beber la de tu hermano. Deja que la Madre Tierra te guíe. No la temas. Ella nos está haciendo un gran favor, y te ha aceptado a ti y a tu hermano como hijos suyos. Duerme tranquilo y deja que repare tu cuerpo.

Una vez más, su suave tono de voz era tan íntimo que a Fen le pareció como si se hubiese entrometido en un encuentro privado entre Dimitri y su extraordinaria compañera. Ella se había entregado por completo, pero Fen percibió que su energía ya comenzaba a disminuir. Por lo tanto, también tenía sus límites. Tal vez le preocupara no poder completar la sanación antes de quedar completamente agotada, pero si era así nada lo delataba.

Tatijana se cerró ella misma la herida que se había hecho en la muñeca con un solo lametón. Miró a Fen y se encontró con sus ojos. Él se quedó sin aliento. Los ojos de Tatijana brillaron y cambiaron de color hasta adquirir un tono verde tan intenso que Fen sintió el mismísimo frescor del bosque soplando sobre él.

Ahora bebe la sangre de tu hermano, Dimitri. Es fuerte. Antiguo. Igual que tú, es un hombre bueno y ha sobrevivido largo tiempo contra viento y marea sin tener compañera. Es paciente y bondadoso y te tiene muchísimo aprecio. Toma lo que te ofrece libre y generosamente.

Fen sintió una gran alegría cuando esta vez Dimitri giró la cabeza hacia él. Durante un momento se abrieron finalmente sus largas y oscuras pestañas onduladas, que destacaban contra la blancura de su piel. Estaba delante de él, y su espíritu había regresado a su cuerpo. Su hermano cerró los ojos cuando él apretó la muñeca contra su boca. Nuevamente tuvo que ayudarlo a beber la sangre, pero al menos ya sabía que estaba vivo y que iba seguir luchando.

Fen comenzó a oír debajo de ellos, y a su alrededor, un sonido cavernoso parecido al redoble de un tambor. Pero enseguida reconoció que ese ritmo era el de los latidos de su corazón. Cada latido vibraba a través del cuerpo de Dimitri, y en cada órgano, tendón y hueso. Como los cuatro estaban conectados, todos sintieron sus fuertes pulsaciones. Cada vez que su corazón palpitaba parecía que le dolía todo el cuerpo, pero Dimitri ya no luchaba.

La Madre Tierra te ha aceptado, amado mío, como hijo suyo. Ahora eres parte de ella. Estás oyendo los latidos de su corazón a través de tu propio cuerpo, pues estás unido a ella. Formas parte de todo lo natural. Y además ahora también estamos unidos nosotros cuatro.

Con toda la energía que poseía, Dimitri intentó alcanzar el alma de su compañera. Los dos espíritus se abrazaron, y la luz de él se expandió y se hizo más brillante.

Creo que por ahora es suficiente, mi amor. No puedo quedarme contigo. Mantente fuerte por mí.

La voz de Skyler ya se estaba desvaneciendo, y su fuerza disminuía rápidamente.

Dimitri se movió y levantó de nuevo las pestañas, como si le produjera pánico no haberla podido ver. Fen cerró la herida de su muñeca y vio que el calor que había iluminado momentáneamente los ojos de su hermano se esfumaba al darse cuenta de que Skyler solo había estado presente en espíritu.

Descansa, amor mío. Debo marcharme. Josef está conmigo. Él cuidará de mí. Vive, Dimitri. Mantente vivo. Vive por mí.

En el instante en el que la tierra dejó de agitarse, Skyler desapareció de golpe. Había entregado todo lo que tenía, y tal vez se habría quedado inconsciente en esa biblioteca que estaba tan lejos de ellos. Fen solo podía esperar que su amigo Josef supiera lo que hacía.

—Duerme, hermano mío —le susurró a Dimitri y le pasó una mano por la frente. Era un gesto de puro amor, y agradecía que solo su compañera hubiera sido testigo de su vulnerabilidad—. Hemos hecho lo que hemos podido, dama mía —le ofreció la mano—. Tenemos que poner salvaguardas en su lugar de descanso, recuperar fuerzas, tranquilizar a tu hermana y después, supongo, ir a visitar a un príncipe.

Capítulo 7

La casa de Mikhail Dubrinsky estaba tan bien construida y sus salvaguardas eran tan fuertes que a Fen al principio le fue difícil verla a pesar de sus ojos carpatianos. Estaba en lo más profundo del bosque y en lo alto de los acantilados. Una parte estaba hecha de madera y la otra excavada en la montaña. El aire resplandecía alrededor de la casa formando un velo que no era fácil atravesar. De pronto el velo se disipó, y Gregori avanzó a grandes pasos hacia ellos.

Los dedos de Tatijana le rozaron la mano, y Fen le cogió la suya sin mirarla. Jacques Dubrinsky saltó de pronto desde las ramas más altas de los árboles y aterrizó tranquilamente de pie. A su izquierda, Falcon Amiras hizo lo mismo, descendió por el embudo de aire que se había formado y cayó lentamente como si llevara un paracaídas.

—Bienvenido, Fenris Dalka —dijo Gregori formalmente. Sus ojos plateados fueron de uno a otro rápidamente, captando mucho más de lo que ambos deseaban—. Llegas más tarde de lo que había previsto, pero ya veo la razón. ¿Dimitri?

—Está vivo —dijo Fen.

No conocía a esa gente. Nunca había jurado lealtad a ese príncipe, y tampoco lo iba a hacer hasta que no conociera el corazón y el alma de Mikhail Dubrinsky. Lo cierto es que no iba a confiar en ninguno de ellos la vida de su hermano sin saber la verdad.

—¿Cuántas armas llevas?

—Suficientes como para acabar con una manada de lobos renegados —respondió Fen vagamente con la mirada fija en Gregori.

No se dio la vuelta ni una vez. Si hubiera sido necesario, en el caso de que les estuvieran tendiendo una trampa, Tatijana podía rechazar a los dos hombres que los flanqueaban, pero él tendría que derrotar al lugarteniente del príncipe.

—Esa no es una verdadera respuesta —señaló Gregori suavemente, aunque con cierta mordacidad a pesar de su apariencia amable.

—En realidad no lo sé. Cuando un grupo de cazadores de élite está por la zona en una noche de luna llena, siempre voy completamente armado si no estoy metido bajo tierra.

Fen acompañó su respuesta encogiéndose de hombros de manera casual. Si querían que hablara con el príncipe, iba a ser bajo sus propios términos. Estaba agotado, aún no se había curado del todo, y estaba arriesgando la vida yendo a ese lugar. Si lo que querían era que se marchara, lo iba a hacer más que contento.

La suave voz de Tatijana se deslizó en su mente.

Hombre lobo, creo que eres un resentido. Voy a tener que recordarte que cuando estás cansado te pones un poco gruñón.

Ellos me invitaron. Pero su humor se estaba agotando con sus provocaciones. Aunque lo quisiera, le era imposible estar con el mal genio típico de los licántropos cuando estaba junto a ella. Le envió una breve sonrisa, y cuando sus ojos se encontraron su corazón reaccionó latiendo muy fuerte. *Me estás molestando, mujer.*

Ella parecía satisfecha. Y encantada. Sus ojos resplandecieron.

Lo sé.

Gregori se dirigió al enorme porche que rodeaba la casa, que estaba cubierto por un techo sostenido por unas fuertes columnas de piedra. En el momento en que puso un pie en el exquisito suelo de planchas de madera, se abrió la pesada puerta y apareció Mikhail en la entrada.

No había la menor duda de que era el príncipe de los carpatianos. Su poder, aunque controlado, era brutal. La energía que emanaba, y ardía dentro de él, apenas se podía contener. Fen se había encontrado a menudo con su propio príncipe, aunque nunca se había sentido tan afectado por un poder tan fuerte. Mikhail tenía un aspecto muy principesco con sus hombros anchos, su alto cuerpo y unos ojos que parecían sostener el peso de su mundo. En numerosas ocasiones había tenido que combatir. Además había visto el declive de su pueblo, y había conseguido que se volviera a levantar.

—Fenris Dalka —dijo Gregori—. Y su compañera Tatijana Dragonseeker.

La mirada del príncipe se dirigió a Tatijana. Por primera vez Fen la vio temblando. Ligeramente, pero lo hacía. Simplemente estaba un poco nerviosa por estar ante el príncipe después de haberse tenido que valer por sí misma. Tal vez se sentía un poco culpable por haber intentado escapar de la protección de Gregori.

—Ya veo. Ambos sois bienvenidos. Por favor, entrad con completa libertad.

Dio un paso atrás para permitirles tomar la decisión de entrar en su residencia.

La casa estaba sospechosamente tranquila. Mikhail les estaba permitiendo el paso, pero su compañera, Raven, y su hijo, evidentemente debían estar en algún lugar seguro. Fen no reprochaba nada al príncipe, ni a Gregori. No esperaba menos de ellos. Al fin y al cabo él era un completo desconocido para ellos, y cuando había llegado se había producido una batalla justo delante de su casa.

—Gracias.

Atravesó el umbral de la puerta, e inmediatamente supo que la propia casa, de algún modo, estaba conectada con el príncipe y sus poderes. Hizo que Tatijana entrara empujándola con una mano, y mientras avanzaba la mantuvo pegada a ella por precaución.

Sentía el peso de la piedra y la madera. Los muros inspiraban y espiraban. Unas cortinas se agitaron y atrajeron su atención. Ambos se dieron la vuelta. Fen sintió la necesidad urgente de levantar los brazos, y darse la vuelta haciendo un pequeño círculo para que la casa viera sus armas escondidas. Se mantuvo firme ante esa pequeña presión, y se detuvo con los pies ligeramente separados, muy erguido y con los brazos relajados a los lados del cuerpo.

Gregori se rió suavemente.

—Te dije que era un guerrero de la cabeza a los pies. No es un hombre con el que quisiera enfrentarme.

Pero lo haría, a pesar de lo que estaba diciendo tan suavemente. Gregori se estaba riendo. Parecía relajado. Provocar a Fen hacía que se sintiera cómodo. Fen había conocido a algunos hombres como él. No había nada cómico en un hombre como Gregori Daratrazanoff. Ya habría analizado su posible asesinato cientos de veces en su mente, y planeado cada movimiento para ser suave, rápido y mortífero, si se demostraba que Fen era un traidor. Sus planes B, tenían sus propios planes C. Era peligroso, y quien no viera eso era un imbécil. Y Fen no se contaba a sí mismo entre los imbéciles.

Así que no intentó acercarse al príncipe, ni hacer nada más, en la casa. El juego de ajedrez de alto nivel había comenzado. Tenían que hacer su jugada. El príncipe esperó cortésmente a Tatijana en la entrada abierta. Ella permanecía inmóvil a la espera de una señal de Fen. Si era una trampa, podría ayudarlo mejor si se quedaba afuera.

El tiempo parecía haberse detenido. En algún lugar ululó un búho. Un lobo aulló. Y una brisa ligera recorrió el bosque sacudiendo las hojas.

Mikhail suspiró. Extendió la mano a Tatijana y le ofreció una pequeña reverencia muy anticuada con una sonrisa encantadora.

—Vamos, cariño. Parece que estamos actuando con mucha impostura, y apreciaría un montón que me ayudarais a apaciguar esta situación.

Tatijana sostuvo muy tranquila la mirada de Mikhail, pero se mostraba nerviosa en la mente de Fen. ¿Sí? ¿No? Él tenía que decidir. Fen apenas inclinó la cabeza. Ella estrechó la mano de Mikhail, le sonrió y atravesó el umbral de la puerta de la casa. No se produjo ninguna reacción por parte de la morada. Enseguida Mikhail los condujo hasta un círculo de cómodos sillones, y galantemente hizo que ella tomara asiento.

—Gracias Tatijana.

Hizo un gesto con la mano hacia el sillón que estaba junto al de ella para invitar a Fen a que se sentara.

El sillón estaba situado en el punto menos vulnerable de la habitación. Su posición permitía una buena defensa, y sin duda se lo había ofrecido para que se sintiera aún más cómodo con ellos. Sin embargo, hacía mucho tiempo que Fen no asistía a una reunión encerrado entre cuatro paredes. A pesar de que estaba acostumbrado a reunirse con una gran variedad de enemigos posibles… esta vez tenía una mujer a la que proteger.

Preocúpate por protegerte a ti mismo. Puedo ocuparme de mí misma, le aseguró Tatijana.

Tenía ese tono pícaro que tanto le gustaba oír.

Tengo debilidad por ti, dama mía.

Lo sé, respondió ella muy presumida.

Fen quiso reírse, pero mantuvo la expresión pétrea.

—¿Cómo os podemos ayudar? —preguntó al príncipe.

Mikhail se sentó en el asiento opuesto al de él. Jacques y Falcon también se sentaron, pero Gregori se quedó de pie. Desde su ángulo podía ver perfectamente todas las ventanas de la casa. La casa le recordaba a un nido de águilas. Al estar situada en un lugar muy alto se podía proteger bien, pues fácilmente veían cualquier cosa, o persona, que se aproximara.

La vivienda era cálida y parecía agradable, pero Fen sabía que estaba diseñada con un solo propósito: proteger a quienes residían en ella. Tenía un leve aroma que no conseguía reconocer, una mezcla de fragancias que confundían sus sentidos de licántropo. Además no podía percibir el verdadero olor de Mikhail, lo que le pareció una forma interesante de protección. Le costaría mucho distinguir al príncipe de los demás si se viera en la necesidad de rastrearlo.

—Esta es la primera vez en mi vida en la que unos licántropos entran abiertamente en nuestro territorio. —Mikhail se echó hacia atrás y entrelazó las manos cuidadosamente—. Hace mucho que dejaste nuestro pueblo. Mientras estabas fuera, nuestras mujeres fueron desapareciendo hasta que nuestros hombres dejaron de tener la esperanza de poder encontrar a una compañera. Las pocas que quedaron no podían tener hijos, o si por un golpe de suerte alguna lo hacía, no podía alimentar a su retoño. Durante ese primer año crucial perdimos a casi todos nuestros bebés.

Fen frunció el ceño. Dimitri le había confiado que las fuerzas carpatianas estaban muy por debajo de su número de seguridad. Siempre estaba presente el miedo a la extinción, pero no había descrito el problema. Lo más probable es que si le hubiera contado que era casi imposible encontrar una compañera, él hubiera decidido esperar el amanecer. Mikhail continuó con la voz baja y uniforme, casi musical, que podía ser un arma poderosa si decidía utilizarla.

—Con el tiempo y después de derramar un montón de sangre, descubrimos que Xavier, nuestro mago más importante, maniobró en secreto a lo largo de los siglos para provocar nuestra extinción. Llegó incluso a introducir microbios en nuestra tierra para contaminarla y matar a nuestras mujeres y niños antes de nacer. Cada vez que hemos encontrado una amenaza y la hemos destruido, ha aparecido otra.

—No tenía ni idea de que estaba ocurriendo esto —reconoció Fen—. Me marché de estas tierras hace siglos. Mi único contacto ha sido mi hermano, y después solo cuando he buscado lugares seguros para descansar en los refugios que creó para mis congéneres lobos.

Mikhail inclinó la cabeza.

—¿Se han curado las heridas de tu hermano?

Fen no pudo evitar mirar a Tatijana. ¿Para consolarse? No sabía responder a esa pregunta... solo sabía que teniéndola a su lado le era llevadero pensar en el dolor y el sufrimiento de Dimitri.

—Eso esperamos.

No tenía nada más que decir.

De pronto Mikhail se inclinó hacia Fen y sus ojos oscuros lo miraron de manera muy penetrante.

—Hemos tenido un periodo de relativa paz después de que los hermanos De La Cruz y Dominic derrotaran a los vampiros de Sudamérica. Los vampiros se dispersaron con unos cuantos líderes que los dirigían. Estoy seguro de que se volverán a levantar, o tal vez están esperando a ver si nuestros hijos sobreviven más allá de su primer año.

La habitación se quedó en completo silencio, se elevó la tensión y a todos se les crisparon los nervios. Fen era consciente de que tenía todos sus sentidos activados. Le dolían los músculos. Y la mandíbula. Se sentía amenazado de una manera muy primaria, pero no estaba seguro de qué era lo que esperaban de él.

—No entiendo —declaró sin una pizca de miedo.

Sin embargo, estaba comenzando a desear haber dejado a Tatijana fuera de las cuatro paredes, donde sabía que tenía posibilidades de mantenerse a salvo, pues evidentemente no estaban seguros encerrados en un espacio relativamente pequeño, con cuatro depredadores letales.

—Mi hijo tiene ahora dos años. Y el hijo de mi hermano Jacques, que tiene tres, está creciendo y desarrollándose. Las gemelas de Gregori han sobrevivido a su crítico primer año. El hermano de Gregori, Darius, también tiene gemelos, un niño y una niña. Ambos están sanos y han pasado la barrera de los dos años. Estoy seguro de que debiste crecer con Gabriel y Lucien, los otros dos hermanos de Gregori. Gabriel tiene una hija pequeña que también está sana.

—Esto es la primera vez que sucede desde hace siglos —añadió Gregori.

Mikhail hizo un gesto hacia Falcon.

—De niño también te debiste cruzar con Falcon. Su compañera, Sara, ha anunciado que está embarazada de nuevo, y parece que el embarazo es sano. Hay otros, y tal vez algunos que todavía no se conocen. El asunto es que en más de quinientos años nunca nos ha ido tan bien. —Sus ojos se endurecieron, y sus pupilas se dilataron y se volvieron completamente oscuras—. Y ahora, justo cuando todo está comenzando a mejorar, aparecen licántropos en mi jardín. Me gustaría que me dijeras lo que significa esto. —Fen percibió que la pregunta era como una flecha envenenada. ¿Cómo no iba a ser así? Los carpatianos finalmente habían comenzado a recuperarse, y de pronto se veían invadidos por una especie muy escurridiza de la que casi habían olvidado su existencia. ¿Había sido una mera coincidencia que la manada de lobos renegados hubiera escapado hacia ese lugar? Si estaban dirigidos por Bardolf, Fen podía pensar que había sido el azar. Pero era Abel, no Bardolf, quien realmente mandaba a esa banda—. ¿Fen? —preguntó Mikhail.

—Honestamente no te puedo dar una respuesta. Me crucé con unos hombres lobo que estaban cometiendo asesinatos, y comprendí que había descubierto a una manada de renegados. Un hombre solo no puede enfrentarse a un grupo pequeño, y mucho menos a uno grande. Y este era muy grande. Los seguí y comencé a matarlos uno a uno. Es algo peligroso y requiere mucho tiempo, pero creedme, es la única manera si queréis sobrevivir. —Fen suspiró y movió la cabeza lentamente—. Venía hacia aquí solo para estar cerca de mi hermano una vez más. Me sentía atraído por este lugar. Pero mientras venía me crucé con los asesinatos. —Miró a Tatijana—. Resistí más de dieciocho meses hasta que descubrí que tenía que venir, aunque sentía que era muy peligroso hacerlo.

—¿Pensaste que no serías bienvenido? Gregori me dijo que tienes la sangre mezclada. ¿Crees que eso nos importa en algún sentido? —preguntó Mikhail con un tono aparentemente tranquilo.

Fen extendió las manos y estiró los dedos.

—La gente como yo se llama *sange rau*, que en el idioma de los licántropos literalmente significa «sangre mala». Siempre nos han odiado, y hemos sido cazados desde el instante en que se conoció nuestra existencia. —Se encogió de hombros—. Sin embargo, a pesar de este estigma, he podido vivir con los licántropos. Entiendo su razonamiento. Los únicos seres de sangre mezclada que han conocido han sido los licántropos vampiro.

Para ellos eso es lo que soy si me descubren. La idea de que mi propio pueblo me condene por ser en quien me he convertido no encaja fácilmente conmigo.

Gregori giró la cabeza y sus pálidos ojos plateados recorrieron el cuerpo de Fen para estudiarlo atentamente.

—No es fácil matarte, ni siquiera para nosotros.

Fen asintió levemente en respuesta a su cumplido. Pero Gregori solamente estaba constatando la verdad, no pretendía halagarlo. Evidentemente Gregori no había disimulado la presencia de Jacques y Falcon porque sabía que se precisaba de más de un cazador para matarlo. Pero ¿de qué lado quedaría Tatijana? Había jurado obediencia a su príncipe, y ningún Dragonseeker faltaría jamás a una promesa.

Fen volvió a observar lentamente la habitación. Había más gente. Debía haber más carpatianos protegiendo al príncipe, aparte de esos tres guerreros. Había permitido que la casa confundiera sus sentidos mientras lo distraían con la conversación. Pero estaba más contento de estar en su tierra natal rodeado de su gente de lo que se permitía creer, y eso también hacía que bajara un poco la guardia. Y, además, estaba Tatijana…

Suspiró.

—Le podéis decir al insecto que está entre las vigas que baje. Hay un ratón en ese pequeño agujero de allí —señaló a la izquierda—, y en el nudo que está directamente detrás de mí se esconde una especie de escarabajo. Si hay otros más, seguramente les gusta mucho esconderse, aunque estar en el cuerpo de algo tan pequeño durante demasiado tiempo los vuelve lentos como luchadores.

El insecto volador de las vigas respondió primero y resplandeció en el cuerpo de un hombre alto de hombros anchos con un extraño color de ojos, muy parecido al de las aguamarinas. Tenía el pelo muy largo y abundante, casi hasta la cintura, y lo llevaba atado con una sencilla tira de cuero con la que se lo enrollaba hasta la punta, lo que era una forma típica de llevarlo cuando tenían que combatir. Fen lo reconoció de inmediato, y para su sorpresa se sintió tremendamente aliviado. Mataias había sido uno de sus amigos de la infancia.

Fen había conocido a Falcon, pero había crecido junto a Mataias y sus hermanos. Habían corrido juntos como salvajes por las montañas, y habían aprendido técnicas de lucha, y a transformarse en medio de una carrera.

Habían sido como de la familia, y sin embargo les había perdido la pista. Enseguida se puso de pie y se dieron unas palmadas en los antebrazos siguiendo el tradicional saludo que se hacían dos guerreros.

—*Arwa-arvo olen isäntä, ekäm*, «Que el honor te ampare, hermano» —lo saludó Fen.

Mataias le dio un fuerte apretón en respuesta.

—*Arwa-arvo pile sívadet*, «Que el honor ilumine tu corazón».

—Me alegro de verte —dijo Fen de corazón.

Comprobar que Mataias no había sucumbido a la omnipresente oscuridad le hizo sentir que realmente había regresado a casa. El hecho de que Mataias estuviera allí significaba que los otros dos que cuidaban del príncipe tenían que ser sus hermanos. Nunca estaban lejos los unos de los otros. Procedían de un antiguo linaje de respetados guerreros, y durante los tiempos oscuros habían viajado juntos para poder mantenerse cerca. Eran cazadores letales, tranquilos y experimentados que coordinaban sus ataques con maestría. Luchaban de manera parecida a las manadas de licántropos. Un vampiro maestro había matado a sus padres cuando su madre estaba embarazada. Después estuvieron cazándolo a lo largo de dos continentes con una determinación inflexible e implacable, y no se detuvieron hasta que lo encontraron y destruyeron.

—Lojos y Tomas os podéis presentar también —añadió después.

—¿Los has olido? —preguntó Gregori.

Fen lo miró rápidamente y negó con la cabeza. Evidentemente estaba probando algo nuevo.

—No, ni siquiera agudizando mis sentidos de licántropo.

Gregori asintió.

—Bien. Tenemos a una pareja de excelentes investigadores trabajando para nosotros, y este es un producto que creo que puede ser bueno usar si nos invaden los licántropos.

Fen negó con la cabeza.

—No son así. Nunca han sido así. Se mantienen en la retaguardia y trabajan tranquilamente para mantener sus manadas lo más fuertes posible, pero también se han integrado en la sociedad humana. No los veo tomando una decisión de la nada, y que de pronto decidan entrar en guerra contra los carpatianos.

El pequeño ratón creció rápidamente hasta que otro carpatiano, que era como un clon del primero, se acercó a Fen para saludarlo con las tradicionales palmadas en los antebrazos. Sus ojos de color aguamarina eran tan brillantes como los de su hermano. Su cabello era idéntico, así como su complexión física, pero Lojos tenía una serie de cicatrices que iban desde el hombro izquierdo hasta el brazo, y desde ahí hasta la mano. Era muy inusual que algún carpatiano tuviera cicatrices. Las heridas debieron de ser prácticamente mortales, y le tuvieron que haber provocado un sufrimiento enorme.

—Benditos sean los ojos, hermano —dijo Fen totalmente sincero—. *Veri olen piros, ekäm.*

El saludo literalmente se traduciría: «que la sangre sea roja, hermano»; pero figurativamente significa: «que encuentres a tu compañera».

Se miraron a los ojos y escudriñaron en sus pasados. Fen sabía lo que era luchar contra la oscuridad y estar solo rodeado de gente... incluso de los que solo existían en sus recuerdos cariñosos.

—¿Es tu compañera? ¿Una Dragonseeker? —Lojos movió la cabeza—. Eres un hombre muy afortunado, Fen. He visto al licántropo cazador al que llamas Zev, que estaba muy malherido con el vientre abierto. Se está curando a una velocidad increíble a pesar de sus enormes heridas.

Fen sabía que todos estaban escuchando sin perderse ni un detalle.

—Los licántropos se regeneran muy rápido, y esa es una de las razones por las que os oponen tanta resistencia. Hay que saber cómo matarlos. No es fácil. Zev es un luchador de élite, uno de los mejores que he visto nunca. Quería acabar con la manada de lobos renegados él solo para permitirme sacar a Tatijana del peligro. —Los hombres se miraron entre ellos. En secreto les divertía que un licántropo pensara en proteger a una carpatiana, especialmente a una cazadora de dragones—. Evidentemente no sabía qué, o quién, era ella —dijo Fen.

—Admiras a ese hombre —afirmó Gregori.

—Sí, mucho. No se llega a su posición sin haber participado en cientos, sino miles, de batallas contra manadas. En el momento en que él y Dimitri se dieron cuenta de que el que los dirigía era un *sange rau*, contuvieron a la manada para darme la oportunidad de destruir al demonio. Zev no dudó en ponerse a sí mismo en una posición muy difícil. Sabía que podía morir, pero no retrocedió.

El pequeño escarabajo que cabía perfectamente en el nudo de la madera aterrizó en el suelo, y creció a una velocidad alarmante hasta convertirse en el mayor de los dos hermanos. Cuando palmoteó los antebrazos de Fen, este pudo ver el reguero de cicatrices que tenía en el lado derecho de la cara hasta la mandíbula, que casi parecían lágrimas. Las mismas extrañas cicatrices corrían por su sien hasta desaparecer bajo la línea del pelo.

—*Bur tule ekämet kuntamak*, «Bien hallado, hermano» —saludó el tercer hermano a Fen—. Qué bien que hayas encontrado a tu compañera. A lo largo de los siglos he pensado a menudo en ti, y siempre he deseado que nunca nos tuviéramos que encontrar en ninguna batalla.

—He sentido lo mismo, Tomas —admitió Fen honestamente—. Demasiados de nosotros se han perdido en la oscuridad.

Volvió a mirar atentamente a su alrededor. El príncipe tenía a estos tres experimentados guerreros, Gregori, Falcon y Jacques, para que lo protegieran contra un desconocido mezcla de licántropo y carpatiano. *En su casa.* En un espacio cerrado. Gregori tenía una vaga idea de lo que podía hacer. Tenía que haber otro guerrero en algún lugar. Alguien extraordinario, su as en la manga. Había alguien más que también había conocido en la infancia. Un poco mayor, solo un década, más o menos, lo que no es nada para los carpatianos. Siempre había sido un poco extraño, pero había sido fuente de un vasto conocimiento. Andre. Algunos lo llamaban «el fantasma». A menudo limpiaba una zona de vampiros mientras pasaba por algún lugar, sin que nadie lo viera ni lo oyera. Pero dejaba huellas, y Fen había intentado rastrearlas. Se decía que a menudo se mantenía cerca de los trillizos, y que se unía a ellos para resistir y mantener la oscuridad a raya.

Los carpatianos estaban preparados para la guerra. Habían pasado los dos últimos años de paz organizándose para defenderse de cualquier cosa que los amenazara como especie. Fen simplemente estaba viendo la punta del iceberg.

—Fen. —La fría voz de Mikhail lo devolvió al asunto que tenía entre manos—. Los carpatianos conocen la diferencia entre un carpatiano y un vampiro. No eres una amenaza para nosotros. De hecho, aportas velocidad y recursos por ser licántropo, lo que sería de ayuda para nuestra causa.

Fen frunció el ceño y se arrellanó en su cómodo asiento.

—Los licántropos temen tanto a quienes tienen la sangre mestiza que irían a la guerra si consideraran que estáis prestando ayuda y cobijo a uno de nosotros. Mi presencia aquí os pone a todos vosotros en peligro.

Dejó caer la bomba tranquilamente, sabiendo que no debía embellecer la situación. La cruda verdad era suficiente. Mikhail Dubrinsky no era tonto. Al instante comprendería la enormidad de lo que le estaba contando. Finalmente tendría que asumir la verdad, y sabría que Fen le había traído un problema de una magnitud alarmante.

—Ya veo —dijo Mikhail juntando los dedos—. Tendremos que conocer todo lo que sabes de los licántropos. Todo. Hasta el más pequeño detalle.

—Hay muy pocos como yo —advirtió Fen. Evidentemente no quería ser el causante de una guerra—. Los licántropos son básicamente buena gente —añadió—. Los quiero y respeto. Hay pocos que los superen como luchadores. En general no buscan el poder ni la gloria. Viven en pequeñas manadas, y son muy felices con sus familias.

—Estoy seguro de que son buena gente —reconoció Mikhail—. Sin embargo, han llegado a mis tierras sin entrar en contacto conmigo, una cortesía muy normal, lo que considero que es algo inusual. También ha aparecido una manada de lobos renegados con dos de esas criaturas a las que llamas *sange rau*, lo que es algo que nunca había ocurrido antes. Tenemos varios niños que han superado su segundo año de vida. ¿Coincidencia? No soy tan tonto como para creer en ellas. No me puedo permitir ser tan estúpido. —Fen tenía sus propias dudas sobre la coincidencia en el tiempo—. ¿Cuál es tu experiencia después de convertirte en licántropo? ¿Qué sabes de ellos? —le preguntó.

—Te puedo contar que a medida que se van haciendo más viejos, aumenta la integración entre el lobo y el hombre. Al principio el lobo está separado… por así decirlo es como un guardián que protege al cuerpo anfitrión en cuanto su otra mitad siente su presencia. El lobo aporta su historia, los acontecimientos que ha conocido a lo largo de su vida, así como la de sus antecesores. Pasa esa información a la mitad humana, y actúa para proteger a ese hombre cuando es necesario.

—¿A medida que os hacéis mayores y estáis más cómodos, tanto el lobo como el hombre se convierten en una sola entidad? —reiteró Mikhail para asegurarse de que todos lo habían entendido.

Fen asintió.

—Sí, es la explicación más aproximada posible. Todos los sentidos, incluso cuando se está en un cuerpo humano, se agudizan sin que haya ninguna razón especial. Los lobos jóvenes a menudo no pueden controlar la transformación… que normalmente se produce antes de la luna llena. Es torpe, y la manada lo observa atentamente para asegurarse de que ellos, o ellas, no se metan en problemas. Es una etapa complicada.

—Uno de nuestros hombres tiene una compañera que era licántropa pero no lo sabía —dijo Falcon—. ¿Cómo es posible?

—A veces algunos dejan la manada y se enamoran de un forastero. Sus hijos pueden tener genes de licántropo, pero a menudo no los desarrollan. Las mujeres en particular no siempre lo saben porque su loba no se manifiesta de inmediato. —Fen volvió a encogerse de hombros—. Nunca he estado con las manadas durante largos periodos de tiempo. Era demasiado peligroso para mí. La mayor parte del tiempo no pueden detectar la diferencia, pero durante la semana de la luna llena cualquiera podría descubrirlo. Paso las lunas llenas bajo tierra prácticamente todo el tiempo. Pero a lo largo del último siglo he estado viajando apartado de las manadas.

—¿Cuándo comienzan a entrenarse? —preguntó Gregori.

—En una manada todos los niños se entrenan casi desde el momento en que pueden hablar. La educación es muy importante y aprenden los asuntos del mundo, la política, las culturas y el funcionamiento de todos los países. También se les enseñan técnicas de lucha y, por supuesto, a rastrear y a transformarse. Aprenden rápido. Verdaderamente rápido. Y también se les enseña estrategia militar y se les entrena para usar todo tipo de armas.

—Es muy parecido a lo que hacemos con nuestros jóvenes —dijo Jacques.

Fen asintió.

—Trabajan en el mundo de los humanos. Aceptan diversos empleos, aunque en realidad terminan sirviendo en los ejércitos de los países donde se encuentren. De todos modos, siempre tienen que responder ante el líder de su manada, y este ante el consejo.

Mikhail se levantó y se paseó nervioso por la habitación. La chimenea de piedra era enorme y atraía las miradas. Fen todavía estaba buscando al último guerrero que estaba escondido en ese lugar. El fantasma. Estaba en algún escondite de la habitación. La casa era interesante, pues por más hombres altos de hombros anchos que estuvieran en las ventanas, y lo suficientemente cerca de su príncipe, la habitación siempre parecía espaciosa y abierta. Algunas veces casi sentía como si la piedra y la madera estuvieran vivas, que respiraban y los observaban a todos.

Estudió a Mikhail por el rabillo del ojo. Se movía con elegancia, fluidez y absoluto control. Irradiaba poderío. Definitivamente era un líder, y se tomaba su cometido muy en serio. Igual que Gregori. Fen estaba todo el tiempo atento al lugarteniente de Mikhail.

—No has jurado obediencia a nuestro príncipe —dijo Gregori tranquilamente.

Fen sintió la conocida tensión de los licántropos, pero externamente se mantuvo estoico.

—No tiene que hacerlo —dijo Mikhail con el mismo tono bajo—. ¿Le preguntaste por qué no llamó al curandero carpatiano más capacitado para que atendiera a su hermano? Quiere a Dimitri y luchó duramente para salvar su vida. Tú estabas cerca, y no te llamó, Gregori. ¿Eso qué te indica?

Los ojos plateados de Gregori se clavaron en Fen.

—No conozco la respuesta, Mikhail.

—¿De verdad? —preguntó levantando una ceja aristocráticamente—. Se dijo a sí mismo que está protegiendo a su hermano, pero en realidad me está protegiendo a mí. Cree que nadie me cuida como lo haces tú. Está demasiado preocupado, pues de pronto tenemos no uno, sino dos, de esos *sange rau* cerca de mí y de los niños. No quería que te alejaras de mi lado. ¿Verdad, Fenris Dalka?

No era fácil mentir al príncipe, pero no quería admitir que lo estaba protegiendo, de manera que no dijo nada.

—Eso no explica por qué no te jura obediencia —señaló Gregori.

—¿No? —Mikhail volvió sus fríos ojos oscuros hacia Fen—. Cree que si me promete obediencia, y los licántropos insisten en destruir a todos los que son como él, me pondrá en una posición que me obligaría a ir a la guerra contra ellos.

Fen sintió el roce de la mano de Tatijana acariciando su mandíbula. No la miró, pues era consciente de que no se había movido. Ella ya había visto demasiado en su interior, lo que era suficientemente malo. Podía compartir sus pensamientos íntimos con su compañera, pero… Hubiera preferido que Mikhail no supiera nada sobre su manera de pensar. Creía que Mikhail Dubrinsky era un líder muy valioso. Podía mirar los ojos de un hombre y conocer su verdad.

Estás avergonzado porque reconoce que no eres en absoluto el lobito malo que enseñas al mundo.

El susurro íntimo de Tatijana en su mente hizo que su corazón sufriera un vuelco. Ella le aportaba muchas cosas sin siquiera saberlo. Después de haber pasado siglos completamente solo, teniendo que mantener continuamente a raya los tentadores susurros de la oscuridad para alejarse de ella, tener su luz iluminando su corazón y su alma era prácticamente un milagro. En sus horas oscuras, siempre iba a tener la luz de Tatijana.

—Fen, ya no eres el único carpatiano que tiene la sangre mestiza —le recordó Mikhail con la misma voz baja y persuasiva—. Nunca abandonaré a nadie de los míos por hacer un tratado con otra especie. Evidentemente los tendremos que llevar al consejo para hacerles comprender la diferencia entre un mestizo de carpatiano y licántropo, y uno de vampiro y lobo. Son personas inteligentes, y en cuanto lo tengan claro entrarán en razón.

—Te enfrentarás a siglos de prejuicios, Mikhail —dijo Fen—. He visto cómo condenaban a un gran hombre, a un cazador de élite que había pasado años luchando y sufriendo para destruir a los *sange rau* que vivían entre ellos. Pero lo condenaron a una muerte lenta y tortuosa a la que llaman *moarta de argint*.

—Muerte por plata —tradujo Gregori.

Fen asintió.

—Es la manera más dolorosa posible con la que se puede dar muerte a un licántropo. Tardas días en morir. Le clavan ganchos de plata por todo el cuerpo y lo cuelgan en vertical. Con cada movimiento que la víctima hace para intentar aliviar el dolor que le provoca la plata, los ganchos se clavan más profundamente. La plata se extiende por el cuerpo quemando todo lo que toca hasta que finalmente le atraviesa el corazón. Os lo estoy contando de manera suave, pero es una forma de tortura horrible y brutal. Vakasin había entregado su vida para proteger a su manada, pero cuando se dieron cuenta de que era *sange rau*, su propia gente se volvió contra él. Lo mataron sabiendo que había combatido contra los *sange rau* un montón de veces para protegerlos.

Fen se sintió inundado por una enorme tristeza… la que no había sido capaz de sentir de verdad por el hombre que había sido su amigo y compañero durante todo un siglo, mientras combatían contra el enemigo más difícil con el que se habían encontrado nunca. Vakasin era un buen hombre. Uno de los mejores cazadores que había conocido nunca. Consideraba que había sido escandaloso e increíble que su propia manada se hubiera vuelto contra ese cazador de élite, y lo hubiera condenado a la muerte más tortuosa y brutal que se le puede dar a un licántropo, a pesar de que sabían que era un buen hombre.

Fen hizo un gesto hacia Tatijana.

—Ella salvó a Zev hace unas pocas noches, y le extrajo la información que tenía sobre armas y cómo usarlas adecuadamente. Yo os sugeriría que armarais a todos los guerreros, y si es posible a las mujeres, para que estéis más seguros. Una vez que sepáis cómo matar a los renegados, no os engañéis pensando que estáis a salvo. Cazan en manada. Esta manada de lobos renegados es la más grande con la que me he cruzado en todos los siglos que llevo cazando. Dobla el número de estacas de plata que pensaba que debía llevar cada persona. —Se sentía incómodo entre cuatro paredes y cada momento que pasaba estaba más inquieto. Curarse y salir de su propio cuerpo le estaba pasando factura. Además, aparentemente tenía emociones—. El lobo que veis no es el que os está poniendo en peligro. Ellos tienen mentalidad de manada y se pasan la vida cazando en grupo. Van contra el vientre, lo desgarran y hacen que se derramen las entrañas para dejar a la víctima incapacitada. Pueden saltar el doble de lo que creéis que hacen, e incluso más. Y no os sintáis seguros por estar en el aire.

—Ya veo por qué los licántropos se preocupan por la mezcla de sangre entre las dos especies. Obtenéis las ventajas de ambas. —La voz de Gregori era pensativa—. Eso es lo que ocurre ¿verdad? Por eso la mezcla de vampiro y lobo es tan mortífera.

Finalmente todos lo comprendieron. Fen miró lentamente hasta que se encontró con los extraños ojos plateados de Gregori. Se miraron el uno al otro mostrando un completo entendimiento. Fen no había reclamado a su compañera. Todavía era una amenaza, y lo sería hasta el momento en que ligara a Tatijana a él con las palabras rituales de emparejamiento, que se le grabaron en su cerebro carpatiano mucho antes de que su madre lo trajera al mundo. Pero incluso así, si era honesto consigo mismo, no sabía si se mantendría a salvo.

—Tienes que reclamar a tu compañera —le aconsejó Gregori—. Será mucho mejor para todos.

Tatijana se retorció. No se movió, pero Fen sintió su reacción a la reprimenda del curandero.

Nadie nos puede decir cuál es el momento adecuado para nosotros. Le aseguró. *Lo sabremos. No estoy en peligro de dar marcha atrás. Ahora que te tengo cerca, tu luz mantiene a raya a la oscuridad. No dejes que te haga sentir mal. No quiero que te vincules a mí hasta que estés preparada. En cualquier caso, fui yo quien dijo que no te reclamaría. Si es culpa de alguien, es mía.*

Tatijana giró la cabeza y lo miró con sus enormes y brillantes ojos color esmeralda multifaceteados. Lo podía dejar sin aliento demasiado fácilmente. Una mirada. Un roce. Sus labios ligeramente separados atrajeron su atención, y su cuerpo se quedó completamente paralizado. Tatijana era sorprendente. Un milagro. Como estaba sentada a pocos centímetros de él, su aroma lo rodeaba y su calor llenaba cada espacio frío de su mente.

Fen le sonrió. No exteriormente, por supuesto. Su sonrisa era mucho más íntima, le acarició la mente para confirmarle que ella era la persona más importante, y que no quería que nadie la hiciera sentir incómoda.

—No estoy en peligro de convertirme en vampiro, Gregori, si te estás refiriendo a eso —dijo completamente tranquilo—. Voy a ir a cazar a Abel y a Bardolf en cuanto me sienta fuerte. Deberían haber movido a la manada rápidamente, pero no lo han hecho. Mientras Tatijana estaba comprobando cómo estaba su hermana, encontré su rastro. La mayor parte de la manada se ha dirigido al sur. Atacaron una granja justo al otro lado de las montañas, cerca del acantilado. No había nadie, pero masacraron a los animales.

—¿Y al granjero al que ya habías ayudado antes? —señaló Mikhail.

—Van a volver a atacarlo. —Fen suspiró y se resistió a pasarse las manos por el pelo. Temía que el granjero fuese a ser asesinado. Había tomado medidas para intentar protegerlo, pero si Bardolf o Abel acompañaban a la manada, el granjero no iba a tener ninguna posibilidad—. Es un buen hombre.

—Eso me contó Gregori. Tal vez, ya que sabemos que la manada va a atacar esa granja en particular, podamos usar esa información a nuestro favor —reflexionó Mikhail.

—O mejor aún, podemos dejar que los cazadores de élite de los que ha hablado Fen consigan esa información. Podemos observarlos en acción para ayudar a preparar a nuestros propios guerreros —aportó Falcon—, aunque me cuesta mucho no hacer nada cuando hay trabajo por hacer.

—Voy a tener que evitar a la manada de Zev durante unos pocos días más. Enseguida me buscará —dijo Fen.

Mikhail asintió.

—Ha hecho indagaciones en la posada. Parece que su manada consta de seis personas. Cinco hombres y una mujer. ¿Es normal que una mujer sea cazadora?

—Cualquier niño, varón o hembra que sea prometedor por tener una inteligencia por encima de la media, y sea rápido de reflejos, es enviado a una escuela especial en cuanto la manada considera que tiene suficiente edad para ir. Es un gran honor para la manada que surjan guerreros de élite entre sus filas —dijo Fen y miró alrededor de la habitación—. No subestiméis a una cazadora. No podría viajar con ellos si no fuera una luchadora tan capaz como los hombres. A menudo tienen que acabar con manadas de lobos renegados ellos solos.

—¿Alguno tiene experiencia en matar a un *sange rau*? —preguntó Lojos.

—Lo dudo. Me crucé con el primero hace varios siglos, y después, cuando la manada de Bardolf fue diezmada por Abel. Hasta ahora ni había sabido de ninguno, ni tampoco me los había cruzado.

—¿Zev reconoció que el vampiro era mestizo? —preguntó Gregori.

Tatijana asintió.

—Inmediatamente. Él y Dimitri lo sabían, por lo menos eso creo. Fen les gritó que era un *sange rau*, pero ya se estaban sacrificando para darle la oportunidad de matarlo. Por supuesto en ese momento no nos dimos cuenta de que eran dos trabajando juntos.

—Sientes algo especial cuando estás ante ellos —dijo Fen—. Los reconoces de inmediato. No lo puedo describir, pero igual que reconoces que un vampiro es repugnante, el *sange rau* lo es más aún. Pero tienen la capacidad de esconderse. Los vampiros la mayoría de las veces dejan un rastro característico. Las propias plantas y los árboles se encogen ante ellos. Dejan puntos vacíos a su paso cuando intentan ocultarse, pero los *sange rau* no. Tampoco desprenden energía antes de atacar, pero si te cruzas con uno lo sabrás —reiteró.

—Y aun así los puedes rastrear, y saber si están presentes antes de que ataquen —dijo Gregori.

—A mí también me consideran un *sange rau*. Mi sangre es mestiza.

Capítulo 8

Fen se alegró de salir de las cuatro paredes de esa casa que tenía vida y respiraba. No había llegado a divisar a Andre, el guerrero carpatiano fantasma, pero se sentía satisfecho por saber que su viejo amigo estaba allí. Inspiró el aire de la noche. Tatijana y él debían regresar muy pronto a su lugar de descanso, pero antes de hacerlo necesitaba respirar el aire fresco una vez más.

Tatijana lo cogió de la mano cuando se desviaron por un sendero que subía hacia lo más alto de las montañas.

—Imagino que todo ha ido tan bien como cabía esperar.

—Entre nosotros dos, tú con tus conocimientos sobre armas, y yo con lo que sé de los licántropos y las manadas, creo que les hemos aportado lo suficiente como para que se puedan proteger de ellos —dijo Fen.

A esa altura los árboles que los rodeaban los separaban de cualquier forma de civilización, lo que le hacía sentir como si esa noche solo los cobijara a ellos dos.

—Estabas muy incómodo —observó ella.

—Hacía mucho tiempo que no estaba dentro de una casa tanto tiempo —aceptó—. Sentía que mientras más tiempo estuviera con el príncipe, más lo exponía al peligro. A pesar de los cazadores que ha reunido a su alrededor, y eso que son algunos de los mejores, nunca ha experimentado este tipo de amenaza. Les puedo explicar cómo es un *sange rau*, pero hasta que no vean a uno en acción, nunca lo comprenderán.

Tatijana levantó una ceja de golpe.

—Entonces crees que están amenazando al príncipe y ¿a los niños no?

—Por supuesto que sí. ¿Tú no lo crees?

Fen tomó un camino que los debía llevar aún más arriba. Por encima de todo necesitaba estar con Tatijana, y disfrutar de todos los momentos en solitario que pudieran tener.

El cielo nocturno brillaba cargado de estrellas, a pesar de que había algunas nubes oscuras flotando lentamente, que de vez en cuando bloqueaban los diamantes resplandecientes que tenían encima de sus cabezas.

—Si matan a Mikhail, el pequeño príncipe es demasiado joven. Solo tiene dos años. Su hermana podría asumir su cargo, pero si no lo hace, no habría traspaso de poder. Si alguien quiere acabar con los carpatianos, la mejor manera de hacerlo es matar al príncipe ahora, cuando su heredero aún es joven y vulnerable.

—¿Y su hermano? ¿Jacques?

Fen se encogió de hombros. Mientras continuaban caminando entrelazó sus dedos con los de ella de manera más cómoda, y le llevó la mano a su corazón. La mano de Tatijana parecía pequeña comparada con la suya, y eso hacía que sintiera que debía protegerla.

—Tal vez. No todos quienes pertenecen a un mismo linaje son buenos líderes. Sé poco de su hermano, pero Jacques es tan protector con Mikhail como Gregori, y eso me indica que no cree que pueda gobernar a nuestra gente.

—O no quiere hacerlo —añadió Tatijana muy pensativa.

Fen la miró y se sorprendió de que una mujer tan hermosa pudiera estar con él. Tatijana se movía con fluidez y elegancia en completo silencio. Su cuerpo se adaptaba perfectamente al de él, y era consciente de todo lo que le ocurría. Sus pechos se movían delicadamente debajo de la camisa, lo que era una tentación que nunca había advertido en ninguna otra mujer. Sus caderas se balanceaban con dulzura, y parecía que las estrellas se habían instalado en sus ojos. El viento jugueteaba con su larga cabellera sedosa, y luchaba por liberarla del ancho coletero que la ataba.

Fen sentía que su corazón estaba más ligero que nunca. Podía oír el torrente de sangre que corría por sus venas. Tenía los dientes afilados, y la necesidad de saborear a su mujer era casi insuperable. Ese enorme deseo le provocaba una tremenda y terrible lujuria, que solo conseguía controlar gracias al intenso amor que sentía por ella. Simplemente caminar junto a ella mientras subían una montaña alejados de todos los demás, le hacía sentir como si ellos dos fueran los únicos habitantes del mundo. La belleza de la noche y del entorno parecía haber sido diseñada solo para ellos.

Continuaron por un camino de ciervos que ascendía serpenteando entre espesas arboledas. Había diversas variedades de árboles, cuyas ramas ascendían hacia el oscuro cielo azulado de la medianoche. El bosque se volvió más denso. Pero cuando la montaña casi tocaba el cielo, poco a poco los árboles se fueron volviendo más escasos. Y por la parte más alta de la cordillera rodaba una niebla que la aislaba de forma casi permanente de lo que había abajo. El velo blanco era como una especie de nube, y parecía como si la cumbre de la montaña simplemente desapareciera en el cielo.

Fen inhaló el aroma de los arbustos, las flores y los árboles. La vegetación hacía que el suelo tuviera un olor característico. La vida salvaje era abundante. Ese territorio pertenecía tanto a los licántropos como a los carpatianos, aunque el olor de la mujer que caminaba a su lado era lo que realmente le hacía sentirse en su hogar. Se había apoderado de su corazón, llenaba su mente con su brillo, y había encontrado una manera de hacerle olvidar todo lo malo que había hecho o presenciado.

El mundo a su alrededor reflejaba su belleza. Tenía colores intensos y vivos que hacía mucho tiempo que no veía, o no recordaba que fueran tan vibrantes. Los colores de las hojas que susurraban en los árboles, iban desde el verde oscuro a un color plateado especialmente hermoso. Había diversos torrentes de agua que borbotaban entre sinuosos senderos de roca, y riachuelos de diamantes relucientes que se abrían camino por las laderas para alimentar los enormes pantanos.

Estaba contento simplemente por caminar junto a ella. Su cuerpo le pedía más, y el macho carpatiano de su interior tenía unas sorprendentes ganas de unirla a él. Pero nada de eso importaba mientras lo acompañara, mientras escuchaba la rica información que le proporcionaba el viento, igual que hacía él. Por primera vez en su vida sentía que pertenecía a algún lugar. Había encontrado la capacidad de quererla, y la petición constante que corría por su torrente sanguíneo, el rugido de sus oídos y el tamborileo de su pulso simplemente aportaban serenidad al momento. Sentir necesidad física de estar con ella y desearla era en sí mismo un milagro.

Tatijana lo miró. La luz de la luna llena se derramaba sobre él iluminando sus rasgos duros, sus facciones profundamente marcadas, sus ojos poco comunes y su fuerte mandíbula. Se parecía más a un licántropo que a un carpatiano. La luna ponía de manifiesto su lado más salvaje. Tatijana encontraba irresistible la mezcla entre un elegante y encantador carpatiano con modales del mundo antiguo, y un lobo mucho más rudo, salvaje y peligroso, que acechaba por debajo de la superficie.

Parecía el último depredador. Bajo la luz de la luna le era imposible esconder su sangre de lobo. Sabía que si ella lo podía ver, lo mismo ocurriría con los otros lobos. De todos modos su aspecto más salvaje lo hacía mucho más atractivo para ella. Era consciente de que los hombres carpatianos eran dominantes, y que sus equivalentes en la sociedad de los licántropos también lo eran, aunque lo controlaban conteniéndose. Pero Fen sabía lo que ella necesitaba… libertad.

La aceptaba tal como era. No iba a intentar convertirla en nada diferente. A ella le gustaba su compañía, así como su sentido del humor. Y él no se abría ante nadie, y eso la hacía sentirse especial. Evidentemente la iba a proteger con su propia vida, y hacía que se sintiera valorada, incluso amada. Lo percibía en su manera de mirarla. Y cuando la tocaba, en su tono de voz y en los pensamientos que no podía esconderle.

Ella había estado intranquila desde que se había despertado de su larga y curativa hibernación. Buscaba algo que no sabía lo que era. Pensaba que era información, pero no era algo tan mundano. Lo supo casi desde el primer momento en que entró en la taberna que estaba al borde del bosque. Había tenido la necesidad de ir a ese lugar una y otra vez, a pesar de haber intentado luchar contra esa compulsión. Enseguida supo que era Fen. Y no podía dejar de pensar en él. No podía dejar de bailar para él intentando captar su atención. Había evitado preguntarse la razón, pero en su interior sabía que él era su compañero.

Al principio no lo deseaba porque tenía miedo de que fuera tan dominante, pero algo había cambiado dentro de ella. Cualquier muro que hubiera construido se había venido abajo en cuanto lo vio luchando por su hermano, por ella y por Zev. Se había puesto a sí mismo en peligro aun conociendo las consecuencias, pero se había mantenido inquebrantable. Ni una sola vez la había reprendido, y parecía valorar sus opiniones y capacidades.

La tenía fascinada. Todo lo de él la fascinaba. Descubrió que cada vez podía adentrase más en su mente. No se cerraba a ella, y le permitía examinar cualquier recuerdo. Ella sabía que sus recién descubiertas emociones podían ser intensamente dolorosas cuando recordaba la muerte de sus amigos. Su naturaleza carpatiana carente de emociones lo había protegido hasta cierto punto, pero ahora que estaba abierto a todos los sentimientos, se podía ver inundado por ellos.

Fen no tenía miedo a sus recuerdos. Se enfrentaba a ellos de cara. Procesaba las tristezas y seguía avanzando. Se aferraba con fuerza a la presencia de ella en su mente, y le hacía sentir que realmente la necesitaba. Y sin embargo no le pedía nada. Nada en absoluto. Ella percibía el enorme deseo que palpitaba en su interior, pero nunca había intentado que se sintiera culpable. De hecho, apoyaba por completo su decisión. El problema era… que ella ya no estaba del todo segura de su decisión. Había cambiado de opinión. Él era su compañero, y parecía que había muy pocas razones para evitar que la reclamara. De todos modos lo iba a seguir pasara lo que pasara, tanto si la reclamaba como si no. Sabía que ya estaba completamente comprometida con él.

El aroma de unas flores sorprendió a Fenris cuando se aproximaron a una gran pradera abierta. Apretó los dedos de Tatijana. Ella le parecía pequeña, incluso frágil, aunque sabía que su dama tenía un interior de acero. Le gustaba caminar junto a ella acompasando los pasos. Se adaptaba perfectamente a él, no solo en altura, sino mentalmente, y en la manera en que parecía llenar cada rincón oscuro de su mente, limpiando el recuerdo de las batallas, las cacerías y los amigos de infancia destrozados. Ella parecía ser capaz de rellenar las grietas que tantas muertes habían hecho en su alma.

Los ojos de Fen se abrieron como platos.

—La flor estrella de la noche. ¿Sabías que había flores de estas por aquí? Hacía siglos que no la veía. Hasta donde sé no crecen en ningún otro lugar.

La flor era enorme y tenía forma de estrella, pero los pétalos, y su textura, se asemejaban a los de los lirios. Los filamentos interiores tenían rayas y el ovario era rojo como un rubí. El estigma era definitivamente una réplica perfecta del órgano sexual masculino estirado y erecto. La flor era increíblemente hermosa y su aroma pareció estallar sobre ambos.

Tatijana se sonrojó.

—La flor de la fertilidad. Lo que sé es que la flor fue traída de vuelta desde Sudamérica por Gary Jansen, un investigador humano. Él y Gregori son muy buenos amigos. Ha hecho mucho por nuestro pueblo. Se piensa que esta flor ha sido parte de uno de los rituales necesarios para ayudar a engendrar niños. Gary investigó sobre ello y descubrió diversas referencias a esta flor, de modo que comenzó a buscarla. Más tarde descubrió que había sido descrita en una cordillera volcánica sudamericana.

Lara había proporcionado a Tatijana y a Branislava toda la información que había podido sobre lo que ocurría en el mundo carpatiano cada vez que había ido a darles sangre antes de regresar a Sudamérica con su compañero. También Sara se había ocupado de ellas hasta que se había quedado embarazada, y después había sido Falcon quien les había dado sangre y un poco de información.

—El ritual es hermoso —dijo Fen.

Tatijana se deslizó entre dos filas de la lechosa flor blanca.

—El aroma es embriagador.

—Tiene que serlo —dijo Fen—. Cada ritual que celebra una pareja hace que se unan aún más.

—Quiero intentarlo, Fen —dijo Tatijana. Lo dijo de manera espontánea, pero su impulso no era en absoluto casual. Quería llevar a cabo el ritual de fertilidad con él. Nunca había pensado en traer un niño al mundo, y menos después de su terrible infancia, pero la idea de tener un hijo con la naturaleza y el carácter de Fen le hacía desear cosas en las que no había pensado. Ya estaba sintiendo la reacción de su cuerpo a la estimulante fragancia—. Huele como tú —añadió.

Fen estaba completamente inmóvil, pues temía que su cuerpo estallara si se movía.

—Todas las flores llevan el aroma de la pareja de cada uno, e intensifican la adicción que se tiene a su sabor y a su olor. —La miraba como si fuera de piedra—. Esto puede ser muy peligroso, Tatijana.

La voz de Fen sonaba muy profunda. Ronca. Aterciopelada. Oh, sí, la fragancia que surgía del campo de flores le estaba afectando igual que a ella. Aunque en realidad parecía muy cansado.

—Somos una pareja, Fen —le recordó poniéndole una mano en el pecho y al acercarse a él lo rodeó con su aroma, que se unió al de las flores.

Lo estaba seduciendo descaradamente, y además se daba cuenta de que deseaba su cuerpo hasta el último aliento.

—Insistes en pensar que soy fuerte, Tatijana. Pero cuando se trata de ti, eso no es así.

Movió la cabeza pero no se separó de ella. Ella podía sentir los latidos de su corazón y oír la sangre que le corría por las venas. A Fen lo estaba traicionando el cuerpo. Se había puesto duro como una roca, y su piel ardía de deseo. Incluso se le habían afilado los dientes.

—¿Qué debo hacer? —preguntó Tatijana con una pequeña sonrisa de satisfacción.

Ese hombre era el suyo. El suyo. Lo miró a los ojos un poco tímida. Y un poco seductora. Completamente sensual.

Fen sabía que no había manera de resistirse a ella. En realidad no quería hacerlo. Si había una mujer que estaba hecha para disfrutar de largas noches entre sábanas de seda, estaba seguro que tenía que ser Tatijana.

Eligió una flor, la cortó y la puso entre sus manos. Después la llevó hasta su boca mientras mantenía cautiva su mirada.

—Pruébala.

Tatijana le sostuvo la mirada, y lentamente probó la sensual flor lamiendo su cabeza bulbosa. Inmediatamente se le llenó la boca de saliva por culpa de su adictivo sabor a especias y a bosque. Salvaje. Casi feroz. Un sabor que no se parecía a nada que hubiera conocido. Fen. Fenris Dalka. Su compañero. Era a la vez sexo, pecado y la tentación máxima.

No podía dejar de lamer el estigma, y estaba decidida a extraerle hasta la última gota. Evidentemente tenía el mismo sabor que su compañero. Continuaba mirándolo y cada momento que pasaba lo deseaba más intensamente. El ritual de fertilidad no iba a ser suficiente para ella. Fenris Dalka la iba a reclamar esa misma noche.

Honestamente no podía decir en qué momento había cambiado de opinión. Tal vez al ver los cuidados que proporcionó a su hermano. Sabía que no solo era la atracción que sienten los compañeros; él le gustaba, incluso disfrutaba de su compañía, y la prefería a estar sola. Todo lo de Fen le parecía atractivo, y pensaba que él sería la única persona que iba a amar.

Incluso los suaves pétalos aterciopelados parecían emanar su aroma. No había manera de controlar las ganas que tenía por sentir el sabor de la flor, y el de él mismo. Su deseo aumentaba con cada gota que bebía. Mientras más extraía el especiado néctar, más deseaba a Fen. Cuando consiguió exprimir hasta la última gota, se relamió los labios.

—¿Y ahora qué?

Tenía la respiración entrecortada y jadeaba ansiosa. Sabía que él estaba oliendo su llamada de sirena. Había acompasado el ritmo de su corazón con el de Fen, que era firme y fuerte. Pero en lo más profundo de sus venas había comenzado a sentir los conocidos estertores y los latidos cargados de deseo que solo él podía aplacar.

Fen, que seguía manteniendo su mirada cautiva, bajó la cabeza hacia los olorosos pétalos, metió la boca y su fuerte mandíbula entre ellos, e introdujo profundamente la lengua para lamer sensualmente los ovarios y los filamentos.

Tatijana no podía apartar la mirada de él. Era la situación más caliente y erótica que había vivido nunca. Le dolían los pechos y sentía la agradable humedad que se acumulaba en su entrepierna. En el momento en que observó cómo Fen devoraba el néctar y la miraba de manera ardiente por dentro y por fuera, se dio cuenta de que no había vuelta atrás; y tampoco quería que la hubiera.

Fenris era su compañero. Pura y simplemente. Y ella quería que completaran el ritual. Sentía que su corazón ya era suyo. Y evidentemente su cuerpo deseaba al suyo. Lo estaba saboreando en su propia boca, pero necesitaba que sus almas se unieran tal como hacía su gente.

Estaba dispuesta a demostrarse algo a sí misma, y tal vez también a todos los demás. Quería libertad por encima de todo. Pero libertad de elección. Y Fenris Dalka, rodeado de peligros, era a quien había elegido. No podía asegurar que fuese la atracción que sienten los compañeros. Él le gustaba. Lo respetaba. Y no quería perder el tiempo en discusiones inútiles. Ella estaba en su mente y sabía que él respetaba sus vastos conocimientos respecto a todas las especies, y sus habilidades para la lucha. No la había relegado a un rincón seguro en algún lugar, aunque protegerla y mantenerla a salvo era lo más importante que Fen tenía en la mente. Hacía que se sintiera hermosa y especial, como si ella fuera la única mujer que existiera en el mundo. La escuchaba. Le gustaba escucharla hablar. Tenía sentido del humor, y justo ahora, en ese momento, para ella era el hombre vivo más sexy del planeta.

Fen se tomó su tiempo para disfrutar de la flor, y mientras saboreaba cada gota de néctar, su mirada se iba volviendo más caliente y salvaje.

—Me encanta tu sabor —murmuró.

Tatijana tenía el cuerpo completamente tenso por la expectación.

—Estoy comenzando a pensar que no sería tan malo que me reclames —se aventuró a decir Tatijana—. Me estoy acostumbrando a la idea.

La mirada de Fen estaba cada vez más caliente. Más intensa. Dejó la flor y sus ojos la miraron lentamente de una manera tan posesiva que a ella se le secó la boca.

—No me tientes Tatijana. Ahora no. No creo que tenga la fuerza para resistirme, y los dos sabemos que no es el momento adecuado.

—Creo que es exactamente el momento adecuado. Este ritual es más largo y quiero hacerlo bien. Unirnos es algo lógico. Y este me parece que es el momento perfecto.

Fen tomó aliento con fuerza, lo que hizo que ella se sintiera aún más feliz… y con la certeza de que tenía razón. Él intentaba no verse afectado por el ritual de fertilidad, o por su proximidad, pero lo estaba. Tenía tantas ganas de poseerla como ella a él.

Los ojos de Fen la continuaban devorando a pesar de que estaba intentando razonar con ella.

—Me estoy conteniendo porque no soy capaz de compartir mi sangre contigo. Con el tiempo acabarás siendo como yo, una *sange rau*, y hasta que no conozcamos el acuerdo que establezcan los licántropos y los carpatianos, mezclar nuestra sangre puede ser peligroso para ti.

Ella se acercó él y le puso una mano en el pecho. Podía sentir su corazón bajo la palma de su mano, que era firme como una roca. Su piel estaba muy caliente a pesar de la fina camisa que llevaba.

—Yo soy tu compañera me reclames o no, Fenris Dalka. Lo que te ocurra a ti, me pasará a mí también.

—No es así, dama mía —negó—. Si me matan, tanto si te he reclamado o no, podrás decidir si sigues con tu vida. No sería algo fácil, pero si no te he reclamado te será más llevadero.

—Yo te seguiré igual que hacen la mayoría de las compañeras, Fen. No es bueno fingir que nuestras vidas no están entrelazadas. Puedo estar en tu mente tan profundamente como tú entras en la mía. Mi hermana, Branislava, siempre ha sido mi mundo, pero te voy a seguir allá donde vayas. Somos compañeros. Nuestra sangre se mezclará y yo me convertiré en lo que tú eres. No importa lo que decidas, te voy a seguir. Preferiría ser una compañera que ha sido reclamada, pero si insistes te seguiré a la siguiente vida sin estarlo, y que así sea.

Fen cambió de postura y se apoyó en el otro pie haciendo un movimiento fluido y elegante, e hizo que el corazón de Tatijana se volviera a acelerar. Le tenía la mirada cautiva.

—Tatijana, es importante para mí que me quieras por quien soy, no porque Gregori o cualquier otro te avergüence por no haber sido reclamada. Te necesito cada vez que respiro. Mi cuerpo ansía el tuyo. Mientras más comparto contigo, más cerca de ti me siento, pero no dejaré que ningún carpatiano nos diga lo que tenemos que hacer. Es nuestra vida, y quiero que hagamos las cosas a nuestra manera, a nuestro ritmo. Tienes reservas. Lo siento en tu mente, y hasta que no se resuelvan, y yo me sienta lo suficientemente fuerte como para protegerte incluso de mí mismo, simplemente tendremos que tener mucho cuidado.

Tatijana le puso las manos a ambos lados de la cabeza para enmarcar su amado rostro. Lo amaba aún más por querer esperar el momento adecuado. No le metía prisas. Nunca lo había hecho.

—Soy tu compañera. Te uniría a mí si tuviera el poder necesario, no porque Gregori ni nadie lo decrete, sino porque te conozco. Mi vida está a salvo contigo. No esperes que cambie ni que sea nadie más que Tatijana. Quiero ser yo misma.

Bajo su mano el corazón de Fen parecía que iba a estallar. Su mirada de deseo se llenó de alegría, y sus ojos pasaron del azul glacial al cobalto ardiente.

—¿Eres realmente mi dama? Una vez que el ritual se lleva a cabo no se puede deshacer.

—Hagámoslo en este campo de flores ahora mismo, justo antes de que se levante el sol y tengamos que meternos bajo tierra. Unamos nuestras almas, Fen. —Tatijana no se sentía en absoluto tímida. Sabía lo que quería y se lo estaba diciendo con palabras concisas y claras—. La luna está llena, y nunca más volveremos a tener un momento como este. Sé que no estás seguro en el exterior cuando hay luna llena, pero esta noche es nuestra. Creo que es lo que tiene que ser, ¿verdad? Tenemos esta oportunidad, Fen. Aprovechémosla y no volvamos a mirar atrás.

Fen observó detenidamente su cara amándola aún más intensamente por lo que le había declarado. Sus ojos de color esmeralda no parpadearon ni una vez mientras la miraba. Se deslizó en su mente y descubrió que su decisión era implacable. Estaba completamente decidida a convertirse en una *sange rau*, igual que él. No tenía miedo de compartir su futuro con él, y estaba muy contenta por tener clara su decisión. Si él se negaba le iba a hacer un daño infinito.

¿Y cómo rechazarla? Si además todas las células de su cuerpo estaban reclamando las de ella, y las palabras rituales latían en sus venas con la fuerza de un martillo.

Fen tomó el control inmediatamente, y dejó cuidadosamente la flor a un lado para más tarde. Quería completar el ritual de fertilidad, pero primero tenía que aplacar el enorme deseo que ardía por todo su cuerpo. Pasó una mano por las filas de flores haciendo que se volvieran hacia el cielo nocturno. Enseguida comenzaron a llover pétalos, y las plantas se separaron para formar una cama muy mullida e intensamente fragante. El olor era una mezcla completamente embriagadora del de ambos.

Entonces inclinó la cabeza hacia ella, la rodeó con sus brazos y la atrajo al calor de su cuerpo. Encajaba perfectamente. Sus pechos se apretaron contra su torso, y la uve de su entrepierna se acopló a uno de sus muslos mientras la besaba derramando toda la intensidad de su deseo en el refugio de su boca.

¿Quién sabía que los besos podían ser tan excitantes? ¿Tan embriagadores? Ella lo arrastraba a un paraíso donde no había manera de tener bastante. Ni en esta vida, y con toda seguridad, ni en la siguiente. Moría por su boca suave y caliente que sabía a una mezcla de miel pura, lavanda y tréboles. La besó una y otra vez, apretándola con suficiente fuerza como para que su cuerpo quedara impreso en el suyo. Y aun así, seguía queriendo más.

Fen se despojó de su ropa a la vez que ella, a la manera carpatiana, simplemente con el pensamiento. Ambos necesitaban estar piel contra piel. Sentía como si no pudiera estar lo suficientemente aferrado a ella. A su mente, y a su cuerpo… quería que su corazón envolviera por completo el suyo.

Cuando flotaron hasta la cama de pétalos aterciopelados, y su fragancia inundó sus pulmones, se les calentó la sangre y les subió la tensión. El deseo era algo vivo que respiraba entre ellos. Fen sentía que la sangre que palpitaba en sus venas, que al principio era apenas un susurro, ahora era un fuerte tamborileo que le pedía que reclamara lo que era suyo. Su alma necesitaba la de Tatijana.

La depositó en la cama blanca de manera que su cabellera quedó justo alrededor de la cara, y su gruesa trenza cayó sobre los pétalos. Le encantaba su cabellera, con su color intenso y brillante siempre cambiante, tan gruesa como su brazo. Como no podía contenerse, desató la cuerda que la ataba, la extendió en forma de abanico entre los pétalos aterciopelados y hundió la cara en la sedosa cascada que se formó a su alrededor.

La sensual sensación de su pelo rozando su piel hizo que aumentara su deseo. Ella además le estaba susurrando en la mente, y se la llenaba por completo. Sentía como si le estuviera derramando una melaza caliente que llenaba cada grieta y fisura, reparaba daños, y unía roturas, hasta que hizo que desapareciera por completo la oscuridad, y solo quedó su dama con la piel suave y una boca pecaminosa.

La besó una y otra vez mientras el suelo parecía moverse y temblar, y miles de estrellas brillaban sobre ellos como cometas que cruzaban por el cielo haciendo una extraña exhibición. Le tronaba el pulso en los oídos, y parecía que un tambor retumbaba en sus venas. También sentía que se le estaban afilando los dientes ansiando catarla.

La boca de Tatijana era deliciosa. Caliente. Suavemente aterciopelada. El rugido en sus oídos se hizo más intenso cuando el viento se puso a bailar sobre sus cuerpos. Las brasas que le ardían en la boca del estómago estaban a punto de provocar un incendio en su interior, y amenazaba con propagarse sin control.

Fen levantó la cabeza y apretó su frente contra la de ella para mirar fijamente sus hermosos ojos multifaceteados.

—Te avio päläfertiilam —susurró.

En el momento en que pronunció esas palabras supo que llevaba toda la vida esperando decirlas. Nunca había sentido que nada en su vida fuese tan apropiado.

La volvió a besar ansioso por sentir el característico sabor a especias y a miel que distinguía a Tatijana. Por fuera estaba fría como agua azul y verde, y relajaba tocarla, pero su interior estaba lleno de manantiales calientes. Ella se movió contra él para fundir su cuerpo con el suyo, deslizó los brazos desde su espalda a su estrecha cintura, y sus manos se agarraron a sus caderas para atraerlo aún más hacia ella. Después giró la cabeza y lamió el punto donde le palpitaba el pulso en el cuello.

—Eres mi compañero —murmuró traduciendo el antiguo idioma con la boca pegada al rítmico martilleo de su pulso.

Fen le separó las rodillas con un muslo, y encajó las caderas en la apretada unión de sus piernas. Su enorme erección se apretó contra la entrada caliente de su vagina, y un líquido pegajoso le dio la bienvenida. Quería tomarse su tiempo, pero su cuerpo ardía intensamente, y su sangre carpatiana y licántropa requería a su pareja. Los dientes de Tatijana habían comenzado a rascar por encima de su pulso de manera seductora, y lo estaba volviendo loco.

—Éntölam kuulua, avio päläfertiilam. —En su antiguo idioma quería decir que todos los hombres carpatianos debían reclamar a su compañera—. *Ted kuuluak, kacad, kojed.*

—Me perteneces —repitió ella demostrando que comprendía todas las palabras del ritual que iba a unir sus almas con lazos inquebrantables.

—*Élidamet andam.*

—Te ofrezco mi vida —susurró ella enterrando la cara en su cuello.

De la piel de Fen surgían llamas. Era perfectamente consciente de que ella tenía los dientes muy cerca de su vena. Su sangre la llamaba. Su compañera. Su dama. La única.

—*Uskolfertiilamet andam. Sívamet andam.*

Tatijana levantó la cabeza para mirarlo a los ojos.

—Te ofrezco mi fidelidad —respondió ella—. Te entrego mi corazón —dijo con absoluta sinceridad.

Él nunca había conocido la ternura, ni la delicadeza, pero existían en su interior en exclusiva para ella, que lo estaba transformando por completo con su generosidad, y aceptándolo tal cual era. Había cometido cientos de asesinatos, tal vez muchos más de los que quisiera recordar, y cada muerte lo había acercado a la oscuridad que siempre planeaba sobre él. La verdad es que había estado cerca de ella muchas más veces de lo que admitía, y Tatijana había visto esos terribles momentos en los que pensar en su hermano era lo único que le permitía mantener su honor intacto.

—*Sielamet andam.*

—Acepto tu alma, Fenris —susurró Tatijana junto a su garganta—, y te entrego la mía para que ambos estemos completos.

—*Ainamet andam.*

A pesar de que las palabras surgían de algún lugar en el interior de Fen, Tatijana comenzaba a tener sus propias demandas, y comenzó un lento asalto a su cuerpo, moviendo las caderas de manera muy seductora.

—Te entrego mi cuerpo —le susurró en respuesta—. Te quiero dentro de mí, Fen. Quiero que tu sangre corra por mis venas, y que tu calor se funda con el mío. Quiero que nuestras almas se unan, pero lo más importante justo en este instante, es que quiero que compartamos la misma piel.

Aunque hubiera querido, Fen no tenía fuerzas para negarle un ruego tan apasionado y descarnado, de modo que comenzó a entrar lentamente en su ardiente y apretada vagina que lo dejaba sin aliento y le robaba la razón. La fría piel de Tatijana contrastaba con el calor de esa zona y su interior, donde sus acogedores músculos aterciopelados ardían intensamente aferrados a su miembro, y lentamente se entregaban a su invasión. La sensación era tan exquisita que apenas podía pronunciar las siguientes frases que componían el ritual.

—*Sívamet kuuluak kaik että a ted.*

Le estaba diciendo que su cuerpo quedaba a su cuidado para siempre.

Estaba sintiendo intensamente cómo rodeaba, apretaba y ordeñaba su miembro con sus abrasadores músculos vaginales, que lo estrangulaban proporcionándole un enorme placer. Sentía también su fina barrera, casi insustancial. Apretó los dedos alrededor de los de ella.

Toma aliento. Respira por mí.

Quería que ella solo sintiera placer, y que no sufriera el más mínimo dolor. Empujó hacia adelante para hacerla suya, y enterró profundamente el miembro en su vagina. Se tragó los jadeos de Tatijana, y se quedó quieto para permitir que su cuerpo se adaptara a su invasión. Para Fen, ella era un remanso de placer.

El corazón de Tatijana se acopló al ritmo del suyo, y enseguida movió las caderas, lo que era una señal de que quería, o incluso necesitaba, más. Solo entonces Fen comenzó a moverse, volvió a empujar lentamente desde el mismo borde de la entrada de la vagina y la penetró muy suavemente.

Tatijana soltó un leve gemido, y levantó las caderas para encontrarse con las suyas y animarlo a que se moviera más rápido. Pero él mantuvo un ritmo lento y lánguido disfrutando de cada momento dentro de ella.

—*Ainaak olenszal sívambin.*

Iba a apreciar eternamente su vida. Lo decía sinceramente. Ella era su milagro, y siempre lo sería.

Se dio cuenta de que mientras más tiempo estaba dentro de ella, y su exquisita vagina se frotaba contra su miembro, cada vez le era más difícil concentrarse. Ella le acarició el pelo y la espalda. Le enterró las uñas, pero los pequeños puntos de dolor no hicieron más que aumentar el placer que seguía incrementándose. Los gemidos, jadeos y suaves súplicas de Tatijana le parecían una música diferente a cualquier cosa que hubiera oído nunca.

—*Te élidet ainaak pide minan.* Siempre antepondré tu vida a la mía —dijo Fen suavemente.

¿Cómo podía eso no ser verdad? Ella, con su dulce cuerpo y su corazón generoso, lo era todo para él. Además era una guerrera en todos los sentidos del término, no sentía miedo y estaba dispuesta a entrar en una vida tanto de licántropo como de carpatiano, a pesar de saber exactamente los peligros que siempre iban a correr.

Como si le estuviera leyendo la mente, y probablemente lo hacía, Tatijana le clavó profundamente los dientes. Todo el cuerpo de Fen se estremeció al sentir un intenso placer erótico. A través de la conexión telepática que tenía con ella, percibió el calor abrasador que corría por sus venas y arterias, y se extendía por todos sus órganos. Su sangre se estaba mezclando con la de ella en el más básico y sagrado de los rituales que practicaban las parejas. El cuerpo de Fen reaccionó con un fuerte empujón hacia adelante.

—*Te avio päläfertiilam*. Eres mi compañera.

Fen había estado tan seguro de que lo mejor era proteger a su dama de convertirse en una *sange rau*, que nunca había considerado el vínculo real que establecen los compañeros. Pero no se imaginaba continuar su vida sin ella. ¿Por qué ella iba a tener un vínculo inferior?

Estaba rodeado de llamas que atravesaban su cuerpo. Hubiera jurado que todo el prado se estaba incendiando, y sin embargo la piel de Tatijana se mantenía fría. La sensación de fuego y hielo incrementaba el placer que le producía su vagina ardiente al rozarse contra su intensa erección. El aire de la noche jugaba con su cuerpo, y por encima de ellos la luna los bañaba con sus rayos de luz. No podía haber imaginado un momento más perfecto.

Ainaak sívamet jutta oleny.

El susurro le llenó la mente y entró en la de ella.

—Estás unida a mí para toda la eternidad.

Pero llevaban unidos desde mucho antes de invocar las palabras rituales que le habían quedado impresas en la mente antes de nacer. Ella lo mejoraba todo en su vida, y hacía que cada momento fuese más rico y vibrante. Además estaba el consuelo de su dulce cuerpo, que era un refugio para cuando el mundo a su alrededor dejaba de tener sentido.

Tatijana usó la lengua para sellar los pequeños agujeritos que le había hecho en el cuello y abrió los ojos lentamente. El corazón de Fen sufrió un vuelco y se estremeció en el interior de su pecho. Lo miraron los ojos multifaceteados de ella, que parecían esmeraldas brillantes vidriosas de deseo. Nunca había estado tan guapa.

—*Ainaak terád vigyázak*. Siempre estarás a mi cargo.

Una vez terminado el ritual de emparejamiento, Fen se pudo concentrar en cada matiz, en todos los puntos de placer del cuerpo de Tatijana. Quería que esa noche se le quedara para siempre grabada en la mente, igual que en la suya propia. Se lo tomó con calma, agarró con fuerza sus caderas de manera que no las pudiese mover y comenzó a entrar y a salir de ella, arremetiendo una y otra vez contra su estrecho canal. Nada le podía ser más placentero.

Los pequeños gemidos y las súplicas frenéticas de Tatijana incrementaban la creciente tensión de sus cuerpos, cuya enorme excitación estaba llegando a un altísimo *crescendo*. A pesar de ello, Fen mantenía el ritmo lento para que ambos pudieran entregarse al torbellino del éxtasis.

Tatijana sentía como si su cuerpo estuviese ardiendo desde dentro. Estaba rodeada de calor y fuego. La piel de Fen estaba demasiado caliente al tacto. Su cuerpo era tan firme como un roble, y no le sobraba nada. Sus fuertes manos le sujetaban la cintura y la tenían eficazmente clavada a la cama. Sus caderas no dejaban de mantener un ritmo largo y lento, y sus tentadores embates parecía que cada vez la encendían aún más.

Quería más. Necesitaba más. Estaba desesperada por tener más. Se escuchaba a sí misma gimiendo. Suplicando. No podía dejar de retorcerse debajo de él. Intentaba levantar las caderas para juntarlas con las suyas. Pero nada servía. Fen no se detenía. No aumentaba la velocidad, pero tampoco la disminuía. Todo el mundo de Tatijana parecía estar centrado en la unión de sus cuerpos. Tenía todas las terminaciones nerviosas excitadas, y la tensión de su cuerpo aumentaba y aumentaba hasta que pensó que podía enloquecer.

De pronto sintió que los dientes de Fen le estaban haciendo unos sutiles agujeros en la curva de sus pechos, sin dejar de mantener ese ritmo que la volvía loca. Con cada lenta embestida, mientras sus dientes rascaban encima de su frenético pulso, el cuerpo de Tatijana reaccionaba agarrándose con fuerza, como si quisiera aferrarse a él para siempre, y le proporcionaba una dosis de sangre fresca y alegre. Cada vez que le clavaba los dientes la dejaba sin el poco aliento que le quedaba, de modo que en esos momentos sus jadeos y gemidos surgían entrecortados.

Lentamente la estaba volviendo loca de deseo. Ella no sabía qué era peor, si tener que esperar a que la llevara al clímax, o la expectación que le producía su mordisco. Ya estaba llegando, estaba cerca, aunque aún no podía lanzarse. Fen la estrechó proporcionándole un placer intenso y puro, que no dejó de aumentar hasta que sintió una ráfaga de miedo en la columna al pensar que tanta intensidad la podía matar. El roce de sus dientes, y los pequeños mordiscos que le estaba dando entre los pechos y el cuello estaban limitando su capacidad de respirar correctamente. Todo su cuerpo temblaba y se retorcía expectante.

Fen, no puedo respirar. No voy a sobrevivir a esto.

Entonces moriremos aquí los dos.

Cuando le enterró los dientes en su pulso palpitante, ella no pudo impedir soltar un grito ahogado. El calor abrasador que sintió en la entrepierna era igual al de su cuello. En un instante el dolor dio paso al placer, y se retorció debajo de él, arqueó la espalda y le restregó los pechos contra su torso. No se podía quedar quieta, y tenía que moverse continuamente incapaz de aliviar el ardiente calor y la enorme tensión.

En el momento en que Fen probó su esencia, ella fue consciente del placer turbador y de las sensaciones puras que estaba sintiendo. Fen se encontraba en todas partes, dentro de su cuerpo y de su mente, y su sangre fluía hacia él. Era demasiado, pero no suficiente. El placer de Fen se sumaba al de ella. La estaba llevando cada vez más alto, hasta que casi no pudo más y comenzó a suplicarle.

Fen levantó la cabeza y la miró con unos ojos que la quemaban por dentro y por fuera. La marcaban. La señalaban. Como si ya no tuviera a Fen impreso en sus mismos huesos. Bajó la cabeza para seguir con la lengua la estela de gotas de color rubí que bajaba por su cuello hasta llegar a sus pechos, y rápidamente le cerró los agujeritos.

El corazón de Tatijana latía aún más fuerte por la expectación. Los ojos de Fen ardían con tanta intensidad, tanto deseo y tanto amor, que ella no se podía creer que hubiera tenido tanta suerte. Su pasado, todos los años que había estado cautiva, y las cosas horrendas que había presenciado, desaparecían en cuanto la miraba a los ojos. Entonces Fen le agarró las caderas con fuerza. Le dio tiempo para tomar aliento antes de que empujara con fuerza contra ella, e hizo que todo su mundo estallara en llamas gloriosas.

El cuerpo de Fen no dejaba de moverse sobre ella intensamente. Las llamas hacían que Tatijana se sintiera como si fuera un ave Fénix que estaba ardiendo limpiamente para que su pasado, los recuerdos de su padre y sus experimentos malignos, y las heridas que creía que nunca iban a desaparecer, quedaran reducidos a unas finas cenizas, y gracias a eso ella podía rehacerse... renacer. Más fuerte. Mejor.

Fen entonces le puso ambas piernas sobre los hombros para poder penetrarla profundamente una y otra vez. Sus fuertes embates llenaban y estiraban su vagina. Tenía la cara encima de la de ella. Su hermoso rostro tallado con tanta sensualidad. Tatijana se dio cuenta de que le gustaba contemplarlo, amarlo, y le sorprendió sentir emociones tan intensas, mientras su cuerpo ardía y se retorcía de placer.

Era el momento más hermoso de su vida. La unión completa. Fen la amaba. Y ella sabía que podía amarlo por completo. Que podía limpiar su pasado, igual que él el suyo. Y esto… el éxtasis. El lugar enloquecido al que solo Fen podía llevarla era superior a nada que hubiera conocido o imaginado.

El placer era casi demasiado fuerte y su tensión estaba tan desencadenada que no podía recuperar el aliento. Él no se detenía, y esta vez no bajaba la intensidad, le introducía con fuerza el miembro cada vez más profundamente, como si quisiera vivir en ese lugar para siempre. Las llamas aumentaban, y ella sentía que el calor de Fen la estaba consumiendo por dentro y por fuera. Entonces se dio cuenta de que le estaba suplicando, gritaba su nombre y le enterraba los dedos en los brazos buscando un ancla. Sentía como si no fuera a poder sobrevivir a una belleza y un placer tan absolutos.

Tatijana jadeaba y tenía los ojos vidriosos, pero Fen seguía con su ritmo furioso. La fricción se fue haciendo cada vez más intensa hasta que ella sintió el primer temblor explosivo, al que siguieron una serie de réplicas que le produjeron fuertes sensaciones por todo el cuerpo, desde los pechos a los muslos, cuyo epicentro se encontraba en su propio sexo. Su vagina estaba aferrada al duro miembro de Fen, y lo invitaba a una salvaje cabalgata erótica que ella nunca olvidaría. De las que necesitaría repetir a menudo, y aun así no sabía si tendría suficiente.

Quedaron tumbados bajo la luz de la luna. Jadeaban aferrados el uno al otro para disfrutar de todas las réplicas que estaban sintiendo. Tatijana no tenía ni idea de cuánto tiempo había pasado. Estaba muy contenta entre sus brazos y con la oreja pegada a su corazón, más feliz de lo que nunca había sido en su vida.

Fen se movió primero, la besó varias veces y le susurró al oído:

—Tenemos que completar el ritual. —Después se arrodilló e hizo una uve con las piernas para que ella se acoplara. Le indicó que también se arrodillara y que apartara la cara de él. Tatijana hizo lo que le pedía, y se arrodilló sobre la suave cama de olorosos pétalos blancos. Sentía su cuerpo enrojecido y adolorido, aunque completamente vivo y vibrante—. Siéntate en los talones y abre los muslos —le susurró.

Tatijana sintió que estaba completamente ruborizaba. Acababa de hacer el amor con su compañero, pero eso era demasiado sexy, incluso después de que la hubiera poseído. Se arrodilló frente a él y abrió los muslos al aire de la noche. Al instante su cuerpo reaccionó soltando más néctar caliente que corrió por sus piernas, haciendo que se sintiera más sensual que nunca.

Fen la rodeó con sus brazos, le acarició los pechos y sus dedos juguetearon con sus pezones. Ella jadeó al sentir que sus terminaciones nerviosas se volvían locas, y le provocaban vibraciones eléctricas directamente en la vagina. Tuvo un fuerte orgasmo que le produjo un intenso estertor.

Él hizo que se inclinara hacia atrás para que su cabeza se apoyara contra sus hombros, mientras sus pechos se endurecían aún más gracias a sus caricias. Entonces una mano abandonó sus pechos y bajó lentamente por su estrecha caja torácica hasta su vientre donde apretó con fuerza sus músculos temblorosos.

—Eres muy guapa, Tatijana —susurró Fen—. Eres muy sensible a mis caricias.

Sus caricias la inflamaban. No se podía imaginar ser más sensible. Quería que sus manos siempre la estuvieran tocando. Fen estaba en su mente, y sabía exactamente que cada tirón y cada caricia que hacía a sus pezones le calentaba la sangre que corría por sus venas. Tatijana era muy consciente de que sus dedos continuaban descendiendo por su cuerpo. Pero antes de seguir su recorrido, trazaron el dragón que tenía por encima de los ovarios con una caricia reverente.

Tatijana cerró los ojos, jadeó y arqueó la espalda cuando los dedos de Fen la penetraron profundamente. Los músculos de su vagina se apretaron contra ellos, y de nuevo la sacudió una fuerte réplica absolutamente deliciosa.

—*Tied vagyok* —susurró Fen con la boca pegada a su cuello mientras sus dientes mordisqueaban por encima de su pulso—. Soy tuyo.

A ella le encantaba que fuera suyo. Nunca amaría a ningún otro hombre. Jamás un hombre se iba a medir con él. Fen retiró de mala gana las manos de su cuerpo, cogió con mucho cuidado la flor que antes había dejado a un lado y se la puso justo en la entrepierna de manera que sus suaves pétalos hicieran cosquillas a su cuerpo ultrasensible. Ella sabía que su cuerpo estaba soltando néctar y que la flor recogía cada gota.

—*Sívamet andam* —dijo Fen y volvió a acariciarle los pechos—. Te doy mi corazón, Tatijana.

Fen era completamente suyo: su corazón, su alma, su mente y su cuerpo. Ella sentía como si se estuviera fundiendo por el calor. Lo quería para siempre. Cualquiera que fuera la ceremonia que estaba haciendo con la flor era muy potente. Cuando Tatijana apoyó la cabeza en su hombro y su cabellera los cubrió a los dos, su larga cascada de seda los acarició sensualmente. La piel de Tatijana estaba fría en comparación con el calor que desprendía él, y eso añadía combustible al fuego del deseo.

—*Te avio päläfertiilam.* Eres mi compañera.

La manera en que dijo esas palabras en su antiguo idioma, que hacía tiempo que había desaparecido del mundo salvo para unos pocos, incrementó la mística y la belleza del ritual.

—Ahora tienes que ponerme a mí la flor como símbolo de óptima fertilidad, y decirme las mismas palabras. Estamos unidos, y tienes que pedir, rogar, a la Madre Naturaleza que nos bendiga con nuestros propios hijos durante el tiempo que pasemos en este mundo, o en el siguiente.

Las manos de Tatijana temblaban cuando recogió con todo cuidado la flor y la giró hacia él. Pensó que Fen se veía tremendamente guapo arrodillado frente a ella, con el cuerpo duro como una roca y la cara esculpida completamente masculina. La luz de la luna se derramaba sobre él, y sus rayos danzaban sobre su pelo. Ella se humedeció los labios, que de pronto se le habían secado, con la punta de la lengua, y colocó la flor estrella de la noche directamente debajo de su enorme erección. Le rozó el escroto con la mano, y sus dedos se entretuvieron demasiado tiempo en su duro miembro mientras los dorsos de sus manos se deslizaban por la zona interna de sus muslos.

—*Tied vagyok* —dijo Tatijana mientras le ponía las palmas de las manos sobre sus muslos y lo miraba a los ojos—. Soy tuya. *Sívamet andam.* Te doy mi corazón. —Lo decía sinceramente. No se podía imaginar nada más correcto que entregarle su corazón—. *Te avio päläfertiilam.* Eres mi compañero.

Capítulo 9

Los primeros rayos del amanecer que iluminaron el enorme campo convirtieron los montones de paja en pequeñas colinas doradas. El viento acariciaba la gavilla que todavía permanecía en él, y hacía que se meciera suavemente con si estuviese siendo atravesado por unas delicadas olas. El aire estaba frío y vigorizante, pero el cielo permanecía despejado.

Costin Eliade dio un bostezo cuando salió al porche para atender su granja. Todo su lenguaje corporal mostraba satisfacción. La granja llevaba dos generaciones perteneciendo a su familia, y tanto su padre como su abuelo habían hecho todo lo posible por mejorarla. Él había sido el primero en recibir una educación superior, y en poner en práctica los procedimientos que había aprendido. Por primera vez trajo ganado vacuno a la granja, y seguía prosperando vendiendo carne al mundo exterior.

Ser granjero obligaba a trabajar duro, pero Costin era un hombre que se enorgullecía de hacerlo por su familia. Sus animales siempre recibían los mejores cuidados. Plantaba cultivos rotatorios, y sus sistemas de irrigación estaban completamente al día y funcionaban perfectamente. También se sentía orgulloso de la casa. Muchos granjeros prestaban mucha atención a los campos y al ganado, pero descuidaban sus viviendas. Sin embargo, su esposa no podía quejarse. Tenía el baño dentro de la casa y agua corriente todo el año. Además él reparaba de inmediato cualquier cosa que ella le pidiera.

Había sido el primero en introducir ganado en su zona, y en conseguir un muy buen contrato. La mayor parte de sus ingresos, que les permitían llevar una vida decente, se los procuraba el ganado. Perder los novillos no solo podía ser devastador para su familia, sino para todas las otras que se habían sumado a él. Sus tres perros cuidaban del ganado, y eran unos feroces guardianes.

Costin recogió el bastón que guardaba en el porche justo detrás de una columna. Encajaba perfectamente en la palma de su mano, y estaba bastante gastado por el uso. El terreno era desigual, y como era el único proveedor de su familia, no quería sufrir accidentes. Un tobillo torcido podía significar que nadie pudiera alimentar al ganado.

Las cabras pequeñas balaron al verlo, y corrieron por el patio. Una dio un brinco para subir a una roca y levantó la nariz olisqueando el aire. La otra corrió hacia la más grande con la cabeza baja para intentar sacarla de la roca. Pero la esquivó, y la cabra más pequeña se vio obligada a dar un salto divertido. La pequeña miró a su hermana de manera risueña, y enseguida bajó el hocico para comer la hierba que había justo a la izquierda del corral. Ocasionalmente ambas miraron a los caballos, y después regresaron al campo.

A los lejos, a varios metros de distancia, la mayor parte del ganado todavía estaba tumbado durmiendo sobre la hierba blanda, y no parecía dispuesto a enfrentarse al nuevo día. Unos cuantos pájaros planeaban tranquilamente haciendo círculos por el cielo del amanecer, listos para bajar a los campos a cazar todos los gusanos que no estuvieran en sus escondites bajo tierra.

Costin inspiró con fuerza el aire de la primera hora de la mañana. Era el momento del día que más le gustaba. Justo entre la noche y el día. Siempre estaba todo en paz. Su granja estaba rodeada de un bello paisaje, pero él era un hombre que la mayor parte del tiempo se encontraba demasiado ocupado como para contemplarlo, salvo al amanecer. Era el momento de relajarse y de disfrutar de lo que tenía.

Observó cómo el viento mecía alegremente la hierba del campo creando ondas, y levantaba pequeños tornados de tierra que jugueteaban en el aire. El campo se movía de manera muy suave, y la menor elevación, aunque fuera de muy abajo, hacía que cambiara. De pronto vio que el suelo se había levantado ligeramente casi en el centro del campo, no más de tres o cuatro centímetros. No se hubiera fijado en ello si no hubiera sido por los caballos.

Había dejado a los cuatro mejores en el corral, junto al pequeño cobertizo que había construido hacía tres inviernos. Tenía seis caballos, pero dos eran viejos y los usaba principalmente para tirar del carro con el que iba a comprar a la tienda del pueblo. Se los había llevado a un vecino por si la granja era atacada.

Las gallinas estaban comenzando a inquietarse. Los caballos de pronto se pusieron a dar patadas contra el suelo muy nerviosos, pues parecían sentir algo que él no percibía. Costin salió del porche y se alejó de la casa con la mirada concentrada en el campo. De nuevo estaba ocurriendo. El sutil movimiento que levantaba el suelo adquiría velocidad y corría derecho hacia el corral.

Los caballos sacudieron las cabezas y pusieron los ojos en blanco muy inquietos. No es que fueran nerviosos, sino que estaban viendo algo extraño que levantaba el suelo e iba derecho hacia ellos. Una gallina bajó volando hasta el suelo y se puso a picotear perezosamente. Movió la cabeza de un lado a otro, aleteó y se elevó unos metros en el aire. Entonces se produjo una transformación tan rápida que fue casi imposible verla, pero la pequeña gallina se convirtió en una dragona azul de gran tamaño que se golpeó con fuerza contra el suelo y rápidamente se enterró en él.

Enseguida Tatijana surgió enrabietada del subsuelo con un hombre lobo atrapado en sus fauces de dragona. Lo sacudió con fuerza y lo dejó caer a los pies del granjero. Fen enseguida recuperó su aspecto tras abandonar el del granjero, sacó una espada de plata del bastón y atravesó limpiamente el cuello del hombre lobo separándole la cabeza. Después le clavó una estaca de plata en el corazón.

Al ver que Costin era simplemente una ilusión, y que los esperaba un guerrero, los demás hombres lobo se desperdigaron por la granja saliendo de todos los escondites posibles. Evidentemente estaban rodeando la propiedad, y cerrando el círculo rápidamente. Se subieron al techo de la casa y del granero, y reunieron a los animales decididos a hacer una masacre.

Dos salieron corriendo por el techo de la casa y saltaron sobre Fen justo cuando se estaba enderezando. Rápidamente le clavaron las garras y lo mordieron para desgarrarlo. Pero él estiró una mano hacia atrás, agarró a uno de los lobos por el cuello, lo sacudió y lo lanzó al porche donde había una red de plata invisible colgada entre dos columnas. El lobo chilló al golpearse contra la red, y quedó colgado de los delgados alambres de plata.

El segundo lobo estiró el hocico, clavó sus dientes en un costado de Fen, y se revolvió con fuerza para intentar incapacitarlo. Él gruñó aguantando el dolor y le clavó profundamente una estaca de plata en un ojo. El hombre lobo aulló y le enterró las garras con más fuerza. Fen realmente estaba más preocupado por los lobos que no veía que por el que tenía delante. Giró en círculo y movió la espada cortando el aire a su alrededor para ahuyentar a la segunda oleada de lobos que estaban saltando de la cuadra de los caballos.

Entonces los lobos huyeron hacia el corral a una velocidad sorprendente decididos a destripar a los caballos. Uno se lanzó sobre el caballo que tenía más cerca, le clavó los dientes en el cuello y le desgarró un enorme trozo de carne, mientras un segundo compañero le abría el vientre. Funcionaban a una velocidad cegadora, casi demasiado rápida como para asimilarla.

Pero los caballos se transformaron y se convirtieron en los guerreros carpatianos Tomas, Lojos y Mataias. Los tres hermanos inmediatamente se pusieron espalda contra espalda con las espadas en ristre en una mano, y las estacas de plata en la otra. Habían luchado juntos en muchas batallas, y se movían completamente sincronizados. Los hombres lobo aullaron de rabia, y los rodearon amagando ataques para mantener la atención de los carpatianos centrada en ellos, y que otros tres pudieran saltar al corral.

Pero los tres lobos renegados chillaron cuando la valla soltó destellos de plata y muchas chispas, y enseguida sintieron olor a pelo y carne quemada.

Tomas movió la cabeza asintiendo.

—La electricidad es un invento maravilloso.

—Vamos, bola de pelo —añadió Lojos haciendo un gesto con la empuñadura de la espada hacia el lobo que tenía más cerca.

—Es hora de que se haga un poco de justicia —dijo Mataias.

Los demás lobos corrieron hacia ellos a una velocidad vertiginosa, y se deslizaron por debajo de las espadas para poder lanzarse contra los tres hermanos, e intentar clavarles sus afiladas garras en los brazos para arrebatarles las armas.

En ese momento Gregori recuperó su propio cuerpo tras dejar el del cuarto caballo. Entró en combate luchando contra un hombre lobo que lo estaba atacando con sus poderosas mandíbulas y dientes. También tenía un segundo lobo enganchado a su vientre que intentaba desgarrarlo y destriparlo.

—Estas bolas de pelo son rápidas —dijo Lojos escupiendo al suelo mientras le quitaba de encima a un lobo asesino.

Sangraba por una docena de heridas, pero aun así seguía intentando decapitar al hombre lobo. Apenas estaba comenzando bajar el arma cuando le estiraron con mucha fuerza un brazo hacia atrás.

Mataias intentó atravesar la línea de hombres lobo para ir a ayudar a Gregori, pero uno de ellos consiguió saltar sobre la cabeza de Tomas y retorcérsela con sus poderosas manos.

El macho cabrío que estaba en la roca se lanzó al aire, y mientras se transformaba se arrancó sus propios cuernos. Lanzó los pies hacia el lobo que estaba en la espalda de Gregori, e hizo que se cayera hacia atrás y se apartara del guerrero carpatiano. Cuando Jacques recuperó su verdadero cuerpo los cuernos del macho cabrío se transformaron en una larga espada y en una estaca de plata. De modo que rebanó limpiamente el cuello del lobo antes siquiera de tocar el suelo. Aterrizó de pie, se sentó a horcajadas sobre el torso del lobo y con una enorme fuerza le clavó profundamente la estaca de plata en el corazón.

Entonces el hombre lobo que estaba intentando abrir el vientre de Gregori se dio la vuelta, enganchó la cabeza de Jacques con sus poderosas garras y le dio un fuerte mordisco en el hombro. Le desgarró un gran trozo de carne y rápidamente se lanzó a su garganta para acabar con él.

La otra cabra se transformó en medio de un salto y aterrizó junto a Jacques y el lobo. Era Falcon, que enseguida le clavó la estaca de plata por la espalda haciendo que le llegara directamente a su corazón. El lobo se desplomó con fuerza y arrastró a Jacques al suelo.

Falcon estiró un brazo y tiró de Jacques para que se levantara.

—Este no es un lugar seguro, hermano. Estos chicos han venido a luchar de verdad.

—Son muy sanguinarios, ¿verdad? —reconoció Jacques con una pequeña sonrisa.

Se limpió la sangre de la cara. El lobo lo había mordido un montón de veces en muy poco tiempo y le había desgarrado grandes trozos de carne.

Gregori entonces tuvo que reducir a otro lobo que iba a saltar sobre la espalda de Jacques.

—Fen no hablaba en broma cuando dijo que los peores son los que no ves.

Había diez hombres lobo atacando a los caballos, pero más de una docena de compañeros suyos se habían lanzado contra el importantísimo ganado. Los animales que estaban sobre la hierba no se movían. Uno levantó la cabeza, pero se limitó a mirar aburrido mientras los enormes lobos caían sobre ellos. El más rápido se lanzó rápidamente con sus fauces abiertas chorreando saliva sobre el perezoso novillo. A pesar de ello el ganado siguió sin moverse, incluso cuando el lobo aterrizó en la espalda del novillo y abrió su poderosa mandíbula para morder el cuello del plácido animal.

Los otros lobos lo siguieron y saltaron sobre el ganado adormilado hundiendo sus garras y dientes en los desprevenidos animales. Pero sus colmillos chocaron con fuerza contra unas rocas. Todo el campo estaba lleno de rocas, y el ganado no era más que una ilusión. De pronto los tres perros que cuidaban el ganado volvieron a sus verdaderos cuerpos... que eran los de tres guerreros carpatianos.

Nicolae Von Shrieder, un renombrado cazador de vampiros, blandió su espada de plata y su hoja relució manchada de escarlata porque acababa de rebanar la cabeza del lobo que tenía más cerca. Pero mientras lo hacía, antes de poder enterrar la estaca en la criatura que todavía intentaba clavarle las garras, otros dos lobos saltaron sobre su espalda, lo desequilibraron e hicieron que se cayera al suelo. Esos hombres lobo eran más rápidos, saltaban más alto y se movían inesperadamente a mayor velocidad que los propios vampiros que llevaba siglos cazando.

Traian Trigovise iba corriendo a toda prisa cuando se transformó. El hombre lobo que fue tras él era enorme y parecía que era todo músculo, dientes y garras, y rápido como un rayo. Traian se lanzó por debajo de las garras del lobo, se deslizó por el suelo y enganchó un brazo alrededor de sus rodillas para derribarlo. Antes de que se recuperara ya le había clavado la estaca de plata en el corazón. Pero otros dos lo atacaron antes de que alcanzara a ponerse de pie. Intentó disolverse, pero las garras que se le clavaron en la carne le impidieron escapar.

El tercer perro pastor se transformó rápidamente. Era un carpatiano que simplemente se conocía con el nombre de Andre, y era tan escurridizo como contaba su leyenda. Se movió rápidamente como si fuera una sombra, como un borrón en el aire, y literalmente arrancó al lobo de la espalda de Traian. No se detuvo un instante y se continuó moviendo mientras su espada lanzaba destellos bajo la luz del amanecer, provocando serios estragos entre los numerosos lobos que los atacaban.

La maestría de Andre con la espada era soberbia. Llevaba siglos luchando con ella, y parecía sentirse muy cómoda en su mano. Se movía de manera muy fluida gracias a sus pisadas suaves y seguras. La espada brillaba manchada de un color rojo brillante, goteaba sangre que caía al suelo y se esparcía por el aire, a medida que su dueño iba acabando tranquilamente con los lobos rabiosos.

Traian y Nicolae siguieron su estela, y fueron clavando estacas en los corazones de los lobos después de que Andre los abatiera. Los tres se deshicieron rápidamente de los hombres lobo que habían intentado atacar el ganado. Costin Eliade y su verdadero ganado estaban a salvo en una granja vecina, para que los carpatianos pudieran tender una trampa a los lobos asesinos.

Tardaron un rato en darse cuenta de que habían destruido con éxito a los doce hombres lobo decididos a matar al ganado. Tanto Traian como Nicolae se sorprendieron por las heridas y los trozos de carne que faltaban en sus cuerpos. Les chorreaba sangre por el pecho, el cuello y la espalda. Nicolae tenía serios cortes en el vientre. Andre tenía heridas de mordiscos en las piernas, pero aparte de eso permanecía ileso.

Traian sonrió a Nicolae.

—¿Qué es lo que hemos aprendido de esto?

—Que Andre nos tiene que dar clases de espada —reconoció Nicolae—. Tuvimos que hacer todo el trabajo sucio y mira cómo estamos. La próxima vez quiero ser el que baila con la espada mientras vosotros dos hacéis limpieza.

Dejad de congratularos y venid aquí. Podemos necesitar una pequeña ayuda.

Gregori se estaba comunicando con ellos usando el canal telepático común de los carpatianos. Y su voz parecía cargada de sarcasmo.

Traian lanzó impávido otra sonrisa a Nicolae y le guiñó un ojo.

—También hemos aprendido que los hombres lobo caen en las ilusiones, y nos podemos aprovechar de eso.

Nicolae, Andre y Traian atravesaron rápidamente el campo para ir a prestar ayuda a los otros justo cuando una segunda oleada de hombres lobo saltó de los techos sobre los guerreros que luchaban contra ellos.

Esto no me gusta, dijo Fen muy inquieto a Tatijana. *Elévate en el aire y mira si puedes ver quién está coordinado el ataque. Tienen que tener a un jefe dirigiéndolos. Esto está demasiado bien organizado.*

Se tuvo que abrir camino para llegar hasta Gregori. Llevaba siglos luchando contra manadas asesinas, pero nunca había visto una tan grande. Ni siquiera había visto nunca a un grupo tan grande.

¿Cuántos han muerto?, preguntó a Andre.

Doce. La respuesta de Andre fue concisa y clara. *Me he cruzado con pequeñas manadas, pero ninguna de este tamaño y tan bien organizada.*

El hecho de que Andre no añadiera nada a su afirmación alarmó a Fenris. Andre le transmitió tensión con su respuesta tan escueta. Igual que él, se daba cuenta de que definitivamente había algo que no era normal en el ataque. Estaba demasiado bien orquestado, especialmente la segunda oleada de hombres lobo que habían llegado para unirse a sus congéneres.

Tatijana inmediatamente se puso en marcha y saltó hacia el aire. Mientras lo hacía un hombre lobo se lanzó desde el techo de la cuadra e hizo que se desestabilizara. Su cuerpo cayó dando tumbos hasta el suelo y el lobo le clavó los colmillos con fuerza en las costillas. Fen saltó para enfrentarse a él y le enterró la espada de plata en el vientre. Cuando el lobo abrió la boca para jadear, tiró de Tatijana hacia él, y la lanzó hacia arriba para evitar que se golpeara contra el suelo. El hombre lobo dio un fuerte golpe, rodó y se puso de pie aullando mientras se sujetaba el vientre con una mano y seguía el rastro de Fen y Tatijana con sus ojos rojos.

Cayeron entonces al suelo unas gotas de sangre brillante, casi encima del lobo. Tatijana se apretó con fuerza las mordeduras. Percibió la enorme rabia que sentía Fen porque la hubieran mordido. Estaba muy nervioso intentando examinarla mientras volaba.

Estoy bien Fen, le aseguró. *Son tan rápidos y saltan tan alto que es difícil saber a qué distancia estás a salvo de ellos.*

Percibo el dolor que sientes. No me mientas Tatijana. Tengo que saber cómo estás.

Me duele una barbaridad, pero no tengo nada roto. Pensé por un momento que me iba a aplastar las costillas como si fueran palitos, pero enseguida lo atacaste.

Soy sange rau. *Más rápido que ellos.*

Su voz sonaba lúgubre.

Mientras Fen le contestaba explicándole la estricta verdad, ella ya comenzaba a sentir la energía curativa que estaba actuando en las heridas de su caja torácica. Al instante sintió alivio.

Gracias.

Siempre tuyo.

Los carpatianos estaban viendo por primera vez el daño que les podía hacer una jauría asesina. Cuando se dieran cuenta de lo difícil que era destruir a los *sange rau*, podrían cambiar de opinión en cuanto a permitir la existencia de seres con una mezcla de sangre como esa. Era equivalente a tener un arma nuclear apuntando directamente a sus cabezas.

Fen cambió de dirección, pero esta vez se lanzó hacia el suelo y se movió a la velocidad de una bala contra el hombre lobo al que había golpeado desde el aire. El lobo saltó hacia él. En el último momento, Fen había empujado a Tatijana hacia el cielo para darle la oportunidad de transformarse en dragona mientras él se enfrentaba al lobo. Se movía tan rápido como un rayo cruzando el cielo, y cuando chocó contra el lobo, casi lo atraviesa con su cuerpo. Le dio un fuerte golpe en el pecho, y la estaca de plata que llevaba se le clavó tan rápidamente que antes siquiera de llegar al suelo ya estaba muerto.

Luchas muy duro.

Gregori había observado el encuentro en vez de estar luchando contra la última oleada de atacantes. Su voz sonaba pensativa. Precavida.

Ahora comienzan a entender, le dijo Fen a Tatijana. *Se ocupará de que me mantenga a cierta distancia de su príncipe.*

Tatijana suspiró.

Nuestro príncipe. No finjas que no darías la vida para protegerlo. Estoy dentro de tu corazón y de tu alma, ¿recuerdas, hombre lobo? Veo lo que estás haciendo. Quieres que Gregori y los demás se den cuenta de qué están defendiéndose. Las palabras no son suficientes. Tienen que verlo ellos mismos.

Ningún guerrero carpatiano podrá nunca derrotar a un sange rau *solo*, le explicó Fen. *Tendría que ocurrir un milagro. La combinación de las capacidades de los licántropos y las de los carpatianos es letal. Los licántropos lo saben, pues han visto a miles de los suyos asesinados, y su especie casi se ha extinguido por culpa de uno, o dos, de estos monstruos. Los carpatianos no se han enfrentado a ellos, y su arrogancia podría hacer que los maten a todos... y a su príncipe, si no procesan rápidamente la información. Incluso ahora son incapaces de entender a un enemigo como un* sange rau.

Gregori, el principal guardián del príncipe, fue el primero en asimilar la enormidad contra la que tenían que enfrentarse. Su instinto natural ya había hecho que se mantuviera suspicaz y cauteloso con Fen. Pero no lo podía culpar por eso, como tampoco podía hacerlo con Zev, que era el Gregori de los licántropos. Zev era directamente responsable del bienestar del consejo, y su obligación era mantener a su gente a salvo en cualquier lugar del mundo.

A los hombres lobo solo se les puede tratar con dureza. No se les puede subestimar, respondió Fen a Gregori.

Esta manada está muy bien organizada. Demasiado bien organizada.

Así es, pero el jefe no está aquí. Lo sabría. El sange rau ha dejado que libren la batalla los lobos que están bajo sus órdenes.

Fen sabía que Gregori captaría la preocupación que reflejaba su voz.

La lucha junto a los corrales era feroz. Gregori, a pesar de no haber mostrado ninguna emoción mientras se comunicaba con Fen, estaba malherido. Parecía como si hubiera estado tomando una merienda en el parque en vez de estar luchando a vida o muerte.

Creías que el jefe iba a estar cerca.

Lo esperaba. Fen pensaba que Abel podía haber lanzado a Bardolf a su suerte para debilitar a los guerreros carpatianos. Podría ser una estrategia válida, especialmente dado el interminable suministro de lobos renegados que había reunido con el tiempo y que estaban a sus órdenes. *Tengo que encontrar al que transmite la información al jefe. Tal vez tenga un sistema por el que pueda conseguir información de Abel o de Bardolf, o incluso de los dos. Por lo menos descubrir qué es lo que pretenden. Es arriesgado, pero si consigo saber lo que necesitamos habrá valido la pena.*

Sintió que Gregori rechazaba la idea al instante. Tatijana también le transmitió su angustia.

¿Es demasiado arriesgado? Necesitamos que sigas entrenando a nuestros guerreros… evidentemente.

Desde donde estaba, Fen podía atisbar ocasionalmente a Gregori. Los hombres lobo estaban decididos a acabar con él. La visión de Fen se estrechó mientras observaba durante un momento que los lobos estaban rodeando al lugarteniente. Ya habían conocido al guardián del príncipe. Había estado implicado en la lucha anterior, pero ¿para qué hacer tal sacrificio? Los cuerpos de los hombres lobo yacían llenos de heridas y atravesados por las estacas junto al guardián del príncipe, pero aun así seguían atacándolo.

El inquietante miedo de Fen comenzaba a transformarse en una urgencia. Algo más estaba pasando allí, y él se lo estaba perdiendo.

Creo que vale la pena arriesgarme. Tengo que saber que tú y los demás podéis terminar esto.

Ya lo tenemos controlado, le aseguró Gregori a pesar de estar luchando contra otros dos lobos que se habían lanzado directamente a su garganta y su vientre.

Ahora ya sabía cómo era su método de lucha. Iban contra el vientre de la presa, para hacer que se debilitaran por la pérdida de sangre.

Zev y sus cazadores llegarán rápidamente, le advirtió Fen. *Es importante que todos los cazadores carpatianos sepan la diferencia entre un licántropo y un hombre lobo.*

Gregori se agachó para esquivar un lobo que saltaba hacia él, y la criatura salió volando por encima de su cabeza para caer directamente en la espada reluciente de Andre.

Todos conocemos exactamente el aspecto de los licántropos. También los hemos olido. Todos nosotros visitamos la posada donde se quedaban. No se cometerán errores, dijo muy seguro.

Los cazadores de élite pueden percibir mi presencia, pero no me pueden identificar. Dudo que sean tan sensitivos rodeados de sangre y muerte, pero Zev es más que un cazador de élite. Es su mejor guerrero. Es posible.

Fen ya había localizado su punto de entrada. Necesitaba usar el suelo de manera que no lo pudiera ver quien estuviera dirigiendo la batalla desde su zona de seguridad.

Gregori gruñó de dolor, que reprimió enseguida cuando una gran bestia se abalanzó sobre él y lo lanzó al suelo. En el momento en que cayó se disparó un gran nerviosismo entre los lobos. Se abalanzaron todos hacia él, y se amontonaron a su alrededor a pesar de que los otros carpatianos corrieron a ayudarlo. Sus compañeros se habían dado cuenta de que él era su principal objetivo, por lo que redoblaron sus esfuerzos para defenderlo. Jacques le cortó la cabeza al lobo que le estaba desgarrando la carne de la espalda, y Nicolae asestó un buen golpe al que se estaba metiendo por debajo de él para abrirle el vientre.

En el momento en que Fen vio que los demás iban a ayudar a Gregori, giró por completo y señaló la zona en medio del campo donde los hombres lobo habían intentado sorprender al granjero.

Necesito un túnel que me lleve de vuelta a la fuente original sin que me vean. Voy a proyectar una ilusión mientras excavas rápidamente para mí.

Tatijana esperó hasta que Fen comenzó a proyectar imágenes de ambos corriendo a ayudar a Gregori, y después entrando en el intenso combate junto a los corrales. Cuando la ilusión cobró fuerza, ella se transformó en dragona confiando en que Fen evitaría que la vieran. Ya como dragona se dispuso a seguir el rastro que había bajo tierra excavando rápidamente para hacer un buen túnel que Fen pudiera seguir.

Fen dejó solos a los guerreros carpatianos. Su único propósito era rastrear hasta el punto desde donde se dirigía el ataque. Tenía que encontrar al capitán que dirigía la batalla, y eso significaba confiar en que los guerreros carpatianos derrotaran a los hombres lobo en la granja.

Tatijana había prestado gran atención a los detalles, y las armas que habían hecho los carpatianos eran excepcionales. Por su parte habían compartido entre ellos la información que Fen les había proporcionado sobre los lobos asesinos que atacaban en manadas, por lo que estaban suficientemente preparados para el combate. Habían atraído a la manada a la granja de Costin Eliade y habían coordinado la defensa. Iban a hacer todo lo que pudieran para diezmarlos y dar a Fen la oportunidad de encontrar la guarida de por lo menos uno de los *sange rau*.

Sabía sin lugar a dudas que con dos *sange rau* tan cerca del príncipe, solo era cuestión de tiempo que se produjera un desastre. Fen se metió en el agujero del túnel que había excavado Tatijana con su cuerpo de dragona, y moviéndose a la velocidad de un licántropo carpatiano se lanzó a toda prisa para fisgar en el lugar secreto del capitán de la manada.

Tatijana, nada es casual. El sange rau *tenía que haber alejado a su manada del territorio carpatiano en cuanto se dio cuenta de que estaban tan cerca.*

Ella lo captó rápidamente y entendió por dónde iban sus pensamientos.

Crees que tienen una agenda.

Desde luego. Le he dado vueltas un millón de veces. Solo puedo pensar en tres razones por la que estén aquí. La mejor sería que o Abel o Bardolf, o ambos, estén muy malheridos y no se puedan ir. Pero eso no explicaría que estén sacrificando a buena parte de su manada.

La dragona se dispuso a excavar de vuelta a la superficie en cuanto dio con el borde de un pantano.

De modo que debe de ser algo mucho más siniestro.

El impulso de buscar una compañera no siempre termina cuando un carpatiano se convierte en vampiro. He visto casos en los que creían que una mujer de algún modo les podía hacer recuperar su alma, y aun así poder mantener su modo de vida. Abel puede haber regresado con esa idea en la mente.

Tatijana ya lo conocía demasiado bien.

Pero…

Ese podría ser un asunto secundario, lo más probable es que su objetivo sea Mikhail. ¿Has visto cómo han ido todos los lobos por Gregori? El príncipe y un Daratrazanoff forman una unión especial que crea un poder imparable. Hoy su objetivo era específicamente Gregori.

Cualquiera que fuera la razón, había que encargarse del *sange rau*. Ninguno de ellos podía permitir que pasara más tiempo sin conseguir sacar a los jefes de sus madrigueras para destruirlos.

Los encontrarás, dijo Tatijana muy firme transmitiendo confianza con la voz.

Fen deseaba tener la misma confianza. La agobiante preocupación había dado paso a un absoluto estado de alarma. Tenía que encontrar al capitán que dirigía a la manada de hombres lobo que estaba atacando la granja.

El túnel bajo tierra terminaba bruscamente en el pantano. El agua estaba llena de juncos. Las aves acuáticas metían la cabeza por debajo del agua y se levantaban para sacudir sus alas pacíficamente, como si nada abominable pasara cerca de ellas. No había plantas marchitas que revelaran que hubiera pasado un vampiro, pero tampoco esperaba encontrar nada. Todo el tiempo era consciente de que ni Abel ni Bardolf estaban cerca.

Su molesta y creciente alarma resonaba intensamente, por lo que llamó al guardián del príncipe.

Gregori, tengo que saber dónde está el príncipe.

De inmediato tuvo la sensación de que estaba librando una feroz batalla. Los cazadores carpatianos, a pesar de todos los que eran y las trampas que habían puesto a la jauría de asesinos, no estaban encontrando fácil destruir a la feroz y bien entrenada manada que los atacaba.

Está a salvo.

La voz sonó cortante. Gregori no iba a revelar a nadie la localización del príncipe. Fen lo percibió en su tono implacable. Gregori estaba seriamente herido. Iba a tener que ser atendido, iba a necesitar sangre y tendría que meterse bajo tierra para curarse. Si la manada no podía matar a Gregori ¿no era eso lo mejor para ellos? ¿Herirlo tan gravemente como para que no le quedase más remedio que meterse bajo tierra? La alarma más que silenciarse con la afirmación de Gregori resonó aún más fuerte.

¿Los niños? insistió.

Están a salvo. Gregori fue más brusco que nunca.

Fen maldijo en su idioma nativo.

Tatijana, si las principales fuerzas de los guerreros carpatianos están concentradas en la granja, el príncipe, y los niños, que son de suma importancia, deben de tener muy poca protección.

Gregori nunca los dejaría sin protecciones, dijo Tatijana. *Es muy exagerado cuando se trata de la protección del príncipe. A veces ni siquiera hace caso a Mikhail. Nunca dejaría al príncipe expuesto si hay una manada de lobos asesinos cerca. Y no descartes a las mujeres. Tus* sange rau *y los licántropos puede que lo hagan, pero muchas de ellas son buenas luchadoras.*

Fen no respondió. No le iba a decir que no consideraba que la información que le estaba proporcionando lo tranquilizara. Salió al exterior aunque tuvo cuidado de camuflar su presencia. Se puso al borde del pantano y miró atentamente a su alrededor para buscar el punto más ventajoso por encima de ellos, desde donde el capitán que dirigía la batalla pudiera ver toda la granja.

Tatijana recuperó su forma humana y se situó bajo su hombro, lo suficientemente cerca como para rodearlo con su aroma. Siempre le sorprendía que esa enorme dragona azul pudiera ser su compañera, y que tuviese un cuerpo tan bien proporcionado en su forma humana.

—¿Puedes encontrar la localización del príncipe?

Ella negó con la cabeza.

—Nadie, ni siquiera una cazadora de dragones, puede entrar en la mente de Gregori.

—Entonces tendremos que hacerlo a la brava.

La manera en que lo dijo alertó a Tatijana de inmediato.

—¿Qué estás planeando?

Fen suspiró. A ella no le iba a gustar. A él tampoco le gustaba, pero sentía que no tenía otra elección.

—Han enviado a luchar a la manada, pero ninguno de los dos jefes principales ha venido con ellos, ni siquiera para asegurarse de que estuvieran llevando a cabo sus órdenes. Eso me indica que Bardolf y Abel tienen planes mucho más importantes que la destrucción de la granja de Costin Eliade. Y nosotros tenemos que descubrir cuáles son.

Tatijana giró la cabeza hacia arriba para mirarlo. Aunque estaba en su mente no entendía qué es lo que estaba planeando hacer.

—No me gusta adónde está llegando esto —reconoció mirándolo directamente a los ojos.

Fen deslizó un brazo alrededor de ella. Tampoco le gustaba lo que estaba ocurriendo.

—Creo que los planes de Abel y Bardolf son atacar al príncipe mientras la manada distrae a los carpatianos y a los licántropos luchando contra ellos en la granja.

Se produjo un pequeño silencio mientras ella le daba vueltas a la idea en la cabeza.

—Eso significaría que sabían que la granja era una trampa y que deliberadamente estarían dispuestos a sacrificar a unos cuantos para tenernos distraídos.

—O no sabían lo de la trampa, pero los habrían enviado para devastarla de cualquier modo pensando que los guerreros irían a defenderla. La verdad es que la élite de los cazadores licántropos vendrá —dijo Fen, aunque no creía que ese fuese el caso.

Abel era carpatiano. Sabía cómo pensaban y cómo luchaban contra los vampiros y otros enemigos. Abel también conocía a los licántropos, o por lo menos a los renegados. Siempre se le había conocido por su inteligencia. Él había orquestado el ataque. Fen hubiera apostado cualquier cosa a que estaba detrás de todo.

Al otro lado del pantano, sobresalía una roca en la montaña. Fen estaba seguro de que detrás encontraría al lobo encargado de dirigir el ataque a la granja. Señaló el lugar a Tatijana.

—Allí, ahí lo vamos a encontrar. Necesito que te mantengas cerca de mí, pero todo el tiempo fuera de la vista, incluso cuando pienses que esté muerto.

Tatijana lo miró frunciendo el ceño y poniéndole una mano de advertencia en el brazo.

—¿Quieres explicarme qué vas a hacer?

—Tiene que haber algo más en juego que una manada de asesinos asolando una granja como represalia por mi intervención. Bardolf puede cometer el error de subestimar a los carpatianos, era un licántropo antes de aceptar convertirse en vampiro, pero Abel no solo fue carpatiano, sino que fue un preciado cazador de vampiros con gran éxito. Tiene que saber en lo que se ha metido viniendo aquí.

—Eso significaría que está sacrificando deliberadamente a la manada de asesinos. —Negó con la cabeza—. No tiene sentido Fen. Simplemente creo que te equivocas.

Su tono de voz le indicaba que no estaba segura de que fuera cierto lo que estaba diciendo en voz alta. Quería que se equivocara, pero para ella nada tenía sentido. También era muy consciente de que había obviado su anterior pregunta.

—No sabemos lo grande que es esta manada. Creo que estamos ante un grupo enorme, y si es así, tiene peones de repuesto. Envió a unos veinticinco o treinta lobos a la granja pensando que podía perder a más de la mitad. ¿Qué están haciendo los demás? ¿Adónde los ha enviado? Estos lobos fueron enviados al sacrifico por un fin más importante. No existe ninguna otra explicación.

—Me tienes que decir lo que vas a hacer. —Por primera vez se percibía miedo en la voz de Tatijana. Apretó los dedos en su brazo—. Fen, no tires tu vida por la borda.

—Gregori no le va a decir a nadie dónde está el príncipe, y menos a mí, y no tengo tiempo para convencerlo. Todavía no entiende la diferencia entre un vampiro y un *sange rau*. La mezcla de sangre incrementa la astucia y la inteligencia, así como las capacidades físicas.

Ahora ella estaba verdaderamente alarmada. Sus brillantes ojos verdes multifaceteados se habían agrandado. Fen no tenía palabras para tranquilizarla. En cambio se agachó y le dio un beso en la comisura de los labios.

—Bardolf cree que está plenamente asociado a Abel, pero no ocurren esas cosas entre vampiros, y al fin y al cabo ambos lo son. Abel sacrificaría a Bardolf sin pensarlo.

—Me estás contando esto por si no sobrevives. Soy tu compañera Fen. Mi destino está unido al tuyo. Te seguiré adonde vayas.

Fen movió la cabeza.

—El príncipe no puede morir. Por encima de todo, Tatijana, todos los carpatianos tienen que anteponer la vida de Mikhail Dubrinsky. Nuestra especie no sobreviviría a su muerte. En este momento no. Si me ocurre algo, tienes que convencer a Gregori que es a Mikhail a quien pretenden asesinar. Todo lo demás que hagan es secundario, no importa lo que parezca. —Ella negó con la cabeza, pero él percibía que le estaba concediendo que tenía razón—. Desde el principio he visto señales que indicaban que Abel es el jefe *sange rau*, y evidentemente está orquestando todos los detalles de los ataques. El fragmento de la sombra de Bardolf es la que está en riesgo, no la de Abel. A pesar de que no había peligro para Abel, usó al ser que formaba parte de Bardolf.

Fen dio otro beso a la sedosa cabeza de Tatijana, y después miró hacia el sol. Justo estaba comenzando a aparecer.

—Tal vez nos puedas tapar con algunas nubes. Hazlo lentamente para que parezca completamente natural —le sugirió.

Tatijana tragó con fuerza pero asintió.

—Por supuesto.

—La clave en esto es Abel. Tengo que recordar todo lo que pueda de él. Sus amigos y aliados. Creo que es primo en primer o segundo grado del príncipe. —Fen reflexionaba en voz alta—. Abel siempre pareció ser un hombre decente. Fue una sorpresa saber que se había convertido en vampiro.

—¿Qué vas a hacer? —preguntó ella.

Esta vez no le iba a ocultar nada. En cualquier caso tenía que saberlo, pues al fin y al cabo, ella era su única posibilidad de tener éxito.

—Hay una razón por la que les separamos la cabeza de los hombros, Tatijana —dijo—. La estaca de plata con la que les atravesamos el corazón no es reconocida de inmediato por parte del cuerpo del hombre lobo, y su cerebro continúa funcionando. Ahí es donde está toda la información que el lobo ha adquirido a lo largo de su vida, o también de otras. También guarda el odio y la sed de sangre que sienten los hombres lobo concentrados en las cantidades letales. Lo suficiente como para matar a quien les ha hecho daño y se ha atrevido a adquirir sus conocimientos.

—¿Estás loco? No. No lo hagas. Ni siquiera tenemos la seguridad de que Mikhail esté en peligro.

—Sabemos que hay dos *sange rau* cerca y que todo el mundo, humanos, licántropos y carpatianos están en peligro por igual. Hay que hacer algo.

Ella respiró hondo al percibir en su voz su absoluta determinación.

—Muy bien. Dime qué tengo que hacer.

—Esa es mi dama. Solo puedo hacer esto, Tatijana, porque te tengo a mi lado —dijo mirando al cielo.

Las nubes que Tatijana le había prometido se estaban deslizando lentamente empujadas por un viento suave. Tenía una habilidad increíble que desarrollaba con un leve toque. Fen dudaba de que siquiera un licántropo de élite pudiera detectar que las nubes no eran naturales. Estaba muy contento de tenerla, e iba a guardar como un tesoro el recuerdo de su espalda recta, sus hombros aún más firmes y sus ojos claros.

—Tatijana, no te podrás manifestar ni a través de palabras ni en persona. No puedes tener emociones. Te tentarán una y otra vez para que salgas, pero no puedes hacerlo. Si lo haces, todo estará perdido. Pero —le tomó las dos manos— eres una Dragonseeker, y no existe nadie más grande y con más sentido del honor. En el momento en que te llame, ven a buscarme y sácame de donde esté con todas tus fuerzas. ¿Lo comprendes?

Ella se dio la vuelta para quedar completamente frente a él, y le agarró los antebrazos como haría un guerrero. Lo miró fijamente con sus ojos verdes.

—No te perderé, compañero. Iré a buscarte.

Fen la creyó.

Capítulo 10

Fen había aprendido a muy temprana edad lo rápido que comenzaban y terminaban los combates. La lucha que se había desencadenado en la granja, por más feroz que fuera, no podía durar mucho más. No tenía demasiado tiempo para conseguir la información que necesitaba. Se lanzó hacia el cielo, se propulsó por el aire a la enorme velocidad de los *sange rau* y dejó atrás a Tatijana. No podía permitirse que el capitán Abel la viera y la identificara, y menos con lo que pretendía hacer.

El lobo asesino se estaba paseando por el borde de la roca con la mirada fija en la escena que transcurría más abajo. No estaba contento con la pérdida de vidas que estaba sufriendo su manada. A diferencia de los vampiros, los hombres lobo conservaban ciertas emociones hacia su manada. Desgraciadamente su sed de sangre superaba todos los comportamientos civilizados aprendidos a lo largo de cientos de años.

Fen lo reconoció. Había sido un miembro joven de la manada de Bardolf. Y ya era inteligente cuando era un lobezno. De cachorro lo habían llamado Marrock. Y tenía buenas razones para creer que era un gran estratega dirigiendo batallas.

Pero bloqueó todo lo bueno que sabía del hombre lobo. Marrock hacía tiempo que había sucumbido a la necesidad de matar para obtener sangre fresca por creerse superior a todas las demás especies, y priorizar por satisfacer sus propios deseos. En esencia era un licántropo vampiro… un asesino.

Entonces salió de las nubes a una velocidad vertiginosa y lo alcanzó antes de que el lobo se diera cuenta de que lo estaban atacando. Su cuerpo lo reconoció antes que el cerebro. Se le estrecharon los ojos y se le llenaron de sangre. Cuando su hocico comenzó a tomar forma, se le alargaron los dientes en un desesperado intento por salvar la vida. Pero Fen le clavó la estaca de plata profundamente en el corazón e hizo que el lobo cayera al suelo donde pudo ver el odio y la sed de venganza que se concentraban en esos ojos rojos y vidriosos.

Fen ahora podía sentir arrepentimiento gracias a su compañera, y una vez más tuvo que reconocer que era más fácil ajusticiar a los asesinos que conocía previamente si no tenía emociones. Movió la cabeza para dejar a un lado todas las emociones y hacer bien su trabajo. No podía dudar, ni sentir miedo. Tenía que ser rotundo para llevar a cabo su indagación. Tenerlo todo bajo control. Era un *sange rau*, mezcla de carpatiano y de licántropo, y había pocos seres más fuertes que él… o que su voluntad.

Entonces hizo que su mente entrara en la del lobo moribundo. Odio. Rabia. Sed de sangre. Durante un momento todas esas emociones amenazaron con destruirlo, igual que habían acabado con la mente de Marrock. Todo su mundo se volvió rojo, y las intensas y amargas emociones del hombre lobo entraron en su propia mente infectándola. Era como si el lobo tuviera una enfermedad que se pudiese transmitir de un cerebro a otro. Abundaban los sentimientos de superioridad. Creía que era más inteligente. Y que podía pensar más rápido que los demás, evaluar situaciones y resolverlas antes de que cualquier otro supiera qué hacer. Físicamente era más rápido y fuerte, y su cuerpo rejuvenecía más deprisa.

Fen aguantó y expulsó lo peor de esas intensas emociones sabiendo que Marrock estaba intentando tenderle una trampa. Lo peor era el peligro de ser infectado con la sed de sangre, pues era lo que lo incitaba más intensamente. Deseaba beber sangre. Era adicto a ello. ¿Por qué no iba a tener el derecho de consumir aquello para lo cual estaba diseñado? Había nacido para ser un depredador. No se podía domar lo que era, o quien era.

Eso era cierto. Todos los carpatianos varones que conocía eran depredadores. Y todos los licántropos. Y él era una combinación de ambos. Era un impulso que siempre había tenido. ¿Por qué tenía que fingir que era otra persona? Podía tomar lo que deseara, o necesitara, y nadie sería capaz de detenerlo. Todos sus líderes se habían convertido en víctimas, temían ser quienes eran, e incluso se avergonzaban de serlo.

Comenzó a oír los susurros de una voz que le prometía riquezas y vivir de acuerdo con su naturaleza. Podría tener todo lo que quisiera, dinero, poder, mujeres y mucha sangre, tanta y tan fresca como deseara.

Fen se agarró al lugar donde estaba la memoria en la mente de Marrock, y con un golpe fuerte y rápido abrió la puerta de manera que un torrente de recuerdos arremetió contra él. La entrada de Marrock en la manada de lobos renegados. La primera sensación que tuvo al asesinar, tan inolvidable e irrepetible, por más veces que volviera a matar. Su ascenso a capitán.

Tuvo que aplacar el gran miedo que sintió cuando vio lo enorme que era la manada. No podía saber exactamente cuántos eran porque los hombres lobo estaban divididos en pequeños grupos, pero todos obedecían a Bardolf y a Abel. Realmente pocos se reunían con ellos, pero todos les habían jurado lealtad.

Tuvo que pasar por encima de los antiguos recuerdos que Marrock le estaba ofreciendo para formar un muro que escondiera la información que realmente buscaba. Marrock gruñía y luchaba intentando enredarlo en un revoltijo de recuerdos, y estimulando su necesidad de beber sangre fresca cargada de adrenalina. Hacía cualquier cosa por alejar a Fen de sus recuerdos más recientes.

Entonces lo presionó con mayor intensidad y fuerza, con cuidado de no descubrir sus planes, y dejando pasar los recuerdos que no le eran de ayuda. Marrock todavía podía hacer cosas perjudiciales contra él, y no quería que le pasara nada hasta que no consiguiera la información que necesitaba.

Y por fin consiguió descubrir las órdenes más recientes de Bardolf. Marrock tenía que mantener a los carpatianos ocupados, matar a todos los que pudiera, e infligirles el mayor daño posible para hacer que tuvieran que meterse bajo tierra a curarse. Una segunda fuerza tendría que encontrar a los humanos que estaban ayudando a proteger a los niños y acabar con ellos, y además capturar a todas las carpatianas que los estuvieran cuidando. Las dos fuerzas tenían que atacar simultáncamente para mantener a todo el mundo ocupado, y así permitir a Abel y a Bardolf acercarse sigilosamente al príncipe para asesinarlo.

En el momento en que accedió a ese recuerdo, Fen supo que solo tenía unos segundos antes de que Marrock intentara avisar a Bardolf o a Abel, y lo dejara enterrado en un cenagal de emociones envenenadas para impedir que encontrara la salida de su mente. Su propia mente se llenó de rojo y negro a pesar de estar intentando salir.

—Compañera.

Una palabra. Todo. El milagro.

Ella apareció al instante, su dragona. Sabía exactamente qué hacer sin que se lo dijera. Tatijana entró en su mente, apartó todo a un lado y lo sacó de la de Marrock. Fen enseguida levantó la espada de plata y rebanó la cabeza del renegado haciéndole imposible que pudiera avisar a los *sange rau*.

Fen se permitió un momento de calma para estrecharla entre sus brazos, apretarla con fuerza contra él, y aspirar su dulzura y fortaleza, después de haber estado en contacto con el caos y la sed de sangre de la mente envenenada de Marrock. Era como un soplo de aire fresco.

—Eres una muy buena compañera, dama mía.

Ella le sonrió y le pasó las manos por la espalda.

—Es agradable saber que tienes tanta fe en mí. Eso era horrible. Nunca más lo vuelvas a hacer.

—Tienes que ir al pueblo, Tatijana, y avisa a los demás que están en la granja que los tienen allí retenidos a propósito. Voy a intentar detener a los *sange rau*. Soy el único que tiene posibilidades de hacerlo.

Ella negó con la cabeza.

—A los dos no. No vayas solo, Fen.

—Vamos, Tatijana —dijo suavemente—. Rápido. Los lobos renegados son capaces de diezmar pueblos enteros.

Fen le dio un beso en la comisura de la boca y se elevó en el aire para ir a toda prisa a la casa de Mikhail. Había estado en esa vivienda y sabía que estaba diseñada para proteger al príncipe. Tenía que haber algo más, aparte del completo sistema de defensa en el que Gregori confiaba, y que supuestamente impediría cualquier ataque contra el príncipe. El problema era que estaba pensado para que el ataque procediera de un vampiro, o tal vez incluso de un vampiro maestro. Pero los sistemas de defensa no se habían diseñado para que funcionaran con los *sange rau*.

Tatijana respiró hondo, se apartó de la roca y se lanzó hacia el pueblo a toda velocidad. No quería imaginar lo que los hombres lobo podrían hacer a los humanos que justo estarían despertándose en sus casas.

Gregori, Mikhail está en peligro. Fen ha ido a intentar impedir que lo encuentren los sange rau. *Pero son dos.*

Se produjo un corto silencio. Tatijana sintió un intenso dolor en la cabeza, el de Gregori, que rápidamente desapareció.

Fen no tiene de qué preocuparse. Mikhail está completamente protegido, respondió mostrando absoluta confianza con la voz.

De todos modos el guardián de Mikhail iba a verificar la información, por más arrogante y seguro que sonara. Tatijana sabía que Gregori lucharía hasta su último aliento para proteger a Mikhail.

Los sange rau han enviado a otro grupo de lobos a atacar el pueblo, y su objetivo específico son las mujeres y los niños de nuestra especie.

De nuevo se produjo un corto silencio, pero esta vez Gregori evitó que ella sintiera el dolor que le producían sus terribles heridas.

Me preguntaba por qué no habían aparecido los licántropos. Deben de estar defendiendo el pueblo.

Por supuesto. Ella ya había estado en la mente de Zev. Era el mismo tipo de hombre que Gregori. Su seguridad en sí mismo. Sus capacidades. Su completa determinación a la hora de defender a los demás. Sin duda se habría metido de cabeza en la confrontación para defender tanto a los humanos como a los carpatianos.

Cuando se estaba acercando a los alrededores del pueblo casi de inmediato sintió un gran alboroto. El olor a sangre era abrumador. Rápidamente se volvió a transformar en dragona para volar lo suficientemente alto y evitar que ningún lobo saltara sobre ella mientras rodeaba el escenario de la batalla.

Divisó a Zev en medio de lo que parecían ser unos veinte hombres lobo. Estaba dando vueltas en círculo con su espada de plata manchada de rojo. Su cabellera voló cuando se abrió camino hacia la única vivienda que parecía estar siendo sitiada. Su largo abrigo ondeaba cada vez que se daba la vuelta, su espada no paraba nunca y sus botas pisaban el suelo de manera perfecta y fluida, como si estuviera bailando en vez de estar en peligro de muerte. Era como si al moverse fluyera consiguiendo transmitir seguridad con todo el cuerpo. Parecía casi guapo bajo la luz de las primeras horas de la mañana. De no haber sido por la sangre que saltaba por el aire, Tatijana hubiera pensado que estaba contemplando un ballet.

Por la parte de atrás de la casa había otras cuatro personas luchando con espadas y estacas de plata, y alguien más, que esperaba en el tejado. Era una mujer, y su estado de forma era tan bueno como los de sus contrapartes masculinos. Un sexto licántropo se encontraba en un rincón del patio y estaba siendo atacado por dos lobos. De pronto vio que dos mujeres carpatianas estaban luchando para abrirse camino hasta él.

Usa las estacas de plata, aconsejó Tatijana a la mujer que tenía una gruesa cabellera oscura y acababa de dar un enorme puñetazo en la cara de un hombre lobo, que lo lanzó hacia atrás y lo alejó de ella.

Tatijana se quedó sorprendida con ella. Evidentemente era carpatiana, y su actitud corporal reflejaba que estaba acostumbrada a luchar contra vampiros. Las mujeres, a diferencia de ella, raramente luchaban contra no muertos. Tatijana quiso conocerla de inmediato.

Las nubes de pronto se volvieron negras y un rayo zigzagueó por encima de la casa. Destiny Von Shrieder miró hacia arriba para asegurarse de que la dragona azul estuviese fuera de su alcance.

Cazadora de dragones, estoy a punto de hacer que caiga un rayo.

Tatijana voló en círculo para alejarse y dar espacio a la mujer morena. Desde su punto de vista privilegiado podía ver la feroz lucha que se estaba librando en la parte delantera de la casa, donde Zev se estaba defendiendo solo. De pronto salieron de la casa dos hombres. Los reconoció enseguida. Eran Gary Jansen y Jubal Sanders, que sin dudarlo corrieron hacia el grupo de hombres lobo que estaban atacando a Zev. Gary lanzaba con mucha rapidez y muy certeramente flechas de plata con un arco, y Jubal usaba una extraña arma que nunca antes había visto.

Los dos humanos eran rápidos y seguros, y evidente habían estado antes en otras luchas. Los hombres lobo los superaban en número, y eran extraordinariamente rápidos esquivando la espada reluciente que blandía Zev. Usaban la propia casa como trampolín para saltar sobre sus espaldas e intentar derribarlos. Zev parecía estar dirigiendo a los dos hombres, pero como se movían continuamente, ella no podía ayudarlos. No podía lanzar un chorro de fuego a los hombres lobo sin hacer daño a los defensores.

Los lobos renegados eran tremendamente agresivos. Uno había encendido una antorcha y la agitaba hacia la casa. Zev lo abatió enseguida, pero otros dos lobos que habían estado esperando su momento para saltar desde el tejado, aterrizaron directamente sobre sus hombros, y gracias a su enorme peso hicieron que se cayera al suelo. Inmediatamente los lobos rodearon al licántropo herido decididos a matarlo lo antes posible.

Gary hirió a uno de los lobos en la cabeza con la punta de una flecha de plata, y después tuvo que abatir a otro con el arco para abrirse camino hasta donde estaba Zev.

—Vamos, vamos, avanza —gritó Jubal—. Yo te cubro.

Los lobos habían saltado sobre Zev para clavarle las garras y arrancarle grandes trozos de carne con sus hocicos. Uno, que era muy agresivo, se dispuso a matarlo dándole un gran mordisco en la garganta, mientras los demás parecían estar comiéndoselo vivo. Zev se defendía con las estacas de plata y un cuchillo corto, pero los lobos rápidamente lo inmovilizaron aprovechándose de su superioridad numérica y de su peso.

Uno de los lobos consiguió clavar sus garras en el brazo de Gary cuando iba corriendo y le dejó dos largas heridas sangrantes. Pero Gary no disminuyó el paso ni titubeó. Siguió corriendo a través de la doble fila de lobos decidido a llegar hasta Zev antes de que lo mataran. El lobo que lo había atacado lo atrapó una segunda vez e hizo que se diera media vuelta. Pero él le clavó profundamente una flecha en un muslo y se soltó, saltó sobre un lobo caído y aceleró el paso todo lo que pudo.

Tenía que romper el doble círculo de lobos que rodeaban al cazador de élite, y lo mantenían atrapado entre ellos y la casa.

Jubal soltó un arma muy extraña, hecha de cuchillas giratorias muy cortantes, que salió de su muñeca. Los filos de las cuatro cuchillas habían sido bañados en plata, de manera que cuando hacían un tajo en el brazo de un lobo, rápidamente se le paralizaban las venas y les cambiaba el color de la piel.

Gary disparó otras dos flechas y abatió a dos de los lobos que luchaban frenéticamente encima de Zev.

—¿Te puedes levantar? —gritó Gary.

Zev estaba clavando una estaca de plata en la pierna del lobo que lo tenía paralizado, mientras otro le desgarraba el vientre decidido a abrirle las entrañas. Se intentó alejar del lobo en vez de cubrirse el vientre, y aunque eso significaba sacrificar su cuerpo al dar al lobo la posibilidad de destriparlo, ganaba espacio para blandir la espada, con la que enseguida consiguió rebanarle la cabeza.

Zev soltaba sangre a chorros por su vientre, lo que hizo que los lobos que tenía detrás se pusieran completamente frenéticos al oler que el cazador de élite estaba muy debilitado. El lobo descabezado se desplomó deliberadamente encima de él para intentar mantenerlo tumbado en el suelo, así como para evitar que le clavara una estaca en el corazón.

Pero Gary apartó el cuerpo de encima de Zev, y enseguida le puso un parche sobre las profundas heridas que tenía en el vientre. Evidentemente esta vez los carpatianos estaban mejor preparados para los métodos de lucha de los lobos renegados, así que se acercó al lobo sin cabeza que estaba en el suelo y le lanzó una flecha directamente al corazón usando la enorme fuerza que le generaba la adrenalina.

En el momento en que se agachó para enterrar la flecha profundamente en su corazón, un lobo chocó contra Gary, lo apartó de Zev y lo lanzó por el patio. El círculo de lobos aulló aprobatoriamente y corrieron hacia Gary y Zev para impedirles que se acercasen a la casa. Ahora que los tres hombres estaban separados les podía ser más fácil terminar con sus vidas.

Zev se levantó tambaleándose todavía con la espada en la mano. Enseguida se puso en movimiento y cruzó el patio para ir donde estaba Gary, mientras Jubal continuaba luchando con su extraña arma, así como con un machete de plata.

Cuando Tatijana vio que Gary caía empujado por varios lobos, se lanzó rápidamente desde el cielo con su cuerpo de dragona, que a pesar del peso y la velocidad, volaba delicadamente, y al llegar abajo sopló un chorro de fuego contra las espaldas de los hombres lobo que estaban desgarrando, mordiendo y abriendo el cuerpo de Gary. Zev maldijo mientras intentaba llegar hasta donde estaba Gary, y ella lo alcanzó a escuchar por encima de los aullidos, gruñidos y chillidos de los lobos que se estaban chamuscando.

Los lobos renegados a los que Tatijana había quemado la espalda, se apartaron del hombre caído de un salto y miraron al cielo más enfadados que heridos. Ella intentó elevarse rápidamente de nuevo, consciente de los gigantescos saltos que eran capaces de dar. Uno saltó desde el suelo hasta una valla, y desde allí casi la alcanza.

Entonces vio por el rabillo del ojo que la mujer morena corría muy segura dando grandes zancadas sobre el tejado, y con un salto alcanzó a interceptar al lobo en el aire. Llevaba un cuchillo en una mano y una estaca de plata en la otra. El hombre lobo y la mujer chocaron con fuerza uno contra otro, y ella aprovechó el impulso para clavarle la estaca profundamente en el pecho. El lobo aulló, y antes de caer estiró una mano para alcanzarla, pero ella simplemente se disolvió en el aire.

¿Quién eres?, preguntó Tatijana mientras cruzaba las nubes transformada en dragona. *Muchas gracias, ya en otra ocasión un lobo me desgarró el vientre. No es divertido. Soy Tatijana.*

Claro. Evidentemente sabía quiénes eran Tatijana y Branislava. *Soy Destiny, la compañera de Nicolae Von Shrieder.*

Tatijana había conocido a Vikirnoff Von Shrieder y a su compañera, Natalya, que era pariente suya. Era hermana de Razvan, y por lo tanto también era una Dragonseeker. Suponía que Vikirnoff y Nicolae debían de ser hermanos. Y probablemente siempre se debían encontrar cerca el uno del otro. Tatijana agradeció ver a una mujer como Destiny participando agresivamente en la batalla. Ella no era una mujer para quedarse quieta, dejando que los demás lucharan cuando había que hacerlo. No conocía demasiado bien las políticas del pueblo carpatiano, pero a lo largo de los últimos dos años le había sido imposible no familiarizarse con algunos de los que les traían sangre a ella y a Branislava.

¿Me puedes decir si Gary está muy mal?

Desde su privilegiado punto de observación, y además con su visión de dragona, normalmente hubiera podido ver mucho más que cualquier humano o carpatiano, pero había tantos lobos luchando alrededor de él que le era imposible verlo con claridad.

Estoy intentando llegar hasta él ahora, le confirmó Destiny. *Todo ha ido muy rápido. Si los licántropos no se hubieran unido a nosotros, tendríamos un serio problema. Solo tenemos a un par de hombres para ayudarnos a defender a los niños. Nos acaban de atacar hace unos minutos, y las bajas ya son considerables. Si no hubiera sido por los licántropos, especialmente el que se llama Zev, ya tendríamos unas cuantas pérdidas.*

Atacaron la granja al mismo tiempo con el objetivo de acabar con Gregori, le informó Tatijana.

La dragona dio otra vuelta en círculo por encima de la zona de combate. La lucha era muy enconada en la parte de delante, donde solo Destiny, Zev, Gary y Jubal intentaban derrotar a un buen número de lobos. En la parte de atrás había seis licántropos combatiendo contra un enorme pelotón de lobos asesinos.

¿Está el hijo de Mikhail en la casa? ¿Y las hijas de Gregori?

Tatijana estaba preocupada de que los lobos, por su superioridad numérica, pudieran acabar las escasas defensas con las que contaban.

No. Están los hijos de Sara. Ella está descansando en cama, y Gabrielle está con ella. Gabrielle y Shea permanecen en la casa para ser la última línea de defensa de los niños.

¿Y Vikirnoff y Natalya?

Debían estar cerca aunque todavía no habían entrado en combate. Tatijana no se podía imaginar que ninguno de los dos por su propia voluntad dejara de participar en la batalla.

Destiny se agachó para esquivar a una de las bestias, se deslizó alrededor de otra, y llegó hasta donde estaba Gary. Enseguida tuvo que clavar una estaca en la espalda del lobo que estaba intentando destriparlo. Después se agachó y le pasó una mano por la espalda. Gary estaba destrozado, tenía el vientre desgarrado y abierto, y le habían arrancado grandes trozos de carne del pecho. Cada vez que los lobos abatían a una víctima, la despedazaban. Gary no hizo ningún esfuerzo por levantarse, pero tuvo que apretarse el vientre abierto con ambas manos. Estaba perdiendo mucha sangre rápidamente y ya estaba muy débil. La sangre hacía que su cuerpo estuviera resbaladizo y fuera casi imposible levantarlo. El parche apenas le tapaba las heridas.

—Vamos —susurró Destiny—. Aquí tenemos demasiados problemas.

Pero enseguida volvieron a estar rodeados por un anillo de lobos que les gruñían. Ella también sangraba por una docena de lugares. Zev estaba casi en tan mala forma como Gary, y Jubal no conseguía atravesar el muro de lobos para llegar hasta ellos.

—Salid de aquí —les instó Gary—. Podréis arreglároslas sin mí.

—Esa no es una opción. —Destiny miró al cielo. *Tatijana, lanza un chorro de fuego a estos canallas. Ya estoy harta de ellos.* Y enseguida habló en voz alta—. ¡Jubal, Zev, poneros a cubierto ahora!

Después, y confiando plenamente en que Tatijana iba a hacer lo que le había pedido, volvió a depositar a Gary en el suelo. Pero antes de que pudiera taparlo, él ya la había protegido a ella, le había puesto las manos en la cabeza y se había tumbado por encima dejándola aplastada contra el suelo.

—Estás loca, ¿lo sabes? —susurró Gary a Destiny al oído riéndose a pesar del dolor que estaba sufriendo.

Sin dudarlo tanto Jubal como Zev también se lanzaron al suelo. Jubal, que aún estaba cerca del porche consiguió rodar para cubrirse parcialmente bajo él. Zev en cambio se tumbó en un lugar donde sabía que varios lobos saltarían sobre él, cosa que hicieron, y cubrieron totalmente su cuerpo.

Cuando la dragona emergió a toda velocidad de las nubes con el cuello estirado, de pronto todo a su alrededor estalló en llamas. Tatijana además creó un vendaval con las alas para avivar el chorro de fuego que salía de sus fauces en dirección al suelo. A los medio lobos y medio humanos enseguida se les chamuscó el pelo, y se tuvieron que tirar rodando al suelo para apagar las llamas.

La temperatura del patio delantero pasó en un instante del frío normal a un calor abrasador. El rugido de las llamas retumbaba en sus oídos. El viento que provocaba el movimiento de las alas de la dragona elevaba aún más la alta temperatura del fuego que saltaba de un lobo renegado a otro. Tatijana continuó planeando sobre sus cabezas durante un rato después de dejar de lanzar fuego. Sus enormes alas provocaban mucho ruido. Finalmente soltó un trompetazo, y volvió a elevarse en el aire.

—Ahora, ahora —susurró Destiny—. Es nuestra oportunidad.

Zev se puso de pie, e ignorando las llamas y el daño que podía hacerse a sí mismo, comenzó a clavar estacas de plata a los lobos caídos. Jubal salió rodando del porche, siguió su ejemplo, y también clavó todas las estacas que pudo.

—Usa la espada —le gritó Zev lanzándosela—. A todos a los que se les haya clavado una estaca hay que rebanarles la cabeza.

Jubal atrapó fácilmente la espada con una mano, y la blandió hacia la cabeza del lobo que estaba cargando contra él y que había quedado relativamente ileso.

Gary tuvo que hacer un gran esfuerzo para salir rodando de encima de Destiny. Después se quedó de rodillas mientras se sujetaba con ambas manos y mucho cuidado el vientre desgarrado. A los lobos asesinos les encantaba su método de lucha favorito: incapacitar al oponente destripándolo. Solo se tardaba unos segundos. Gary había salvado a Zev, pero no había conseguido escapar de la manada y su implacable, e incansable, sed de sangre y muerte.

Destiny creía que ninguno de ellos había escapado a esa táctica. Todos los carpatianos y los licántropos estaban malheridos. Una vez más pasó un brazo alrededor de Gary, que hizo un valiente esfuerzo para ponerse de pie. Estaba completamente pálido y le chorreaba sangre oscura del vientre. Ella conocía esas señales, y no indicaban nada bueno. Gary evidentemente también lo sabía pero no decía nada, simplemente respiró hondo para intentar atravesar el patio quemado y entrar en la casa.

Gregori. Tenemos un gran problema. Destiny llamó a su curandero a través del canal telepático común. *Gary no sobrevivirá ni una hora más si no vienes. Nadie más sería capaz de salvarlo, ni siquiera Shea.*

No le dijo que dudaba que incluso él pudiera hacerlo, pero había entrado en su mente, y Gregori ya lo sabría.

Zev se movía a una velocidad tan sorprendente, y era tan eficiente y hábil matando lobos, que Tatijana no pudo evitar observarlo desde el cielo. A medida que avanzaba por el patio para llegar hasta Destiny y Gary, fue abatiendo a numerosos lobos. Zev y Jubal también eran un peligro para los lobos que rodaban para apagarse el fuego. Jubal no esperó para clavarles las estacas… les fue rebanando los cuerpos enterrándoselas al pasar.

Tatijana transformada en dragona había conseguido invertir la tendencia de la lucha que se había desarrollado en el patio delantero, por lo que volvió a sobrevolar el de atrás para ver los furiosos combates que se desarrollaban en ese lugar. Había varias personas muy malheridas. Observó que el patio de atrás había sido atacado por un grupo más grande lobos, probablemente porque estaba más cubierto. Podían usar como trampolines los árboles, los arbustos e incluso la valla.

Zev, Gary y Jubal se habían ocupado de la manada que había atacado por delante, y la mayoría de los licántropos cazadores de élite estaban defendiendo la parte de atrás. Destiny claramente se mantenía entre las dos partes, y entregaba talento en ambas, dependiendo de quién la necesitara más.

Tatijana estudió la escena que tenía por debajo intentando descubrir cómo poder ayudar a los licántropos. Había una mujer carpatiana bastante pequeña, pero muy poderosa, que tenía todo el cuerpo manchado de sangre y se entremezclaba con los lobos. Parte de esa sangre pertenecía a sus enemigos, pero evidentemente la habían mordido varias veces y le habían abierto grandes heridas con las garras.

Ella no se podía comunicar con los licántropos, pero sí podía hacerlo con la mujer carpatiana. Era Joie Trigovise, la compañera de Traian, y hermana de Jubal. Tatijana y Branislava habían recibido varias veces sangre de Joie cuando estaban curando sus mentes y sus cuerpos bajo el fértil subsuelo de los Montes Cárpatos.

Joie tenía una brillante cabellera color castaño oscuro. Sus facciones eran notablemente hermosas, pero le costaba mantenerla a la vista, pues a veces se integraba por completo con el entorno.

Si hay alguna manera de proteger a los licántropos puedo lanzar un chorro de llamas contra los hombres lobo, le ofreció Tatijana. *Así hemos acabado con la horda que atacaba la parte de delante.*

Joie no respondió enseguida. Rodó por debajo de un lobo, le hizo un tajo en la parte de atrás de las rodillas, y llegó a la zona trasera del porche, donde parecía que unos seis o siete hombres lobo estaban intentando abatir la puerta de atrás.

Tatijana oyó entonces el llanto de un niño, lo que era un sonido aterrador en esos momentos, y cómo después comenzaba a llorar otro un poco mayor. La inclinación del tejado del porche de atrás le impedía ver exactamente qué estaba ocurriendo, y lo cerca que estaban los lobos de entrar en la casa. Pero el llanto de los niños le aceleró el corazón y la incitó a actuar.

En ese momento la licántropa saltó la barandilla de madera de la casa.

—Por aquí —dijo señalando el rincón del porche donde otros tres lobos renegados estaban intentando acceder a la casa.

Se llama Daciana. Es una luchadora más, informó Joie a Tatijana mientras doblaba la esquina para acercarse a ella e interceptar a los tres lobos que intentaban entrar en la casa junto al resto de la manada.

¿Ya han entrado en la casa?

Si era así ya era hora de dejar su cuerpo de dragona y entrar en la lucha que estaban librando Joie, Daciana y los demás licántropos. No podían permitir que la manada de hombres lobo accediera a la casa y se apoderara de los niños.

Tatijana sabía que Shea, la compañera de Jacques, estaba dentro de la casa. Era doctora y curandera, no una guerrera, pero iba a defender a los niños igual. La hermana de Joie, Gabrielle, también estaba en la casa. Ella era investigadora y no participaba en las batallas, pero estaba dispuesta a luchar ferozmente para proteger a los pequeños. Sara, la compañera de Falcon, también debía estar en la casa. Habían adoptado varios niños, y ella ahora estaba embarazada. Había fracasado con su primer embarazo, y estaba descansando en cama, pero sin duda, a pesar de todo, iba a luchar junto a los demás.

Mantente en el cielo, dijo Joie que evidentemente había percibido sus preocupaciones.

—Daciana, tenemos a una dragona de nuestro lado. Si podemos llevar a esos lobos a una zona despejada mientras protegemos a nuestra gente, Tatijana les lanzará un chorro de fuego.

Daciana miró hacia arriba para ver a la dragona que volaba en círculos sobre ellos. Justo en ese momento un hombre lobo saltó sobre la barandilla del porche, y desde ahí hasta el tejado para lanzarse contra el vientre expuesto de la dragona.

Oh, no, no lo hagas, susurró Tatijana en la mente a la mujer.

Ya le habían desgarrado el vientre una vez, y no iba a dejar que eso volviera a ocurrir. Cuando el lobo saltó con las garras extendidas, ella giró el cuello hacia un lado, y usando su cabeza en forma de cuña como un bate, le dio un fuerte golpe y lo alejó de ella. El lobo aterrizó rodando sobre el dosel del bosque a varios metros de la casa. Se dio un gran golpe, y gruñó furioso agarrándose a las ramas para no caerse.

La amenazó a gritos, levantó un puño y comenzó a bajar rápidamente cuando ella cayó en picado sobre su cabeza. Tatijana sabía que era una acción temeraria, pero incluso dentro del cuerpo de la dragona sentía la subida de adrenalina. El sencillo llanto de un niño, y el sonido de sus gemidos, la habían motivado más que la sangre y las heridas.

Pero el hombre lobo cambió de dirección a una velocidad sorprendente. Ella ni siquiera lo vio, simplemente oyó que varias ramas se rompían bruscamente cuando el lobo volvió a subir por el árbol hasta llegar a la parte más alta, y se lanzó contra ella una segunda vez. Sin embargo, en esta ocasión consiguió enterrar sus garras en el delicado vientre de la dragona, justo cuando Zev apareció en el tejado. Tatijana observó que el licántropo se movía como si no tuviera cientos de heridas profundas, y no le hubieran abierto el vientre. Avanzaba con gran fluidez por el techo inclinado. Tenía los ojos casi resplandecientes, y eran de un color gris metálico tan intenso que podrían haber sido piedras preciosas.

En ningún momento Zev apartó la vista del lobo que la estaba atacando, por lo que no miraba hacia abajo para asegurarse de que el tejado era lo suficientemente sólido por donde pisaba. Su mirada era penetrante, muy intimidante e imperturbable. Siempre la mantenía fija en la presa. De pronto lanzó una reluciente estaca de plata, que giró en espiral disparada hacia su objetivo, iluminada por las primeras luces del amanecer.

Zev continuó corriendo por el tejado después de lanzar la estaca, bajó por el otro lado y saltó al patio trasero. Aterrizó en cuclillas justo en medio de un grupo de hombres lobo con la espada en una mano, mientras con la otra sacaba más estacas de su cinturón.

Su lanzamiento fue tan certero que la estaca se hundió profundamente en el pecho del lobo que había enterrado sus garras en el vientre de la dragona, y le atravesó el corazón. El lobo se puso rígido y cayó de golpe del cielo como si fuera una piedra. Detrás de él también cayeron gotas de sangre que brotaban del vientre desgarrado de Tatijana.

Zev tuvo que abrirse paso a través de una muralla de hombres lobo para llegar hasta dos de sus cazadores que estaban luchando espalda contra espalda por estar rodeados. Ambos tenían muchos cortes, los habían mordido y malherido, pero no titubeaban ni un instante. Él rápidamente se unió a ellos.

—Intentad regresar a la casa —les gritó Daciana.

Daciana y Joie se seguían manteniendo entre los lobos y la puerta de atrás. Cada una había llegado desde un lado diferente, pero estaban presentando un frente unido y una barrera que les impedía entrar en la casa. Destiny salió de golpe por la puerta de atrás y se unió a ellas. Estaba cubierta de sangre.

Joie frunció el ceño.

—¿Estás bien?

—Casi toda la sangre es de Gary. Está muy mal. He llamado a Gregori, pero dudo que llegue a tiempo. —La voz de Destiny sonaba muy lúgubre—. Shea está haciendo lo que puede.

Pero entonces el lobo que tenía justo enfrente saltó sobre ella, chocó contra una ventana y rompió el cristal. De algún lugar del interior de la casa surgió el llanto de un niño. Daciana saltó detrás del lobo, cayó sobre su espalda y lo derribó. El lobo, que era muy fuerte, se levantó rápidamente apoyándose en las garras y en las patas, para intentar hacer que saliera de encima de su cuerpo.

—A la casa —ordenó Zev a sus cazadores.

—Lykaon ha sido abatido —gritó Daciana—. En la esquina que da al norte.

Zev y los dos cazadores que lo acompañaban comenzaron a luchar muy agresivamente para llegar hasta su compañero caído. Los otros dos licántropos también se dirigieron a esa esquina, donde Lykaon yacía en el suelo más muerto que vivo.

Tatijana había alcanzado a ver la sangre que había saltado por el aire, y a los tres lobos que le habían desgarrado el cuerpo. Pero había tenido que volver a volar en círculos completamente frustrada. Si los licántropos se metían en el porche, sabía que podía lanzar un chorro de llamas que dejaría fuera de combate a los lobos que quedaban. Pero la manada de renegados estaba luchando muy intensamente, e impedía que los cazadores se acercaran a su camarada herido.

Tatijana ya no soportaba más. No iba a quedarse en el cielo en un lugar seguro mientras justo delante de sus narices uno de los guerreros licántropos estaba siendo destrozado y devorado vivo. Voló muy rápido plegando las alas junto al cuerpo, y se lanzó hacia el patio. Había árboles cerca por lo que se vio obligada a transformarse en pequeñas moléculas para llegar a toda prisa junto al licántropo caído.

Justo antes de aterrizar volvió a transformarse y la dragona lanzó un gran chorro de llamas incandescentes para acabar con los lobos, y después siguió planeando sobre Lykaon. Los lobos que lo habían atacado se chamuscaron, y el aire se llenó de olor a carne y pelo quemados.

Tatijana era tremendamente vulnerable en el suelo, pero en el momento en que los lobos se alejaron del cuerpo, levantó al guerrero caído con sus garras delanteras y se elevó en el aire. Una docena de lobos asesinos saltó hacia ella. La mayoría chocó contra sus escamas y cayó al suelo, pero uno se le subió a la espalda e intentó clavarle los dientes en el cuello, pero sus púas y escamas impidieron que le hiciera daño.

Sin embargo, tuvo que hacer un gran esfuerzo para conseguir volar con el licántropo herido que llevaba sujeto con sus garras, y el lobo renegado en la espalda. Otros dos lobos aprovecharon para intentar engancharse a su cola, pero dio un fuerte coletazo y rápidamente cayeron al suelo. Nuevamente Zev tuvo que ayudarla. Lanzó un cuchillo, e igual que la estaca, llegó a su destino con absoluta precisión. El lobo que se aferraba a su espalda gruñó y cayó de golpe, permitiendo que la dragona se elevara con mayor facilidad. Tatijana volvió a volar en círculo a la espera de actuar, mientras los licántropos luchaban para abrirse paso y meterse en el porche.

Con tantos defensores los pocos lobos que habían intentado entrar en la casa abandonaron los espacios pequeños y salieron al patio. Tatijana atrajo a Lykaon más cerca de su cuerpo, y una vez más descendió a lanzar un chorro de llamas a la manada de lobos. En el patio delantero los lobos quemados se habían rendido, y seguían rodando para intentar apagarse las llamas, pero ya habían salido los cazadores que iban a esforzarse al máximo para acabar con todos los renegados posibles.

Tatijana aterrizó en el patio delantero, y agradeció que Daciana y Destiny corrieran a recibir al licántropo herido. Estaba débil, agotada y sangrando. Cuando se transformó en humana casi no la sostenían las rodillas.

Destiny se volvió y la miró, mientras ella y Daciana llevaban a Lykaon a la casa.

—¿Estás bien? ¿Te puedes valer por ti misma?

Tatijana asintió. Los hombres lobo habían huido, pero la situación seguía sin ser segura. Casi todos los defensores estaban heridos, y la mayoría seriamente. También sabía que muchos miembros de la manada de lobos renegados se habían quedado merodeando para intentar cometer todos los asesinatos posibles. Obligó a sus piernas temblorosas a funcionar, y se dirigió al porche justo cuando aparecieron Gregori y Jacques sorprendiéndola. Jacques inmediatamente le extendió un brazo para que se estabilizara.

Ambos hombres también tenían el aspecto de haber estado en una zona de combate. Estaban cubiertos de heridas y sangre, especialmente Gregori. Tatijana no entendía cómo el carpatiano podía mantenerse de pie. Tenía que estar sufriendo un gran dolor, pero en su cara solo se dibujaba una gran determinación.

Gregori corrió a abrir la puerta de la casa.

—¿Dónde está?

Los heridos permanecían tumbados, sentados o de pie a la espera de que Shea los pudiera atender. Joie, Destiny y Daciana ya habían comenzado a ayudarla a hacerlo. Shea levantó la vista en el momento en que entraron. Jacques ayudó a Tatijana a que se sentara en una silla, e inmediatamente fue junto a su compañera.

—¿Estás bien? —preguntó Zev.

Tatijana asintió.

—He perdido un poco de sangre, pero no estoy tan mal como vosotros.

—Han estado a punto de machacarnos —dijo Zev con un suspiro—. Esta manada es muy grande. Demasiado grande. No tiene sentido. —Miró alrededor de la habitación—. ¿Dónde está Fen?

Tatijana soltó el aliento lentamente.

—Nos atacaron en tres puntos diferentes. Al principio pensamos que solo era la granja, pero descubrimos que la manada estaba dividida en tres partes, y separamos nuestras fuerzas. Fen tiene bastante experiencia en luchar contra ellos, por lo que decidió ir al tercer foco de sus ataques.

Zev asintió.

—Tiene sentido. —Miró a los heridos—. ¿Dónde está Gary? Me salvó la vida y quiero agradecérselo.

Se produjo un corto silencio muy elocuente. Shea miró a Gregori y sacudió la cabeza.

—He hecho lo que he podido. Está aguantando para verte.

Gregori se dirigió a grandes pasos a la habitación que Shea le señaló. Olía a muerte y a sangre. Gabrielle, la hermana de Joie, estaba sentada junto a Gary y le sujetaba una mano. Tenía el rostro cubierto de lágrimas. Gary estaba gris, y sus facciones reflejaban el dolor que sentía.

Sus ojos se encontraron con los de Gregori.

—Tienes un aspecto terrorífico —dijo Gregori como saludo.

Gary intentó sonreír aunque casi no pudo.

—Tú estás igual —dijo con un hilo de voz.

Gregori miró a Gary desde arriba con sus ojos plateados, casi líquidos.

—Has aceptado nuestra forma de vida, hermano. Eres un jaguar, lo que significa que puedes ser uno de nosotros.

Gary negó con la cabeza.

Gabrielle respiró de manera entrecortada.

—No lo comprendo. ¿Por qué lo dudas siquiera? Gregori te puede salvar de esa manera.

Gregori la apartó cariñosamente del hombre herido y puso delicadamente su mano sobre Gary.

—Sabe que perdería la perspectiva humana una vez que se convierta en carpatiano, y hasta ahora ese punto de vista también nos ha sido muy útil. —Se arrodilló junto a Gary y se inclinó hacia él—. Haré lo que pueda y te daré mi sangre, pero tienes que saber que eres como un hermano. Y yo no pierdo fácilmente a mis parientes. Si veo que esto no funciona, protestes o no, te voy a convertir. ¿Lo comprendes?

Gary consiguió asentir con la cabeza. Cerró los ojos y se entregó a la inconsciencia. Gregori se hundió en el suelo que había junto a él, y rápidamente se despojó de su cuerpo para comenzar a curar a ese hombre, al que sentía más hermano que los que eran de su sangre.

Capítulo 11

Desde su punto de observación privilegiado por encima de la casa de Dubrinsky, Fen podía analizar detenidamente cada detalle. Había algo en la montaña que le hacía sentir incómodo, pero no sabía decir si era porque había defensas reales, salvaguardas, o porque los *sange rau* ya se habían adelantado bastante. Decidió que tenía que agudizar sus sentidos y superar las barreras que siempre se había impuesto a sí mismo.

Ser un *sange rau* podía ser peligroso, y mucho más si se empleaban a menudo sus increíbles talentos. La arrogancia y el sentimiento de superioridad eran traicioneros, eran cualidades insidiosas que amenazaban el propio entramado moral de las creencias personales. Sin Tatijana proporcionándole sensatez, Fen sabía que las cosas que había hecho y pretendía hacer ese día eran enormemente arriesgadas.

Los carpatianos habían nacido de la tierra. La mayoría de sus salvaguardas se hacían entrelazando elementos naturales, y se reforzaban con hechizos que habían aprendido de los magos, cuando ambas especies todavía se mantenían próximas. Siempre había huellas físicas. Nadie se podía mover, o respirar, sin emplear energía, y los carpatianos estaban muy dotados para sentir, o ver, ese tipo de cosas.

Los licántropos también habían nacido de la tierra. Ambas especies representaban los dos extremos del espectro. Eran depredadoras, rápidas y feroces. Disfrutaban en las batallas, y a ambas les gustaba la sangre. Por otro lado eran leales y dedicadas con sus parejas e hijos. Y, para ambas, el honor y la integridad estaban en lo más alto de su lista de atributos, y personalmente estaban dispuestos a sacrificarse por el bien de sus semejantes.

Ambas especies eran nocturnas, leían el viento y estaban dotadas de enormes poderes. Pero siempre se mantenía un equilibrio. Por más talentos que tuvieran, tanto los carpatianos como los licántropos tenían sus debilidades. Pero los *sange rau* no mantenían ese equilibrio, y eso podía ser algo muy malo.

Fen continuó examinando la montaña que había detrás de la casa de Dubrinsky, así como el claro y el bosque que la rodeaba. Se tomó su tiempo, y como siempre tuvo que tener mucha paciencia. A menudo en los combates el primero en moverse era el primero en morir. Y él se tenía que enfrentar no a uno, sino a dos, *sange rau*. Muchas veces las pequeñas cosas proporcionaban una ventaja. Además, gracias a su experiencia, sabía que la naturaleza le hablaba si sabía escucharla.

Su conexión con la Madre Naturaleza era más fuerte que nunca, y cada pequeño cambio en el viento le proporcionaba informaciones que tal vez no habría descubierto. Pequeños matices que le podían contar historias. Había unas ondas que corrían por el suelo en dirección a la casa de Mikhail Dubrinsky. Las podía ver como si fueran el flujo y reflujo de las mareas en el mar.

Alrededor de la misma casa, por encima y por debajo de los muros de piedra, e incluso dentro de la montaña, donde se había construido su estructura, cientos de símbolos y patrones mágicos corrían como si estuvieran en un bucle infinito. Se parecían ligeramente a un código de ordenador que cambiaba rápidamente. Para un vampiro, o un carpatiano, e incluso para un licántropo, era imposible leer a esa velocidad. Pero él no era nada de eso, y tampoco lo era el enemigo al que estaba dando caza. Los *sange rau* sí que tenían la capacidad de procesar a esa velocidad.

En el terreno que rodeaba la casa divisó una serie de alteraciones en el suelo que se esparcían por todas partes. No estaba seguro si lo veía porque tenía la sangre mestiza y se habían intensificado sus sentidos, o si esa información se la proporcionaba la conexión que tenía con la Madre Tierra. De todos modos si él podía ver las trampas, tenía que pensar que su enemigo también lo haría.

Otro pequeño cambio en el viento le trajo un olor que reconoció de inmediato.

Dimitri. ¿Estás loco? No puedes venir aquí. Tienes que permanecer bajo tierra curándote.

Los hermanos menores eran el mismo demonio. Dimitri siempre había hecho lo que había querido, incluso de niño. Era testarudo y tomaba sus propias decisiones. Como no solía discutir, no hablaba de sus terquedades, sino que simplemente hacía lo que consideraba correcto.

¿Realmente pensabas que te iba a dejar venir solo a enfrentarte a esas máquinas de matar?, le preguntó Dimitri tomando la ofensiva, que era otro rasgo que Fen recordaba de su hermano desde que era un niño.

Dimitri se materializó en el cielo justo a su lado. Tenía la piel pálida, casi traslúcida, pero se mostraba duro e implacable como siempre. Cuando Dimitri decidía hacer algo, era un milagro que cambiara de opinión.

—Nunca has sido sensato —respondió Fen aunque en secreto estaba orgulloso de él. Su hermano era el tipo de guerrero que siempre iba a encontrar una manera, por más malherido que estuviera, de acudir en su ayuda, especialmente cuando la lucha parecía estar perdida—. Sabes que tendremos mucha suerte si salimos vivos de esta.

—¿Cuándo ha sido de otra manera? —preguntó Dimitri.

—Van por el príncipe —señaló Fen—. Este lugar es una trampa mortal para los vampiros, pero no va a detener a ninguno de los *sange rau*. Si yo puedo ver las trampas y salvaguardas, ellos también lo harán.

Dimitri estudió el terreno que tenía debajo.

—¿Cuánta de tu sangre corre por mis venas?

Fen frunció el ceño.

—¿Por qué? ¿Tú también puedes ver las trampas?

—No exactamente. Sé que hay algo. Y siento que la montaña está extraña. Diferente. La veo como si fuera un centinela vivo que respira.

Fen se apretó los ojos con los dedos.

—No confiaba en que nadie más te pudiera curar adecuadamente. Tuve que haber hecho que Tatijana te diera sangre suya. La mía está… manchada. A lo largo de los siglos hemos intercambiado sangre tantas veces…

—Tu sangre es perfectamente buena —dijo Dimitri y encogió sus anchos hombros—. Siempre he sabido que acabaría como tú. Licántropo y carpatiano. Se veía venir. Yo también corro con los lobos, y los comprendo. Siempre lo he hecho.

—Los licántropos te condenarán a muerte. Sabes que me tengo que meter bajo tierra todas las lunas llenas para evitar que me detecten. ¿Y qué pasará con tu compañera? —Fen se volvió para mirar a su hermano a los ojos—. Tu mujer es la médium más poderosa con la que me he cruzado nunca. Atravesó un continente para curarte. No conozco a ningún hombre poderoso de los tiempos antiguos que pudiera hacerlo.

Dimitri sonrió por primera vez.

—Es sorprendente.

—Y todavía no la has reclamado.

—Su padre quiere que espere hasta que por lo menos cumpla veinticinco años.

Fen levantó una ceja y se dio la vuelta para estudiar si había señales de que Abel y Bardolf hubieran desentrañado las salvaguardas del bastión de Dubrinsky. No se podía imaginar a su hermano viéndose obligado a seguir las reglas de otra persona.

—¿Y lo respetas?

—Skyler y yo tenemos un acuerdo. Cuando esté preparada me lo hará saber. Si todavía no tiene veinticinco años, bien, con suerte su padre y sus tíos me perdonarán la vida —dijo Dimitri levemente jocoso—. Ella fue adoptada por Francesca y Gabriel Daratrazanoff.

Fen se dio la vuelta completamente sorprendido para observar a su hermano.

—¿Las leyendas? ¿Los famosos Gabriel y Lucian Daratrazanoff? ¿Están vivos? ¿Y Gabriel es su padre?

—Podría ser.

—¿Existe alguna posibilidad de que no la quiera demasiado? —preguntó Fen.

—La adora.

—Evidentemente. —A pesar de la peligrosa situación en la que estaban metidos, Fen se dio cuenta de que se había reído—. No te preocupes por esta pequeña escaramuza que estamos a punto de emprender, pues de todos modos el padre de tu mujer te va despedazar trozo a trozo.

—No te muestres tan encantado —dijo Dimitri dándole un codazo—. Eres mi hermano. Se supone que estás de mi lado.

—Tal vez tu única oportunidad sea transformarte por completo en un *sange rau* —dijo Fen siendo en cierto modo sincero. Hizo un gesto hacia el lado oriental de la montaña por detrás de la casa de Dubrinsky—. ¿Ves eso?

Hay una sombra que se va deslizando entre las grietas. Se mueve muy rápido, pero siempre se mantiene entre las grietas y las fisuras. Es Bardolf. Entonces, ¿dónde está Abel?

—Alguien está saliendo del bosque. Parece que es Gregori que viene a defender a Mikhail —anunció Dimitri—. Por allí, se ha detenido y está mirando a su alrededor. Siempre ha sido muy cuidadoso en lo que se refiere a la protección de Mikhail. No me sorprende que esté aquí.

Fen no respondió. Tenía su atención puesta en Gregori y el campo minado que tenía delante de él. Gregori tenía una figura impresionante que destacaba en cualquier guerra. Era alto, tenía los hombros anchos y el pecho muy musculoso, usaba su larga cabellera negra echada hacia atrás, y poseía unos extraños ojos plateados. Y gracias a su inmaculada vestimenta y su aire decidido, presentaba una imagen aterradora.

¿Dónde estaba Abel? ¿Estaba permitiendo el *sange rau* que el guardián de Mikhail se mantuviera ileso? Mikhail y Gregori tenían una unión muy poderosa. Juntos podían acabar con casi cualquier enemigo, incluso un *sange rau*, si se les daba tiempo para iniciar un estado completamente soberano en plena colaboración. Abel lo sabría, y por eso estaba dispuesto a mover cielo y tierra para detener a Gregori.

Pero Gregori estaba caminando hacia la casa. Realmente no caminaba, flotaba evitando las trampas que había en el suelo. De pronto giró bruscamente para apartarse de la estructura, y se dirigió a la montaña en la que se había construido la parte de atrás de la casa. Allí debía estar Mikhail. Una montaña podía proporcionar muchos lugares seguros y vías de escape. Gregori fue derecho a la entrada, y comenzó el complicado proceso de desenmarañar las salvaguardas para poder entrar.

Fen no pudo evitar fruncir el ceño cuando movió su mirada hacia la figura ensombrecida de Bardolf, a unos pocos metros por encima de Gregori. Debería haber saltado sobre el guardián, pero en cambio seguía bajando metido entre grietas y fisuras.

Algo no va bien, Dimitri, susurró Fen en la mente de su hermano.

La voz de alarma resonaba hasta en su sangre, rugía en sus oídos, e hizo que se le aceleraran los latidos del corazón. Sabía que algo no iba bien.

Aparte de la sombra que ya divisaste, todo está como debería estar.

Había un matiz interrogativo en la voz de Dimitri. Si Fen decía que algo era extraño, tendría que creerle, pues tal vez él no podía verlo.

Es Gregori.

Dimitri entornó los ojos y se centró en el carpatiano.

A mí me parece bien.

Exacto. Y no debería estarlo. Fue atacado en la granja. Horriblemente. Era el objetivo absoluto de la manada. Estaba destrozado. Nadie, ni siquiera Gregori se puede recuperar tan rápido.

Entonces, ¿a quién estoy viendo?

Tiene que ser Abel. Fen agarró con fuerza los antebrazos de su hermano. *Bardolf es rápido. No serás capaz de matarlo, pero hazle el mayor daño posible lo más deprisa que puedas. Usa todo lo que tengas en tu arsenal y mantente fuera de su alcance. No solo es un vampiro, sino que también es un hombre lobo. Conserva tu vida, hermano.*

Dimitri agarró con mucha fuerza a Fen.

Espero verte de una pieza cuando esto termine.

Fen no se podía permitir pensar en su hermano y en lo terriblemente malherido que había estado. Dimitri era un hombre adulto, un viejo guerrero que había participado en innumerables batallas. Era muy valiente, e indudablemente muy habilidoso. Fen había traspasado a su hermano todos los conocimientos que tenía sobre los *sange rau* con la esperanza de que le fueran de ayuda por si tenía que enfrentarse con alguno. A Dimitri ya se le habían agudizado los sentidos, lo que demostraba que Fen le había proporcionado una buena cantidad de sangre mestiza. Ahora tenía que entregarse a su destino.

Tal como hemos practicado. Exactamente como lo hemos ensayado. Sabes hacerlo.

Dimitri asintió.

Tal como hemos practicado.

Fen tenía que confiar en que había preparado bien a su hermano para ese día. Se subió al acantilado y se transformó. Su sangre de carpatiano y de licántropo enmascaró su energía, y se lanzó a toda velocidad por el cielo para caer detrás de Abel, justo en el momento en que las salvaguardas comenzaban a desmoronarse. Abel avanzó cautelosamente por la entrada de la montaña. Pero en cuanto lo hizo apareció un carpatiano a recibir al guardián del príncipe, que venía por el amplio túnel que se internaba profundamente en la montaña.

—Gregori, pensaba que estabas en la casa curando a Gary. Creíamos que te ibas a quedar con él.

Gregori no respondió, pero siguió avanzando rápidamente hacia el carpatiano.

Fen entonces le clavó con todas sus fuerzas una estaca de plata en la espalda para intentar atravesarle el corazón. El carpatiano bajó corriendo por el pasadizo para ayudar a Gregori.

Pero Abel usó la enorme velocidad y la fuerza de los *sange rau* para dar un salto hacia adelante, y liberarse de la mano de Fen. Enseguida se dio la vuelta y atacó. Se deshizo del disfraz de Gregori, y lanzó a Fen un agresivo puñetazo en el pecho. Mientras lo hacía le creció el hocico, y le clavó los dientes en un hombro con todas sus fuerzas, hasta que le desgarró los músculos llegando a los huesos.

Vikirnoff Von Shrieder estaba sorprendido por diversas cosas, pero sobre todo porque el monstruo que estaba atacando no era un vampiro ordinario. Había conseguido atravesar las intrincadas salvaguardas como si ni siquiera hubieran existido. Tenía el mismo aspecto y el mismo olor que Gregori. Los carpatianos tenían un sentido del olfato tan agudo que podían reconocerse por el olor de su sangre, y Vikirnoff hubiera jurado que había estado hablando con Gregori.

Nunca había visto que nada se moviera tan rápido como los dos hombres que luchaban en el pasadizo. Le parecía como si estuviera observando una escena de lucha en la televisión, y que hubieran acelerado la imagen. Los pies y las manos se movían continuamente mientras los dos combatientes se lanzaban contra las rocas y se golpeaban contra el alto techo sin ceder ni un centímetro. No podía ayudar. No había manera de usar un arma por lo rápido que se movían.

Mikhail, ¿estás viendo esto?

Vikirnoff nunca había tenido miedo a luchar, ni siquiera si se tenía que enfrentar a un vampiro maestro. Siempre había pensado que tenían las mismas posibilidades. Era un luchador bien preparado, y llevaba siglos combatiendo, pero nunca en su vida había visto a dos contrincantes como esos.

Creo que estás viendo al verdadero sange rau *del que nos habló Fen.* Mikhail estudió a los dos adversarios. *Tenía razón cuando nos dijo que nunca nos habíamos enfrentado a un enemigo así.*

Mikhail hablaba sin inflexiones, simplemente constataba una verdad.

Vikirnoff levantó su arco y sacó una flecha de plata. Todos los carpatianos habían sido armados para repeler un posible ataque de la manada de renegados. Dudaba de poder lanzar la flecha donde hiciera algún bien, pero en el caso de que el monstruo venciera a Fen, estaba decidido a interponerse entre el príncipe y él.

Mikhail, ha conseguido convertirse en Gregori en todos los sentidos. Incluso su sangre olía como la de Gregori. Y atravesó las salvaguardas como si no hubieran existido.

Evidentemente nuestras salvaguardas son para los vampiros y no para este nuevo enemigo. Nuevamente el tono del príncipe era muy realista. Tenía que haber sabido que el *sange rau* vendría por él, pero parecía más interesado en estudiar la manera en que luchaba esa criatura. *Son demasiado rápidos, y ni siquiera nuestros ojos los puedan seguir.*

Natalya. Vikirnoff llamó a su compañera. Ella estaba en el pasadizo más adelante, muy cerca del príncipe, esperando en caso de que le ocurriera algo a su compañero, y Mikhail se viera en peligro. *No intentes luchar contra esta criatura si consigue superarme.*

Si te supera significaría que ya habrías dejado este mundo, respondió ella. *Cumpliré con mi obligación, defenderé a mi príncipe y me uniré a ti lo antes posible.*

Ninguno de los dos va a sacrificar su vida inútilmente, decretó Mikhail. *Si vence a Fen os tenéis que retirar, y ya veremos si alguna de nuestras defensas funciona contra él. El sol ya está subiendo por el cielo. Seguramente el sange rau se verá afectado igual que nosotros. Al fin y al cabo es un vampiro,* reflexionó Mikhail.

La lucha entre Abel y Fen se encarnizó. Ninguno de los dos parecía ir venciendo, y ambos tenían heridas horribles, aunque eso no hacía que disminuyeran la intensidad de su esfuerzo. La mayoría de los combates más agresivos solían terminar en pocos minutos, pero en este caso ambos parecían tener acumulada la energía suficiente como para luchar indefinidamente.

—Únete a mí, Fenris Dalka. Comprobarás que somos una raza superior. Podríamos gobernar tanto a los carpatianos como a los lobos. Los humanos serían nuestro ganado. Si no lo haces vas a morir aquí defendiendo a unas especies que se extinguirán —le propuso Abel mientras seguían destrozándose el uno al otro.

Ambos soltaban sangre a chorros. Abel se limpió el pecho y se chupó los dedos con una sonrisa de superioridad.

—Si intentas alargar esto, te aviso que no es una buena idea, pues si lo que esperas es que venga Bardolf, puedes esperarlo sentado durante un buen rato —dijo Fen.

A Abel le despareció la sonrisa de la cara. Sus ojos se pusieron completamente negros. Fen no esperó a que lo atacara, y se lanzó rápidamente por abajo para zancadillear al *sange rau*. Volvió a clavarle con fuerza la estaca, pero no acertó a atravesarle el corazón, aunque le abrió otro agujero en el pecho. Abel continuaba soltando un montón de sangre, y con suerte eso acabaría por debilitarlo aún más.

Entonces rodó agarrando a Fen con las piernas, se levantó y le dio un fuerte golpe contra el suelo obligándolo a soltar el aire de los pulmones. Mientras forcejeaba con Fen en el suelo, se levantó por debajo de ellos una dura roca con pinchos afilados. Fen gruñó al sentir un gran dolor en la espalda cuando se le clavaron profundamente en la carne. Pero con la misma rapidez, los pinchos desaparecieron a pesar del daño que habían hecho en la espalda de Fen, que rodó y dio un enorme puñetazo a Abel en el pecho que produjo un gran ruido.

Cuando Abel consiguió volver a ponerse de pie, Vikirnoff observó que le brotaba mucha sangre de las profundas heridas que se había hecho en la espalda. Pero justo cuando se dio cuenta de que si perdía demasiada sangre, el cruce de lobo y vampiro iba tener una ventaja, a pesar de sus costillas rotas, las heridas de la espalda de Fen parecieron cerrarse, y dejaron de sangrar.

Abel y Fen volvieron a chocar uno contra otro, y esta vez Fen giró alrededor de Abel para hacer que se golpeara la cara contra un lateral del túnel. Los muros del túnel se habían convertido en miles de gruesos cristales que habían surgido de golpe de la roca. La montaña tembló. La fuerza que empleó Fen para empujar a Abel contra el muro fue tan enorme, que los cristales se hicieron añicos y saltaron miles de trozos afilados como cuchillas.

Abel se levantó y atacó a Fen con un tremendo cabezazo en la frente. Este se fue hacia atrás tambaleándose, y dio espacio a Abel para que se diera la vuelta. Su cara parecía una máscara llena de sangre y odio. Fen aparentaba estar tranquilo y seguro. No mostraba expresión alguna, ni de rabia ni de dolor. Entonces ambos se movieron a una velocidad vertiginosa. Fen le pegó una serie de puñetazos en la cara que hicieron que se le enterraran los cristales hasta dejarle una especie de máscara de gemas ensangrentadas.

Entonces los dos contrincantes se movieron tan rápido que Vikirnoff se dio cuenta de que estaba tan solo a unos metros. Estaba tan sorprendido que ni siquiera levantaba el arco. No solo era imposible enfocarlos correctamente, sino que también cambiaban el paisaje que tenían a su alrededor para que funcionara como un arma más, algo que hacían tan rápido que apenas se veía. A la misma velocidad en que uno creaba un arma, el otro podía neutralizársela.

Vikirnoff retírate. Tú y Natalya venid conmigo. Vikirnoff dudó. En ese momento solo tenía un objetivo: proteger al príncipe. El principal guardián del príncipe le había asignado una posición... *Ahora. Me vais a ser de más ayuda si estáis detrás de nuestras salvaguardas.*

El tono de Mikhail era absolutamente autoritario. Vikirnoff salió de su posición, y rápidamente recorrió el pasadizo para llegar hasta el príncipe. Natalya también se unió a ellos. Desde ahí podían ver el furioso combate que continuaba desarrollándose.

Mikhail retiró la última y más intrincada salvaguarda para permitir que Natalya y Vikirnoff la cruzaran. Inmediatamente la restituyó sin dejar de observar el feroz enfrentamiento de los dos *sange rau*.

—Fen está moviendo lentamente a su oponente hacia atrás. Lo hace poco a poco —señaló Mikhail—, pero está claro que quiere sacarlo del interior de la montaña. También hay una alteración afuera. Percibo que se está desarrollando un segundo combate.

—El hombre que está luchando contra Fen es Abel, un antiguo carpatiano. Creo que de alguna manera está relacionado con tu familia —dijo Vikirnoff—. Es un poco complicado situarlo.

La montaña volvió a temblar cuando Fen y Abel chocaron contra el techo. Entonces surgieron de los muros unas grandes hojas giratorias de plata que produjeron grandes quemaduras por todo el cuerpo de Abel. El vampiro chilló de dolor. Fen enseguida arremetió contra él, y le volvió a clavar profundamente otra estaca. Después agarró a Abel por los hombros, y lo lanzó fuera del pasadizo, donde se encontró con los primeros rayos de sol de la mañana.

—Ya comprendo la razón por la que los licántropos han prohibido que se mezcle su sangre con la de los carpatianos —reflexionó Mikhail—. Parece que no hay manera de pararlos. Abel no ha aflojado en absoluto, ni siquiera después de que le hayan clavado dos estacas de plata.

—Siento que deberíamos estar intentando ayudar a Fen —dijo Vikirnoff—. Pero no estoy seguro cómo puedo serle útil.

Por primera vez comprendió lo que debía sentir Mikhail, que al ser el príncipe de su pueblo no podía participar en los combates. Los carpatianos eran guerreros. No estaba en su naturaleza quedarse sentados y limitarse a observar los combates, especialmente si la persona involucrada era de los suyos. Nunca había considerado cómo se debía sentir Mikhail cuando se quedaba relegado manteniéndose al margen, y que su gente se tuviera que interponer entre él y el peligro.

Vikirnoff sabía que él era la última protección del príncipe, pero aun así tanto su cuerpo como su mente, y su propia alma, necesitaban salir a ayudar a Fen. Se sentía como un cobarde allí acuclillado detrás de una salvaguarda mientras había otro guerrero luchando solo contra una máquina de matar.

—Simplemente lo vas a entorpecer —señaló Mikhail después de leer su mente—. No podrá ocuparse de ti, y luchar contra el monstruo a la vez. Además, parece que Fen también es una máquina de matar.

Vikirnoff asintió. Natalya se puso muy cerca de él, y aunque no lo tocaba, le ofrecía consuelo, pues comprendía perfectamente su frustración. Y él le agradecía que lo hiciera. No podía evitar sentirse mejor cuando ella estaba cerca.

—De todos modos debe haber algo que podamos hacer por él.

—Le hará falta sangre —señaló Mikhail—. Los parches que se pone cuando Abel lo desgarra solo duran un rato.

—Gregori tiene que ver esto.

—En este momento está ocupado asegurándose de que no perdamos a Gary, pero le estoy transmitiendo todo lo que estamos observando de los *sange rau*.

Fen era consciente de la incomodidad de sus compañeros carpatianos, y agradecía su sensatez y que no entraran a participar en su combate. No podría estar atento a ellos, anticipar los movimientos de Abel, y reaccionar al mismo tiempo. Tal como iba la cosa, una parte de él también estaba involucrada en la batalla que se estaba librando afuera.

Habían desparecido los rayos de sol al ser reemplazados por una feroz tormenta. Unas nubes negras se agitaban sin parar, y el cielo parecía un caldero gigante de agua hirviendo. En el borde de las nubes estallaron unos relámpagos blancos, que zigzaguearon soltando destellos y chispas. Había pocas personas mejores que Dimitri a la hora de desencadenar grandes tormentas.

El latigazo de un rayo azotó la ladera de la montaña y chocó directamente contra una estrecha grieta. Saltaron chispas y Bardolf aulló con fuerza y se elevó por el aire furioso. Dimitri había vuelto a atacarlo con el relámpago. Una vez ya había sido suficiente, pero el cazador carpatiano estaba jugando a atacarlo y a darse a la fuga de inmediato. Dimitri quería enfurecerlo. Fen le había aconsejado que se aprovechara de que Bardolf no mantenía tanto el control como Abel.

Ya veo la razón por la que sirves a un amo, se burló Dimitri de él.

Enseguida se transformó en un pequeño halcón y se lanzó a toda prisa entre las ramas del alto dosel del bosque, asegurándose de mantenerse cerca del borde del prado, pues estaba seguro de que a Bardolf le habían ordenado que no se alejara del túnel para evitar que algún carpatiano pudiera interferir.

No sirvo a ningún amo, dijo Bardolf y salió disparado detrás del pequeño halcón transformado en una gran águila harpía, cuyas garras eran tan grandes como las zarpas de un oso.

Iba muy rápido y enseguida se acercó a Dimitri.

Fen y Dimitri habían practicado muchos juegos de guerra a lo largo de los últimos siglos, y ahora pretendía usar las mismas tácticas que habían funcionado con su hermano. Dio una orden para que los árboles extendieran sus ramas y reemplazaran sus hojas y agujas por pinchos. El pequeño halcón no tenía problemas para maniobrar entre el denso follaje, pero la enorme águila chocó contra las ramas extendidas, y se le clavaron los pinchos en el cuerpo y en las alas.

Un poco lento para ser un sange rau, *¿verdad?*, se burló Dimitri de él.

Los vampiros y los hombres lobo indudablemente tenían grandes egos. Enfadar a Bardolf era una buena táctica, pues si perdía los nervios podría cometer errores. Dimitri llevaba siglos entrenándose para luchar contra los *sange rau*. Las sesiones prácticas con Fen eran como juegos, pero había aprendido lo que servía, y lo que no era útil. No era tan rápido, pero sus trucos podían funcionar lo suficiente como para herir a su oponente, y con suerte debilitarlo.

El eco del chillido de Bardolf reverberó a través de los árboles mientras el cuerpo del águila se desplomaba sangrando por numerosas heridas. Unas plumas cayeron flotando al suelo, pero el *sangre rau* se recuperó en el aire, se transformó en un búho pequeño, y una vez más se lanzó disparado hacia Dimitri.

Este esperó hasta que estuvo muy cerca, y lo derribó con una corriente descendente de aire que lanzó al búho directamente contra el suelo. Bardolf cayó rápidamente, y el suelo se levantó para recibirlo haciendo que se diera un fuerte golpe.

Dimitri se rió deliberadamente para seguir burlándose de él.

Pensaba que se suponía que eras una macho alfa, el líder de una manada. Pero no vuelas demasiado bien ¿verdad?

Bardolf chilló de una manera tan feroz que esta vez hizo que los árboles temblaran. Se volvió a lanzar contra Dimitri a toda velocidad, y ahora sí lo alcanzó de lleno justo cuando de nuevo había logrado transformarse. Antes de que el carpatiano se pudiera mover, consiguió clavarle profundamente las garras en el pecho y el vientre.

Dimitri consiguió zafarse, y salir de debajo de él en el momento en que Bardolf se retiró un poco para volver a arremeter contra él. Y cuando lo fue a agarrar sus manos atravesaron un espacio vacío. Dimitri no podía permitirse que el *sange rau* finalmente lo atrapara. La idea era golpear y escapar, no que lo atrapara. Había sido un poco lento, y había pagado un alto precio por ello. Bardolf había sido tan rápido que antes de que pudiera transformarse había conseguido desgarrarle el cuerpo por una docena de partes.

Dimitri se había convertido en pequeñas moléculas, y en vez de hacer lo que Bardolf había previsto, se había aferrado a la ropa del *sange rau* para que lo llevara a la tormenta donde se suponía que se iba a esconder. Bardolf olfateó el aire a su alrededor, y aunque su agudo sentido del olfato le indicaba que Dimitri estaba cerca, no podía encontrarlo entre las agitadas nubes que se arremolinaban en el cielo.

Dimitri había practicado esa estrategia con su hermano cientos de veces, pero nunca herido. La sangre que manaba de su cuerpo delataba su posición, y no tenía demasiado tiempo para controlar la hemorragia y escabullirse de Bardolf. Por eso decidió entretejer con su olor cuatro hebras diferentes, y las lanzó flotando hacia la tormenta por delante del lobo para obligar al *sange rau* a decidir cuál sería él.

Bardolf mordió el cebo, dudó un momento, y agudizando su visión intentó elegir el elemento que pensaba que era su contrincante carpatiano. Cuando se decidió voló detrás de la hebra que se dirigía hacia la abertura de la montaña. Dimitri entonces aprovechó para salir de su ropa, y se metió en una agitada nube oscura para recuperar el aliento, y prepararse para su siguiente acción.

Pero de pronto el *sange rau* cambió de dirección como si hubiera sido llamado. El pulso de Dimitri se aceleró.

¿Fen? ¿Estás bien? Bardolf se dirige hacia ti a toda velocidad.

¿No lo puedes detener? ¿O ralentizarlo?

Su hermano sonaba igual que siempre. Práctico. Pero Dimitri entró en su mente un momento. Había mucho dolor. Agotamiento. Pérdida de sangre.

No te preocupes. Ya estoy en ello.

Dimitri estudió la trayectoria del lobo vampiro que se había precipitado temerariamente hacia su amo. En su prisa por obedecer, Bardolf olvidó el juego del gato y el ratón que estaban jugando, descartándolo por considerar que era poco importante. Al fin y al cabo, Dimitri en realidad no había luchado directamente contra él.

Entonces decidió usar la tormenta que se había desencadenado. Recalentar una bolsa de aire era algo bastante fácil. La parte más difícil iba a ser colocarla exactamente en la trayectoria por la que Bardolf decidiera volar, pero ya había pasado varias vidas corriendo con los lobos. Sin trampa ni cartón. Y también había pasado mucho tiempo con su hermano, que se había convertido en licántropo.

Bardolf en principio pensaba como un lobo. Se sentía cómodo bajo esa piel. Estaba familiarizado con ella, y parecía dudar cuando tenía que usar los atributos que le proporcionaba su sangre de vampiro. Dimitri también pensaba como un lobo. Había pasado siglos corriendo con ellos, y había estudiado su comportamiento, y sabía que su contrincante se sentía cómodo en una manada, pero que luchar solo le era algo completamente extraño.

Además su amo había perpetuado esa debilidad para evitar que quisiera usurpar su liderazgo. Bardolf claramente se había lanzado por el camino más recto para obedecer a su macho alfa, y él eligió entonces un punto justo delante del lobo vampiro y allí desarrolló un calor abrasador. Bardolf se metió directamente en la pequeña bolsa de aire caliente y chilló cuando el intenso calor le achicharró la piel.

Entonces retrocedió desesperado por salir del ardiente calor que lo rodeaba. Pero en ese momento Dimitri apareció en el cielo justo por detrás, y chocó contra él. La fuerza del choque a esa velocidad le sirvió para enterrar profundamente una estaca en la espalda de Bardolf, aunque enseguida se dio cuenta que no le había llegado al corazón. Algo debió haber avisado al *sange rau*, pues en el último momento se giró lo suficiente como para que a Dimitri le fallara la puntería.

Bardolf se dio la vuelta, le dio un fuerte golpe en la cara con las garras, lo lanzó hacia atrás, y Dimitri se precipitó hacia el suelo. Antes de que lograra transformarse, el *sange rau* ya lo había atrapado y estaba decidido a destriparlo. Se sacó la estaca de plata del cuerpo, y sujetándola con fuerza le dio la vuelta y la lanzó con todas sus fuerzas contra Dimitri.

El carpatiano se movió rápidamente para presentar el menor objetivo posible, pero la estaca se le clavó en el hombro derecho. La fuerza con que la lanzó fue tan enorme que le dejó un gran agujero. Bardolf inmediatamente siguió al carpatiano herido aprovechándose de su ventaja. Dimitri tenía la seria sospecha de que se encontraba 'cerca de convertirse en un *sange rau*. Se lo confirmaba la terrible e intensa quemazón que le provocaba la plata.

¡Sal de ahí!, gritó Fen con mucha urgencia al ver que su hermano estaba cayendo del cielo chorreando sangre y que el *sange rau* iba disparado hacia él.

Fen había conseguido sacar a Abel del túnel y lo había lanzado a la pradera donde sabía que lo esperaban las trampas que Gregori había preparado para atrapar vampiros. Contaba con la ayuda del sol, pero la tormenta evitaba que los rayos de sol alcanzaran a Abel. Tenía que decidir entre aprovecharse de su ventaja, o ir a ayudar a su hermano. Pero estaba protegiendo al príncipe, y esa tenía que ser su prioridad…

Fen decidió lanzarse con ambos pies por delante hacia la cara de Abel para que se le clavaran más profundamente los cristales. Además, al empujarlo, hizo que cayera en una fina red de hilos de plata. Entonces se lanzó rápidamente hacia el cielo, e interceptó a Bardolf antes de que alcanzara a su hermano.

Fen era mucho más rápido y habilidoso. Llevaba siendo *sange rau* desde muchos siglos antes de que lo fuera Bardolf, y era un cazador carpatiano muy antiguo. El lobo no se sentía cómodo en el cielo en medio de una violenta tormenta, pero Fen se encontraba como en casa. Y estaba protegiendo a su hermano. Además sentía mucha rabia y agresividad hacia Bardolf por haberse atrevido a intentar matar a Dimitri. Nunca había sentido una emoción así en un combate.

Fen chocó duramente contra Bardolf, y lo arrolló tanto con la presión del aire como con su fuerza física. Este cayó rodando contra el suelo y rápidamente intentó ponerse de pie, pero Fen se abalanzó sobre él.

Dimitri, sal de aquí ahora mismo. Necesitas sangre urgentemente.

Su tono no daba lugar a polémicas. En todo caso Dimitri tenía a su compañera. No iba a tirar su vida por la borda, y además estaba demasiado herido como para ayudarlo.

En cuanto aterrizó sobre Bardolf le enterró profundamente una estaca en la espalda y se puso a horcajadas sobre él para inmovilizarlo. Aun así volvió a entrar en juego la enorme fuerza del *sange rau*, que era tanto de lobo como de vampiro, y una vez más evitó que la estaca le llegara al corazón. Sangraba por una docena de heridas, y sin embargo había conseguido revolverse y esquivar la mortífera estaca de plata.

Bardolf se volvió a transformar en lobo, se enganchó al cuerpo de Fen y le mordió un muslo con tanta fuerza que llegó a tocarle el hueso. Y negándose a soltarlo, tiró de sus músculos y tendones decidido a destrozarle una arteria. Fen maldijo, pues no le quedaba otra opción más que dejar que se marchara. Este inmediatamente se volvió a transformar, se elevó en el aire y salió disparado como un cometa lejos del campo de batalla pensando tan solo en salvar su pellejo. Abandonaba a su amo para salvar la vida dejando un reguero de sangre por el cielo.

Fen tenía que elegir entre seguirlo o volver a detener a Abel. Todas las células de su cuerpo querían seguir a Bardolf por haberse atrevido a poner las manos en Dimitri, pero su honor y su sentido del deber le exigían que fuera a proteger al príncipe. Soltó otro rugido y una maldición, y regresó a toda prisa al túnel. Alcanzó a ver la sangre de Dimitri en el lugar donde había decidido meterse. Vikirnoff y Mikhail le podrían dar sangre y, a pesar de todo, seguirían defendiendo al príncipe. Así era su hermano. Siempre elegía el buen camino sin importarle el riesgo que tuviera que correr.

Dimitri se detuvo un momento cuando pasó junto a Abel. Si hubiera estado con todas sus fuerzas hubiera intentado luchar contra el *sange rau*, pero había perdido demasiada sangre. De todos modos, la red de plata evidentemente no iba a poder retener a Abel durante mucho más tiempo. Fen se iba a tener que encargar de él. Lo mejor que podía hacer para ayudar a su hermano era despejar la tormenta para que les llegaran los rayos de sol, y contribuyeran a defender al príncipe.

Avisó que iba a llegar enseguida y que iba a necesitar sangre. No quería quedarse atrapado en ninguna de las trampas que habían puesto para los vampiros mientras se dirigía rápidamente al túnel de la parte de atrás de la caverna. Mikhail desactivó las salvaguardas para que entrara, e inmediatamente le ofreció la muñeca. Dimitri no dudó. La sangre de Mikhail era poderosa y lo iba a ayudar a curarse.

Tanto Vikirnoff como Natalya rápidamente se dispusieron a curarle las heridas para impedir que siguiera perdiendo su preciosa sangre. No se había dado cuenta de lo profundos que eran los daños que le había conseguido hacer Bardolf en los breves momentos en que habían tenido que luchar cuerpo a cuerpo.

—Estás un poco loco —le dijo Vikirnoff—. Lo sabes, ¿verdad?

—Está llegando —anunció Mikhail. Dimitri casi dejó de beber sangre, pero Mikhail le indicó que continuara—. Te necesitamos lo más fuerte posible.

Dimitri cortésmente bebió un poco más de sangre, y cerró las heridas que había hecho en la muñeca del príncipe. Observó que Abel se estaba acercando. El vampiro tenía un aspecto terrible. Su cara parecía una máscara grotesca cubierta de cristales ensangrentados. Tenía los ojos negros y las pupilas rodeadas de llamas rojas en vez del típico color blanco. Estaba cubierto de sangre. Sus venas sobresalían notablemente bajo la piel. Los filamentos de la red, a pesar de ser tan finos, le habían dejado unas enormes quemaduras que se entrecruzaban por todo su cuerpo.

Avanzó directamente hacia una lámina de ámbar que le impedía llegar hasta el príncipe, y le dio un fuerte puñetazo. La montaña tembló, y cayeron tierra y piedras del techo. Mikhail ni siquiera parpadeó. Se mantuvo recto mirando fijamente a Abel con sus ojos oscuros. Parecía completamente seguro.

Vikirnoff y Natalya se acercaron al ámbar tan inexpresivos como su príncipe. Ninguno se inmutó cuando Abel comenzó el complicado proceso de desentrañar las salvaguardas. Pero lo hizo a una velocidad sorprendente, lo que demostraba que podía leer el código. No le costó demasiado descubrir las intrincadas salvaguardas que hubieran conseguido detener incluso a un vampiro maestro. Enseguida se dispuso a romper la gruesa lámina de ámbar. La resina se le pegó a las garras y al hocico cuando se acercó a ella para romperla con los dientes. Pero a pesar de eso consiguió atravesarla muy rápido.

Dimitri entonces vio que su hermano se materializaba directamente detrás de Abel, y una vez más enterró su puño en la espalda del *sange rau*. Evidentemente Abel había estado tan concentrado en romper la protección de ámbar que no detectó que Fen se estaba acercando. Abrió al máximo la boca como si gritara, aunque sin emitir sonido alguno, y escupió un montón de sangre. Pero inmediatamente su cuerpo se revolvió y se sacudió para intentar sacarse la estaca.

Fen entonces se tuvo que precipitar detrás de Abel, que corrió para salir del túnel hacia el exterior iluminado por los rayos de sol del amanecer. Pero antes de hacerlo, sus agudos chillidos reverberaron por la cueva e hicieron que se soltarán más cristales, tierra y rocas. Fen enseguida se vio rodeado de escombros que lo dejaron aplastado contra el suelo del túnel. Varias rocas de gran tamaño se desplomaron a su lado. Durante unos segundos se quedó inmovilizado, pero consiguió disolver las rocas para continuar persiguiendo a Abel. Entonces sintió un inconfundible olor a carne quemada. Abel estaba yendo más allá de sus límites al exponerse al sol del exterior.

Se ha marchado, Fen, dijo Mikhail. *Necesitas sangre y cuidados. Dimitri tiene que meterse bajo tierra.*

Siguen los dos vivos.

Fen estaba profundamente decepcionado por no haber podido matar a uno de ellos por lo menos.

Hemos aprendido más de lo que nunca hubiéramos esperado. Dimitri y tú os habéis enfrentado a ellos, y aun así seguís vivos. No son invencibles. Vuelve y deja que atendamos tus heridas. El sol está subiendo y enseguida nos tendremos que meter bajo tierra.

Fen suspiró. Sentía el agotamiento y la debilidad de Dimitri. Su compañera Skyler se iba a acabar enfadando con él si no cuidaba mejor de su hermano. Mikhail tenía razón, ambos necesitaban meterse bajo tierra para dejar que la Madre Tierra los curara. Y con todo gusto tendría que beber bastante sangre carpatiana antigua para curarse las heridas. Además, quería dar más sangre a Dimitri. La sangre de licántropo iba a hacer que se recuperara a mucha mayor velocidad.

Frunció el ceño durante un instante mirando el cielo, y se dio la vuelta para reunirse con los demás.

Capítulo *12*

La cueva de los guerreros era el lugar más sagrado de los carpatianos. Fen solo había estado en ella unas pocas veces en su juventud, y ya entonces había sentido su energía. Sin embargo ahora le parecía más intensa. Estaba atravesando una serie de grutas pequeñas que descendían hacia el interior de la tierra acompañado de Dimitri a un lado, y de Tatijana al otro. A medida que avanzaban a través de los túneles inferiores, un gran laberinto de cavernas y cámaras, cada vez sentían de manera más intensa la absoluta majestuosidad del lugar.

Pocos podían permanecer mucho tiempo en las cuevas inferiores debido al calor. Pero los carpatianos podían controlar la temperatura corporal de manera que eran inmunes al calor abrasador, aunque había otras especies que también se adaptarían a un lugar como ese. La cueva que estaban cruzando estaba cubierta de coladas cristalinas que recorrían su alto techo. Por encima de sus cabezas había formaciones que parecían grandes candelabros, y de algunas de esas obras maestras de la naturaleza colgaban largos flecos blancos.

A pesar de que Fen no había estado en demasiadas catedrales, tan solo había visto algunas en sus viajes, esta serie de cámaras subterráneas intactas, que mostraban el arte de la propia naturaleza, le parecía un lugar que incitaba tanto o más a la adoración.

A medida que se adentraban en las cuevas, las grandes columnas escultóricas de enorme belleza, y las estalactitas y estalagmitas, se iban agrupando hasta formar una colorida jungla.

Tatijana se tropezó varias veces por las irregularidades del suelo, y por estar concentrada contemplando el lugar con gran asombro.

—He vivido en cuevas de hielo y no pensaba que hubiera nada más hermoso, pero esto es sorprendente —susurró.

Fen encontraba interesante que cuando hablaban, tanto ellos, como los guerreros que se reunían allí, tendían a bajar las voces por respeto a esa naturaleza virgen.

—Más abajo es incluso más bello —les confió.

Atravesaron otra larga cámara de más de ciento veinte metros de largo, y casi igual de ancha, llena de más columnas gigantescas de diversos colores, y de varias piscinas resplandecientes que reflejaban las deslumbrantes coladas cristalinas del techo, y las esculturas que había alrededor.

Fen sabía que parte de la mística de la cueva de los guerreros era la larga caminata que había que hacer hasta llegar a su entrada. Mientras más se internaban bajo tierra, más cómodos se sentían. Eran criaturas de la noche. Sentían que lugares como ese enorme laberinto de cavernas eran parte de ellos.

Siguieron bajando en dirección al calor. Al principio Tatijana olvidó regular su respiración y temperatura corporal por estar observando boquiabierta las cortinas y colgaduras de diferentes colores, algunas traslúcidas, y otras oscurecidas con impurezas, que desarrollaba la calcita. Colgaban una especie de flecos que ofrecían la ilusión de ser parte de unos grandes chales meticulosamente tejidos, mientras otras esculturas parecían ser capas o pañuelos. De la parte más alta del muro colgaban unas esculturas enormes hechas a partir de una impresionante piedra caliza, de manera que toda la cámara parecía un teatro rodeado de unos anchos e intrincados cortinajes.

—¿Cómo es que no has venido todos los días simplemente a contemplar esto? —preguntó Tatijana—. Yo adquiero la forma de una dragona azul, por lo que necesito que el agua esté más fría, pero Branislava se enamoraría completamente de esto. No es que no me guste. Es absolutamente hermoso, pero estoy todo el tiempo recordándome que tengo que regular mi temperatura.

Fen se llevó la mano que le tenía cogida a la cara, y se la restregó contra su mandíbula.

—Siempre tienes la piel fría, *sívamet*. Por más calor que haga en estas cuevas tu temperatura exterior siempre se mantiene fría. Lo encuentro...

—Esperó hasta que la miró a los ojos, y terminó la frase en su mente—: *sexy*.

Tatijana se rió ligeramente.

—Eres un seductor, hombre lobo.

Dimitri gruñó.

—Ya vale. Mi mujer está demasiado lejos como para tener que escuchar este tipo de conversaciones.

Eso distrajo a Tatijana de inmediato.

—¡Es tan poderosa! No me creía que tuviera tanta fuerza. Realmente nunca había visto que nadie practicara esa forma de curar en la distancia. Y es tan joven. En realidad es una niña.

—En años carpatianos sí es una niña —dijo Dimitri—. En años humanos y con todo lo que ha pasado, ya ha vivido bastante.

—Cualquiera que sea el caso es sorprendente. Tengo muchas ganas de conocerla —dijo Tatijana estrechando los ojos—. Y eso significa que bajo ningún concepto te puedes volver a acercar a un *sange rau*. La primera vez tuvimos que ponernos todos a curarte, y nos ayudó la Madre Tierra. Creo que Fen casi se sacó hasta la última gota de sangre de su cuerpo para reemplazar la tuya. Y ahora otra vez. Tres días bajo tierra y más sangre...

—Ya vale, todos tardamos varios días en curarnos —protestó Dimitri.

Tatijana le lanzó una sonrisa.

—Tal vez algunos nos curamos más rápido que otros.

—Tal vez pienses que estás a salvo, querida cuñada, porque mi genial hermano cuida de ti, pero él no es tan duro.

Ella se rió suavemente.

—Estás tan loco como tu hermano, ¿verdad?

Dimitri y Fen intercambiaron una larga mirada muy complacidos.

Estaban llegando al final del largo teatro. Los cortinajes se volvieron más intrincados y traslúcidos. Pero desaparecieron de golpe las sonrisas de sus caras y se quedaron completamente serios. Se había producido un cambio en la sensación que transmitían las cuevas. Si antes sentían que estaban en unas inspiradores catedrales, la atmósfera que los rodeaba a medida que se acercaban al lugar más sagrado, la cueva de los guerreros, se iba volviendo mucho más pesada.

Se metieron en un pasadizo de siglos de antigüedad bastante erosionado que habían excavado sus ancestros. Las rocas del suelo se habían suavizado tras tanto tiempo recibiendo pisadas. Sin duda era en cierto modo como retroceder en el tiempo. Por todas partes había estalactitas y estalagmitas que colgaban del techo, o se elevaban desde el suelo. La circunferencia de sus bases era muy grande, y las había de diversos tamaños y colores. Todas estaban esculpidas, y se podían divisar caras a lo largo de sus fustes, como si cada una fuera un tótem tallado a mano, más que una elaboración de la propia naturaleza.

Tatijana se detuvo justo cuando entraron en la cámara y miró con mucho cuidado a su alrededor. Había un silencio opresivo muy diferente al de las otras cavernas. Ni siquiera las tres piscinas de agua hacían que se sintiera mejor. Una era clara como un cristal, estaba rodeada de piedras y parecía fría y profunda, casi como si fuera de hielo azul. La segunda piscina soltaba una nube de vapor, y estaba ligeramente teñida con un color rojo anaranjado. La tercera burbujeaba fango.

—Las estalactitas y estalagmitas solían emitir un zumbido cuando entrábamos —dijo Fen—. Es el saludo de nuestros ancestros. Me pregunto cuándo dejaron de hacerlo.

—Zumbaban la última vez que estuve aquí —dijo Dimitri.

En el momento en que Fen entró en la cámara tuvo la sensación de estar siendo evaluado y juzgado, pero no por los pocos vivos que había allí reunidos, sino por los muertos, cuyos espíritus aparecían en todas las reuniones. Era muy intensa la presencia de sus ancestros en la cámara. Eran guerreros que hacía largo tiempo se habían marchado del mundo. El hecho de que no lo hubieran saludado no presagiaba nada bueno.

Tatijana apretó sus dedos contra los de Fen.

—No me gusta esta sensación —susurró—. Saben quién eres, y algunos se muestran beligerantes contra ti. Tenemos que asegurarnos de tener un plan de salida.

Fen la miró, pues percibió en su voz que estaba verdaderamente preocupada. Él también se sentía inquieto por el resultado de la reunión, pero estaba seguro de que no se lo había transmitido a su compañera.

Ella tiene razón, Fen. El aire aquí está muy cargado, le dijo Dimitri. *De prejuicios.*

Fen no les podía decir que no tenían razón, pero no quería que Tatijana se preocupase. Agradeció que Dimitri usara el canal telepático privado que tenían entre ellos.

—Les han dado una gran patada en el trasero —dijo Fen—. Estaban acostumbrados a estar en lo más alto de la cadena alimenticia. No están contentos después de descubrir que existe un enemigo que es un poco más rápido que ellos.

—Te refieres a que son superiores a ellos combatiendo —lo corrigió Tatijana—. Tú también eres uno de esos *sange rau* que les han dado una patada en el trasero. ¿Tal vez sean conscientes de eso? Están ofendidos, Fen. Se les ha ido el ego de las manos.

Fen negó con la cabeza.

—Ahí es donde creo que estriba el malentendido, dama mía. Los *sange rau* no necesariamente están tan dotados para la lucha como la mayoría de estos cazadores. Son más rápidos, pero eso no significa necesariamente que con un poco de entrenamiento un cazador habilidoso no los pueda derrotar.

Intentó evitar la contundente mirada de Dimitri y se concentró en Tatijana.

Ella dejó de avanzar y tiró de su mano hasta que se detuvo directamente frente a ella.

—Te refieres a cazadores como Dimitri —dijo señalando a su hermano—. Le enseñaste cómo combatirlos.

Dimitri soltó una risilla en la mente de Fen.

Tienes una compañera muy inteligente, Fen. Lo ha cogido al vuelo.

No lo sé.

Agachó la cabeza evitando la mirada de Tatijana.

—Le enseñé qué tenía que hacer para darme caza y derrotarme. Por si acaso.

Tatijana apretó sus dedos contra los de Fen.

—A eso me refiero. Siempre has actuado con honor. Siento como si estuvieras siendo acusado de algo.

Fen llevaba siglos merodeando por la sociedad de los licántropos, y se había acostumbrado a verse a sí mismo como un extraño que tenía que ocultar qué y quién era. Era una forma de vida, y al final había decidido quedarse con los licántropos. Encontraba adorable que Tatijana se hubiera vuelto tan protectora con él.

Estoy de acuerdo con ella, Fen. Tal vez esta no haya sido una buena idea, le aconsejó Dimitri.

Fen no miró a su hermano. Dimitri era un antiguo cazador de vampiros muy dotado, pero había pasado siglos proporcionando refugio a su hermano cuando los problemas que le generaba ser un *sange rau* se volvían especialmente difíciles de sobrellevar. Sabía mejor que nadie que convertirse en lo que era Fen era algo enormemente peligroso. Y peor aún, la sangre de Dimitri ya estaba cambiando, y ambos lo sabían. El consejo carpatiano también podría tomar consciencia de ello.

Dimitri todavía no había reclamado a su compañera, y eso podría significar que se tendría que enfrentar a un doble peligro. Fen mantenía los dedos firmemente entrelazados con los de Tatijana. Esperaba que la cámara hubiera estado ocupada por un buen número de carpatianos, pero solo se encontraban en ella Mikhail, su hermano Jacques, Vikirnoff y su compañera, Natalya, y, por supuesto, Gregori.

Fen percibió que Tatijana dudaba. Levantó una mano como si quisiera alisarse el pelo. Todas las miradas estaban centradas en ellos. Fen le cogió una muñeca cariñosamente.

No tienes que demostrar nada. Estás hermosa. Eres mi compañera y hemos decidido vivir nuestras vidas a nuestra manera. Si no les gusta, no será diferente a lo que hemos conocido durante toda nuestra vida.

Era la verdad. La vida de Tatijana no se había basado en la aceptación. Su padre la había mantenido prisionera, y ni siquiera le permitía estar en su cuerpo natural. Todos aquellos capturados y torturados por Xavier no siempre entendieron que ella también era una prisionera. Había pasado vidas enteras fuera de la normalidad.

Y Fen había pasado siglos apartado de los de su especie. Si los licántropos hubieran sabido lo que era, lo hubieran matado de inmediato y sin paliativos. Estaba acostumbrado a ser un marginado, y la verdad es que ya no le importaba. No quería que Tatijana se sintiera inferior a lo que era: un hermoso milagro.

Mikhail se adelantó para saludarlos. Dio un paso hacia Fen, y de manera deliberada se detuvo justo frente a él, casi rozándole los pies, poniéndose en una posición vulnerable. Gregori, que había avanzado a su lado, no se inmutó, pero sus ojos plateados se habían vuelto de acero. Mikhail apretó con fuerza los antebrazos de Fen siguiendo el saludo tradicional que tenía que hacer un guerrero respetado a otro.

Fen también apretó los antebrazos del príncipe con mucha fuerza, y se sorprendió al sentir la enorme energía que se agitaba bajo la superficie de su piel. Era imposible estar cerca de ese hombre y no sentir la energía que emanaba de su cuerpo, que era tan intensa que no había manera de contenerla.

—Gracias por venir, Fenris Dalka —dijo Mikhail—. Que tu corazón se mantenga fuerte, cazador —añadió también siguiendo un saludo tradicional en el idioma de sus antepasados. Se volvió a Dimitri y repitió el saludo formal. Después cogió las manos de Tatijana—. Gracias por la ayuda que prestaste a nuestros guerreros, Tatijana. Definitivamente invertiste la situación de la batalla a nuestro favor. —Dio un paso atrás y se alejó un poco de ellos mientras su tremenda energía fluía tranquilamente. Cuando se dio la vuelta miró directamente a Fen—. Nos has traído un interesante problema.

Fen miró alrededor de la gran cámara.

—Pensaba que ibas a convocar al consejo de guerreros.

Mikhail asintió.

—Reflexioné sobre ello, pero los únicos de nosotros que realmente presenciamos la lucha que tuviste contra la criatura a la que llamas *sange rau*, nos encontramos aquí en esta cámara. Pensé que era importante saber más sobre la situación que en realidad estamos tratando. Han aparecido muchas preguntas en mi mente.

—¿Puedo preguntar por qué estamos teniendo esta conversación en un lugar sagrado en vez de en una cómoda casa? —preguntó Tatijana.

Gregori le clavó su mirada penetrante.

Tatijana levantó la barbilla negándose a ser intimidada. Fen les podía haber dicho que su sangre de cazadores de dragones parecía que le impedía impresionarse con nadie, ni siquiera con su propio compañero.

Pero el propio Fen podía explicarle la razón. Mikhail Dubrinsky no era un loco. Llevaba mucho tiempo pensando intensamente en el problema de los *sange rau*. Y había sido testigo de primera mano de lo que eran capaces de hacer las criaturas que tenían la sangre mestiza. Por ahora estaba sopesando los pros y los contras, igual que había hecho el consejo de los licántropos muchos siglos antes. Realmente no había cambiado nada a lo largo del tiempo. Las soluciones eran tan malas como el problema mismo, y sin duda Mikhail, igual que Fen, había llegado a la misma conclusión.

—Ha hecho una pregunta razonable, Gregori —dijo Mikhail muy tranquilo—. La verdad, Tatijana, es que estoy muy contrariado con las capacidades de los *sange rau*. No solo significan una amenaza real para nuestra especie, sino también para los licántropos y los humanos. Una manera de explicarlo es pensar que ellos tienen un arma nuclear, y nosotros no.

—Eso es lo que dice Fen —reconoció Tatijana.

—La solución inmediata parece evidente —dijo Mikhail—. Y es cierto que se ha propuesto que convirtamos a muchos de nuestros cazadores más capacitados en *sange rau* para poder destruir mejor a aquellos que se han transformado en vampiros.

Fen intentó no reaccionar. No solo sentía la mirada del príncipe y la de los demás, sino el peso de los guerreros que hacía mucho que habían muerto. Todo su ser se rebelaba contra la idea que estaba sugiriendo el príncipe. Ya sabía que una de las propuestas podría ser esa. Si convertían a todos los guerreros en *sange rau*, su capacidad como luchadores les podía proporcionar una ventaja cuando combatieran a aquellos que se habían convertido en vampiros... pero la transformación no funcionaba de esa manera.

—Uno no se convierte en *sange rau* en un paso. El lobo tiene que venir a ti a protegerte. Al principio no estás unido a él, y se tarda cierto tiempo antes de que te fusiones por completo. Como yo vivía de vez en cuando con los licántropos, pensaba que eso ocurriría más rápido de lo normal, pero tardó un buen tiempo. En todo ese tiempo podrías perder a un montón de guerreros que se pasarían al otro lado. Al tener la sangre mezclada decidirían convertirse en vampiros mucho antes.

Fen sacudió la cabeza incómodo por poder estar transmitiendo que no quería que nadie más fuese como él. Estaba caminando por una línea muy fina. Tenía que entregarles la información que consideraba pertinente sin parecer arrogante.

Mikhail pareció reconocer su reticencia.

—No nos tienes que ocultar lo que sientes —dijo el príncipe—. Te estamos pidiendo que nos ayudes a encontrar una solución viable para este problema... y es un problema muy serio. Cuanto más lo analizo, más complejo lo veo. Lo he observado desde todos los ángulos, y se me ha ocurrido algo. Mi familia tiene un poder enorme, pero viene acompañado de un terrible precio a pagar. Creo que tiene que haber un equilibrio, y cuando se nos entrega un don, también hay que pagar un precio. Por eso me pregunto: ¿qué precio hay que pagar por ser un *sange rau*? Solo tú puedes responder a esta pregunta, Fen.

Fen sintió que los antiguos guerreros esperaban una respuesta. Se produjo un gran silencio en la cámara y el aire se volvió más pesado aún. Algunas de las grandes columnas vibraron y se tiñeron de colores oscuros que giraban alrededor de la piedra ofreciendo la ilusión de que la propia cámara estaba viva.

Suspiró. Había ido a ese lugar a sabiendas de que Mikhail era lo bastante inteligente como para hacer preguntas muy pertinentes. Lo había visto en él. Todos tenían que saber la verdad… especialmente Tatijana y Dimitri.

—El precio es altísimo, Mikhail —respondió Fen honestamente—. Especialmente para un guerrero que no tiene compañera, pero incluso los que la tenemos no estamos necesariamente a salvo como lo están nuestros equivalentes carpatianos. Al principio, sí, el lobo ayuda. Puedes ver como un lobo, y aunque los colores son apagados es mejor que nada. Pero según pasa el tiempo la atracción que produce la oscuridad aumenta hasta que se agazapa como un monstruo y te susurra continuamente.

No miró a su compañera ni a su hermano, pero observó a su alrededor las columnas que vibraban… eran antiguos hermanos que habían vivido honorablemente sin importarles lo difícil que fuese hacerlo.

—Pienso que los carpatianos que viven mucho tiempo y combaten con éxito contra los vampiros, llegan a un punto en que creen en sí mismos. Tienen que hacerlo. Tienen que tener una confianza absoluta en sí mismos. Pero la confianza puede conducir a la arrogancia. Los hombres carpatianos pierden las emociones, y en cierto modo eso es tanto una bendición como una maldición. Los sentimientos pueden ser un verdadero infierno cuando tienes que acabar con viejos amigos y familiares, y estás obligado a vivir, año tras año, en la oscuridad. Cuando eres un *sange rau* tienes que luchar contra la arrogancia y el sentimiento de superioridad cada día, tengas compañera o no. Creo que si cedes ante esas emociones, incluso si tienes compañera, puedes convertirte en un lobo vampiro. Evidentemente no he probado esta teoría en mí mismo.

Nuevamente se produjo un gran silencio, y percibió el creciente horror de Tatijana.

Comprendes ahora que fuese tan reticente a que te unieras a mí.

Le daba vergüenza que supiera que no le había revelado el peor de sus temores antes de reclamarla.

Pero nuevamente Tatijana lo sorprendió. Una risa suave y melódica ocupó su mente.

No estoy horrorizada por lo que has reconocido, amor mío, solo me asusta que creas que alguna vez podrías sucumbir a los impulsos más oscuros de nuestra especie.

Eso no lo sabemos. No hay manera de saber lo que haría en un momento de locura. Viste mi mente cuando luché contra el hombre lobo al que le sonsaqué información, y cuando combatí contra Abel y Bardolf. Me creía superior incluso a ellos, le confesó Fen de mala gana.

Hombre lobo tonto.

Fen se estremeció por todo el amor que percibió en su voz. Tatijana fácilmente hacía que se pusiera de rodillas ante ella.

Desde que me reclamaste hemos estado la mayor parte del tiempo combatiendo, o bajo tierra recuperándonos. ¿Cómo puedes saber si tener una compañera afecta a tu sentimiento de superioridad? Te puedo asegurar, amor mío, que las mujeres del linaje de los cazadores de dragones somos superiores, y por lo tanto, no tendrás en qué basarte.

Su tono burlón lo tranquilizaba como nada más en el mundo. Y sabía que ella estaba señalando algo cierto.

Claro que es cierto. Sabías lo peligroso que era meterte en los recuerdos del hombre lobo, pero de todos modos lo hiciste. Evidentemente hubo repercusiones. Las esperabas. Y cualquier cazador que se enfrente a un vampiro tiene que creer de antemano que lo va a derrotar. Lo más inteligente es reconocerse a sí mismo que uno es más listo y más rápido, y que está mejor capacitado que el vampiro. Es lo que hace cualquier cazador carpatiano. Estás tan preocupado por eso que no te estás acordando de lo que significa ser un cazador.

Fen no lo había considerado, pero ella tenía razón. Cualquier carpatiano que sale a cazar un vampiro lo hace creyendo que es capaz de destruir al no muerto. Estiró una mano hacia ella para decirle sin palabras que la amaba.

Mikhail se paseó inquieto frunciendo en el ceño entre las grandes columnas de sus antepasados para reflexionar sobre lo que Fen le había explicado. Fen agradecía que Mikhail no fuese el tipo de hombre que reaccionaba automáticamente ante una información. La tenía que digerir tranquilamente y analizarla desde todos los ángulos antes de tomar cualquier decisión.

—Otra preocupación que tengo es la propia evolución —dijo Mikhail volviéndose a situar frente a él—. Nuestras especies están a punto de extinguirse. ¿Puede ser esta una especie más evolucionada? ¿La que surge de la mezcla de nuestra sangre con la de los licántropos?

Fen se rebelaba contra la idea de que sus especies estuvieran condenadas, y que iba a surgir otra para reemplazarlas… y ciertamente no creía que fueran los *sange rau*

—Además, está el asunto de los niños. Por primera vez en mucho tiempo muchos niños han sobrevivido a su primer año de vida —continuó diciendo Mikhail—. Pero no sabemos si los *sange rau* pueden tener hijos. Manolito y MaryAnn son la única pareja que conocemos, y ella no se ha quedado embarazada aún. Eso evidentemente no significa nada, pero podría ser preocupante. ¿Qué efectos podrían tener en un niño estos cambios en la sangre? ¿Querríamos arriesgarnos justo ahora que estamos comenzando a recuperar nuestra población?

Fen no había considerado ese asunto en particular. Miró a su hermano. Dimitri todavía no era un verdadero *sange rau*, pero estaba camino de serlo. ¿Había condenado a su hermano y a su compañera a vivir sin hijos por haber desconocido varios siglos atrás lo que ocurría al mezclar la sangre cuando la intercambiaban en los campos de batalla, y por haber tenido que curar a su hermano dándole de su propia sangre? Fen sabía que su sangre iba a sanar a su hermano más rápidamente si conseguían mantenerlo con vida, pero había tomado esa decisión por él.

Prefiero estar vivo y saber que Skyler vivirá también, aunque no podamos tener hijos. Ella merece tener una vida feliz y yo pretendo hacérsela lo más maravillosa posible. Te damos las gracias por habernos salvado la vida.

Fen se sintió humilde ante la firme declaración de su hermano, principalmente porque él y Dimitri habían estado siglos entrando y saliendo en sus propias mentes, y sabía que era completamente sincero.

—A lo largo de los siglos —dijo Fen—, he vivido intermitentemente con los licántropos. Durante ese tiempo solo me he cruzado con otros dos *sange rau*. Al primero lo cacé con Vakasin, y el segundo es Abel. Evidentemente no lo sabía en esos momentos. Abel convirtió a Bardolf por diversas razones. Pero durante mis viajes nunca me había encontrado en ningún país con una pareja. Durante un tiempo especulé con que tal vez las mujeres no podían mezclar su sangre. Tatijana me habló de Manolito De La Cruz y su compañera. Me preocupó que no supieran el peligro que corrían con los licántropos.

—De modo que por lo que sabes, en todo el mundo solo tú, MaryAnn y Manolito sois *sange rau* que no han sucumbido a la oscuridad. Y Bardolf y Abel son los únicos que lo han hecho y están vivos —reiteró Mikhail.

Fen asintió.

—Por supuesto eso no significa que no haya otros.

—Los licántropos llevan siglos evitando a los carpatianos —señaló Mikhail.

—Su consejo desalentó que se produjeran interacciones entre ambas especies, probablemente por esta misma razón. Nunca supe que hubiera la menor animosidad —replicó Fen.

—Eso explicaría que seáis tan pocos —dijo Gregori—. MaryAnn ya era licántropa. ¿Sabemos lo que ocurre cuando una mujer carpatiana se transforma?

Tatijana se encogió de hombros.

—Te lo haré saber cuando ocurra. Decidí ser lo mismo que él. Dudo que la sangre de licántropo pueda dominar a la de cazadora de dragones hasta el punto de ponerme en peligro.

—Esperemos que no —dijo Gregori con la voz seca—. ¿Si te ocurre algo qué garantía tenemos de que Fen no te siga?

Dimitri lo miró frunciendo el ceño.

—Ninguno tenemos garantía de nada. Ni siquiera tú, en el caso de que le ocurra algo a Savannah. Todos los hombres carpatianos corren un gran riesgo si no tienen una compañera.

—Es verdad, pero no somos *sange rau*. Nuestros compañeros nos encontrarían y destruirían antes de que pudiéramos infligir demasiados daños a las especies que nos rodean. ¿Te puedes imaginar a un ejército de *sange rau*? Tu hermano nos contó que uno solo había diezmado las filas de los licántropos. Nosotros somos pocos. Podrían acabar con todos rápidamente —dijo Gregori.

—Hay mucha verdad en lo que dices —aceptó Fen.

Dimitri, no me tienes que defender, aunque lo aprecio mucho. Cuando vine a ver a Mikhail era consciente de la enormidad del problema que le iba a presentar. Los sange rau *son un peligro tanto para los carpatianos, como para los licántropos y los humanos. No tenemos respuestas a las preguntas que se están suscitando. Llevo siglos considerando estos problemas y todavía no descubro las soluciones.*

No somos licántropos, le susurró Dimitri en la mente. *Me niego a creer que Mikhail proscriba indiscriminadamente a los sange rau, y te sentencie a muerte a ti y a cualquiera que posea esa mezcla de sangres.*

Fen había vivido largo tiempo con los licántropos.

¿Crees que somos más civilizados que ellos?

No pudo evitar que su voz mostrara un tono irónico.

Los licántropos estaban bien afianzados entre la alta sociedad y los cargos públicos de casi todos los países. Servían en el ejército, y la mayoría tenían educación superior. Si los carpatianos se mantenían retirados del mundo de los humanos la mayor parte del tiempo, y se habían convertido en guardianes silenciosos, los licántropos habían hecho justo lo contrario: se habían unido a ese mundo, y también protegían a los humanos igual de agresivamente.

Dimitri, la manada de lobos renegados no es indicativa de cómo son los licántropos. Han vuelto a ser animales, igual que los vampiros se pasan al lado oscuro de los carpatianos. Zev y los cazadores de élite representan mucho mejor la manera de ser de los licántropos. No te engañes pensando que somos superiores a ellos.

—No creo que tengamos que preocuparnos de que Fen se transforme en vampiro —declaró Mikhail con su habitual tono de voz tranquilizante—. Tenemos que tomar algunas decisiones respecto a lo que vamos a hacer. Evidentemente nos tenemos que reunir con el consejo de los licántropos. Lo hemos analizado profundamente desde hace varios años. Necesitamos que sean nuestros aliados, no enemigos. Esta es nuestra mejor oportunidad para invitarlos a una reunión y que lleguemos a algunos acuerdos.

—Zev sería la persona más indicada para hacerlo —aconsejó Fen—. Siempre envían por delante de la manada a los exploradores de élite, que normalmente son sus mejores hombres, y los más inteligentes. Informará directamente al consejo y le escucharán. Sus opiniones tienen mucho peso para ellos.

Mikhail inclinó la cabeza.

—Está muy gravemente herido, y ha perdido una buena cantidad de sangre. Para asegurarse de que pudiera sobrevivir, Jacques le tuvo que dar de la suya.

Fen cerró los ojos y de pronto se sintió agotado. Tatijana también había dado sangre a Zev. ¿Había recibido Zev sangre de otros carpatianos durante sus viajes y sus muchos combates? Era posible... y peligroso. Fen sí sabía lo honorable que era sirviendo a su pueblo, y que si se había convertido en *sange rau*, eso se iba a volver en su contra, pues lo iban a condenar a muerte sin pensarlo dos veces.

—No sé cuánta sangre hace falta intercambiar para que la mezcla haga que te transformes —admitió Fen—. Cuando Vakasin y yo luchábamos contra el *sange rau*, ambos nos hicimos innumerables heridas y perdimos mucha sangre. No sé cuántas veces nos dimos sangre el uno al otro hasta que comencé a sentir que había un lobo dentro de mí, pero yo lo percibí mucho antes de que a él le aparecieran rasgos carpatianos, o tal vez simplemente tardó más en reconocer que estaba diferente.

—Temes que Zev se pueda meter en un problema —supuso Mikhail.

Fen asintió.

—Es un buen hombre. Sus capacidades para la lucha son insuperables para la mayoría de los cazadores. Me recuerda a Vakasin. No me gustaría nada que su propia gente lo asesine después de todos los servicios que le ha prestado.

—Esto hace que sea aún más importante que nos reunamos con su consejo —dijo Mikhail—. Si comprenden la diferencia entre un vampiro y un carpatiano, podremos convencerlos de que contemplen a los *sange rau* con otra luz. Nosotros tendremos que distinguirlos estableciendo un nuevo nombre para quienes sean una mezcla de carpatiano y licántropo.

Fen suspiró.

—Te deseo mucho éxito, pero te puedo adelantar que los licántropos se van a enfrentar a ti por el asunto de los *sange rau*. No solo tienen razones legítimas para temer la mezcla de sangre carpatiana y de licántropo, sino que hay que combatir contra siglos de prejuicios. No es ningún secreto que existen fanáticos que pertenecen a sociedades secretas y dedican sus vidas a sacar a la luz a los *sange rau* para acabar con ellos. Atraen a todos los inadaptados y les lavan el cerebro. Los *sange rau* les sirven de objetivo para su odio fanático. Y evidentemente no es que realmente los encuentren, pero les echan la culpa de todos los pecados.

—Seguramente los más sensatos se impondrán en el consejo —dijo Mikhail.

Fen se encogió de hombros.

—Eso desearía, pero he visto a algunos de estos fanáticos. Han establecido una religión que predican a las manadas, y son muy persuasivos. Hay que recordar que esto lleva siglos ocurriendo, y el prejuicio está muy bien arraigado. —Intentó encontrar otra manera de explicarlo—. Sus creencias sobre los *sange rau* están en el corazón mismo de sus tradiciones. Representan todos los males. Son sus demonios, el epítome de todo lo pecaminoso.

—Como una religión —dijo Gregori.

Mikhail lo miró rápidamente. Gregori no creía en ninguna religión, pero Mikhail era muy devoto.

—Es algo muy sagrado, y aunque no sea una creencia espiritual, está fuertemente entretejida en el entramado de su existencia —dijo Fen.

Mikhail soltó el aliento.

—Está bien. Es bueno saber contra qué nos estamos enfrentando. Aun así creo que debemos intentarlo. Pero mientras tanto ¿cómo los vamos a combatir? ¿Cómo luchó Dimitri contra una criatura como esa mientras nuestros guerreros estaban soportando unas heridas atroces?

—Los licántropos y los hombres lobo luchan en manada, sin embargo los carpatianos estamos acostumbrados a luchar contra monstruos solitarios.

—Últimamente los vampiros también están formando bandas —dijo Gregori—. Por más antinatural que suene, los vampiros han formado un ejército para luchar contra nosotros. Para entrenarse atacaron las instalaciones de los De La Cruz en Sudamérica.

—Eso debió ser como meterse en un nido de avispas. De todos los cazadores que hay en el mundo hubiera preferido a cualquier otro para que fuera contra mí —dijo Fen.

—Fue algo personal —explicó Dimitri—. Los hermanos Malinov decidieron que querían gobernar a todos los carpatianos, y los hermanos De La Cruz se negaron a unirse a ellos.

—Esta es una razón por la que debemos ser aliados de los licántropos —dijo Mikhail—. Somos demasiado pocos como para entrar en una guerra sin cuartel contra cualquier enemigo.

—Si tus guerreros se convierten deliberadamente en *sange rau*, los licántropos te atacarán —dijo Fen—. La guerra sería interminable, y los vencedores serían los vampiros. Cuando vayas a la reunión tienes que ser consciente de que sus prejuicios están muy arraigados, y que será muy difícil que cambien.

Mikhail asintió.

—Creo que debemos establecer nuestro propio nombre para aquellos que son simultáneamente carpatianos y licántropos, y no se han convertido en vampiros, a pesar de ser mestizos. Algo que indique que son completamente diferentes de los demonios que los licántropos creen que son. El término debería formar parte de nuestro vocabulario antes incluso de que me reúna con Zev. Lo que significa que debemos establecerlo de inmediato.

—¿Realmente crees que usar un nuevo nombre va a hacer que cambien de opinión? —preguntó Vikirnoff.

Era la primera vez que hablaba y, por su tono, Fen se dio cuenta de que no le gustaba nada la situación. Si no hubiera sido tan grave habría sonreído. Mikhail Dubrinsky comprendía totalmente el problema. No iba a quedarse cruzado de brazos y a huir de él, sino que realmente iba a intentar encontrar una solución. Más que ningún otro, aparte de Fen, Mikhail sabía perfectamente a lo que se estaban enfrentando.

Muchos de los guerreros carpatianos se sentirían tentados a convertirse en *sange rau*, simplemente para ser mejores en la lucha. Preferirían ignorar los potenciales problemas, y no reconocerían que MaryAnn y Manolito, y Fen y Tatijana, así como Dimitri, realmente eran un experimento. Además si Mikhail lograba convencer al consejo de que eran diferentes, serían atentamente observados por los licántropos y por los carpatianos. Pero si eso no ocurría, ¿qué hacer?

¿Estarían los licántropos dispuestos a ir a una guerra para obligar a los carpatianos a entregarles a los *sange rau*? Desgraciadamente Fen lo consideraba una posibilidad real. Y aunque Mikhail convenciera al consejo, eso no significaría que las manadas aceptaran acabar con algo tan arraigado. Y si el consejo aceptaba el cambio, su decisión bien podría generar fracturas entre las manadas.

—Necesitamos mucha más información antes de permitir que nadie de los nuestros decida voluntariamente emprender ese camino —dijo Mikhail—. Cuento con vosotros tres para que nos proporcionéis esa información.

Fen asintió.

—No me quedará más remedio que seguir a la manada de lobos renegados si se mueve de aquí. Tengo que cazar tanto a Abel, como a Bardolf.

—Después de ver cómo ha sido el regreso de Abel a su tierra natal, creo que solo tiene un objetivo en la mente, y no se va a marchar a ningún sitio demasiado pronto —dijo Mikhail—. Ha regresado para matarme. Mientras tanto nuestros cazadores tienen que saber cómo combatir contra Abel y Bardolf. Evidentemente has entrenado a Dimitri, que desde hace un tiempo sabe lo que ocurre.

Se podía percibir un pequeño tono de reproche en la voz de Mikhail. Dimitri se encogió de hombros sin mostrar arrepentimiento.

—Los lobos renegados nunca se habían acercado a nuestra tierra. Decidí establecer santuarios para nuestros lobos hermanos sabiendo que Fen podía necesitar un lugar para descansar, y algunas veces, para recuperarse. Además, me permití acompañarlo varias temporadas. Durante todos aquellos siglos lo que él era no influía en nuestra gente.

Gregori se puso nervioso y miró duramente a Dimitri con sus ojos plateados, pero Mikhail levantó una mano para impedirle que hablara.

—Nunca ha sido cuestionada la lealtad de Dimitri a nuestro pueblo —dijo Mikhail—. Hasta que llegó a nuestra tierra esta manada de renegados, los licántropos nos evitaban.

—Es verdad —admitió Gregori—, pero si hubiéramos sabido de la existencia de este enemigo en potencia, nos hubiéramos preparado mejor. Tal como están las cosas ahora, muchos de nuestros cazadores se encuentran muy malheridos.

—Pero lucharon contra las manadas, no contra los *sange rau* —señaló Dimitri.

¿Por qué le discutes eso?, le preguntó Fen. *Sabemos que tiene razón. Ambos debimos haber explicado la existencia de este enemigo antes de que ocurriera nada de esto. Me estás protegiendo, Dimitri, y los dos lo sabemos.*

Dimitri frunció el ceño. No era normal en él objetar a alguien que estaba señalando la verdad. El trabajo de Gregori, por encima de todo, era cuidar del príncipe. Pero ¿por qué sentía esa perturbadora animadversión tan primaria?

Tu lobo se está levantando para protegerte, le explicó Fen. *¿Lo sientes? Estás en un lugar donde nuestros ancestros nos pueden juzgar. Él lo siente, y quiere que te marches.*

Mikhail levantó una mano y cobraron vida cientos de velas situadas a lo largo de los muros. Al instante las columnas gigantes y los cristales irradiaron una serie de colores muy tenues. En el centro mismo de la habitación había un círculo de columnas de cristal. Eran las más pequeñas de la cámara, y la que estaba en medio se elevaba hasta la altura del hombro de Mikhail. Era de color rojo sangre, y estaba formada por minerales puros y cristales. La punta estaba afilada como una cuchilla.

Mikhail pronunció en su idioma antiguo las palabras rituales que invocaban a sus ancestros fallecidos largo tiempo atrás.

—Sangre de nuestros padres, sangre de nuestros hermanos, necesitamos vuestra sabiduría, vuestra experiencia y vuestros consejos. Uníos a vuestros hermanos guerreros y, a través del vínculo de la sangre, sed nuestros guías. Hemos prometido a nuestro pueblo nuestra inquebrantable lealtad, ser resolutivos ante las adversidades, compasivos con aquellos que lo necesiten, ser fuertes y resistir el paso de los siglos, pero sobre todo, vivir con honor. Nuestra sangre nos conecta. —Mikhail puso la palma de una mano sobre la punta de la columna hasta que le abrió la piel y se tiñó con unas gotas de sangre—. Nuestra sangre se mezcla para invocaros. Escuchad nuestro llamado y uníos a nosotros ahora.

Capítulo 13

La sangre de Mikhail se mezcló con la de los guerreros fallecidos largo tiempo atrás. Enseguida se iluminaron los cristales de color esmeralda intenso y rojo rubí, que proyectaron unas franjas cromáticas que se arremolinaban por el aire de la habitación y por los muros. El despliegue de colores que bailaban por la cámara era bastante similar al que forman las auroras boreales.

El remolino de colores hacía daño a los ojos de Fen. Estaba acostumbrado a los grises y a los blancos, y a veces a algunos de los colores apagados que pueden distinguir los lobos, hasta que Tatijana le devolvió la capacidad de verlos todos, pero todavía no se habituaba. Pero aparte de eso, el espectáculo era extraordinariamente hermoso. Su idioma nativo lo reconfortaba y le hacía sentirse parte de su pueblo después de haber pasado tantos siglos solo.

Fen miró a su hermano. Dimitri era alto, tenía los hombros anchos y una cara que parecía haber sido tallada en piedra. Era guapo, pero era un hombre distante y aislado. Tenía una compañera, pero no podía reclamarla. Ella había devuelto a su mundo las emociones y los colores, pero eso le hacía mucho más difícil la caza de los vampiros. Y ahora tenía que lidiar con un lobo que estaba agazapado dentro de él, y que estaba dispuesto a luchar para tomar la supremacía. Fen deseaba intensamente que la cámara sagrada consiguiera aliviar un poco su sufrimiento.

Las columnas comenzaron a vibrar. Cada una emitía una nota distinta perfectamente afinada, de manera que parecía como si los tótems llenos de caras estuvieran entonando un cántico. Los colores que giraban daban vida y expresión a los rostros al reflejarse en ellas. Fen se había cuidado de no ofrecer su lealtad al príncipe. Era importante asegurarse de que no iba a poner a Mikhail en una situación que lo obligara a ir a la guerra para defenderlo. Pero… Estaban MaryAnn y Manolito. Conocía a Zacarías De La Cruz, que era un cazador nato, y puramente carpatiano. Estaba en lo alto de la cadena alimenticia. Sin civilizar. Sin domar. Auténtico. Nadie podía tocar a su familia sin sufrir enseguida una brutal represalia. Podía ser implacable y jamás se detenía hasta aniquilar a cualquier persona, o grupo, que los atacara.

Fen sabía que Zacarías había encontrado a su compañera, pero hubiera apostado su vida a que el mayor de los De La Cruz no había cambiado demasiado. Fen era un cazador. No conocía otra forma de vida. Zacarías tenía que ser igual que él. Eso significaba que Mikhail tendría que proteger a la pareja de licántropos.

Si Tatijana iba a convertirse en lo que era él, y al final lo haría, quería que los carpatianos la protegieran. Y a su hermano también. Dimitri estaba muy cerca de convertirse en un *sange rau*. Habían intercambiado su sangre durante los siglos que habían pasado cazando juntos, y ya estaba sintiendo los efectos del lobo que llevaba en su interior.

Hacía muchos siglos su sangre se había incorporado a la columna de los guerreros durante el juramento de lealtad que había hecho a un príncipe que hacía largo tiempo que había fallecido. Si volvía a ofrecerles su sangre, los guerreros podrían sopesar las decisiones que Mikhail tenía que tomar. Sabrían lo que es sentir y pensar como un *sange rau*. No estaba avergonzado de ser como era. Había vivido todo lo honorablemente que había podido. Se había enfrentado a los enemigos de los licántropos, humanos y carpatianos, cada vez que se había cruzado con alguno.

—No tienes que jurarme lealtad —dijo Mikhail—. Pero si todavía dudas por miedo a provocar una guerra entre licántropos y carpatianos, te puedo asegurar que jamás aceptaré que se dé caza indiscriminadamente a aquellos licántropos que conocemos como *sange rau*. Cualquier carpatiano que tenga ese don tan difícil y extraordinario será llamado desde ahora: *Hän ku pesäk kaikak*, o *paznicii de toate*. Se traduce como «guardianes de todos», y nunca os voy a dejar de lado a ninguno de vosotros.

La voz de Mikhail era persuasiva. Casi hipnótica. Gracias a su voz podía convencer a cualquiera para que hiciera lo que le pidiese, aún a pesar de que siempre se cuidaba por mantener el tono neutro.

Hän ku pesäk kaikak. Guardián de todos. Mikhail lo veía de esa manera, o no le hubiera otorgado ese nombre que definía lo que era. Fen no podía creer que una diferencia tan pequeña fuese significativa. Había sido un odiado *sange rau*, y simplemente con una pequeña declaración, el príncipe lo había elevado a «guardián de todos».

Mikhail le estaba otorgando, a él y a los que eran como él, un objetivo y un estatus.

Definitivamente ha nacido para ser líder, susurró Tatijana en la mente. *Simplemente cambiando un nombre transforma la sensación de lo que eres, y quién eres.*

Ya veo por qué le ofreciste tu lealtad.

No hagas esto por mí.

No lo haré. Tiene que ser una elección personal, y yo he elegido ser parte de este mundo.

Fen ya no dudaba. Había pasado demasiados siglos siendo un hombre sin raíces. Pero su pueblo era el carpatiano por más que su sangre se hubiera transformado. Quería a los licántropos y los respetaba, pero su corazón pertenecía a ese lugar, a su pueblo. Quería volver a ser parte de la comunidad carpatiana. Quería asegurarse de que Tatijana siempre fuera a ser aceptada.

Miró a su hermano. Dimitri era un respetado guerrero entre los carpatianos, y le tenían gran estima. Todo lo que le aportara el lobo, que iba a transformar su interior, iba a beneficiar a su pueblo, y no le iba a arrebatar nada; Fen estaba seguro de eso.

Fen subió hacia el cristal color sangre. Bajó lentamente la palma de su mano. Antes de tocar la afilada punta, sintió la energía que emanaba de la enorme columna de cristal. Sabía que se exponía a un riesgo calculado. Si sus ancestros lo rechazaban, Mikhail, y con toda seguridad Gregori, también lo iban a hacer, pero era un riesgo que tenía que correr.

Dejó que el tótem de minerales le perforara la piel y le extrajera sangre. Enseguida se mezcló con la sangre de los que ya habían muerto. Su alma se expandió e invocó a los guerreros fallecidos antes que él. Los sentía, eran tantos, y su fuerte presencia resonaba en su interior, lo llenaba y hacía que se sintiera parte de una comunidad que se retrotraía a los tiempos antiguos. La avalancha de sentimientos de camaradería y pertenencia, de aceptación, era sobrecogedora.

Todas las células de su cuerpo respondían, y era consciente de todo, hasta del más mínimo detalle. Oía el sonido constante de una gota de agua, que palpitaba intensamente por la cámara como si fuera un latido. Su propio corazón se acompasó con ese ritmo colectivo. El flujo y reflujo del torrente que corría por sus venas, y por las de los que los rodeaban, comenzó a seguir el movimiento infinito de la sangre antigua que circulaba dentro del cristal. Muy por debajo del suelo de la cámara, a cientos de metros del bosque de columnas gigantes, sentía el pozo de magma que proporcionaba calor a la cueva a través del laberinto de cavernas en distintos niveles.

Escuchó susurros, antiguas palabras expresadas en el idioma carpatiano, de guerreros que lo saludaban.

Bur tule ekämet kuntamak. Pudo escuchar que antiguos amigos lo sauldaban… bienhallado seas hermano.

Él también les susurró en la mente intentando acercarse a ellos…

Inesperadamente la atmósfera de la cámara se volvió sombría y triste. El suave zumbido de la cámara se transformó en una música completamente distinta, en un cántico funerario, cuya triste melodía era inconfundible, a pesar de ser muy antigua. Era una melodía reservada a los guerreros caídos a los que se tenía en muy alta consideración, a los hombres legendarios.

Fen se dio cuenta de que estaba conteniendo el aliento. Los antiguos guerreros le estaban rindiendo un tributo, el mayor que puede recibir un guerrero caído, aunque él no estaba muerto. La columna pasó del rojo oscuro al púrpura, el color de duelo por un camarada caído. Las llamas que parpadeaban en las velas se atenuaron y arrojaron más sombras en la habitación, lo que incrementaba la sensación de tristeza.

Era la última reacción que Fen hubiera esperado: que sus ancestros se entristecieran y le rindieran tributo como si hubiera muerto en una batalla. Mantenía el rostro completamente inexpresivo, pero Tatijana fusionó su mente con la suya, y en el instante en que sintió un gran pesar en el corazón, ella se puso detrás de él, lo rodeó con sus brazos y apoyó la cabeza contra su espalda para consolarlo.

Pero en el momento en que ella se aferró a él rodeándolo con sus brazos, la música lúgubre paró de golpe de manera muy confusa, y se produjo un silencio sobrecogedor, como si los ancestros no supieran qué pensar. En la columna cristalina comenzó a aparecer un color rojo intenso que desplazó al púrpura oscuro. Las voces entonces susurraron saludos y felicitaciones.

Fen puso ambas manos sobre las de Tatijana, e hizo que se apretaran contra su cintura. No estaba seguro de qué pensar. Hacía un momento los antiguos guerreros estaban muy tristes como si hubiera muerto en una gran batalla, y ahora le volvían a hablar con camaradería. Todo era muy confuso.

Perciben tu sangre de cazadora de dragones, dijo a su compañera.

Está mezclada con la tuya. Debieron percibirlo antes de que me acercara a ellos, contestó Tatijana con un pequeño suspiro de desdén.

Te están llamando, hermana. Fen todavía no estaba muy seguro de cómo tenía que reaccionar, de modo que simplemente les dijo la verdad. *Ella es Tatijana, la guardiana de corazón y mi alma*, hän ku vigyáz sívamet és sielamet.

Por toda la cámara se oyeron murmullos de aprobación. No rechazaban a Fen. Todo lo contrario. Los antiguos guerreros lo aceptaban, pero al principio habían pensado que se había marchado del mundo, hasta que Tatijana lo rodeó con todo su ser.

El espectáculo de luces que se desplegaban en las estalactitas que tenían encima de sus cabezas cambió de color, y aparecieron lavandas y rosados pálidos, y un estallido de verdes claros y azules. Fen estaba seguro de que todos esos colores indicaban que su mujer pertenecía al linaje de los cazadores de dragones. Las estalagmitas, que eran grandes columnas esculpidas rodeadas de caras y ojos, volvieron a cobrar vida y se dispusieron a mirar abiertamente a Fen y a Tatijana.

¿Por qué están tan sorprendidos? ¿Somos una pareja? ¿No lo ven?

Los ojos de Fen se encontraron con los de Mikhail. ¿Qué significaba todo eso? Solo el príncipe podía ser capaz de descifrar el significado de los lamentos, y el cambio que se produjo después.

—¿Me puedes decir por qué piensan que he fallecido? —preguntó Fen no completamente seguro de si realmente lo quería saber.

No importa lo que piensen, insistió Tatijana rodeándolo para situarse de manera protectora entre él y la pequeña columna que usaban para comunicarse con los ancestros que habían fallecido largo tiempo atrás.

Sí importa, dama mía, dijo Fen cariñosamente. *Tenemos que conocer las consecuencias de habernos convertido en* sange rau *antes de que cualquier carpatiano decida mezclar su sangre con la falsa idea de que podría contribuir a salvar a su especie de la extinción, o simplemente de acabar con el peor de los monstruos a los que nos hemos enfrentado.*

No eres un sange rau. *Eres un* hän ku pesäk kaikak, *un guardián de todos*, lo contradijo Tatijana firmemente.

Fen sintió que su corazón daba un extraño vuelco. Incluso sintió la misma sensación en el estómago ante su respuesta ferozmente protectora.

Tengo suerte con mi pareja, dijo muy en serio.

Tatijana le había cambiado la vida, y siempre iba a ser el centro de ella. Hacía que se sintiera vivo, y le había permitido disfrutar por primera vez de la alegría y la risa verdadera.

—Los ancestros te saludan afectuosamente porque han reconocido tu corazón y tu alma carpatianos, Fen —dijo Mikhail—. Algunos de ellos te conocieron, y celebran que conserves tu honor después de haber seguido una trayectoria tan larga y difícil.

Fen asintió. Había escuchado su bienvenida, y la camaradería había hecho que se sintiera como si formara parte de un grupo mucho mayor. Después de haber pasado siglos solo, se sentía completamente conectado con sus ancestros. Hubiera dado cualquier cosa por haberse sentido así antes de haber conocido y reclamado a Tatijana. Hubiera necesitado esa conexión, pero una vez que ella se extendió por su mente con tanta fluidez, elegancia y luz, sintió que realmente ya no necesitaba a nadie más. Ella le había regalado la paz.

Había ido a la reunión con la idea de que necesitaba y deseaba que lo aceptaran. No solo a él, sino a su hermano, y a cualquiera que tuviera ese tipo de sangre mezclada. Pero ahora que estaba en la sagrada cueva de los guerreros, se sentía reconfortado por los rituales tradicionales, pero era Tatijana quien hacía que se sintiera completo, no el círculo de guerreros.

—¿Qué pasó? ¿Por qué piensan que he muerto? —preguntó Fen con mucha curiosidad.

—Cuando tu sangre tocó por primera vez la piedra sagrada, sintieron lo que se esperaba. Hice que vinieran con mi invocación. Pero al procesar tu sangre cuando se mezcló con la de ellos, se dieron cuenta de que era muy diferente, y que tú, como carpatiano, ya no estabas aquí. Ya habían juzgado tu corazón y tu alma, y sabían que eres honorable y que has luchado con toda intensidad durante mucho tiempo por nuestro pueblo. Por eso te ofrecieron el honor más alto que puede recibir un guerrero mientras lamentaban tu muerte.

—¿Creyeron que estaba muerto porque su sangre es diferente? —preguntó Dimitri deseando que se lo clarificaran—. ¿O es que lo consideran muerto para el pueblo carpatiano?

—Creen que está muerto —explicó Mikhail—. ¿No percibiste que su pena era genuina? Tu sangre, Fen, en este punto debe de ser completamente distinta a la de un carpatiano.

—Pero puedo dar sangre a cualquiera, igual que un carpatiano —dijo Fen.

—Nos has contado que la transformación se produce por fases. Probablemente si hubieras venido aquí en las primeras fases, tu sangre hubiera sido muy parecida a la de un carpatiano, y muy pocos hubieran notado la diferencia —dijo Mikhail.

—Pero después percibieron a Tatijana. Su sangre de cazadora de dragones es muy poderosa.

—Sí lo es. Y como sois compañeros también debes poseer trazas de ese tipo de sangre. Pero siento algo diferente igualmente poderoso. No es tu licántropo, cuya presencia es formidable, sino algo muy sutil e igualmente dominante. —Mikhail miró especulativamente a Fen, después a Dimitri, y nuevamente al primero—. Tatijana es una Dragonseeker, uno de nuestros linajes más poderosos. Tiene una fuerte conexión con la Madre Tierra, pero siento que en tu caso es diferente, es como si no fuera la suya, sino que es solo tuya.

—Tatijana posee una fuerte conexión con la Madre Tierra —reconoció Fen.

Mikhail negó con la cabeza, y su mirada inteligente y penetrante volvió a clavarse en Dimitri.

—Ah. Ya lo veo. La joven Skyler. No subestimemos a esa niña. Ayudó a curarte. ¿Cómo pudo hacer eso desde una distancia tan considerable? ¿No estaba en Londres?

—Creo que sí —respondió Tatijana por los dos hombres.

—Y aun así la conoces y puedes hablarle allá donde esté —dijo Mikhail—. ¿Cómo es que esa joven, en realidad una niña desde el punto de vista humano, puede atravesar miles de kilómetros y llegar a curar a alguien que está al borde de la muerte?

Tatijana se encogió de hombros.

—Tiene que tener que ver con ser descendiente del linaje de los cazadores de dragones. Ya has explicado que es un linaje muy poderoso.

—¿Has sido capaz de hacer algo así? —le preguntó Mikhail.

Tatijana dudó. Después negó con la cabeza.

—No. Tanto Bronnie como yo intentamos comunicarnos con nuestra sobrina cuando se escapó de las cuevas de hielo, pero la distancia era demasiado grande.

Mikhail levantó una ceja mirando a Gregori.

Gregori también negó con la cabeza.

—Nunca he cubierto esa distancia. He estado cerca de hacerlo, pero dudo que hubiera podido estar conectado el tiempo suficiente como para curar a nadie.

Dimitri se mantuvo en silencio. Su expresión no cambiaba nunca. Fen entró en su mente. Su hermano estaba locamente enamorado de Skyler, pero no la había reclamado, pues respetaba su decisión de esperar hasta que se sintiera preparada. Pero no se iba a rendir, ni siquiera por el príncipe y sus indagaciones en la cueva sagrada.

Dimitri llevaba siglos a su servicio. Aunque fuera el hermano menor de Fen, había pasado siglos cazando vampiros por su cuenta. Era muy respetado, y en algunos círculos se le consideraba un guerrero legendario. Su relación con Skyler era privada. Rara vez hablaba de ella. Fen había obtenido más información sobre ella en el breve momento en que se encontraron durante la curación que en todos los años en que Dimitri le ofrecía refugio seguro para descansar y curarse.

Mikhail parecía estar más entretenido que triste por el hecho de que ninguno se mostrase más comunicativo sobre la joven compañera no reclamada de Dimitri. Simplemente asintió.

—Estoy seguro de que esa joven de algún modo ha conseguido ligar a Fen y a Dimitri a la Madre Tierra, lo que como poco es un gran privilegio.

—¿Han aceptado los ancestros a Fen tal como es? —preguntó Dimitri yendo directamente al grano.

Por primera vez Mikhail dudó. Soltó un suave suspiro.

—No te puedo dar la respuesta exacta que buscas, o que busco yo mismo, Dimitri. Los ancestros han reconocido a Fen como un gran guerrero que ha vivido con honor, pero su sangre ya no es como la de los carpatianos.

Dimitri no se inmutó, pero Fen estaba cerca de él y sintió que la respuesta le había impactado como un puñetazo en el estómago. Mikhail había planteado preguntas en las que ambos tenían que pensar. Tatijana ya estaba ligada a él y había aceptado compartir su destino como su compañera. Pero el caso de Skyler era diferente. Era muy joven, y además humana. ¿Tenía Dimitri derecho a sentenciarla a una vida incierta, rodeada de enemigos escondidos detrás de cada puerta?

—¿Cuánto se tarda en que un cazador adquiera tu velocidad? —preguntó Gregori.

Fen movió la cabeza.

—Me llevó casi un año comenzar a fusionarme con mi lobo. Creo que Manolito De La Cruz podría responder mejor a eso. Dices que se ha transformado recientemente. Tienes que recordar que cuando me ocurrió a mí, ni siquiera me di cuenta de que era por culpa de la sangre. Me habían mordido en numerosos combates contra manadas de lobos renegados, y también lo hizo el *sange rau* que estábamos cazando. En aquellos días nadie sabía de genética. Cada vez que evocaba al lobo, gradualmente me fui fusionando con él —dijo Fen encogiéndose de hombros.

—Al cabo de los años, cuando algunas veces Dimitri se unía a mí en los combates, e igual que todos carpatianos, nos proporcionábamos sangre el uno al otro si alguno de los dos estaba herido. Pero eso nunca hizo que se levantara una tarjeta roja de alarma.

Vikirnoff, que se había mantenido en silencio durante todo el ritual de los ancestros, dio un paso adelante para felicitarlo.

—Te di sangre después de tu combate contra Abel, y a pesar de lo que había presenciado, no lo dudé ni un momento. Dar sangre es parte de nuestra vida diaria. Nadie puede considerar la posibilidad de negar la salvación a un camarada carpatiano.

—O a un licántropo —afirmó Fen.

—Los licántropos se han mantenido alejados de nosotros porque durante todos estos siglos no han comprendido cómo funciona el proceso de convertirse en *sange rau* —aventuró Mikhail—. Si esto comenzó hace varios siglos, los prejuicios tan arraigados a los que te has referido deben de ser ciertos.

Fen asintió.

—Cada nuevo consejo ha renovado el decreto que obliga a evitar a los carpatianos cuanto sea posible, a pesar de que pueden luchar a su lado cuando sea necesario, y no deben mostrar animosidad hacia ellos.

—¿Por qué decidiste vivir como un licántropo y quedarte con las manadas en vez de regresar a casa? —preguntó Vikirnoff.

—Al principio quería conseguir toda la información que pudiera —dijo Fen—. Pero después me di cuenta de que cuando permitía que el licántropo se hiciera fuerte, no era tan difícil luchar contra la tentación de dejarme devorar por la oscuridad.

Gregori le echó una mirada fulminante con sus ojos plateados.

—Dices que era mucho más difícil resistirse a la llamada del vampiro.

—Mucho después —dijo Fen—. Al principio no. En esos momentos el lobo me protegía de la tentación, y después cuando vivía con las manadas como licántropo me di cuenta de que la oscuridad no era tan opresiva. A lo largo de los siglos realmente me ayudó mientras cazaba. Yo he sido un cazador muy... activo.

Dimitri asintió.

—Ha sido extremadamente hábil cazando lobos renegados. Cuando estaba muy malherido, o durante la luna llena, se metía bajo tierra, y parte del tiempo yo vigilaba su lugar de reposo hasta que volvía a ponerse en forma.

—¿Por qué os pueden detectar durante la luna llena y no en otros momentos? —preguntó Mikhail con curiosidad—. Puede que en esto haya algo que podamos usar contra los *sange rau*.

—Los licántropos siempre tienen muy en cuenta la energía. Cuando una manada sale de cacería, no tiene éxito si la presa sabe que van a intentar atraparla. Por eso evolucionaron de manera que pudieran enmascarar su energía —explicó Fen—. Desgraciadamente, durante el ciclo de la luna llena eso es imposible. Su atracción es demasiado fuerte para los licántropos. Y yo soy lo suficientemente licántropo como para sufrir el mismo efecto. Pero si un licántropo está cerca de mí, percibe que mi energía es diferente, y se da cuenta de inmediato de lo que soy.

—Por eso querías que Tatijana se lo advirtiera a MaryAnn y a Manolito —dijo Gregori—. Sabías que debían desconocer todo eso, y que si se cruzaban con algún licántropo en luna llena inmediatamente serían condenados a muerte.

—He evolucionado como *sange rau*...

—*Hän ku pesäk kaikak* —corrigieron Tatijana y Mikhail a la vez—. Un guardián de todos.

Se miraron el uno al otro y sonrieron.

—He evolucionado como *hän ku pesäk kaikak*, guardián de todos —corrigió Fen—, a lo largo de los siglos. Que un guerrero decida convertirse en *sange rau* pensando que así podría luchar mejor contra ellos, es ridículo. Se tarda siglos en desarrollar su velocidad, y en comprender sus capacidades. Sin mencionar que si no tiene compañera el peligro que corre su alma se incrementa con cada año que pasa.

Mikhail asintió.

—Creo que ya tengo suficiente información como para tomar algunas decisiones que guíen a nuestro pueblo, y que contribuyan a persuadir al consejo de los licántropos para que dejen de cazar a quienes sean *hän ku pesäk kaikak...* guardianes de todos, en vez de *sange rau*. Una vez que determine el curso de las acciones, celebraré una reunión aquí en esta cámara sagrada con la mayor cantidad posible de nuestros guerreros para hacerles saber a qué nos estamos enfrentando. —Gregori asintió aunque no parecía muy contento con lo que había dicho—. Avisaremos a MaryAnn y a Manolito en cuanto contacte con Zev y le solicite una reunión con el consejo de los licántropos. Si aceptan convocaré a nuestros guerreros para que vengan a la reunión. —Mikhail se inclinó levemente haciendo un gesto de respeto a Fen—. Gracias por haber venido hoy, y por haberme dado la oportunidad de aprender cosas nuevas.

—Mi compañera, Tatijana, ya juró lealtad a su príncipe. Mi hermano Dimitri también —dijo Fen—. Aunque mi sangre ya no sea carpatiana, mi corazón y mi alma sí lo son. Me gustaría jurar lealtad a mi príncipe si deciden aceptarme tal cual soy.

—Eres y siempre serás carpatiano por encima de todo —dijo Mikhail—. Me honraría que te contaras entre mis guerreros.

Enseguida se volvió a oír a gran volumen el zumbido de los cristales, cada uno perfectamente afinado. Los colores giraron y aparecieron intensos matices de rojos y púrpuras oscuros, como si los ancestros todavía estuvieran un poco confundidos acerca de lo que realmente era Fenris, pero mostrando su acuerdo con su decisión de jurar lealtad al príncipe; al fin y al cabo habían reconocido que llevaba siglos sirviendo a su pueblo con honor.

Fen se abrió la vena de la muñeca y la levantó para ofrecérsela a Mikhail.

—Ofrezco mi vida a nuestro pueblo. Prometo mi lealtad a través del vínculo de sangre.

Mikhail, le advirtió Gregori.

Es uno de nosotros.

Su sangre no lo es. Tomaré yo su sangre.

Los ojos de Mikhail se oscurecieron aún más, y Gregori dio un paso atrás de mala gana.

Mikhail probó el líquido que salió de la muñeca que se le ofrecía, y aceptó el vínculo de sangre con Fen. Cerró la herida con mucho cuidado, e hizo una pequeña reverencia a Fen.

—Como timonel de nuestro pueblo, acepto tu sacrificio.

Eres la persona más testaruda que he conocido, susurró Gregori. *Hay veces en que te encerraría en una mazmorra y me desharía de la llave.*

Mikhail se rió suavemente en la mente de Gregori.

A mi hermana no le debe gustar que su marido tenga estos pensamientos.

Puedes usar la carta de ser hermano de Savannah cuando quieras. En serio, Mikhail, soy el responsable de tu seguridad y te niegas a escucharme.

Mikhail suspiró.

Te escucho. Antes de tomar cualquier decisión, siempre considero atentamente todo lo que me dices, Gregori. No intento hacer que tu trabajo sea más difícil, pero también tengo que seguir mi instinto. Fenris Dalka va a ser un gran activo para nuestro pueblo. Sé que tiene un lugar en nuestro futuro. Y los ancestros también lo saben.

Fen pasó un brazo alrededor de Tatijana. Sabía que nadie más se había fijado en el movimiento instintivo que había hecho Gregori para impedir que Mikhail bebiera su sangre. No podía culparlo de nada. Mientras más conocía a Mikhail, más respeto le tenía. El destino de toda una especie descansaba en sus hombros. Era considerado, inteligente, y su propio hombre de confianza, un guardaespaldas como Gregori, era su peor pesadilla.

Fen estaba completamente seguro de que los dos hombres se habían comunicado, aunque parecía que ni Dimitri ni Tatijana se habían dado cuenta. Su grado de conciencia estaba extremadamente elevado, y había percibido la ligera corriente de energía que había ido de un hombre al otro. Pero no debía haber sentido nada. Estaban acostumbrados a comunicarse telepáticamente, y llevaban siglos haciéndolo. La comunicación psíquica era muy natural en ellos.

Fen soltó el aliento lentamente intentando no alertar, o alarmar, a Gregori. Estaban bajo tierra en sus cuevas más sagradas, rodeados de los espíritus de sus antepasados, todos guerreros que protegerían a Mikhail, y sin embargo había sido consciente de la conversación telepática que se había producido entre el príncipe y su hombre de confianza. Eso no era bueno. Si se lo hubiera imaginado, hubiera sido otra cosa, pero Fen sabía que eso significaba que seguía evolucionando. En algún momento tenía que decírselo a Gregori, o al príncipe, pero no en ese lugar donde no podría prestar suficiente protección a Dimitri y a Tatijana en el caso de que los ancestros le retiraran la confianza.

¿Qué ocurre? preguntó Tatijana mientras le hacía una caricia en la mente.

Al instante sintió una gran paz en su interior. No podía cambiar lo que era, y ella lo aceptaba, incluyendo los problemas y todo lo demás.

Te tengo a ti, dama mía, y nada puede ir mal. Ella se rió muy suave en su mente llenándolo con esa extraña emoción que ahora reconocía como alegría. *¿Te dije al levantarnos que estoy locamente enamorado de ti, y que es evidente que eres la mujer más guapa del mundo? Si no lo hice, ha sido un descuido por mi parte.*

Pero lo subsanaste cariñosamente esta tarde cuando nos alimentamos. ¿Lo recuerdas? ¿Cuándo me levantaste para hacer el amor? En caso de que hayas logrado olvidar eso, te recuerdo que rodeé tu cintura con mis piernas, enganché los tobillos para no caerme y simplemente descendí derecha sobre tu miembro. Suave y lentamente. ¿No te acuerdas?

Su voz sonaba tan caliente y sensual como siempre.

No había olvidado ni un momento de cuando había hecho el amor con ella. Quería tener esa experiencia lo más a menudo posible.

Es imposible que lo olvide, dama mía. Arde en mi alma.

Vikirnoff hizo un gesto con la mano frente a la cara de Fen.

—¿Sigues con nosotros? Mikhail te sacó un poco de sangre y estás pálido.

—A mí no me parece pálido —dijo Dimitri arrastrando las palabras—. Parece un poco recalentado.

Fen miró a su hermano frunciendo el ceño ferozmente, pero Dimitri no pareció intimidarse en absoluto.

—Realmente quiero que volvamos a la forma de luchar contra los *sange rau*. Tiene que haber una manera. Dimitri consiguió luchar exitosamente contra el que se llama Bardolf —señaló Vikirnoff—. Y es carpatiano. ¿Fue capaz de hacerlo porque parte de su sangre es mestiza, o por que usó alguna estrategia en especial? —preguntó con curiosidad, aunque se pudo percibir cierta ansiedad en su tono de voz.

—Yo tenía mucho miedo a convertirme en vampiro, igual que la mayoría de los antiguos cazadores carpatianos —dijo Fen—, de modo que practicábamos juegos de guerra cada vez que estábamos juntos. Dimitri pudo descubrir las cosas que funcionaban, y las que no.

—Siempre la mejor manera de luchar contra ellos es golpear y escapar —dijo Dimitri—. He inventado varios trucos, pero solo se pueden usar una vez, como mucho dos, después de difundirlos. Los *sange rau* aprenden y se adaptan muy rápido, por lo que las reglas del juego consisten en cambiarlo siempre todo.

—Afortunadamente —continuó Fen—, un vampiro siempre será un vampiro. Y un hombre lobo renegado es lo mismo. No siempre poseen la paciencia que deberían tener. Definitivamente un *sange rau* tarda más en enfadarse, pero en realidad tiene un ego más grande aún que el de los vampiros, de manera que hay que intentar irritarlo lo bastante como para que cometa errores.

—Por lo tanto, para los cazadores lo mejor es perseguirlos con una manada —añadió Dimitri—. Un cazador solitario nunca tendrá las mismas opciones que pueda tener un grupo.

—Pero para luchar al estilo de las manadas se requiere de cierto talento. Bardolf conoce cada movimiento de la manada, pero Abel no tanto —continuó Fen—. Lo más importante que hay que saber de un *sange rau* es su procedencia, lo que era antes de mezclar su sangre. Bardolf se siente cómodo como lobo, y cuando lo presionan vuelve a lo que conoce mejor. Lo mismo ocurre con Abel. Evidentemente Abel es quien manda en su relación. Ha adquirido muchas más habilidades porque lleva mucho más tiempo siendo *sange rau*.

—Vamos a necesitar un curso intensivo para aprender a luchar contra estos chicos malos —declaró Vikirnoff—. ¿Estáis los dos dispuestos a quedaros para echarnos una mano?

—Esa sería la idea —dijo Dimitri—. Eso, y elaborar una estrategia para acabar tanto con Bardolf como con Abel. Si hacen que la manada se mueva los tendremos que rastrear.

—No subestimes a la manada. No sabemos exactamente cuántos son, aunque muchos murieran en las dos batallas. Pero incluso si matamos a treinta o cuarenta, y la manada cuenta con la fuerza de cien miembros, como estimo que debe ser, todavía tienen un gran ejército que pueden lanzar contra vosotros —dijo Fen—. Vendrán durante el día porque Abel sabe que es cuando os pueden hacer más daño.

—Otra buena razón para os quedéis a ayudarnos —dijo Gregori.

—Luchan como un ejército bien sincronizado. Atacan muy rápido, y asesinan y hacen todo el daño posible antes de volver a desaparecer. Casi siempre van contra el vientre, e intentan desgarrar al adversario abriéndolo en canal —les explicó Fen.

—Tengo cicatrices que lo demuestran —añadió Dimitri frunciendo levemente el ceño de manera autocrítica.

Gregori le sonrió.

—No eres el único. Creo que a la mitad de nuestros hombres les abrieron las barrigas, incluido yo. Sin duda nos hicieron parecer aficionados.

—Yo lo conocía lo bastante como para no permitir que se acercara tanto —reconoció Dimitri.

—Las manadas están formadas por guerreros muy peligrosos y hábiles —dijo Fen.

—Piensa en las manadas de lobos de los bosques —añadió Dimitri—. Los licántropos cuando atacan son una amenaza mayor que un animal normal de manada, porque sus mejores estrategas dirigen la cacería.

—Pero los licántropos no cazan ni a humanos ni a carpatianos —dijo Mikhail rápidamente—. Cuando hablas de cacería en manada en realidad te refieres a los lobos renegados. A las manadas de hombres lobo.

—Es verdad —aceptó Fen—, pero comienzan siendo licántropos. La mayoría de las veces son individuos que pertenecen a una manada de la que desertan para convertirse en renegados. Y después los renegados forman sus propias manadas.

Natalya, la compañera de Vikirnoff, frunció el ceño de pronto. Era sobrina de Tatijana, hija de su hermano Soren, fallecido hacía mucho tiempo, y conservaba los rasgos de los Dragonseeker, incluyendo los ojos y el pelo que cambiaban de color. Después de haber llegado a conocer a Tatijana tan profundamente, Fen no se sorprendía de ver a Natalya luchando al lado de su compañero, o entrando con absoluta confianza en la cueva de los guerreros.

—¿Qué ocurre? —preguntó Fen.

—Háblanos de los cazadores de élite como Zev. Todo el mundo habla de él, y de lo capacitado que está.

—Lo vi en plena acción —dijo Gregori—. En todos los sentidos es tan bueno como nuestros mejores guerreros.

—Eso había oído —dijo Natalya—. ¿Nunca se convierten en renegados?

—Es posible —dijo Fen—. Pero nunca vi que ocurriera. Nuestros mejores cazadores al final pueden sucumbir a la oscuridad y convertirse en vampiros. Nuestras especies no son tan diferentes. Ambos nacemos siendo depredadores, y tenemos que someter a esa parte de nuestra naturaleza para conservar el honor.

—Pero tú en parte eres licántropo —insistió Natalya—. ¿Has tenido que luchar contra la tentación de permitir que el animal que te acompaña tome el mando?

Sabe cuáles son las preguntas correctas que hay que hacer. ¿Te puedes imaginar a Zev convertido en sange rau*?, dijo Tatijana con orgullo.*

Nunca había tenido la oportunidad de conocer a su sobrina cuando era pequeña. En cierto sentido, Fen sabía que estaba agradecida de que hubiera sido así. Había tenido que soportar ver cómo su padre torturaba a su nieto, y lo usaba en experimentos horrendos.

Tatijana estaba firmemente fusionada con él, y había sido así desde el momento en que habían entrado en la caverna. Estaba completamente decidida a protegerlo hasta del más mínimo insulto, pero tenía la mente abierta para que Fen leyera sus pensamientos. Quería tener una relación con Natalya, que había ayudado a rescatar a sus tías, pero tanto ella como Branislava estaban tan frágiles que casi de inmediato las habían metido bajo tierra. Y después no habían tenido tiempo para conocer a sus parientes.

Es verdad que ha hecho las preguntas oportunas, aceptó Fen. *Sin duda es una Dragonseeker.*

—Por otro lado, mi amigo Vakasin, se convirtió en *sange rau* mientras cazábamos. —Fen hizo una pausa, negó con la cabeza y rápidamente se corrigió a sí mismo—. No se convirtió en *sange rau*, sino en guardián de todos.

Nuevamente Tatijana lo inundó con… ella misma. Amor puro. Cercanía. En el momento en que se entristeció al recordar a su amigo caído, ella enseguida compartió sus emociones para consolarlo. Era un gran milagro.

Cada vez que nos levantamos, espero poder darte felicidad, le dijo Fen, pues no sabía otra manera de poner en palabras sus sentimientos hacia ella. Solo esperaba que sintiera la misma emoción sobrecogedora que tenía él cada vez que se fusionaba con ella.

Hombre lobo, no te pongas demasiado romántico conmigo mientras tu hermano nos está observando como ahora.

Tú empezaste, dijo Fen en broma, pero ella tenía razón.

Dimitri era muy observador y los estaba mirando con una pequeña sonrisilla cómplice.

—Tenemos que ser mucho más creativos y prepararnos para los ataques de día —dijo Mikhail. Había permanecido en silencio durante la mayor parte de la conversación sobre la forma de luchar contra las manadas—. Los hijos adoptivos de Sara y de Falcon son humanos, y deben ser protegidos. Solo tenemos a Jubal y a Gary para que nos ayuden a luchar contra las manadas si aparecen en el momento en que somos más vulnerables. Además, Gary no va a poder ayudarnos en absoluto durante algún tiempo.

—Zev y su manada los defenderán mientras los renegados estén en las proximidades —dijo Fen—. Prometieron cazar a los renegados y ajusticiarlos.

—¿Estarían más interesados en cazar activamente a los hombres lobo, o en proteger a los niños? —preguntó Gregori.

Mikhail se encogió de hombros.

—Nosotros vamos a proteger a nuestros niños, con o sin ellos. Tengo muchos asuntos que considerar antes de convocar a todo el consejo de guerreros. Quiero ver a Zev lo antes posible, conocer a su manada y pedirles que lleven una invitación a su propio consejo para que se reúna con nosotros. Si cuando tengamos una respuesta, esta es positiva, llamaré a los demás.

Mikhail dio la espalda al grueso cristal color rojo sangre que todavía parpadeaba.

—Agradezco a mis ancestros su amabilidad por haber venido a vernos para servirnos de guía en estos difíciles momentos. Que estéis bien y seguid el camino con honor.

Las resplandecientes columnas gigantes cantaron un momento, y sus colores volvieron a transformarse creando el extraño efecto de las auroras boreales. Después se fueron apagando lentamente.

Fen oía las caídas de agua, el burbujeo del lodo hirviendo y la respiración de sus compañeros. Y aún más, podía percibir el pulso y los latidos de la propia montaña. Y mucho más abajo alcanzaba a sentir la presión de los pozos de magma. Tenía un ritmo que podía sentir en sus propias venas. Algo de la cueva sagrada había agudizado sus sentidos volviéndolos aún más sensibles. ¿Todavía estaba evolucionando como había considerado antes?

O gracias a tu conexión con la Madre Tierra se te han otorgado aún más talentos.

¿Cómo había podido pensar que Tatijana no iba a leer sus alarmados pensamientos? Le tomó una mano y se la llevó a su pecho justo encima del corazón. Ella una vez más se había expresado de manera casual y realista.

—A mi compañera, Raven, le encantará conocerte, Fen. Después de tantas batallas, ceremonias y rituales solemnes sería bueno para todos que nos relajemos. Ella ha pensado que sería agradable que vengáis a que celebremos una fiesta —dijo Mikhail—. Ya sé que estáis muy cansados, pero ella rara vez pide algo tan...

—Una celebración sería fantástico —dijo Tatijana al instante.

Apretó los dedos alrededor de los de Fen, que sintió que estaba entusiasmada.

Una celebración. Una fiesta. Podría estar con Natalya y conocerla mejor. Bronnie incluso se podría levantar para venir. Ella no es tan extrovertida como yo. Es mejor guerrera, pero se muestra tímida cuando está rodeada de demasiada gente. Tengo miedo de que nunca quiera salir a la superficie de la tierra. Tatijana le sonrió. *¿No sería genial que hubiera música? ¿Bailes? Me encanta bailar.*

—¿Estaremos seguros teniendo a dos *sange rau* tan cerca? ¿Y a una manada de hombres lobo? —preguntó Natalya.

—Dudo que Abel esté tan loco como para atacar a los carpatianos cuando estén todos reunidos —dijo Mikhail—. Pero vamos a hacer nuestra celebración en un lugar seguro y fácilmente defendible, donde podamos poner salvaguardas.

Natalya y Tatijana se sonrieron la una a la otra. Por encima de sus cabezas Vikirnoff y Fen también se sonrieron durante un instante.

—Ya está decidido —dijo Mikhail—. La próxima vez que nos levantemos nos vamos a divertir un poco.

Capítulo 14

Había caído mucha lluvia durante el día. El enorme chubasco había refrescado el aire de la noche, y los colores se veían intensos y limpios. Las hojas de los árboles estaban relucientes. Fen y Tatijana estaban cruzando el bosque para ir a la cueva donde se celebraba la fiesta. Fen descubrió que observaba todo completamente maravillado, como si fuera algo nuevo para él y no lo hubiera visto nunca antes.

Caminar con Tatijana tomados de la mano siempre hacía que se sintiera bien, como si fuera alguien… un hombre de familia. Ella siempre lo iba a conocer más que nadie, pero en cambio él sabía que su compañera iba a ser un misterio que iba a tardar siglos en resolver. ¿Cómo podía una mujer borrar siglos de completa soledad? ¿Cómo podía eliminar todas las muertes, y los amigos que había tenido que matar?

Avanzaban lentamente disfrutando de cada paso. El musgo, que podía ir de un verde amarillento al color lima, se rizaba en los troncos de los árboles y sobre las piedras. Estaba maravillado de poder distinguir los matices de los colores. El cielo estaba tan claro que parecía de color azul medianoche, y las estrellas que se desperdigaban por él eran una asombrosa colección de miles de gemas que resplandecían sobre sus cabezas. Cuando pasaban cerca de los macizos de flores, y Tatijana los rozaba con sus sandalias, las flores nocturnas desplegaban sus pétalos en honor a ella.

—Eres mágica, dama mía —dijo Fen—. Absolutamente mágica.

Tatijana se acercó a él y se acomodó debajo de su hombro.

—No tengo nada mágico, hombre lobo, pero me alegra que lo pienses.

Fen se llevó los dedos de Tatijana a su cálida boca. Ella se veía especialmente guapa con su vestido largo suelto, especial para bailar. «Por si acaso», le había dicho riéndose. Sin duda iba a bailar esa noche, aunque tuviera que ser él quien proporcionara la música.

—Lamento no haber conseguido convencer a tu hermana para que viniera —dijo Fen.

Ella había intentado hablar seriamente con Branislava para que se levantara durante unas horas, pero no había tenido éxito. Tatijana había aceptado la decisión de su hermana, pero estaba decepcionada. La echaba de menos. Fen percibía que el dolor que sentía se incrementaba.

—Va a salir cuando sea un buen momento para ella. En muchos sentidos es mucho más valiente que yo, pero siempre lo pasa mal cuando tiene que hablar con la gente. Xavier, nuestro padre, hizo un gran esfuerzo por mantenernos aterrorizadas y bajo su dominio. Usaba un montón de trucos psicológicos. Bronnie siempre intentaba protegerme, y se llevaba la peor parte.

—Sentí que estaba verdaderamente contenta contigo porque hayas encontrado a tu compañero —dijo Fen.

—Lo estará. Ella es así. Aún puede aparecer esta noche. No dijo exactamente que no lo haría. Quiere ver a Natalya y a Razvan, mi sobrino, hijo de nuestro hermano. Le dije a Bronnie que no creía que Razvan estuviera por los alrededores, pero simplemente conocer a Natalya es un regalo de un gran valor.

Fueron disminuyendo la velocidad de sus pasos a medida que se acercaban al borde del bosque, justo en la base de la montaña, para aprovechar el tiempo que estaban juntos a solas.

—Le di toda la información posible sobre las manadas de lobos renegados, los cazadores de élite, las preocupaciones de Mikhail y todo lo que pensaba sobre el asunto cuando me lo preguntó —dijo Fen—. Insistió en que le diera sangre.

—Esperaba que insistiera en ello —dijo Tatijana—. Es muy protectora conmigo. Nosotras mismas hemos sido lo único que hemos tenido en siglos. —Lo miró un poco nerviosa con una media sonrisa—. ¿De verdad piensas que me veo bien?

Había preparado con mucho cuidado su indumentaria, y había cambiado de opinión dos veces antes de decidirse por el vestido largo. Además, se había hecho una larga trenza con su espesa cabellera, que se había recogido formando un intrincado moño. Después se lo había bajado, para dejarlo en parte hacia arriba y en parte hacia abajo, de manera que le colgaran tirabuzones de trenzas.

—Te ves tan guapa que me dejas sin aliento —dijo Fen sinceramente—. Pero no tienes que estar nerviosa esta noche, Tatijana. No va a haber nadie a tu nivel.

Le sorprendió su vulnerabilidad. Nunca antes le había mostrado esa parte de sí misma. Había luchado con él contra la manada de renegados, había resistido junto a Gregori, y había entrado en la cueva sagrada de los carpatianos completamente preparada para defenderlo. Y le había parecido muy segura en la taberna, donde bailaba ignorando a la dura concurrencia. Pero ahora, estaba nerviosa por ir a una celebración con sus compañeros carpatianos.

Le pasó un brazo por la cintura, hizo que se detuviera y le levantó la barbilla para poder ver sus ojos resplandecientes, y siempre cambiantes.

—Te amo mucho, *sívamet*. Nunca querré a otra mujer.

—Claro que no. Yo soy tu compañera.

Fen movió la cabeza.

—Tontita. Ya estaba enamorado de ti mucho antes de reclamarte. Es imposible no amarte cuando puedo entrar en tu mente y observar todo tu cariño y compasión. Cuando puedo ver quien realmente eres en tu fuero más íntimo. Me siento más que honrado de que seas mi compañera, pero mi amor por ti es incombustible. Mi corazón y mi alma, mi mente y mi cuerpo, te pertenecen.

Le deslizó la palma de una mano por el cuello, y con el pulgar le inclinó la cabeza hacia la de él. Sus ojos, que estaban de un extraño color verde, parecían profundos pozos de esmeraldas.

—Sé lo tonto que suena esto en voz alta, Tatijana, pero te repito que siempre me dejas sin aliento.

Ella curvó los labios formando la sonrisa más hermosa de las que le podía ofrecer su imaginación más salvaje. Su labio inferior era perfecto, incitante, una tentación que no podía ignorar. Inclinó la cabeza hacia ella y le dio una serie de besitos por la barbilla hasta llegar a la comisura de sus irresistibles labios. Jugueteó con su labio inferior, y se lo metió en la boca para saborear su dulzura antes de besarla en serio.

Era cariñoso, e incluso tierno, algo que desconocía que fuera capaz de sentir. Cuando la besaba el mundo parecía detenerse, y el tiempo se paraba. Todo su mundo se convertía en ella. La textura de su piel, la sensación de frío cuando la rozaba con su cuerpo caliente. Su cabellera sedosa que caía alrededor de su cara y le acariciaba la suya. Le parecía que sus manos eran enormes cuando le enmarcaba el rostro para besarla intensamente, y acariciarle el cuello con las yemas de los dedos.

Se estaba perdiendo en su sabor. En la enorme pasión que se producía entre ellos. Era un beso lleno de amor. ¿Cómo podía no ser así cuando ella verdaderamente lo era todo para él? La besó una y otra vez incapaz de detenerse.

—Podría estar besándote toda la vida —reconoció.

Tatijana levantó sus delgados brazos hacia él, y atrajo su cara para besarlo una vez más.

—Me encanta besarte. Me parece una excelente idea estar besándote toda la vida.

—Pero… —dijo Fen después de percibir cierto humor en la voz de Tatijana.

—Nos perderemos la fiesta y quiero bailar. Realmente quiero bailar.

—¿Más que besarnos? —preguntó Fen levantando una ceja para parecer lo más serio posible, desafiándola a elegir la respuesta equivocada.

—Me gustan las dos cosas —reconoció Tatijana—. Soy muy buena en muchas cosas.

—Muy diplomática. Pero improvisas sobre la marcha. Voy a tener que esforzarme para mantenerme por delante de ti. —Le cogió una mano—. Vamos. No nos perdamos la fiesta.

—¿Viene Dimitri esta noche? —preguntó Tatijana caminando a su lado.

Fen soltó un suspiro.

—Dimitri todavía no ha reclamado a su compañera, y está muy cerca del límite. Desde hace algún tiempo sabe que la sangre que hemos compartido durante los últimos siglos en los combates que hemos tenido contra vampiros ya le está haciendo cambiar. La transformación puede aliviar el terrible peaje que hay que pagar después de siglos de oscuridad, y los constantes y tentadores susurros, pero Dimitri ya ha recuperado las emociones y la percepción de los colores.

—Pero ¿no sabe que cuenta con la ayuda de su compañera? Y de nuevo tiene emociones y ve colores.

—Se podría pensar eso —dijo Fen—, pero algo así puede enloquecer a un hombre carpatiano. Los siglos se te vienen encima, todas las muertes y la oscuridad que te ha rodeado sin ver una luz que te guíe. Por algún tiempo, Dimitri ha recibido una gran cantidad de sangre mía, pero no la suficiente como para cambiarlo... solo lo justo como para enconar la lucha que está teniendo.

Ella frunció el ceño.

—No lo entiendo.

—No creo que ninguno de nosotros lo comprenda, Tatijana, está impreso en nuestro ADN. Nuestros hombres tienen el impulso de buscar a nuestras compañeras para que se unan a nosotros. Es un instinto primario. El impulso es muy fuerte, y no nos gusta que haya otros hombres alrededor de nuestra mujer, especialmente si aún no ha sido reclamada. La sociedad moderna, y el hecho de que muchas de nuestras compañeras sean de otras especies han incrementado los peligros de la espera.

Ella suspiró.

—Antes de convertirme en tu compañera, solo tenía a Bronnie para que se preocupara de mí. Ahora también tengo nuevos familiares.

Fen se rió.

—Nunca lo había pensado de esa manera. —Hizo un gesto hacia la cueva—. Creo que tienes muchos más parientes que yo.

Tatijana también comenzó a reírse.

—¡Oh cielos! Parientes. Probablemente tengo muchos más que tú. Tendremos que escaparnos de ellos.

Fen se inclinó para volverla a besar simplemente por lo radiante que la estaba viendo esa noche. Su piel era perfecta, su boca generosa, seductora, y ay, tan atractiva que no se podía resistir a ella.

—Creo que besarte mientras bailamos puede ser una muy buena idea, dama mía —murmuró Fen cuando levantó la cabeza—. ¿Estás segura de que no quieres que tengamos un baile privado aquí mismo?

Tatijana se rió.

—Estamos a unos metros de la entrada. Estoy segura de que en cualquier momento puede aparecer alguien.

—Le haremos un favor instruyéndolo adecuadamente sobre las formas del amor.

Fen insistió y le robó otro beso.

—Vas a bailar conmigo como Dios manda —dijo ella.

Fen se rió y le cogió la mano para subir la montaña por el lado del acantilado. La entrada de la cueva era estrecha. No era más que una grieta entre dos peñascos que sobresalían del terreno. Para los carpatianos era fácil deslizarse por ahí hasta llegar a un pasadizo más ancho, que daba a la cámara bien iluminada donde se celebraba la reunión. En lo alto de los techos, que parecían de catedral, había antorchas que lanzaban luces brillantes que bailaban por toda la cámara. Surgía vapor de una piscina termal que estaba en un rincón, que recibía agua a través de una serie de grietas que había en lo alto del muro.

El sonido de las risas de los niños atrajo la atención de Fen. Llevaba siglos sin estar cerca de un niño carpatiano. Su corazón sufrió un curioso vuelco en el momento en que entró en la habitación y vio a dos niñas gemelas idénticas que jugaban con un niño pequeño junto a una casa de muñecas en miniatura que estaba dentro de un pequeño parque de juegos para bebés. De pronto vio a otro niño pequeño, que tenía una melena de rizos castaños alborotados, y corría hacia los otros tres con un cubo en la mano. Varios lobeznos seguían a los cuatro niños allá donde fueran.

Había otro grupo de niños más mayores sentados alrededor de una hoguera, que estaban escuchando con los ojos brillantes un cuento que les contaba un adulto. Un niño, que parecía ser el mayor, pasó un brazo alrededor de la niña más pequeña cuando esta se asustó, y se echó hacia atrás por algo que les había relatado el cuentacuentos. Ver eso lo retrotrajo a su juventud, a la época en que los carpatianos se reunían por la noche, y los cuentos eran gran parte del entretenimiento.

No se había dado cuenta de la cantidad de historias que le habían legado de ese modo. Mucho después, cuando necesitaba información para combatir a los vampiros, o cuando de pronto recordaba cómo un ancestro había volado entre dos rocas muy próximas, había tomado consciencia de que los cuentos eran una forma de enseñanza. Y evidentemente esa tradición se seguía conservando.

Tatijana deslizó una mano por la curva de su brazo, y acercó su cuerpo como si necesitara protección y que le prestara atención. La mayoría de los adultos que había en la habitación se había dado la vuelta para mirarlos en cuanto entraron. La atmósfera era acogedora y festiva. Eso también le era familiar, y le traía a la memoria viejos recuerdos olvidados. Los carpatianos solían tener muchas oportunidades para estar juntos y divertirse.

—Estoy tan contento de que hayáis venido —dijo Mikhail como saludo. Tenía el brazo alrededor de una mujer bajita con una gran melena negra ahuecada, y unos ojos muy especiales de color violeta—. Ella es Raven, mi compañera. Mi hijo Alexandru está allí. —Hizo un gesto hacia el parque de juegos de los bebés—. Raven, recuerdas a Tatijana, por supuesto; y él es Fenris Dalka, el hermano mayor de Dimitri.

—Tatijana —exclamó Raven cogiéndole las dos manos. Ella también llevaba un vestido largo que revoloteaba alrededor de su cuerpo curvilíneo—. Estás muy guapa esta noche.

—Está deseando bailar —dijo Fen.

—Y yo también —reconoció Raven.

—Gracias, Raven —respondió Tatijana—. Me alegra que pensaras en esto. Me encanta que la comunidad se reúna para celebrar una fiesta.

—Pensé que a todos nos vendría bien un poco de diversión después... Dejó de hablar y miró a Mikhail.

Él se encogió de hombros.

—Lo puedes decir: nos han dado un montón de patadas en el trasero.

—Siempre se lo estás repitiendo a Gregori —se burló Raven—. También le gusta pinchar a nuestro yerno.

—Es bueno para él —dijo Mikhail impenitente.

Raven se rió, deslizó una mano por el brazo de Mikhail hasta la muñeca haciendo un gesto íntimo, y se volvió hacia Fen.

—Quiero darte las gracias por haber rastreado a la manada de renegados. Estaríamos en mucho peor estado si no hubiera sido por ti.

—Me alegro de haberlos perseguido —dijo Fen honestamente y miró a Tatijana—. Me permitió conocer a mi compañera.

Raven se rió.

—Sinceramente pienso que lo que tiene pasar, pasa. El destino nos debe poner en el camino correcto. Cuando llegué aquí por mi cuenta hace un montón de años, nunca hubiera soñado que conocería a un hombre como Mikhail. Era muy intimidante para una mujer que no sabía nada de los carpatianos.

Tatijana se rió con ella.

—Y todavía puede ser muy intimidante cuando quiere.

—Pero ya no lo es para mí —dijo Raven—. Ven a conocer a nuestra hija Savannah. Es la compañera de Gregori. Nuestros dos adorables nietos están allí, y sin duda tendrán a su papá agarrado con sus deditos.

El amor y el afecto que sentía por su familia se reflejaban perfectamente en su rostro, en su tono de voz y en la ternura que se veía en sus ojos cuando los miraba. Fen se volvió para ver a Gregori. Estaba levantando en sus brazos a una niña pequeña que acaba de saltar temerariamente desde un tobogán hasta el techo de la casa de muñecas.

—*Isä*... padre. —Lo miró frunciendo el ceño, aunque de algún modo se las arregló para hacerle pucheros al mismo tiempo—. Puedo hacerlo.

—Anya —dijo Gregori con su voz más severa—. Te he dicho que dejes de intentar saltar desde el tobogán a la casa de muñecas.

Fen apretó los labios para evitar reírse. El tobogán no estaba a más de medio metro del suelo, y el techo de la casa de juegos no era mucho más alto. La pequeña no pareció sentirse en absoluto intimidada por su padre, ni siquiera cuando la levantó muy alto, y la miró intensamente con sus ojos plateados. Su cabello oscuro y rizado rebotaba alrededor de su cara como si fuera un halo que enmarcaba su carita de duende. Pero sus ojos, que eran tan claros como los de su padre, se mostraban enfadados. Levantó la barbilla de manera desafiante.

—Yo ya no soy un bebé como Sandu. Yo puedo hacerlo.

Mikhail bajó la voz.

—Las niñas llaman a Alexandru, Sandu —dijo justo lo suficientemente alto como para que lo oyera Gregori, y supiera que lo estaban observando. El tono del príncipe era sobre todo jocoso—. Las gemelas son solo una semana mayores que él, pero les gusta pensar que tienen muchos años más. Y eso que él es más grande que ellas.

—*Isä* —dijo la segunda niña—. Si no podemos saltar, ¿podemos flotar? Sabes que flotamos muy bien.

Gregori lanzó una mirada a Mikhail por encima del hombro, se volvió hacia su hija y suspiró. Bajó los brazos y la levantó.

—Anastashia, pensaba que ya habíamos hablado de eso. Tenéis que tener la supervisión de un adulto cuando intentéis hacer esas cosas, incluso flotar. Es peligroso.

—¿Cómo es que ya hablan? —preguntó Tatijana—. ¿No es demasiado pronto incluso para ser hijos nuestros?

—Nacen superdotados —reconoció Raven—. Hablan el carpatiano antiguo, y varios idiomas más. Bueno... debo aclararlo. Comprenden los idiomas, y conocen muchas palabras y frases. Hacen tantas cosas tan pronto, que están consiguiendo que nos salgan canas.

Mikhail dio un tirón al cabello de Raven.

—No veo canas.

Ella se rió suavemente.

—Tengo la suerte de ser carpatiana, y el pelo no se me pone canoso, aunque con estas dos pequeñas tal vez podría ser la excepción. —Hizo un gesto hacia las gemelas—. Nacieron prematuras y estuvieron en incubadoras separadas. Con un hilo de vida flotaban de la una a la otra decididas a permanecer juntas. Al final no hubo nada que hacer, así que las dejamos quedarse juntas. Desde entonces Gregori siempre está muy ocupado.

—Esa Anya es muy temeraria —dijo Tatijana.

Fen observó que estaba orgullosa de la niña. Imaginó que Tatijana debió haber sido como Anya, que intentaba probarlo todo.

Raven asintió.

—Si fuera un niño, Gregori no tendría ningún problema en permitirle saltar desde el tobogán a la casa de muñecas, pero tiene esa cosa con las niñas.

—¿Y le está funcionando? —preguntó Mikhail acariciando con la barbilla la cabeza de Raven.

—No lo vas a encontrar tan divertido cuando nuestro hijo comience a desafiarte con cosas peligrosas —señaló Raven, pero se rió suavemente y le restregó la cabeza afectuosamente contra el pecho—. La señorita Anya es demasiado aventurera. Creo que va a intentar transformarse en algo en cuanto alguien le dé la más mínima oportunidad.

—Probablemente ya lo ha hecho —señaló Mikhail.

—Muérdete la lengua —dijo Raven.

Fen descubrió que se estaba riendo con ganas mientras observaba los apuros de Gregori. Era alto, tenía los hombros anchos y era una persona muy respetada en el mundo carpatiano. Todos le escuchaban cuando hablaba. Después de Mikhail, la palabra de Gregori era ley, y sin embargo sus gemelas, apenas dos niñas, lo desafiaban constantemente. Era paciente y cariñoso con ellas, aunque firme, pero nada de eso parecía funcionar con la pequeña Anya. Evidentemente era una aventurera.

—Son muy guapas ¿verdad? —preguntó Tatijana.

—Aunque terroríficas —respondió Fen—. Si tenemos hijos, *sívamet*, intentaremos que sean niños. Si las niñas se van a parecer a ti, sin duda me van a provocar un ataque al corazón antes de que crezcan.

Tatijana se rió y se giró hacia Raven.

—Hombres. Son como bebés en lo que respecta a los niños. ¿Cómo es tu Alexandru? Le has dado un buen nombre. Significa defensora de la humanidad, ¿verdad?

Raven asintió.

—Es una expectativa demasiado grande para un niño.

Fen también sentía curiosidad por el hijo del príncipe. Continuamente volvía la mirada a los cuatro pequeños, las gemelas de Gregori y Savannah, que estaban llenado de besos la cara de su padre, el niño con pelo rizado un poco mayor, y el pequeño de ojos grandes del mismo color que los de su madre, y cabello intensamente negro como su padre. Fen observó que aunque las niñas estaban en brazos de su padre, no dejaban de vigilar al hijo del príncipe, igual que al niño de pelo rizado.

—Las gemelas están muy interesadas en Alexandru —observó en voz alta.

Raven asintió.

—Ya han establecido un vínculo. Gregori está un poco preocupado por eso. No es una unión normal entre niños, sino el vínculo de los Daratrazanoff y los Dubrinsky. Hasta donde sabemos ninguna mujer ha sido nunca lugarteniente del príncipe. Anastashia ya ha mostrado señales muy tempranas de ser una sanadora natural, igual que Gregori. Si alguien se hace aunque sea un chichón, ella corre a verlo y se ocupa de ello. Incluso los niños más mayores acuden a ella. Anya es como una repetición de Gregori. Y es exactamente igual que él en cuanto al tremendo sentimiento de protección que tiene hacia Alexandru. Anastashia es igual de protectora, pero de una manera mucho más cariñosa.

—Alexandru ya es muy reflexivo, igual que Mikhail. Parece pensar detenidamente en los problemas antes de actuar —dijo Raven—. Está serio la mayor parte del tiempo.

—¿Y quién es el niño que se le parece tanto? —preguntó Fen.

—Es el hijo de Jacques y Shea, Stefan. Solo es nueve meses mayor, pero indudablemente piensa que tiene que vigilar a los otros. Es un poco bromista, aunque se toma muy en serio su tarea de proteger a las gemelas y a Alexandru —dijo Mikhail—. Es como Jacques cuando era joven. Sospecho que nos va a gastar bromas a todos nosotros en un par de años. Nadie va a estar a salvo.

Raven se rió.

—Sin duda reclutará a las gemelas, y lo ayudarán encantadas.

Una mujer bajita y curvilínea, que se parecía mucho a Raven, se acercó a ellos. Mikhail le extendió una mano y la atrajo a su lado.

—Ella es mi hija Savannah. No sé si has tenido la oportunidad de conocer a Tatijana todavía. Es una Dragonseeker, tía de Razvan y Natalya.

—Es un honor conocerte finalmente —dijo Savannah de inmediato mientras cogía la mano extendida de Tatijana—. Gregori y mi padre te tienen en muy alta consideración.

—Salvó a varios de nuestros guerreros con heridas muy feas gracias a sus rápidos reflejos —dijo Mikhail.

—Creo que todos estábamos echando una mano —contestó Tatijana.

—Y él es Fenris Dalka, el hermano mayor de Dimitri —continuó Mikhail con las presentaciones—. Sin duda Gregori también te tiene que haber hablado de él —dijo con un tono jocoso.

Fen no pudo evitar reírse.

—Sin duda.

Savannah se unió a las risas de Fen.

—Realmente me ha hablado un montón de ti —reconoció—, pero todo ha sido bueno. Mi padre le reprodujo detenidamente toda la batalla, y se quedó muy impresionado con tus habilidades. Estoy muy contenta de que estéis aquí. Los hijos de Sara y de Falcon —señaló el pequeño grupo de niños mayores que estaba reunidos escuchando las historias del cuentista— son todos humanos con capacidades psíquicas. Vivían en las alcantarillas cuando Sara los encontró. Ya se habían unido en una banda. Formaban una familia que luchaba por sobrevivir antes de que ella los encontrara y los trajera aquí.

—¿Quién se ocupa de ellos durante el día? —preguntó Fen—. ¿Cómo funciona algo así?

—Gabriel y Francesca también adoptaron a una niña humana —señaló Mikhail—. La joven Skyler, y lo están haciendo muy bien.

—Aidan y Alexandria están criando al hermano menor de ella, Josh —añadió Savannah.

—Colby y Rafael De La Cruz tienen a Paul y a Ginny —dijo Raven—. Con un poco de ayuda, y siendo creativos durante las horas que pasas con ellos, es posible hacer que estén bien atendidos. Sara y Falcon se levantan lo más temprano posible, y los niños se duermen y comienzan el día más tarde, de manera que pueden pasar más tiempo con ellos.

—¿Quién los cuida? —insistió Fen.

Más de una vez se había cruzado con un niño que hubiera querido ayudar, pero siempre se había visto obligado a meterse bajo tierra. ¿Quién aseguraba su protección cuando estaba enterrado profundamente como si estuviese muerto?

Tatijana le acarició la mente con mucho amor.

Eres tan compasivo, Fen. Pocos hombres piensan en adoptar a un niño cuando tienen un modo de vida como el tuyo.

Por desgracia, los vampiros, los lobos renegados y los sange rau *dejan un montón de huérfanos a su paso. La miró de frente. Si no pudiéramos tener nuestros propios hijos, ¿considerarías formar una familia como la de Sara?*

Aunque tengamos hijos biológicos, me encantaría poder incorporar a nuestra familia a otros niños que nos necesiten, le aseguró.

La voz de Tatijana estaba tan cargada de amor que tuvo que emplear toda su capacidad de autocontrol para no inclinarse y besarla. En cambio le dio un beso mental en la boca.

—Sara y Falcon tienen a algunas personas que los ayudan durante las horas del día, cuando no pueden estar con ellos. Tienen a María, que es su niñera a tiempo completo. Slavica y su hija también los ayudan. Slavica y su hermano Mirko son los dueños de la posada, y en general ella está muy ocupada, pero si es necesario suele venir. Si hay algún problema durante las tardes, también tenemos a Jubal, a Gary, y al marido de Slavica para que los protejan —explicó Savannah.

—El niño mayor, Travis, ya tiene once años. Le siguen otros siete —dijo Mikhail—. Es la sombra de Falcon, y ya está aprendiendo a luchar. Falcon y los demás adultos entrenan a todos los niños. Tienen que conocer a nuestros enemigos, igual que nos enseñaron a nosotros. Travis se ocupa de sus hermanos. La niña que tiene en los brazos es Emma. La más pequeña.

Fen observó que el niño parecía mayor para su edad. A pesar de que aparentemente estaba escuchando cada detalle de la historia, no dejaba de vigilar a sus hermanos. Cuando dos de los niños comenzaron a pegarse puñetazos, y sin querer golpearon a una niña, los dejó paralizados con una mirada muy adulta, y ambos dejaron de hacer travesuras inmediatamente. Incluso uno de ellos pidió disculpas en voz baja a la niña que estaba sentada a su lado.

Fen señaló la escena con la barbilla.

—Sin duda los pone firmes.

—Son Peter y Lucas. Los dos tienen diez años y poco más. Jase, el más pequeño, está sentado junto él y lo vigila de cerca —les dijo Raven con una risilla.

A medida que la historia avanzaba, Fen se dio cuenta de que el niño más pequeño, que tenía el pelo rubio, se iba acercando cada vez más a Travis.

—Chrissy es la que ha recibido un golpe de Lucas, y Blythe está sentada junto a ella. Son humanos, pero poseen unos talentos psíquicos extraordinarios.

—¿Dónde los encontró Sara? —preguntó Tatijana.

—Leyó un artículo en una revista sobre unos niños que vivían en las alcantarillas porque no tenían donde ir. Estos niños eran todos deshechos de la sociedad. Tenían que rebuscar comida en la basura para comer. Había niños mayores que vivían en unidades familiares o bandas, como prefieras llamarlo, y a menudo robaban a este grupo. Los protegía Travis, quien era el que robaba la mayor parte de la comida que tenían —explicó Savannah—. Son extremadamente leales a él.

—Travis todavía es un poco tímido conmigo —reconoció Mikhail—. Hace un par de años lo usó un vampiro para que nos espiara.

—Peor aún —dijo Raven—, el vampiro lo poseyó y lo usó para intentar matar a Mikhail. Por eso se siente culpable, a pesar de que no había nada que pudiera hacer.

—Por eso trabaja tan intensamente para aprender todo lo que pueda sobre los vampiros y cómo combatirlos —continuó Mikhail—. Cuesta mucho convencerlo de que no fue culpa suya.

—Qué triste —dijo Tatijana—. Es un niño pequeño. No tenía que haberse enfrentado a monstruos a su edad.

—Desgraciadamente —dijo Mikhail—. A ninguno de nosotros nos queda otra elección. Así es nuestro mundo. No sería nada bueno para Travis, y el resto de los niños, que les ocultáramos la existencia de los vampiros. También son atacados cada vez que se enfrentan a nosotros. Cuando sean mayores les daremos la oportunidad de convertirse en carpatianos completos, pero por ahora es mejor que los entrenemos para la lucha.

—Estoy de acuerdo —reconoció Tatijana—, pero aun así es muy triste.

Savannah le sonrió.

—No estés triste esta noche. Esos niños son felices y son muy queridos. Les ayudamos a crecer como comunidad, y saben que pueden acudir a cualquiera de nosotros si se ven en un problema, o están tristes por algo.

—Son muy guapos —dijo Tatijana—. ¿Cómo está llevando Sara esta vez el embarazo?

—Hasta ahora sigue avanzando. Esperamos que llegue a término, aunque Gregori tiene bastantes dudas. Sin embargo, dice que el bebé es fuerte, y tiene muchas posibilidades de sobrevivir. Solo se levanta de vez en cuanto —añadió Raven.

—¿Están contentos los niños con el bebé? —preguntó Fen.

Mikhail asintió.

—Somos una sociedad que cree que cada niño que nace es un regalo, y ellos también piensan igual. Hasta ahora Jase no ha mostrado ninguna preocupación, solo entusiasmo.

Fen se fijó en que todos los carpatianos, hombres y mujeres por igual, se detenían junto al círculo que se había formado alrededor del cuentacuentos, y ponían una mano en un hombro de los niños, o les acariciaban la cabeza con mucho afecto. Esos gestos le traían viejos recuerdos de su propia infancia, y los círculos en torno al fuego mientras los mayores les contaban cuentos, y los guerreros y sus compañeras a través de su lenguaje corporal les aseguraban que estaban a salvo, y rodeados de aquellos que los querían.

Esos tiempos habían quedado atrás. Ya habían pasado varios siglos, y se habían dado unos pasos enormes en tecnología. Se habían producido enormes cambios en el mundo. Sin embargo, encontraba muy reconfortante que su gente conservara ciertas cosas en el corazón. El escenario que los rodeaba había cambiado, pero siempre mantenían el amor por sus hijos.

Raven y Mikhail fueron llamados por otra pareja, y Savannah corrió riéndose a ayudar a su compañero mientras las gemelas, el hijo del príncipe y su sobrino intentaban subirse a él para usarlo como transporte.

—Tatijana. —Natalya corrió hacia ella—. Lamento llegar tarde. Estábamos intentando localizar a Razvan y a Ivory. Sé que quieren verte. —Miró a su alrededor y se pudo observar cierta decepción en sus ojos—. ¿No ha venido Branislava contigo?

—Puede que venga un poco más tarde —dijo Tatijana—. Me encantará ver a tu hermano y a su compañera —añadió para apartarle la atención de su hermana—. He echado mucho de menos a Razvan, y tenemos mucho de qué hablar.

Natalya miró hacia el grupo que se reía y charlaba. Muchas conversaciones se desarrollaban en grupos pequeños.

—¿Te molestaría si te hago un par de preguntas sobre Xavier y Razvan? Significa mucho para mí.

Fen agarró la mano de Tatijana al sentir que su mente de pronto se inquietó. Aunque por fuera parecía perfectamente serena. Incluso su sonrisa era acogedora y amable.

—¿Qué quieres saber?

Natalya apretó los labios con fuerza.

—Razvan y yo siempre estuvimos muy unidos. No quería que Xavier supiera que yo era capaz de hacer hechizos, de manera que ocupó mi lugar y me salvó. ¿Lo sabías?

Tatijana asintió.

—Sí. Fue una elección suya, Natalya. Descubrió muy pronto lo malo que era Xavier, y por encima de todo quería que estuvieras a salvo.

Natalya negó con la cabeza con los ojos apesadumbrados.

—Pasamos mucho tiempo metidos en nuestras mentes. Lo conocía bien. Sabía cómo pensaba y aun así…

Su voz se apagó.

Vikirnoff, que estaba hablando con su hermano Nicolae, se volvió de golpe, y en un instante ya estaba a su lado como si hubiera percibido su nerviosismo. Le pasó un brazo por la cintura, e hizo que apoyara la espalda contra su pecho protector.

—¿Qué pasa? —dijo Tatijana cariñosamente—. Soy de tu familia. No hay nada que me puedas decir que me haga quererte menos.

—¿Eras consciente de que Xavier poseía el cuerpo de Razvan contra su voluntad y le hacía hacer cosas terribles, o creías que era él quien las hacía? —Natalya respiró hondo—. Me refiero a que eran crímenes espantosos. Todas esas mujeres que daban a luz niños que Xavier solo quería por su sangre. Y si no se ajustaban a sus estándares se deshacía de ellos. Como la pobre Skyler, a la que vendió a un hombre horrible, que ella pensaba que era su padre.

—Nosotras estábamos en las cuevas y vimos de primera mano cómo Razvan le sacaba la sangre a su propio hijo, y también cómo apuñaló a Bronnie para que no pudiera escaparse. Pero sabíamos que Xavier estaba usando a su nieto como una marioneta en su infinita búsqueda de la inmortalidad y el poder.

—No me podía creer las cosas que me contaban, o que incluso vi con mis propios ojos durante tanto tiempo, pero al final dejé de confiar en él —dijo Natalya con mucha tristeza en la mirada—. Cuando más me necesitó, yo ya no estaba allí.

—Natalya —dijo Tatijana cogiéndola con las dos manos—. Tienes que saber que Razvan nunca te lo va a tener en cuenta. Te quiere mucho. ¿Cómo no iba a hacerlo? Pensar que eras libre y feliz en algún lugar del mundo le permitió aguantar todos aquellos años. Hablamos de ello a menudo al principio cuando aún no estaba demasiado sometido. Antes de que Xavier asesinara a la pequeña maga, la madre de Lara ante él, y dejara a Razvan encadenado a su cuerpo. Tu hermano después de eso rara vez se comunicaba con nosotras.

—Xavier era tan horrible, tan malo —dijo Natalya con un pequeño estertor—. Me ha costado mucho superar el hecho de que realmente era mi abuelo.

Tatijana entró en la mente de Fen, casi como si necesitara que la reconfortara. Aquellos breves momentos en los que su mujer guerrera se mostraba vulnerable lo conmovían profundamente.

—Xavier era mi padre —dijo Tatijana—. Intentó acabar con toda una especie. Creó niños usando a su propio hijo simplemente para tener su sangre. En sus experimentos torturó y asesinó a mucho más de mil individuos de diversas especies, incluyendo a mi madre y a mi hermano. Se tardarían horas en leer la lista de sus crímenes execrables, pero me niego a sentir vergüenza por todas las cosas terribles que hizo. Bronnie, Razvan y yo sobrevivimos confiando los unos en el otros, y tú también, Natalya, gracias a él. En cierto sentido, al final nos salvaste a todos. Eso es lo que tienes que guardar siempre en el corazón.

Fen estaba más orgulloso de ella en ese momento que cuando luchó valientemente contra la manada de lobos renegados. Cuando ella conectó con él telepáticamente, y él fusionó su mente con la de ella, percibió claramente su respuesta al nombre de Xavier. Solo su nombre. Se había visto obligada a cerrar de golpe la puerta de sus recuerdos, pero simplemente oír su nombre la dejaba descompuesta.

¿Tatijana?

Como Fen estaba en su mente, oyó la voz de Branislava que llamaba a su hermana. Evidentemente la angustia de Tatijana al recordar brevemente su horrible infancia, y los años que la siguieron, fue suficiente para preocupar a Branislava.

¿Me necesitas?

Enseguida Tatijana tranquilizó a su hermana.

No. No. Lamento haberte molestado. Estaba hablando de nuestros tiempos difíciles con Natalya. Pero aquí la gente se está divirtiendo, y me ha encantado ver a los niños. El príncipe tiene un hijo, Gregori tiene gemelas y Jacques también tiene un niño muy guapo. Sara y Falcon tienen siete hijos sorprendentes. El mundo parece un lugar distinto cuando hay niños, Bronnie.

No consiguió acabar con nuestra gente, ¿verdad Tatijana?

No, hermana, no lo consiguió. Fueron muy importantes todas las veces que ralentizaste sus experimentos, o se los estropeaste y tuvo que volver a empezar de nuevo. Arriesgaste la vida, y al final se te ha devuelto.

Se percibía orgullo en la voz de Tatijana, y Fen captó imágenes de su pasado, como una escena en la que a ella le latía a toda prisa el corazón y se metía un puño en la boca para evitar hacer ningún ruido, mientras su hermana se arrastraba hasta el laboratorio de Xavier para sabotear su último experimento. A Tatijana le aterrorizaba que Xavier matara a Branislava, o que la sometiera a alguno de sus terribles castigos.

Es sorprendente, susurró Fen a Tatijana. *Su valentía es terrorífica.*

Tatijana lo miró de golpe.

Siempre fue la valiente. Desafiaba todo el tiempo a Xavier, y cuando me amenazaba a mí, ella se interponía entre nosotros. Siempre fui un poco más tímida cuando era niña. Aprendí de ella a defender mis posiciones, y a luchar por las cosas que consideraba importantes.

—Gracias Tatijana por contarme estas cosas —dijo Natalya—. Parece que no puedo perdonarme por haber perdido la fe en mi hermano.

—Sabes que fui yo quien te convenció de que Razvan era malo —dijo Vikirnoff—. Tú nunca lo habías pensado, ni una vez.

—Me estás protegiendo —dijo Natalya—. No lo conociste. ¿Cómo podías pensar otra cosa? Pero yo soy su hermana, y él se sacrificó mucho por mí. Y por todos nosotros.

Tatijana movió la cabeza.

—Tenemos el futuro frente a nosotros. Ahora nos tenemos los unos a los otros. Razvan escapó y encontró a su compañera. Cada vez que me comunico con él, a pesar de la distancia, parece contento. Yo estoy muy contenta con mi compañero, y tú con el tuyo, Natalya. Razvan es incapaz de guardar rencores. Ha visto tanto, y ha pasado por tanto, que hay pocas cosas que lo puedan sorprender, o hacerle daño. Él querría que tú fueras feliz, Natalya. Piénsalo de esa manera. Si piensas que le debes algo, entonces sé feliz. Eso es lo único que le importa.

—Creo que es una excelente idea —dijo Fen cogiendo a Tatijana del brazo para apartarla un poco de los demás y llevarla hacia el centro de la cueva, justo en medio de la gente—. Y ahora, si no os importa, tengo algo importante que decirle a mi compañera.

Capítulo 15

Fen llevó a Tatijana al centro de la reunión de una manera un poco traviesa, y ella se dio cuenta de que estaba a punto de pasar algo. Fen se reía, pero se percibía algo más en su expresión, algo que le derretía el corazón. Cuando la miraba de esa manera, tan juguetón y despreocupado, ella se sentía perdida. ¿Cómo podía no hacerlo? Los rasgos de la cara de Fen se habían relajado, y había una gran alegría en sus ojos cuando la miraba. Había paz en su corazón. Y amor en su mente.

Fen había visto tantas cosas horribles a lo largo de los siglos. Había combatido en innumerables batallas, y recibido numerosas heridas mortales. Ella había traído a su vida luz, esperanza y paz. Y le había aportado alegría y risas, compañerismo, y el importantísimo sentimiento de pertenencia. Tatijana no podía evitar enamorarse todavía más de él cuando la miraba de esa manera.

Cuando llegaron al centro de la habitación, Fen se apartó un poco de ella y le ofreció una reverencia muy caballeresca a la antigua usanza.

Fen parecía un caballero perfecto, y ella no pudo evitar responderle con otra pequeña reverencia. La sonrisa de Fen le indicó que era lo correcto. La caverna se había quedado en silencio. Incluso los niños se callaron. De pronto comenzó a sonar una música que surgía desde algún lugar detrás de ella.

Por una extraña casualidad seguiste un aroma en el bosque,
Y aunque no buscabas un romance... allí me encontraste.

La letra de la canción estaba dedicada a ella, y le sorprendió la perfecta afinación de su voz, y su ligero carraspeo que era tan sensual que le provocaba escalofríos en la columna. Fen levantó una mano hacia ella y continuó con su canción.

Y yo te canto; dama mía, ¿bailas conmigo?

Tatijana sintió que le ardían los ojos al estar llenos de lágrimas. La música sonó más fuerte y se hizo más rítmica. Ella no sabía de dónde procedía, pero no podía apartar la mirada de Fen y ver a quién había reclutado para hacer que esa noche fuera especial para ella. Tatijana entonces le cogió una mano. Fen la estrechó cariñosamente, e hizo que se acercara más a él. Cuando le puso la otra mano sobre un hombro, ella estaba temblando.

La música sonó más fuerte en toda la caverna cuando ella comenzó a moverse con gran fluidez y elegancia hasta que sintió como si estuviera flotando. Fen movió la boca hacia su oído.

—Esto es solo para ti, dama mía —le susurró—. Lo escribí para ti.

Fen volvió a cantar y sus cuerpos continuaron moviéndose sincronizadamente. El corazón de Tatijana seguía el ritmo del de Fen.

Pasé siglos solitarios en la oscuridad deambulando,
Fenris el lobo casi fallece buscando la luz.
Pero entonces apareciste… como una chispa brillando,
Y alejaste la noche de mí como si fuera un milagro.

Tatijana apoyó la cabeza en su pecho y cerró los ojos para disfrutar de la sensación de flotar, y del cuerpo cálido y duro de Fen que se pegaba a ella mientras bailaban. Los brazos de Fen eran fuertes, y hacían que se sintiera segura en un mundo donde a menudo acechaban la locura y los monstruos.

Tú también conociste la soledad en hielo atrapada.
Pero al liberarte juraste no volver a estar atada.
¡Nunca sientas que mis brazos sean trampas!
¡Y entra en mi madriguera de buena gana!

Por encima de sus cabezas vieron unas estrellas que giraban alrededor del alto techo de la caverna. Las antorchas se habían atenuado, y sintieron la ilusión de estar bailando directamente bajo el cielo. Tatijana se aferró aún más a él. Sentía que la noche era mágica, y que era un momento maravillosamente surrealista para dejarse llevar pegada a su cuerpo, mientras su amor hacia él aumentaba hasta inundarla por completo.

Tus ojos... cambian de color como tu cabello.
Brillan como esmeraldas,
Fascinan con su luz.
Bailas como si unas alas te elevaran en el aire.
Y en la lucha eres como los mejores guerreros.

Tatijana sabía que la letra de su canción era sincera. ¿Cómo no saberlo? Estaba en su mente y podía sentir lo mismo que él. Y Fen no intentaba esconder el amor, respeto y admiración que sentía hacia ella... y por nadie más. Ella se sentía hermosa y amada, y como si fuera la única mujer que existiese en el mundo.

¡El fuego de mi dragona hace que mi corazón rebose!
Pero ante todo, estas antiguas palabras son sinceras...
Tatijana mía, estas palabras son sinceras:
Eres mi compañera.
Te pertenezco.

Era cierto que Fen le había escrito esa canción. Se la había cantado delante de su gente, y de su príncipe, sin importarle que supieran que le estaba abriendo el corazón. Ella nunca había conocido a un hombre que, a pesar de ser un feroz guerrero independiente, fuese capaz de mostrarse tan vulnerable como él delante de todos los demás. No parecía importarle que todo el mundo pudiera ver lo mucho que significaba ella para él. Cuando cantaba la canción, su voz sonaba tremendamente honesta. Había desnudado totalmente sus emociones delante de todos los que estaban en ese lugar.

Cuando la música terminó, ella levantó la cabeza y lo miró con los ojos llenos de lágrimas. Estaba profundamente enamorada de él, aunque ni siquiera sabía que sus emociones pudieran llegar a ser tan intensas. Por el rabillo de ojo se dio cuenta de que las otras parejas también habían bailado. Había estado tan completamente concentrada en su baile mágico con Fen, que ni siquiera se había dado cuenta de que estaban rodeados de gente.

Para llevar a cabo ese baile, Fen no solo había escrito la canción para ella, y la había cantado en público, sino que había tenido que pedir ayuda a otros carpatianos para que tocaran la música y organizaran el espectáculo de las estrellas en el techo.

—Gracias —susurró Tatijana casi tímidamente mientras le deslizaba los brazos alrededor del cuello y se inclinaba hacia su cuerpo protector—. Algunas veces no sé qué pensar de ti, Fen. Este ha sido un regalo hermoso y sorprendente que siempre guardaré como un tesoro en mi memoria.

—Quiero que sepas lo que siento por ti, Tatijana. Tienes que ser consciente de lo verdaderamente extraordinaria que eres en realidad. Te gusta bailar, y pensé que esta sería una buena manera de hacerte saber lo mucho que significas para mí.

—Ha sido perfecto, Fen. Simplemente perfecto. Nunca lo olvidaré.

Fen le besó cariñosamente la boca. Ella estaba más radiante que nunca. Para él eso ya era suficiente. Quería regalarle algo especial. Había abierto su corazón y su alma en la canción que le había escrito. No tenía ni idea de lo que les iba a deparar el futuro. Su vida estaba llena de batallas y secretos. Por eso siempre que pudiera, quería proporcionarle risas y alegría.

—Fen —dijo Gregori que apareció por detrás—. Gracias por esto. Savannah llevaba un buen tiempo queriendo bailar. No hemos tenido demasiadas celebraciones, y esto ha sido muy entretenido para ella.

—¿Ya os marcháis? —preguntó Tatijana cuando miró a su alrededor y vio que Savannah tenía a Anya en los brazos.

Destiny llevaba a Anastashia, y ninguna de las dos niñas parecía demasiado contenta.

—Hemos invitado a Zev y a los demás licántropos a la fiesta —explicó Gregori—, pero pensamos que es mejor que dejemos a los niños en casa. Es muy tarde para ellos.

Fen sabía que Gregori estaba protegiendo a los niños usando la excusa de que era tarde. Todavía era bastante temprano para los carpatianos. Los más pequeños se tenían que acostumbrar a estar despiertos por la noche, incluso los niños humanos de Sara y Falcon. Zev y su manada no representaban ningún peligro. En todo caso todos iban a estar mucho más seguros con ellos a su alrededor. De todos modos no podía culpar a Gregori. Solo tenían a un puñado de niños carpatianos. Si hubiera estado en su piel, y fuera responsable de la seguridad, también los hubiera alejado de los extraños.

—Estoy muy contenta de haber podido verlos —dijo Tatijana—. Nos traen esperanzas.

Fen deslizó un brazo por su cintura mientras se despedían de los niños. Muchos de los hombres sin compañera los acompañaron cuando se marcharon. Gregori salió a cambiar la entrada de la caverna para que los licántropos pudieran acceder fácilmente, y que después no se pudiera encontrar cuando recuperara su estado natural.

—Los niños están muy bien protegidos —declaró Fen.

Estaba incómodo porque la manada de lobos renegados, y los dos *sange rau*, andaban por la zona. Con toda seguridad ahora, después de todas las discusiones y las bajas que la manada había infligido a los carpatianos, Mikhail y Gregori se tomaban la amenaza como algo muy real.

Gregori asintió.

—También hemos pedido ayuda a nuestros ancestros. Esta noche estos niños no sufrirán ningún daño.

Fen frunció el ceño. La temperatura del laberinto de cuevas sagradas era excesiva para un niño humano.

—¿Qué pasa con los hijos de Falcon?

Gregori de pronto sonrió, y su cara se transformó por completo. Parecía más joven y relajado.

—Un consejo Fen. Con un corazón tan blando mejor que no tengas nunca hijas.

Fen lo miró arrugando la frente.

—No tengo el corazón blando.

—Eres un blandito.

Mikhail llegó silenciosamente por detrás de él.

—Nos dice a todos ese tipo de cosas para parecer mejor que nosotros. Todo el mundo sabe que sus gemelas mandan en su vida —dijo riéndose con ganas, y enseguida dio a Gregori un codazo—. Pobre hombre. Sometido por sus hijas.

Gregori lo miró frunciendo el ceño de la manera más intimidatoria que pudo.

—Soy muy firme con las niñas. Saben que se tienen que portar bien conmigo.

Fen no pudo evitar unirse a las carcajadas de Mikhail. Evidentemente a Gregori no le importaba si era firme con sus hijas o no; ellas lo eran todo para él.

—Gregori incluso ha tenido que pedir a mis adorables nietas que le llamen *Isäntä* de pura desesperación —continuó Mikhail para burlarse de él.

—Amo de la casa —tradujo Fen—. ¿Y lo hacen?

—Pudo haber funcionado —dijo Gregori—, si Savannah no se riera de manera histérica cada vez que me llaman amo.

Tatijana también se rió con a los hombres.

—Lo siento Gregori. Qué terrible. Tus niñas son adorables, y francamente probablemente yo también les daría lo que me pidieran. Y Fen sería incluso peor. No niegues, Fen, que sería así.

Fen tuvo reconocer que ella tenía razón.

—Tus hijas son encantadoras, Gregori, con sus travesuras y su vena aventurera. Yo estaría perdido.

Gregori sonrió y se encogió de hombros como si finalmente se hubiera rendido.

—Su madre no lo sabe, pero Anya ya ha intentado transformarse. Lo descubrí hace dos días. Me quitó cien años de vida. Y prohibírselo no funcionará. Y lo que hace ella, lo repite Anastashia. Voy a tener que empezar a trabajar con ellas. Le prometí a Anya que lo haría solo si me juraba que no iba a intentarlo por su cuenta.

—Savannah te va a matar —declaró Mikhail.

—Lo sé. No sé cómo decírselo. No hay nada que pare a Anya —dijo Gregori y se pasó una mano por el pelo mostrando la primera señal de nerviosismo que Fen no le había visto nunca.

—Es una miniatura de ti —señaló Mikhail—. De niño eras exactamente igual.

—No me puedo creer que comenzara tan pronto. Apenas tiene dos años —dijo Gregori.

—Yo era amigo tuyo, maniático —dijo Mikhail—. Nos metimos en un montón de líos juntos, y siempre tú eras el instigador. Incluso a los dos años.

—No le creáis —dijo Gregori—. Nunca ha seguido a nadie en su vida. Especialmente cuando se le dan consejos por su propio bien.

El profundo afecto y la simpática amistad que Mikhail y Gregori se profesaban el uno al otro era evidente. Fen creía a Gregori. Mikhail sin duda había nacido para mandar. Escuchaba a quienes tenía a su alrededor, pero al final tomaba sus propias decisiones. Probablemente era así desde que nació, y sería muy posible que su hijo se le pareciera bastante. A la pequeña Anya le iba a costar bastante proteger a Alexandru, igual que le pasaba a su padre con Mikhail.

—Vamos a mantener a los niños protegidos esta noche —anunció Jacques—. Shea va a estar con nosotros un rato. —Su voz se iluminó cuando pronunció el nombre de su compañera—. Como vamos a tener que servir una comida adecuada, Fen, eso será asunto tuyo. Conoces más a los licántropos que ninguno de nosotros.

—¿Vais a servir comida?

La comida no era el punto fuerte de los carpatianos.

—Queremos que se sientan lo más cómodos posible —dijo Mikhail—. Mientras más parecidos a ellos nos encuentren, más posibilidades tendremos de que su consejo venga aquí para que celebremos una reunión. También quiero comenzar el proceso de cambiar sutilmente su visión de un «guardián» frente a un *sange rau*.

Fen asintió. Pensaba que el plan de Mikhail era bueno. Los cazadores de élite, especialmente Zev, eran los oídos del consejo. Si lograban persuadirlos podrían defender una alianza con los carpatianos.

—Me ocuparé de la comida —aceptó—. Todo el mundo me tiene que ver como un licántropo. Así me conoce Zev. Si sospecha que soy diferente nos veremos en problemas —dijo y se puso unos guantes muy finos, casi invisibles. —Mikhail levantó una ceja y Fen se encogió de hombros—. Ningún licántropo va a ningún lado sin sus guantes o su plata. Las armas de Zev son sorprendentes, pero la mayoría son estacas. Y como la plata no les puede tocar la piel, tienen que protegerla. Vendrán con los guantes puestos, o los llevarán consigo, y sin duda lo notarán si no los llevo.

—Nunca he pensado en eso —dijo Gregori—. Durante una batalla intensa de vez en cuando tienen que tocar la plata.

—La plata los quema como nada que hayáis sentido —dijo Fen—. Los cazadores de élite tienen cicatrices por eso, pero es uno de los riesgos de luchar contra las manadas de renegados. Lo aceptan, igual que los cazadores carpatianos aceptan que van a recibir miles de heridas cuando tienen que luchar contra un no muerto.

—Me encantaría tener las armas de Zev —reconoció Jacques con una sonrisa—. Son *guays*.

Mikhail se quejó.

—Mi hermano se está poniendo muy moderno con su lenguaje.

—Siempre he sido muy moderno —dijo Jacques—. Tú eres un dinosaurio, pero nos estamos esforzando para que entres en este siglo.

—Tienes que ir con Gregori a revisar la entrada para que todo esté preparado y puedan entrar los licántropos —le ordenó Mikhail—. Y cuando llegue tu compañera, dile que venga a verme. Le voy a contar algunas historias de cuando eras niño.

—No me amenaces con eso —dijo Jacques a su hermano encogiéndose de hombros—, que ya lo has hecho.

Se rió y siguió a Gregori a la entrada principal de la cueva.

La enorme caverna adquirió un aspecto completamente diferente. Desaparecieron todos los juegos de los niños, pero dejaron en su sitio las estrellas para que pareciera que la fiesta se celebraba al aire libre. Las antorchas solo arrojaban una luz suave. Fen puso en un lado las mesas con comida y bebida. Y se repartieron por toda la habitación diversas mesas y las sillas. Sonó una música suave, y algunas de las parejas comenzaron a bailar bajo las estrellas.

La cámara adquirió la atmósfera de una antigua sala de baile, elegante y cálida. Destiny y su compañero, Nicolae, habían regresado de acompañar a los niños y estaban dando vueltas por la pista de baile. Destiny se reía como si fuera una niña, evidentemente disfrutando de ese placer tan simple. Vikirnoff y Natalya bailaban a su lado, y se reían de ellos mientras intentaban superar los intricados pasos que hacía la otra pareja.

Fen miró alrededor de la habitación y se dio cuenta de que la mayoría de los cazadores solteros no estaban por ahí, por lo menos abiertamente. Por supuesto. A esas alturas ya debía saber cómo pensaba Gregori. Mikhail y Raven iban a estar presentes, y habían invitado a unos desconocidos. A pesar de todos los cazadores carpatianos que estaban a la vista, Gregori debía tener uno o dos ases en la manga… y en este caso eran cuatro.

Tomas, Lojos, Mataias y Andre permanecían escondidos en algún lugar de la cámara. Cada uno guardaba una posición clave. Sabía bien que todos eran antiguos depredadores muy peligrosos. Los cazadores de élite tenían habilidades sorprendentes, pero ahora Gregori ya sabía cómo luchaban. Era muy rápido aprendiendo, y no quería que lo volvieran a coger de improviso. Estaba preparado para que se produjera cualquier acto de traición.

Zev fue el primero en atravesar la puerta, lo que no sorprendió a Fen en absoluto. Se parecía tanto a Gregori que podían haber sido hermanos. Probablemente ninguno lo reconocería, pero pensaban igual.

Mikhail enseguida cruzó la cámara para saludarlo con Gregori y Jacques a cada lado. Fen de inmediato se unió al comité de recepción. Como licántropo era esperable que lo hiciera. Zev tenía el rango más alto, y estaba por encima de todos los miembros de las manadas. Eso nunca podría ser ignorado por ningún licántropo, y menos después de haberse revelado como cazador de élite.

Mikhail sacudió la mano de Zev. Por respeto, este se había sacado los guantes, algo que Fen sabía que hacían muy pocos cazadores de élite. Algunos dormían con ellos puestos, especialmente durante las cacerías. En cualquier momento los podía atacar una manada de lobos renegados.

—Gracias por venir —dijo Mikhail para darle la bienvenida—. Y más aún por habernos ayudado cuando nos atacó la manada de renegados. Hubiéramos sufrido muchas más pérdidas, e incluso bajas.

Zev le ofreció una breve sonrisa. Pero Fen se fijó en que no se reflejaba en sus ojos. Zev tenía los ojos de un hombre que ha vivido mucho y que ha visto demasiadas cosas terroríficas.

—Gracias por invitarnos. Mi manada necesitaba un descanso. Llevamos semanas viajando, y hemos tenido varios enfrentamientos contra manadas de renegados. Sabíamos que estaba ocurriendo algo grande, pero no teníamos ni idea de que el rastro nos traería hasta aquí.

Se dio la vuelta cuando fueron entrando los demás.

—Ella es Daciana.

Mikhail se inclinó al estrecharle la mano.

—Bienvenida y gracias. Destiny me contó que fuiste fundamental para proteger a nuestros hijos. No tengo palabras que expresen lo agradecidos que estamos.

Daciana le sonrió.

—Nos dedicamos a esto. Y Destiny sin duda tuvo su parte importante en la lucha.

—Espero que disfrutes —añadió Mikhail.

Zev continuó presentándole a su manada.

—Estos cuatro son Convel, Gunnolf, Makoce y Arnou.

Los cuatro licántropos fueron extremadamente corteses cuando Mikhail los saludó, pero estaban completamente rígidos, como si no estuvieran seguros de dónde se estaban metiendo.

El último cazador de élite cojeaba un poco cuando se acercó para ser presentado. Zev le tocó el hombro un instante.

—Él es Lykaon.

Lykaon se inclinó ligeramente ante Mikhail, pero enseguida miró a Gregori.

—No hubiera sobrevivido sin tu ayuda, o la de Shea. Gracias.

—Era lo menos que podía hacer después de todo lo que hicisteis por nosotros —dijo Gregori.

Mikhail elegantemente agradeció a cada uno de los licántropos su ayuda. Vikirnoff y Natalya aparecieron de inmediato junto a Destiny y Nicolae. Destiny había luchado junto a los licántropos, y les presentó a su compañero, a su hermano y a Natalya mientras acompañaba a los demás miembros de la manada a las mesas llenas de comida y bebidas.

Fen supo enseguida lo que Mikhail había planeado con ese movimiento. La manada respetaba las capacidades de Destiny, y las identificarían con ella y su familia. Por el rabillo del ojo Fen pudo ver que otras parejas de carpatianos se acercaban a presentarse a los miembros de la manada para charlar con ellos.

Mikhail inclinó la cabeza hacia Fen.

—Creo que vosotros dos os conocéis.

—Es cierto que ya hemos luchado en algunos combates juntos —dijo Zev estrechando la mano a Fen.

Fen se alegró de haber pensado en ponerse los guantes. Zev lo aceptaba como licántropo, pero encontraba sospechosa su relación con los carpatianos.

—Veo que vienes preparado —reconoció Zev.

—Siempre. Habiendo dos *sange rau* en la zona que dirigen a una manada tan grande, creo que nadie está completamente a salvo —dijo Fen, sacando el tema de inmediato.

—Estoy de acuerdo —dijo Zev—. Pero no tiene sentido que vengan por aquí cuando saben que han llegado cazadores, y que hay un montón de carpatianos dispuestos a luchar contra ellos.

Mikhail decidió llevarlos a un rincón donde los cinco podrían hablar en privado. Tatijana se escabulló discretamente para hablar con los demás miembros de la manada, y con la familia de Natalya. Zev los acompañó hasta un discreto rincón donde había unas sillas muy cómodas. Una vez que Mikhail se sentó, lo hicieron todos los demás, incluso Gregori, pero Fen se fijó en que por la manera en que colocó su silla, en un instante podía interponerse delante de Mikhail.

Fen no le había dicho que no era necesario. Nadie en la habitación era más rápido que él, y podía defender a Mikhail, aunque hubiera apostado que Zev era tan rápido como Gregori.

—Uno de los *sange rau* es Bardolf, que era un licántropo que creíamos muerto hacía mucho tiempo —explicó Fen—. El otro fue un carpatiano que se llamaba Abel, un antiguo cazador que se convirtió en vampiro hace ya varios siglos.

—Creo que han formado una gran manada con la intención de sacrificarla para distraer a los cazadores mientras uno de los líderes intenta asesinar a Mikhail —dijo Gregori.

Zev frunció el ceño y unió los dedos de las dos manos.

—Son lo suficientemente inteligentes como para elaborar ese plan, pero ¿qué pretenden conseguir?

—Si me matan bien podría ser el fin de nuestra especie —reconoció Mikhail—. Mi hijo es demasiado joven como para relevarme. Además, desde hace siglos estamos en un punto crítico, y hemos sobrevivido a duras penas como especie.

Zev asintió.

—Los *sange rau* diezmaron a nuestra gente hace siglos. Hemos tenido que reestructurarnos por completo para desarrollarnos, pero todavía somos una especie frágil.

—Creo que ha llegado el momento en que nuestras especies se hagan aliadas. Cualquier problema que hubiera habido entre nosotros sin duda alguna ya no existe —dijo Mikhail inclinándose hacia adelante—. Podemos aprender mucho los unos de los otros, y creo que nos podríamos prestar ayuda mutua.

—El problema es lo que ocurre cuando por alguna casualidad se mezcla la sangre de nuestras especies. Surge un *sange rau* —señaló Zev.

—No exactamente —argumentó Mikhail con su tono práctico, aunque con un cierto matiz de sorpresa como si esperara que Zev ya lo supiera—. Un carpatiano que tenga compañera no se puede convertir en *sange rau*. Solo puede serlo un carpatiano que decida abandonar su alma. Un *sange rau* es un vampiro, no un carpatiano. Si un carpatiano mezcla su sangre se convierte en un *hän ku pesäk kaikak*, o *paznicii de toate*, en un «guardián de todos». No son lo mismo. Hay algunos capaces de igualar a los *sange rau* en los combates.

Zev negó con la cabeza.

—Nunca me he cruzado con un luchador que sea así, aunque para ser honesto, los *sange rau* son tan escasos que pocos cazadores se tropiezan alguna vez con alguno, a pesar de nuestra enorme longevidad. Si lo que crees es cierto, y eres el objetivo de esos dos, tal vez haya algo más de lo que sabemos. ¿Qué beneficio podrán obtener destruyendo a especies completas?

—Esa es la pregunta ¿verdad? —dijo Mikhail—. Llevo dándole muchas vueltas al asunto, y se me ha ocurrido que debe de haber otro maestro en algún lugar, alguien a quien no hemos descubierto. Alguien con una agenda que incluyera la desaparición de nuestras especies.

Zev era un hombre inteligente y comprendía su razonamiento.

—Puedo llamar a los miembros del consejo y preguntarles si están dispuestos a reunirse contigo.

—Si aceptan llamaré a mis guerreros para que los protejan —dijo Mikhail—. Afortunadamente podéis quedaros aquí para asegurar su seguridad.

Zev asintió.

—Primero tenemos que acabar con esta manada. Hemos dado muerte a algunos de sus miembros, pero quiero tener una idea real de cuántos son. Han dividido a la manada en unidades pequeñas para que les sea más fácil esconderse de nosotros.

—Podemos ayudar en ese sentido —dijo Mikhail—. Podríamos ver desde el cielo cuántos son.

—Eso sería de gran ayuda —dijo Zev—. Es una zona muy grande, y hay muchos lugares donde esconderse, pero vosotros la conocéis bien. Si no son conscientes de que los habéis visto, y sabemos dónde se encuentran, podremos acabar con ellos.

—No creo —aportó Fen—, que incluso destruyendo a su enorme manada, Bardolf y Abel se vayan sin volver a atentar contra Mikhail. Lo quieren ver muerto.

—Entonces tendremos que diseñar un plan de batalla —dijeron Gregori y Zev a la vez.

Los dos hombres se miraron el uno al otro con una sonrisa lúgubre cada uno.

—No quiero acaparar vuestro tiempo esta noche —dijo Mikhail—. Me gustaría que os divirtierais y conocierais a mi gente. Podemos elaborar nuestro plan de batalla mañana al levantarnos.

Se puso de pie y volvió a estrechar la mano de Zev.

—Transmitiré el mensaje al consejo —prometió Zev. Miró a su alrededor para observar a su manada desperdigada por la habitación. Sin duda se estaban divirtiendo, y hablaban animadamente con los carpatianos que los acompañaban. Los habían convertido en el centro de atención y escuchaban atentamente sus historias—. Gracias por esto, Mikhail, mi manada necesitaba un poco de descanso.

Mikhail le hizo una pequeña reverencia doblando la cintura al estilo antiguo, y se alejó acompañado de Gregori y Jacques. Zev y Fen se quedaron solos.

—Es frío aunque esté rodeado de fuego —dijo Zev—. Realmente lo comprendo. Con dos *sange rau* detrás de él, está corriendo un riesgo mortal y lo sabe.

—Conseguimos alejar a uno, pero el otro atravesó las salvaguardas y fue derecho hacia él. Pero no movió un músculo ni se inmutó. Simplemente se quedó observando para ver lo rápidos que eran, y lo buenos que eran desentrañando las salvaguardas que habían puesto para proteger el lugar —dijo Fen—. Tuvimos suerte, pero para la próxima vez tenemos que estar mejor preparados.

—¿Crees que hay otro maestro dirigiéndolos…?

Zev dejó de hablar y miró por encima del hombro de Fen.

Por un momento pareció como si a Zev le hubieran dado un golpe en la cabeza con una porra. Sus ojos que antes parecían tan vacíos y fríos, se iluminaron como si se hubieran incendiado. La luz transformó por completo el rostro del cazador. Sus rasgos duros y afilados se suavizaron un poco y parecía más joven y cercano.

—Es extraordinaria. ¿Quién es?

Fen giró la cabeza mientras la habitación se quedaba en silencio. Branislava estaba de pie en la entrada. Su espeso y abundante cabello pelirrojo le caía hasta la cintura formando suaves ondas que enmarcaban su cara. Tenía la piel pálida, pero parecía brillar como si tuviera un horno encendido en su interior, y no hubiera manera de contener su calor abrasador. Sus ojos de cazadora de dragones estaban resplandecientes. Sus pestañas largas y sedosas daban sombra a unos ojos color esmeralda. Parecía como si le hubieran pegado dos gemas en la cara, y les hubieran puesto un fuego por detrás para que brillaran todo el tiempo.

Llevaba un vestido antiguo que recordaba los tiempos pasados. Pero ese estilo le iba bien. Tenía las mangas largas, y un corpiño, que se ceñía a sus amplios pechos y a su estrecha caja torácica, caía hasta su pequeña cintura y se ensanchaba sobre sus caderas desde donde se abría una falda que llegaba hasta el suelo.

Fen respiró hondo y miró a Tatijana. La alegría de su cara y su corazón lo abrumó tanto que por un momento compartió con ella su apabullante emoción. Tatijana corrió hacia su hermana y se dieron un apretado abrazo.

—Es Branislava, la hermana de Tatijana. Se está… recuperando. No la esperábamos esta noche, aunque deseábamos que viniera.

—Es verdaderamente guapa —repitió Zev.

—No dejes que su aspecto te engañe —le avisó Fen—. Es carpatiana de un linaje muy poderoso, y es una guerrera de casta y cuna.

Zev asintió con la cabeza.

—Se mueve como si fuera agua fluyendo por una roca de lo ligera y elegante que es —dijo—. Tengo que conocerla, Fen. —Miró a sus compañeros de manada por encima del hombro. Algunos estaban comiendo. Un par de cazadores estaban bebiendo, y Daciana estaba bailando con un carpatiano—. Ahora, Fen —añadió inquieto—. Tengo que conocerla ahora.

Zev desea conocer a Bronnie, Tatijana. Sé que ha venido por ti, para asegurarse de que estás bien, y que es terriblemente tímida cuando está rodeada de tanta gente, ¿crees que sería bueno que se lo presentara?

Estamos intentando dar una buena impresión a los licántropos, dijo Tatijana. *Imagino que no nos podemos negar. Voy a explicarle a Bronnie que se lo vas a presentar.*

Lo he escuchado, dijo Branislava. *No soy tan frágil. De verdad. Volvió la cabeza y miró por encima de ellos.*

—Claro —dijo Fen—. Vamos antes de que todo el mundo comience a agobiarla. En un rato va a estar rodeada de gente.

Zev soltó el aliento.

—No soy demasiado fino con las damas.

—No te preocupes. Mira a tu alrededor. Todos estos hombres la defenderán si piensan que eres un embaucador. Este es un grupo muy unido.

—Lo intentaré —dijo Zev volviéndose a sacar los guantes para guardarlos en el bolsillo de la chaqueta—. Esta es una mujer por la que vale la pena ser asesinado.

Fen sabía que tanto Tatijana como Branislava habían escuchado el comentario que le había susurrado. A pesar del ruido de las conversaciones y la música, sus oídos eran lo bastante agudos. Una breve sonrisilla de Tatijana las traicionó cuando intercambiaron entre ellas una rápida mirada de complicidad.

—Bronnie —la saludó Fen. Ella se volvió por completo y quedó frente a él. Fen la abrazó con fuerza agradecido de que hubiera venido a acompañar a Tatijana—. Es maravilloso verte de esta manera. Has hecho que la velada sea completa para tu hermana. Realmente quería que estuvieras con ella aquí.

—Me alegro de haber venido —dijo Branislava—. Siento perfectamente su felicidad, Fen.

Ten cuidado Bronnie. Zev es un licántropo, y debe creer que Fen también lo es, le avisó Tatijana.

Puede que me haya estado recuperando metida bajo tierra, hermana, pero te aseguro que comprendo muy bien lo que esta gente puede hacer a mi hermano político si descubren lo que es.

Fen quiso sonreír por la ferocidad del tono de Branislava. Estaba dispuesta a luchar si alguien atacaba al compañero de su hermana. Sin embargo, se volvió hacia Zev, y le ofreció una sonrisa capaz de derretir glaciares enteros.

—Branislava, él es mi amigo Zev —los presentó Fen—. Es un cazador de élite de los licántropos.

—Qué estupendo conocerte —dijo Bronnie extendiéndole una mano—. Cualquier amigo de Fen es bienvenido en este lugar.

Zev le agarró los dedos y galantemente los levantó hacia su cálida boca. El sentido del olfato de los licántropos es muy agudo, y el seductor aroma de ella era tan atractivo para él que se quedó completamente embelesado. Casi hipnotizado. Le sorprendió sentirse tan completamente cautivado, cuando desde que era niño se había formado y entrenado para ser un asesino.

Le habían enseñado que una mujer podía ser un cuerpo caliente, o un consuelo, pero servía de poco en su papel de cazador, que significaba mantenerse absolutamente concentrado en la caza, y en destruir las amenazas que pudieran poner en peligro a los licántropos.

—Es un honor conocerte —dijo mirándola a los ojos.

Cuando Zev observó esos profundos pozos color esmeralda, se dio cuenta de que se había enamorado. Cualquier hombre se hubiera perdido en ellos. Sabía que lo mejor era no estar ni un momento en su compañía, pero no se podía resistir a su sensual atractivo. La sensación que le produjo su piel, aunque fuera la de sus dedos, hizo que se le acelerara el corazón. La de Branislava era suave como el satén, y le sorprendió el calor que emanaba a pesar del frío de la noche. Parecía como si ardiera, lo que hizo que Zev se preguntara qué temperatura alcanzaría con un hombre al que amara.

—No soy un bailarín demasiado elegante, pero me encantaría bailar contigo —dijo él.

La frase surgió de su boca sin que Zev fuera consciente de ello. Francamente estaba sorprendido por haberle hecho esa invitación. Sin duda no se había acercado a ella con la idea de pedirle un baile. Se iba a poner en evidencia en el momento en que pisara la pista, pero la idea de estrecharla entre sus brazos, y que su cuerpo estuviera tan cerca del suyo, era más de lo que podía resistir.

—Me encantaría —respondió ella asintiendo elegantemente con la cabeza—. Pero te tengo que advertir que yo tampoco bailo. Nunca he bailado.

No tienes que hacerlo, dijo Fen. *Eres una gran embajadora de los carpatianos, pero no estás obligada a bailar con él.*

Creo que me divertiré, reconoció sorprendida Branislava.

Realmente quiere hacerlo, Fen, añadió Tatijana, que parecía tan sorprendida como su hermana.

—¿Nunca? —preguntó Zev levantando una ceja.

¿Qué diablos pasaba con los hombres carpatianos? No se podía imaginar cómo esa mujer podía no haberse vinculado todavía a un hombre. Si él no había sido capaz de soltarle la mano. La llevó rápidamente a la pista de baile por miedo a que cambiara de opinión. En el momento en que le rodeó la cintura, y la atrajo hacia él, Zev supo que ya estaba completamente perdido.

Ella se adaptaba perfectamente a su cuerpo, y se fusionaba con él, de manera que cuando comenzaron a moverse parecían ser una sola persona, no dos. Ella le seguía los pasos instintivamente como si llevaran bailando juntos toda la vida. Zev se hubiera quedado eternamente pegado a su sedoso cabello, que le rozaba la cara, mientras algunas mechas se le enredaban en la oscura sombra de su mandíbula. Hubiera jurado que incluso los latidos de su corazón se habían acompasado con los de ella.

Zev sabía que no debía apretarse tanto a ella, o tenerla cogida tan posesivamente. No quería que la música acabara nunca. Su vida estaba llena de combates, de asesinatos, noches frías al aire libre, heridas horrorosas, sangre y muerte. No era normal que tuviera a una hermosa mujer entre sus brazos, mientras bailaban por una pista de baile cargados de deseo y placer.

—Pensaba que no sabías bailar —murmuró Zev pegado a su oreja.

Incluso su pequeña oreja con forma de concha era hermosa. Fuera lo que fuera lo que le estaba pasando, le había dado fuerte. Quería retirarle el pelo del cuello para darle un montón de besos en su piel suave.

—Aparentemente eres un buen líder —susurró ella—. Es muy fácil seguirte.

La voz de Branislava le hacía sentir que compartían mucha intimidad, y por un momento hizo que olvidara que no estaban solos, y que había otras parejas bailando, como Tatijana y Fen, en esa pequeña pista de baile. Branislava era letal, y no tenía manera de defenderse de ella. Si era posible que un licántropo se enamorara de una carpatiana, a él ya le estaba ocurriendo, lo que era algo completamente prohibido, especialmente para un cazador de élite.

La apretó hasta dejar su cuerpo impreso en el de ella. Caliente. Demasiado caliente. Ella le transmitía un intenso calor a través de la ropa, y de su propia piel, que hacía que le ardieran todos los músculos, e incluso le dejara marcada su esencia en sus huesos. No, aún más profundamente. Ella fluía como una lava fundida a través de sus poros, hasta que su impronta le llegó al corazón, y después al alma. Hasta que hizo que le perteneciera. Cuerpo. Corazón. Mente. Y su alma perdida.

Cuando terminó la música casi se le paró el corazón. Ella le sonrió, y a él no le quedó más remedio que rodear su cintura con un brazo, y acompañarla de vuelta al rincón donde la había encontrado hablando con su hermana. En el otro extremo de la sala. Lejos del lugar donde los licántropos estaban manteniendo conversaciones ligeras con los carpatianos.

—Gracias Branislava —dijo él—. Con toda seguridad puedes hechizar a quien quieras.

Ella parpadeó varias veces, y él se preguntó si había dicho algo incorrecto.

Él no conoce nuestra historia con los magos, Bronnie, le explicó rápidamente Tatijana. *Quiere decirte que te encuentra muy atractiva.*

Qué extraño, yo también lo encuentro muy atractivo.

—He disfrutado mucho bailando contigo —reconoció Branislava—. Tatijana me dijo que era como flotar. Podía oír la música directamente a través de mi cuerpo.

Y su corazón se acompasó con el ritmo del mío, Tatijana, añadió asombrada.

Branislava observó la cara de Zev. Era un rostro fuerte. Tenía profundos surcos que indicaban que había participado en muchas guerras. Le fascinaban sus ojos. Eran ojos de lobo, pura y simplemente. Mostraban su penetrante inteligencia. No ocultaban que era un depredador. Cuando atrapara a su presa debía de ser implacable y firme. Y justo en ese momento, en esa habitación llena de cazadores carpatianos, a solo unos centímetros, esos ojos estaban completamente concentrados en ella.

Ella debía sentirse asustada, pero realmente estaba intrigada. Podía ser tímida con la gente, y nunca antes había estado tan rodeada, pero era capaz de defenderse a sí misma, y a su familia, con todo lo que en esencia era, con todas las armas de su arsenal.

—Eres una fantástica bailarina —dijo Zev—. Espero que tengamos la oportunidad de volver a bailar pronto.

—Yo también —dijo Branislava completamente sincera.

Se alejó de él, y regresó junto a su hermana. Enseguida los carpatianos parecieron cerrar filas a su alrededor. Zev la observó durante unos minutos, completamente consciente de que Fen lo estaba observando.

—Ahora comprendo bien por qué decidiste hacerte amigo de esta gente —dijo Zev con un suspiro—. Tatijana y su hermana son unas mujeres muy hermosas.

—Sí lo son —aceptó Fen.

—Sabes que está prohibido. Tenemos que evitar a los carpatianos justo por esa razón. No podemos permitirnos tener la opción de enamorarnos de alguna carpatiana.

Fen no solo oyó el rechazo en la voz de Zev, sino que también lo percibió.

—Los hombres y mujeres carpatianas no pueden darse el lujo de enamorarse hasta que no encuentran a sus compañeros —explicó—. Un licántropo se puede enamorar de una carpatiana, pero puede haber o no reciprocidad. Pero para ellos solo existe una única persona.

—Aun así no lo entiendo.

—Lo que he aprendido es que literalmente son las dos mitades de un todo. El alma del hombre contiene la oscuridad, y la de la mujer la luz. Las palabras rituales que establecen el vínculo se graban en el alma del hombre antes de nacer. Cuando encuentra a la mujer que posee la otra mitad de su alma, la reconoce, pronuncia las palabras, y ya quedan unidos para siempre. Nunca habrá nadie más. Si uno muere, el otro lo sigue.

—De manera que incluso si no estuviera prohibido, me estás diciendo que ella está fuera de mi alcance —dijo Zev lamentándolo profundamente—. Ella definitivamente no juega en mi liga.

Tenía miedo de que ella le arrebatara el corazón y el alma, pero aún así nada de eso era necesario para matar.

—Deja que te ofrezcamos algo para beber. De hecho, has venido a divertirte —dijo Fen apoyando una mano en su hombro para llevarlo de vuelta con el resto de la manada, y los carpatianos que había por allí.

Capítulo 16

Se tiene que quedar un carpatiano con nosotros todo el tiempo para que las mujeres se puedan comunicar desde el aire; o uno, o todos, tiene que ser lo bastante valiente como para hacer un intercambio de sangre con ellas —explicó Fen por tercera vez. Los licántropos podían comer y festejar con los carpatianos, pero les parecía repugnante intercambiar sangre con ellos. Se daban sangre en los combates, pero para ellos era algo completamente diferente a lo que les estaba pidiendo Fen—. Bien —dijo con un pequeño suspiro—. Tendré que ser yo quien mantenga todas las comunicaciones con nuestro escuadrón en el aire. Pediré a Tatijana que intercambie sangre conmigo.

Ya lo habían hecho al levantarse después de hacer el amor apasionadamente, pero no le importaba repetirlo antes de emprender la cacería de cada uno de los pequeños grupos en que habían dividido a la manada.

—¿Esa mujer beberá tu sangre? —preguntó Zev y movió su mirada hacia donde Branislava y Tatijana estaban riéndose bajo el dosel del bosque.

—Se llama Tatijana —dijo Fen comenzando a sentirse molesto por tener que mantener continuamente la farsa de que era un genuino licántropo, y además estaban perdiendo tiempo mientras la manada podía estar moviéndose hacia posiciones de ataque.

Las mujeres se iban a mantener en el aire porque su energía era inferior a la de los hombres bajo cualquier forma que pudieran adquirir. Tatijana, Branislava, Destiny y Natalya ya habían salido y cada una había tomado una dirección diferente. Era peligroso que las detectara un *sange rau*, y decidiera defender a la manada. Fen podría volverse indetectable para todos ellos, pero tenía que mantener las apariencias. Era frustrante saber que Tatijana pudiera encontrarse en problemas.

—¿Branislava podría beber mi sangre? —preguntó Zev.

La manada se quedó en silencio. Sus compañeros lo miraron como si hubiera perdido la razón. Convel movió la cabeza con una expresión grave.

—No puedes, Zev. No sabemos qué podría pasar.

—Lo que va a pasar —dijo Fen apretando los dientes—, es que nos pondremos en marcha. Tenemos cuatro amazonas, y cuatro grupos de cazadores. Me he ofrecido voluntario, pero en caso de que descubramos a otra manada, necesitamos a alguien capaz de escucharlas. Destiny y Natalya se pueden comunicar con los cazadores carpatianos.

Zev dejó de discutir. Cruzó el espacio que lo separaba de Branislava deseando que no fuese tan cautivadora como la noche anterior. Sentía como si la mirada de sus compañeros le fuera a hacer un agujero en la espalda. El peso de su desaprobación se podía percibir en el aire. Aun así siguió avanzando, incluso a grandes zancadas, para llegar cuanto antes.

Ella se dio la vuelta para observar cómo se acercaba. Tenía los ojos de un tono esmeralda más intenso del que Zev recordaba, casi resplandeciente. Y cuando le sonrió, el licántropo soltó de golpe todo el aire que tenía en los pulmones. No sabía exactamente si lo que más le atraía era su cabellera, de un feroz tono rojo, que llevaba sujeta en una bonita trenza ancha como un brazo, o sus sorprendentes ojos, que a veces, como ahora, parecían ser multifaceteados. O su boca, con sus incitantes labios carnosos.

Ella dejó que se acercara. Zev era consciente de que Fen lo había seguido, y Tatijana había ido a encontrarse con él. Se habían metido entre las sombras y estaban protegidos de la vista por un gran árbol. Branislava simplemente lo esperaba sin moverse.

—Mi bailarina —dijo él deseando mostrarse elegante—. Me han dicho que sería posible comunicarnos telepáticamente si bebes la sangre que te dé. ¿Estarías dispuesta a hacer un intercambio de sangre conmigo?

—Claro, por supuesto —dijo Branislava—. La telepatía es la forma más fácil de comunicación. Puedes estar seguro que no voy a fisgar en tu mente. Simplemente transmitiré la información que tenga.

—¿Puedes hacer eso? ¿Ver cosas en mi mente?

—Tal vez —respondió ella—, pero no es necesario que lo haga, y además eres un licántropo. Tenéis diferentes patrones cerebrales, y la mayoría de nosotros no podría leer fácilmente vuestros pensamientos. Creo que tenéis un escudo bastante bueno.

Zev no quería pensar demasiado en las consecuencias.

—Entonces hagámoslo. Dime qué tengo que hacer.

Ella lo cogió de la mano, e hizo que se adentraran en el bosque donde los árboles los ocultaban de las miradas curiosas.

—¿Prefieres no sentir nada en absoluto? ¿O disfrutarlo por completo?

—He probado la sangre. Soy un licántropo. Quiero saber qué está pasando todo el tiempo —dijo Zev con firmeza.

No le importaba probar su sangre. Todo en ella le intrigaba.

Ella se acercó a él. Mucho. No los separaba más que un escaso centímetro. El aroma aterciopelado de Branislava lo dejó igual de atontado que la noche anterior. Ella pasó un brazo alrededor de su cuello para que acercara su cabeza. Cuando movió la boca por su piel de manera muy suave, pero ay, tan sensual, el cuerpo de Zev reaccionó, se puso duro y excitado, se le recalentó la sangre y cada una de sus terminaciones nerviosas cobró vida al tomar conciencia de ella.

—Sentirás el mordisco, y un pequeño dolor que enseguida desaparecerá —le susurró al oído—. Confía en mí, nunca haré nada que te haga daño.

No le importaba. Tenía todos los sentidos concentrados en su boca, y en la manera tan sensual que tenía de moverse sobre su pulso palpitante. Cuando sus labios le tocaron el cuello, se le hizo un nudo en el estómago por la expectación, y su miembro se puso duro y alerta. En cuanto le clavó los dientes, un pequeño dolor se sumó a su intenso deseo, pero cuando pasó le produjo una profunda sensación de placer. Que Branislava bebiera su sangre le pareció que era lo más erótico que había experimentado nunca.

Enseguida Zev la rodeó con sus brazos para que se aferrara a él, y sintió cómo su sangre corría apasionadamente por sus venas. Su pulso tronaba en sus oídos. No quería que eso acabara. Quería más, mucho más. Movió las manos por debajo de la camisa de Branislava para sentir su piel satinada, las deslizó por su caja torácica hasta cubrir sus pechos y le acarició sus tersos pezones con los pulgares. Estaba tan enardecido que la hubiera poseído allí mismo bajo las sombras de los árboles, pero ella levantó la cabeza y le cerró con la lengua los agujeritos que le había hecho al morderlo.

Sus ojos se volvieron a encontrar. Las increíbles esmeraldas verdes que tenía en la cara parecían vidriosas, como si le acabaran de hacer el amor. También daba la impresión de que estaba un poco confundida.

—Señor, creo que está traspasando zonas que nunca discutimos en nuestra negociación.

Sorprendido, Zev sacó las manos de debajo de su camisa. La piel de Branislava estaba tan caliente que ahora sentía en los dedos el frío de la noche.

—Lo siento. No sé que me ha pasado. ¿Cada vez que bebes la sangre de alguien, sientes lo que he sentido yo?

Si era así, ya se sentía un poco celoso, aunque no estaba familiarizado con esa emoción en particular, y se preguntaba a qué se debía.

Ella negó con la cabeza.

—No. Nunca antes ha sido así.

—Bien. —Quería ser el primero. Tal vez ella lo iba a recordar de la misma manera que él sabía que la recordaría—. ¿Ahora te tengo que morder el cuello?

Ella se rió rompiendo la ligera tensión que había entre ellos.

—Creo que será más seguro que simplemente usemos la muñeca.

—Seguro, pero no tan divertido —señaló Zev.

Ella se mordió la muñeca y se la ofreció. Varias gotas de sangre brillante salieron de la herida, y Zev se la llevó a la boca. Incluso su muñeca desprendía el atractivo aroma a miel salvaje, y a cítrico, que identificaba a Branislava. Enseguida lamió las gotas de sangre de color rubí. Su sabor era tan bueno como su aspecto, o incluso mejor. Branislava podía ser adictiva, y eso era peligroso para su especie. Una sangre fresca y caliente tan buena era una tentación en la que ninguno de ellos se podía permitir caer.

Los licántropos siempre tenían que beber sangre con precaución. Eran depredadores. Salvajes. La civilización había llegado a ellos, pero en el fondo de su corazón, siempre iban a ser salvajes. La sangre los seducía. Los llamaba. Les susurraba y los engatusaba. La sangre de Branislava era excepcional… tenía un sabor exquisito.

Branislava puso la otra mano sobre el hombro de Zev y lo miró a los ojos. La sensación era casi tan erótica como lo que había sentido antes cuando ella había bebido su sangre. Zev se permitió entregarse a esos ojos tan especiales y gozar por completo de ese momento. Nunca más iba a tener la oportunidad de estar tan íntimamente con ella... y eso era algo muy íntimo.

Fen le había dicho que una carpatiana nunca se enamoraría más que de su compañero, pero igual que él, ella también sentía esa misma atracción magnética. Lo veía en sus ojos y lo percibía en su mente. Su sangre era rica y caliente. Demasiado caliente. Demasiado buena. Lo llenaba de energía.

—Suficiente —le advirtió Branislava—. Me puedo debilitar cuando esté en el aire —le dijo y rápidamente retiró la muñeca.

Zev la soltó de inmediato. Era tosco y vulgar comparado con ella, pero aun así, Branislava no le apartó la mirada mientras se cerraba la herida con la lengua.

—¿Ya está? —preguntó Zev—. ¿Podemos hablar telepáticamente?

Sí.

Su suave voz susurrando de una manera tan íntima en su mente era sorprendente. Tal vez no había sido tan buena idea permitirle que bebiera su sangre. Apenas podía respirar y maldijo porque al principio le costaba caminar.

Inténtalo. Háblame.

No hay mucho que te pueda decir sin hacer el ridículo. No me esperaba sentirme tan atraído por ti.

—¿Estás bien, Zev? —gritó Convel muy enfadado.

Debía haber sabido que su manada se iba a preocupar. En el momento en que Branislava lo llevó a que se ocultaran entre los árboles, su manada debió haberse puesto nerviosa por si los carpatianos de algún modo les estuvieran haciendo una emboscada.

—Estoy bien. Estábamos asegurándonos de que esto realmente funcionaba —gritó Zev en respuesta, y sonrió a Branislava—. Gracias, señorita Branislava, creo que vamos a poder cazar juntos.

—Yo también creo que así será —dijo ella—. Mis amigos y familiares me llaman Bronnie.

Zev le hizo un pequeño saludo y salió de la arboleda a grandes zancadas para reunirse con sus compañeros cazadores de élite.

Tatijana y Fen se unieron a Branislava en el momento en que se marchó.

Fen le cogió las manos.

—¿Estás segura de que estás preparada para esto, Bronnie? Tatijana y yo te hemos entregado todos los recuerdos que pudimos de los *sange rau,* donde se puede ver cómo combatirlos, y lo rápidos que son. Los hombres lobo siempre se van a lanzar contra el vientre, y no subestimes lo alto que pueden saltar.

—Creo que he estado invernando demasiado tiempo, y necesito meterme de cabeza en la lucha. Justo ahora puedo ser útil, y me hace falta, Fen. Espero que prestándoos mi ayuda, mi vida comience a despegar. Estar prisionera durante tanto tiempo, y atrapada en el hielo, puede hacer que uno añore lo que le es conocido, pero sin duda ahora eso no es lo mejor para mí.

—Prométeme que vas a tener mucho cuidado —dijo Fen—. No os puede pasar nada a ninguna de las dos. Puedo elevarme en el aire en segundos y volar muy rápido. Simplemente llamadme.

—No se te ocurra hacer que los licántropos te descubran —dijo Tatijana—. Lo digo en serio, Fen. Se volverán contra ti rápidamente. Mikhail dio algo que pensar a Zev, pero no a los demás. Y no puedes contar con él para que te proteja. Nosotras estaremos bien. Sabemos lo que hay que hacer.

—¿Todo está bien? —preguntó Zev apareciendo por detrás de ellos—. Ya estamos listos.

—Estoy asegurándome de que saben cómo funcionan las manadas de lobos renegados —dijo Fen—. No quiero que arriesguen sus vidas.

—Simplemente nos tenéis que dar información —señaló Zev a las mujeres sumándose a las advertencias de Fen—. Eso es todo, encontradlos y decidnos dónde están. Los carpatianos nos transportarán si están a gran distancia.

—Necesitamos el campo —dijo Tatijana—. Haz que tu manada se vuelva a meter debajo de los árboles.

Zev asintió, miró a Branislava, movió la cabeza y se alejó de ellos. Fen pasó una mano por la nuca de Tatijana y la atrajo hacia él.

—Puede volverse a mirar, hombre lobo —le susurró, pero no hizo que se apartara.

—Me da lo mismo —dijo Fen y la besó—. Ni se te ocurra hacerte daño. Ni un pelo. ¿Me has entendido?

—Te entiendo —le dijo y le devolvió el beso—. Me encanta cuando te pones tan lobo conmigo.

Branislava se rió con ganas.

—Vamos, Tatijana, demuéstrales lo que pueden hacer las cazadoras de dragones.

Las dos mujeres salieron del bosque y entraron al claro. Ambas parecían muy elegantes a pesar de ir vestidas con unos vaqueros, camisa y botas. Avanzaron cogidas de la mano, pero en medio del campo se abrazaron, y cada una se dio la vuelta y se dirigió al centro de su cuadrante.

—¿Qué están haciendo? —preguntó Zev.

—Transformándose —dijo Fen—. Necesitan espacio.

Las dos se transformaron casi simultáneamente. Sus pequeñas figuras curvilíneas resplandecieron un momento, y se convirtieron en algo completamente diferente. Fen estaba acostumbrado a la dragona azul de Tatijana. Le parecía hermosa, con su larga cola con puntas y su cabeza en forma de cuña. Podía sumergirse por debajo del agua y nadar durante largos periodos de tiempo. Por eso cuando estaba bajo su forma humana, como había pasado tantos siglos como dragona, su piel siempre estaba fría.

Branislava era lo opuesto. Era una dragona de fuego, y tenía unas resplandecientes escamas de color escarlata. Parecía como si su dragona hubiera nacido en un volcán activo, y que fuera parte de una feroz explosión incandescente. Cuando expandió las alas, Fen se dio cuenta de que varios miembros de la manada estaban con la boca abierta.

Se apoyó en las patas traseras y aleteó formando un pequeño vendaval. Tatijana la siguió enseguida. Fen miró a su alrededor. Cuando vieron que las dos dragonas se elevaban en el cielo, se pudo ver en los rostros de los licántropos su sorpresa y asombro.

—Ya la visteis en la batalla —les recordó Fen.

—Pero estuvo la mayor parte del tiempo en el cielo —se defendió Arnou—. Estaba intentando salvar el pellejo matando a todos los hombres lobo que podía. Imagino que no pensé demasiado en ello, pero verlas tan de cerca después de haber estado con las mujeres que realmente son... es algo simplemente... —Dejó de hablar—. No tengo palabras.

—Sorprendente —lo secundó Daciana—. No me importaría poder transformarme.

La manada estalló en carcajadas.

—Puedes, Daciana —le recordó Zev—. Eres licántropa. Si te sientes como una loba, simplemente te transformas.

Ella se encogió de hombros.

—No es lo mismo. Siempre he sido una loba.

—Tatijana y Branislava pertenecen al linaje de los cazadores de dragones, que es muy antiguo y se le han rendido muchos honores. En realidad han estado muchos siglos metidas en sus cuerpos de dragonas, que le son más familiares que su forma natural humana —dijo Fen y llamó a Tatijana.

¿Qué tal por ahí?

Han pasado dos minutos Fen. No me puedo meter en líos tan rápido. La risa de Tatijana alegró íntimamente su cuerpo. *La noche está completamente clara, y eso será de gran ayuda. De todos modos estamos volando alto usando las nubes para que oculten nuestros cuerpos. Desde abajo simplemente parecemos nubes con una forma extraña.*

Buena idea, dama mía.

De vez en cuando las tengo, pero no me puedo atribuir esta. Lo pensó Bronnie.

Es su primer vuelo en largo tiempo, Tatijana. ¿Estás segura de que está lo suficientemente fuerte?

Branislava ahora formaba parte de su familia. Estaban unidos a través de Tatijana. Pero, además, la quería y respetaba. Había conseguido atisbar alguna vez su enorme valentía, cuando Tatijana involuntariamente dejaba abierta la puerta de su pasado, y no podía más que admirarla.

Está emocionada. Realmente necesita hacer esto. Cuando nunca antes has estado en el exterior, o rodeada de personas, es fácil mantenerse apartado aferrado a uno mismo, y no moverse por miedo a la caída, por así decirlo.

Tatijana divisó una pequeña abertura entre dos enormes rocas. La maleza estaba muy alta por toda la ladera de la montaña, y por encima de esas dos rocas que sobresalían, pero justo entre ellas, había una abertura de no más de sesenta por sesenta centímetros, que tenía el suelo de tierra. Si en realidad allí había una cueva, sería una madriguera perfecta para los lobos. Cualquier hombre lobo se sentiría atraído por un lugar así.

Entonces envió la imagen a Fen.

Sin duda ahí hay una cueva, dijo este. *Ya la había señalado como lugar sospechoso, pero cuando la revisé no había nadie en ella. Eso no significa que la manada no la tenga como lugar posible donde esconderse y descansar durante unos días. Si están en ella, aunque sea un grupo pequeño, mira por alrededor entre la maleza. Tienen que tener por lo menos dos puestos de vigilancia. Estarán bien escondidos. Piensa como un lobo. Los hombres lobo* piensan igual que sus contrapartes animales en lo que se refiere a la protección de la manada.

Tatijana no quería volar más bajo, especialmente si los lobos renegados tenían puestos de vigilancia desde donde pudieran verla. Se movió de nube en nube, y parecía estar yendo a la deriva impulsada por un viento ligero. Su visión de dragona era muy aguda. Podía ver a kilómetros de distancia si decidía usar su visión superior.

Enseguida el aspecto del mundo que tenía a su alrededor cambió. Era un poco desorientador concentrarse teniendo tanta agudeza visual, pero su dragona percibía cualquier movimiento. Bajo ellas y justo hacia el sur, vio que las hojas de un arbusto se movían contra el viento. Una vez que su dragona encontraba un objetivo en potencia, se quedaba planeando en lo alto del cielo, y solo ocasionalmente volvía atrás.

Al dar la tercera vuelta confirmó que había una criatura acechando, que era medio lobo y medio hombre.

Estoy viendo a uno de los vigilantes. Tiene la mitad del cuerpo de hombre y la otra mitad de lobo.

Es lo que estamos buscando, dijo Fen. *Envíame las coordenadas y vigílalo hasta que lleguemos. Si algunos salen del escondite, cuenta cuántos son para hacernos una idea, pero bajo ninguna circunstancia te enfrentes a ellos.*

—Ya tenemos a una de las unidades —dijo Fen—. Vamos.

Ocho carpatianos aceptaron transportar a los cazadores de élite para ahorrar tiempo, y para que no los pudieran divisar los *sange rau*.

Cuando se transformaron en aves gigantes, los cazadores se miraron entre ellos como si se fueran a negar, pero en el momento en que Fen y Zev dieron un paso adelante para montar en los lomos de las aves, los demás los siguieron rápidamente. Eran cazadores y tenían a una manada de renegados que aniquilar. Y esa tarea estaba por encima de todo lo demás, incluso de su miedo a lo desconocido.

Los carpatianos los transportaron en silencio y los dejaron a una cierta distancia de la cueva para que los cazadores pudieran seguir avanzando por tierra. Jacques, Vikirnoff y Nicolae acompañaron a Lykaon, Arnou y Fen, que se desplegaron a un metro de distancia hacia la izquierda. Falcon, Dimitri y Tomas fueron con Zev, Daciana, Convel y Gunnolf hacia la derecha, que también se desplegaron haciendo el menor ruido posible para seguir los pasos de la manada de renegados.

Dimitri, el puesto de vigilancia de este lado está a poco más de nueve metros de ti, a tu izquierda. Todavía no os ha visto, le avisó Tatijana.

Dimitri, ten cuidado de que nada pueda hacer sospechar a Zev que no eres más que un carpatiano, le advirtió Fen enseguida, maldiciéndose por no haber maniobrado para que Dimitri se quedara en su grupo.

Él ni siquiera le contestó. En cambio, levantó un puño. Inmediatamente todos los miembros de su equipo de caza se tiraron a tierra y se quedaron en absoluto silencio. Dimitri se apoyó en el vientre, se transformó en una pequeña ardilla, y avanzó varios metros, pero se dio cuenta de que debía estar emitiendo demasiada energía, y que los hombres lobo la podrían detectar.

Se detuvo evaluando la situación. Quería matar silenciosamente al vigilante para que no pudiera avisar a su compañero, o a quienes estuvieran escondidos en la cueva.

Ya no emites energía, le recordó Fen. *Hace mucho tiempo que no lo haces. Después de las dos últimas heridas casi mortales que te hicieron, y toda la sangre que te di, ya eres más mestizo que carpatiano. No te sentirán llegar.*

Dimitri creyó lo que le decía su hermano. La pequeña ardilla fácilmente se abrió camino a través de la maleza hasta que llegó prácticamente hasta los pies del hombre lobo. Y justo cuando el lobo lo miró con sus ojos codiciosos, se transformó y le clavó la estaca de plata directamente en el corazón. Simultáneamente le cortó la tráquea para silenciar de manera muy sencilla cualquier grito que el hombre pudiera soltar. Después dejó su cuerpo en el suelo.

Ya está. ¿Puedes ir hacia donde se encuentra el otro, Fen?

Lo veo. Voy por él ahora mismo.

Por encima de sus cabezas, Tatijana, que seguía metida entre las nubes, observó cómo Fen avanzaba reptando cómodamente entre la maleza. Ella era consciente de que no podía hacer el menor ruido, y él sabía exactamente lo que estaba haciendo; pero aun así, Tatijana tuvo unas enormes ganas de lanzarse a destruir cualquier amenaza que pudiera sufrir su compañero. Su vínculo con Fen aumentaba hora a hora. No creía que se pudiera fortalecer más, pero su amor por él parecía estar intensificándose.

Fen palmeó la estaca de plata. Los insectos que cantaban a su alrededor no se alteraron por su presencia. Respiró hondo, soltó el aire cuando ya estaba cerca, y sintió el olor rancio de los hombres lobo. El renegado no se había lavado, y tenía carne podrida y sangre pegada a su pelaje.

No te muevas. No te muevas. La advertencia de Tatijana hizo que se paralizara. *Dimitri, hay otro que va hacia ti. Creo que hay un cambio de guardia.*

Fen miró la manada que se desplegaba detrás de él. El puño de Lykaon estaba apretado, lo que indicaba que no se tenían que mover. Aparentemente la orden también era para él. Prefería la manera en que se comunicaban los cazadores carpatianos. La telepatía facilitaba mucho las cosas.

Fen, va a llegar justo por encima de donde estás tú. ¿Quieres que ayude?

Ya lo sé, sívamet. No te preocupes. Ten paciencia. ¿Dimitri? ¿Puedes matar al segundo vigilante?

Sí. Pero vendrán a ver qué ocurre cuando no regresen los otros dos, señaló Dimitri.

Esa será nuestra ventaja.

Fen miró a su alrededor por si algún miembro de la manada lo pudiera ver. Iba a tener que usar la velocidad de los *hän ku pesäk kaikak,* los guardianes de todo, si tenía que matar a los dos guardias sin que hicieran ningún ruido al morir.

Zev era el único que estaba a la vista que podía observar su vertiginosa velocidad.

Tatijana, haz que Bronnie distraiga a Zev un momento. Necesito suficiente tiempo para matar a los dos guardias simultáneamente. Que lo haga rápidamente. Tengo prisa.

Podía oír que el otro hombre lobo respiraba inquieto y jadeaba. Había sido herido recientemente, y no estaba completamente curado. Fen alcanzaba a oler su herida. Pero continuaba observando a Zev, a pesar de que ya estaba planeando sus siguientes movimientos.

Si estiraba un brazo, podía tocar al primer vigilante. El segundo estaba dos pasos más atrás. Maldijo cuando se le enganchó una rama de zarza. En el momento en que Zev apartó la vista, Fen se levantó rápidamente y con la mano derecha clavó la estaca directamente en el corazón del hombre lobo con olor a rancio consiguiendo mantenerlo en silencio. Entonces se dio la vuelta, y usando la mano izquierda acabó con el segundo guardia. El lobo renegado realmente no llegó a ver cuándo la estaca le atravesó el corazón, pues estaba demasiado ocupado intentando desprenderse una rama de zarza de la piel.

Fen percibió el alivio que sintió Tatijana, que entró en su mente un momento para recordarle su amor antes de volver rápidamente a su cometido. Entonces volvió y se acercó a Zev.

—Los demás tendrán que cortarles la cabeza con sus espadas. No se las voy a cortar con el cuchillo.

Zev le sonrió.

—Qué gallina. Siempre he pensado que eras tan duro que llevabas un cuchillo de repuesto entre los dientes para rebanarles la cabeza.

Hizo una señal al grupo para que avanzara.

—Confiaba en que tuvieras un plan para entrar en la cueva —dijo Fen.

—No exactamente. Creo que tenemos que hacer que vengan a nosotros. —Fen levantó una ceja—. La dragona azul que está allá arriba tuvo una idea que me ha transmitido a través de Branislava. Piensa que sería divertido llenar la cueva de insectos mordedores. Si le has echado el ojo, Fen, deberías reconsiderarlo. Es inteligente y descarada. Eres lo suficientemente mayor como para mantenerte alejado de ese tipo de mujeres.

—No es un mal plan —aceptó Fen.

Su mujer era descarada.

Podías haber compartido el plan conmigo.

Tenía que dar a Bronnie algo real para distraerlo. Es demasiado listo como para dejarse engañar. En cualquier caso, no quería que te metieras ahí dentro. Cada vez que me doy la vuelta, Dimitri y tú os metéis en problemas. Estoy en tu mente, hombre lobo. Estabas planeando dirigir una carga, ¿verdad?

Fen compartió con ella su diversión.

Soy más rápido.

Llevas combatiendo por otros demasiado tiempo, y no puedes parar. Usas tu cuerpo como escudo para los demás, y Dimitri es igual que tú.

Eso era cierto. Dimitri era mucho más parecido a él de lo que quería reconocer. Su hermano era muy intrépido combatiendo, y Fen prefería tenerlo a él antes que a cualquier otro para que le cubriera las espaldas.

Zev indicó a su manada que avanzara a tomar posiciones. Hizo un gesto afirmativo hacia Fen.

Aquí abajo estamos listos. ¿Quieres hacer los honores, dama mía? ¿O lo hago yo?, bromeó, pues ya conocía la respuesta.

He vivido toda mi vida en una cueva, hombre lobo. Conozco bien a los insectos. Y los que no conozco me los puedo imaginar, añadió Tatijana con una risilla.

El viento sopló suavemente e hizo que se movieran las hojas a su alrededor. Por encima de ellos las nubes cambiaron de forma mientras flotaban tranquilamente por el cielo oscuro. De pronto el sonido de una fuerte palmada dentro de la cueva rompió el silencio de la noche, y se oyó un grito ahogado que rápidamente fue silenciado.

De pronto, varios hombres en distintas fases de transformación salieron de golpe de la cueva prácticamente cayendo unos encima de otros, mientras se daban palmadas en la ropa y en la piel. Dos tropezaron y se cayeron creando el caos entre los que todavía estaban dentro. Al final los dos lobos caídos terminaron siendo pisoteados. Varios lobos, desesperados por salir, simplemente corrieron por encima de ellos. Sus cuerpos estaban tan cubiertos de hormigas rojas que parecía como si su ropa, y su piel, estuvieran vivas y se movieran.

Esa mujer es terrorífica, observó Zev apenas conteniendo la risa. *Nos podríamos marchar a casa para dejar que se ocupe de esto.*

Fen no pudo evitar encontrar la situación divertida. Su mujer tenía una imaginación siniestra, y había enviado hormigas rojas aceleradas para atacar a los hombres lobo.

Asegúrate de que no nos muerdan a nosotros.

No seas tan niño.

Ella inspiró aire con desdén, pero Fen percibió su risa. Tenía un sentido del humor muy canalla.

Me gustan las venganzas, le avisó Fen, aunque era una amenaza vacía y ambos lo sabían.

Tatijana se rió suavemente, y él sintió que sus dedos le acariciaban un lado de la cara.

Ya los he sacado de la cueva. Ahora es vuestro turno. Y después preocúpate de tu hermano.

¿A qué te refieres?

Si lo supiera no te diría que veas cómo está, dijo y se volvió a reír.

Fen movió la cabeza, pero enseguida localizó a su hermano. Dimitri parecía estar como todos los demás, esperando a que Zev les diera la señal para atacar a los hombres lobo. Pero a pesar de todo entró en su mente para asegurarse de cómo se encontraba. No obstante, él le bloqueó la entrada, lo que le sorprendió, aunque giró la cabeza hacia Fen levantándole un pulgar.

Suspiró. No podía preocuparse por Dimitri en medio de una batalla contra lobos renegados. Fen contó que habían salido catorce lobos de la cueva. Si los *sange rau* estaban dividiendo a la gran manada en pequeñas unidades, estas ya habían menguado considerablemente. Las unidades anteriores eran mucho más grandes, de unos veinticinco o treinta miembros.

Zev hizo una señal a los cazadores. Habían formado un semicírculo poco definido alrededor de la entrada, y atacaron a los hombres lobo saltando de la maleza. Fen se movió muy deprisa, y usó sus estacas lo más rápido posible porque quería acabar con eso cuanto antes. Rápidamente se produjo una masacre llena de gritos, sangre y olor a muerte.

Fen llevaba varias vidas cazando y destruyendo a aquellos que vivían a costa de los demás. Sabía que era lo único que podía hacer, pero aun así a veces era difícil. Lo lobos renegados habían sido cogidos por sorpresa, y solo un puñado de ellos había conseguido defenderse. Los cazadores de élite les rebanaban la cabeza con las espadas de plata, y después juntaban los cadáveres para quemarlos. El olor a pelo y carne quemada le daba mucho asco.

Tatijana, ¿has encontrado algún rastro de Abel o de Bardolf?, preguntó para distraerse.

Bueno… Dudó muy insegura. *Cuando estaba volando alrededor de la montaña de niebla, sentí de pronto un pequeño estertor, una especie de aviso de peligro. Solo fue un momento, pero pensé que alguno de ellos, o ambos, podía estar agazapado en ese lugar. Fue en la montaña que está detrás de la residencia del príncipe, desde donde es posible que alguien los pueda espiar. Pero, Fen, sinceramente no lo sé, fue algo extraño, como si sintiera miedo.*

—Zev, Tatijana va a bajar a tierra para recogerme. Es posible que haya encontrado la guarida de los *sange rau*. Quiero que Dimitri venga conmigo para inspeccionar el lugar —dijo Fen.

Zev miró el cielo hasta ver a la dragona azul que daba vueltas sobre ellos.

—Nunca me acostumbraré a esta imagen. Es sorprendente. Dragones. —Durante un breve momento se quedó observando el cielo, y Fen pensó que seguramente buscaba a la feroz dragona roja. Zev suspiró—. No te puedo detener, Fen, pero tú y yo sabemos que incluso siendo dos tenéis pocas posibilidades de matar a alguno. Si están juntos...

—Dudo que estén juntos. Los vampiros no confían demasiado entre sí. No creo que compartan su lugar de descanso.

—Tú tienes el mejor instinto que he visto nunca para cazarlos —dijo Zev—, y seguramente conoces mejor que yo la manera de luchar contra ellos. Evidentemente tienes más experiencia, pero no dejes que te maten.

Fen asintió.

—Buena suerte cuando tengáis que cazar a las otras manadas. Me volveré a unir a vosotros si no encontramos nada.

Dimitri, nos vamos de caza. Ya estoy cansado de estos renegados, y de sus amos, que han invadido nuestra tierra.

Te estaba esperando.

Transfórmate en dragón y volaré contigo. Cuando estemos fuera de la vista terminaremos con esta farsa. Presiento que nos espera un combate de verdad.

Dimitri se dirigió a un pequeño claro, se transformó en dragón sin preámbulo alguno y extendió amablemente las alas hacia su hermano. Fen se subió a su espalda y se acomodó bien antes de dar la orden de partir. Como Dimitri nunca había sido nada ostentoso, su dragón era sencillamente marrón, pero sus puntas estaban afiladas como cuchillos. Al lado de las dragonas con su intenso color azul, o rojo, parecía bastante apagado, y fácilmente podía pasar desapercibido.

Fen sabía que era la forma de ser de Dimitri. Casi siempre se mantenía en silencio, y raramente expresaba sus opiniones, pero era letal, y su dragón también podía serlo.

Dime qué te pasa, Dimitri.

Dimitri se había situado junto a Tatijana para atravesar juntos el cielo nocturno.

Fen, el lobo está siempre presente. Es fuerte. Muy fuerte. Ya lleva conmigo un buen tiempo.

Dejó caer la bomba en la mente de Fen de manera muy abrupta y sin rodeos.

Fen soltó el aliento de golpe. Ya sabía que su hermano estaba avanzando en el proceso de convertirse en lo que él era. Pero ya era innegable la presencia del lobo.

Te protegerá. Mientras más trabajes con él, más rápidamente os fusionaréis, Dimitri.

Mucho antes de que viniéramos aquí, ya había sentido que se despertaba. Pero ahora es diferente, es como si nos estuviésemos convirtiendo en una sola persona. Todos estos años en que hemos estado cazando juntos me diste mucha sangre. También usé a algunos licántropos como fuente de alimento cuando estábamos cazando con alguna manada. Nunca me inquietó. No tenía miedo de que los licántropos me cazaran. Imaginaba que me metería bajo tierra igual que haces tú.

Pero ahora te das cuenta de que no es algo tan bueno.

Fen se había dado cuenta de lo mismo hacía muchos años, pero sospechaba que ya era demasiado tarde para su hermano. Un hombre que había pasado varias vidas matando y viviendo en la oscuridad, era extremadamente susceptible a la atracción del *sange rau*, y pensaba que mayor incluso que la que sienten los carpatianos por el vampiro.

Es por Skyler.

Eso era. Fen se había enfrentado al mismo problema. ¿Tenía derecho a exponer a su compañera a algo así cuando no se tenían datos del resultado del cruce de un carpatiano y de un licántropo? Mientras más preguntas le surgían, menos respuestas encontraba. Él había sido egoísta al aceptar las demandas de Tatijana. Había querido persuadirla, pero había dejado que lo sedujera.

Por otro lado, Dimitri no podría sobrevivir sin Skyler. Y ahora la necesitaba más que nunca.

Siento haberte metido en esto, Dimitri.

Varios siglos atrás no conocía las claves que provocaban el cambio, aunque incluso entonces lo sospechaba. Nunca debió haber recurrido a Dimitri, pero muchas veces la lucha por conservar el honor se le volvía casi imposible.

Me metí en esto con los ojos abiertos. Incluso entonces ya me explicaste los peligros de intercambiar nuestra sangre. Tengo que hablar con Skyler sobre esto, pero antes de hacerlo tengo que resolver algunas cosas.

No tomes la decisión por ella. Tatijana insistió en que tenía derecho a tomar su propia decisión. Y yo tuve que creer que eso debía ser cierto.

Skyler es muy joven.

Pero es poderosa. E inteligente. Tu instinto te dice que la protejas, pero no la subestimes por su edad humana. Todavía no es carpatiana...

Fen no continuó.

Era un dilema muy grande. Fen no había considerado el verdadero problema. Skyler no era carpatiana. Era humana. No se había convertido. ¿Y qué pasaría si Dimitri la convertía con su sangre mestiza? ¿Podría convertirla? ¿Funcionaría? No tenían respuesta a esa pregunta. Hasta donde sabía, era algo que todavía no se había hecho.

Ahora lo entiendes.

De todos modos hay algunas maneras. ¿Gabriel o Francesca? Fen mencionó a sus padres. Sabía que era una sugerencia que no serviría. Gabriel ya estaba insistiendo en que Dimitri no podía reclamar a Skyler hasta que ella fuera mucho mayor, y que nunca iba ayudar a hacer que su hija entrara en un mundo desconocido e incierto. *Está bien. Ellos no. Pero alguien os podría ayudar. Tal vez Bronnie. Ella es una Dragonseeker y sabe que Skyler tiene sangre de su mismo linaje. ¿No fue Razvan su padre biológico?*

Esa podría ser una posibilidad.

Se percibió una chispa de esperanza en la voz de Dimitri.

Siempre hay una solución, Dimitri. Cuando estás demasiado cerca de un problema que implica a alguien que quieres...

Amas, lo corrigió. *La amo con todas mis fuerzas. Tal vez sea mejor que me entregue al amanecer que exponerla a algo tan peligroso.*

Detesto ser quien tenga que decirte esto: ella estaba expuesta al peligro mucho antes de que supieras que era tu compañera. En el momento en que Gabriel y Francesca la adoptaron, la trajeron a nuestro mundo. Fen frunció el ceño. *¿Cómo te las arreglas para llevar objetos de plata si el lobo ya está en ti?*

Me quemé la palma de la mano la primera vez. Intenté acostumbrarme, y simplemente me cubro las manos. De esa manera ni Zev ni los demás sospechan nada.

Así era Dimitri. Listo, y nunca se quejaba de nada.

Ya nos estamos acercando, les avisó Tatijana. *¿Queréis transformaros por si acaso? Estamos muy cerca de donde sentí el aviso.*

Capítulo 17

Fen entró en la mente de Tatijana. No lo sabía. No se había dado cuenta. La dragona había estado volando muy alto entre las nubes que rodeaban la parte superior de la montaña. Allí se percibía algo terrible que provocaba una sensación de repugnancia y la necesidad de huir. Tatijana se había pasado la vida encerrada profundamente en esa misma montaña, en las cuevas de hielo de su padre, Xavier, el gran mago. Pero nunca había visto el exterior de la montaña, solo su interior. Los hechizos del mago seguían intactos, y servían para mantener a cualquier especie alejada del laboratorio de Xavier.

Le hizo un gesto para que llevara a la dragona a tierra.

Dimitri, sabes qué lugar es este, ¿verdad? Las cuevas de hielo donde la tuvieron prisionera están aquí abajo.

Sí lo sabía, pero ¿cómo lo sabes tú?

En los antiguos tiempos Xavier era considerado amigo de los carpatianos. Todos estudiamos con él. Así fue como comenzamos a tejer salvaguardas. Estudié muchos años con él. Nadie tenía ni idea de que estaba preparando un complot contra nosotros, le explicó Fen.

Si solo soy un siglo más joven que tú. También estudié con él, dijo Dimitri. *Fue poco después del secuestro de Rhiannon Dragonseeker, y el asesinato de su compañero. Evidentemente durante un tiempo no sabíamos que Xavier estaba haciendo algo tan pérfido.*

Dimitri situó a su dragón junto al de Tatijana, y Fen saltó al suelo y cayó en cuclillas.

No imagino a Abel decidiendo instalar una madriguera en las cuevas de Xavier.

Y que hay de Bardolf. Aunque... ¿creéis que Bardolf pudo percibir las advertencias que emanaban de la niebla? No tiene ni idea de lo peligroso que es en realidad este laberinto de cuevas.

Dimitri recuperó su auténtico cuerpo, igual que Tatijana. Fen se acercó a ella de inmediato, la rodeó con un brazo y le dio un beso en la cabeza.

—¿Lo sientes? —preguntó Tatijana.

—Tatijana, hay bastantes posibilidades de que Bardolf pudiera haber elegido estas cuevas para descansar. Mira la montaña. Mírala atentamente. Estas cuevas fueron tu prisión durante siglos.

En el momento en que le soltó la bomba la estaba abrazando, y tenía la mente firmemente instalada en la de ella.

Durante un instante Tatijana rechazó la idea. Su mente intentaba protegerla de los recuerdos de cuando la habían obligado a observar las torturas y las muertes de tantas personas.

—Respira, *sívamet* —la animó Fen—. Estamos contigo. Xavier hace mucho que se ha ido de este mundo, y no te puede hacer daño. No hace falta que entres con nosotros. Nos puedes controlar desde aquí mismo.

Tatijana había oído los gritos de los moribundos, y había sentido el peso de los muertos... demasiados. Xavier nunca había discriminado entre las especies. Lo único que le importaba era la inmortalidad y el poder. Se consideraba superior a las demás especies, y su objetivo era dominarlas a todas. Quería para él mismo los talentos que tenía cada especie, y nada lo detenía para obtenerlos.

Y se había visto obligada a alimentar a Xavier con su propia sangre durante siglos. Cuando ella y Branislava se pusieron fuertes, pues no le servía que estuvieran anémicas, él las mantuvo congeladas en el hielo bajo la forma de dragonas. Era la decoración del muro de su laboratorio, por lo que las obligó a observar todos los atroces crímenes que cometió contra la humanidad, los carpatianos y todas las demás especies, sin poder detenerlo.

Xavier había usado el cuerpo de su nieto para que violara a mujeres y las dejara embarazadas, y así conseguía nuevas fuentes de sangre carpatiana. Si el bebé se consideraba inadecuado, como en el caso de Skyler, los vendía para hacerles vivir una vida miserable, o simplemente los abandonaba. Y a él lo mantenía prisionero, y lo torturaba con las cosas espantosas que le obligaba a hacer con su cuerpo.

Tatijana se dio cuenta de que estaba gritando en silencio, pero dejó de hacerlo de golpe cuando tomó conciencia de que su nerviosismo iba a atraer la atención de Branislava. Tenía que recuperar el control. Fen tenía razón, estaba a salvo... pero él y Dimitri no lo iban a estar si se metían en esas cuevas. Aunque Xavier hubiera muerto, sus trampas y hechizos malignos seguían estando allí. Ella conocía todos los hechizos que había concebido, igual que Branislava, así como la mayoría de las trampas que había en las zonas que podía ver desde donde había estado atrapada, pero Fen y Dimitri no sabían dónde se encontraban.

Entonces levantó la barbilla.

—Entraré.

Fen deslizó una mano por su brazo hasta que entrelazaron las manos.

—Tal vez puedas volar con tu dragona para mantenerte en guardia mientras exploramos las cuevas exteriores en busca de señales de Bardolf. Si no lo encontramos no va a ser necesario que ninguno de nosotros entre en los antiguos dominios de Xavier.

Ella no sabía si estaba siendo cobarde, pero se sintió aliviada y le gustó esa solución.

—Tiene sentido. Pero si creéis que se ha metido en las cuevas interiores, dame tu palabra de que me avisarás enseguida. No puede haber mentiras entre nosotros. Si Bardolf ha entrado en las cuevas, tengo que enfrentarme a esto a tu lado. Contigo y Dimitri sé que podré hacerlo. Si me dejas fuera, y os ocurre algo a cualquiera de los dos, sentiré el resto de mi vida que habrá sido algo que provoqué yo misma por culpa de mi cobardía.

—Tienes mi palabra, dama mía. En el momento en que sospeche cualquier cosa, te lo haré saber.

Ella le pasó un brazo alrededor del cuello para aferrarse a él y sentir lo sólido y lo fuerte que era.

—Sé que los dos estáis preocupados por lo que puedan afectar a una mujer, y a vuestros futuros hijos, los cambios que se han producido en vuestra sangre, pero en este momento estoy agradecida de que tengáis la sangre mestiza. Y Dimitri —se dio la vuelta entre los brazos de Fen y miró a Dimitri directamente a los ojos—, te garantizo que Skyler se sentiría exactamente igual.

Dimitri asintió.

—Estoy seguro de eso. Hagámoslo, Fen.

Su cuerpo resplandeció y se lanzó hacia el cielo atravesando la niebla que cubría la cima de la montaña.

Fen suspiró.

—Ten cuidado, Tatijana. No creas que por estar en el cuerpo de la dragona estás a salvo de él. Si Bardolf está aquí y se da cuenta de que estás dando vueltas en el cielo buscando su rastro, podría atacarte.

—Haz tu trabajo, y yo haré el mío. Créeme, incluso en el exterior de la montaña todavía hay algunas trampas de Xavier —le advirtió—. Intenta no activar ninguna.

Fen bajó la cabeza, le besó los labios y se transformó rápidamente mientras se retiraba.

Siguió a su hermano hacia la empinada cima de la montaña cubierta de nieve y un velo de niebla. Las montañas, que estaban rodeadas de una densa neblina que se arremolinaba a su alrededor, parecían pacíficas, pero las altas cumbres eran completamente inhóspitas. Muy poca vida vegetal conseguía sobrevivir entre los peñascos y las rocas. Tan solo alguna flor enclenque y algo de hierba. Por encima de las rocas estaba el glaciar.

La gente de esa zona sabía que tenía que evitar las cumbres, y los viajeros que ignoraban las advertencias sobre la montaña, a menudo eran víctimas de desprendimientos de rocas, o de avalanchas. La montaña temblaba y rugía continuamente en cuanto alguien ponía un pie en la cima, siempre oculta bajo un velo de neblina.

Fen sintió la energía que se ocultaba en el banco de niebla. Ningún viento la alteraba, o la arrastraba al pasar. El movimiento arremolinado de la niebla actuaba como una especie de campo de fuerzas que hacía sentir incómoda a cualquier persona que subiera a la cima. Las cosas se movían de manera muy sutil en ese lugar. Formas. Nada sustancial, pero pudo percibir varias amenazas. Unas voces repetían esas amenazas. Les advertían que había que alejarse de ese lugar.

Él había visto cosas parecidas muchas veces a lo largo de sus viajes. Xavier era el padre de todas las salvaguardas, y esta era una clásica. Estaba destinada a todas las especies que estuvieran explorando la montaña. La primera capa simplemente hacía que cualquier persona que se acercara se sintiera incómoda. La mayoría se volvían ahí mismo. Si no funcionaba, y un explorador seguía avanzando y llegaba a caminar alrededor de las entradas del laberinto de cuevas, se comenzaban a escuchar voces, advertencias, y si eso fallaba, se activaban las trampas.

—¿Algo? —preguntó Fen a Dimitri.

Ninguno de los dos había llegado a pisar esa parte de la montaña, pues se habían mantenido flotando para investigar si había huellas, o algo, que pudiera indicarles que Bardolf había pasado por ahí.

—Tal vez. Es pequeño, pero Bardolf fue un licántropo. Tiene muchas capacidades. Mira esto. —Dimitri señaló una roca que había sido golpeada con otras que estaban apiladas a su alrededor—. Esta entrada fue cerrada por nuestra gente hace poco tiempo, pero en el cierre de esta, está levantada la superficie que hay a su alrededor. Mira allí donde creen esas florecillas.

Dimitri se acercó, y casi se tuvo que acuclillar para ver mejor. Fen se movió junto a él para observar las valientes flores que crecían en las grietas de las rocas que se desparramaban por todo el terreno. Divisó el pequeño indicio que había visto su hermano. Una pequeña flor y una hoja habían sido aplastadas por algo pesado que había pasado por ahí.

—Bastante poco —dijo Fen.

—Muy poco —aceptó Dimitri.

Ambos miraron las rocas levantadas que podían haberse usado para hacer una cueva.

—Está allí —dijo Fen.

—Estoy seguro —aceptó Dimitri—. Vamos por él.

Tatijana, creemos que se ha hecho él mismo una cueva aquí arriba, a un lado de la entrada de la cueva de Xavier. Vamos a verificarlo.

Voy con vosotros.

No lo dudó. Evidentemente había decidido que podía enfrentarse a su prisión.

—Es una mujer fuerte —dijo Dimitri.

—Es una cazadora de dragones. No esperaba menos de ella —reconoció Fen.

Fen emprendió la marcha evitando que sus pies tocaran la montaña, y con cuidado de no rozarse con una roca. Cuando llegaron a la entrada de la cueva recién hecha, se transformó en neblina. De esa manera podía moverse por el aire sin miedo a que se desencadenara una trampa.

La entrada había sido agrandada artificialmente, pero no demasiado. Bardolf podía transformarse, igual que cualquier carpatiano, pero evidentemente prefería su cuerpo de lobo o de humano. Había encontrado una madriguera y había cubierto la entrada lo justo como para que si alguien atravesaba el velo de niebla, no notara que ahí se encontraba su cueva. Las rocas que se desperdigaban por el terreno que había a su alrededor contribuían a camuflarla.

Fen entró en la cueva. Era oscura y mucho más fría de lo que le gusta a un lobo. Pero en el instante en que accedió a ella supo que Bardolf había estado allí. Su olor lo impregnaba todo. El pequeño espacio apestaba a él.

Entonces se dirigió al fondo de la cueva… que era pequeño. Parecía que no tenía salida. Pero eso a Fen no le pareció normal. Ningún licántropo que se respetara a sí mismo se dejaría atrapar por no tener una salida de escape.

Está aquí en algún lugar. Sé que está aquí.

Fen lo sentía. Era como si estuviera conectado con él. Tal vez por culpa de la sangre, o las batallas, pero lo percibía… Bardolf estaba cerca.

Tiene que tener una salida de escape, dijo Dimitri. *La encontraremos.*

Los tres inspeccionaron cada centímetro de los muros y del techo de la cueva. Fen encontró una pequeña grieta incongruente que partía del centro del suelo y subía por un muro hasta la altura de las rodillas. Tuvo que volver dos veces, no porque le interesara la grieta misma, sino por la sensación que le provocaba.

Está aquí. Pero este muro da a la cueva de Xavier, les advirtió.

Si ha encontrado las cuevas de Xavier, dijo Dimitri, *no será capaz de resistirse a explorarlas. Es un lobo, y si ve armas, sin duda intentará pensar en cómo usarlas.*

Va a activar las trampas que hay por todas partes si no lo ha hecho ya, dijo Tatijana.

A Fen no le quedaba más elección que transformarse lo suficiente como para poder pasar una mano por la grieta. Sus agudos sentidos le decían que tenía que haber una manera de abrir esa entrada, pero ¿cómo? Movió lentamente la palma de la mano por arriba y por abajo. Tenía que ser rápido. No tenían salvaguardas que evitaran que entrara alguien por ese lado. Bardolf querría entrar y salir sin complicaciones.

Tatijana se inclinó sobre él y estudió la entrada.

Esto se abre con el tono de su voz. ¿Puedes recrear ese sonido? Los dos lo habéis oído hablar. Simplemente hay que decir «ábrete», pero solo lo hará si se emplea su tono de voz exacto.

Tú eres bueno imitando tonos de voz, Fen, lo animó Dimitri. *Y además lo conociste antes de que se convirtiera en un lobo vampiro.*

Fen buscó en su memoria el tono de voz de Bardolf, lo oyó atentamente y después lo intentó.

—Ábrete.

La grieta obedeció y se separó sin hacer ruido. Evidentemente Bardolf necesitaba que su escotilla de escape fuese completamente silenciosa. En la cueva soplaba un fuerte viento helado que les provocó unos intensos estertores. Fen atravesó primero. No necesitaban luz porque los tres eran capaces de ver en la oscuridad, pero Bardolf había usado antorchas para iluminarse el camino.

Estaban en un pasadizo más que en una cámara. Era estrecho y en curva, y cuando la entrada se cerró solo se podía avanzar en una dirección. Fen se movió hacia abajo rápidamente flotando, convertido en una nube de vapor. Bardolf ya había comenzado a explorar la cueva de Xavier. Todas las trampas que podían activarse a su paso, también podrían atrapar a los cazadores.

El suelo estaba roto en varias partes, lo que hacía imposible que nadie pasara por ahí, a menos que pudiera moverse tal como lo hacían ellos. El estrecho túnel daba a una cámara donde originalmente había un gran agujero desde el que se podía descender a la ciudad de hielo que había por debajo. Las cámaras y cuevas se extendían hasta alcanzar varios kilómetros, y Xavier gobernaba toda esa enorme madriguera subterránea. Un gran trozo de hielo taponaba el agujero, y hacía imposible bajar por ahí.

Bardolf pasó por aquí, dijo Fen sintiendo el olor del lobo.

No había ningún rastro real; Bardolf, como ellos, se había transformado en vapor, pero no podía ocultarle su hedor después de haberse enfrentado a él tantas veces. Fen condujo a los demás hasta un muro lejano donde llegaba un gran tubo de lava que se elevaba desde abajo.

Bajó por aquí.

Hay guardianes. Criaturas espantosas, avisó Tatijana. *Xavier mutó a murciélagos vampiro. Son más grandes, y se alimentan de ciervos y otras presas. Les daba de comer carne humana, o de magos con los que se había disgustado. Viven en los muros de los tubos de lava y atacarán de inmediato a cualquier cosa que los moleste. Si bajas por ahí caerán sobre ti e intentarán comerte vivo.*

Genial. Fen miró por el tubo. Era oscuro como un pozo, no se veía nada, aunque en realidad, no quería hacerlo. *¿Cómo bajó Bardolf sin que le ocurriera nada?*

Quizás están muertos, sugirió Dimitri. *Escuché que cuando dejaron estas cuevas, intentaron quemarlos, ¿verdad, Tatijana?*

No hubo manera de impedir que una pareja escapara de ese holocausto. Están volviendo a criar. Los siento. Cuando vives tan cerca de este tipo de peligros, conoces la sensación que te producen y tu cuerpo reacciona. El mío ahora está temblando de miedo.

Entonces llenó de inmediato su mente de calor y fuerza. No se atrevía a abrazarla físicamente con su cuerpo, pero la abrazó telepáticamente, y dejó que se apoyara en él un momento para darle fuerzas. Cuando sintió que se calmaba volvió al tubo de lava.

Iluminar el tubo para ver a qué nos enfrentamos podría hacer que las criaturas se despierten, decidió. *Creo que Bardolf simplemente flotó hasta abajo sin saber que los murciélagos vampiro estaban allí. No despertó sus ansias por devorarlo todo, o si no oleríamos a sangre.*

Volvió a olfatear cautelosamente para asegurarse. Tatijana tenía razón. Sintió olor a carne podrida. Algo había sido despedazado, y ahí abajo se habían dado un festín. De todos modos, Bardolf había conseguido pasar por ahí.

Yo iré delante. Si bajo sin problemas, la siguiente será Tatijana. Yo te puedo proteger desde abajo, y Dimitri desde arriba. No toquéis los muros, ni siquiera con una simple molécula. No sabemos lo bastante de estas criaturas, y del daño que nos podrían hacer.

Fen entró en la mente de Tatijana para reconfortarla. Internarse profundamente en ese laberinto de cuevas de hielo tenía que ser una de sus peores pesadillas. Pero estaba tan fusionado con ella que percibió que su férrea determinación hacía que se sobrepusiera a su miedo, que ya rozaba el terror.

Si es posible estar aún más enamorado de ti, dama mía, yo lo estoy.

No esperó su respuesta, sino que se dio la vuelta, entró convertido en niebla en el tubo de lava y se dejó caer moviéndose lo suficientemente lento como para no alterar el aire, que se sentía muy enrarecido encerrado en ese lugar. Usó la visión especial que tenía, gracias a su sangre mestiza, para intentar ver lo que había ahí adentro. Los muros estaban rodeados de panales manchados de sangre, piel y algunas plumas. Estaba seguro de que había criaturas mutantes viviendo en aquellos agujeros.

Creo que ya he llegado a la mitad del camino. Tatijana, baja tú ahora, pero no cometas el error de ir rápido. Tienes que evitar alterar el aire para que no aparezca ningún ser vivo que esté metido en estos muros.

No tenían cuerpos a los que las criaturas pudieran saltar, pero no quería correr riesgos, y menos estando con su compañera y su hermano. Fen continuó bajando, luchando contra la necesidad de ir más rápido. Tenía que evitar que su sentido del olfato fuese tan agudo. Mientras más avanzaba, más insoportable era el hedor. No estaba especialmente contento con este aspecto, pues además no había averiguado si había una abertura desde el tubo de lava a la caverna. Si el extremo inferior estaba cerrado, y las criaturas se comían a sus presas dentro del tubo, ¿en qué lugar los dejaba eso? Tenía que haber bajado hasta el final antes de haber llamado a los demás.

Sin embargo, lo salvó su visión superior. Había un agujero que se había hecho en un punto en que el tubo se había desmoronado, que tenía que ser la entrada de la cámara. Pasó a través del agujero e inmediatamente comenzó a oír los ruidos que hace el hielo al resquebrajarse. De vez en cuando se oía un rugido tremendo, y caía disparado un gran trozo de hielo que se había desprendido de un muro helado, por culpa de la enorme presión que estaba soportando. Los trozos de hielo se golpeaban contra los muros, y rebotaban hasta el suelo.

Fen vio que a cierta distancia, al otro lado de la cámara, cerca de una puerta, había una antorcha encendida que iluminaba con su suave luz la caverna, y hacía que el hielo se viera azul oscuro. Era una imagen muy bella. Había olvidado que la escuela de Xavier también había sido un lugar muy hermoso, lleno de esculturas de hielo, fuentes y formaciones sugerentes.

Ya has llegado a la entrada, Tatijana, dijo guiándola para que la atravesara.

Esperó hasta que también la atravesó su hermano, y enseguida se dispuso a seguir a Bardolf. Se movió a mucha mayor velocidad por estas nuevas cámaras, pues ya no tenía que preocuparse de tocar los muros, o el suelo. Simplemente tenía que seguir la fila de antorchas que Bardolf había encendido convenientemente…

Encendido convenientemente, repitió Fen a los demás. *Sabe que lo estamos siguiendo.*

¿Cómo?, preguntó Tatijana. *No hemos cometido errores.* No, eso era cierto. Estaban tratando con un *sange rau*. Bardolf no podía sentir la energía de Dimitri, o de Fen, pero sí percibía la de los carpatianos. Al tener la sangre mestiza, que era muy sensible, Bardolf había percibido la energía de Tatijana, tal vez incluso cuando regresaron y ella todavía estaba en el cuerpo de su dragona. *Ha sido por mí. Os he puesto en peligro.*

Eso es lo que él piensa, aceptó Fen, *pero tú eres nuestro as en la manga. Debes detestar el hecho de que te pasaste siglos aquí, pero eso es lo que nos va a salvar a todos, Tatijana. Él no conoce como tú los hechizos mágicos, ni ninguno de los peligros que hay aquí. Nosotros tampoco los conocemos. Cuando venga por nosotros serás tú quien acabe con él.*

Fen sintió que ella enseguida se puso a darle vueltas en la mente a lo que le había dicho. Pero si decidía marcharse, todavía le quedaba Dimitri.

No. De ninguna manera voy a dejarte aquí. Su voz ahora sonaba muy segura. *Tienes razón. Yo conozco estas cuevas. Conozco los hechizos. Bardolf era un licántropo, y nunca estudió en la cueva de Xavier. Podría atraparlo incluso aunque no llegue a activar ninguna de las antiguas trampas.*

Hagámoslo entonces, les dijo Dimitri en sus mentes.

Era el mantra de Dimitri. Hacer lo necesario por más repulsiva que fuese la tarea. Fen continuó avanzando, y dejó que sus sentidos se agudizaran para explorar cualquier aspecto de la cueva mientras se dirigían hacia la antorcha. Sabía que Dimitri estaba haciendo lo mismo. Tatijana buscaba cualquier truco escondido que hubiera dejado el mago.

Avanzaron por la cámara hasta llegar a la verdadera entrada. Fen la estudió atentamente antes de introducirse por ella. Estuvo a punto de chocar directamente contra una telaraña hecha por arañas de fuego. Sus finos hilos resplandecían por las llamas que los recorrían. Eran unas telarañas muy bien tejidas, capa a capa, de manera que incluso bajo la forma que tenía en esos momentos, si hubiera tocado un simple hilo, no hubiera sido capaz de soltarse.

Está usando arañas de fuego.

Fen sintió inmediatamente que Tatijana rechazaba esa idea.

Las arañas de fuego nunca permitirían que Bardolf las usara contra una Dragonseeker.

¿Cómo saben quién lo está siguiendo?, preguntó Dimitri con un cierto sentimiento de superioridad en la voz.

Los insectos de esta cueva lo saben todo. No son simples insectos. Todas las especies que hay aquí han sido mutadas en algún grado. Las arañas de fuego, y en realidad la mayoría de los arácnidos, son nuestros aliados.

Fen tenía que creerla.

¿Cómo pasó Bardolf entonces?

Estudió la telaraña resplandeciente. Bardolf los había llevado hasta las arañas de fuego con la esperanza de que los atraparan.

No pudo hacerlo, respondió Tatijana. *No pudo haber atravesado esta telaraña. Es demasiado ancha y densa. Las arañas llevan años tejiendo esta telaraña aquí. No tiene roturas, y no la podrían haber reparado tan rápido. No llegó a cruzar esta entrada.*

Lo huelo.

Entonces pasó por aquí, de detuvo y regresó. Ha tenido bastante tiempo para explorar la cueva. No debe ser la primera vez que ha estado aquí. Probablemente encontró la madriguera cuando llegó la primera noche, insistió ella. *Tengo razón en esto, Fen. La tengo. Si hay algo que conozco bien, son las arañas de fuego.*

Te creo. Tenemos que pensar por dónde se ha ido.

Había otras dos maneras de salir de la cueva, y ambas daban a otra caverna enorme. Una salida bajaba hacia un nivel inferior. El suelo de la última entrada parecía igual al de la cámara en que estaban en ese momento. Pero Fen no tenía demasiadas ganas de explorar el laberinto de cuevas que había más abajo. Mientras más bajaran, más probable era que se encontraran con las salvaguardas de Xavier.

En el momento en que se acercaron a la entrada de la siguiente cámara, sonaron sus alarmas internas, y a pesar de que no veía ninguna trampa evidente… sentía que había algo malo. Se acercó con mucha cautela.

Me han sonado un montón señales de alarma en este lugar, Fen, dijo Dimitri.

A mí también, añadió Tatijana. *Tal vez deberíamos probar en la tercera puerta.*

Fen esperó un momento para pensar con calma. Bardolf no había tenido demasiado tiempo para preparar un ataque. Tuvo que haber percibido a Tatijana en forma de dragona, habría huido de su madriguera, y se habría metido en las cuevas de hielo por seguridad. La otra alternativa le hubiera dado aún menos tiempo para prepararse: que hubiera sentido su energía en el momento en que se unió a los dos cazadores a la entrada de la cueva.

Espera un minuto. Pasó por aquí. Ha estado intentando traernos por aquí. No tuvo suficiente tiempo para preparar demasiadas trampas. Está usando lo que ya sabe que existe.

Fen no esperó a que los demás estuvieran de acuerdo; sabía que Bardolf estaba cerca. El *sange rau* necesitaba distraerlos como estrategia para lograr escapar. Evidentemente Bardolf no quería luchar contra ellos. Lo haría si se viera arrinconado, pero su primera elección era escapar. Estaba huyendo.

Entonces se introdujo flotando a través de la entrada en forma de arco que daba a la siguiente cámara, que tenía el techo tan alto como el de una catedral. Las paredes estaban cubiertas de bolas de hielo, que eran como grandes pegotes que colgaban de las láminas heladas. A todo el mundo le parecía que para decorar esos muros alguien les había lanzado palomitas de maíz gigantes. También colgaban del techo enormes carámbanos.

Dios mío, Fen, siseó Dimitri. *Esto está preparado para que se produzca una masacre.*

Tatijana, no entres en la cámara todavía, le advirtió Fen. *Si está usando tu energía para rastrearnos, no quiero que sepa que nos vamos a meter aquí. Déjame ver qué puedo encontrar antes de que lo hagas.*

Pero, querida cuñada, le avisó Dimitri. *No salgas a explorar. Quédate en la entrada donde te podamos ver.*

Ahora estáis los dos preocupados por mí. Estoy perfectamente bien aquí. La verdad es que no soy tan frágil.

A Fen sí que le parecía frágil, pero no era un estúpido, y no se lo decía. Quería sacarla de allí y abrazarla con todas sus fuerzas, pero no había vuelta atrás. Se mantuvo cerca de los muros de la habitación moviéndose lentamente para no alterar el aire. Igualó la temperatura de sus moléculas con la de la cámara para que eso no pudiera delatarlo.

Aquí, avisó a Dimitri. *En esta habitación. Está escondido. Tatijana, muévete un poco más lejos de la entrada. Si siente que estás allí pensará que te estás retirando hacia la otra cámara.*

Tiene un montón de armas, recordó Dimitri, *pero nosotros también.*

Tatijana se apartó de la puerta y dejaron de verla. Ambos se quedaron paralizados a la espera. Para cazar había que tener paciencia. Nadie se movía. Pasaba el tiempo. El agua que caía y los continuos crujidos del hielo se habían convertido en una extraña música. Del muro de la cara oeste caía más agua que de los demás. Apenas se notaba, pero ambos cazadores se fijaron en ello.

Las gotas rodaban hasta la mitad de la lámina de hielo y se volvían a congelar. Aun así los cazadores no mordieron el anzuelo. Esperaron completamente inmóviles. Nuevamente dejaron pasar el tiempo. Los crujidos dieron paso a un atronador rugido que surgió de una cámara bastante próxima, cuando la presión hizo que se desprendiera un enorme trozo de hielo que cayó con fuerza en la habitación. El trozo de hielo que estalló contra el suelo provocó un enorme estruendo que hizo que varias de las cámaras contiguas temblaran.

Con la fuerza de las vibraciones, algunas de las bolas que colgaban de los muros que estaban junto a Fen se soltaron y cayeron al suelo. Al estrellarse se hacían mil pedazos como si fueran de cristal. Una suave risita se añadió a la música del hielo.

Cree que hemos caído en su trampa y va a irse a la siguiente cámara, dijo Fen. *Va a ser muy rápido, Dimitri, está luchando para defender su vida, y un lobo arrinconado es muy peligroso.*

Su hermano sabía tanto de lobos como él, pero aun así, Fen estaba preocupado. No iba a dejar que mataran a Dimitri. Su hermano menor siempre había tenido paciencia cuando Fen le daba consejos. Se quedaba en silencio, a menudo negaba con la cabeza, pero nunca parecía ofenderse.

Los dos cazadores se centraron en un punto del muro próximo al techo donde se originaban las gotas.

No te muestres ante él ni siquiera si parece que le he clavado la estaca. No sabrá que tú estás cerca, y así tendremos una segunda oportunidad, le indicó Fen. *Tatijana, si sale, escóndete, no intentes atraparlo sola.*

Nunca he pensado en atraparlo yo sola.

Tenía la típica voz cortante que le indicaba que debía estar haciendo algo, pero ahora debía confiar en su trabajo. Sabía que para ella su seguridad era lo primero.

El hielo de la esquina del muro comenzó a ondularse como si hubiera cobrado vida. Salió más agua, y se formó un pequeño torrente por el muro. Bardolf no se había molestado en mantener su temperatura igual que la de la cámara. Había preferido estar cómodo, y las cuevas de hielo no eran para los lobos.

Fen nunca había intentado matar a un *sange rau* sin estar en su cuerpo físico. Ni siquiera sabía si se podía hacer. En el mejor de los casos podría obligarlo a cambiar de forma, para que lo matara Dimitri. Sin embargo, decidió intentarlo. Comenzó a flotar a la deriva hacia la esquina del techo moviéndose muy lentamente para no alterar el aire.

Bardolf estaba encantado consigo mismo. Mientras lentamente se quitaba el escudo protector, continuaba soltando risillas. Se había rodeado de una ancha placa de hielo que se había integrado uniformemente en el muro, por lo que era imposible detectarlo. Pero no se había obligado a mantenerse lo bastante frío como para evitar que el hielo se fundiera.

Fen se acordó de la vez en que se cruzó con la manada de Bardolf muchos años atrás, y el licántropo era el macho alfa del grupo. Incluso entonces le gustaba la comodidad. Su pareja tenía que atenderlo en primer lugar, masajearle los pies y seguir sus caprichos por más cansada que estuviera, o lo que hubiera tenido que hacer ese día. Le gustaba que lo esperara en casa con el fuego encendido, y si no lo estaba, se enfadaba.

El hielo de la esquina brilló con mucha intensidad y lentamente Bardolf comenzó a emerger del hielo. También había decidido flotar por la cueva de hielo convertido en vapor, pero como necesitaba calor se levantaba un vaho a su alrededor que a Fen le servía para tener un punto en que fijarse. En cuanto Bardolf se movió hacia adelante, Fen lo atacó transformándose en el último segundo posible para poder llevar la estaca en la mano. La clavó en el centro de la nube de vapor, con la esperanza de que le atravesara el corazón, pero consciente de que era casi imposible. Cuando empujó la estaca de plata contra el vapor, rápidamente se volvió a disolver en el aire aunque el metal alcanzó a extenderse y a cubrir cada una de sus moléculas.

Bardolf soltó un chillido agónico cuando la plata invadió su cuerpo y se abrió paso a través de su cuerpo. Se transformó de inmediato para agarrar la estaca fundida con las manos, e intentar sacarla de su cuerpo, y para hacer que los carámbanos que tenían sobre sus cabezas volaran directamente hacia Fen.

Cayó una lluvia de miles de carámbanos que parecían misiles buscando un objetivo, hasta que en la cámara solo se oyeron los crujidos que producía el hielo cuando se desprendían del techo, y se precipitaban justo en el lugar donde estaba Fen. El carpatiano tuvo que levantar un escudo alrededor de su cuerpo, pero esa fracción de segundo permitió que Bardolf se alejara de él, cruzara la habitación y corriera hacia la entrada en forma de arco por la que había pasado antes.

Dimitri esperaba completamente inmóvil situado directamente frente a la puerta, la única vía de escape de Bardolf, y el *sange rau* chocó directamente con la estaca de plata, que se le ensartó profundamente. A pesar de que Bardolf iba muy rápido, y la enorme fuerza de Dimitri, la estaca consiguió llegar hasta su corazón, pero no se lo atravesó por completo.

Bardolf giró y se apartó en el último momento, lo justo como para evitar que la estaca penetrara profundamente a través de su corazón. Mientras maldecía y le salía sangre de la herida que chorreaba sobre el suelo de hielo, tiró con ambas manos para sacarse la estaca del cuerpo, y dio un fuerte golpe a Dimitri en el hombro para hacer que se apartara.

Fen cruzó velozmente la habitación mientras lo seguía un granizo de carámbanos, que eran como misiles que reaccionaban al calor y lo buscaban específicamente a él. Bardolf ya estaba cruzando a toda velocidad la puerta para acceder a la otra cámara. Lanzó un grito de alarma, pero justo entonces cayó un bloque de hielo en la entrada, que dejó a Fen y a Dimitri atrapados al otro lado.

Tatijana, sal de ahí. No te pongas a tiro.

Tatijana vio cómo Bardolf atravesaba la puerta a toda velocidad. Pero no estaba sola. Branislava había sentido su creciente nerviosismo desde que había entrado en las cuevas de hielo, y había venido a acompañarla como hacía siempre.

Arañas, arañas de hielo ardiente, escuchad mi llamada, tejed y empalmad vuestras hebras. Cread una telaraña con los hilos más finos para proteger a vuestras hermanas de cualquier daño u horror.

Miles de pequeñas arañas bajaron a toda prisa por el muro, se deslizaron por las grietas y fisuras, salieron del suelo y del techo, y entre todas tejieron e hilaron finas telarañas de sedosas llamas de color rojo y naranja. Había tantas, y salían de cualquier dirección, que la densidad y el tamaño de la telaraña era asombroso.

Ni Tatijana ni Branislava se movían, simplemente se mantenían detrás de la feroz malla protectora, y observaban sin parpadear al *sange rau* herido.

Le salía mucha sangre del pecho, y cuando rugía lleno de furia, el sonido resonaba por toda la cámara de hielo haciendo que se abrieran grandes grietas en el muro, que crepitaban y chirriaban. Bardolf se transformó. Primero se le alargó el hocico para hacer espacio a los dientes. Sus ojos eran rojos y tenía los brazos y la parte superior del cuerpo cubiertos de pelo. Unas garras enormes y afiladas brotaron de sus patas. Se levantó sobre sus dos piernas y observó a las dos mujeres con odio y malignidad.

—Desmantelad la telaraña y os perdonaré la vida —negoció prácticamente a base de gruñidos mientras le caían largos hilos de baba del hocico.

Tatijana sonrió muy serena.

—Somos cazadoras de dragones, y ya nos hemos enfrentado a un monstruo mucho peor que tú. No pasarás por aquí.

Las dos mujeres levantaron las manos y se dispusieron a tejer un patrón en el aire.

Aire, Tierra, Fuego y Agua, escuchad nuestra llamada. Mirad a vuestras hijas...

La fuerza de los elementos unidos desarrolló una enorme energía concentrada que chisporroteó por la habitación. El propio aire se hizo pesado por la intensidad de la combinación.

Aire invisible, busca lo que está encerrado. Tierra que todo lo sostiene, despliégate. Fuego que todo lo quema, devora lo que pueda hacer daño. Agua que fluye, abre de golpe esta puerta.

Una enorme ráfaga de aire silbó mientras rodeaba el bloque de hielo que impedía que Fen y Dimitri alcanzaran a Bardolf en la cámara. La montaña tembló y sacudió el bloque mientras se le rebajaban los bordes debido al viento que golpeaba sin parar contra ellos. Las arañas corrieron a tejer sus feroces hilos alrededor de todo el bloque hasta que el agua comenzó a correr, y este empezó a deshacerse.

Bardolf estaba furioso con ellos. Su sangre, mezclada con el ácido de los vampiros, caía formando grandes pegotes en el suelo, lo que hizo que las dos mujeres se miraran entre sí muy nerviosas. La cueva era el dominio de Xavier, y la sangre podría atraer el mal hacia ellos.

Entonces palmoteó con sus enormes garras y cayeron trozos de hielo en la resistente telaraña. Pero en vez de destruirla, los bloques desprendidos se derretían al atravesarla y sus sedosas hebras brillaban y saltaban con sus feroces llamas.

Detrás de él, Bardolf vio que la puerta también se derretía. Pero prefirió el fuego antes que tener que enfrentarse a los dos cazadores. Usando su tremenda velocidad se lanzó contra la telaraña con la esperanza de atravesarla. Pero esta lo rodeó por completo y lo dejó atrapado mientras miles de arañas de fuego saltaban a su cuerpo para morderlo y darse un festín con su carne. Las llamas corrieron por su pelaje y lo devoraron mientras continuaba luchando contra la densa telaraña.

Gracias a la combinación de elementos, y la ayuda de los dos hombres la puerta de hielo terminó por caer. Entonces Fen y Dimitri entraron tan rápido en la habitación que casi se caen sobre la telaraña de fuego. Ambos se detuvieron de golpe sorprendidos por la imagen de las dos mujeres que permanecían juntas, mientras el *sange rau* luchaba contra la feroz telaraña. No lo iba a matar, pero lo cierto es que lo había atascado.

El suelo comenzó a ondular, pues parecía como si el hielo se estuviera levantando en algunos lugares, y que la cueva se hubiera vuelto inestable.

—Deprisa, Fen —dijo Tatijana—. No nos podemos quedar aquí. Algo tremendamente maligno viene hacia nosotros.

Ella levantó las manos en el aire, y se acercó a la telaraña.

Arañas, arañas, amigas nuestras, aseguraos de que vuestras llamas no hagan daño a mi compañero y a su hermano.

—Fen, ahora —dijo desesperada.

Desde más abajo del suelo les llegaron unos estruendosos ruidos envolventes que parecían latidos y les infundían mucho miedo.

Fen se había detenido para ver a Bardolf que estaba cubierto por miles de arañas que se lo estaban comiendo vivo, y lo calcinaban al mismo tiempo. Como confiaba en Tatijana, se acercó a la feroz telaraña. Cuando agarró a Bardolf, que estaba atrapado en el fuego, pensó que las llamas lo iban a quemar también, pero al tocar la telaraña, solo sintió unos hilos de seda pegajosos.

Hizo que Bardolf se diera la vuelta para quedar de cara él, y con un gran golpe le enterró la estaca de plata en el corazón. Después levantó la mano para coger la espada, y con un movimiento le rebanó el cuello, y la cabeza del *sange rau* rodó por el suelo que no dejaba de moverse.

Enseguida las arañas de fuego también saltaron sobre ella, y la cubrieron por completo hasta que solo se pudo ver a un montón de arañas en movimiento, y las feroces llamas que estaban devorando el cuerpo de Bardolf.

—Tenemos que salir rápidamente —dijo Tatijana.

Metió un brazo en la telaraña y Branislava hizo lo mismo. Enseguida apareció una estrecha apertura. Los dos hombres se transformaron y salieron flotando por ella. Las mujeres también se transformaron, y los cuatro cruzaron las cámaras lo más rápido que pudieron, hasta que llegaron al tubo de lava, su única salida.

Cualquiera que fuera el ser maligno que se había despertado más abajo, había excitado a las criaturas que vivían en el tubo. Todos podían oír los chillidos de alarma de los murciélagos.

No tenemos otra opción, dijo Fen.

Tatijana y Branislava se miraron entre ellas y levantaron las manos simultáneamente.

Arañas, arañas de hielo y cristal, tejed una telaraña con una luz intensa. Tejed y bailad, y rodeadlo todo para evitar que estas criaturas nos hagan ningún daño.

Unas pequeñas arañas blancas entraron en tropel en el tubo, y tejieron por todo el cilindro una telaraña luminosa continua hecha de hilos de seda cristalina. El interior del tubo comenzó a iluminarse a medida que las arañas tejían como si estuvieran bailando, y deslizaban sus hilos por las grietas hasta que al unirse formaron una telaraña gloriosa con una luz sorprendente. Las criaturas chillaban porque no soportaban la luz, y se escondían rápidamente en lo más profundo de sus guaridas.

Rápido, el efecto no durará mucho tiempo, y Bronnie dice que no pueden ver cuando la luz es tan brillante. Tenemos que darnos prisa, les aconsejó Tatijana.

Fen entró primero. Mientras subía pudo ver los agujeros oscuros donde vivían esas criaturas. En las entradas había restos de huesos, piel y sangre oscura. Las paredes de los agujeros, que formaban una especie de panal, también estaban manchadas. Siguió subiendo rápidamente, pues sabía que esta vez lo que contaba era la velocidad, y no la delicadeza.

Tatijana lo siguió muy de cerca, y Branislava subió pisándole los talones. Dimitri se mantuvo en la retaguardia. En el momento en que salieron todos, Fen y su hermano se volvieron y se agacharon para mirar por el tubo. La luz ya estaba desapareciendo y los murciélagos comenzaban a pulular para ir detrás de su presa.

Fen y Dimitri movieron las manos a la vez y murmuraron una orden muy firme.

—Vamos, escapemos. En el momento en que salgáis alejaros de aquí por el aire lo más rápido posible —les dijo Fen.

Las mujeres no discutieron; ambas se precipitaron por el estrecho túnel hasta la cueva de Bardolf y se dirigieron hacia el cielo abierto. En cuanto dieron un salto se transformaron, y las dos dragonas se elevaron hacia arriba batiendo las alas con fuerza para salir disparadas fuera de la niebla.

Fen y Dimitri las siguieron prácticamente al instante mientras estallaba el mundo que dejaban atrás. El tubo de lava explotó, y la feroz explosión hizo que temblara toda la montaña. La onda sísmica de la explosión que los había seguido a través de las cuevas, estalló dejando un enorme agujero en un lado de la guarida que había usado Bardolf.

Fen y Dimitri también saltaron hacia el cielo y se transformaron en el aire. La explosión hizo que ambos se tambalearan y salieran de golpe de la niebla, como si la montaña los hubiera expulsado. Tatijana corrió a buscarlos, e hizo que su dragona se pusiera por debajo de Fen, mientras Branislava se las arreglaba para que Dimitri se acomodara en su dragona de fuego.

Estoy lista para volver a tener un largo sueño bajo tierra, dijo Branislava. *Vuestras aventuras son muy emocionantes, pero las cosas buenas en exceso son agotadoras.*

Fen tuvo que reconocer que era cierto.

Capítulo 18

Fen apoyó un brazo en la espalda de Tatijana. Branislava estaba en un lugar seguro bajo tierra, bien alimentada y lista para dormir. La herida de Dimitri también estaba siendo atendida. Le habían dado sangre y estaba rejuveneciendo bajo tierra. Tatijana y Fen iban caminando por el bosque, su lugar favorito, y simplemente querían respirar aire fresco. Fen sabía que para ella había sido muy traumatizante tener que volver a las cuevas de hielo, y no quería que se metiera bajo tierra hasta que no hubieran hablado sobre aquello.

La llevaba a un lugar donde había una serie de piscinas naturales. El sonido del agua era tranquilizador, y además sabía que el cielo de la noche iba a ayudarla a no sentir claustrofobia. Esperaba que en un sitio de una gran belleza natural, con cascadas y piscinas, completamente distinto a la prisión donde había estado, se iba a aliviar su tensión. Sabía que a ella le gustaba el sonido del agua, y la sensación que le producía. Fen quería que pasaran el resto de la noche en un lugar hermoso que les hiciera olvidar lo que acababa de ocurrir.

—Eres sorprendente —dijo Fen muy sincero—. Sé que estabas muy asustada.

—Cualquiera estaría asustado sabiendo las trampas y criaturas horrendas que había encerradas en esa montaña —dijo Tatijana—, pero además estaba descompuesta. No me puedo creer las náuseas tan enormes que sentí. Tenía un nudo en el estómago, y un par de veces el olor me provocó arcadas. Había bloqueado la mayoría de esos recuerdos para poder sobrevivir.

—Lamento que nuestro enfrentamiento con Bardolf nos llevaran a las cuevas de hielo —dijo todo lo cariñosamente que pudo—. Sé que tengo algunas aristas muy duras, Tatijana. Mereces a un hombre que sea siempre amable y considerado, pero sé que te amo por encima de todo lo demás, y que haré cualquier cosa para hacerte feliz.

Lamentaba que no se le hubiera ocurrido una manera de mantener a Tatijana alejada del laberinto maligno de Xavier. Había hecho que todos sus terribles recuerdos irrumpieran en su conciencia. Aunque Branislava se había metido bajo tierra, para hacer que el barro curativo mantuviese su trauma a raya, Tatijana se había entregado a la noche. Necesitaba la libertad de los espacios abiertos.

Ella frunció el ceño, levantó una mano y trazó las arrugas que le marcaban el rostro.

—¿Por qué crees que me podría gustar otra persona? Tus palabras son lo bastante dulces cuando necesito escucharlas. Me siento rodeada por tu amor, y no necesito a nadie más. Fui yo quien decidió que iba a volver a entrar en esa cueva contigo. Fue una elección mía, y aprecio que comprendieras que tenía que ser una decisión mía. Y aparte de todo esto, Fen, estoy enamorada de ese rasgo tuyo. Me dejas ser yo misma.

Fen hizo que se internaran más profundamente en el bosque mientras oía cada sonido. Quería que se sintieran seguros después de haber estado cazando hombres lobo, y estaba convencido de que lo iban a estar. Branislava había encontrado otra unidad de dieciséis lobos renegados, y Zev y los demás habían acabado con ellos. Abel poco a poco iba perdiendo a su ejército. En adelante tendría que ser mucho más cauteloso a la hora de sacrificar sus peones hasta que tuviera un plan concreto para llevar a cabo su misión.

Cada vez más, Fen temía que Abel pudiera estar asociado a otra persona… alguien que estaba lejos de ellos. A pesar de ser un *sange rau,* era raro que un vampiro maestro recibiera órdenes de otro.

—¿Adónde vamos? —preguntó Tatijana cuando él la levantó para que pasara por encima de un árbol caído cubierto de musgo—. Nunca he venido por aquí.

—Me alegro. Quería sorprenderte.

Ya se comenzaba a oír el sonido de las cascadas, y ella volvió la cara hacia él.

—¿Cataratas? No tenía ni idea de que las hubiera por aquí.

Fen sentía que el corazón de Tatijana se aligeraba y dejaba atrás algunas de las sombras que lo habían atenazado.

—Hay una serie de cascadas. Caen en piscinas naturales. Dos de ellas son calientes porque están alimentadas por aguas termales que manan del subsuelo. Las otras son muy frías.

—La temperatura importa poco a los carpatianos —dijo ella.

Fen le sonrió.

—A menos de que tu compañero te sorprenda y te lance al agua fría antes de que hayas regulado la temperatura de tu cuerpo.

—No te atreverás —dijo ella mientras sus ojos color esmeralda comenzaban a echar chispas.

—Probablemente no —la tranquilizó—, pero nunca se sabe. Soy un hombre lobo al fin y al cabo, y me gustan las bromas.

El sonido de las cascadas se hizo más fuerte. El agua bajaba por la montaña y caía desde varios metros por encima de las piscinas de roca que se habían formado más abajo. Con el tiempo el choque del agua había suavizado las rocas del fondo de las piscinas hasta dejarlas completamente pulidas y suaves.

—Qué extraño que no me fijara en que los licántropos fueran bromistas —dijo ella—. Siempre me han parecido muy serios.

Tatijana le lanzó una advertencia con un movimiento de pestañas, pero sus ojos no podían ocultar que se estaba divirtiendo.

Fen apartó las frondas de un helecho tan altas como él mismo para que ella pudiera echar un primer vistazo a las cascadas y las piscinas. Estaban tapadas de la vista por un bosquecillo de árboles muy viejos cuyos troncos eran tan anchos como un coche pequeño. Fen le observó la cara mientras sujetaba las frondas. Su rostro se había iluminado, y su cabellera parecía que adquiría matices rojos aún más intensos. Sus ojos de color esmeralda se habían oscurecido hasta adquirir el mismo tono que el de la piscina más profunda.

Tatijana soltó un pequeño suspiro cuando continuaron avanzando.

—Es tan hermoso, Fen, tan absolutamente hermoso. No podías haber elegido un lugar que me gustara más. —Se volvió hacia él, rodeó su cuello con sus delgados brazos, atrajo su cabeza hacia ella y se aferró a su cuerpo hasta que la apretó con todas sus fuerzas—. Te amo, Fenris Dalka. Me gusta todo lo tuyo, pero especialmente que siempre pareces saber exactamente lo que necesito. Eso es perfecto.

Fen le enmarcó la cara con sus grandes manos. Ella lo miró con sus increíbles ojos embriagadores, y él se permitió perderse en sus profundidades. Quería vivir dentro de ella, con ella y que ambos fueran una misma persona.

Tatijana le acarició la boca con los dedos, y después le trazó los labios muy ligeramente. Él sintió una especie de latigazo que le atravesó el cuerpo y se dirigió directamente a su entrepierna. Aunque ella le estaba acariciando la cara con gran delicadeza, el rayo que estalló en su cuerpo fue todo lo contrario, una especie de puñetazo fuerte y duro.

La intensidad de su amor hacia ella era aterradora. Maravillosa. Un milagro. Nunca había imaginado que las emociones pudieran ser tan profundas. El amor y la lujuria eran una combinación potente que agudizaba sus sentidos e inflamaba todas sus terminaciones nerviosas.

Era consciente de cada inspiración de Tatijana. De la sutil subida y bajada de sus pechos por debajo de la ropa. Inhaló su aroma, que era salvaje como el bosque y limpio como la lluvia. Tenía una mano enredada en su cabellera espesa y sedosa.

Fen apretó la boca junto a su oído.

—No quiero que haya el menor atisbo de ropa entre tu piel y la mía.

Ella bajó sus largas pestañas para ocultar su mirada, pero sus labios se curvaron, su ropa desapareció y quedó completamente desnuda frente a él. Fen respiró hondo. Su cuerpo le pareció muy hermoso. Tenía curvas amplias, cintura estrecha, caderas grandes y un pequeño dragón a la izquierda apenas visible. Su cabellera, que llevaba normalmente atada en una trenza, caía por debajo de su cintura como un torrente de fina seda.

Él también se sacó la ropa al sentir de pronto que la tela era demasiado apretada como para contener su duro cuerpo. Inclinó la cabeza hacia la de ella y tomó posesión de su boca tan increíblemente generosa. Suave. Su frío contra su fuego. Todo lo que podía querer lo tenía entre los brazos.

Movió la boca sobre la de Tatijana para darle todo lo que ella le pedía. Le agarró la cabellera y enterró los dedos en ella para anclarla a él y mantenerla quieta. A pesar de la sangre que corría ardiendo por sus venas, y que tenía el miembro erecto, y haciendo sus propias demandas, tuvo paciencia para disfrutar de cada momento.

Sentía que le temblaban los labios cuando la besó profundamente y exploró su fría dulzura de la que era dueño. Su piel ardía de calor, pero la de ella se mantenía fría y suave. El latigazo de un relámpago restalló en su torrente sanguíneo, y unas llamas lamieron su entrepierna. Estaba completamente excitado.

Ella se entregaba a él tan generosa como siempre, se había desplegado en su mente y en su corazón, y su boca le entregaba todo aquello que él anhelaba. Fen probó su pasión. Su amor. Un mundo que no sabía que existía había aparecido en el momento de conocerla, y esto, su boca y sus besos, eran su pasaporte para acceder a él. Tenía el estómago apretado, y todos los demás músculos se le habían puesto duros, pero quería que fueran de manera tranquila y suave. Quería saborear cada momento, y que se le quedaran impresos para siempre su sabor y las sensaciones que le provocaba.

Levantó la cabeza y apretó la frente contra la de ella. Le ardían los pulmones, tanto por la necesidad de aire como por el milagro de haberla encontrado después de siglos de soledad… después de creer que iba a vivir siempre rodeado de oscuridad, matando y luchando sin parar.

—Me salvaste. De verdad lo hiciste, Tatijana. No importa lo que pienses, pero salvaste mi alma. Todavía no me puedo creer el milagro perfecto que eres, ni qué hice para merecerte.

Ella le pasó ambas manos por el vientre y desde ahí subió a su pecho, y después hizo el mismo recorrido con la boca. Besó cada uno de sus definidos músculos y cuando llegó a sus pezones planos, jugueteó con ellos con la lengua.

—Tal vez, hombre lobo, fuiste tú quien me salvó a mí —murmuró lamiendo por encima de su pulso palpitante.

Pero antes de que pudiera responder le clavó profundamente los dientes. Fen movió la cabeza hacia atrás y gruñó de éxtasis. Ella le acarició los hombros, trazó sus costillas y bajó las manos hasta encontrar la base de su verga erecta. Después hizo bailar los dedos sobre su piel más sensible, cerró la mano alrededor de su miembro, y la deslizó desde la base a la cabeza apretándolo con fuerza. La otra mano fue un poco más abajo y le agarró su pesado escroto, que acarició y apretó suavemente.

Las sensaciones que le estaba provocando con las manos y la boca le reblandecían el cerebro. Un trueno rugía en sus oídos, y la sangre latía con fuerza en todo su cuerpo. Lo había preparado todo para ofrecer a Tatijana una noche de placer, pero ella había invertido las tornas. Le estaba lamiendo la pequeña herida que le había hecho en el pecho con los dientes, y de pronto levantó las pestañas para mirarlo con los ojos casi resplandecientes.

—Necesito más de ti, compañero —dijo suavemente. El miembro de Fen se endureció aún más, si eso era posible, y ella le dio un tirón muy suave, sin renunciar a mantenerlo agarrado—. Creo que lo mejor es que vengas conmigo. —Fen lo hizo. ¿Cómo negarse? Ella lo llevó a la primera piscina, que tenía las rocas muy suaves, y se metieron en ella. El agua le llegaba hasta la cintura—. Siéntate aquí —le dijo señalándole el borde donde la roca era aún más suave.

Fen hizo lo que le ordenaba y se sentó en el borde de la piscina. Su miembro estaba tan duro que parecía una piedra que se chocaba contra su vientre, mientras su escroto colgaba hacia el agua humeante. Ella se puso mucho más abajo de él y alineó perfectamente la cabeza delante de su entrepierna.

—Quería dedicarte esta noche —dijo Fen con la voz ronca y rasposa.

Tatijana le ofreció una sonrisa de sirena, que lo puso más caliente aún.

—Exacto. Quiero más de ti, y este es el momento en que puedo conseguir lo que quiero hacer. Desde la noche en el campo en que probé el sabor de tu esencia en aquella flor, he estado deseando comprobar si realmente sabías así. Me podría volver adicta a ese sabor.

Entonces Tatijana deslizó la boca por su miembro como si fuera un guante de seda. El cuerpo de Fen se estremeció de placer. Tenía la piel y la sangre completamente calientes, así como sus deseos. Pero la boca de Tatijana era como una seda fría que se aferraba con fuerza a su miembro, y con cada movimiento que hacía se lo introducía más profundamente. Además no apartaba sus ojos de los de él para poder contemplar el placer que estaba sintiendo.

Fen le agarró los pechos para que sus dedos juguetearan con sus pezones. Los acarició y tiró de ellos observando cómo los ojos de Tatijana se ponían vidriosos. Además sus manos le estaban acariciando las ingles, y sus caricias lo estaban volviendo loco.

Tatijana tenía mariposas en el estómago. Nunca había estado tan nerviosa, pero esta vez quería que Fen sintiera tanto placer como el que él le proporcionaba a ella. También quería hacerlo por ella misma. Deseaba satisfacer sus propias demandas, y sabía que él lo iba a encontrar tan satisfactorio como ella.

Miró las facciones duras de Fen. Era un hombre que había visto más en su vida de lo que debería haber hecho. Era la imagen de la confianza, de la dominancia, de un macho alfa que iba a asumir el control cuando fuera necesario. Además le parecía guapo y completamente masculino, y su cara era muy sensual. Le encantaban sus ojos. Esos sorprendentes ojos de color azul glaciar. Cuando se concentraban en ella, no existía nada más en el mundo, y Tatijana lo sabía. Fen hacía que se sintiera viva, contenta y hermosa.

Le encantaba el control que tenía en esos momentos y sabía que lo estaba volviendo loco de placer. Su boca y su lengua jugueteaban lascivamente con su miembro, se aferraban con fuerza a él, lo apretaban y lo succionaban, mientras él hacía que se volviera loca con las caricias que le estaba dando a sus pechos. No sabía que fuera una zona tan sensible, pero cada vez que tiraba de sus pezones su entrepierna se humedecía.

Fen agarró la cabellera de Tatijana con una mano y gimió. Su miembro seguía hinchándose. Intentaba mantener las caderas quietas para que ella tuviera todo el control, pero la lengua de Tatijana jugueteaba con su punto más sensible justo por debajo de la cabeza de su miembro, y de pronto comenzó a revolotear hacia atrás y hacia adelante. Un intenso fuego chisporroteó por las venas de Fen, se instaló en su entrepierna y rugió fuera de control. Tatijana decidió usar el borde de los dientes para raspar su miembro suavemente, y enseguida volvió a hacer que su lengua bailara sobre él. Después deslizó los labios por toda la verga, por el apretado escroto y por la base, para volver a hacer que su lengua revoloteara por la cabeza.

Tatijana sorbía las gotas perladas que caían continuamente, y esto hacía que Fen bajara tanto la guardia que sabía que estaba perdido. Su boca le estaba succionando el miembro profundamente y se apretaba con mucha fuerza. Tuvo que empujar hacia ella para darle lo que tanto quería. Le cogió el pelo con ambas manos para que se quedara quieta, la atrajo hacia él y embistió hacia adelante. Ella se sujetó apoyando una mano en sus muslos mientras con la otra le agarró íntimamente los testículos.

El cuerpo de Fen estaba completamente tenso y el fuego que despedía no dejaba de rugir. Sentía llamas desde los pies hasta la coronilla. Su sangre corría a toda velocidad, y le tronaba el pulso en los oídos. Ella había aplanado la lengua y mantenía la boca firme mientras él la penetraba una y otra vez. Fen sintió que estaba a punto de explotar y que no había manera de impedirlo. Ella le parecía un paraíso.

Nada lo había preparado para que le succionara el miembro de esa manera, para la forma cómo su boca sedosa lo apretaba y se aferraba a él. Echó la cabeza hacia atrás y aulló como un lobo cuando se derramó en su garganta. Se agarró con fuerza a su cabellera, pero ella no se apartó, sino que siguió lamiendo cariñosamente su verga, y su cabeza exquisitamente sensible, hasta que hizo que se sintiera amado por completo.

—Sí. Este exactamente es el sabor que recordaba —dijo Tatijana—. Y es del todo adictivo.

Fen no podía respirar, y no estaba seguro de si podría volver a hacerlo de nuevo. Ella le ofreció una sonrisa de sirena y se alejó nadando enseñándole destellos de sus nalgas blancas. Rodó en el agua y flotó tranquilamente con los pechos apuntando al cielo. Se había levantado una neblina tan suave y ligera que apenas se percibía, o es que Fen había estado tan ocupado que no se había fijado.

Ahora se estaba volviendo más densa y caía suavemente sobre la piscina humeante. Observó a Tatijana unos minutos, que evidentemente estaba disfrutando de la sensación que le producía el agua en la piel. A pesar de estar recibiendo el calor de la piscina, Fen sabía que su piel estaba fría y acogedora comparada con la suya. Se echó hacia atrás, dejó que la niebla cayera sobre su cara y vio cómo sus pequeñas gotas descendían del cielo como diamantes brillantes.

Siempre iba a asociar a Tatijana con la lluvia recién caída, y con la sensación del agua fría sobre su piel. No podía negar que le parecía una sensación muy sensual que la niebla cayera suavemente sobre él. Nunca había relacionado la lluvia o la niebla con la sensualidad, pero a partir de ahora lo iba a hacer siempre.

Tatijana hizo que un muro de agua se disparara hacia él. Fen se agachó a la velocidad que le permitía tener la sangre mestiza, y se sumergió superficialmente en el agua. Sentir calor después del agua fría era algo sorprendente. Le dio caza y la atrapó al otro extremo de la piscina caliente, el más cercano a la montaña, donde los salpicaban las gotas heladas que caían de la cascada.

Fen se puso de pie, la atrajo hacia él y le levantó las piernas para que le rodeara la cintura. La uve que tenía entre las piernas enseguida se rozó contra su verga que ya estaba comenzando a estar erecta. Tal como sospechaba, Tatijana tenía la piel fría, pero su zona más dulce estaba más caliente que nunca. Ella entrelazó los dedos detrás de su cuello y lo agarró con fuerza para besarlo.

—Gracias. Me encanta este lugar, Fen. Mi guapo hombre lobo. Primero me escribiste una canción, y ahora me regalas esta noche tan maravillosa. —Echó la cabeza hacia atrás para que la neblina le cayera en la cara—. Creo que va a llover. ¿No sería genial?

Fen se rió disfrutando de lo feliz que la estaba haciendo.

—Solo tú dirías algo así, dama mía. La mayoría de las mujeres prefieren estar a cubierto en una casa cuando llueve.

—No saben lo bueno que es que la lluvia te moje la piel. —Se agachó un poco para lamerle las gotas que le caían por el cuello—. Y lo bien que sabe cuando se desliza por ella.

—Échate hacia atrás. Yo te sujeto —le prometió—. Lo justo como para poder lamerte.

Cuando Tatijana estiró todo lo que pudo los brazos, el movimiento hizo que su pubis se pegara aún más a él. Aprovechó para moverse sutilmente de manera circular y restregarse contra su verga que ya daba sacudidas expectantes. Los pechos de ella bamboleaban muy incitantes y su sedosa cabellera caía formando ondas como si fuera una capa brillante. Detrás de ellos la cascada caía por la montaña sin parar, y el agua cristalina salía disparada hacia las piscinas que había más abajo. El viento se movía entre los árboles, y sus copas se balanceaban como si siguieran una música. Alrededor de ellos se levantaba una nube de vapor que creaba un ambiente muy íntimo.

—La lluvia hace una música especial —le confió Tatijana—. ¿Nunca la has escuchado?

—No —reconoció él metiendo la boca entre sus pechos—. Cuando llueva lo haré —le prometió.

Sus tersos pezones eran una tentación demasiado grande para él. Ella era pelirroja y sus pezones eran más rosados que oscuros… y muy sensibles. Cada vez que le pasaba la lengua por sus pechos sentía que su cuerpo reaccionaba. Dio unos pequeños mordiscos a uno de sus pezones, y después se lo metió en la boca para chuparlo intensamente.

La neblina se convirtió en una lluvia ligera, y Fen sintió sus gotas frías cayendo sobre su cuerpo caliente. Frías como Tatijana. En cambio a él le ardía la boca. La piel. La verga. Y su sangre corría enardecida ante una tentación tan enorme. No podía dejar su otro pecho sin atender, de manera que tranquilamente le prestó tributo hasta que ella comenzó a gritar su nombre mientras le acunaba la cabeza y se arqueaba hacia él.

Tatijana se retorcía pegada a él, y con cada movimiento se deslizaba sobre su verga. Cada vez que se restregaba contra ella, Fen se encendía aún más. Todavía le costaba creerse que una mujer tan hermosa lo hubiera elegido, y que cada vez que la requiriera, ella se entregaría a él una y otra vez con absoluta generosidad. A menudo entraba en su mente, y sabía que ella siempre estaba tan dispuesta como él a explorar sus cuerpos.

Le fue besando toda la curva de sus pechos dándole pequeños mordiscos, haciendo que el cuerpo de Tatijana le respondiera soltando más líquido sobre su verga. De pronto le hizo unos agujeritos sobre el pulso y alivió el pinchazo pasándole la lengua. Su ritmo frenético lo atraía, lo llamaba y lo seducía. La atracción que le producía su sangre era tan intensa como la que le hacía sentir su cuerpo. Le estalló su sabor en la boca incluso antes de clavarle los dientes profundamente.

Tatijana chilló cuando bebió su sangre introduciendo en su cuerpo la esencia de su vida, pero para los oídos de Fen sonó como si fuera música. Les estaban cayendo pequeñas gotas de lluvia muy ligeras que les enfriaban la piel, pero su sexo ardía más intensamente que nunca. Aunque ella le tenía la cabeza bien sujeta, su cuerpo se retorcía pegado al de él. Dos veces levantó las caderas para hacer que la penetrara, pero él se lo impidió y ella no pudo satisfacer su necesidad.

—Fen. ¿Qué haces?

Dijo su nombre jadeando, y lo cantó una y otra vez. Su voz se sumaba a la música del agua. Fen ya había empezado a escuchar la canción de la lluvia a través de los latidos de su propia sangre. Las gotas que caían despreocupadamente sobre el agua. El siseo aleatorio de la cascada acompañado del sonido firme de la lluvia. Los jadeos de Tatijana. Y su propio pulso, que tronaba en los oídos como si fuera un tambor.

Fen se lo tomó con calma, quería disfrutar de su sabor y de la respuesta de su cuerpo antes de cerrarle la herida que le había hecho en el pecho.

La respiración de Tatijana era parte de la sinfonía. Las gotas que caían sobre las hojas producían un sonido diferente al de las que se precipitaban al suelo. Fen escuchaba la misma música de la lluvia que ella. Formaba parte de la noche, y de ellos mismos. De pronto deslizó las manos por el cuerpo de Tatijana para agarrarle las nalgas y la levantó lo justo para poder introducirle la cabeza de su miembro.

Los fuertes músculos de su vagina le rodearon el miembro, se aferraron con fuerza a él y lo apretaron para conseguir que se introdujera profundamente, apremiándolo para que se moviera dentro de ella. Los fuertes jadeos de Tatijana y sus súplicas desesperadas se sumaron a la melodía de la lluvia creando una canción perfecta. A Fen siempre le habían encantado sus pequeños gritos, y la manera cómo repetía su nombre una y otra vez.

Bajó lentamente el cuerpo de Tatijana sobre el suyo para enterrarle profundamente el miembro en su vagina ardiente, que contrastaba con su fría piel externa. Pero el cuerpo de ella estaba apretado y era reacio a abrir paso a su invasión. Tatijana soltó entonces el aliento contra su cuello y pegó un largo suspiro del todo embelesada.

—Por fin —susurró con los dedos clavados a su nuca—. Me parecía que llevaba toda la vida esperando este momento.

—Está claro que he sido un poco negligente a la hora de atender tus necesidades —dijo levantándole las caderas para que pudiera cabalgarlo bien.

Ella se movió haciendo unos fascinantes movimientos circulares cada vez que bajaba sobre su verga. Tenía los músculos de la vagina tan apretados que la fricción hacía que Fen sintiera llamaradas por todo el cuerpo que iban desde su sexo a su cabeza, y hasta los dedos sus pies.

Tatijana se rió suavemente echando la cabeza hacia atrás para que la fina lluvia cayera sobre su cara. Su cabellera caía formando largas ondas y sus pechos se elevaban hacia el cielo bamboleándose de manera muy tentadora. Estaba hermosa, salvaje y completamente feliz. A Fen le encantaba eso de ella, esa inhibición, que hacía que en cualquier momento le mostrara cómo se sentía.

—¿Escuchaste ahora la música, Fen? —preguntó y sus caderas aceleraron el ritmo.

Las gotas de lluvia le lamían la piel. Mientras lo cabalgaba mantenía la cara completamente concentrada, y eso hacía que se viera aún más guapa. Los músculos de su vagina eran como un feroz puño de terciopelo que se aferraba con fuerza al miembro de él. Claro que había escuchado la música. El tintineo de las gotas que caían al agua. Los salvajes latidos de sus corazones completamente sincronizados. El crujido de los árboles y los ruiditos de Tatijana, que hacían que se volviera completamente loco de amor por ella.

Fen apretó las manos en sus caderas para controlar la situación. La levantó y aumentó el ritmo penetrándola profundamente mientras la mantenía completamente quieta. Embistió una y otra vez totalmente arrebatado, como un pistón fuera de control, mientras oía sus jadeos y sus pequeños gritos, y observaba cómo sus ojos se ponían vidriosos y su cuerpo estaba ruborizado. El choque del agua se sumaba al estruendoso *crescendo* que se produjo cuando él hizo que llegaran al borde del abismo, donde se mantuvieron en precario equilibrio hasta que se entregaron a una larga caída libre erótica.

Tatijana colapsó encima de Fen con la cabeza sobre uno de sus hombros, haciendo un esfuerzo para recuperar su respiración normal. No dejaba de darle besitos en las clavículas y el cuello.

Fen entonces la llevó hasta el borde de la piscina y se hundió sentado en sus aguas cálidas manteniéndola encima de él. Estiró las piernas, sintió la piedra que tenía detrás, y a su mujer, que era como una ligera carga que sujetaba con los brazos. La lluvia ligera seguía cayendo sobre ellos, y Tatijana movía la cara hacia ambos lados para poder sentirla.

—Ha sido una noche muy hermosa, Fen. Un verdadero regalo. Gracias. Me encanta la manera cómo me haces el amor. Yo estaba... —Hizo una pausa buscando la mejor manera de contárselo—. Estaba teniendo problemas para conseguir cerrar la puerta de los recuerdos de mi pasado. Simplemente aceptaba lo que me ocurría. Cuando se viven situaciones como la nuestra, se aprende a aceptar las cosas, pero eso se convierte en una forma de vida. El terror a estar fuera de la cueva era casi tan horrible como estar dentro de ella.

Fen se llevó una mano de Tatijana a la boca, le besó los nudillos y le mordisqueó los dedos.

—Lo has hecho muy bien, Tatijana. Decidiste explorar por ti misma, y aprender cosas que querías saber.

Ella asintió.

—Pero evito a la gente. La observo, pero todavía no quiero ser parte de nada más. No me estoy explicando demasiado bien. Lo que quiero es ser una parte de nosotros. Tú y yo. Y más que tú y yo. Tenemos familiares.

Branislava, Dimitri. Razvan y Natalya. Sus compañeros. La joven Skyler. Mi sobrina Lara, que organizó nuestro rescate. Tú has hecho eso por mí. Me has dado la posibilidad de ser algo más que Bronnie y yo.

Fen le acarició la cabeza con la barbilla.

—Ya los querías antes de que apareciera yo.

—Desde la distancia. No quería interactuar con ellos. Los evitaba, igual que hace Bronnie ahora. Ambas vivíamos retiradas bajo tierra donde estábamos seguras. Donde no teníamos que descubrir las leyes del nuevo mundo en el que nos encontrábamos. Donde nadie podía volver a encarcelarnos. No sabíamos lo que era la confianza. ¿Cómo íbamos a hacerlo? Nuestro propio padre nos había torturado y nos había mantenido prisioneras. Tú me hiciste darme cuenta de lo honorable que podía llegar a ser un hombre.

—Entonces estoy contento. Así soy yo, Tatijana. Pero para mí tú eres un verdadero milagro.

—Eso es justamente. Piensas que soy un milagro, Fen, pero eso es lo que eres tú para mí. —Le cogió la cara con las dos manos y le dio un beso muy intenso—. Te amo con todo mi corazón. A ti, Fen. Eres mi compañero y eso lo significa todo para mí, quiere decir que estamos completamente unidos. Somos una unidad. Pero quiero que sepas que te amo, mi hombre lobo. Te seguiría a donde fueras.

En realidad ya lo había seguido… al laberinto del mal donde su padre la había tenido cautiva. Había apoyado todas sus decisiones, lo había acompañado en situaciones peligrosas y había combatido junto a él.

Fen la volvió a besar y disfrutó de su sabor. Una parte de él se preguntaba cómo había podido tener tanta suerte. Su mundo había cambiado por completo.

—Te amo más que a la vida misma, Tatijana —murmuró—. Es una frase inadecuada pero sincera.

Ella volvió a poner la cabeza sobre su hombro, cerró los ojos y su cuerpo se relajó apoyado en el de Fen. Algunas veces, como esa, Fen sentía como si se estuviera fundiendo con él. Suave. Fría. Su dama.

—Fen —dijo Tatijana levantando la cabeza de su pecho para mirarlo a los ojos. Él enseguida sintió el conocido nudo en el estómago, y el extraño vuelco que sufría su corazón en el momento en que sus ojos se encontraban—. ¿Qué es lo siguiente? ¿Qué planeas hacer?

—Tengo que detener a Abel. Va detrás de Mikhail. Quiere acabar con especies completas. Todos estamos conectados a través del príncipe. No sé qué es lo que Abel pretende conseguir asesinando a Mikhail, pero está ciegamente dispuesto a hacerlo.

—Tal vez se ha marchado —dijo ella esperanzada—. Ha perdido a la mayor parte de su manada, y ahora a Bardolf. Lo más sensato para él sería escapar.

Fen suspiró masajeándole suavemente la nuca con los dedos. Ya se le había acumulado tensión, a pesar de que unos momentos antes estaba tranquila y relajada.

—No creo que vaya a ningún sitio. Creo que su misión es asesinar a Mikhail, y por desgracia para él, yo le estoy pisando los talones, igual que Zev. No nos esperaba a ninguno de los dos.

—¿Realmente piensas que puedes matar a Abel? ¿Desde cuándo es un *sange rau*? ¿Es verdad que vuestras capacidades se incrementan con el tiempo?

Fen sintió ansiedad en la mente de Tatijana, y percibió en su voz una nota de preocupación que ella había intentado ocultarle.

—Le he visto en acción, y creo que estamos bastante igualados. Por lo tanto, sí, creo que lo puedo matar. Necesitaré un poco de suerte, y sé que tendré que estar recuperándome durante un tiempo después de enfrentarme a él, pero cumpliré con mi trabajo. —No le hacía falta fingir que estaba confiado, y en cualquier caso dudaba de si podía estar decepcionándola—. Tanto si Abel se marcha, como si no lo hace, tendré que acabar con él. Es a lo que me dedico. Es lo que soy. No puedo dejar que mate a quien quiera. Ahora solo vive para eso. La excitación. La sangre. Nadie está a salvo, ninguna especie. Tiene que ser destruido.

—Lo sé. Pero ¿no se suponía que Zev se dedicaba a cazar lobos renegados?

Fen no pudo evitar reírse.

—Abel no es un lobo renegado. Es mucho más que eso y lo sabes. Pienso que la clave para matar a Abel es recordar quién es. Crecí con él. Lo conocí de niño. Mis recuerdos son vagos, pero poco a poco estoy recuperándolos. Era un buen hombre. Honorable. No tenía los defectos de carácter que se asocian con aquellos que deciden entregar sus almas. No tengo idea qué le hizo convertirse en los mismos seres que había estado cazando durante siglos. Me crucé con él muy pocas veces. Era muy firme, incluso implacable, a la hora de cumplir con sus obligaciones.

—¿Qué es lo que normalmente impulsa a alguien a cruzar el límite? —preguntó Tatijana con mucha curiosidad—. Todos comenzáis teniendo honor.

—Creo que tiene que ver con el carácter. He conocido carpatianos que ansiaban acumular poder. O que disfrutaban matando. Recuerda que somos depredadores. Hemos nacido para cazar. Todos cargamos con la oscuridad, pero igual que todo el mundo, nuestro carácter tiene fortalezas y debilidades. Hay algunos con los que me he cruzado que estoy seguro que se hubieran convertido en vampiros si no hubieran encontrado rápidamente a su compañera. Pero Abel no era uno de ellos.

—¿Pudo haberse convertido en vampiro después de haber encontrado a su compañera y que fuera asesinada por alguna razón?

La pregunta hizo que Fen se quedara en silencio un rato. Siempre estaba ese peligro. En medio de la tristeza, y de tener que soportar una gran desazón después de que le arrebataran la otra mitad de su alma, podía aparecer la locura. Tatijana tal vez había dado con algo, pero no le gustaba la idea. Si Abel se había convertido en vampiro después de haber perdido a su compañera, y eso se sabía, a Mikhail le iba a ser mucho más difícil convencer al consejo de los licántropos de que los guardianes que tenían pareja estaban a salvo de convertirse en *sange rau*.

—Es posible. Ese es definitivamente el momento que más temen todos los carpatianos. A eso lo llaman ser esclavo de la locura. Tú tienes luz, Tatijana, pero nosotros solo tenemos oscuridad hasta que nos la proporcionáis. Me has dado vida —intentó explicarle.

Ella tenía que ser capaz de comprenderlo, pues había conocido lo que era no tener esperanzas en aquellos largos años de desolación en que estuvo prisionera en las cuevas de hielo.

—Los siglos pasan interminablemente. No existe nada más que matar. Después de un tiempo los cazadores comienzan a ansiar hacerlo, pues no tienen nada más. No vemos la belleza del mundo. —Miró a su alrededor—. Mira esto. Las cascadas, las piscinas, el bosque. Estos colores tan vibrantes. Si no hubiera sido por ti, no podría ver nada de esto. Ni siquiera me hubiera fijado en ello. Esto me lo has proporcionado tú. Tampoco tenía la capacidad de tener sentimientos hacia los demás. Cazaba. Mataba. Me alimentaba. Esa era mi vida. Esa es la vida de un hombre carpatiano. Tuve más suerte que la mayoría porque me encontré con los licántropos. Durante un tiempo pude ver como un lobo, pero a medida que se incrementaban mis capacidades por ser un... guardián, también lo hacía la oscuridad. —Tatijana se apretó aún más a él, si eso era posible, y lo estrechó entre sus brazos—. ¿Puedes imaginar lo que significaría para mí que me arrebaten estas increíbles capacidades que me ha regalado mi compañera, este milagro que me permite ver toda la belleza del mundo, sentir intensamente y tener emociones? Enloquecería. La mayoría lo supera, pero no todos.

—Entonces, ¿convertirse es en realidad una elección? —le preguntó.

—Yo he estado en esa situación, pero está decretado que hay que tomar la decisión de entregar el alma, o encontrar a tu compañera. Pero creo que en un momento de locura, cualquiera puede elegir mal.

—Qué triste. Qué trágico.

—Ambas cosas —aceptó Fen—. Pero una vez que se convierte en vampiro, al cazador no le queda más remedio que cazarlo. Tenemos que acabar con los no muertos, aunque sean nuestro padre, nuestro hermano o nuestro mejor amigo. Los vampiros son completamente malignos. Créeme, Tatijana, a lo largo de los siglos he intentado hacer que uno o dos dieran un paso atrás.

Ella le acarició la garganta con la boca.

—Claro que lo has hecho. Casi no sentías emociones pero lo seguías intentando.

—Tenemos recuerdos. Es lo único que no perdemos. Es el único don que nos queda. Nuestros recuerdos son muy intensos y vívidos. Van desapareciendo a lo largo de los siglos, pero nos aferramos a ellos. Dimitri y yo nos ayudábamos el uno al otro conservando entre nosotros los recuerdos más importantes. Un siglo atrás, si no hubiera sido por él, me hubiera quedado esperando el amanecer. La atracción del mal es demasiado intensa para alguien con la sangre mezclada. Creo que el depredador es muy fuerte en ambas especies, y cuando se unen, es mucho peor con el tiempo, a medida que se van desarrollando nuestras capacidades.

—Siento lástima por Abel si de hecho perdió a su compañera. No me puedo imaginar lo que sería que desaparecieras. Pero Fen, si alguna vez me ocurre algo, sígueme. No quiero pensar en que te puedas perder sin estar yo a tu lado, y sin poder hacer nada para salvarte.

Lo miró frunciendo el ceño, y él intentó no derretirse. Le pareció que era ridículo que algo así le ocurriera a un carpatiano, y peor aún siendo un guardián. Realmente no debía encontrar adorable que su compañera frunciera el ceño.

—Haré todo lo que pueda para seguir siendo honorable, dama mía —le aseguró.

—Estás preocupado por Dimitri, ¿verdad?

—No me preocupa que se convierta en guardián —dijo lentamente—. La conexión entre Dimitri y Skyler es muy fuerte. Intensa. Nunca he visto nada como eso, pero a pesar de todo se expone al peligro más de lo que me gustaría.

Ella se rió suavemente.

—En otras palabras, que es igual a ti. Te lanzas a proteger a cualquiera en cuanto hay algún peligro. ¿A eso te refieres?

Fen le agarró un mechón de su cabello.

—Me engañó incluso después de explicarle el peligro que yo significaba para él. Estuvimos juntos en una infinidad de combates, y cuando nos dábamos sangre para sobrevivir, conocía perfectamente el riesgo al que se exponía, pero aun así lo hacía. —Le cogió la barbilla y se la levantó obligándola a mirarlo a la cara—. Igual que haces tú ahora.

—Y haré siempre, mi guardián, y tienes que saber que es una decisión propia. Dimitri lo eligió. Ninguno de nosotros puede controlar lo que hacen los demás, solo nos podemos controlar a nosotros mismos. Dimitri es un hombre fuerte. Es uno de los mejores en cualquier combate. Y desde hace algún tiempo sabe que se está convirtiendo en lo que tú eres...

—Pero no me lo ha dicho hasta la pasada noche.

—Es un hombre que maneja su propia vida, igual que tú —dijo Tatijana—. Puede que sea tu hermano menor, pero hace muchos siglos que te alcanzó. Dimitri necesita protegerte, igual que tú a él. Skyler le ha devuelto las emociones y siente intensamente. No le puedes echar la culpa de ser un hombre.

Le estaba diciendo la verdad, y Fen lo sabía. Dimitri siempre iba a ser independiente, y seguiría tomando sus propias decisiones. El destino le había entregado facultades para ser un cazador, y era excelente llevando a cabo su trabajo.

—Me encanta que estéis tan unidos. No sé lo que haría sin Bronnie. A lo largo de los siglos siempre hemos confiado la una en la otra. Es bonito saber que entiendes el lazo inquebrantable que nos une.

Fen suspiró. El cielo se estaba aclarando a pesar de las nubes de lluvia que lo estaban cruzando.

—Tenemos que meternos bajo tierra, dama mía.

—Lo sé —dijo ella y le volvió a besar la garganta—. Me hubiera gustado que esta noche no terminara nunca. Sé que te vas a ir a cazar a Abel en cuanto te levantes. —Hizo una pausa para mirarlo—. ¿Verdad?

—Hay que hacerlo. No puedo darme el lujo de esperar. Tiene un plan para asesinar a Mikhail, y cree que lo puede cumplir. Eso significa que el plan ya está elaborado. No puedo esperar a que se ponga en movimiento, y tal vez consiga escabullirse. Si lo presiono, le doy caza activamente y sabe que estoy tras él, quizá consiga evitar que haga su jugada.

Fen se puso de pie y la levantó acunándola entre los brazos, pegada a su pecho. No le importó que no llevaran ropa. No le parecía necesaria. Ambos podían regular su temperatura corporal y a ella le encantaba la sensación que le producía la lluvia sobre su piel. Y a él también le estaba empezando a gustar.

—Cuando todo esto termine, ¿nos quedaremos aquí? ¿Construiremos nuestro hogar cerca de los demás?

Le estaba preguntando si se quedarían cerca de su hermana. De nuevo había intentado ocultarle la pequeña nota de ansiedad de su voz, pero a Fen le parecía imposible no reconocer que su dama no se sentía bien.

Inclinó la cabeza y le dio un gran beso. Ella sabía a lluvia. A miel silvestre. A Tatijana. Y siempre le hacía desear seguir besándola.

—Nunca te alejaré de tu hermana, *sívamet* —le aseguró después de darle el beso—. Nunca haré nada que te haga infeliz.

Los ojos de Tatijana buscaron los de Fen. Asintió con la cabeza y se agarró a su cuello.

—Volvamos a nuestro pequeño refugio en el bosque. Quiero estar un rato acostada a tu lado antes de que nos durmamos. Necesito que me abraces.

—Siempre tuyo —dijo Fen y se elevaron por el aire.

Capítulo 19

Tatijana se despertó antes que Fen. Estaba acurrucada entre sus brazos con la cabeza apoyada en sus hombros, igual como cuando finalmente hicieron que la tierra los cubriera. Habían hecho el amor otras dos veces, y ella sabía que parte de su terrible ansiedad no era más que un miedo profundo. El *sange rau* la aterrorizaba. Pero nada iba a detener a Fen, o a Dimitri. Ambos habían jurado lealtad al príncipe y al pueblo carpatiano. Y estaban dispuestos a defender a Mikhail Dubrinsky exponiendo sus propias vidas.

Tatijana hizo un gesto con la mano para que se abriera la tierra. El bosque estaba oscuro aunque todavía era bastante temprano. Las ramas de los árboles se balanceaban y bailaban con el viento. Aunque se arremolinaban nubes oscuras en el cielo, había dejado de llover. Pero se avecinaba una tormenta. Una grande. Se puso una mano sobre su corazón, que latía con mucha fuerza. No iba a entregar a su compañero a ese monstruo. Extrañamente, la noche anterior, cuando pensó que era posible que Abel se hubiera convertido en vampiro por haber perdido a su compañera, había sentido compasión por él. Pero ese sentimiento desapareció en cuanto despertó. Lo único que le importaba era que Fen regresara sano y salvo a casa.

Inspiró con fuerza el aire fresco. La lluvia siempre dejaba un aroma limpio y puro, que se mezclaba con la tranquilizadora fragancia del bosque… que olía a árboles y a suelo fértil. Enseguida se dispuso a organizar la sorpresa que le quería preparar. Justo bajo el dosel del bosque hizo un círculo de protección con velas alrededor de unas mantas muy suaves. De esa manera podrían mirar hacia arriba y ver la llegada de la noche a través de los hermosos árboles. Fen no había visto demasiadas cosas bellas durante los siglos pasados, y ella estaba decidida a hacer que recuperara el tiempo perdido. Por eso se había levantado temprano.

Cuando quedó todo preparado, Tatijana sacó a Fen flotando de su refugio para dormir, y lo depositó encima de la manta después de asegurarse de que su cuerpo estuviera limpio y libre de restos de la tierra rejuvenecedora. Sabía que era consciente de lo que le estaba haciendo, pero no la detenía o intentaba intervenir. Eso le hacía amarlo aún más. Fen siempre le proporcionaba lo que más necesitaba. Y en ese momento necesitaba sentir su fuerza, y saber que ambos estaban vivos y bien.

Gateó por encima de él y le besó los muslos, las ingles, el miembro erecto, que ya estaba muy duro, el vientre y el pecho con sus músculos hermosamente definidos. Estaba trazando sus músculos con la lengua para que se le imprimieran en los huesos y en la mente, de manera que no hubiera ni un centímetro de él que no conociera.

Fen enredó las manos en su cabellera mientras ella lo exploraba tranquilamente. Se dio la vuelta para que le hiciera lo mismo por la parte de atrás, y después por ambos costados. En ningún momento dijo ni una palabra, pero ella se sentía completamente rodeada por su amor. Nunca en su vida se había sentido tan cerca de nadie. Sabía que le estaba diciendo en silencio que le pertenecía. Cualquier cosa que necesitara, o deseara, él se la iba a proporcionar.

Cuando se volvió a dar la vuelta, le cogió la cara y estiró su cuerpo encima del de Fen, de manera que cada centímetro de su piel quedó apretaba contra él. Lo besó tranquila e intensamente. Se tomó su tiempo. Quería decirle con la boca y con las manos que lo amaba.

Cuando levantó la cabeza, Fen le sonrió y le dibujó la boca con las yemas de sus dedos.

—Ahora me toca a mí —dijo de golpe cogiéndola entre sus brazos para hacer que rodara por debajo suyo.

Ella no pudo evitar sentirse entusiasmada. A pesar de lo fuerte que era Fen, y que su cuerpo estuviera tan duro y en forma, nunca le hacía daño. Fen repitió las acciones que ella había llevado a cabo, y comenzó a explorar cada centímetro de la piel de Tatijana, que estaba segura de que iba a ser mucho más exhaustivo de lo que había sido ella. Rápidamente hizo que se retorciera y gimoteara como una gatita. Entonces jugueteó con la lengua y los dientes sobre sus terminaciones nerviosas más sensibles, y las caderas de Tatijana se movieron intensamente varias veces. Pero él no le prestaba atención y estaba decidido a tomarse todo el tiempo necesario para asegurarse de que no se perdía ni un solo punto de su cuerpo.

Después hizo que ella se pusiera a cuatro patas y le abrazó la cintura por detrás. Rápidamente tiró de su cuerpo hacia él, se arrodilló para masajearle las nalgas y le introdujo un dedo para asegurarse de que estaba preparada para él.

La posición le permitía penetrarla muy profundamente, con mucha fuerza y buen ritmo. Pero como hacía siempre, comenzó lenta y suavemente para que el cuerpo de ella se acostumbrara a su invasión. Su vagina siempre parecía reacia al principio. Estaba tan apretada que le estrangulaba el miembro, pero enseguida se abrió para él como una flor sensible que dejó que se introdujera profundamente en ella.

Fen parecía saber sin palabras lo que ella necesitaba, y se movió sin mostrar la menor clemencia. La penetraba rápida y duramente, pero se detenía justo antes de que ella fuera a tener un orgasmo. La enorme tensión que sentían se desencadenaba cada vez con mayor intensidad, y ambos parecían estar siendo estirados en un potro de tortura de placer hasta que ella prácticamente no dejó de sollozar. Y aun así, Fen continuó implacablemente. Sin clemencia.

Fen esperó sus súplicas y a que cantara su nombre. La música que siempre los acompañaba cuando hacían el amor. No se detuvo hasta que la escuchó. Entonces dejó explotar a su miembro gloriosamente enhiesto, mientras la vagina de Tatijana se aferraba a él y lo ordeñaba. De pronto oyó sus propios gritos roncos mezclados con los de ella. La había inundado con un chorro tras otro de semen caliente. Los estertores de Tatijana iban desde la vagina a los pechos, y también bajaban por los muslos, y las réplicas fueron casi tan fuertes como el propio orgasmo. Fen las sintió todas por estar profundamente fusionado con su mente.

Cuando Fen se estiró sobre ella, le rodeó la cintura con sus brazos y le pasó la boca por la espalda.

—No hay mejor manera de despertarse, dama mía, que tenerte de esta manera.

Tatijana no dijo nada, pero Fen sintió la presión de su gran tristeza.

Se retiró de ella de mala gana, pero hizo que se sentara en su regazo. Ella no lo miraba, y Fen tuvo que agarrarle la barbilla para hacer que volviera la cara hacia él. Vio que estaba llena de lágrimas.

—No me voy a morir. Sé que es lo que temes, pero no me voy a morir.

—Tengo una terrible sensación de miedo —dijo y se pasó un dedo por la imagen apenas visible de un dragón que tenía encima de un ovario—. Sé cuándo va a pasar algo malo antes de que ocurra. No sé por qué, pero cuando me desperté, apenas podía respirar.

—No me voy a morir —le repitió—. Llevo siglos combatiendo contra los vampiros, y he sufrido muchas heridas mortales. Bien podría ocurrir de nuevo cuando tenga que luchar contra Abel, pero ya he sobrevivido otras veces, y eso que no tenía compañera. ¿No ves que esta vez será mucho más fácil para mí? Eres una cazadora de dragones. La Madre Tierra me ha aceptado como su hijo. Tenemos a Gregori cerca, que es un gran curandero, y a la joven Skyler. Ambos sabemos que es excepcional. No tengo miedo, y no quiero que tú lo tengas.

Fen le limpió las lágrimas de la cara, y después se inclinó para recoger una con la boca para sentir el sabor de su miedo.

Tatijana, que estaba de rodillas frente a él, le cogió la cara con las dos manos.

—Lo eres todo para mí, y lo sé, hombre lobo. Si pasas a la otra vida te seguiré. Espérame allí unos minutos. No te voy a perder.

—No será necesario. A menos que veas mi cuerpo y sepas que estoy muerto, no se te ocurra hacer tal cosa —le advirtió—. He sobrevivido a heridas peores que las de Dimitri. El lobo que tengo es muy fuerte y se regenera muy rápido.

Tatijana se sentó apoyándose en los talones.

—Como un *sange rau*. Abel también se puede regenerar muy rápido, ¿verdad? Como todo lo demás, eso también se acelera después de llevar un tiempo con la sangre mezclada.

Fen no se sorprendió de que fuera consciente de que Abel estaba a años luz de Bardolf.

—Es verdad, pero la plata sigue pudiendo matarlo. Tengo que descubrir dónde ha establecido su guarida.

—Te levanté temprano para que tuvieras tiempo para prepararte —reconoció Tatijana—. Y para que te alimentes con la sangre de un antiguo carpatiano, uno que sea de pura raza. Yo te daré sangre, pero busca también a Jacques Dubrinsky. Tienes que estar lo más fuerte posible.

Tatijana se levantó y se puso la ropa al hacerlo, pero dejó las velas encendidas.

—Esto es un círculo de protección. Lo hice con todo cuidado. Mientras estés dentro de él, nada podrá hacerte daño. Aún más, si Dimitri y tú usáis el círculo para intentar descubrir dónde puede estar Abel, nadie podrá escucharos accidentalmente, o conocer vuestros pensamientos, o lo que os comuniquéis telepáticamente.

A pesar de lo asustada que estaba por él, había tenido tiempo para hacerle ese regalo. Fen también se levantó y se vistió. Se ató el pelo por detrás con una cuerda, y se puso sus botas y una chaqueta preparada para el combate. Hizo que aparecieran sus armas, y una multitud de estacas de plata se deslizaron en las presillas especiales que tenía para ellas, así como una larga espada. No se molestó en ponerse guantes, pues no tenía intención de encontrarse con nadie de la manada. En cambio, cubrió sus manos con sellante, tal como hacía Dimitri.

Hermano mío. Ven para que preparemos un plan de batalla.

Fen no malgastó tiempo cuando despertó a su hermano.

Tatijana se acercó a él, se retiró hacia atrás la cabellera y le ofreció el cuello. Llevó las manos a la cabeza de Fen y la empujó al calor de su cuello y su garganta, donde él metió la boca.

—Bebe lo que te haga falta, Fenris Dalka, y regresa a casa con tu compañera.

—Lo tomo como una orden, dama mía —dijo él.

Ella olía tan bien. Le acababa de hacer el amor, pero su fragancia silvestre, a miel pura y a lluvia, lo volvió a excitar por completo. La estrechó entre sus brazos y tomó lo que se le ofrecía sin dudarlo. Ya era adicto a su sabor, y además la sangre de una cazadora de dragones le era valiosísima para perseguir a su enemigo. Durante un momento se perdió totalmente en el acto sensual e íntimo de beber sangre de su compañera, pero aun así fue perfectamente consciente del momento en que Dimitri se acercó a ellos.

Cerró la pequeña herida que le había hecho en el cuello, y la abrazó durante un breve momento. Ella le sonrió, saludó a Dimitri con la mano y se transformó en una loba pequeña con la que podría atravesar el bosque para llegar al borde de la aldea. Allí podría encontrar alimento.

Fen la rodeó de calor y le derramó su amor en la mente un instante. Después tuvo que volver su atención al asunto que tenía entre manos.

—Tatijana nos ha hecho un círculo de protección —dijo Dimitri mientras entraba en él.

Estaba vestido de manera muy parecida a Fen, con las armas escondidas pero fácilmente accesibles.

—Está preocupada y quiere que estemos lo más seguros posible. Vamos a tener que recordar todas las veces en que hemos tenido más de un enemigo. Si alguien de la manada de licántropos se da cuenta de lo que somos, todos ellos se volverán contra nosotros —le advirtió Fen.

Dimitri asintió.

—Mi intención es evitarlos.

—Sabemos que Mikhail es el objetivo. Estoy casi seguro de que Abel vino aquí con la misión de asesinar al príncipe. No puede ser algo personal, pues Mikhail es mucho más joven, y dudo que Abel se encontrara nunca con él. Pero no gana nada acabando con especies enteras.

—Pero ¿crees de verdad que alguna otra persona podría ganar algo con esto? —preguntó Dimitri—. Ya nos lo has mencionado, pero ¿quién podría ser?

—No tengo respuesta a eso, y en este punto, vamos a tener que ir por partes. Intenta recordar a Abel cuando era joven. Tiene una edad más próxima a la mía que a la tuya, pero lo debiste conocer. Cualquier cosa puede servir.

Dimitri frunció el ceño intentando evocar recuerdos olvidados. Se encogió de hombros.

—Lo único que recuerdo de él, además de que era un buen hombre que me daba respuestas prácticas cuando le preguntaba sobre diversas armas, es que una vez me llevó al lago para enseñarme a luchar en el agua.

Fen se dio la vuelta.

—El lago. Estaba obsesionado con ese lago. En aquellos tiempos cuando alguien lo necesitaba, siempre lo podían encontrar allí. Ahí está, Dimitri. Ha encontrado una guarida cerca del lago.

—Hay una isla muy pequeña en el lago; está cerca de la playa y puede estar usándola —sugirió Dimitri—. Sería algo extraño que un vampiro haga algo así. ¿No debería tener una vía de escape, una salida? No hay demasiadas cosas en esa pequeña isla, solo algunos árboles y unas cuantas rocas.

—Propongo que la inspeccionemos —dijo Fen—. Tendrá salvaguardas. Ningún carpatiano se metería bajo tierra sin salvaguardas, y él lleva siglos siéndolo. Siempre se vuelve a lo que conoce mejor.

—Hagámoslo —dijo Dimitri.

En el momento en que ambos salieron del círculo, este desapareció como si nunca hubiera existido. Antes de que se movieran, un búho se instaló en un árbol por encima de ellos. Ambos se desplegaron y se movieron rápidamente para que el animal quedara en medio. Entonces Jacques Dubrinsky se transformó y saltó a tierra cerca de Fen.

—Me ha enviado Tatijana. Me ha dicho que vais a cazar al *sange rau* y que necesitaréis sangre. También envió tu mensaje para que el príncipe se mantuviera protegido, y eso hemos hecho. ¿Has avisado a los licántropos? —dijo mientras se abría la muñeca con los dientes para ofrecérsela a Fen—. Te la ofrezco libremente —añadió siguiendo el ritual que usaban los compañeros de batallas.

Fen cogió la muñeca e ingirió una pequeña cantidad de sangre, asegurándose de que hubiera lo suficiente para su hermano, y que Jacques no se debilitara.

Fen respondió mientras Dimitri se alimentaba.

—No. Los licántropos podrían ser un problema en cierto sentido. Es mejor que se ocupen de proteger al príncipe junto a vosotros. Si Abel nos vence, dudo que deje de intentar asesinar a Mikhail. Lo mejor es que estéis todos con él. Nosotros tendremos que luchar como guardianes, no como licántropos o carpatianos, y no podemos estar preocupados de si nos están observando o no.

Jacques asintió.

—Es perfectamente lógico.

Dimitri cerró cortésmente la herida que se había hecho Jacques en la muñeca.

—Que tengas suerte en este día.

—Buena caza —respondió Jacques.

Cogió los antebrazos de Dimitri con fuerza, después hizo lo mismo con Fen. Enseguida se transformó y se elevó en el aire.

Esperaron hasta que Jacques estuvo fuera de la vista y ambos hermanos se convirtieron en búhos y se lanzaron al aire en dirección opuesta para ir hacia el lago. El bosque era muy denso, y su dosel tapaba el suelo, pero dos veces Fen percibió que había lobos por debajo. No eran animales, sino pequeños grupos de hombres lobo que se dirigían a la casa de Mikhail.

Tal vez estemos equivocados, aventuró Dimitri. Podría estar preparando un asalto sin cuartel a la casa de Mikhail.

Tiene que saber que nunca dejarían al príncipe en su casa. Ya sabemos que las salvaguardas no detienen a Abel, dijo Fen muy seguro. Es consciente de que el príncipe no está allí. Pero quiere que todo el mundo piense que eso es lo que está haciendo.

Espero que tengas razón, dijo Dimitri. Tengo un presentimiento.

Una persona con un presentimiento era malo, pero dos, peor. Fen creía en sus instintos. Sus entrañas le decían que Abel había hecho su guarida en algún lugar cerca del lago. Por más que hubiera enviado a los restos de su ejército contra los carpatianos como maniobra de distracción, debía de tener otro plan completamente diferente.

Tatijana también tuvo un presentimiento. Tendremos que tener el doble de cuidado. Abel sabe que en realidad nosotros somos los únicos que nos interponemos entre él y Mikhail, dijo Fen. Sus planes nos incluyen. Lo primero que quiere hacer es acabar con nosotros.

Juega al ajedrez, o por lo menos lo ha estudiado. Su mejor defensa es comerse a la reina. Y en este caso, nosotros somos sus reinas, especuló Dimitri. Le quedarían los alfiles, las torres y los caballos.

Fen salió del bosque y se elevó a cielo abierto en el cuerpo de un gran búho. Voló sobre praderas y granjas. Vio el pantano más abajo, y a la distancia la montaña glacial donde Bardolf había establecido su guarida.

Dimitri, desde la posición de Bardolf se podía ver tanto la casa de Mikhail como el lago.

Tienes razón. Bardolf era su centinela. Lo usaba para conseguir información. Bardolf le podía avisar si había alguien merodeando por el lago, reconoció Dimitri.

La costa occidental del lago estaba atestada de cañas. La isla parecía desierta y tenía poco que ofrecer que sirviera de escudo, pero Fen sabía que era mejor no arriesgarse. Había un banco de lodo a la izquierda de las cañas donde se veía que algo sospechoso se había deslizado por su superficie. Era como si hubieran arrastrado un cuerpo pesado desde los altos pastos que crecían en la playa hacia el banco de arena, y desde ahí lo hubieran empujado al lago.

El lago parecía bastante plácido salvo por las pequeñas olas que producía el viento. El agua era oscura, pero tenía un tono azulado. Procedía del glaciar, y Fen creía recordar que era muy fría.

¿La isla primero?, sugirió Fen. *Cúbreme la espalda. Vamos a ver qué ha hecho.*

El búho rodeó la isla volando en círculos, y se lanzó rápidamente hacia abajo con las garras extendidas en posición de ataque, como si hubiera visto a un ratón y fuera a darle caza. Pero a varios metros de la roca más grande, el ave chocó contra un campo de fuerzas invisible y salió rebotado hacia atrás. Chilló, algunas plumas cayeron flotando hasta el suelo, y tuvo que batir las alas con fuerza para volver a elevarse en el aire.

Está justo allí abajo, dijo Fen. *Y esto duele mucho. Está usando plata contra nosotros. Consiguió hacerla tan fina que era imposible verla.*

Nosotros hicimos eso mismo en la granja y después en la casa de Mikhail, recordó Dimitri. *Nos robó la idea. Pero, en qué punto de esta pequeña isla está escondido? ¿Dónde podrá estar su guarida?*

Fen estudió cada ángulo de la isla.

Esto, de algún modo, debe formar parte de su vía de escape. Aunque no me imagino cómo lo hace.

O simplemente es una trampa, o pura diversión, sugirió Dimitri.

¿Dimitri, crees que podría estar en el agua? Debajo del agua. ¿Sería posible? Estaba completamente obsesionado con el lago, y con aprender a luchar bajo el agua. La mayoría de los carpatianos lo ignoraban, pues pensaban que era una persona un poco extraña. Al fin y al cabo, ¿qué vampiro elegiría el agua como campo de batalla?, preguntó Fen mientras miraba la gran madriguera de un castor que se había construido entre las cañas.

Dimitri estudió el lago.

Una bonita trampa. Eso atraería a un vampiro. Podría matar a cualquier persona que estuviera pescando, o llevando a sus animales a beber, y tendría una gran cantidad de víctimas que elegir. Simplemente desaparecerían en el agua y nadie los encontraría nunca.

Fen señaló el lugar dónde habían deslizado algo.

Podría haber arrastrado un cuerpo hasta aquí, pero ¿para qué? No le hubiera hecho falta hacer eso.

A menos que la víctima estuviera viva, y quisiera excitarse con la adrenalina mientras la mataba. Posiblemente tortura deliberadamente a sus víctimas simplemente para divertirse, añadió Dimitri. *Sin duda es uno de los pasatiempos favoritos de los vampiros.*

Muy bien, tendremos que revisarla, dijo Fen. *En el momento en que toqué la plata, si Abel estaba cerca, probablemente se dio cuenta de que no era un búho. Es listo. Hay que olvidar cualquier excusa. Simplemente hay que darle caza sin más rodeos.*

Los hermanos se lanzaron rápidamente desde el aire y se transformaron justo antes de tocar el borde cubierto de hierba. En el momento en que sus botas pisaron una zona con vegetación, ambos sintieron que el suelo se movía por debajo de ellos. Sus botas se habían hundido un par de centímetros, pero lo justo como para que unas expectantes sanguijuelas mutadas tuvieran la oportunidad que esperaban, y salieran en tropel para subirse a sus botas, meterse por sus piernas y morderlos con gran frenesí.

Dimitri maldijo en voz baja en carpatiano antiguo.

—Detesto profundamente estas cosas. ¿Ha hecho que les salgan dientes gigantes?

Los dos hombres saltaron hacia atrás para alejarse de la orilla del lago, y de las sanguijuelas que pululaban en los agujeros que habían hecho sus botas en la pradera de hierba. Ambos tuvieron que despegarse las criaturas, matarlas y volverlas a arrojar a los agujeros.

—No me preocupan tanto sus dientes gigantescos —dijo Fen—, como lo que han inyectado en nuestros cuerpos. —Había sentido cambios en su sangre desde la primera mordedura—. ¿Puedes rastrear el virus? ¿El veneno? Ya está en tu torrente sanguíneo. No debes dejar que llegue a tu corazón.

Enseguida comenzó a rodear con energía blanca la sustancia extraña para evitar que se apoderara de sus células.

Dimitri asintió.

—No lo hubiera podido hacer si no te hubieras dado cuenta. Es un veneno muy sutil. Lo tengo contenido. Pero intenta expandirse muy rápido.

—Seguro que Abel hubiera apostado que no nos íbamos a enterar de lo que nos estaba pasando —dijo Fen—. ¿Puedes sentir las pequeñas trazas de plata que hay dentro de la sustancia? Metió en ella una aguja de plata para que nos atraviese el corazón. Es un ataque muy sutil.

—¿Funcionará? —preguntó Dimitri.

Fen se encogió de hombros.

—No lo sé, pero nos podría producir una larga agonía que nos haría desear estar muertos.

—Sabíamos que nos pondría trampas.

Esta vez cuando se acercaron al borde del agua, lo hicieron sin dejar que sus pies tocaran ningún punto de la playa. Fen soltó un breve suspiro.

—Tengo una idea que podría funcionar. Déjame intentarlo.

Tatijana, te necesito.

Estoy contigo.

Visualiza a tu dragona para mí. Debe de ser una imagen exacta.

Ella no le preguntó nada, e inmediatamente hizo lo que le había pedido. Fen le envió un saludo telepático y se volvió hacia su hermano.

—No hay nada más para esto, Dimitri, cúbreme la espalda.

No dudó, flotó por encima del agua a una cierta distancia de la orilla, se dio la vuelta por completo, y metió la cabeza y los hombros por debajo transformándose mientras lo hacía. Entonces usó la cabeza de la dragona de agua de Tatijana. Tenía una excelente visión bajo el agua.

Tardó un instante en ajustarse, y después giró la cabeza y la rotó a su alrededor para poder ver lo máximo posible. Cerca de la isla, donde el cañaveral era más denso, había una extraña guarida bajo el agua hecha con ramas de árboles y troncos caídos. Era el refugio de un castor, aunque dudaba que hubiera esos animales en el lago. Habían sido reintroducidos en algunas zonas de Rumanía, pero no en ese lugar. La estructura era muy grande, y parte de ella estaba por encima del agua, oculta por las cañas. Si era una guarida de castor, debía tener múltiples entradas y salidas.

¡Fen, sal de ahí ahora mismo!, le avisó Dimitri.

Fen salió a toda prisa del agua y se lanzó hacia el cielo a la enorme velocidad que tenía gracias a su sangre mestiza. Lo habían intentado atrapar unas mandíbulas, y no lo habían hecho por unos escasos centímetros. Había llegado a sentir en la cara el aliento caliente de la criatura, que olía a carne podrida y descompuesta. Un cocodrilo monstruoso se hundió sin hacer ningún ruido en el agua, pero Fen había alcanzado a ver que sus ojos, que tenían las pupilas muy negras y rodeadas de una aureola roja, lo estaban mirando de manera completamente malévola.

Creo que no es ninguna tontería decir que nunca ha habido cocodrilos en este lago, dijo Fen.

Seguro que te quería para cenar.

¿Cómo lo divisaste? Yo estaba mirando por debajo del agua, y no lo vi, preguntó Fen.

Estaba justo por debajo de la superficie y nadaba desde la isla. Me fijé que había unas ondas en el agua y después le vi los ojos.

Fen regresó a la playa, pero evitó acercarse a la orilla.

—Fue como una avalancha. Sin duda era Abel. Simplemente adquirió la forma de un cocodrilo. Tiene una especie de guarida por debajo del agua, y está unida a esa isla. También está parcialmente oculta por el cañaveral.

—En el agua va a tener ventaja, Fen. Creo que apareció deliberadamente para arrastrarte al fondo.

Fen suspiró.

—Lo imaginaba, pero hay que hacerlo.

Dimitri se encogió de hombros.

—Entonces hagámoslo.

Ambos hombres se volvieron a elevar en el aire, el único lugar seguro que les quedaba. Fen miró la masa de troncos, barro y ramas que tenía debajo, y estudió la estructura desde todos los ángulos. Evidentemente estaba unido a la isla, pero aún no se imaginaba cómo podía usarla Abel como vía de escape. Una buena parte de la estructura estaba construida en el cañaveral, de manera que los tallos verdes ocultaban una parte de la guarida.

Fen observó las nubes que tenía por encima. La mayoría habían pasado de grises a negras. Giraron y se agitaron impulsadas por el viento mientras se avecinaba la tormenta. Entonces levantó una mano y dirigió la energía de las nubes para que se acumulara en una bola de fuego. Los rayos iluminaban los bordes de los nubarrones. Los truenos rugían. Lanzó la bola de energía a toda velocidad para que cayera en medio de la guarida, y esta estalló en mil pedazos. Los troncos explotaron hacia afuera, y las ramas y el barro se dispersaron por el lago y el cañaveral, e incluso llegaron hasta la isla.

Por debajo de la superficie del agua se pudo ver una habitación. Dos cuerpos salieron flotando después de la explosión. Abel asesinaba gente, anclaba a sus víctimas a su guarida y evitaba que su refugio quedara a la vista. Ninguno de los dos cazadores se movieron, simplemente inspeccionaron los destrozos que había dejado la explosión buscando señales del *sangre rau*.

Un movimiento cerca del borde del cañaveral hizo que Fen se lanzara al agua a toda velocidad para ir hacia el destello delator. Enseguida saltó de las cañas derecho hacia él un veloz pez tigre, uno de los más temidos peces de agua dulce que se han encontrado en el mundo…, pero nunca en los lagos de Rumanía. El monstruo abrió las mandíbulas exhibiendo sus treinta y dos dientes, tan largos como los de un tiburón blanco, y se lanzó por el agua hacia él.

Era rápido como un rayo, y apenas se veía su dorso oliváceo. Lo único que Fen vio fueron sus dientes afilados como cuchillos que iban directamente hacia él. El agresivo y poderoso gigante era conocido por atacar y matar cocodrilos. Sin apenas labios, y con un montón de dientes por toda la mandíbula, era un pez más mortífero que la piraña, que es más pequeña, y una vez que su dentadura se clavaba en su presa, le hacía un corte tan limpio que casi parecía quirúrgico.

Fen tuvo que usar su velocidad de guardián para conseguir apartarse de su camino. Su enorme cuerpo lo sobrepasó unos metros antes de conseguir detener su embestida. Él se hundió en el agua, se puso por debajo de su vientre plateado y lo rodeó con sus brazos para agarrarlo con todas sus fuerzas.

Cuando uno de sus brazos, sus hombros, su pecho y un costado, quedaron en contacto con el pez, al instante comenzó a arder como si se hubiera levantado un fuego, y le provocó un dolor insoportable. Intentó separarse de él, pero su vientre suave no era el de un pez tigre, sino que era una fina y sólida lámina de plata. El metal le estaba quemando la piel, pero como estaba completamente pegado, era incapaz de soltarse.

El pez intentó doblar la cabeza para morderlo con sus afilados dientes, pero Fen se escondió debajo de su cuerpo teniendo que soportar un intenso dolor. Aunque bloqueó la sensación de dolor como hacen los carpatianos cuando están gravemente heridos, la plata parecía estar fundiéndose. Atravesaba sus poros y se abría camino por su cuerpo. Mientras más luchaba peor era el dolor y más profundamente penetraba la plata en su cuerpo. Abel había inventado otra forma de *moarta de argint*, literalmente muerte por plata.

Fen se obligó a mantenerse completamente quieto, mientras el pez tigre daba vueltas en círculo intentando morderlo, hasta que se lanzó a toda velocidad a través del agua, como si estuviera desesperado por deshacerse de él y escapar.

Dimitri vio que el pez iba disparado hacia el fondo del lago con su hermano aferrado de alguna manera a su vientre. El gigante nadaba directamente hacia el cañaveral donde estaba la guarida parcialmente desmantelada. Divisó el destello de un movimiento y al instante se hundió profundamente para interceptar de frente a un segundo pez tigre, e interpuso su cuerpo entre su hermano y la nueva amenaza. Rápidamente enterró la espada de plata en sus enormes mandíbulas abiertas.

Dimitri, el vientre es de plata pura. No se lo toques, le advirtió Fen. *Arráncale la cabeza, pero mantén las distancias.*

Los hombres lobo están atacando, informó Tatijana. *Viene un gran batallón hacia nosotros, tal vez sean cuarenta en total. Tres cazadores y Zev han visto a Abel. Lo está dirigiendo él mismo.*

Fen sacó su espada con la mano que tenía libre. Sentía que estaba sudando, como si eso fuera posible siendo arrastrado a gran velocidad por debajo del agua del lago. Entre el dolor que parecía seguir aumentando, y lo que pensaba que iba a ocurrir, tuvo que levantar un escudo para impedir que Tatijana supiera lo mal que estaba en realidad. Vendría a buscarlo sin importarle el peligro que tuviera que correr.

Abel ha enviado a un clon. Gregori sabrá lo que hay que hacer.

¿Estás seguro? Parece completamente real.

Fue todo lo que Fen pudo hacer para no mostrarle lo débil que estaba. En cambio apretó los dientes y se obligó a tranquilizarse.

Abel está aquí, dijo de golpe e interrumpió la comunicación.

No podía estar en dos lugares a la vez, y menos cuando Abel estaba haciendo todo lo que podía para matar a sus dos grandes amenazas.

Sin demora blandió la espada y empujó hacia arriba en un solo movimiento, y se cortó su propia piel desde el codo hasta el hombro, que se había quedado adherida al pez tigre. Se obligó a no sentir el dolor. Después consiguió hacer un segundo movimiento y se cortó desde la cintura hasta el tórax, y desde ahí hasta la parte de abajo de un brazo. Derramó un montón de sangre en el agua. El pez tigre se volvió loco, comenzó a morderse a sí mismo, y sus dientes no lo alcanzaron por pocos centímetros. Tuvo que emplear toda su disciplina para hacerse un último corte y liberarse del monstruo. Después atravesó la cabeza del gigante.

Algo ocurre por debajo de nosotros, dijo Dimitri mientras retiraba la espada de la boca del pez tigre, y se daba la vuelta para ponerse a su lado y cortarle la cabeza. *Cerca de la playa. Hay una alteración.*

Ve a ver qué ocurre. Yo sigo con esto.

Fen detuvo el flujo de sangre y se hundió profundamente ignorando las heridas que le había hecho la plata y todavía le ardían. Entonces encontró una entrada a las estancias subacuáticas que tenía la guarida de Abel. Entrar en el refugio de un vampiro era algo muy peligroso. En la primera habitación solo había agua. Parte del muro había estallado. El *sange rau* almacenaba allí su comida, y los cuerpos habían subido a la superficie.

Fen nadó a través de la entrada para acceder a la segunda habitación. Inmediatamente sintió una resistencia que lo bloqueaba. Pero hizo un gesto con la mano y enseguida aparecieron frente a él los símbolos y códigos de las salvaguardas, un poco borrosos a veces, y muy rápidos. Pero los descifró igual de rápidamente, y aun así tuvo mucho más cuidado para entrar en la segunda cámara.

Abel dormía allí. La habitación estaba oscura y húmeda, y era confortable e incluso cálida. Tenía todas las comodidades de una cueva. Fen miró a su alrededor atentamente. No había nadie, pero tampoco esperaba que se lo pusiera fácil. Era como el juego del gato y el ratón. Él iba a ser el ratón, el cebo que haría salir a Abel. Avanzó lentamente por la habitación. No había dado ni tres pasos cuando su radar se activó. Chilló. Soltó destellos. No estaba solo en los estrechos confines de esa habitación.

Abel se abalanzó sobre él desde arriba, e hizo que se cayera al suelo de la guarida. Sus garras curvadas se clavaron profundamente en su cuerpo y le produjeron un enorme desgarro. En el momento en que chocó contra el suelo, los muros de la habitación cobraron vida, y unos murciélagos evidentemente carnívoros salieron de sus lugares de descanso para unirse a su amo.

Un festín. Daros un festín, hermanos, les ordenó.

Los murciélagos se lanzaron al suelo saliendo desde todos los rincones, y saltaron sobre Fen para morderlo con todas sus fuerzas.

Dimitri salió disparado a la superficie del agua y vio que dos de los cazadores de élite, Convel y Gunnolf, estaban enredados entre las cañas. Evidentemente Zev los había enviado a explorar, y los cadáveres que habían aparecido en el lago los habían atraído a la orilla. Ambos estaban atrapados en una de las trampas de Abel. Los dos licántropos estaban retenidos por unas fuertes enredaderas que los estrangulaban con la fuerza de una anaconda.

Maldijo para sí mismo, se lanzó disparado por el aire y cayó justo detrás de uno de los licántropos, asegurándose de no tocar las cañas.

—Dejad de luchar. Lo único que haréis será empeorarlo —les aconsejó.

Ambos licántropos, que eran cazadores de élite, dejaron de moverse al instante, a pesar de que les costaba mucho porque las enredaderas seguían apretándolos tanto que estaban a punto de quebrarles los huesos.

Dimitri lo intentó con la espada, pero en el momento en que tocó las enredaderas, se dispararon otras que intentaron atraparlo. De pronto oyó un ligero murmullo, un sonido prácticamente inaudible, y se dio cuenta de que las enredaderas se comunicaban entre ellas.

Aunque no se movía, Gunnolf comenzó a hacer ruidos de dolor. Dimitri no tenía tiempo que perder, y usando su fuerza de guardián, agarró las enredaderas con las manos desnudas y las apartó del cazador rompiéndoles el tronco. Había tenido que emplear una fuerza tan tremenda que las enredaderas se desintegraron y se convirtieron en polvo. Entonces liberó al cazador, lo llevó a un lugar seguro lejos del cañaveral, y después volvió a buscar a Convel.

Las cañas habían cobrado vida y se balanceaban y estiraban intentado encontrar un objetivo. Nuevamente se lanzó muy rápido desde arriba, llegó por detrás de Convel, agarró las gruesas enredaderas y las rompió con sus propias manos. Les arrebató la presa y volvió a elevarse en el aire igual de rápido. Gracias a su enorme velocidad había logrado salvar a los dos licántropos. Las enredaderas se dispararon en todas las direcciones, pero él ya había dejado a Convel al lado de Gunnolf, y estaba lejos y a salvo.

—Gracias —le dijo Gunnolf estrechándole una mano—. Nos has salvado la vida.

Dimitri estaba impaciente por volver junto a Fen, sin embargo cogió la mano de Gunnolf. Pero el licántropo aprovechó ese momento para ponerle unas esposas de plata alrededor de las muñecas, que estaban unidas a una larga cadena. Enseguida cayó una cadena de plata por encima de su cabeza que rodeó todo su cuerpo. La cadena lo apretó con fuerza y Dimitri sintió un dolor agónico. Antes de poder llamar a Fen algo duro le golpeó la cabeza y todo se volvió negro.

—Veamos lo que hay dentro de un cazador, mascotas mías —dijo Abel sonriendo y mostrándole sus dientes manchados de color marrón.

Estaba abriendo deliberadamente el vientre de Fen. El vampiro lobo quería actuar lentamente para que sintiera un gran dolor mientras lo evisceraba. Los murciélagos descubrieron las zonas que tenía despellejadas, y se dispusieron a comérselo.

—Comerse a la gente viva es lo que mejor hacen, y yo disfruto mucho viéndolo —se mofó Abel—. No eres tan bueno como pensabas, ¿verdad?

Fen sintió un fuerte dolor que no era suyo. Pero esa sensación de agonía lo impulsó a entrar en acción sin poderlo evitar. Era un carpatiano por encima de todo, y podía bloquear el dolor de las heridas de guerra. Llevaba siglos haciéndolo. La plata era algo diferente, pero podía soportarlo hasta que pudiera hacer algo.

—¿Qué pasó con ella, Abel? —le preguntó obligándose a mantenerse tranquilo mientras profanaban su cuerpo. Consiguió estar completamente relajado y Abel sin quererlo también lo hizo—. ¿Tu compañera? ¿Qué pasó con ella?

Abel se quedó quieto. Por un instante desapareció de su rostro la expresión malévola, y se pareció un poco al cazador que él había conocido mucho tiempo atrás. El cambio que sufrió el *sange rau* fue muy breve, pero dio a Fen la milésima de segundo que necesitaba.

Lanzó un puñetazo limpio contra el pecho de Abel con la increíble fuerza de un guardián, que lo atravesó a una velocidad tan increíble que consiguió agarrarle el corazón y sacarlo de su cuerpo antes de que siquiera se diera cuenta de que lo había atacado. Cuando le sacó el corazón rodó sobre algunos murciélagos sin importarle que siguieran comiéndoselo vivo. Lo único que le importaba era destruir al *sangre rau*.

El rugido que tronó en la guarida sacudió la estructura que todavía quedaba, y muchos troncos y restos rodaron hacia el lago. Fen tenía una estaca de plata en una mano, y el corazón en la otra. Abel estaba enloquecido, forcejeaba y chillaba mientras sus terribles garras se aferraban al vientre de Fen para destrozarle todo lo que pudieran agarrar. Tenía la cara completamente crispada. Enterró la boca entre su hombro y su cuello y le arrancó grandes trozos de carne que engulló por completo.

—Vamos, arrebatárselo, mascotas mías —gritó—. ¡Mi corazón!

Fen no se atrevía a dejar el corazón en el suelo. Los murciélagos de Abel ya le estaban mordiendo el puño apretado para recuperar lo que había perdido el *sange rau*. Entonces palmeó la estaca, abrió el puño y atravesó el corazón y su propia mano hasta que el arma se clavó en el suelo.

El quejido de Abel se convirtió en un gran chillido. Se dio un golpe con ambas manos en el agujero que tenía en el pecho con el rostro sorprendido y horrorizado.

—Ve con ella, Abel. Pídele que te perdone —dijo Fen.

Con la mano que tenía libre hizo un movimiento hacia abajo y rebanó el cuello de Abel con la espada. Pero tuvo que usar la fuerza de un guardián para conseguir separarle la cabeza del cuerpo.

Estaba todo lleno de sangre. La suya. La de Abel. Estaba cansado. Demasiado cansado. Esperaba que los murciélagos saltaran sobre él para hacerlo pedazos, pero en cuanto Abel se desplomó enseguida entró más agua en la guarida, e inundó el lugar haciendo que los murciélagos se retiraran. Fen hizo un último esfuerzo y miró al cielo a través de los agujeros del techo. Los relámpagos seguían iluminando los bordes de las nubes. Los llamó para que lanzaran sus rayos sobre el cuerpo y la cabeza de Abel, y observó cómo se incineraban a pesar del agua que continuaba inundando el lugar. Parecía que hacía falta mucho tiempo y una enorme cantidad de energía para terminar de quemar su cuerpo, pero finalmente no quedaron más que cenizas.

Fen miró a su alrededor un poco sorprendido de que todo hubiera terminado. El agua estaba más roja que marrón. Cerró los ojos.

Tatijana, dama mía. No he sido capaz de cumplir con la promesa que te hice, pero sé que te amo con todo mi corazón.

Capítulo 20

*F*en, *tienes que abrir los ojos. Despierta por mí.*

Tatijana llevaba llamándolo desde hacía siete atardeceres.

La verdad es que dormía como si estuviera muerto. Sus heridas habían sido tan horribles que si Gregori no lo hubiera encontrado a tiempo habría fallecido en pocos minutos. Había sido necesario que acudieran todos los carpatianos a participar en los cánticos curativos. Todo el mundo había ido a proporcionarle fuerzas, y toda la sangre que le hiciera falta. Gregori, Tatijana, Branislava y la Madre Tierra luchaban para salvarle la vida.

—No entiendo por qué no se despierta —dijo Tatijana a Gregori con los ojos llenos de lágrimas.

Gregori le cogió una mano cariñosamente mostrándole un extraño gesto de compasión.

—Está vivo. Rejuvenece más rápido de lo que esperaba. Ahora te puedo decir, Tatijana, que no pensaba que fuera a sobrevivir. Tienes que tener paciencia. Su espíritu parece estar muy lejos, pero él sigue aguantando.

—Algunas veces casi lo puedo tocar, pero enseguida se aleja de mí —dijo ella—. Simplemente necesito que me deje estar con él un momento, y así podré sentir que vuelvo a respirar bien.

—Eso es una reacción típica que se produce entre compañeros —le aconsejó de manera muy realista—. Los efectos de estar separados demasiado tiempo pueden ser muy perjudiciales. Eres consciente de que está vivo. Y sabes que regresará a ti.

Tatijana se dio cuenta de que le estaba haciendo una advertencia. Le era difícil mantener la mente firme y concentrada cuando temía que Fen ya estuviera demasiado lejos para ella. De todos modos le había hecho una promesa, y la iba a mantener. No importaba cuánta tristeza tuviera que soportar, encontraría una manera de resistir, igual que hacía él.

La cueva de las curaciones era un lugar muy pacífico. La tierra era oscura y rica en minerales. Fen había sido directamente llevado allí por Gregori, y los demás carpatianos rápidamente se reunieron para intentar salvarlo. Tatijana se quedó horrorizada cuando lo vio. Tenía numerosas zonas del cuerpo despellejadas, y le faltaban trozos completos de carne que habían sido cubiertos con unos largos parches muy elementales. También tenía grandes heridas en los hombros y alrededor del cuello. Lo peor era su vientre. Gregori había tenido que evitar que se le salieran las tripas para transportarlo hasta la cueva.

—Tatijana —dijo Gregori bruscamente, aunque enseguida le habló con más dulzura—. Está más fuerte con cada atardecer que pasa.

—Entonces, ¿por qué su espíritu no está donde pueda acceder a él?

—No lo sé. Tal vez esté viajando por su cuenta mientras su cuerpo se cura. Míralo, rejuvenece mucho más rápido de lo que esperaba.

Ella asintió con la cabeza.

—Tienes razón. Sé que tienes razón.

Lo único que quería era abrazarlo y mantenerlo cerca de su cuerpo para sentir que su corazón latía al mismo ritmo que el suyo. Solo un momento, y así tal vez tendría menos dificultades para respirar. En ese momento le parecía que no podía respirar hondo y llenar los pulmones.

—¿Qué le vas a decir de Dimitri? —preguntó Gregori para distraerla.

Tatijana se tuvo que obligar a responder. Justamente lo que necesitaba era distraerse. Aun así, puso una mano sobre el pecho de Fen, exactamente encima de su corazón.

—Ni siquiera la joven Skyler ha podido contactar con él, y su vínculo es increíblemente fuerte. No sé cómo contarle que Dimitri fue apresado por los licántropos, y nadie, ni siquiera yo, ni su compañera, ni ninguno de nosotros, ha podido saber de él.

Se echó el pelo hacia atrás, aunque en realidad no le hacía falta. No se le había escapado ni un cabello, pero ella sentía que estaba suelto y que tenía que cubrírselo.

—Siento que le he fallado. En el momento en que supimos que Dimitri había desaparecido… cuando Vikirnoff encontró pruebas de que los licántropos lo habían apresado, tanto Bronnie como yo nos lanzamos al cielo, pero ni siquiera con nuestra visión de dragonas pudimos encontrarlo. Yo estaba tan preocupada por Fen, y me sentía tan desesperada por no poder salvarlo, que no hice que mi dragona fuera lo bastante rápida.

—Nuestros cazadores más preparados y veloces fueron tras él —señaló Gregori—. Nada había escapado nunca de tantos cazadores, pero regresaron con las manos vacías, Tatijana. No eres culpable de que Dimitri haya desaparecido.

—Zev explicó a Mikhail que lo habían apresado dos de sus cazadores de élite —dijo Tatijana negando con la cabeza—. ¿Quieren empezar una guerra? ¿No se dan cuenta de que Fen jamás se detendrá hasta traer a Dimitri de vuelta? Jamás, Gregori, y lo buscará implacablemente.

Gregori asintió.

—Soy muy consciente de ello, y también el príncipe. Zev aseguró a Mikhail que Dimitri estaría seguro por ahora. El consejo de los licántropos nos ha avisado que vendrá a reunirse con Mikhail. Los licántropos no quieren mantener una guerra contra nosotros. Ninguna de las dos especies ganaría nada. Y no querrán hacerle ningún daño mientras se esté celebrando la reunión.

—¿Por qué no podemos contactar con él? ¿Por qué no puede hacerlo Skyler?

Todavía tenía una mano sobre el pecho de Fen, y por un momento pensó que había sentido un pequeño latido, y su corazón había saltado de alegría, pero cuando lo miró, realmente no se había movido.

—Es poco más que una niña —dijo Gregori con desdén—. Dices que tienen una conexión especialmente fuerte, pero mira lo que pasa contigo y con Fen. Está aquí mismo, a tu lado, pero no se despierta para responder a tu llamada. Algunas veces el espíritu viaja por su cuenta mientras el cuerpo sana.

—¿Estás diciendo que sospechas que Dimitri podría estar tan malherido que no puede responder? —preguntó Tatijana—. Pues si ese es el caso, el tiempo es esencial y tendríamos que ir por ellos. Zev debe saber dónde lo llevaron.

—Sin duda lo sabe. Dimitri probablemente está siendo llevado ante su consejo. Es un *hän ku pesäk kaikak*, un guardián para nosotros, pero para ellos es un *sange rau* más, y les temen más que nada en el mundo —respondió Gregori.

—¿Tienen más miedo a un *sange rau* que a iniciar una guerra contra nosotros? —preguntó Tatijana.

Gregori suspiró.

—Desearía poderte responder a eso, pero Mikhail ha convocado a todos los carpatianos para que asistan a esa reunión. A los licántropos les hemos dejado muy claro que no habrá reunión si matan a Dimitri. Pero insisten en venir, lo que sería una locura si no estuviera vivo.

—Está vivo —dijo Tatijana.

Estaba cansada de explicar tanto a Mikhail como a Gregori que sabía que estaba vivo porque se lo había dicho Skyler. Ellos insistían en considerar que la compañera de Dimitri era una niña, y realmente no daban crédito a sus capacidades.

—Mikhail ha empezado a reunir a algunos de nuestros mejores cazadores sigilosamente. Una vez que Fen se despierte y sepamos que está lo suficientemente fuerte, los cazadores intentarán rastrear a Dimitri dirigidos por él. Sabemos que hay un par de licántropos por aquí cerca para vigilar que no lancemos un ataque contra su pueblo, o que intentemos vengarnos, por eso tenemos que hacer esto delante de sus narices sin que nos descubran.

Tatijana no se podía imaginar a Fen preocupándose en ningún sentido de que los licántropos pudieran descubrir que iba ir en busca de su hermano. Probablemente querría que lo supieran. Y sería absolutamente despiadado e implacable, y tal vez los licántropos necesitaban ver algo así.

Gregori pareció haber leído sus pensamientos. Se inclinó hacia adelante y sacudió la cabeza.

—No puedes dejar que vaya por su hermano sin medir las consecuencias. Si saben que vamos a buscarlo, sería muy posible que lo mataran. No sabemos dónde está. Han descubierto alguna manera de silenciarlo.

—Eso es lo más aterrador de todo —reconoció Tatijana.

Nuevamente sintió un extraño latido en la mano. Se inclinó sobre Fen y le dio un beso en la boca.

Vuelve conmigo, amor mío. Necesito saber que estás vivo.

—Creo a Zev cuando dice que no tuvo nada que ver con la captura de Dimitri. Pero aún más importante es que le cree Mikhail. Sabe cuándo la gente dice la verdad. Zev no dio la orden para que apresaran a Dimitri, ni siquiera sabía que tenía la sangre mezclada —dijo Gregori—. Sospecho que los dos licántropos observaron a Dimitri combatir, y a él no le quedó más remedio que revelarles lo que era.

—¿Sabe que Fen tiene la sangre mestiza? —preguntó Tatijana haciendo un esfuerzo para mantener la voz tranquila, pero la idea le provocó un pequeño estertor.

Felizmente Gregori fingió no advertirlo.

—No sabe que Fen y Dimitri son hermanos. No, me da la impresión de que cree que Fen se mantiene cerca de nosotros porque está enamorado de ti. Cuando habló con Mikhail le dijo que los licántropos prohibían que se formara una pareja así. Evidentemente admira y respeta a Fen, y quiere que se una a su manada de cazadores de élite.

Tatijana frunció el ceño.

—¿Prohíben a Fen que se enamore de mí simplemente porque soy carpatiana? ¿No es algo un poco arcaico?

—Saben que los carpatianos intercambiamos sangre.

—Estaban muy contentos cuando recibieron nuestra sangre para curarse las heridas —siseó Tatijana.

Nuevamente el corazón de Fen palpitó. Ella apretó la palma de su mano con fuerza contra su pecho, y casi pega un chillido. Eso tenía que ser un latido. No estaba equivocada. Sintió que le picaban los ojos por estar llenos de lágrimas y se le formó un nudo en la garganta. Estaba vivo. Se estaba acercando a la realidad.

Fen de pronto se movió. Tenía el cuerpo todavía cubierto con el rico barro reparador de la Madre Tierra. Tatijana pegó un grito de alegría. Las pestañas de Fen parpadearon y la miró. Tenía la cara muy pálida y arrugas que no existían antes, pero le sonrió.

—Es la vista más hermosa que podría tener para despertarme, dama mía.

—Y yo creo que eres muy guapo.

Tatijana no iba a gritar, pero mantuvo la palma de su mano apoyada en su pecho, pues necesitaba asegurarse de que su corazón latía con fuerza. Para ella su sonido era verdadera música.

—Has regresado con nosotros —observó Gregori sin que sus ojos plateados se perdieran nada de lo que estaba pasando. Fen estaba respirando un poco superficialmente, y todavía tenía dolores, pero estaba muy consciente de todo lo que ocurría a su alrededor—. ¿Qué parte de la conversación has podido escuchar?

—Lo suficiente como para saber... —Fen tuvo que hacer un esfuerzo para recuperar la voz— que en primer lugar tenemos que descubrir por qué había dos licántropos en el lago. ¿Cómo sabían dónde creíamos que se encontraba la guarida del último *sange rau*? Dimitri y yo lo descubrimos porque conocimos a Abel cuando era joven.

—Una muy buena pregunta —aceptó Gregori.

—Si Zev no sabía dónde estábamos, y no envió a esos cazadores a ayudarnos, ¿por qué no estaban junto a su manada combatiendo contra los lobos renegados? —preguntó Fen—. Zev controla a la manada alfa, y es un gran jefe. Ningún macho alfa que se respete jamás permitiría que algunos miembros de su manada deserten en pleno combate y se vayan sin decir una palabra.

—Zev se marchó rápidamente. Me pregunto si se estaba haciendo las mismas preguntas —reflexionó Gregori—. No estaba contento.

—Estoy seguro de que no lo estaba. Si algunos miembros de su manada apresaron a alguien y no se lo comunicaron... eso significa que se produjo un motín. Desafiaron su liderazgo. Esos dos licántropos están enfrentándose a Zev para conseguir la posición de líder —explicó Fen—. El mejor cazador siempre es el explorador, y por lo tanto el macho alfa.

—¿Nos has estado escuchando? —exclamó Tatijana todavía reaccionando—. ¿Has escuchado la conversación?

—Me llamaste y parecías muy nerviosa —dijo Fen—. Evidentemente vine.

—Fen, llevo llamándote desde los últimos siete atardeceres.

Fen frunció el ceño.

—¿De verdad? Lo siento, Tatijana. No era consciente del tiempo que había pasado. Cuando tu espíritu deambula se pierde la noción del tiempo. Estaba buscando a mi hermano.

—¿Sabías que Dimitri había desaparecido? —preguntó Tatijana abriendo los ojos como platos y un poco acusatoria, aunque no pudo evitar darle un montón de besos en la cara—. Me diste un susto de muerte.

—Lo siento. No puedo estar en dos lugares a la vez, y estaba demasiado débil. Mi cuerpo tenía que curarse. Pensaba que no había estado fuera demasiado tiempo. —Le cogió la mano—. No me gusta hacer que te sientas inquieta.

Intentó sentarse, pero Gregori le puso una mano en el pecho.

—Todavía no. Quiero asegurarme de que todo está curando correctamente.

Fen miró a su alrededor.

—Me habéis traído a la cueva de las curaciones; debí haber quedado bastante destrozado esta vez.

—Has estado fuera desde hace siete atardeceres —repitió Tatijana.

—Estaba buscando a Dimitri —volvió a explicar Fen con la voz más fuerte—. Cuando estaba en la guarida con Abel, durante un instante sentí que Dimitri estaba sufriendo un enorme dolor. Percibí intensamente la quemazón que produce la plata, y abarcaba todo su cuerpo. Inmediatamente supe que estaba envuelto en ella, y eso solo podía significar una cosa... que lo habían hecho prisionero.

—Podías habérmelo hecho saber —dijo Tatijana—. Soy tu compañera, Fen.

—Para ella no ha sido fácil —añadió Gregori—. Tu espíritu estaba muy lejos y en algunos momentos parecía que se había desvanecido.

—Lo siento. —Fen ignoró la advertencia de Gregori y se sentó con cuidado. Su vientre protestó, pero consiguió hacerlo. Cogió una mano de Tatijana y se la llevó a la boca para besarle los dedos—. No quería que te preocuparas. Pensaba que una vez que mi cuerpo se curara, mi espíritu lo encontraría y podríamos ir a buscarlo.

Tatijana forzó una sonrisa. Ahora que Fen estaba vivo y hablaba, afloraron todas las noches de tensión y la enorme tristeza que la habían tenido hundida.

—Estás vivo, Fen. Eso es lo único que realmente me importa. Eso, y que traigamos de vuelta a Dimitri.

—Tendré que ir a buscarlo, Tatijana —dijo Fen.

—¿Cómo le vas a seguir el rastro si no puedes encontrar su espíritu? —preguntó Gregori—. Enviamos a Tomas, Andre, Mataias y a Lojos para que fueran tras él. Pero no encontramos ni el menor rastro. ¿Tienes alguna idea de dónde lo pueden tener?

Fen suspiró y negó moviendo la cabeza.

—No, y el consejo es muy secreto. Si lo están llevando ante el consejo, será extremadamente difícil encontrarlo.

—El consejo vendrá aquí —le aseguró Gregori—. No creo que permitan que le ocurra nada a Dimitri antes o durante la reunión, de manera que tenemos tiempo. Zev les está llevando el mensaje. Y es bastante estricto. Mikhail no se muerde la lengua.

El curandero se levantó y se estiró. Era una de las pocas veces en que Tatijana había visto que pareciera cansado.

—Os dejaré solos, pero Tatijana, no permitas que esté demasiado tiempo despierto. Le he dado sangre, pero tiene que dejar tranquilo su cuerpo para que haga su trabajo. Te has curado sorprendentemente rápido —añadió.

—Gracias —dijo Tatijana que también se puso de pie y dio un abrazo a Gregori, aunque le pareció que estaba abrazando a un roble—. Lo salvaste.

—Ha sido un esfuerzo colectivo —dijo Gregori—, pero probablemente fue una de las batallas más difíciles en las que he tenido que luchar.

Gregori le dio una palmada torpe en la espalda. Evidentemente estaba acostumbrado a estar con su compañera y sus hijas, pero con muy pocas otras mujeres. Aun así, ella estaba agradecida. Había venido cada día a la cueva de las curaciones y se sentaba a su lado a esperar. Bronnie también había pasado mucho tiempo con ella, y cuando no estaba físicamente presente, la tranquilizaba y reconfortaba telepáticamente.

Cuando se quedaron solos, Tatijana puso una mano en un hombro de Fen e hizo que se recostara. En cuanto estuvo cómodo se acurrucó a su lado con mucho cuidado de no apretarle ninguno de los puntos de su cuerpo que habían sufrido heridas terribles. Le puso una mano sobre el corazón. Necesitaba sentir sus latidos firmes.

—La próxima vez, si la hay, aunque no te voy a permitir que te alejes de mi vista durante un tiempo, prométeme que antes de que te vayas a deambular por la oscuridad, me harás saber que vas a volver a mi lado —dijo Tatijana y cerró los ojos.

Tatijana quería disfrutar de la sensación de estar junto a él vivo y despierto. Le pareció que estaba muy fuerte. Dejó que su corazón se acompasara con el ritmo firme del de Fen, simplemente para sentirse segura.

—De verdad que lo lamento, *sívamet* —le repitió sinceramente y volvió la cabeza para mirarle los ojos—. Nunca te haré ningún daño a propósito. No tenía sentido del tiempo. Podría haberme ido meses, o tan solo unos minutos. Pero volví en cuanto te escuché.

Tatijana se sobresaltó al ver sus ojos de color azul glaciar que le transmitían un amor intenso, real y salvaje. Nunca le había intentado ocultar las emociones que sentía hacia ella. Su amor era algo con lo que ella había llegado a contar sin siquiera darse cuenta.

—No sabía que me iba a sentir así, Fen —reconoció ella—. Cuando te vi la primera vez y me sentí atraída por ti, no quería correr ningún riesgo. Y cuando te conocí y te dije que no quería ser reclamada, ni en un millón de años se me hubiera ocurrido que fuera a sentirme de esta manera.

Fen se inclinó hacia ella para besarle la sien.

—Hombre lobo puede ser muy persuasivo.

—Recuperaremos a Dimitri, ya lo sabes —afirmó rotundamente Tatijana.

Fen asintió con la cabeza.

—Sé que lo haremos. Eres una cazadora de dragones y yo soy un guardián. Juntos lo vamos a encontrar.

Ella entrelazó sus dedos con los de él y los apretó con fuerza. Le creía. Creía en él. Iban a encontrar a Dimitri porque Fen no se daría nunca por vencido, y allá donde tuviera que ir de caza, ella pretendía estar siempre a su lado.

—Vuélvete a dormir, Fen —dijo con la voz muy suave y cargada de amor—. Mientras más rápido te cures antes podremos comenzar. Estaré todo el tiempo aquí contigo para velar por ti.

Fen le esbozó una breve sonrisa pero no protestó. Ella observó cómo cerraba los ojos. En pocos minutos parecía como si su corazón hubiera dejado de latir, y que ya no salía ni entraba aire de sus pulmones.

Tatijana se sentía muy contenta por estar acostada a su lado. Sabía que estaba vivo y eso era lo único que le importaba. Fenris Dalka. Su compañero.

Apéndice *1*

Cánticos carpatianos de sanación

Para comprender correctamente los cánticos carpatianos de sanación, se requiere conocer varias áreas.

- Las ideas carpatianas sobre sanación
- El «Cántico curativo menor» de los carpatianos
- El «Gran cántico de sanación» de los carpatianos
- Estética musical carpatiana
- Canción de cuna
- Canción para sanar la Tierra
- Técnica carpatiana de canto
- Técnicas de los cantos carpatianos

Las ideas carpatianas sobre sanación

Los carpatianos son un pueblo nómada cuyos orígenes geográficos se encuentran al menos en lugares tan distantes como los Urales meridionales (cerca de las estepas de la moderna Kazajstán), en la frontera entre Europa y Asia. (Por este motivo, los lingüistas de hoy en día llaman a su lengua «protourálica», sin saber que esta es la lengua de los carpatianos.) A diferencia de la mayoría de pueblos nómadas, las andanzas de los carpatianos no respondían a la necesidad de encontrar nuevas tierras de pastoreo para adaptarse a los cambios de las estaciones y del clima o para mejorar el comercio. En vez de ello, tras los movimientos de los carpatianos había un gran objetivo: encontrar un lugar con tierra adecuada, un terreno cuya riqueza sirviera para potenciar los poderes rejuvenecedores de la especie.

A lo largo de los siglos, emigraron hacia el oeste (hace unos seis mil años) hasta que por fin encontraron la patria perfecta —su «susu»— en los Cárpatos, cuyo largo arco protegía las exuberantes praderas del reino de Hungría. (El reino de Hungría prosperó durante un milenio —convirtiendo el húngaro en lengua dominante en la cuenca cárpata—, hasta que las tierras del reino se escindieron en varios países tras la Primera Guerra Mundial: Austria, Checoslovaquia, Rumania, Yugoslavia y la moderna Hungría.)

Otros pueblos de los Urales meridionales (que compartían la lengua carpatiana, pero no eran carpatianos) emigraron en distintas direcciones. Algunos acabaron en Finlandia, hecho que explica que las lenguas húngara y finesa modernas sean descendientes contemporáneas del antiguo idioma carpatiano. Pese a que los carpatianos están vinculados a la patria carpatiana elegida, sus desplazamientos continúan, ya que recorren el mundo en busca de respuestas que les permitan alumbrar y criar a sus vástagos sin dificultades.

Dados sus orígenes geográficos, las ideas sobre sanación del pueblo carpatiano tienen mucho que ver con la tradición chamánica eruoasiática más amplia. Probablemente la representación moderna más próxima a esa tradición tenga su base en Tuva: lo que se conoce como «chamanismo tuvano».

La tradición chamánica euroasiática —de los Cárpatos a los chamanes siberianos— consideraba que el origen de la enfermedad se encuentra en el alma humana, y solo más tarde comienza a manifestar diversas patologías físicas. Por consiguiente, la sanación chamánica, sin descuidar el cuerpo, se centraba en el alma y en su curación. Se entendía que las enfermedades más profundas estaban ocasionadas por «la marcha del alma», cuando alguna o todas las partes del alma de la persona enferma se ha alejado del cuerpo (a los infiernos) o ha sido capturada o poseída por un espíritu maligno, o ambas cosas.

Los carpatianos pertenecían a esta tradición chamánica euroasiática más amplia y compartían sus puntos de vista. Como los propios carpatianos no sucumbían a la enfermedad, los sanadores carpatianos comprendían que las lesiones más profundas iban acompañadas, además, de una «partida del alma» similar.

Una vez diagnosticada la «partida del alma», el sanador chamánico ha de realizar un viaje espiritual que se adentra en los infiernos, para recuperar el alma. Es posible que el chamán tenga que superar retos tremendos a lo largo del camino, como enfrentarse al demonio o al vampiro que ha poseído el alma de su amigo.

La «partida del alma» no significaba que una persona estuviera necesariamente inconsciente (aunque sin duda también podía darse el caso). Se entendía que, aunque una persona pareciera consciente, incluso hablara e interactuara con los demás, una parte de su alma podía encontrarse ausente. De cualquier modo, el sanador o chamán experimentado veía el problema al instante, con símbolos sutiles que a los demás podrían pasárseles por alto: pérdidas de atención esporádicas de la persona, un descenso de entusiasmo por la vida, depresión crónica, una disminución de luminosidad del «aura», y ese tipo de cosas.

El cántico curativo menor de los carpatianos

El *Kepä Sarna Pus* (El «Cántico curativo menor») se emplea para las heridas de naturaleza meramente física. El sanador carpatiano sale de su cuerpo y entra en el cuerpo del carpatiano herido para curar grandes heridas mortales desde el interior hacia fuera, empleando energía pura. El curandero proclama: «Ofrezco voluntariamente mi vida a cambio de tu vida», mientras dona sangre al carpatiano herido. Dado que los carpatianos provienen de la tierra y están vinculados a ella, la tierra de su patria es la más curativa. También emplean a menudo su saliva por sus virtudes rejuvenecedoras.

Asimismo, es común que los cánticos carpatianos (tanto el menor como el gran cántico) vayan acompañados del empleo de hierbas curativas, aromas de velas carpatianas, y cristales. Los cristales (en combinación con la conexión empática y vidente de los carpatianos con el universo) se utilizan para captar energía positiva del entorno, que luego se aprovecha para acelerar la sanación. A veces se los usa como de escenario para la curación.

El cántico curativo menor fue empleado por Vikirnoff von Shrieder y Colby Jansen para curar a Rafael De La Cruz, a quien un vampiro había arrancado el corazón en el libro titulado *Secreto Oscuro*.

Kepä Sarna Pus (El cántico curativo menor)

El mismo cántico se emplea para todas las heridas físicas. Habría que cambiar «sívadaba» [«dentro de tu corazón»] para referirse a la parte del cuerpo herida, fuera la que fuese.

Kuñasz, nélkül sivdobbanás, nélkül fesztelen löyly.
Yaces como si durmieras, sin latidos de tu corazón, sin aliento etéreo.
[Yacer-como-si-dormido-tú, sin corazón-latido, sin aliento etéreo.]

Ot élidamet andam szabadon élidadért.
Ofrezo voluntariamente mi vida a cambio de tu vida.
[Vida-mía dar-yo libremente vida-tuya-a cambio.]

O jelä sielam jörem ot ainamet és soŋe ot élidadet.
Mi espíritu de luz olvida mi cuerpo y entra en tu cuerpo.
[El sol-alma-mía olvidar el cuerpo-mío y entrar el cuerpo-tuyo.]

O jelä sielam pukta kinn minden szelemeket belső.
Mi espíritu de luz hace huir todos los espíritus oscuros de dentro hacia fuera.
[El sol-alma-mía hacer-huir afuera todos los fantasma-s dentro.]

Pajńak o susu hanyet és o nyelv nyálamet sívadaba.
Comprimo la tierra de nuestra patria y la saliva de mi lengua en tu
    corazón.
[Comprimir-yo la patria tierra y la lengua saliva-mía corazón-tuyo-dentro.]

Vii, o verim soŋe o verid andam.
Finalmente, te dono mi sangre como sangre tuya.
[Finalmente, la sangre-mía reemplazar la sangre-tuya dar-yo.]

Para oír este cántico, visitar el sitio:
http://www.christinefeehan.com/members/.

El gran cántico de sanación de los carpatianos

El más conocido —y más dramático— de los cánticos carpatianos de sanación era el *En Sarna Pus* (El «Gran cántico de sanación»). Esta salmodia se reservaba para la recuperación del alma del carpatiano herido o inconsciente.

La costumbre era que un grupo de hombres formara un círculo alrededor del carpatiano enfermo (para «rodearle de nuestras atenciones y compasión») e iniciara el cántico. El chamán, curandero o líder es el principal protagonista de esta ceremonia de sanación. Es él quien realiza el viaje espiritual al interior del averno, con la ayuda de su clan. El propósito es bailar, cantar, tocar percusión y salmodiar extasiados, visualizando en todo momento (mediante las palabras del cántico) el viaje en sí —cada paso, una y otra vez—, hasta el punto en que el chamán, en trance, deja su cuerpo y realiza el viaje. (De hecho, la palabra «éxtasis» procede del latín *ex statis*, que significa literalmente «fuera del cuerpo».)

Una ventaja del sanador carpatiano sobre otros chamanes es su vínculo telepático con el hermano perdido. La mayoría de los chamanes deben vagar en la oscuridad de los infiernos, a la búsqueda del hermano perdido, pero el curandero carpatiano «oye» directamente en su mente la voz de su hermano perdido llamándole, y de este modo puede concentrarse de pleno en su alma como si fuera la señal de un faro. Por este motivo, la sanación carpatiana tiende a dar un porcentaje de resultados más positivo que la mayoría de tradiciones de este tipo.

Resulta útil analizar un poco la geografía del «averno» para poder comprender mejor las palabras del Gran cántico. Hay una referencia al «Gran Árbol» (en carpatiano: *En Puwe*). Muchas tradiciones antiguas, incluida la tradición carpatiana, entienden que los mundos —los mundos del Cielo, nuestro mundo y los avernos— cuelgan de un gran mástil o eje, un árbol. Aquí en la Tierra, nos situamos a media altura de este árbol, sobre una de sus ramas, de ahí que muchos textos antiguos se refieran a menudo al mundo material como la «tierra media»: a medio camino entre el cielo y el infierno. Trepar por el árbol llevaría a los cielos. Descender por el árbol, a sus raíces, llevaría a los infiernos. Era necesario que el chamán fuera un maestro en el movimiento ascendente y descendente por el Gran Árbol; debía moverse a veces sin ayuda, y en ocasiones asistido por la guía del espíritu de un animal (incluso montado a lomos de él). En varias tradiciones, este Gran Árbol se conocía como el *axis mundi* (el «eje de los mundos»), Ygddrasil (en la mitología escandinava), monte Meru (la montaña sagrada de la tradición tibetana), etc. También merece la pena compararlo con el cosmos cristiano: su cielo, purgatorio/tierra e infierno. Incluso se le da una topografía similar en la *La divina comedia* de Dante: a Dante le llevan de viaje primero al infierno, situado en el centro de la Tierra; luego, más arriba, al monte del Purgatorio, que se halla en la superficie de la Tierra justo al otro lado de Jerusalén; luego continúa subiendo, primero al Edén, el paraíso terrenal, en la cima del monte del Purgatorio, y luego, por fin, al cielo.

La tradición chamanística entendía que lo pequeño refleja siempre lo grande; lo personal siempre refleja lo cósmico. Un movimiento en las dimensiones superiores del cosmos coincide con un movimiento interno. Por ejemplo, el *axis mundi* del cosmos se corresponde con la columna vertebral del individuo. Los viajes arriba y abajo del *axis mundi* coinciden a menudo con el movimiento de energías naturales y espirituales (a menudo denominadas *kundalini* o *shakti*) en la columna vertebral del chamán o místico.

En Sarna Pus (El gran cántico de sanación)

En este cántico, ekä («hermano») se reemplazará por «hermana», «padre», «madre», dependiendo de la persona que se vaya a curar.

Ot ekäm ainajanak hany, jama.
El cuerpo de mi hermano es un pedazo de tierra próximo a la muerte.
[El hermano-mío cuerpo-suyo-de pedazo-de-tierra, estar-cerca-muerte.]

Me, ot ekäm kuntajanak, pirädak ekäm, gond és irgalom türe.
Nosotros, el clan de mi hermano, le rodeamos de nuestras atenciones y
  compasión.
[Nosotros, el hermano-mío clan-suyo-de, rodear hermano-mío, atención
  y compasión llenos.]

O pus wäkenkek, ot oma śarnank, és ot pus fünk, álnak ekäm ainajanak,
  pitänak ekäm ainajanak elävä.
Nuestras energías sanadoras, palabras mágicas ancestrales y hierbas
  curativas bendicen el cuerpo de mi hermano, lo mantienen con vida.
[Los curativos poder-nuestro-s, las ancestrales palabras-de-magia-nues-
  tra, y las curativas hierbas-nuestras, bendecir hermano-mío cuerpo-
  suyo-de, mantener hermano-mío cuerpo-suyo-de vivo.]

Ot ekäm sielanak pälä. Ot omboće päläja juta alatt o jüti, kinta, és
  szelemek lamtijaknak.
Pero el cuerpo de mi hermano es solo una mitad. Su otra mitad vaga por
  el averno.
[El hermano-mío alma-suya-de (es) media. La otra mitad-suya vagar por
  la noche, bruma, y fantasmas infiernos-suyos-de.]

Ot en mekem ŋamaŋ: kulkedak otti ot ekäm omboće päläjanak.

Este es mi gran acto. Viajo para encontrar la otra mitad de mi hermano.

[El gran acto-mío (es) esto: viajar-yo para-encontrar el hermano-mío otra mitad-suya-de.]

Rekatüre, saradak, tappadak, odam, kaŋa o numa waram, és avaa owe o lewl mahoz.

Danzamos, entonamos cánticos, soñamos extasiados, para llamar a mi pájaro del espíritu y para abrir la puerta al otro mundo.

[Éxtasis-lleno, bailar-nosotros, soñar-nosotros, para llamar al dios pájaro-mío, y abrir la puerta espíritu tierra-a.]

Ntak o numa waram, és mozdulak, jomadak.

Me subo a mi pájaro del espíritu, empezamos a movernos, estamos en camino.

[Subir-yo el dios pájaro-mío, y empezar-a-mover nosotros, estar-en camino-nosotros.]

Piwtädak ot En Puwe tyvinak, ećidak alatt o jüti, kinta, és szelemek lamtijaknak.

Siguiendo el tronco del Gran Árbol, caemos en el averno.

[Seguir-nosotros el Gran Árbol tronco-de, caer-nosotros a través la noche, bruma y fantasmas infiernos-suyos-de.]

Fázak, fázak nó o śaro.

Hace frío, mucho frío.

[Sentir-frío-yo, sentir-frío-yo como la nieva helada.]

Juttadak ot ekäm o akarataban, o sívaban, és o sielaban.

Mi hermana y yo estamos unidos en mente, corazón y alma.

[Ser-unido-a-Yo el hermano-mío la mente-en, el corazón-en, y el alma-en.]

Ot ekäm sielanak kaŋa engem.

El alma de mi hermano me llama.

[El hermano-mío alma-suya-de llamar-a mí.]

Kuledak és piwtädak ot ekäm.
Oigo y sigo su estela.
[Oír-yo y seguir-el-rastro-de-yo el hermano-mío.]

Sayedak és tuledak ot ekäm kulyanak.
Encuentro el demonio que está devorando el alma de mi hermano.
[Llegar-yo y encontrar-yo el hermano-mío demonio-quien-devora-alma-
    suya-de.]

Nenäm ċoro; o kuly torodak.
Con ira, lucho con el demonio.
[Ira-mí fluir; el demonio-quien-devorar-almas combatir-yo.]

O kuly pél engem.
Le inspiro temor.
[El demonio-quien-devorar-almas temor-de mí.]

Lejkkadak o kaŋka salamaval.
Golpeo su garganta con un rayo.
[Golpear-yo la garganta-suya rayo-de-luz-con.]

Molodak ot ainaja komakamal.
Destrozo su cuerpo con mis manos desnudas.
[Destrozar-yo el cuerpo-suyo vacías-mano-s-mía-con.]

Toja és molanâ.
Se retuerce y se viene abajo.
[(Él) torcer y (él) desmoronar.]

Hän ċaδa.
Sale corriendo.
[Él huir.]

Manedak ot ekäm sielanak.
Rescato el alma de mi hermano.
[Rescatar-yo el hermano-mío alma-suya-de.]

Aladak ot ekäm sielanak o komamban.
Levanto el alma de mi hermana en el hueco de mis manos.
[Levantar-yo el hermano-mío alma-suya-de el hueco-de-mano-mía-en.]

Aladam ot ekäm numa waramra.
Le pongo sobre mi pájaro del espíritu.
[Levantar-yo el Hermano-mío dios pájaro-mío-encima.]

Piwtädak ot En Puwe tyvijanak és sayedak jälleen ot elävä ainak majaknak.
Subiendo por el Gran Árbol, regresamos a la tierra de los vivos.
[Seguir-nosotros el Gran Árbol tronco-suyo-de, y llegar-nosotros otra
    vez el vivo cuerpo-s tierra-suya-de.]

Ot ekäm elä jälleen.
Mi hermano vuelve a vivir.
[El hermano-mío vive otra vez.]

Ot ekäm weńca jälleen.
Vuelve a estar completo otra vez.
[El hermano-mío (es) completo otra vez.]

Para escuchar este cántico visitar el sitio
http://www.christinefeehan.com/members/.

Estética musical carpatiana

En los cantos carpatianos (como en «Canción de cuna» y «Canción para
sanar la Tierra»), encontraremos elementos compartidos por numerosas tradiciones musicales de la región de los Urales, algunas todavía existentes, desde el este de Europa (Bulgaria, Rumania, Hungría, Croacia, etc.) hasta los
gitanos rumanos. Algunos de estos elementos son:

- La rápida alternancia entre las modalidades mayor y menor, lo cual
  incluye un repentino cambio (denominado «tercera de Picardía») de
  menor a mayor para acabar una pieza o sección (como al final de
  «Canción de cuna»)
- El uso de armonías cerradas

- El uso del *ritardo* (ralentización de una pieza) y *crescendo* (aumento del volumen) durante breves periodos
- El uso de *glissando* (deslizamiento) en la tradición de la canción
- El uso del gorjeo en la tradición de la canción
- El uso de quintas paralelas (como en la invocación final de la «Canción para sanar la Tierra»)
- El uso controlado de la disonancia
- Canto de «Llamada y respuesta» (típico de numerosas tradiciones de la canción en todo el mundo)
- Prolongación de la duración de un verso (agregando un par de compases) para realzar el efecto dramático
- Y muchos otros.

«Canción de cuna» y «Canción para sanar la Tierra» ilustran dos formas bastante diferentes de la música carpatiana (una pieza tranquila e íntima y una animada pieza para un conjunto de voces). Sin embargo, cualquiera que sea la forma, la música carpatiana está cargada de sentimientos.

Canción de cuna

Es una canción entonada por las mujeres cuando el bebé todavía está en la matriz o cuando se advierte el peligro de un aborto natural. El bebé escucha la canción en el interior de la madre y esta se puede comunicar telepáticamente con él. La canción de cuna pretende darle seguridad al bebé y ánimos para permanecer donde está, y darle a entender que será protegido con amor hasta el momento del nacimiento. Este último verso significa literalmente que el amor de la madre protegerá a su bebé hasta que nazca (o «surja»).

En términos musicales, la «Canción de cuna» carpatiana es un compás de 3/4 («compás del vals»), al igual que una proporción importante de las canciones de cuna tradicionales en todo el mundo (de las cuales quizá la «Canción de cuna», de Brahms, es la más conocida). Los arreglos para una sola voz recuerdan el contexto original, a saber, la madre que canta a su bebé cuando está a solas con él. Los arreglos para coro y conjunto de violín ilustran la musicalidad de hasta las piezas carpatianas más sencillas, y la facilidad con que se prestan a arreglos instrumentales u orquestales. (Numerosos compositores contemporáneos, entre ellos, Dvorak y Smetana, han explotado un hallazgo similar y han trabajado con otras músicas tradicionales del este de Europa en sus poemas sinfónicos.)

Odam-Sarna Kondak (Canción de cuna)

Tumtesz o wäke ku pitasz belső.
Siente tu fuerza interior

Hiszasz sívadet. Én olenam gæidnod
Confía en tu corazón. Yo seré tu guía

Sas csecsemõm, kuńasz
Calla, mi niño, cierra los ojos.

Rauho joŋe ted.
La paz será contigo

Tumtesz o sívdobbanás ku olen lamt3ad belső
Siente el ritmo en lo profundo de tu ser

Gond-kumpadek ku kim te.
Olas de amor te bañan.

Pesänak te, asti o jüti, kidüsz
Protegido, hasta la noche de tu alumbramiento

Para escuchar esta canción, ir a:
http://www.christinefeehan.com/members/.

Canción para sanar la tierra

Se trata de la canción curativa de la tierra cantada por las mujeres carpatianas para sanar la tierra contaminada por diversas toxinas. Las mujeres se sitúan en los cuatro puntos cardinales e invocan el universo para utilizar su energía con amor y respeto. La tierra es su lugar de descanso, donde rejuvenecen, y deben hacer de ella un lugar seguro no sólo para sí mismas, sino también para sus hijos aún no nacidos, para sus compañeros y para sus hijos vivos. Es un bello ritual que llevan a cabo las mujeres, que juntas elevan sus voces en un canto armónico. Piden a las sustancias minerales y a las propiedades curativas de la Tierra que se manifiesten para ayudarlas a salvar a sus hijos, y bailan y cantan para sanar la tierra en una ceremonia tan antigua como su propia especie. La danza y las notas de la canción varían dependiendo de las toxinas que captan las mujeres a través de los pies descalzos. Se colocan los pies siguiendo un determinado patrón y a lo largo del baile las manos urden un hechizo con elegantes movimientos. Deben tener especial cuidado cuando preparan la tierra para un bebé. Es una ceremonia de amor y sanación.

Musicalmente, se divide en diversas secciones:

- **Primer verso:** Una sección de «llamada y respuesta», donde la cantante principal canta el solo de la «llamada», y algunas o todas las mujeres cantan la «respuesta» con el estilo de armonía cerrada típico de la tradición musical carpatiana. La respuesta, que se repite —*Ai Emä Maye*— es una invocación de la fuente de energía para el ritual de sanación: «Oh, Madre Naturaleza».
- **Primer coro:** Es una sección donde intervienen las palmas, el baile y antiguos cuernos y otros instrumentos para invocar y potenciar las energías que invoca el ritual.
- **Segundo verso**
- **Segundo coro**
- **Invocación final:** En esta última parte, dos cantantes principales, en estrecha armonía, recogen toda la energía reunida durante las anteriores partes de la canción/ritual y la concentran exclusivamente en el objetivo de la sanación.

Lo que escucharéis son breves momentos de lo que normalmente sería un ritual bastante más largo, en el que los versos y los coros intervienen una y otra vez, y luego acaban con el ritual de la invocación final.

Sarna Pusm O Mayet (**Canción de sanación de la tierra**)

Primer verso
Ai Emä Maye,
Oh, Madre Naturaleza,

Me sívadbin lañaak.
Somos tus hijas bienamadas.

Me tappadak, me pusmak o mayet.
Bailamos para sanar la tierra.

Me sarnadak, me pusmak o hanyet.
Cantamos para sanar la tierra.

Sielanket jutta tedet it,
Ahora nos unimos a ti,

Sívank és akaratank és sielank juttanak.
Nuestros corazones, mentes y espíritus son uno.

Segundo verso
Ai Emä Maye,
«Oh, Madre Naturaleza»,

Me sívadbin lañaak.
somos tus hijas bienamadas.

Me andak arwadet emänked és me kaŋank o
Rendimos homenaje a nuestra Madre, invocamos

Põhi és Lõuna, Ida és Lääs.
el norte y el sur, al este y el oeste.

Pide és aldyn és myös belső.
Y también arriba, abajo y desde dentro.

Gondank o mayenak pusm hän ku olen jama.
Nuestro amor de la Tierra curará lo malsano.

Juttanak teval it,
Ahora nos unimos a ti,

Maye mayeval
de la tierra a la tierra

O pirä elidak weńća
El ciclo de la vida se ha cerrado.

Para escuchar esta canción, ir a http://www.christinefeehan.com/members/.

Técnica carpatiana de canto

Al igual que sucede con las técnicas de sanación, la «técnica de canto» de los carpatianos comparte muchos aspectos con las otras tradiciones chamánicas de las estepas de Asia Central. El modo primario de canto era un cántico gutural con empleo de armónicos. Aún pueden encontrarse ejemplos modernos de esta forma de cantar en las tradiciones mongola, tuvana y tibetana. Encontraréis un ejemplo grabado de los monjes budistas tibetanos de Gyuto realizando sus cánticos guturales en el sitio: http://www. christinefeehan.com/carpathian_chanting/.

En cuanto a Tuva, hay que observar sobre el mapa la proximidad geográfica del Tíbet con Kazajstán y el sur de los Urales.

La parte inicial del cántico tibetano pone el énfasis en la sincronía de todas las voces alrededor a un tono único, dirigido a un «chakra» concreto del cuerpo. Esto es típico de la tradición de cánticos guturales de Gyuto, pero no es una parte significativa de la tradición carpatiana. No obstante, el contraste es interesante.

La parte del ejemplo de cántico Gyuto más similar al estilo carpatiano es la sección media donde los hombres están cantando juntos pronunciando con gran fuerza las palabras del ritual. El propósito en este caso no es generar un «tono curativo» que afecte a un «chakra» en concreto, sino generar el máximo poder posible para iniciar el viaje «fuera del cuerpo» y para combatir las fuerzas demoníacas que el sanador/viajero debe superar y combatir.

Técnicas de los cantos carpatianos

Las canciones de las mujeres carpatianas (ilustradas por su «Canción de cuna» y su «Canción de sanación de la tierra») pertenecen a la misma tradición musical y de sanación que los Cánticos Mayor y Menor de los guerreros. Oiremos los mismos instrumentos en los cantos de sanación de los guerreros y en la «Canción de sanación de la tierra» de las mujeres. Por otro lado, ambos cantos comparten el objetivo común de generar y dirigir la energía. Sin embargo, las canciones de las mujeres tienen un carácter claramente femenino. Una de las diferencias que se advierte enseguida es que mientras los hombres pronuncian las palabras a la manera de un cántico, las mujeres entonan sus canciones con melodías y armonías, y el resultado es una composición más delicada. En la «Canción de cuna» destaca especialmente su carácter femenino y de amor maternal.

Apéndice 2

La lengua carpatiana

Como todas las lenguas humanas, la de los carpatianos posee la riqueza y los matices que solo pueden ser dados por una larga historia de uso. En este apéndice podemos abordar a lo sumo algunos de los principales aspectos de este idioma:

- Historia de la lengua carpatiana
- Gramática carpatiana y otras características de esa lengua
- Ejemplos de la lengua carpatiana
- Un diccionario carpatiano muy abreviado

Historia de la lengua carpatiana

La lengua carpatiana actual es en esencia idéntica a la de hace miles de años. Una lengua «muerta» como el latín, con dos mil años de antigüedad, ha evolucionado hacia una lengua moderna significantemente diferente (italiano) a causa de incontables generaciones de hablantes y grandes fluctuaciones históricas. Por el contrario, algunos hablantes del carpatiano de hace miles de años todavía siguen vivos. Su presencia —unida al deliberado aislamiento de los carpatianos con respecto a las otras fuerzas del cambio en el mundo— ha actuado y lo continúa haciendo como una fuerza estabilizadora que ha preservado la integridad de la lengua durante siglos. La cultura carpatiana también ha actuado como fuerza estabilizadora. Por ejemplo, las Palabras Rituales, los variados cánticos curativos (véase Apéndice 1) y otros artefactos culturales han sido transmitidos durantes siglos con gran fidelidad.

Cabe señalar una pequeña excepción: la división de los carpatianos en zonas geográficas separadas ha conllevado una discreta dialectalización. No obstante, los vínculos telepáticos entre todos ellos (así como el regreso frecuente de cada carpatiano a su tierra natal) ha propiciado que las diferencias dialectales sean relativamente superficiales (una discreta cantidad de palabras nuevas, leves diferencias en la pronunciación, etc.), ya que el lenguaje más profundo e interno, de transmisión mental, se ha mantenido igual a causa del uso continuado a través del espacio y el tiempo.

La lengua carpatiana fue (y todavía lo es) el protolenguaje de la familia de lenguas urálicas (o fino-ugrianas). Hoy en día las lenguas urálicas se hablan en la Europa meridional, central y oriental, así como en Siberia. Más de veintitrés millones de seres en el mundo hablan lenguas cuyos orígenes se remontan al idioma carpatiano. Magiar o húngaro (con unos catorce millones de hablantes), finés (con unos cinco millones) y estonio (un millón aproximado de hablantes) son las tres lenguas contemporáneas descendientes de ese protolenguaje. El único factor que unifica las más de veinte lenguas de la familia urálica es que se sabe que provienen de un protolenguaje común, el carpatiano, el cual se escindió (hace unos seis mil años) en varias lenguas de la familia urálica. Del mismo modo, lenguas europeas como el inglés o el francés pertenecen a la familia indoeuropea, más conocida, y también provienen de un protolenguaje que es su antecesor común (diferente del carpatiano).

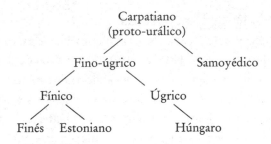

La siguiente tabla ayuda a entender ciertas de las similitudes en la familia de lenguas.

Nota: La «k» fínico-carpatiana aparece a menudo como la «h» húngara. Del mismo modo, la «p» fínico-carpatiana corresponde a la «f» húngara.

Carpatiano (proto-urálico)	Finés (suomi)	Húngaro (magiar)
elä —vivir	*elä* —vivir	*él* —vivir
elid —vida	*elinikä* —vida	*élet* —vida
pesä —nido	*pesä* —nido	*fészek* —nido
kola —morir	*kuole* —morir	*hal* —morir
pälä —mitad, lado	*pieltä* —inclinar, ladear	*fél, fele* —ser humano semejante, amigo (mitad; uno de dos lados) *feleség* —esposa
and —dar	*anta, antaa* —dar	*ad* —dar
koje —marido, hombre	*koira* —perro, macho *(de un animal)*	*here* —zángano, testículo
wäke —poder	*väki* —pueblo, personas, hombres; fuerza *väkevä* — poderoso, fuerte	*vall-vel*-con (sufijo instrumental) *vele* —con él/ella
wete —agua	*vesi* —agua	*víz* —agua

Gramática carpatiana y otras características de la lengua

Modismos. Siendo a la vez una lengua antigua y el idioma de un pueblo terrestre, el carpatiano se inclina a utilizar modismos construidos con términos concretos y directos, más que abstracciones. Por ejemplo, nuestra abstracción moderna «apreciar, mimar» se expresa de forma más concreta en carpatiano como «conservar en el corazón de uno»; el averno es, en carpatiano, «la tierra de la noche, la bruma y los fantasmas», etc.

Orden de las palabras. El orden de las palabras en una frase no viene dado por aspectos sintácticos (como sujeto, verbo y predicado), sino más bien por factores pragmáticos, motivados por el discurso. Ejemplos: «*Tied vagyok.*» («Tuyo soy.»); «*Sívamet andam.*» («Mi corazón te doy.»)

Aglutinación. La lengua carpatiana es aglutinadora, es decir, las palabras largas se construyen con pequeños componentes. Un lenguaje aglutinador usa sufijos o prefijjos, el sentido de los cuales es por lo general único, y se concatenan unos tras otros sin solaparse. En carpatiano las palabras consisten por lo general en una raíz seguida por uno o más sufijos. Por ejemplo, *«sívambam»* procede de la raíz *«sív»* («corazón»), seguida de *«am»* («mi»), seguido de *«bam»* («en»), resultando «en mi corazón». Como es de imaginar, a veces tal aglutinación en el carpatiano puede producir palabras extensas o de pronunciación dificultosa. Las vocales en algunos casos se insertan entre sufijos, para evitar que aparezcan demasiadas consonantes seguidas (que pueden hacer una palabra impronunciable).

Declinaciones. Como todas las lenguas, el carpatiano tiene muchos casos: el mismo sustantivo se formará de modo diverso dependiendo de su papel en la frase. Algunos de los casos incluyen: nominativo (cuando el sustantivo es el sujeto de la frase), acusativo (cuando es complemento directo del verbo), dativo (complemento indirecto), genitivo (o posesivo), instrumental, final, supresivo, inesivo, elativo, terminativo y delativo.

Tomemos el caso posesivo (o genitivo) como ejemplo para ilustrar cómo, en carpatiano, todos los casos implican la adición de sufijos habituales a la raíz del sustantivo. Así, para expresar posesión en carpatiano —«mi pareja eterna», «tu pareja eterna», «su pareja eterna», etc.— se necesita añadir un sufijo particular (*«=am»*) a la raíz del sustantivo (*«päläfertiil»*), produciendo el posesivo (*«päläfertiilam»*: mi pareja eterna). El sufijo que emplear depende de la persona («mi», «tú», «su», etc.) y también de si el sustantivo termina en consonante o en vocal. La siguiente tabla enumera los sufijos para el caso singular (no para el plural), mostrando también las similitudes con los sufijos empleados por el húngaro contemporáneo. (El húngaro es en realidad un poco más complejo, ya que requiere también «rima vocálica»: el sufijo que usar depende de la última vocal en el sustantivo, de ahí las múltiples opciones en el cuadro siguiente, mientras el carpatiano dispone de una única opción.)

Persona	Carpatiano (proto-urálico)		Húngaro Contemporáneo	
	Nombre acabado en vocal	Nombre acabado en consonante	Nombre acabado en vocal	Nombre acabado en consonante
1ª singular (mi)	-m	-am	-m	-om, -em, -öm
2ª singular (tú)	-d	-ad	-d	-od, -ed, -öd
3ª singular (suya, de ella/ de él/de ello)	-ja	-a	-ja/-je	-a, -e
1ª plural (nuestro)	-nk	-ank	-nk	-unk, -ünk
2ª plural (vuestro)	-tak	-atak	-tok, -tek, -tök	-otok, -etek, -ötök
3ª plural (su)	-jak	-ak	-juk, -jük	-uk, -ük

Nota: Como hemos mencionado, las vocales a menudo se insertan entre la palabra y su sufijo para así evitar que demasiadas consonantes aparezcan seguidas (lo cual crearía palabras impronunciables). Por ejemplo, en la tabla anterior, todos los sustantivos que acaban en una consonante van seguidos de sufijos empezados por «a».

Conjugación verbal. Tal como sus descendientes modernos (finés y húngaro), el carpatiano tiene muchos tiempos verbales, demasiados para describirlos aquí. Nos fijaremos en la conjugación del tiempo presente. De nuevo habrá que comparar el húngaro contemporáneo con el carpatiano, dadas las marcadas similitudes entre ambos.

Igual que sucede con el caso posesivo, la conjugación de verbos se construye añadiendo un sufijo a la raíz del verbo:

Persona	Carpatiano (proto-urálico)	Húngaro contemporáneo
1ª sing. (Yo doy)	-am (andam), -ak	-ok, -ek, -ök
2ª sing. (Tú das)	-sz (andsz)	-sz
3ª sing. (Él/ella dan)	-(and)	—
1ª plural (Nosotros damos)	-ak (andak)	-unk, -ünk
2ª plural (Vosotros dais)	-tak (andtak)	-tok, -tek, -tök
3ª plural (Ellos dan)	-nak (andnak)	-nak, -nek

Como en todas las lenguas, encontramos en el carpatiano muchos «verbos irregulares» que no se ajustan exactamente a esta pauta. Pero aun así la tabla anterior es una guía útil para muchos verbos.

Ejemplos de la lengua carpatiana

Aquí tenemos algunos ejemplos breves del carpatiano coloquial, empleado en la serie de libros Oscuros. Incluimos la traducción literal entre corchetes. Curiosamente, las diferencias con la traducción correcta son sustanciales.

Susu.
Estoy en casa.
[«hogar/lugar de nacimiento». «Estoy» se sobreentiende, como sucede a menudo en carpatiano.]

Möért?
¿Para qué?

Csitri.
Pequeño/a.
[«cosita»; «chiquita»]

Ainaak enyém.
Por siempre mío/mía

Ainaak sívamet jutta.
Por siempre mío/mía (otra forma).
[«por siempre a mi corazón conectado/pegado»]

Sívamet.
Amor mío.
[«de-mi-corazón», «para-mi-corazón»]

Tet vigyázam.
Te quiero.
[Tú amar-yo]

Sarna Rituaali (**Las palabras rituales**) es un ejemplo más largo, y un ejemplo de carpatiano coloquial. Hay que destacar el uso recurrente de «**andam**» («yo doy») para otorgar al canto musicalidad y fuerza a través de la repetición.

Sarna Rituaali (Las palabras rituales)

Te avio päläfertiilam.
Eres mi pareja eterna.
[Tú desposada-mía. «Eres» se sobreentiende, como sucede generalmente
   en carpatiano cuando una cosa se corresponde a otra. «Tú, mi pareja
   eterna»]

Éntölam kuulua, avio päläfertiilam.
Te declaro pareja eterna.
[A-mí perteneces-tú, desposada mía]

Ted kuuluak, kacad, kojed.
Te pertenezco.
[A-ti pertenezco-yo, amante-tuyo, hombre/marido/esclavo-tuyo]

Élidamet andam.
Te ofrezco mi vida.
[Vida-mía doy-yo. «Te» se sobreentiende.]

Pesämet andam.
Te doy mi protección.
[Nido-mío doy-yo.]

Uskolfertiilamet andam.
Te doy mi fidelidad.
[Fidelidad-mía doy-yo.]

Sívamet andam.
Te doy mi corazón.
[Corazón-mía doy-yo.]

Sielamet andam.
Te doy mi alma.
[Alma-mía doy-yo.]

Ainamet andam.
Te doy mi cuerpo.
[Cuerpo-mío doy-yo.]

Sívamet kuuluak kaik että a ted.
Velaré de lo tuyo como de lo mío.
[En-mi-corazón guardo-yo todo lo-tuyo.]

Ainaak olenszal sívambin.
Tu vida apreciaré toda mi vida.
[Por siempre estarás-tú en-mi-corazón.]

Te élidet ainaak pide minan.
Tu vida antepondré a la mía siempre.
[Tu vida por siempre sobre la mía.]

Te avio päläfertiilam.
Eres mi pareja eterna.
[Tú desposada-mía.]

Ainaak sívamet jutta oleny.
Quedas unida a mí para toda la eternidad.
[Por siempre a-mi-corazón conectada estás-tú.]

Ainaak terád vigyázak.
Siempre estarás a mi cuidado.
[Por siempre tú yo-cuidaré.]

Véase Apéndice 1 para los cánticos carpatianos de sanación, incluidos *Kepä Sarna Pus* («El canto curativo menor») y el *En Sarna Pus* («El gran canto de sanación»).

Para oír estas palabras pronunciadas (y para más información sobre la pronunciación carpatiana, visitad, por favor: http://www.christinefeeham. com/members/.

Sarna Kontakawk (**Cántico de los guerreros**) es otro ejemplo más largo de la lengua carpatiana. El consejo de guerreros se celebra en las profundidades de la tierra en una cámara de cristal, por encima del magma, de manera que el vapor es natural y la sabiduría de sus ancestros es nítida y está bien concentrada. Se lleva a cabo en un lugar sagrado donde los guerreros pronuncian un juramento de sangre a su príncipe y a su pueblo y reafirman su código de honor como guerreros y hermanos. También es el momento en que se diseñan las estrategias de la batalla y se discuten las posiciones disidentes. También se abordan las inquietudes de los guerreros y que estos plantean ante el Consejo para que sean discutidas entre todos.

Sarna Kontakawk (Cántico de los guerreros)

Veri isäakank — veri ekäakank.
Sangre de nuestros padres, sangre de nuestros hermanos.

Veri olen elid.
La sangre es vida.

Andak veri-elidet Karpatiiakank, és wäke-sarna ku meke arwa-arvo,
irgalom, hän ku agba, és wäke kutni, ku manaak verival.

Ofrecemos la vida a nuestro pueblo con un juramento de sangre en aras del honor, la clemencia, la integridad y la fortaleza.

Verink sokta; verink kaŋa terád.
Nuestra sangre es una sola y te invoca.

Akasz énak ku kaŋa és juttasz kuntatak it.
Escucha nuestras plegarias y únete a nosotros.

Ver Apéndice 1 para escuchar la pronunciación de estas palabras (y para más información sobre la pronunciación del carpatiano en general), ir a http://www.christinefeehan.com/members/.

Ver Apéndice 1 para los cánticos de sanación carpatianos, entre los cuales el *Kepä Sarna Pus* (Cántico curativo menor), el *En Sarna Pus* (Cántico curativo mayor), el *Odam-Sarna Kondak* (Canción de cuna) y el *Sarna Pusm O Mayet* (Canción de sanación de la tierra).

Un diccionario carpatiano muy abreviado

Este diccionario carpatiano en versión abreviada incluye la mayor parte de las palabras carpatianas empleadas en la serie de libros Oscuros. Por descontado, un diccionario carpatiano completo sería tan extenso como cualquier diccionario habitual de toda una lengua.

Nota: los siguientes sustantivos y verbos son palabras raíz. Por lo general no aparecen aislados, en forma de raíz, como a continuación. En lugar de eso, habitualmente van acompañados de sufijos (por ejemplo, «*andam*» - «Yo doy», en vez de solo la raíz «*and*»).

a: negación para verbos (prefijo)
agba: conveniente, correcto
ai: oh
aina: cuerpo
ainaak: para siempre
O ainaak jelä peje emnimet ŋamaŋ: que el sol abrase a esta mujer para siempre (juramento carpatiano)
ainaakfél: viejo amigo

ak: sufijo pluralizador añadido a un sustantivo terminado en consonante

aka: escuchar

akarat: mente, voluntad

ál: bendición, vincular

alatt: a través

aldyn: debajo de

alə: elevar, levantar

alte: bendecir, maldecir

and: dar

and sielet, arwa-arvomet, és jelämet, kuulua huvémet ku feaj és ködet ainaak: vender el alma, el honor y la salvación, por un placer momentáneo y una perdición infinita

andasz éntölem irgalomet!: ¡Tened piedad!

arvo: valor (sustantivo)

arwa: alabanza (sustantivo)

arwa-arvo: honor (sustantivo)

arwa-arvo mäne me ködak: que el honor contenga a la oscuridad (saludo)

arwa-arvo olen gæidnod, ekäm: que el honor te guíe, mi hermano (saludo)

arwa-arvo olen isäntä, ekäm: que el honor te ampare, mi hermano (saludo)

arwa-arvo pile sívadet: que el honor ilumine tu corazón (saludo)

aśśa: no (antes de sustantivo); no (con verbo que no esté en imperativo); no (con adjetivo)

aśśatotello: desobediente

asti: hasta

avaa: abrir

avio: desposada

avio päläfertiil: pareja eterna

avoi: descubrir, mostrar, revelar

belső: dentro, en el interior

bur: bueno, bien

bur tule ekämet kuntamak: bien hallado hermano-familiar (saludo)

ćaδa: huir, correr, escapar

ćoro: fluir, correr como la lluvia

csecsemõ: bebé (sustantivo)

csitri: pequeña (femenino)

diutal: triunfo, victoria

eći: caer

ek: sufijo pluralizador añadido a un sustantivo terminado en consonante

ekä: hermano

ekäm: hermano mío

elä: vivir

eläsz arwa-arvoval: que puedas vivir con honor (saludo)

eläsz jeläbam ainaak: que vivas largo tiempo en la luz (saludo)

elävä: vivo

elävä ainak majaknak: tierra de los vivos

elid: vida

emä: madre (sustantivo)

Emä Maye: Madre Naturaleza

emäen: abuela

embε: si, cuando

embε karmasz: por favor

emni: esposa, mujer

emnim: mi esposa; mi mujer

emnim hän ku köd alte: maldita mujer

emni kuŋenak ku ašštotello: chiflada desobediente

én: yo

en: grande, muchos, gran cantidad

én jutta félet és ekämet: saludo a un amigo y hermano

én mayenak: soy de la tierra

én oma mayeka: soy más viejo que el tiempo (literalmente: tan viejo como la tierra)

En Puwe: El Gran Árbol. Relacionado con las leyendas de Ygddrasil, el eje del mundo, Monte Meru, el cielo y el infierno, etc.

engem: mí

és: y

ete: antes; delante

että: que

fáz: sentir frío o fresco

fél: amigo

fél ku kuuluaak sívam belső: amado

fél ku vigyázak: querido

feldolgaz: preparar

fertiil: fértil

fesztelen: etéreo

fü: hierbas, césped

gæidno: camino

gond: custodia, preocupación

hän: él, ella, ello

hän agba: así es

hän ku: prefijo: uno que, eso que

hän ku agba: verdad

hän ku kaśwa o numamet: dueño del cielo

hän ku kuulua sívamet: guardián de mi corazón

hän ku lejkka wäke-sarnat: traidor

hän ku meke pirämet: defensor

hän ku pesä: protector

hän ku piwtä: depredador; cazador; rastreador

hän ku saa kuć3aket: el que llega a las estrellas

hän ku tappa: mortal

hän ku tuulmahl elidet: vampiro (literalmente: robavidas)

hän ku vie elidet: vampiro (literalmente: ladrón de vidas)

hän ku vigyáz sielamet: guardián de mi alma

hän ku vigyáz sívamet és sielamet: guardián de mi corazón y alma

Hän sívamak: querido

hany: trozo de tierra

hisz: creer, confiar

ho: cómo

ida: este

igazág: justicia

irgalom: compasión, piedad, misericordia

isä: padre (sustantivo)

isäntä: señor de la casa

it: ahora

jälleen: otra vez

jama: estar enfermo, herido o moribundo, estar próximo a la muerte (verbo)

jelä: luz del sol, día, sol, luz

jelä keje terád: que la luz te chamusque (maldición carpatiana)

o jelä peje terád: que el sol te chamusque (maldición carpatiana)

o jelä peje emnimet: que el sol abrase a la mujer (juramento carpatiano)

o jelä peje kaik hänkanak: que el sol los abrase a todos (juramento carpatiano)

o jelä peje terád, emni: que el sol te abrase, mujer (juramento carpatiano)

o jelä sielamak: luz de mi alma

joma: ponerse en camino, marcharse

joŋ: volver

joŋesz arwa-arvoval: regresa con honor (saludo)

jŏrem: olvidar, perderse, cometer un error

juo: beber

juosz és eläsz: beber y vivir (saludo)

juosz és olen ainaak sielamet jutta: beber y volverse uno conmigo (saludo)

juta: irse, vagar

jüti: noche, atardecer

jutta: conectado, sujeto (adjetivo). Conectar, sujetar, atar (verbo)

k: sufijo añadido tras un nombre acabado en vocal para hacer su plural

kaca: amante masculino

kadi: juez

kaik: todo (sustantivo)

kaŋa: llamar, invitar, solicitar, suplicar

kaŋk: tráquea, nuez de Adán, garganta

kać3: regalo

kaδa: abandonar, dejar

kaδa wäkeva óv o köd: oponerse a la oscuridad

kalma: cadáver, tumba

karma: deseo

Karpatii: carpatiano

Karpatii ku köd: mentiroso

käsi: mano

kaświa: poseer

keje: cocinar

kepä: menor, pequeño, sencillo, poco

kessa: gato

kessa ku toro: gato montés

kessake: gatito

kidü: despertar (verbo intransitivo)

kim: cubrir un objeto

kinn: fuera, al aire libre, exterior, sin

kinta: niebla, bruma, humo

kislány: niña

kislány kuŋenak: pequeña locuela

kislány kuŋenak minan: mi pequeña locuela

köd: niebla, oscuridad

köd elävä és köd nime kutni nimet: el mal vive y tiene nombre

köd alte hän: que la oscuridad lo maldiga (maldición carpatiana)

o köd belső: que la oscuridad se lo trague (maldición carpatiana)

köd jutasz belső: que la sombra te lleve (maldición carpatiana)

koje: hombre, esposo, esclavo

kola: morir

kolasz arwa-arvoval: que mueras con honor (saludo)

koma: mano vacía, mano desnuda, palma de la mano, hueco de la mano

kond: hijos de una familia o de un clan

kont: guerrero

kont o sívanak: corazón fuerte (literalmente: corazón de guerrero)

ku: quién, cuál

kuć3: estrella

kuć3ak!: ¡Estrellas! (exclamación)

kuja: día, sol

kuŋe: luna

kule: oír

kulke: ir o viajar (por tierra o agua)

kulkesz arwa-arvoval, ekäm: camina con honor, mi hermano (saludo)

kulkesz arwaval, joŋesz arwa arvoval: ve con gloria, regresa con honor (saludo)

kuly: lombriz intestinal, tenia, demonio que posee y devora almas

kumpa: ola (sustantivo)

kuńa: tumbarse como si durmiera, cerrar o cubrirse los ojos en el juego del escondite, morir

kunta: banda, clan, tribu, familia

kuras: espada, cuchillo largo

kure: lazo

kutenken: sin embargo

kutni: capacidad de aguante

kutnisz ainaak: que te dure tu capacidad de aguante (saludo)

kuulua: pertenecer, asir

lääs: oeste

lamti (o lamt3): tierra baja, prado

lamti ból jüti, kinta, ja szelem: el mundo inferior (literalmente: «el prado de la noche, las brumas y los fantasmas»)

laña: hija

lejkka: grieta, fisura, rotura (sustantivo). Cortar, pegar, golpear enérgicamente (verbo)

lewl: espíritu

lewl ma: el otro mundo (literalmente: «tierra del espíritu»). *Lewl ma* incluye *lamti ból jüti, kinta, ja szelem:* el mundo inferior, pero también incluye los mundos superiores En Puwe, el Gran Árbol

liha: carne

lõuna: sur

löyly: aliento, vapor (relacionado con *lewl:* «espíritu»)

ma: tierra, bosque

magköszun: gracias

mana: abusar

mäne: rescatar, salvar

maye: tierra, naturaleza

me: nosotros

meke: hecho, trabajo (sustantivo). Hacer, elaborar, trabajar

mića: preciosa

mića emni kuŋenak minan: mi preciosa locuela

minan: mío

minden: todos (adjetivo)

möért: ¿para qué? (exclamación)

molanâ: desmoronarse, caerse

molo: machacar, romper en pedazos

mozdul: empezar a moverse, entrar en movimiento

muonì: encargo, orden

muonìak te avoisz te: te conmino a mostrarte

musta: memoria

myös: también

nä: para

nâbbŏ: tan, entonces

nautish: gozar

ŋamaŋ: esto, esto de aquí

nélkül: sin

nenä: ira

nó: igual que, del mismo modo que, como

numa: dios, cielo, cumbre, parte superior, lo más alto (relacionado con el término «sobrenatural»)

numatorkuld: trueno (literalmente: lucha en el cielo)

nyál: saliva, esputo (relacionado con nyelv: «lengua»)

nyelv: lengua

ńiŋ3: gusano; lombriz

o: el (empleado antes de un sustantivo que empiece en consonante)

odam: soñar, dormir (verbo)

odam-sarna kondak: canción de cuna

olen: ser

oma: antiguo, viejo

omas: posición

omboće: otro, segundo (adjetivo)

ot: el (empleado antes de un sustantivo que empiece por vocal)

otti: mirar, ver, descubrir

óv: proteger contra

owe: puerta

päämoro: blanco

pajna: presionar

pälä: mitad, lado

päläfertiil: pareja o esposa

palj3: más

peje: arder

peje terád: quemarse

pél: tener miedo, estar asustado de

pesä (n.): nido (literal), protección (figurado)

pesä (v.): anidar (literal); proteger (figurado)

pesäd te engemal: estás a salvo conmigo

pesäsz jeläbam ainaak: que pases largo tiempo en la luz (saludo)

pide: encima

pile: encender

pirä: círculo, anillo (sustantivo); rodear, cercar

piros: rojo

pitä: mantener, asir

pitäam mustaakad sielpesäambam: guardo tu recuerdo en un lugar seguro de mi alma

pitäsz baszú, piwtäsz igazáget: no venganza, solo justicia

piwtä: seguir, seguir la pista de la caza

poår: pieza

põhi: norte

pukta: ahuyentar, perseguir, hacer huir

pus: sano, curación

pusm: devolver la salud

puwe: árbol, madera

rambsolg: esclavo

rauho: paz

reka: éxtasis, trance

rituaali: ritual

sa: tendón

sa4: nombrar

saa: llegar, obtener, recibir

saasz hän ku andam szabadon: toma lo que libremente te ofrezco

salama: relámpago, rayo

sarna: palabras, habla, conjuro mágico (sustantivo). Cantar, salmodiar, celebrar

sarna kontakawk: canto guerrero

śaro: nieve helada

sas: silencio (a un niño o bebé)

saye: llegar, venir, alcanzar

siel: alma

sieljelä isäntä: la pureza del alma triunfa

sisar: hermana

sív: corazón

sív pide köd: el amor trasciende el mal

sívad olen wäkeva, hän ku piwtä: que tu corazón permanezca fuerte

sivam és sielam: mi corazón y alma

sívamet: mi amor de mi corazón para mi corazón

sívdobbanás: latido

sokta: merzclar

soŋe: entrar, penetrar, compensar, reemplazar

susu: hogar, lugar de nacimiento; en casa (adverbio)

szabadon: libremente

szelem: fantasma

taka: detrás; más allá

tappa: bailar, dar una patada en el suelo (verbo)

te: tú

te kalma, te jama ńiŋ3kval, te apitäsz arwa-arvo: no eres más que un cadáver andante lleno de gusanos, sin honor

te magköszunam nä ŋamaŋ kaĆ3 taka arvo: gracias por este regalo sin precio

ted: tuyo

terád keje: que te achicharres (insulto carpatiano)

tõd: saber

Tõdak pitäsz wäke bekimet mekesz kaiket: sé que tienes el coraje de afrontar cualquier asunto

tõdhän: conocimiento

tõdhän lõ kuraset agbapäämoroam: el conocimiento impulsa la espada de la verdad hacia su objetivo

toja: doblar, inclinar, quebrar

toro: luchar, reñir

torosz wäkeval: combate con fiereza (saludo)

totello: obedecer

tsak: solamente

tuhanos: millar

tuhanos löylyak türelamak saye diutalet: mil respiraciones pacientes traen la victoria

tule: reunirse, venir

tumte: sentir

türe: lleno, saciado, consumado

türelam: paciencia

türelam agba kontsalamaval: la paciencia es la auténtica arma del guerrero

tyvi: tallo, base, tronco

uskol: fiel

uskolfertiil: fidelidad

varolind: peligroso

veri: sangre

veri ekäakank: sangre de nuestros hermanos

veri-elidet: sangre vital

veri isäakank: sangre de nuestros padres

veri olen piros, ekäm: que la sangre sea roja, mi hermano (literal)

veriak ot en Karpatiiak: por la sangre del príncipe

veridet peje: que tu sangre arda

vigyáz: cuidar de, ocuparse de

vii: último, al fin, finalmente

wäke: poder

wäke beki: valor; coraje

wäke kaδa: constancia

wäke kutni: resistencia

wäke-sarna: maldición; bendición

wäkeva: poderoso

wara: ave, cuervo

weńća: completo, entero

wete: agua

NUESTRO ECOSISTEMA DIGITAL

NUESTRO PUNTO DE ENCUENTRO
www.edicionesurano.com

Síguenos en nuestras Redes Sociales, estarás al día de las novedades, promociones, concursos y actualidad del sector.

 Facebook: mundourano

 Twitter: Ediciones_Urano

Google+: +EdicionesUranoEditorial/posts

 Pinterest: edicionesurano

Encontrarás todos nuestros *booktrailers*
en **YouTube**/**edicionesurano**

Visita nuestra librería de *e-books*
en **www.amabook.com**

Entra aquí y disfruta de 1 mes
de lectura gratuita

www.suscribooks.com/promo

Comenta, descubre y comparte tus lecturas en **QuieroLeer®**,
una comunidad de lectores y más de medio millón de libros

www.quieroleer.com

Además, descárgate la aplicación gratuita de **QuieroLeer®** y podrás leer todos
tus *ebooks* en tus dispositivos móviles. Se sincroniza automáticamente con muchas
de las principales librerías *on-line* en español. Disponible para **Android** e **iOS**.

https://play.google.com/store/apps/details?id=pro.digitalbooks.quieroleerplus

iOS

https://itunes.apple.com/es/app/quiero-leer-libros/id584838760?mt=8